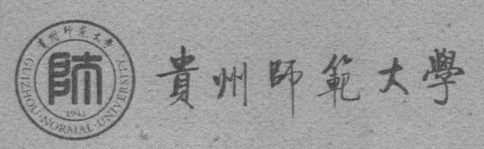
贵州师范大学 社会科学文库

西南史诗文化研究

刘洋◎著

中国社会科学出版社

审图号：京审字（2025）G 第 0809 号

图书在版编目（CIP）数据

西南史诗文化研究 / 刘洋著. -- 北京：中国社会科学出版社，2024.12. -- ISBN 978-7-5227-4476-6

Ⅰ．I207.22

中国国家版本馆 CIP 数据核字第 2024FX7174 号

出 版 人	赵剑英	
责任编辑	吴丽平	
责任校对	禹　冰	
责任印制	李寡寡	

出　　版	中国社会科学出版社	
社　　址	北京鼓楼西大街甲 158 号	
邮　　编	100720	
网　　址	http：//www.csspw.cn	
发 行 部	010-84083685	
门 市 部	010-84029450	
经　　销	新华书店及其他书店	
印　　刷	北京明恒达印务有限公司	
装　　订	廊坊市广阳区广增装订厂	
版　　次	2024 年 12 月第 1 版	
印　　次	2024 年 12 月第 1 次印刷	
开　　本	710×1000　1/16	
印　　张	25.75	
字　　数	420 千字	
定　　价	139.00 元	

凡购买中国社会科学出版社图书，如有质量问题请与本社营销中心联系调换

电话：010-84083683

版权所有　侵权必究

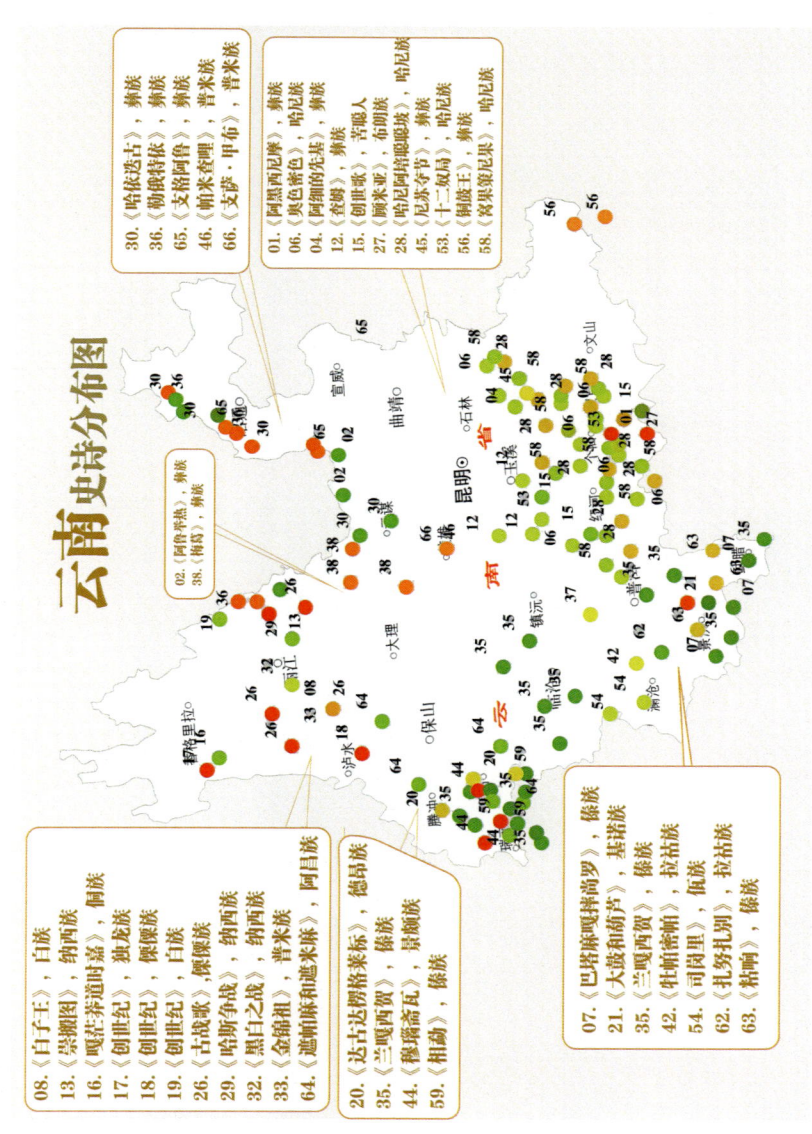

图 1 云南史诗分布图

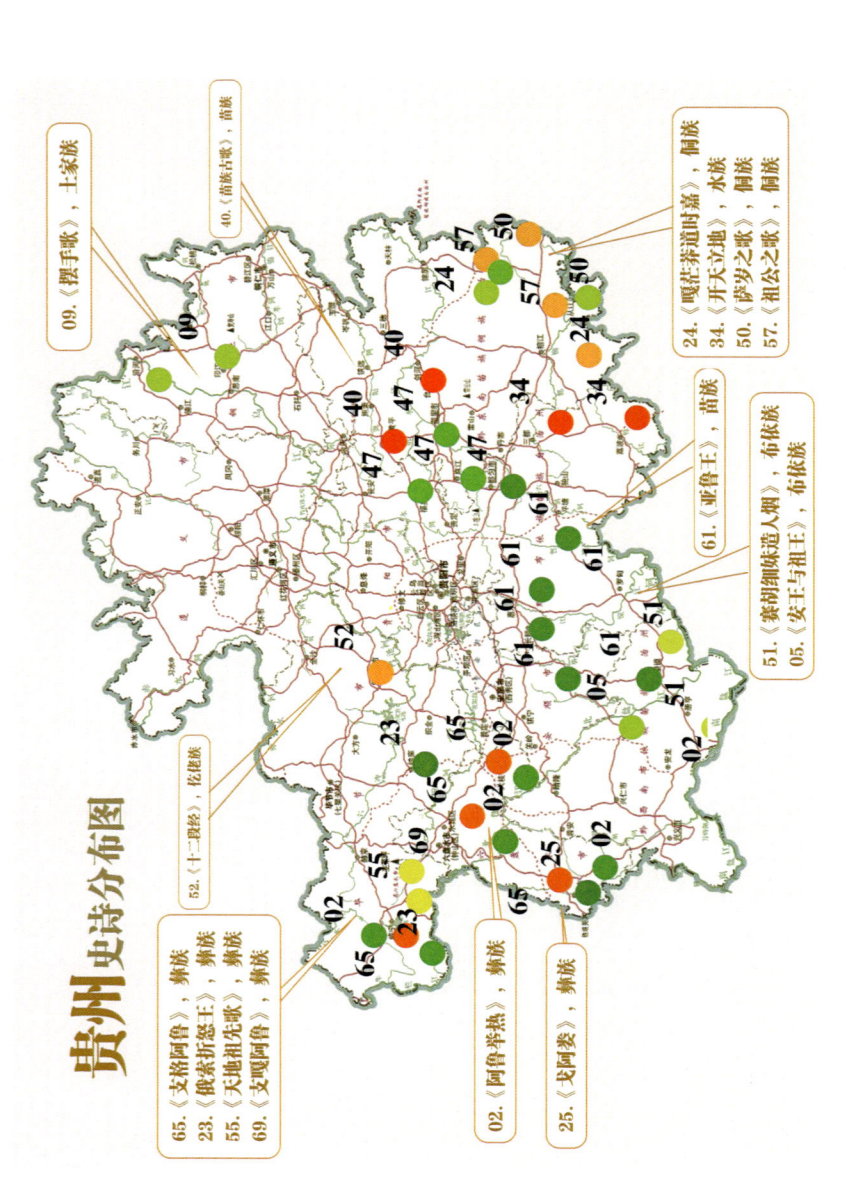

图 2 贵州史诗分布示意图

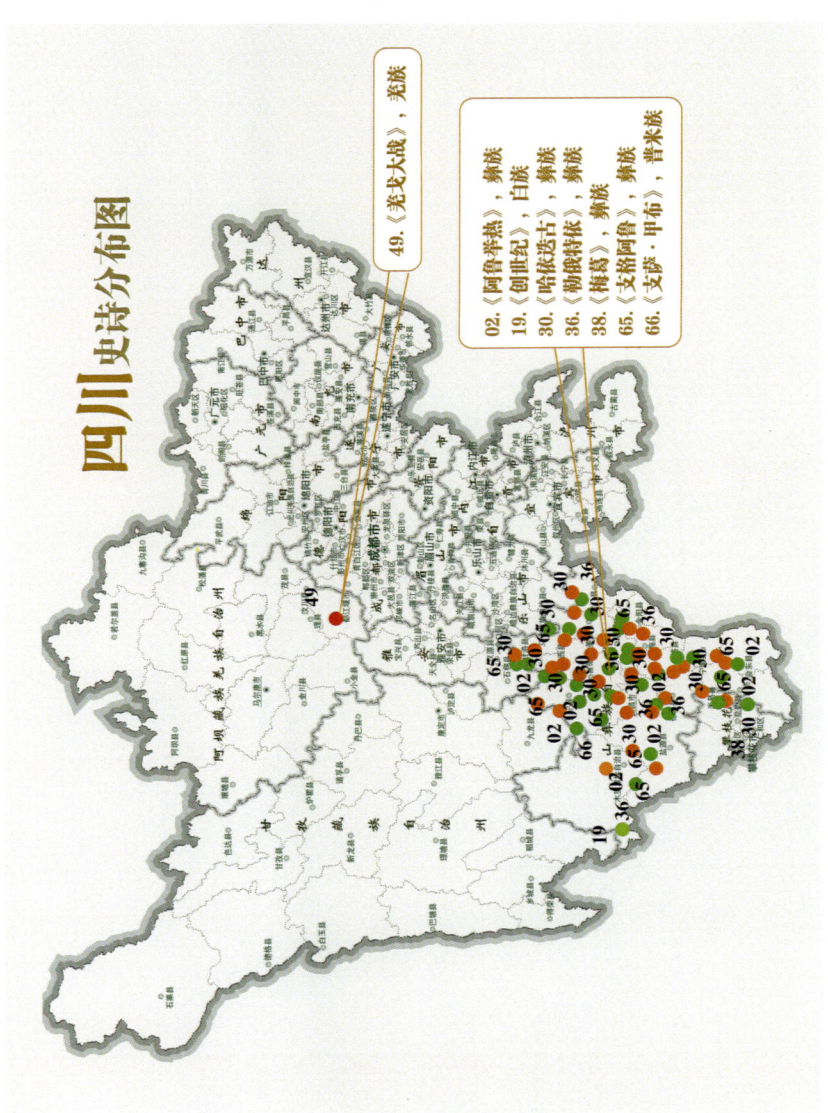

图3 四川史诗分布示意图

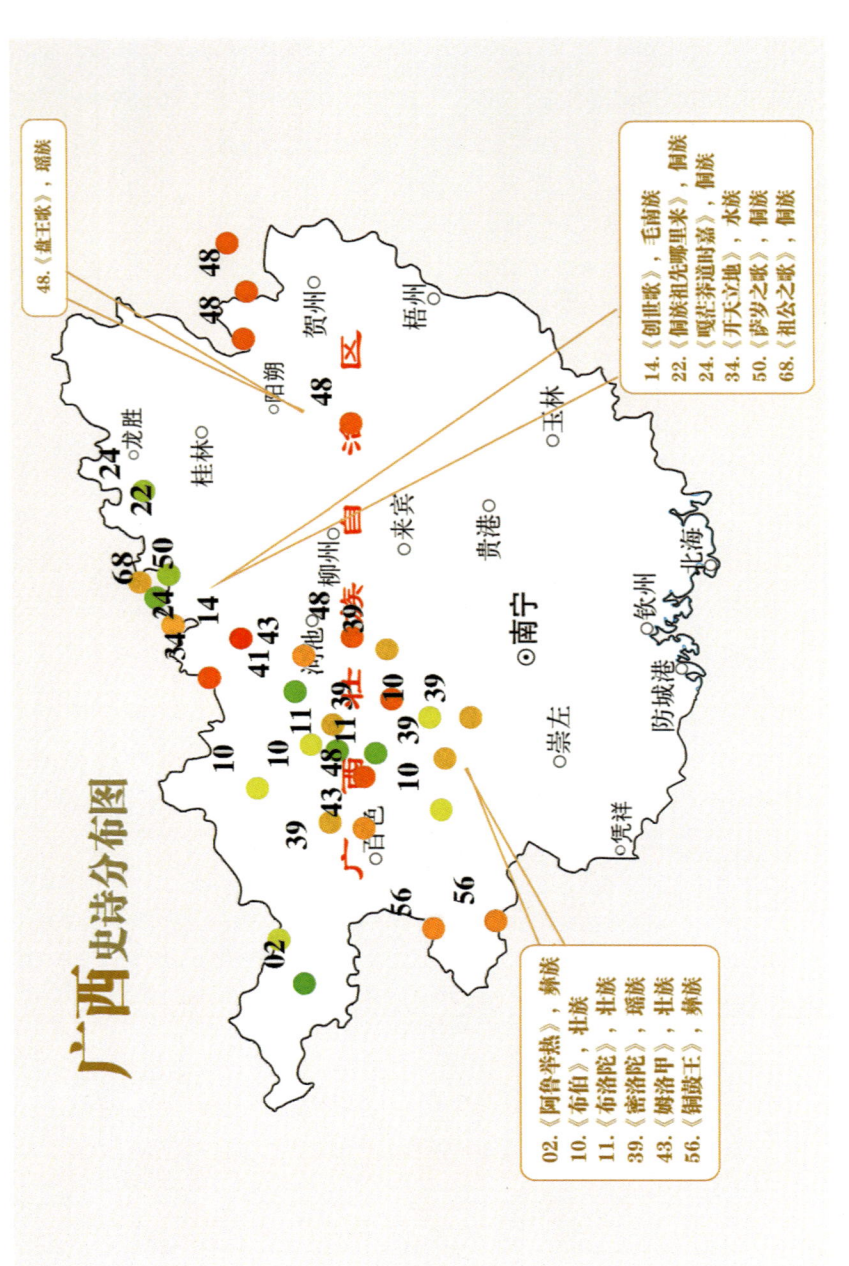

图4 广西史诗分布图

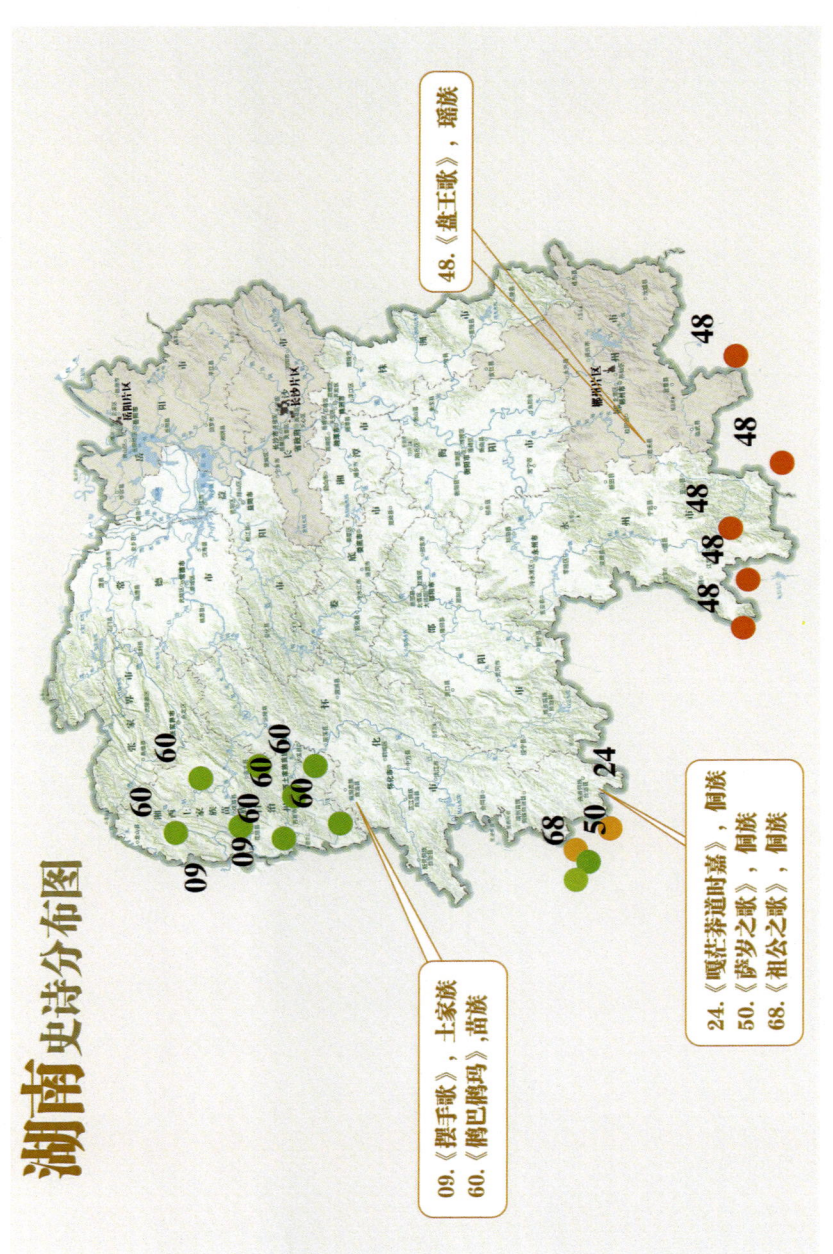

图5 湖南史诗分布图

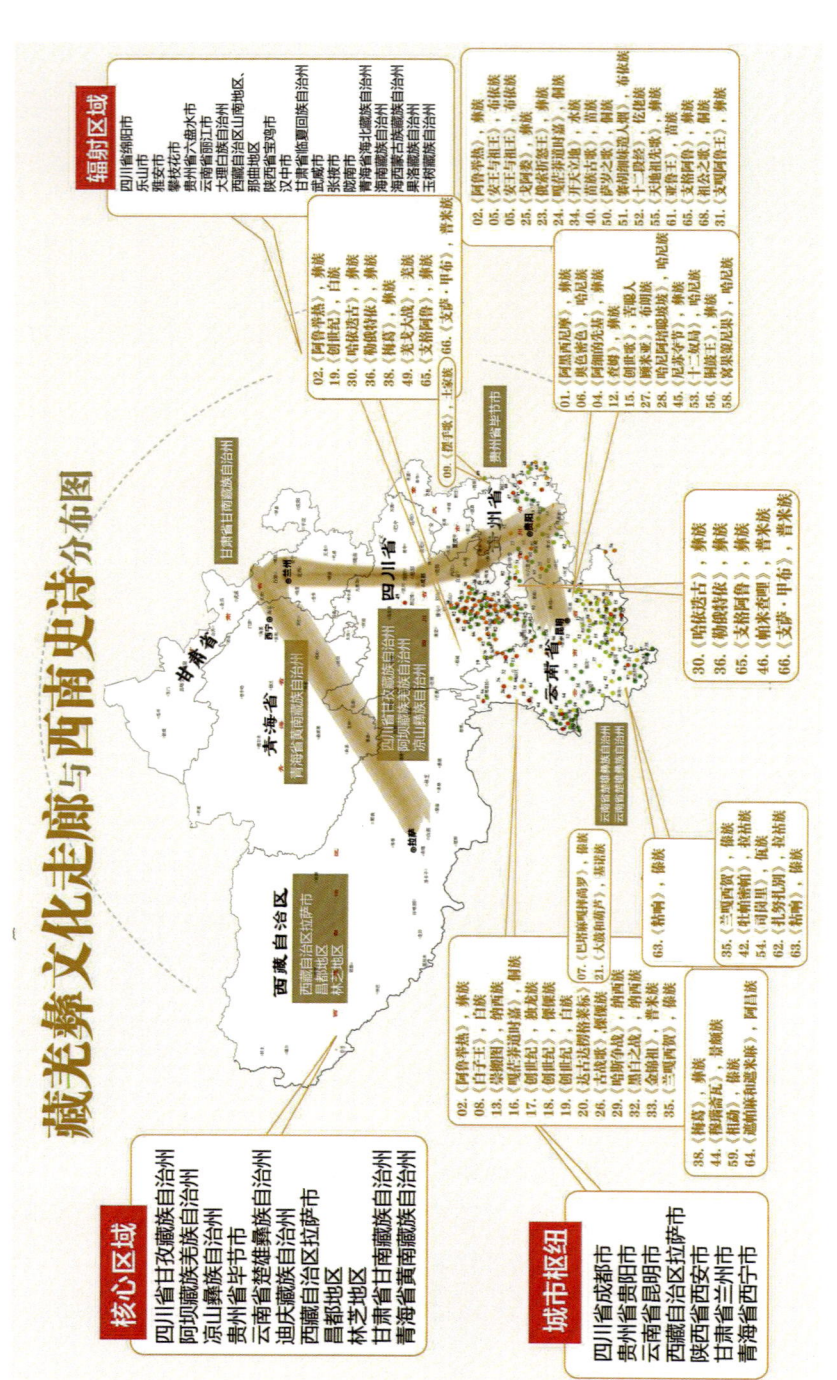

图 6 藏羌彝文化走廊与西南史诗分布图

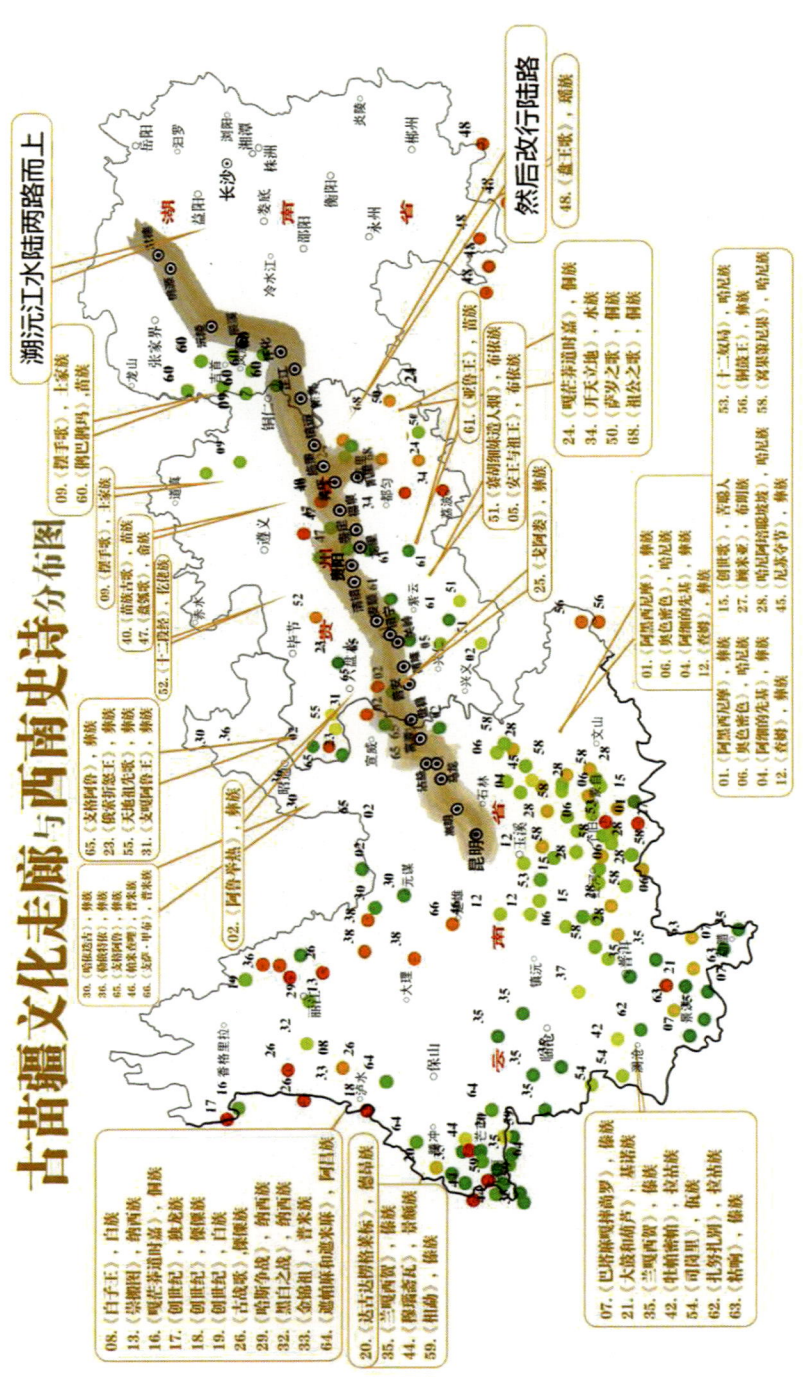

图7 古苗疆文化走廊与西南史诗分布图

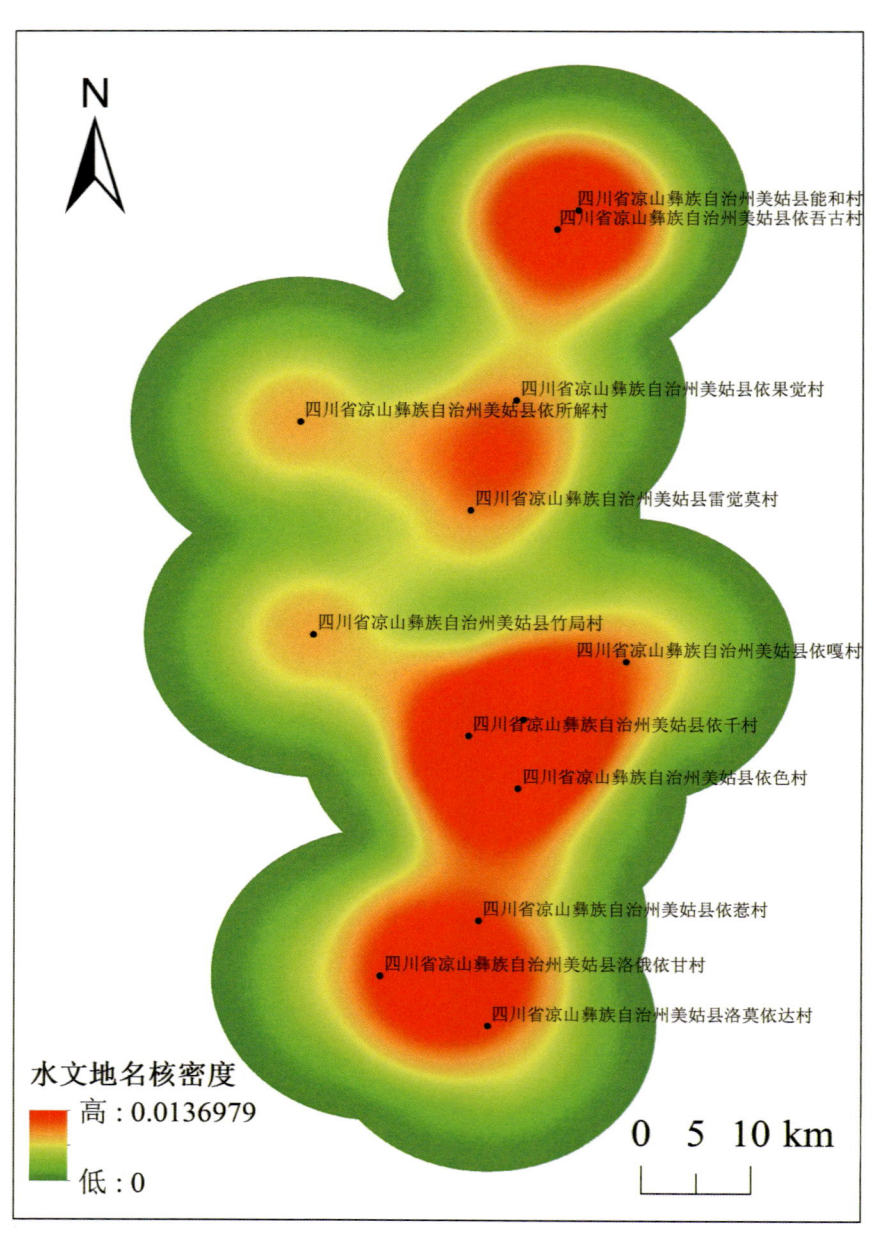

图8 美姑县水文地名核密度图

图 9　美姑县山貌地名核密度图

图 10 美姑县动物地名核密度图

图 11 美姑县动物地名核密度图

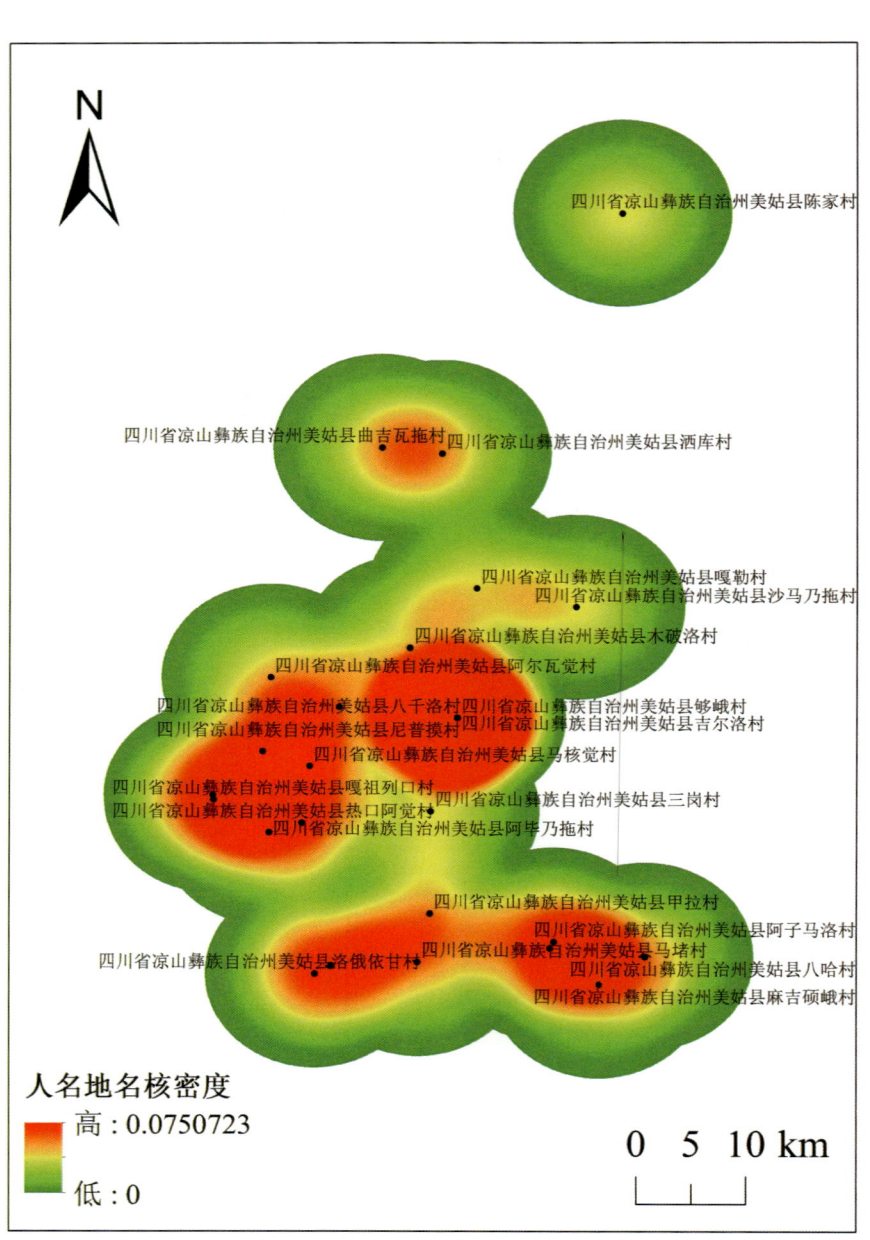

图 12　美姑县人名地名核密度图

序 一

刘洋博士的书稿《西南史诗文化研究》完稿后，表达了希望我作序的意思。我大致翻阅了书稿后，觉得我还是有一些话要说，于是提笔作此短序。

刘洋博士近年来专注于西南史诗传统的资料积累和理论思考，陆续有多种成果面世。这部《西南史诗文化研究》是他在这个领域经过长期研究的一个集大成的著作。所以，与专题研究那种立意解决某个问题的著作不同，该书带有很强的综合性和体系性特点。用作者自己的话说，就是强调整体性视野、跨学科范围和多视域观照。作者清醒地意识到，西南地域广阔，口头史诗蕴藏异常丰富，所以作者的论述是立足三个话语体系，也就是行政话语体系、学术话语体系和文化持有人话语体系。在研究方法上，作者采用了"规范研究与实证研究相结合，整体研究与个案研究相结合，比较研究与重点研究相结合"的路数。虽然对作者在个别字眼的选用上，我有些许迟疑，但十分欣赏这种从大处着眼，同时不忽视细部深描的专业取态。

在中国史诗版图上，西南史诗是相当重要的一个组成部分。在史诗类型上，在大家广为熟知的英雄史诗和创世史诗之外，迁徙史诗这个类型的总结，就与中国西南史诗传统直接相关。西南民族史诗群，具有若干鲜明的特点，这就给愿意了解西南史诗的人，无形中设置了诸多难以克服的障碍。这些困难和挑战，同时也是催生新问题、推动新方法的契机。那么，中国西南史诗群都具有哪些比较突出的特点呢？

第一，西南民族史诗所属语言，绝大多数属于汉藏语系，较多集中在藏缅、壮侗、苗瑶等语言支系中。这种语言文化聚簇的现象，也曾被有些学者叫作"文化板块"。某些民族学家笔下的所谓"经济文化类群"

和"历史民族学区",也大致指称这种语言文化上联系紧密、历史进程中多有彼此影响的情况。在这个区域中的诸多族群,就处于相似的自然和文化生境中,进而形成各个族群之间有同有异的生计方式、语言系统和文化轨范。于是,在这些民族的众多史诗中,我们就能发现诸多相似性。这些相似性体现在主题、故事范型、主人公形象、叙事和抒情手法乃至史诗演述活动所具有的社会文化功能等方面。去理解和阐释这种类同性和差异性,就给研究者带来很大的挑战。

第二,西南民族史诗中占据压倒性多数的,是口头传承的史诗。虽然有若干民族发展出了书写系统,但很少用来誊录或书写史诗。口头性就是这些史诗的主要特征。这带来几个问题:一则,极少有历史上形成的抄本或刻本,可以用来与今天采录的史诗进行纵向的文本对比。再则,口头文本的变动不居的属性,就给准确解读其内容带来了很大的困扰。三则,口头传播和流布的路径、方式、渠道和规模,都因口头属性而难以精准把握。四则,史诗的口头性带来的"非时间性"(史诗演述活动及演述内容和功能,都是昨天与今天的统一,虽称"古歌",实乃"今唱"),这就让在时间框架中把握史诗,变得无从下手。

第三,西南民族史诗中有相当部分是叙述世界起源的,也就是创世史诗。这些史诗在内容上与神话之间的关系是密不可分的。也难怪曾经有学者将这一类史诗称作"神话史诗"或"原始史诗"。神话学中有"仪式学派",强调神话的叙事性和操演性的结合,乃至认为神话就是仪式的派生物。即便我们不完全追随仪式学派的理论,但在田野中经常能观察到西南民族史诗演述活动在仪式活动中展开的情况,说明这类史诗的演述与仪式是彼此密不可分的。那么,离开仪式来理解史诗,或者离开史诗来解释仪式,就这一类史诗演述而言,都是不可取的。从另一方面说,结合仪式来阐释史诗,这无疑极大地增加了难度。

第四,总的来看,西南民族所长期保有和传承的史诗,在类型的丰富性上,在主题的多样性上,在社会功能的复杂性上,在传承的形式和规矩上,在与其他文艺样式之间形成多样互文的关系上,都不是一句复杂多样所能概括的。这种难以比拟的丰富性,就为深入理解民间文艺的内部规律和外部规律，提供了绝佳的样例。当然，与这种丰富性相联系的语言的壁垒、信仰的指向、风习的差异、传统的规约等，都为深入系统地展开学术研究，带来了诸多难以克服的困难。

刘洋博士多年沉潜于斯，对这些我提到的以及大量我没言及的困难和挑战的直接间接的感受，一定比我深刻得多。他能有坚持、有定力、有规划地完成这部大著作，其艰辛程度，是当得起敬佩和肯定的。

本书的亮点很多，其中我最看重的，首先是他扎实的资料学工作。读者通过文中不时出现的图表，以及书后的附录，一定能推想到这是以大量田野研究的资料做支撑的。简单胪列资料不难，难的是对资料的精心梳理。例如对大量代表性史诗的流传区域和族群的标注，背后是有整体图景的思考做支撑框架的。立足点不高，资料就会是一团乱麻。胸中有全局，纷乱的资料才有可能被纳入一个可以清晰理解的框架。我还很看重作者对学术的敬畏之心。他很注重对同行和相邻学科学者的学习和借鉴，这就让他的言说，既有与同行的对话和交流，又能凸显他的见地。本书的再一个优长，是作者有比较开阔的研究视角。诚如作者自己所强调的，既专注个案的细致剖析，又注重比较，从而彰显研究对象之间的异同。书中的不少论见，很有分寸感，既有来自生活的真知，也有坚实的学理支撑，我十分欣赏。

在世界文学格局中，史诗长期以来被有些学者称为"重大文类"或"超级文类"。在许多民族的文学史上，史诗都被奉为其民族文学的高峰。史诗题材重大，内容丰赡，格调高昂，魅力超凡，因其往往承载一个民族的文化精神和文化理想，成为这些民族文化认同的重要标志。这些都提示我们，把史诗当作一个文学作品来理解是远远不够的。史诗当然是语言的艺术，但更是文化的结晶。

作者聚焦的是西南史诗传统的文化现象。即便讨论艺术问题的文字，其归旨也是朝向文化的解读的。各章的关键词，分别是文化空间、文化想象、文化理想、文化自律、文化表达、文化价值等，这说明，作者在这里热心讨论的，不是艺术规律，而是文化内涵。文化是人的创造物，但又反过来塑造人，这就让文化问题很难被"一口咬定"，也难怪学界出现了数百个关于文化的定义。文化是难题，史诗是难题，利用史诗去谈论文化问题，可以说是难上加难。这部著作迎难而上，难能可贵。

是为序。

朝戈金

2024 年 11 月 26 日

序 二

中国的文类批评，早见于曹丕等人的著作中。西方文类观念则首发自柏拉图，他将物与人的再创造分为两种模式：一种是模仿，一种是形容。根据这两种模式，又将诗歌分为三类，即戏剧诗、叙事诗、对白与叙事混合体。亚里士多德继承其说，将文学体裁划分为悲剧、喜剧、史诗等。史诗之为一文类，遂以此相沿迄今。尽管在历史的长河里，史诗屡经变迁，但其文类特质仍是一贯相承的。譬如规模之庞大复杂、格律之堂皇浑厚、形式之广纳奇字、内容之包罗万象等，不仅有形式结构可资识别，亦有与形式配合的风格内容足供类分。

中国的史诗研究较晚，约在20世纪二三十年代，主要关注的是北方三大史诗。抗战时期，诗人光未然搜集整理出版了彝族创世史诗《阿细的先鸡》（又名《阿细人的歌》），到50年代初，南方民族地区发掘了大量这方面的内容，出版了一系列的史诗作品，形成南方史诗集群，南方史诗的研究才开始呈现欣然之势。可以说，西南史诗是中国史诗的重要组成部分，自古在中华大地上根脉延绵。尽管在时代的洪流中，史诗的传统形式逐渐消退，但生长于民间，赓续于时间，承继于空间的西南史诗文化精神仍在这片土地上传承，并牢固地流淌于人民血脉。历经70余年的西南史诗研究受特定历史时期的意识形态及价值观的深层影响，呈现出不断扩大化的趋势，特别是20世纪50年代以来的三次大规模民间文学采录，为西南史诗研究提供了大量研究素材，关于非物质文化遗产的系列政策和西方口头传统理论及成果的规模输入也为西南史诗研究提供了重要理论参照。尽管学界提出了"古代叙事诗""神话史诗""开辟史诗""起义史诗""英雄歌谣""英雄故事歌""勇士歌""原始性史诗""创世史诗""迁徙史诗""复合型史诗"等不同概念类别并展开论辩，但史诗研究应遵循"鱼儿要放在水中看"的观点被普遍认同，强调将史诗置于文化系统中进行整体性、系统性地解读与研究，方能赋予史诗时代价值。同时，取例西方但又被赋予了中国本土历史观念的史诗，延续了五四运动以来知识界寻求一种能够提升和强化民族精神并为现代民族国家认同的"宏大叙事"，被重新定位为与民众生活世界密切相关的口头传统，史诗文化研究的重要性更为凸显。

　　刘洋教授的新著《西南史诗文化研究》采用类型和主题相结合的方法，将西南史诗文化研究作为扩展本土文化遗产独特性认识的重要破题点，细致考察了西南史诗文化空间、文化想象、文化理想、文化自律、文化表达及文化价值，从"起源""英雄""禁忌""原初意象""演绎规律"等维度揭示了史诗文本文化内涵和精神品质，勾勒了一幅完整的西南少数民族史诗历史文化底蕴的图式。史诗的宏大叙事成就了该文的宏大结构，显示出作者在谋篇布局方面较强的驾驭能力。图表运用和数据统计也为阐述增添了力度。总的来说，该书内容创新，资料翔实，思路清晰，方法科学，无疑是对西南史诗群进行系统性研究的力著。

黄永林

2024 年 9 月于华中师范大学桂子山

序 三

史诗是文学发展史上重要的文学体裁之一,18世纪法国启蒙主义作家伏尔泰在《论史诗》一文中提到史诗一词来自希腊文,原意为"说话"。最早的史诗主要是指英雄史诗,这种观点一直持续到马克思主义经典著作中,而当前中国学术界对史诗含义进行了补充,将史诗分为英雄史诗、创世史诗、迁徙史诗等。就南方民族地区而言,创世史诗和迁徙史诗较为普遍,夹杂部分英雄史诗,由于史诗叙事内容混杂,有既包含创世内容又包含英雄业绩的史诗,也有既包含创世内容又包含迁徙内容的史诗,亦有既包含英雄业绩又包含迁徙内容的史诗,这种围绕一种或多种主题的史诗,可划分为单一型或复合型两种类别。

刘锡诚先生认为,中国史诗学研究的主要成就表现为,在口传史诗的搜集整理工作逐步完善的基础上,提出并论证了英雄史诗产生于人类社会从部落联盟到建邦立国时期,是以塑造和颂扬战争英雄为主要题材的文化遗产。虽然南北方民族均有英雄史诗的流传,但创世史诗主要集中流传在南方族群中,主要讲述万物起源,也有歌颂英雄带领族群发展的内容,是人类社会早期发展阶段的精神产物。史诗的神圣与崇高主要源于对世界本原的阐释,对族群历史的追溯,对族群领袖的歌颂。各民族精神的、物质的、历史的、现在的,所有的一切均在史诗中得到诵唱。换言之,史诗诵唱,是族群聆听祖先训诫的仪式规程。西南史诗蕴含对宇宙起源的探索与对人类起源的沉思,是早期人类探究世界的体现,具有深刻的思辨特性。

基于这些原因,作者以《西南史诗文化研究》作为自己的博士论文选题,写作之前作者与我反复商议讨论,西南史诗是我国史诗版图上极为重要的组成部分,民族众多,史诗资料丰富,相关研究成果颇丰,更上层楼殊为不易，且从文化这一宏大的框架中去咂摸工作量浩繁，我曾一度担忧他能不能啃得下这块"硬骨头"，但书稿到我手里的时候，心里的担忧便化作了欣喜与欣赏。他对史诗的研究始于对贵州苗族史诗《亚鲁王》的关注，2012年他与杨兰一起前往紫云苗族布依族自治县调研史诗《亚鲁王》，在那里与史诗结下了深厚的情谊，一晃十余年过去，他们在史诗研究的道路上默默耕耘、踏实前行，出版了《苗族史诗〈亚鲁王〉形象与母题研究》《苗族史诗〈亚鲁王〉社会功能研究》《苗族史诗〈亚鲁王〉百名东郎传承史》等专著，获批了一系列与史诗相关的课题，如"苗族史诗《亚鲁王》文化叙事研究""苗族史诗《亚鲁王》文化诗学研究""南方史诗文化诗学研究""苗族史诗生态诗学研究""西南创世史诗群的生态诗学研究"，等等。围绕史诗开展"文本—文化"的研究，针对文化资源的创造性转化、创新性发展，思考史诗资源的产业化研究助推乡村振兴，获批"苗族史诗《亚鲁王》及其全产业链研究"等课题，相关的研究报告得到省部级领导批示。

在前期史诗文本研究的基础上，作者拓展视域，将研究对象延至西南史诗集群，将理论视域移至文化研究，可以说《西南史诗文化研究》是一部分量十分厚重的书稿，作者用力颇巨，所涉资料丰富，学术视野宽阔，研究思路清晰，切入维度涵括了类型学、文化空间理论、文化想象、伦理规范、原初意象、文化表达等，深入探讨了西南史诗的演绎规律及文化价值。通观全稿，作者高屋建瓴、提纲引目，以深厚的学术积淀、深邃的理论思辨、恢宏的篇章结构，为读者描绘了一幅波澜壮阔、蕴藉万方的西南史诗的长卷。

总而言之，书稿是一部具有重要学术价值和创新意义的力作，相信它的出版，会对中国史诗学界带来广泛而深邃的影响。

肖远平

目 录

绪 论 ……………………………………………………………（1）
  第一节　研究缘起与意义 ……………………………………（1）
  第二节　研究现状与述评 ……………………………………（12）
  第三节　术语的界定 …………………………………………（34）
  第四节　研究方法与研究思路 ………………………………（51）
  第五节　研究创新与不足 ……………………………………（54）

第一章　西南史诗的类型特征与文化空间 …………………（56）
  第一节　西南史诗及其文本化成果 …………………………（56）
  第二节　西南史诗文化空间 …………………………………（62）
  小结　情感与感情：西南史诗的空间营造与地域表述 ……（111）

第二章　西南史诗的万物起源与文化想象 …………………（113）
  第一节　西南史诗宇宙起源母题 ……………………………（113）
  第二节　西南史诗人类起源母题 ……………………………（148）
  小结　混沌与创造：西南史诗的原始思维与原初想象 ……（171）

第三章　西南史诗的英雄轨迹与文化理想 …………………（175）
  第一节　英雄诞生 ……………………………………………（175）
  第二节　英雄婚姻 ……………………………………………（186）
  第三节　英雄伟绩 ……………………………………………（196）
  第四节　英雄死亡 ……………………………………………（207）

小结　立足与立族：西南史诗的生产发展与为族征战 ………… （213）

第四章　西南史诗的伦理规范与文化自律 …………………… （215）
　　第一节　理性与情感：西南史诗伦理的实践特质 ………… （215）
　　第二节　自发与转化：西南史诗伦理的运转规则 ………… （231）
　　第三节　想象与教化：西南史诗伦理的生态意向 ………… （244）
　　小结　他律与自律：西南史诗的伦理传统与行为模式 …… （259）

第五章　西南史诗的原初意象与文化表达 …………………… （262）
　　第一节　自然的超越：西南史诗的审美表现 ……………… （262）
　　第二节　多义与诗意：西南史诗的审美结构 ……………… （276）
　　第三节　浸润与穿透：西南史诗的审美精神 ……………… （286）
　　小结　崇高与信仰：西南史诗的人事之道与务实求真 …… （299）

第六章　西南史诗的演绎规律与文化价值 …………………… （300）
　　第一节　演绎规则与族群认同：西南史诗的文化演绎 …… （300）
　　第二节　价值重构与价值更新：西南史诗的文化价值 …… （314）
　　小结　重构与更新：西南史诗的民族精神与认同表达 …… （337）

总结与展望　西南史诗的文化精神 …………………………… （339）

附录 1　西南创世史诗概览与流布范围 ……………………… （345）

附录 2　西南英雄史诗概览及流布范围 ……………………… （363）

参考文献 ………………………………………………………… （370）

绪　　论

第一节　研究缘起与意义

一　研究缘起

始于 20 世纪中后期的西南史诗研究受特定历史时期的意识形态及价值观的深层影响，呈现出不断扩大化的趋势。① 学界已然普遍接受史诗研究应遵循"鱼儿要放在水中看"的观点，将史诗置于文化系统中进行整体性、系统性的解读与研究，并强调以此方能赋予史诗时代价值。自此，西南史诗不再仅仅被视为与作家文学相对的"民间文学"，而是重新被定位为与民众生活世界密切相关的口头传统，成为"范例的宏大叙事"②。

向源头求索，可见西方学人观照中国史诗的讨论持续已久。明天启三年（1623），意大利耶稣会传教士艾儒略（Giulio Aleni）和明末杨廷筠编撰的《职方外纪》已有关于希腊文学的简略介绍，认为希腊文学是西方文学的源头，"厄勒祭亚在欧罗巴极南，地分四道，经度三十四至四十三，纬度四十四至五十五。其声名天下传闻，凡礼乐法度文字典籍，皆为西土之宗，至今古经尚循其文字"③，此后的《希腊为西国文学之祖》等史诗译介文章可看作此文的延展。《职方外纪》编撰后 200 年，清道光三年（1823），第一位来华的英籍基督教新教传教士罗伯特·马礼逊（Robert

---

①　刘洋：《南方史诗的文化资源供给与中华民族新史诗的书写》，《理论学刊》2022 年第 3 期。

②　钟敬文、巴莫曲布嫫：《南方史诗传统与中国史诗学建设——钟敬文先生访谈录（节选）》，《民族艺术》2002 年第 4 期。

③　［意］艾儒略、（明）杨廷筠：《职方外纪卷之二·厄勒祭亚》，载（明）李之藻编、黄曙辉点校《天学初函·编理》，上海交通大学出版社 2013 年版，第 612 页。厄勒祭亚即希腊。

Marrison）编撰了第一部中英字典（以下简称《字典》）A Dictionary of the Chinese Language，在第3卷第1册中将《花笺记》释义为一部以"诗"（in verse）创作的"中国小说"（Chinese Novel），马礼逊的观念显然受西方文学样式和中国传统诗学的双重影响。① 同时，他的观念亦影响了同一时间为其印刷《字典》的工人皮特·培林·汤姆斯（Peter Perring Thoms）。清道光四年（1824），自学成才的英籍汉学家汤姆斯译介木鱼书《花笺记》为 Chinese Courtship：In Verse，并在序言中以西方文类框定中国文学，尝试弥补中国史诗（Epic Poems）在西方话语体系中的缺失。② 汤姆森的译著尽管遭受了诸多批评，但无疑是中西文体对译的有益尝试。

---

① Robert Morrison ed.，A Dictionary of the Chinese Language, in Three Parts Vol. Ⅲ -PART Ⅰ，Macao：Honorable East India Company's Press，1823，p.152. 字典中"花"字释义"HWA. The change produced on a plant in spring；the inflorescence of a plant. This character was not introduced till the fifth or sixth century；before that Hwa 華 was used. A flower. Used figuratively for pleasure；and commonly in a vicious sense；indistinct vision. Name of a place；a surname."。字典中"花"字例证"Hwa peǐh ke 花嗶嘰 embossed long-ells. Hwa hwa kung tsze 花花公子 a gay dissipated young man. Hwa tsëen ke 花箋記 title of a small Chinese novel；otherwise called Te pǎ tsae tsze 第八才子 the eighth work of genius. In verse."。马礼逊在举例中特别介绍了《花笺记》，但他将《花笺记》作为有韵的小说。此外，本书封面信息比较丰富，少年印刷工人在书籍上写上自己的名字，皮特·培林·汤姆斯（Peter Perring Thoms）在书籍扉页上印刷上了自己的名字，后来译介了《花笺记》。需要指出的是，本书在使用晚明以来西方传教士若干文献之时，注意客观看待传教士翻译与办刊的两重性，合儒、补儒、超儒及贬儒等文化侵略指导的传教行为带来西方先进科学技术的同时（宝成关：《西方文化与中国社会——西学东渐史论》，吉林教育出版社1994年版，第23—179页），情报收集、文化渗透及文化打压亦属常态，如马礼逊直接参与东印度公司的鸦片贩卖，主张"只有战争能开放中国给基督"，郭士立除参与贩卖鸦片外，还在第一次鸦片战争期间担任英国侵略军队在舟山的行政长官（国家宗教事务局政策法规司编：《〈宗教事务条例〉相关的法律法规及政策手册》，宗教文化出版社2010年第2版，第555—557页）。

② Peter Perring Thoms ed.，Chinese Courtship：In Verse，Macao：Honorable East India Company's Press，1824，Preface：Ⅲ—ⅩⅢ. 汤姆斯在序言中写道，"Though the Chinese are fond of poetry, they have no Epic poems；and while they are wanting of those beauties which distinguish the works of the Roman and Grecian Poets, they have nothing that resemble the extravagances of their Gods and Goddesses... The style of the original, in Chinese, is called Mǔh-yu... but the poem affords specimens of several kinds of metre, as may be noticed by the number of characters in a column... it will be found no small acquisition to that branch of eastern literature to which it particularly belongs"，显然，作为印刷工人的汤姆斯希望以木鱼书《花笺记》的译介弥补中国史诗（epic poems）在西方话语体系中的缺失，并借此进入文学领域和汉学领域，这源于汤姆斯认为中国没有史诗，《花笺记》可比附为史诗。当然，由于汤姆斯印刷工人的身份，遭到了当时西方学界的若干批评，但他开创性的中国诗歌翻译工作有学术价值。以此来看，早期传教士们在跨文化研究中，以西方文学类别考量中国文体，难以回避此有彼无或彼有我无的讨论，在《文学评论》上发表《〈花笺记〉：第一部中国（转下页）

清道光十五年（1835），海因里希·古斯塔尔·霍托（Heinrich Gustar Hotho）出版了格黑格尔（Georg Wilhelm Friedrich Hegel）1817—1829年的美学授课内容，认为中国是散文国度，没有史诗。①清道光十七年（1837），《东西洋考每月统纪传（正月刊）》刊《诗》介绍荷马史诗。②清咸丰七年（1857），英籍传教士约瑟夫·艾约瑟（Joseph Edkins）在《六合丛谈》发表大量译介西方文化的文章，荷马史诗是重要内容，他将Epic译为诗史，并类比《荷马史诗》和《诗经》③，尝试中国本土术语"诗史"与西方话语体系"史诗"的对译，此种研究思路直接影响了维新变法的先行者王韬。④清同治六年（1867），德籍传教士威

（接上页）"史诗"的西行之旅》一文的王燕教授便认为后来黑格尔在《美学》中"中国没有史诗"的论断源于西方传教士的认知，在《中国社会科学》上发表《西方早期汉籍目录的中国文学分类考察》一文的宋丽华教授在论述西方汉籍目录文体错位时认为，汤姆斯把《花笺记》看作叙事学的史诗（Epic）的观点应是可以进一步讨论的。但文化语境和时代特征导致了史诗术语在国内数百年的演变和沉浮是可以确定的。

① G. W. F. Hegel, *Asethetics: Lectures On Fine Art · Volume Ⅱ*, Trans. T. M. Knox, Oxford: Clarendon Press, 1975, pp. 1094 – 1095. 黑格尔认为"In the East, as we have seen, poetry generally is rather primitive because it always keeps closer to viewing things in terms of the substantive whole and to the absorption of the individual consciousness in this one whole…Nevertheless epics proper are to be found only in India and Persia, but then in colossal proportions... The Chinese, on the contrary, have no national epic"。

② ［普鲁士］郭士立、［英］小马礼逊、［英］麦都思：《东西洋考每月统记传·丁酉正月·诗》，载爱汉者等编《东西洋考每月统纪传》，中华书局1997年版，第195页。文中记载"诸诗之魁，为希腊国和马之诗词并大英米里屯之诗，希腊诗翁推论列国，围征服城也，细讲性情之正曲，哀乐之原由，所以人事浃下天道，和马可谓诗中之魁"。张治认为（张治：《蜗耕集》，浙江大学出版社2012年版，第134—135页）道光十八年（1838）五月号早就刊有《河马像略说》，与原文内容并不一致，原文实是动物河马介绍，"河马高如兕，象似巨牛骷髅也，嘴出白牙，长一二尺，河马公高七尺，长一丈七尺，周围一丈五尺"（［普鲁士］郭士立、［英］小马礼逊、［英］麦都思：《东西洋考每月统记传·戊戌五月·河马像略说》，载爱汉者等编《东西洋考每月统纪传》，中华书局1997年版，第371页）。

③ ［英］约瑟夫·艾约瑟：《希腊为西国文学之祖》，载［英］亚历山大·伟列亚力主编，［日］沈国威辑录《六合丛谈》，上海辞书出版社2006年版，第524—526页。《六合丛谈》刊载的多篇文章与史诗相关，诸如《希腊诗人略说》《罗马诗人略说》等。

④ 《毲书》初版刊行（1900）的前10年，为艾约瑟翻译过《六合丛谈》若干文章的王韬在光绪十六年（1890）撰《西学原始考》，认为"（公元前）五百五十四年，周灵王十八年，埃及国文学日开，有希利尼人苏朗，来讲授格致之学。国人化之。是时希腊名人相沿和马、海修达之余风，著作歌词，称为诗史，实开泰西文学之源"，王韬以诗史术语替代西方学界当时普遍使用的史诗术语，延续且强化了艾约瑟举棋不定使用"诗史"类比"史诗"的做法，显然是中国本土学术话语与西方学术话语的持续碰撞。

廉·罗存德（William Lobscheid）编撰《英华字典》（*English and Chinese Dictionary, with the Punti and Mandarin Pronunciation*）第二册出版，首译 Epic poem 作史诗①，在香港出版的字典受到了日本学人的热捧，却未能引起中国学人重视。

  详细考察可见，"师夷长技以制夷—中体西用"的中西文化之辩是19世纪史诗术语在"英文—中文—日文—中文"多次转译的重要原因。

  一方面，清道光二十年（1840）第一次鸦片战争前后，已有开眼看世界的中国学人如魏源、龚自珍尝试新体诗的创作，但此时中国知识分子大多主张师夷长技以制夷以除夷害，学夷文、作夷学被视为知识分子的耻辱，如清同治四年（1865）曾国藩规划、李鸿章主持的江南制造局组织专人翻译西书，亦不过两百余种，且多系格物书籍，少有人文社科内容，再如清光绪三年（1877）年初，第一位驻外使节郭嵩焘赴英国任职，撰两万余字《使西纪程》钞寄总理衙门，便有两处专论史诗，诸多官员上折痛斥，更有斥之为汉奸，唯奕䜣、李鸿章等人上折支持，后慈禧下旨毁版。②甲午战争后，清廷寻求变革，要求中体西用，建京师大学堂，

---

  ① W. Lobscheid ed., 英華字典 *English and Chinese Dictionary: with the Punti and Mandarin Pronunciation*, Hong Kong: The "Daily Press" Office, 1866, p. 743. 字典中 Epic 释义 "Epic, narrative, 説 shūtō. Shwoh, 紀 ckí. Kí; an epic poem, 史詩 csz cshí. Shí shí, 紀事之詩 ckí szz cchí cshí. Kí sz chí shí, 懷古之詩 swái ckú cchí cshí. Hwái kú chí shí."。值得注意的是，稍早一些时间，英籍传教士湛约翰（John Chalmers）编撰英粤字典未见 epic 释义（John Chalmers ed., *An English and Cantonese Pocket-Dictionary, for the use of those who wish to learn the spoken language of Canton province*, Hong Kong: London Missionary Society's Press, 1862.）。与罗存德同一时间刊出的，还有第一种由中国人邝其照编写的英汉字典《字典集成》（*English and Chinese Lexicon*），先后在1879年和1887年再版和三版，但字典中未见 Epic（Kwong Ki Chiu ed., *An English and Chinese Dictionary: compiled from the latest and best authorities, and containing all words in common use, with many examples of their use*, Shanghai: WAH CHEUNG, 316 Honan Road, Kelly & Walsh, 1887.），后日本英学新志社以邝氏字典为底本编撰英和双解熟语大字典亦未见 Epic 释义（Kwong Ki Chiu ed., *A Dictionary of English Phrases with Illustrative Sentences*, trans. 增田藤之助, Tokyo: 英學新誌社, 1899.）。

  ② （清）郭嵩焘：《郭嵩焘：伦敦与巴黎日记》，钟叔河、杨坚整理，岳麓书社1984年版，第275—278、946—947页。1877年8月11日记载，"闻其最著名者，一为舍色斯毕尔，为英国二百年前善谱韵者，与希腊诗人何满得齐名。（何满得所著诗二种，一曰谛雅得，一曰阿锡得。）其时有买田契一纸，舍色斯毕尔签名其上，亦装饰悬挂之。其所谱韵一帙，以赶此会刻印五百本。一名毕尔庚，亦二百年前人，与舍色斯毕尔同时。英国讲求实学自毕尔庚始"，舍色斯毕尔系莎士比亚（Shakespeare），何满得系荷马（Homer），谛雅得系伊利亚特（Iliad），阿锡得系奥德赛（Odyssey），毕尔庚系培根（Bacon）。1879年3月8日即将回国途中记载，"希腊（转下页）

戊戌六君子杨深秀上书，高呼变法急迫，称学习西方语言花费时间过长，时不我待，需开辟翻译捷径，日本明治维新以来已经翻译了许多西方原书①，日本文字来自中国文字，仅语法不通，读书人专心学习几月便可快速翻译，可先译日本译书，再译西方原书，这一观点在晚清朝廷多有附和。实际上，在维新变法早期，日本学界亦是借用中文译著打开规模翻译的局面。也有观点认为从日文翻译的西学著作必然不能深达其意，应聘请通晓中文的西方学者翻译。同一时间，黄遵宪、夏曾佑、谭嗣同、梁启超、康有为等改良派思想家考证西方史诗传统，主张广义的诗歌认知，呼吁沿袭本土诗史传统，倡导诗界革命，尽管未能形成规模化的影响，但为新文化运动积蓄了能量。

另一方面，明治维新元年（1868）始，日本由兰学转西学，由于学人多通晓汉学但不通英文，大量译介来华传教士和中国人编撰的词典，大规模翻译西学著作和开办新式学校亦成常态。如明治五年（1872），君德星主编8卷本《海外万国伟绩丛传》，卷6和卷7专论万国文学，认为"称英雄伟人者，不必在乎政治与战略，而贸易之法，器械之术，苟有所发挥，使人进步于文明之域者，亦非英雄伟人哉"②；明治六年（1873），

（接上页）言性理及诗，尤多著名者。耶苏前一千四百余年，有奥非吴、木西吴、希西吴诸诗人，著作尚存。奥非吴有一诗论地动，其时已有此论。耶苏前九百零七年有胡麦卢（至今西人皆称曰河满）有二诗，一曰《以利亚地》，论特罗亚窈示八打王后相攻战事；一曰《胡底什》，论玉立什攻特罗亚回，迷路二十年所历诸险异事。（耶苏前八百八十四年，希腊言律法之书已行于示八打）"，其中，以利亚地系伊利亚特（Iliad），示八打系斯巴达（Sparta），胡底什系奥德赛（Odyssey）。尽管郭嵩焘重视西方精神之多元求索，已有论及史诗，并强调史诗精神之雏形，但源于其不通英文，日记中多有前后不一之处，且彼时知识分子更多考虑国之发展，如政治、经济制度等，势必难有史诗专论，更毋论其著作被下旨毁版，难有影响。

① 杨深秀：《山东道监察御史杨深秀片》，载国家档案局明清档案编《戊戌变法档案史料》，中华书局1958年版，第446—447页。1898年（光绪二十四年）4月13日，杨深秀呈光绪皇帝奏折曰："臣愚窃考日本变法，已尽译泰西精要之书，且其文字与我同，但文法稍有颠倒，学之数月而可大通，人人可为译之用矣。若少提数万金，多养通才，则一岁月间，可得数十种。若筹款愈多，养士愈众，则数年间，将泰西日本各学精要之书，可尽译之，而天下人士及任官者，咸大通其故，以之措政皆有条不紊，而人才不可胜用矣。国家虽贫，而岁縻闲款，不知几许，若一铁舰一克虏伯炮之费，动需百数十万矣。若能省一炮之费，以举译书之事，而尽智我民，其费至简，其事至微，其效至速，其功至大，未有过于此者。若承采择，乞饬下总理各国事务衙议行，或年拨数万金试办。臣愚一得之见，伏维圣鉴。"

② 君德星主编：《海外万国伟绩丛传》，东京书肆·万卷楼1872年版。书中已涉及希腊神话和部分英雄史诗内容，但未使用史诗术语。

江岛喜兵卫编撰童蒙初学英文词典①，青木辅清编撰《英和掌中字典》②；明治八年（1875），文部省刊《教育史》，专章论及和墨耳（荷马日译ホーソル）③；明治十二年（1879），津田仙、柳泽信大、大井镰吉以罗存德编《英华字典》为底本翻译《英华和译字典》④，并交由中村敬宇校正刊印；明治十四年（1881），永峰秀树以麦都思编《英华字典》为底本加入日语注释⑤；明治十六年（1883），井上哲次郎以罗存德编《英华字典》为底本编撰《订增英华字典》。⑥明治二十三年（1890），涩江保撰东京博文

---

① 《英和小字典：一名·小学校辞書》，東京：江島喜兵衛1873年版，第106页。Epic 释义"形，話ス"，亦即"讲话，说话"。

② ［日］青木辅清：《英和掌中字典》，有马私学校藏版1873年版，第157页。字典封面写有"纪元二千五百三十三年九月刊行"，书中注释通篇使用罗马字和假名，Epic 释义"a. モノガタリノ，イケサノチガラヲノベタル"，亦即"物语，讲述着战争的力量"。

③ ［日］ヒロビブリアス：《教育史·上》，文部省1875年版，第50—51页。书中专论希腊史，"希臘國ノ教育ノ狀ナ容易ニ理會セシムルガ為メコ、假リニ之ヲ分ツテ四時世ト為ス、第一ノ時世ヲ和墨耳（ホーソル）ノ時世ト云フ、通常英豪時代（ヒーロイクエーシ）ト稱スル者是ナリ、此時世ノ事ハ唯和墨耳及希削德（ヒヘシサネ）ノ喻言謎語ニ由テ知ルベキ者ノミニシテ其傳フル所ハ虛實相混シテ真ヲ撰フ〔甚難シ、然レロ此二人ノ遺書フルニ頼リテ、當時此國人民智識ノ狀ヲ知ル〕得ベシ、此時世ノ間ハ國中一モ方今言フ所ノ學校ノ如キ者ナシ、唯阿林比（オリムヒア）及ビ其他ノ諸神ノ功德ヲ讚スル歌詩ヲ習フ為メニ國民ノ時々集會"，即"为了更好地理解希腊国的教育状况，将其分为四个时代，第一时代为'和墨耳时代'，也就是世人常说的英豪时代，这个时代只有从和墨耳（和墨耳应是荷马）和希削德（希削德应是希西阿德）的寓言谜语中可以略见一二，但所言真伪难辨，只有从二人的遗书内容可知，当时希腊国人民的知识情况，这个时代整个国家都没有如今所说的'学校'，只有国民偶尔自发集会共同学习歌颂阿林比（阿林比应是奥林匹克）以及其他诸神的诗歌"。

④ ［日］中村敬宇校正，［日］津田仙、［日］柳澤信大、［日］大井鎌吉仝譯：《英華和譯字典·乾》，山内：吉内橘翁1879年版，第1211页。字典序言中写道"独斯编译英以汉。再译汉以国字。则一阅以通三国之辞……独便于我之学彼。彼之学我与汉者。亦将有所资益焉……明治九年秋九月，日本，川田刚撰"，中村正直撰跋"余校此书。始於明治五年十二月。毕于明治十二年二月……试思之。其间。有征韩之党论。有台湾之征役。有肥长之变。有西萨之乱"，可见字典编撰始于1872年，止于1879年，且源于明治维新初期，日本启蒙思想渴望加快现代化进程，大幅度吸纳外来思想也就成为必然。字典中，Epic 属形容词，释义"a. narrative，說，紀，ハナシノ，hanashi no，キジノ，ki-ji no; an epic poem，史詩，紀事之詩，懷古之詩，キジノシ，ki-ji no shi"。

⑤ ［日］永峰秀树：《華英字典》，东京：竹云书屋1881年版。由于麦都思编撰《英华字典》未见 Epic 释义，该字典也未见 Epic 释义。

⑥ ［德］罗布存德原著，［日］井上哲次郎订增：《订增英华字典·滕本氏藏版》，东京：藤本次右衙门，1883年版，第460页。该字典版权页写有"明治十六年七月十二日版权免许，明治十七年七月出版，原著者英国人ロブスチード，订增者福冈县平民井上哲次郎，东京（接下页）

馆通俗教育全书第 56 册《希腊罗马文学史》，全书有 20% 的篇幅讨论史诗①，"史诗"术语为日本学界接受，但使用上却有较大差异，如直接对应"物语"（ものがたり），抑或对应"話"（せつわ）。

清光绪二十八年（1902），由严复作序，参考了罗存德编《英华字典》和井上哲次郎《订增英华字典》的《华英音韵字典集成》由商务印书馆出版②，留日学人章炳麟专文论述文学发展史亦使用了"史诗"术语。③ 此后，王国维④、令飞（鲁迅）⑤、周作人⑥、郝祥辉⑦、西谛（郑

（接上页）魏町區富見町五丁目六番地寄留，出版兼發賣人東京府平民藤本次右衛門，東京日本橋區版本町五番地"，书中原著者英国人是错误的，应为德国人。其中，Epic 属形容词，释义"a. Narrative，説，紀；an epic poem，史詩，紀事之詩，懷古之詩"。

① ［日］澁江保：《希腊罗马文学史》，东京：博文馆 1890 年版，第 41—78 页。

② 商务印书馆：《华英音韵字典集成》，商务印书馆 1906 年版，第 619 页。该字典被誉为国人编纂的第一部大型英汉双解词典，初版于 1902 年（光绪二十八年）出版，严复作序，本书使用的是版本是 1906 年（光绪二十六年）第六版，Epic 释义"a. or n. Narrative，说，纪；an epic poem，史诗，纪古事之诗"。从词条内容上看，相较于《订增英华字典》，《华英音韵字典集成》不仅多出名词词性，在释义上亦发生较大变化，前者仅作"记事的，记事的诗，怀古的事"，后者则直接释义为"记古事之诗"。从扉页上看，《华英音韵字典集成》写有原著者英国罗布存德氏，日本《订增英华字典》扉页上则写有原著者英国人ロブスチード，两本字典均将罗布存德国籍误作为英国，可见中国学人编撰史诗词条时，受罗布存德原本词典和日本词典双重影响。

③ 朝戈金、巴莫曲布嫫、尹虎彬认为"据目前所见资料，中国最早使用'史诗'术语的是章太炎（炳麟）"（朝戈金、巴莫曲布嫫、尹虎彬：《史诗研究概略》，载刘守华、陈建宪主编《民间文学教程》，华中师范大学出版社 2009 年版，第 102 页）。吴晓东也认为，在中国第一次用"史诗"这一术语来指代希腊荷马史诗的，就目前能查到的资料，是 1900 年章炳麟出版的《訄书》（吴晓东：《史诗范畴与南方史诗的非典型性》，《民间文化论坛》2014 年第 6 期）。章炳麟《訄书》初刻版未见史诗论述，但 1902 年章氏在《新民丛报》发表《文学说例》，称"世谓希腊文学。自然发达……故韵文完具而后有散文。史诗功善而后有戏曲……同上征之禹域，秩序亦同"，文字竖向排版且旁有两行小字标明"见澁江保希腊罗马文学史"（章炳麟：《文学说例》，《新民丛报汇编》，1902 年），后章氏在 1904 年修订《訄书》（1904 年日本东京翔鸾社刊行）时，将该文作订文第二十五附录正名杂议，取代《訄书》初版订文第二十二附录正名略例，1912 年章炳麟大篇幅修改《訄书》并更名《检论》时亦未改动该段。章太炎在第九段首先援引了澁江氏关于希腊文类"自然发达"的记述。所谓"自然发达"，即未受外力影响，故其文类发生如四季迭代，体现了自然秩序，先有韵文（verse）再有散文（prose），韵文按史诗（epic poetry）、乐诗（lyric poetry）、戏曲诗（dramatic poetry）顺序发生；史诗中又分大史诗（grand epic）、正史诗（historical poem，即有韵历史 metrical history）等八类。值得注意的是，章氏《文学说例》刊发后 2 年，刘师培于 1904 年在《警钟日报》发表《论白话报与中国前途之关系》（刘师培：《论白话报与中国前途之关系》，《警钟日报》1904 年 4 月 25 日第 1 版），亦引用了澁江保的文字，但文中竖向排版夹注"见澁江保罗马文学史"，应是漏写"希腊"二字。（转下页）

振铎)①、胡适②、王维克③、傅东华④、赵景深⑤等学者中西并举，再讨论和再阐释中华优秀传统文化，译介和评述国外经典著作，讨论史诗与叙事诗之关系⑥，史诗释义颇多且未能一致。⑦中华人民共和国成立后，

（接上页）④ 王国维：《文学小言》，载郑振铎《晚清文选》，上海生活书店1937年版，第711—714页。原文载于1906年《教育世界》139号。王国维认为"至叙事的文学（谓叙事诗、史诗、戏曲等，非谓散文也），则我国尚在幼稚之时代"。

⑤ 令飞（鲁迅）：《摩罗诗力说》，《河南》1908年第2期。鲁迅认为，"孔子出，以修身齐家治国平天下等实用为教，不欲言鬼神，太古荒唐之说，俱为儒者所不道，故其后不特无所光大，而又有散亡"（鲁迅：《中国小说史略》，上海古籍出版社2006年版，第10页）。

⑥ 周作人：《欧洲文学史》，上海出版社1918年版，第14—20页。周作人《近代文学史》和《罗马文学史》的讲义，开篇便讲，颂歌（Hymnos）皆关神话（Mythos），史诗（Epos）大抵取材于传说（Saga）。神话与传说，本甚近似，唯神话记神人之行事，传说则以古英雄为主。其一，对于超自然之存在，有畏敬之心，近于宗教纪载。其二，对于先民之事迹，致爱慕之意，近于史传。此为二者之大别，唯以后便于称名，后乃谓之神话。

⑦ 郝祥辉：《百科新辞典》，世界书局1921年版，第83页。史诗在书中释义"Epic，以历史上的事情做题材的诗，叫史诗，例如：和马（Homer），底伊丽雅（Ilias）"，这里需要注意的是，和马应是作者，而非史诗名称。

① 西谛（郑振铎）：《史诗》，《文学旬刊》1923年第87期。郑振铎认为，史诗（Epic Poetry）是叙事诗（Narrative Poerty）的一种。叙事诗中，除了史诗以外，还有英雄传说（Hero-Saya）、冒险纪（Gest）、寓言（Fable）、短歌（Idyl）、牧歌（Pastoral）、歌谣（Ballad）等，而史诗独为其中的最重要者……在中国，则伟大的个人的史诗作者，也同民族的史诗一样，完全不曾出现过。

② 胡适：《白话文学史·上卷》，上海新月书店1929年版，第75—106页。胡适的《白话文学史》版本颇多，有《国语文学史》（1921），《重印胡适国语文学史讲义》（1927），《白话文学史 上卷》商务印书馆1928年版，上海新月书店1929年版等，每一版本修改幅度较大，本书使用1929年上海新月书店版，胡适将Epic译为"故事诗"。

③ ［法］H. et T. pauthier：《法国文学史》，王维克译，泰东图书局1925年版，第4—9页。书中译文"然此等'土浮而'皆知战事，好刀剑，或竟有身为骑士，参预当世之战事者；其诗总标「史诗」（Chansons de geste），geste一字，意谓过去之事迹及动作"，书中有译者注"「土浮而」直为贵族之玩物，其地位与歌童乐伎几相等；谁知后世诗人之高贵，凌驾帝王，睥睨一世耶"。此处的Chansons de geste释义若为"（中世纪文学中的）武功歌"可能更好理解，如《罗兰之歌》等。

④ Theodore W. Hunt：《文学概论》，傅东华译，商务印书馆1935年版，第340—361页。

⑤ 赵景深编：《中国文学史纲要》，中华书局1941年版，第1—12页。赵景深认为"可惜周以后就没有人继续这种大规模的民歌采集的工作了。「颂」里面略有一些史诗，但是这些史诗都不伟大，不过是几十句的叙事诗，在诗经中比较的长；比起世界各国的大史诗来，简直如「小巫见大巫」，不能比"。

⑥ 冯文开：《中国史诗学史论（1840—2010）》，中国社会科学出版社2016年版，第25页。

⑦ 吴治俭、胡诒穀编：《袖珍英华字典》，商务印书馆1908年版，第320页。该字典Epic释义"a. 叙事的；史诗的—n. 史诗，纪事诗"。

老舍先生将《格萨尔》定性为史诗①，打破"中国没有史诗"的西方话语，中国话语的史诗研究进入本土话语建构。需要注意的是，尽管学界普遍认可史诗属叙事诗范畴，但史诗研究的态度和策略绝非固定，而是在历史演进中不断调适。②钟敬文先生源于本土知识和本土认知，认为史诗是一种宏大的叙事作品，以诗的语言讲述了各民族关于天地形成、人类起源的传说以及民族迁徙、民族战争等重大事件，是与民族历史一起生长的，也是某一民族在特定时期的一部形象化的历史，③钟先生的观点得到了实践的检验，并为史诗研究学人广泛认可。

毋庸置疑，历经70余年的西南史诗研究受特定历史时期的意识形态及价值观的深层影响，呈现出不断扩大化的趋势，特别是20世纪50年代以来的三次大规模民间文学采录④，为西南史诗研究提供了大量研究素材，顶层设计关于非物质文化遗产的系列政策和西方口头传统理论及成果的规模输入⑤也为西南史诗研究提供了重要理论参照。尽管学界提出了"古代叙事诗""神话史诗""开辟史诗""起义史诗""英雄歌谣""英

---

① 老舍：《关于兄弟民族文学工作的报告——在中国作家协会第二次理事会会议（扩大）上的报告》，《人民日报》1956年3月25日第3版。

② 杜维运：《中西史学的分歧》，载王兆成主编《历史学家茶座3合订本》第9—12辑，山东人民出版社2011年版，第42—46页。杜维运认为，中国已在上古时期设置及时记载天下大事的史官，西方史学家文艺复兴以后在真实的概念上才趋于严格，文艺复兴时代写《意大利史》的大史学家基察第尼仍虚构演说，窜改修约，创造史学的希腊人在公元前7世纪政治经验已十分丰富，但他们认为的历史仍是史诗提供的历史，希腊、罗马史学家写史，多用修辞学的方法，多系史学家的想象，几与小说家、剧作家类似。杜维运强调西方后现代主义者观照的历史与文学的虚构，实则是19世纪德国大史学家兰克"呈现往事真相"（to show what actually happened）成为时尚后的事情了。显然，已有不少学者反思1840年以来沦为半殖民地半封建社会的中国学术研究，诸如在史学研究上要警惕晚清以来虚心学习西方和接受西方时的矫枉过正，具体来讲，要辩证看待早期史诗研究或史诗译介中的若干诠释。

③ 钟敬文：《史诗论略》，载赵秉理编《格萨尔学集成》第一卷，甘肃民族出版社1990年版，第581—587页。

④ 关于口头文学的收集整理，学界有诸多争议。刘守华先生从20世纪50年代以来就有颇多关注，《论民间故事的"改写"》系统阐述民间故事改写应遵循的基本原则，亦对"采录"与"搜集整理"两者的学术意义作了清晰的说明，即搜集整理与创作并无明显的边界。民间文学工作者在实际工作中常常偏向非民间文学乃至反民间文学的境地，采录则从学理上表明了民间文学工作的特殊性、科学性和本真性。

⑤ 巴曲曲布嫫、郭翠潇、高瑜蔚、宋贞子、张建军：《口头传统专业元数据标准定制：边界作业与数字共同体》，《民间文化论坛》2018年第6期。

雄故事歌""勇士歌""原始性史诗""创世史诗""迁徙史诗""复合型史诗"等不同概念类别并展开论辩,但史诗研究应遵循"鱼儿要放在水中看"的观点①被普遍认同,强调将史诗置于文化系统中进行整体性、系统性的解读与研究,方能赋予史诗时代价值。同时,取例西方但又被赋予了中国本土历史观念的史诗,延续了五四运动以来知识界寻求一种能够提升和强化民族精神并为现代民族国家认同的"宏大叙事"②,被重新定位为与民众生活世界密切相关的口头传统,史诗文化研究的重要性更为凸显。

值得注意的是,史诗文化榫合文化区域,文化区域重视文化要素,文化要素建构史诗文化,与自然地理和族群传统紧密嵌合。考察区位不同、方言不同、语义不同,但仍存诸多相似特征的西南史诗文化,可见顶层设计与行政区划的紧密嵌合,资源分配机制与供给原则受央地博弈影响,地域认同与族群认同往往交织并进。沿着地域协同与文化协同的双重轨辙,关注数据思维和智能质造嵌合生产生活方式,发现时空距离的缩短为社会行为实现跨越时空的再生产提供了必要条件,文化系统因此沿时空边缘扩散。具体来讲,时空距离的缩短,不仅强化了作为地域符号的史诗文化,也强化了地域内文化持有人的文化权利和文化利益,其文化系统也因此伴随空间(节庆、仪礼等)变化衍生出新的空间秩序(在社会中,亦在自然界中)③,此种更迭无疑是时空秩序下史诗文化的再构。

必须承认的是,限于特定时空的研究成果和研究条件,史诗的资料学研究取得了极大的成绩,并持续稳定地拓展,史诗的理论研究已经开始了多视角的论证,但仍然有些滞后。诸如在西南史诗的研究中,创世史诗、迁徙史诗和英雄史诗往往并非遵循线性的历史轨辙,而是呈现出错综复杂的交织状态,与北方英雄史诗和国外英雄史诗叙述英雄武功的

---

① 潘定智、李建国:《神话、史诗与民族文化——贵州神话史诗学术讨论会记略》,《贵州民族学院学报》(社会科学版)1987年第2期。
② 朝戈金、巴莫曲布嫫、尹虎彬:《史诗研究概略》,载刘守华、陈建宪主编《民间文学教程》,华中师范大学出版社2009年版,第102页。
③ 景天魁、何健、邓万春、顾金土:《时空社会学:理论和方法》,北京师范大学出版社2012年版,第21—45页。

单一表现形式不同,具有其独特性。尽管西南史诗研究的多重理论尝试较多,但术语范畴内的非典型性仍然存在。① 采取差异性比较的方法,以全知视角全面考察史诗传承人,以限制视角和他者视角考察地域文化持有人、学术共同体和政府职能部门,可见多重要素均可纳入西南史诗文化的研究边界,但广而宽的研究概念在落地衔接上面临诸多限制,活形态、地域性、接受性和普适性无疑可以成为西南史诗文化研究的新维度。

二 研究意义

从学术意义上看,本书立足行政话语体系、学术话语体系和文化持有人话语体系的多重考量,沿着"客观的存在、抽象的结构、统一的法则"的"三位一体"思路和"持续的稳定、艺术的欣赏、变化的常态"的"三维建构"思路,尝试西南史诗文化动态演变轨辙的理论建构,可为西南史诗研究的树状知识网络提供有益补充。具体来讲,西南史诗的活形态决定了史诗叙事文本变异的常态,也决定了对西南史诗的考察本身便是对西南史诗文化的考察,这源于西南史诗呈现的知识表达有高度的概括性和典型性,其演述内容大多与地域重要社会文化事项或重大历史活动事件紧密关联,创作者(传承人)、受众(文化持有人)、史诗文本及客观世界四要素交互作用且动态演变,促使史诗渐次完善的同时,也孕育出成熟的文化体系。同时,在传统与现代博弈视阈下的文化冲撞中,外来文化被地方化的同时,地方性文化也因此非地方化,从横纵时空考量文化持有人、学术共同体、行政共同体、地域民众的文化观念极具现实意义。值得注意的是,西南史诗已有研究成果呈现的"无限向前端延伸"和"无限向后端延伸"两种学术实践本身就涵括碎片化的西南史诗文化解读。此外,基于西南史诗原生形式在本土文化中与仪式和吟唱一体的展演实践,单纯的文学视阈抑或单纯的文化研究无法有效把握西南史诗文化流变轨辙,整体视阈的西南史诗文化研究无疑是对活形态史诗存在与传承价值的再认识,亦可更新既有文学观,扩展本土文化遗产的独特性认识。

---

① 吴晓东:《史诗范畴与南方史诗的非典型性》,《民间文化论坛》2014年第6期。

从实践意义上看，史诗是人类历史经验与生存智慧结晶的重要组成部分，史诗文化研究不仅可以回应构建人类命运共同体目标中史诗学学科回归实践传统的现实需求，也可为多民族共建共融共享的中国叙事贡献知识累积，为全球治理贡献中国智慧和中国价值，还可为中国哲学社会科学的国际话语能力贡献实践经验和创新思维。同时，本书涉及诸多民间文献资料的收集、整理和翻译，涵括民俗学、中国民间文学、历史学、文化遗产学和人类学多个领域，可以为史诗学、非物质文化遗产等学科建设提供支撑。简言之，有利于更为深刻地增强民族认同感和民族凝聚力，更为直接地体悟史诗传承地的文化生态，更为妥善地保护传承非物质文化遗产，更为细致地供给基础性研究材料。

第二节　研究现状与述评

若将诗人光未然在抗日战争时期采录出版的彝族史诗《阿细的先基》作为时间节点①，可见中华人民共和国成立前的西南史诗研究多系人类学调查抑或社会学调查的副产品，大多系资料学意义上的采录，且因为彼时中国有无史诗的辩论未曾停止，自然少有专门研究。以历史脉络爬梳中国史诗研究轨迹，可见中华人民共和国成立后西南史诗研究经历了规模采录与文化自证、资料累积与观念更新、多元视角与体系建构三个边界极为清晰的阶段。

一　规模采录与文化自证：史诗研究的发轫期（1949—1977）

晚清革命派作家肯定民间文学价值②，采用民间歌谣、弹词体等形式创作文学作品鼓吹社会风潮，大力宣传革命。诸如陈天华创作弹词唱本《猛回头》，秋瑾创作弹词《精卫石》等，对于民间歌谣的收集经五四运动逐步扩大至长诗、传说、故事、神话等体裁类别，中西文学体裁

---

① 杨兰：《贵州民俗研究70年：基于学术史的考察》，《贵州社会科学》2019年第12期。
② 钟敬文：《晚清革命派著作家的民间文艺学》，《北京师范大学学报》（社会科学版）1963年第2期。

比较研究成为民间文学现代学科意识和现代理论研究的重大议题。① 史诗作为舶来术语，是西方话语体系中文学形而上研究的发端，研究西方文学势必无法绕开对史诗的探讨，以比较视域观照中西文学也无法绕开对史诗的研究，史诗成为民间文学和民俗学研究的重要阵地和关键突破口。

若从整体视域来看，中华人民共和国成立前的史诗研究尚未形成现代学科意识。一方面，中国学者迫切证明中国文化在世界范围内的历史地位和当代价值，回应时代诉求和民族觉醒，中国有无史诗的论辩成为文化自证的重要组成，舶来术语的史诗由西方话语体系解释，在本土适应中与史诗性、诗史、史歌、叙事诗等概念交织，难以框定其边界。传教士艾约瑟将史诗与诗史纳入同一框架进行考察，由于跨文化比较的深度理解，偏颇之处颇多，艾约瑟的研究成果有极大的主观判定色彩，尽管在西方汉学研究中产生了一定影响，但影响并不大。诸如后来的塞缪尔·克拉克（Samuel R. Clarke）、塞缪尔·伯格理（Samuel Pollard）在云贵地区采录歌谣，使用的便是史歌概念。另一方面，"改良风俗之志和正风俗以正人心"的"述古俗，镜今俗"研究思路，② 成为中国学者提供中华民族复兴崛起的治病良方，民间文学的采录受救国图存的时代价值影响，资料匮乏和理论薄弱导致史诗研究的深度和广度沿古希腊史诗、印度史诗、北方史诗和西南史诗递减，且厚古薄今成为常态。具体来讲，中华人民共和国成立前的史诗研究，限于特殊时空，系全社会救亡图存的重要组成部分，止于资料学的收集，且未能引起学者高度重视；中华人民共和国成立后至 1977 年的史诗研究，沿中央民族访问团和民族大调查轨迹进行，继而影响至今。

以文献溯源，可见西南史诗的资料学成果最早见于克拉克在黔东南地区的调查③，彼时克拉克沿袭传教士同行的做法④，效仿《东西洋考每月统记传》的办刊模式，搜寻地域洪水神话，类比《圣经》中诺亚方舟的故事，以期达致传教之目的，这些收集的民间故事和歌谣便有《苗族

---

① 刘洋：《南方史诗的文化资源供给与中华民族新史诗的书写》，《理论学刊》2022 年第 3 期。
② 赵献涛：《鲁迅杂文与中国杂学》，中国广播影视出版社 2014 年版，第 159—160 页。
③ 何积全：《贵州民间歌谣概论》，中央民族大学出版社 2013 年版，第 271 页。
④ 杨兰：《贵州民俗研究 70 年：基于学术史的考察》，《贵州社会科学》2019 年第 12 期。

史诗》的一些篇章①。另有法国传教士邓明德为实现传教目的,使用《圣经》中的洪水泛滥比附彝族文化的洪水泛滥,对彝族史诗《尼迷诗》诵唱的冰雪时代、干旱时代和洪水时代进行改造,解释洪水时代的彝族祖先笃慕是亚当若干代子孙等②,希望以此将彝族文化置于《圣经》体系中。20 世纪 20 年代后,苗族学人杨芝、王明基、陶自改、杨荣新、张明、杨旭光等使用博德拉苗文收集记录了大量苗族古歌,后来英国学人张绍乔、张继乔使用三行对译法(博德拉苗文、英文、中文直译)进行了翻译整理出版,有较高学术价值。③ 抗战爆发后,民间文学阵地转向西南地区,大量的史诗采录工作便是此时开始的,但出版的较少。由沪迁黔的大夏大学(华东师范大学前身)有诸多成绩,如吴泽霖在讨论苗族传说时,大量使用了采录的洪水滔天歌④,又如杨汉先讨论威宁花苗歌乐时便将诗歌划分为史歌(故事歌)、情歌及时代歌⑤,再如陈国钧讨论苗族神话时,使用了大量的"起源歌"⑥,这些成果在 1942 年 7 月汇编为《贵州苗夷社会研究》⑦,影响较大。此后,陈国钧编译了《贵州苗夷歌谣》,书中收录有大量"叙事歌""起源歌"等史诗内容,但有学人评价"爬梳而整理之,确可成为大好之民间文学,但其中不免还有伪造之成分,兹举一例:记取班荆道故,此石芳洲渡,乱石聊当竹倚椅"⑧,尽管这些批评仅指出仲家情歌部分内容,但对民间文学采录的反思已然初显。

中华人民共和国成立后至 1977 年,史诗的资料学成果丰富,也有少量的史诗理论探讨,大量史诗资料的采录消解了中国有无史诗的问题,民国时期以西方哲学社会科学话语体系为标杆,中西文学体裁彼有我无或彼无我有的论辩已不复重要,差异性比较的视域得以萌芽。新中国成

---

① 吴晓东:《南方史诗搜集研究不断完善》,《中国社会科学报》2015 年 11 月 6 日。
② [法]保禄·维亚尔:《保禄·维亚尔文集——百年前的云南彝族》,黄建明、燕汉生译,云南教育出版社 2002 年版。
③ 毕节地区民族宗教事务局、毕节地区民族研究所:《中国西部苗族口碑文化资料集成:滇东北次方言苗、英、汉对照·上卷》,云南民族出版社 2007 年版。
④ 吴泽霖:《苗族中祖先来源的传说》,《贵阳革命日报·社会旬刊》1938 年第 4、5 期。
⑤ 杨汉先:《威宁花苗歌乐杂谈》,《社会研究》1940 年第 5 期。
⑥ 陈国钧:《生苗的人祖神话》,《社会研究》1941 年第 20 期。
⑦ 吴泽霖、陈国钧:《贵州苗夷社会研究》,民族出版社 2004 年版。
⑧ 西南昆明边疆月刊社:《西南边疆》第 17 期,昆明西南边疆月刊社 1943 年版,第 29 页。

立伊始，国家进行民族识别，中央民族访问团的工作为史诗的采录鼓舞了士气，周汝诚赠送访问团团长夏康农的创世经手稿①后被定名为《麼些创世经》，开篇便有宏大讲述，"洪荒极其洪荒的时代，天地混沌将开的时代，男神和女神要想降临人间的时代，树木还在行动飘摇的时代，石缝能听人言的时代，地土未定还在震荡的时代"②，《麼些创世经》此后又被称为纳西族创世史诗《创世纪》。稍晚一些时间，权威辞典在史诗释义上仍为"叙述英雄事迹和史事的诗"③，说明史诗的本土化阐释仍未达成普遍意义上的一致，或者并未主动思考这一问题。在稍早完稿但同一时间出版的《诗学》中，译者后记便未谈及史诗④，但在全球语境中搜寻史诗意义的工作并未停止，诸如季摩菲耶夫认为，"史诗有两个意思，一是在文学史上，民间的长诗或神话通称史诗（俄国人民的史诗，古代史诗等），二是在文学理论上，史诗是一个类别，其主要特征是以故事的展开来描绘个性。以后，我们所谓史诗，都指第二个意思"⑤。此外，在外国文学史、电影评论、文学创作等领域均可见史诗术语的使用，但观点冲突较大。

　　细致考察，对于民间文学的田野搜集、整理翻译和理论研究始终没有间断，但大规模的成果产出是文艺界 1958 年到 1960 年收集民间口头文学的田野调查⑥和 1958 年中共中央宣传部召集编写各少数民族文学史座谈会之后。田野调查后整理出版了多部少数民族史诗，诸如彝族史诗《梅葛》⑦、《阿细的先基》⑧，白族史诗《创世纪》⑨，纳西族史

---

①　手稿首页书"麼些創世經譯本全部"，尾页书"繁如天上的星宿，居地之上，茂如青草之榮華，又如稗子的繁殖，如黃馬之鬃，子子孫孫，永世光榮。歲在庚寅年九月二十四日譯成麗江周汝誠持贈與中央民族訪問團夏康農團長以為紀念"。
②　周汝诚：《麼些创世经译本全部》，周汝诚手抄本，1950 年版，第 1 页。
③　龚敏主编：《综合新辞典·插图本》，新人出版社 1953 年版，第 193 页。
④　[古希腊] 亚里士多德：《诗学》，天蓝译，新文艺出版社 1953 年版，第 91—98 页。
⑤　[苏] 季摩菲耶夫：《文学原理第 3 部·文学发展过程》，穆旦译，平明出版社 1953 年版，第 137 页。
⑥　中国民间文艺研究会编：《大规模地收集全国民歌》，作家出版社 1958 年版。
⑦　云南省民族民间文学楚雄调查队搜集翻译整理：《梅葛》，人民文学出版社 1960 年版。
⑧　云南省民族民间文学红河调查队搜集翻译整理：《阿细的先基：阿细民间史诗》，云南人民出版社 1959 年版。
⑨　张文勋主编：《白族文学史》，云南人民出版社 1959 年版。

《创世纪》①，蒙古族史诗《英雄格斯尔可汗》②、《智勇的王子喜热图》③等。史诗研究成果也陆续刊发，云南省民族民间文学楚雄调查队将采录的史诗材料，以调查队名义发表了名为《论彝族史诗〈梅葛〉》④的研究文章，对史诗内容与句法结构进行了简要论述。史诗的采录者徐国琼⑤亦从史诗来源、史诗断代、史诗特征等角度对《格萨尔王传》进行了详细的介绍，中国科学院内蒙古分院语言文学研究院随后以专文讨论，介绍了《格萨尔王传》的来源和研究状况、思想内容、艺术成就，并提出了其局限性和研究批判。柯尔克孜族史诗《玛纳斯》⑥也进入了学界视野。这一阶段学界仍持续关注西方史诗，除将其纳入教科书作为西方文学重要组成予以介绍外，也有一些学术讨论，诸如《罗摩衍那》⑦和《摩诃婆罗多》⑧，《尼伯龙根之歌》和《埃达》⑨，《伊利亚特》和《奥德赛》⑩，《吉尔伽美什》⑪，《荷马史诗》⑫等，中国台湾学者亦有专书讨论印度史诗。⑬ 1963 年以后，学界研究主要集中于对史诗性作品的探讨以及西方史诗的译介和简要评论上，在译介的作品上，多以史诗指代史诗性作品，

---

① 云南省民族民间文学丽江调查队搜集翻译整理：《创世纪：纳西族民间史诗》，云南人民出版社 1960 年版；云南省民族民间文学丽江调查队搜集整理：《创世纪：纳西族史诗》，人民文学出版社 1962 年版。
② 琶杰说唱、其木德道尔吉整理：《英雄格斯尔可汗：蒙古族民间史诗》，安柯钦夫译，作家出版社 1963 年版。
③ 甘珠尔搜集整理：《智勇的王子喜热图：蒙古族史诗》，牧林等译，内蒙古人民出版社 1963 年版。
④ 云南省民族民间文学楚雄调查队：《论彝族史诗〈梅葛〉》，《文学评论》1959 年第 6 期。
⑤ 徐国琼：《藏族史诗〈格萨尔王传〉》，《文学评论》1959 年第 6 期。
⑥ 刘俊发、太白、刘前斌：《柯尔克孜族民间英雄史诗〈玛纳斯〉》，《文学评论》1962 年第 2 期。
⑦ 李江：《罗摩衍那——印度王子罗摩的史诗》，《吉林师大学报》1959 年第 4 期。
⑧ 金克木：《梵语文学史》，人民文学出版社 1964 年版，第 86—148 页。
⑨ [苏] 格·索洛维耶夫编：《马克思恩格斯论文学》，曹葆华译，内部资料，1962 年，第 182—183 页。
⑩ 杨宪益：《荷马史诗——〈伊利亚特〉和〈奥德赛〉》，《世界文学》1959 年第 12 期。
⑪ 日知：《史诗"吉尔伽美什和阿伽"与军事民主制问题》，《历史研究》1961 年第 5 期。
⑫ 日知：《荷马史诗若干问题》，《历史教学》1962 年第 9 期。
⑬ 周祥光：《印度哲学史（一）》，台北：中华文化出版事业社 1963 年版。

如《哥斯达黎加——历史政论纲要》中的《民族的英雄史诗》。①

需要关注的是，1964年史诗术语界说发生了较大的变化，其被界定为古代叙事诗中的长篇作品，反映具有重大意义的历史事件，塑造著名的英雄形象，结构宏大，充满着幻想和神话色彩，著名史诗如古希腊荷马的《伊利亚特》和《奥德赛》。此外，比较全面地反映一个历史时期社会面貌和人民群众多方面生活的长篇叙事作品，有时也称为史诗，或史诗性的作品。② 这样的界定源于史诗术语在文学作品中的广泛运用，相较于此前将史诗等同于西方古典英雄史诗的论断无疑有明显改良。由于北方史诗流传地域以及时空的特殊性，这一阶段的北方史诗研究成果中③有大量来自苏联的译介成果。④

二 资料累积与观念更新：史诗研究的积累期（1978—1999）

20世纪70年代以后，史诗采录工作不再是从无到有的探索，逐步形成了重视原文和可资研究的导向，科学版本的拟定标准成为较长时间学界探讨的重点。一方面，物质条件的改善、科技水平的进步，以及录音录像设备的普及，能够弥补此前资料采录中可能缺失或难以全面记录的遗憾，当然，技术设备如何运用与学术理念指导实践密不可分，21世纪进行的中国百部史诗调查在技术运用上便有诸多新的讨论；另一方面，自五四运动歌谣采录以来形成的忠实记录民间文学的学术传统已然被学界普遍认同，马学良先生在《增订爨文丛刻》中创造的四行对译法得到实践经验⑤，民间文学采录得到理论指导，围绕四行对译法出现的三行对

---

① ［哥斯达黎加］X.甘博亚：《哥斯达黎加——历史政论纲要》，南开大学历史系译，天津人民出版社1974年版，第56—60页。

② 中华书局辞海编辑所修订：《辞海试行本第10分册·文学·语言文字》，中华书局辞海编辑所1961年版，第10页。

③ 《奥塞齐亚人民史诗底记录》，载屠岸辑译《诗歌工作在苏联》，华东人民出版社1951年版，第246—249页。

④ 青海省文联民间文学研究组编：《青海民族民间文学资料第3集·藏族民间史诗"格萨尔王传"资料专集》，青海省文联1959年版。

⑤ 梁庭望主编：《中国民族文学研究60年》，中央民族大学出版社2010年版，第9—14页。

译法和五行对译法①在民间文学翻译整理中被普遍采用，诸如1978年8月云南人民出版社出版了1960年采集的拉祜族史诗《牡帕密帕》②，文中仅有汉文意译，40年后澜沧拉祜族自治县民族宗教事务局民族研究所使用四行对译法重新出版。③事实上，1983年至今的少数民族古籍整理成果，大多是收集整理者在若干收集文本上综合整理的版本。诸如深度参与史诗《杠葩众》收集翻译整理工作的蓝正祥回忆的史诗采录过程，可见史诗科学版本收集范围之广、收集文本之多、翻译整理之精。④但学界关于科学版本的反思仍未停止，诸如蓝鸿恩反思，"怎么样整理才算科学？这是一个常常碰到的问题。我个人就有过弯路，原因也就是对民间文学作为一种科学、一种文化史现象认识不足所致"。⑤萧家成在研究景颇族史诗时也并不局限于使用田野调查和单一史诗版本，而是用多种版本进行相互补充。⑥

除却资料学的采录和出版外，多学科视角已介入史诗研究，史诗研究已然摆脱早期单纯资料学意义上的研究，而是史诗采录与史诗理论研究交织并进。凌霄⑦和钟⑧辩论史诗长度，仁钦道尔吉开始讨论史诗英雄形象⑨，本土史诗的独特性认识在争论中不断调整。1977年11月，文学

---

① 张声震主编：《布洛陀经诗译注》，广西人民出版社1991年版。该书使用五行对译法，第一至第五行依次为古壮字、标准壮文、国际音标、汉字对译、汉意译。

② 刘辉豪整理：《牡帕密帕：拉祜族民间史诗》，云南人民出版社1979年版。

③ 澜沧拉祜族自治县民族宗教事务局民族研究所编：《牡帕密帕》，云南民族出版社2018年版。

④ 蓝正祥：《布努瑶创世史诗〈杠葩众〉初探》，《河池师专学报》（社会科学版）2001年第3期。2001年，广西巴马县县志办公室的蓝正祥在《布努瑶创世史诗〈杠葩众〉初探》中描述了他采录创世史诗的过程，"布努瑶的创世史诗《杠葩众》是经近41年的寻觅、搜集、录制、翻译、整理，向21位有名望的歌手、师公录制译成的，草稿重量有23公斤共117000多行，经过五易其稿浓缩成三篇128章25000行"。

⑤ 广西民间文学研究会：《我与民间文学：建国三十五周年特辑》，1984年版，第1—2页。

⑥ 萧家成：《景颇族创世史诗与神话》，《北京师范大学学报》（社会科学版）1995年第6期。萧家成认为，"整理时，以我的记录稿为主，同时还参考了民间流传的几个版本，进行了若干补充。"

⑦ 凌霄：《〈格萨尔王传〉比〈摩诃婆罗多〉还长》，《外国文学研究》1978年第2期。

⑧ 钟：《世界上最长的史诗》，《外国文学研究》1978年第1期。

⑨ 仁钦道尔吉：《评〈江格尔〉里的洪古尔形象》，《文学评论》1978年第2期。

研究所各民族民间文学组便开始编撰蒙古族英雄史诗专辑，并在1978年1月刊发①，仁钦道尔吉在前言中明确批评了苏联学者对国外蒙古语族人民史诗的研究存在根本性的错误，认为国外研究多梳理史诗历史背景，介绍史诗内容和流传情况，关于史诗艺术性和思想性方面的著作较少，这显然是史诗研究理论自觉的表现。这一反思也体现在西南史诗的研究中，《思想战线》是改革开放后公开刊发少数民族史诗研究成果较早的刊物，彝族、白族、纳西族的史诗研究均有涉及，如认为民族史诗像其他的原始艺术一样，是生动的社会发展史②，各民族远古文化是有着密切联系的③。

对于史诗研究的理论反思并非单一线性的，而是多点开花，同时并举。史诗产生年代是首先要解决的问题，创世史诗（原始性史诗、神话史诗）的产生年代被认为至迟不晚于公元前6世纪，且大致只能产生于野蛮期中级阶段之末及高级阶段之始这一历史发展时期④。类型化处置史诗异文和爬梳史诗文本的社会历史背景有助于探索史诗产生年代，巴尔虎史诗最早产生于史前时期，不同异文是发展演变的结果，观照异文特征，可以发现其发展规律⑤，此种研究视域被普遍采用但观点多样。诸如认为《格萨尔》产生于6世纪以前几百年内⑥，抑或最早产生于藏族氏族社会末期和奴隶制社会形成时期⑦，不可否认断代研究始终是史诗形而上溯源难以绕开的议题，且伴随新资料的不断发现，相关观点可能发生变化。事实上，对于2009年被发现的苗族英雄史诗《亚鲁王》断代问题亦有诸多论辩⑧。

---

①　文学研究所各民族民间文学组编：《民间文学资料第1集·蒙古族英雄史诗专辑》，1978年版。
②　晓雪：《谈云南的几部民族史诗》，《思想战线》1978年第4期。
③　郭思九：《勤劳勇敢的民族 丰富多彩的文学——略谈彝族文学》，《思想战线》1978年第2期。
④　李子贤：《创世史诗产生时代刍议》，《思想战线》1981年第1期。
⑤　仁钦道尔吉：《论巴尔虎英雄史诗的产生、发展和演变》，《文学遗产》1981年第1期。
⑥　何天慧：《〈格萨尔〉产生历史年代考》，《西北民族研究》1993年第1期。
⑦　马学仁：《〈征服霍尔〉与〈格萨尔王传〉的产生时代》，《青海民族学院学报》1993年第2期。
⑧　刘心一、郭英之：《苗族史诗〈亚鲁王〉产生时间及文化生态刍论》，《贵州社会科学》2015年第10期。

对于民间文学体裁的讨论亦是史诗研究的关键议题。神话与史诗常被并置在一起讨论，但两者有较为明显的差异，神话作为集体创作的口头文学，通常被认为是解释性的，是不自觉的和无意识的艺术加工，史诗创作晚于神话创作，通常被认为是与自然界战天斗地和抵抗外族入侵的反映，是自觉的和有意识的艺术创作，是文学中首次大规模的创作。此外，史诗中神性色彩的削弱、史诗与宗教的分离等均是神话与史诗的差异。当然，神话与史诗的关系存在诸多可以论辩之处，如针对"史诗与神话是统一的整体，唱的是史诗，讲的是神话"的观点，有学人认为原始性史诗等提法并不科学，应使用韵文体神话或诗体神话的说法①；亦有学人认为，史诗至少包括创世史诗和英雄史诗两类，韵文体神话的分类不足以处置多样化的中国史诗②。后一观点在以后的研究中得到延展，诸如将原始性史诗划分为创世神话型、创世—文化发展史型，有战争描写的创世—文化发展史型、迁徙型③，又如西南史诗中文化英雄的理论建构等。

民间文学的哲学社会思想和审美价值亦受到史诗研究者的关注。彝族史诗《勒俄特依》中的宇宙发生论被认为具有朴素的唯物主义和自发辩证法的因素④，彝族史诗《洪水泛滥史》被认为有文学价值和史学价值⑤，瑶族史诗《密洛陀》被认为重视人的作用和肯定人的价值⑥，创世史诗的产生被认为标志着人类审美由功利美转向艺术美，创世史诗的形

---

① 杨知勇：《试论史诗对神话的继承和否定》，《思想战线》1981 年第 5 期。杨知勇认为，"取消原始性史诗、创世史诗和神话史诗的提法，把那些用韵文吟诵的神话称为韵文体神话或诗体神话"。

② 李子贤：《试论创世史诗的特征》，《思想战线》1982 年第 2 期。李子贤认为，"史诗也就自然包括了以古代神话、传说为主干，反映各族先民心目中整个'创世'过程的创世史诗，以及赞颂古代英雄的武功，叙述他们的业绩，反映与民族或国家形成发展有关的重大历史事件（主要是战争）的英雄史诗两类"。

③ 李子贤：《略论南方少数民族原始性史诗发达的历史根源》，《民族文学研究》1984 年第 1 期。

④ 李延良：《彝族史诗〈勒俄特依〉的哲学思想》，《中央民族学院学报》1981 年第 4 期。

⑤ 安尚育：《贵州彝族史诗〈洪水泛滥史〉初探》，《贵州民族研究》1982 年第 4 期。

⑥ 陆桂生：《瑶族史诗〈密洛陀〉初探》，《广西大学学报》（哲学社会科学版）1982 年第 1 期。

式美为进入阶级社会后抒情长诗的产生和叙事长诗的创作开辟了道路①。

此外，南北史诗的比较亦逐渐为学人所重视。杨丽珍较早将南北方史诗进行比较②，虽然仅从史诗主题和题材、人物形象、母题出发，但是对史诗研究领域的拓宽具有开创性意义。这种比较研究的思路在以后的研究中愈发凸显，且伴随新资料的不断发现和旧资料的不断挖掘，比较研究的广度和宽度不断增加，南北史诗研究的诸多创新性观点亦在比较中交织影响。

值得关注的是，将史诗纳入文化系统中进行考察的尝试已然普遍，诸如彝族丧葬礼俗、宗教信仰、婚姻礼俗、虎图腾崇拜、梅葛调等与史诗《梅葛》的互动关系得到关注和详尽梳理③，此后的史诗研究中，这种思路得到肯定和普遍采用，且并不局限于南北史诗。1983年8月，中国社会科学院少数民族文学研究所在青海西宁召开了第一次全国少数民族史诗学术讨论会，会议主要围绕北方三大史诗展开研讨，同时兼顾其他史诗，就史诗作品和史诗理论进行讨论，值得注意的是，《莫一大王》《嘎莎发》被认为是英雄史诗的观点在这次会议上引起了较大反响。④ 针对这次会议，贺敬之提出了"史诗的研究，也应该和现实联系起来"⑤ 的观点，沿着贺敬之的指导性思路，《民族文学研究》分别于1984年第1、2、3、4期刊登了贾芝、潜明滋、乌冉、李子贤、王震亚、孙敏、扎拉嘎等学者的20余篇史诗研究文章，涉及史诗的采录、民族思想、史学研究、文学内涵、史诗与神话的关系等方面，产生了广泛而深远的影响。1985年，中国社会科学院少数民族文学研究所编印了《格萨尔研究集刊》（第1集），刘锡诚在发刊词中提到要"建设史诗理论的中国学派"，为中国史诗学学科的理论自觉指明了方向。1986年，降边嘉措出版了30余万

---

① 潜明兹:《创世史诗的美学意义初探》，《思想战线》1981年第2期。
② 杨丽珍:《南北方英雄史诗比较》，《中南民族学院学报》（哲学社会科学版）1989年第6期。
③ 郭思九:《史诗〈梅葛〉与彝族民俗》，《昆明师范学院学报》（哲学社会科学版）1982年第2期。
④ 扎拉嘎:《一九八三年全国少数民族史诗学术讨论会述评》，《民族文学研究》1987年第S1期。
⑤ 贺敬之:《贺敬之同志关于召开史诗学术讨论会的谈话》，《民族文学研究》1984年第1期。

字的《格萨尔》研究专著①，为史诗研究树立了一座丰碑。事实上，1985年至1989年的五年间，史诗研究取得了系列成果，多家刊物②刊发了史诗研究专题文章，形成环抱之势，增强了史诗研究的影响力。

必须关注的是，中国民间文艺研究会贵州分会于1986年5月召开第二届代表大会，明确提出今后要把理论研究工作作为重要工作来抓，并成立"贵州民间文艺研究会理论研究委员会"，并于1987年召开"贵州神话和史诗学术讨论会"，要求将史诗放在古代文化大背景下进行考察研究，也就是说，要研究文化系统中的史诗。③虽然这次会议仅针对贵州神话和史诗，但是对整个史诗研究领域来说，显然是对前期理论研究的总结反思，具有重要价值。林忠亮便认为《羌戈大战》中有羌族社会的历史影子，为研究古代羌族社会提供了难得的原始资料④。蓝鸿恩认为英雄史诗《莫一大王》是根植于民族历史的土壤中，曲折反映了该民族的社会生活、思想观念、道德标准及民族性格⑤。同时，段宝林⑥还专门针对史诗的研究，初步提出了多种研究方法，如描写研究、比较研究、历史研究、文学研究、多角度的社会科学如政治学、经济学、民俗学、宗教学、美学、心理学、法学等，这无疑是对史诗理论研究的进一步拓展。

1989年至1999年，中国史诗研究成果遍地开花，有北方史诗研究，亦有颇多学人专论西南史诗。第一，《格萨尔》的研究。1989年11月召开的"《格萨尔》国际学术讨论会"，是中华人民共和国成立后第一次专

---

① 降边嘉措：《〈格萨尔〉初探》，青海人民出版社1986年版。
② 梳理文献发现（截至2020年3月20日），《民族文学研究》1985—1989年连续刊发《〈格萨尔〉的流传与接受论》《土族地区〈格萨尔〉调查报告》《从〈格萨尔王传〉管窥藏族宗教信仰及民俗》等格萨尔研究专文33篇，占1983—2019年格萨尔专文91篇的36.3%。《西藏研究》1985—1989年5年期间连续刊发《浅析〈格萨尔〉与宗教的关系（一）》《浅析〈格萨尔〉与宗教的关系（二）》《〈格萨尔〉的宗教渗透和其形象思想上的深刻矛盾》等格萨尔研究专文16篇，占1983—2019年格萨尔专文141篇的11.3%。
③ 潘定智、李建国：《神话、史诗与民族文化——贵州神话史诗学术讨论会记略》，《贵州民族学院学报》1987年第2期。
④ 林忠亮：《从〈羌戈大战〉看史诗与神话传说的关系》，《民族文学研究》1987年第S1期。
⑤ 蓝鸿恩：《壮族英雄性格的颂歌——史诗〈莫一大王〉浅析》，《民族文学研究》1987年第S1期。
⑥ 段宝林：《史诗研究方法论刍议》，《民族文学研究》1987年第4期。

题性质的史诗会议,是对这一时期史诗采录者和研究者们成果的重要展示。《格萨尔王传》是藏族文化的重要体现①,王沂暖是《格萨尔》的翻译者和研究专家,他回顾了1957年以来的《格萨尔》翻译工作,统计了《格萨尔》的部数与行数,认为随着新挖掘的分部本的出现,史诗部数逐渐增多,预估史诗共计两百部之多,百万余行的史诗尤可期待②。此外,他还讨论了史诗分章本和分部本、史诗长度、蒙文格萨尔源自藏文格萨尔、格萨尔与唃厮啰的关系、史诗最初产生年代、史诗最初成书地点及格萨尔词源等③。对于《格萨尔》的分部问题,何天慧④也进行了探究,徐国琼也就《昌·格萨尔》和《岭·格萨尔》间的关系进行了探源。⑤杨恩洪⑥逐一讨论了史诗传承现状及学界关注议题,他的专著也是继降边嘉措之后的第二部《格萨尔》系统性研究专著。

1991年,第二届《格萨尔》国际学术讨论会在拉萨召开,参会学者从多学科角度进行了探讨,从以往的文学领域扩展到了音乐、诗学、藏密、人体学等领域,为深化《格萨尔》研究拓展了思路。会议后,《西藏研究》专门辑录了《格萨尔》相关研究文章,涉及史诗传承、史诗历史发展、史诗图腾崇拜、史诗演唱等领域。诸如从行为模式、思维模式出发探讨《格萨尔》文化特征,认为藏族文化具有价值取向上的非趋同性⑦,结合史诗文本内容研究藏族婚姻制度,强调《格萨尔》是研究藏族婚姻史的重要材料,提出藏族历史上有"氏族外婚""一夫一妻""一夫多妻""抢婚风俗"四种婚姻形式⑧。宗教、史实和神话是构成《格萨

---

① 降边嘉措:《〈格萨尔王传〉与藏族文化》,《民族文学研究》1989年第6期。
② 王沂暖:《藏族史诗〈格萨尔〉的部数与行数》,《中国藏学》1990年第2期。
③ 王沂暖:《我对〈格萨尔〉的一些浅见》,《民族文学研究》1989年第6期。
④ 何天慧:《试论〈格萨尔〉诸多分部本产生的原因》,《西北民族大学学报》(哲学社会科学版)1990年第4期;何天慧:《藏文〈格萨尔〉分部本浅论》,《兰州大学学报》1990年第4期。
⑤ 徐国琼:《也谈史诗〈昌·格萨尔〉与〈岭·格萨尔〉的渊源关系》,《青海民族学院学报》1990年第2期。
⑥ 杨恩洪:《中国少数民族英雄史诗〈格萨尔〉》,浙江教育出版社1990年版。
⑦ 赤烈曲扎、张慧:《试论英雄史诗〈格萨尔〉的文化内涵与藏民族的文化特征》,《西藏艺术研究》1992年第2期。
⑧ 何天慧:《〈格萨尔〉史诗中的藏族婚姻浅析》,《西北民族大学学报》(哲学社会科学版)1992年第3期。

尔》的三大要素，缺一不可，宗教构成了《格萨尔》的灵魂，虽然"苯教"与"佛教"流传地不同，但均是《格萨尔》的重要组成部分，因而学界关于史诗"抑苯扬佛"或"抑佛扬苯"的争论可以就此停止①。根据史诗的流传范围和所掌握的资料，藏族《格萨尔》被认为是"源"，而蒙古族、土族、裕固族的《格萨尔》为"流"。②

基于1992年《格萨尔》工作"八·五"规划会议的召开，学界提出了要建立"格萨尔学"科学体系的想法③，并得到广泛响应，多样化视角的研究成果不断增加。诸如探讨《格萨尔》中的战争因素，或侧重于研究史诗中的军事思想，分析其战略与战术④，或就战争论战争，从战争起因、战争动员到战争结果的分析，认为藏族部落战争是财产、资源、婚姻以及复仇等利益冲突的结果，⑤或认为藏族古代社会战争频繁，战争在一定意义上具有推动社会向前发展的积极作用，是加速原始氏族制瓦解的催化剂，在一定程度上促进了其质的飞跃。⑥诸如讨论史诗艺人在说唱过程中的"托梦神授""神灵附体""不学自会"现象，将这些现象归属为人的"特异功能"⑦，尽管这样的论断还有待考证，但心理学层面的研究未尝不是一种开拓。亦有学人沿着史诗诵唱内容，认为藏族部落基于血缘建构的系列制度，在近代社会仍在发挥作用。⑧还有学人独辟蹊径分析了《格萨尔》中的经济思想⑨。再如探讨幻变母题

---

① 丹珠昂奔：《〈格萨尔王传〉的神灵系统——兼论相关的宗教问题》，《民族文学研究》1992年第1期。
② 王兴先：《〈格萨尔〉中的古代藏族社会及其文化》，《西北民族研究》1992年第2期。
③ 王兴先：《关于建立"格萨尔学"科学体系的初步构想》，《西北民族大学学报》（哲学社会科学版）1993年第2期。
④ 许英国：《〈格萨尔王传〉的军事思想研究》，《青海民族学院学报》1993年第4期。
⑤ 何峰：《从史诗〈格萨尔〉看藏族部落战争》，《青海民族学院学报》1993年第4期。
⑥ 赵秉理：《从〈格萨尔〉看古代藏族部落战争的作用》，《青海社会科学》1996年第4期。
⑦ 姚周辉：《格萨尔史诗传承说唱中的三种"神秘"现象之我见》，《云南师范大学学报》（哲学社会科学版）1993年第6期。
⑧ 何峰：《从史诗〈格萨尔〉看藏族部落的血缘制度》，《青海民族研究》1994年第1期。
⑨ 格桑达吉、昂巴：《史诗〈格萨尔〉中经济思想初探》，《中央民族大学学报》1994年第5期。

的历史根源①，或以《格萨尔》中的法术母题为研究对象，认为苯教与萨满教中诸多文化特征类似，而非相悖②。抑或将《格萨尔》中的禁忌事项分为生活禁忌、语言禁忌和宗教禁忌，认为禁忌在发展的过程中逐渐演变成为约束和规范人们的一种礼仪禁忌③，针对史诗文化特征，寻找苯教的"巫术""占卜""煨桑"等仪式的印迹，认为史诗所蕴含的优秀传统文化，值得挖掘并可以服务于现代社会建设。④ 此后的《格萨尔》研究，有的承继了对《格萨尔》历史的考证，更多的则从民俗学角度分析史诗中蕴含的文化意蕴，破解史诗艺人唱诵的文化依据，更为深刻地把握史诗，了解史诗文化，诸如《〈格萨尔王传〉与藏族原始烟祭》⑤、《论〈格萨尔〉所反映的藏族牛文化》⑥、《〈格萨尔〉与藏族龙文化》⑦、《〈格萨尔〉中的三界及三界神灵信仰》⑧、《从〈格萨尔〉史诗葬俗描述中窥视藏族文化心态沉积现象》⑨ 等。当然亦有学者将眼光投向了史诗音乐、传统体育，如扎西达杰的《格萨尔》音乐研究⑩，以及《〈格萨尔〉说唱音乐的结构特征》⑪、《〈岭·格萨尔王传〉说唱音乐风格》⑫、《论〈岭仲·

---

① 徐国琼：《论英雄史诗的"母题结构"及〈格萨尔〉中的"幻变母题"》，《西藏研究》1996年第4期。

② 孟慧英：《〈格萨尔〉与萨满文化》，《青海社会科学》1994年第2期。

③ 伦珠旺姆：《史诗〈格萨尔王传〉的禁忌民俗》，《西藏研究》1996年第3期。

④ 何天慧：《〈格萨尔〉中的苯教文化特征》，《西北民族学院学报》1995年第4期；何天慧：《〈格萨尔〉中的原始文化特征》，《甘肃社会科学》1995年第2期；何天慧：《试谈〈格萨尔〉中的藏密文化特征》，《西北民族学院学报》（哲学社会科学版·汉文）1995年第2期。

⑤ 周锡银、望潮：《〈格萨尔王传〉与藏族原始烟祭》，《青海社会科学》1998年第2期。

⑥ 何天慧：《论〈格萨尔〉所反映的藏族牛文化》，《中国藏学》1998年第1期。

⑦ 何天慧：《〈格萨尔〉与藏族龙文化》，《西北民族学院学报》（哲学社会科学版·汉文）1997年第4期。

⑧ 何天慧：《〈格萨尔〉中的三界及三界神灵信仰》，《青海民族研究》1997年第4期。

⑨ 索南卓玛：《从〈格萨尔〉史诗葬俗描述中窥视藏族文化心态沉积现象》，《西藏民族学院学报》（社会科学版）1997年第2期。

⑩ 扎西达杰：《论现代〈格萨尔〉音乐的多元结构》，《中国音乐》1997年第4期；扎西达杰：《〈格萨尔〉音乐的多元结构》，《西藏艺术研究》1996年第4期；扎西达杰：《蒙藏〈格萨尔〉音乐艺术之比较》，《中国藏学》1996年第3期；扎西达杰：《藏蒙〈格萨尔〉音乐比较研究》，《西藏艺术研究》1995年第3期；扎西达杰：《〈格萨尔〉的音乐性——史诗文字对其音乐的表述之研究》，《中国藏学》1993年第2期；扎西达杰：《〈格萨尔〉音乐研究回顾与展望》，《中国音乐》1992年第2期。

⑪ 柯琳：《〈格萨尔〉说唱音乐的结构特征》，《中央音乐学院学报》1998年第4期。

⑫ 张春梅：《〈岭·格萨尔王传〉说唱音乐风格》，《青海社会科学》2000年第1期。

格萨尔〉说唱帽的艺术特色》① 等。

第二，《玛纳斯》研究。郎樱先生是《玛纳斯》研究的领军人物，她就生成年代、玛纳斯奇（传承人）、玛纳斯的接受群体、英雄人物形象、美学特征、叙事结构、宗教文化，以及与突厥史诗、北方其他史诗、希腊史诗的差异性作了系统论述，影响极大②，特别是其结构主义叙述学角度的史诗研究，沿着叙事时间、叙事视角、叙事结构探索史诗叙事一般规律和独特性的思路有较大影响③。刘发俊从社会功用上认为《玛纳斯》具有历史、教育、审美、娱乐的功能。④ 被誉为柯尔克孜族文化大使的贺继宏在史诗的文化推介和现代转型上做了大量工作。贺继宏是新疆克孜勒苏柯尔克孜自治州史志办原主任、编审，他从 1986 年起便致力于对史诗的通俗解读和文化推介⑤，除主持编撰地方民族志外⑥，还进行了地域文化⑦、影视文学剧本集⑧、地方风情录⑨、百科全书⑩、唱本精选⑪、异文精选⑫的编撰和研究工作，其主编的《玛纳斯故事》（中、英、柯尔克孜文）有典型的文化推介意义⑬。事实上，学界普遍关注《玛纳斯》研

---

① 索次：《论〈岭仲·格萨尔〉说唱帽的艺术特色》，《西藏艺术研究》1998 年第 4 期。
② 郎樱：《玛纳斯论》，内蒙古大学出版社 1999 年版。
③ 郎樱：《〈玛纳斯〉的叙事结构》，《民族文学研究》1989 年第 5 期。
④ 刘发俊：《史诗〈玛纳斯〉的社会功能》，《民族文学研究》1989 年第 6 期。
⑤ 贺继宏：《帕米尔上的牧人》，新疆人民出版社 1986 年版。
⑥ 贺继宏、张光汉主编，克孜勒苏柯尔克孜自治州民委、克孜勒苏柯尔克孜自治州史志办编辑：《克孜勒苏柯尔克孜自治州民族志》，克孜勒苏柯尔克孜文出版社 1992 年版。
⑦ 贺继宏：《西域论稿》，新疆人民出版社 1996 年版；贺继宏：《西域论稿续编》，中州古籍出版社 2013 年版。
⑧ 贺继宏、张光汉、王济宪等：《玛纳斯——影视文学剧本集》，克孜勒苏柯尔克孜文出版社 1997 年版。
⑨ 贺继宏、张光汉编著：《柯尔克孜族风情录》，四川民族出版社 1998 年版。
⑩ 贺继宏、张光汉主编：《中国柯尔克孜族百科全书》，新疆人民出版社 1998 年版。
⑪ 贺继宏主编，克孜勒苏柯尔克孜自治州党委史志办、新疆维吾尔自治区民间文艺家协会编：《柯尔克孜民间文学精品选 第 1 集 玛纳斯：居素甫·玛玛依唱本精选》，中国文联出版社 2003 年版。
⑫ 贺继宏主编，克孜勒苏柯尔克孜自治州党委史志办、新疆维吾尔自治区民间文艺家协会编：《柯尔克孜民间文学精品选 第 2 集 玛纳斯：其他变体精选》，中国文联出版社 2003 年版。
⑬ 贺继宏、纯懿编撰：《玛纳斯故事》，五洲传播出版社 2011 年版；贺继宏、纯懿编撰：《玛纳斯故事》柯尔克孜文版，阿依肯·吐尔逊译，五洲传播出版社 2011 年版；贺继宏、纯懿编撰：《玛纳斯故事》英文版，张天心译，五洲传播出版社 2011 年版。

究,诸如著名民间文艺学家刘守华主编的《民间文学教程》《中国民间文艺学年鉴》,段宝林主编的《非物质文化遗产精要》①、《中国民间文艺学》②、《神话与史诗·下篇·中国史诗博览》③、《中外民间诗律》④、《民间文学词典》⑤均为《玛纳斯》研究设专章予以讨论。

第三,《江格尔》的研究。《江格尔》的形成与《荷马史诗》相似,都是从零散的口头传说整理而来,随着不断传承唱诵亦产生新的长诗⑥。仁钦道尔吉受国外史诗研究的影响,通过分析蒙古族英雄史诗母题,将其归纳为三种类型。⑦格日勒扎布赞同《江格尔》属于并列复合型史诗,但是又提出了《江格尔》是一部原始型史诗还是一部模拟型史诗这一问题,作者认为《江格尔》是以原始型为主的兼具模拟型的史诗。⑧哈森从文学角度研究《江格尔》史诗中的比喻,认为史诗中的比喻具有民族性特征。⑨郎樱与潜明兹等均以《格萨尔》《江格尔》《玛纳斯》为比较主体,分析三部史诗的共性与个性。⑩仁钦道尔吉亦在此基础上,比较了《玛纳斯》和《江格尔》的共性,认为它们经历了相似的形成和发展过程,结构与题材也具有相似性。⑪呼斯勒以史诗中的勇士幻化蜘蛛母题为研究内容,认为这是蒙古族人民对超自然神力的崇拜,且与萨满教的变化神力有着相关性。⑫论及萨满文化的还有斯钦巴图⑬、贺·

---

① 段宝林:《非物质文化遗产精要》,中国社会出版社 2008 年版。
② 段宝林主编:《中国民间文艺学》,文化艺术出版社 2006 年版。
③ 段宝林:《神话与史诗·下篇·中国史诗博览》,民族出版社 2010 年版。
④ 段宝林等主编:《中外民间诗律》,北京大学出版社 1991 年版。
⑤ 段宝林、祁连休主编:《民间文学词典》,河北教育出版社 1988 年版。
⑥ 仁钦道尔吉:《关于〈江格尔〉的形成与发展》,《民族文学研究》1996 年第 3 期。
⑦ 仁钦道尔吉:《蒙古英雄史诗情节结构的发展》,《民族文学研究》1989 年第 5 期。三种史诗类型系单篇史诗、串联复合型史诗、并列复合型史诗。
⑧ 格日勒扎布:《〈江格尔〉研究中的文化观与史诗观》,《西北民族研究》1996 年第 1 期。
⑨ 哈森:《论蒙古族史诗〈江格尔〉中的比喻》,《民间文学论坛》1994 年第 3 期。
⑩ 郎樱:《我国三大英雄史诗比较研究》,《西域研究》1994 年第 3 期;潜明兹、张宗奇:《中国三大史诗研究》,《民族团结》1994 年第 9 期。
⑪ 仁钦道尔吉:《略论〈玛纳斯〉与〈江格尔〉的共性》,《民族文学研究》1995 年第 1 期。
⑫ 呼斯勒:《史诗〈江格尔〉中勇士幻化蜘蛛母题》,《内蒙古大学学报》(人文社会科学版)2000 年第 5 期。
⑬ 斯钦巴图:《〈江格尔〉与萨满教喝血习俗》,《民间文化》1999 年第 4 期;斯钦巴图:《江格尔汗宫与萨满教》,《民族文学研究》1999 年第 2 期。

宝音巴图①。1996年，《江格尔》学术研讨会在北京召开，日本学者若松宽通过《江格尔》中描述江格尔武器的片段，认为江格尔的武器与希腊阿瑞斯的短剑具有一样的功能，是蒙古族的战枪崇拜，且《江格尔》吸收了阿瑞斯的祭典习俗，以及习俗中蕴含的故事。②《江格尔》中蕴含着许多象征性的描述，这些都与蒙古族传统的象征文化有着紧密的联系，是蒙古族审美意识的由来。③ 扎格尔专门对史诗中的"黑色"描述进行研究，认为黑色象征着力量，是蒙古族对力量崇拜的体现。④ 王纯菲从叙事学的角度探索史诗的叙事动力，因《江格尔》故事的非单一性，要找到史诗叙述"楔子"，就要从每一个小故事下手，认为史诗的初始叙述动力反映了蒙古族人民对婚姻和国土的关注，而在叙事过程中，叙述的动力会增强也会减弱，当叙述动力减弱甚至消失的时候，也就是故事完结的时候，《江格尔》的叙述动力消失时，一般会选取的是人物的愿望获得满足，也就是获得胜利，这是基于该民族的文化观念形成的。⑤ 葛根高娃与乌云巴图从精神和制度层面对《江格尔》的文化内涵进行分析，认为史诗具有政治、伦理价值和社会理想的内涵。⑥ 人物形象的研究，主要有郎樱对史诗中的神女形象的探讨，认为这样的女性形象实际上源于萨满神话中的女萨满形象。⑦ 王素敏则讨论的是英雄洪古尔的形象，将其归纳为"神祇般的英雄""神话般的环境""神妙的艺术之笔"⑧。巴赫认为《江格尔》不仅是文学遗产，更是研究蒙古族历史、语言、宗教等的资料，根据《江格尔》中所反映的社会状况，认为蒙古族当是经历过奴隶社会

---

① 贺·宝音巴图：《论史诗〈江格尔〉中的萨满教》，《内蒙古师大学报》（哲学社会科学版）2000年第1期。
② [日]若松宽：《〈江格尔〉战枪崇拜的谱系》，《西北民族研究》1996年第2期。
③ 巴·苏和：《〈江格尔〉与蒙古族的象征文化》，《中央民族大学学报》1997年第5期。
④ 扎格尔：《黑色——史诗〈江格尔〉中力量的象征》，《民族文学研究》1997年第1期。
⑤ 王纯菲：《谈史诗〈江格尔〉的叙述动力——兼与荷马史诗〈伊里亚特〉比较》，《民间文学论坛》1997年第2期。
⑥ 葛根高娃、乌云巴图：《论蒙古族英雄史诗〈江格尔〉的文化内涵》，《内蒙古社会科学》（文史哲版）1995年第4期。
⑦ 郎樱：《论〈江格尔〉与〈玛纳斯〉中的神女、仙女形象》，《民族艺术》1997年第1期。
⑧ 王素敏：《论史诗〈江格尔〉中洪古尔形象的塑造》，《内蒙古社会科学》（汉文版）1999年第6期。

的，且这一阶段始于10世纪，结束于12世纪。①巴雅尔继《江格尔》断代问题展开研究，主要探讨的是《江格尔》故事产生的年代，认为史诗的基本故事产生是在1200多年以前。②宝音和西格就《江格尔》的断代以及作品真实性等问题进行了总结，认为《江格尔》作为民间文学作品，与其他的民间文学一样具有变异性的特征，要研究它的定型期似乎不太可能，同时《江格尔》不是直接反映历史的史学著作，不能直接表现历史，亦不能作为断代的依据。③伴随着基于历史断代、文学叙事以及民俗学角度研究的展开，《江格尔》的研究得到较大的发展，但是基于文本类型的探讨，朝戈金是首次探讨的人，他根据蒙古族史诗的口传性质，将口传史诗的文本类型划分为转述本、口述记录本、手抄本、印刷文本、现场录音整理本，④更加注重史诗的口承性特征。专著研究亦集中在朝戈金、仁钦道尔吉、斯钦巴图等人，如《〈江格尔〉论》⑤、《〈江格尔〉与蒙古族宗教文化》⑥、《口传史诗诗学：冉皮勒〈江格尔〉程式句法研究》⑦，亦有其他学者的论著，有《史诗"江格尔"与蒙古文化》⑧、《史诗〈江格尔〉探渊》⑨等。

第四，西南史诗的研究。20世纪90年代的西南史诗研究呈现出资料累积与观念更新的特征。一方面，对个案研究的挖掘不断深化，论辩引用材料不断丰富，且受"鱼儿要放在水中看"思想的指导，多视域考察成果不断增多。如讨论《铜鼓王》时，就沿着史诗产生背景、文化背景

---

① 巴赫：《论〈江格尔〉与蒙古奴隶制》，《新疆师范大学学报》（哲学社会科学版）1989年第2期。
② 巴雅尔：《关于〈江格尔〉基本故事产生的年代问题》，《内蒙古师大学报》（哲学社会科学版）1997年第3期。
③ 宝音和西格：《关于〈江格尔〉研究中的几个理论问题》，《内蒙古大学学报》（人文社会科学版）1999年第4期。
④ 朝戈金：《口传史诗文本的类型——以蒙古史诗为例》，《民族文学研究》2000年第4期。
⑤ 仁钦道尔吉：《〈江格尔〉论》，内蒙古大学出版社1994年版。
⑥ 斯钦巴图：《〈江格尔〉与蒙古族宗教文化》，内蒙古大学出版社1999年版。
⑦ 朝戈金：《口传史诗诗学：冉皮勒〈江格尔〉程式句法研究》，广西人民出版社2000年版。
⑧ 萨仁格日乐：《史诗"江格尔"与蒙古文化》，内蒙古人民出版社1998年版。
⑨ 贾木查：《史诗〈江格尔〉探渊》，汪仲英译，新疆人民出版社1996年版。

与形成并流传的民俗文化机制逐项进行讨论，并专论其文化价值①，或从文化嫁接、图腾文化等角度讨论《支格阿鲁》②，或从神话价值和哲学价值讨论了《密洛陀》③。另一方面，整体性视角的探索开辟了新的研究思路，但这种宏观性的尝试在此后少有学人涉及。刘亚虎考察了南方 30 多个民族的原始性史诗、英雄史诗和迁徙史诗，从传播形态、源流、文本、类型、形象、艺术特征及文化根基角度予以论证，学术价值颇高，但缘于当时技术限制，仅能使用较为宏观的方式论述西南史诗分布④，在传播形态和源流上有些许遗憾，若能采用 GIS 呈现西南史诗文化空间的全景图示，则可更为深刻地解释西南史诗演进态势。

此外，文学发展史、各民族文学史、各民族文化概论等编撰大多涉及各族史诗且有简单交代。需要注意的是，李子贤所讨论的西南史诗类型在 20 世纪 90 年代仍在持续论辩，直至当下，人们仍然未能达成一致。杨杰宏将史诗类型划分为创世史诗、原始性史诗、神话史诗、迁徙史诗、英雄史诗、复合型史诗，并认可劳里·航柯超级故事的概念，认为抛弃韵文体的史诗界定拓展了史诗研究的范畴，他认为应该辩证看待西南民族史诗与长篇英雄史诗典型差异，这也是学界目前普遍持有的观点⑤，这种观点显然与 20 世纪 80 年代林忠亮等人"神话史诗则是韵文体的，它把短篇的神话集中起来，使之成为一部完整的、相对稳定的作品"的观点有较大不同。

三 多元视角与体系建构：史诗研究的成熟期（2000—2020）

21 世纪的史诗学学科建设与史诗研究已然形成体量庞大的队伍，研究方法愈发多样化，研究视域重视跨学科，研究成果强调落地性。特别

---

① 巴莫曲布嫫：《彝族英雄史诗〈铜鼓王〉初探》，《广西民族学院学报》（哲学社会科学版）1997 年第 3 期。
② 罗边木果、罗庆春：《彝族英雄史诗〈支格阿鲁〉初论》，《西南民族学院学报》（哲学社会科学版）1999 年第 S3 期。
③ 黄燕熙：《布努瑶的"百科全书"——论瑶族创世史诗〈密洛陀〉》，《民族艺术》1999 年第 3 期。
④ 刘亚虎主编：《〈南方史诗〉论》，内蒙古大学出版社 1999 年版。
⑤ 杨杰宏：《"南方口头传统"栏目：主持人语》，《黔南民族师范学院学报》2015 年第 1 期。

是大数据和云计算等信息技术的变革，为史诗研究带来了极大便利，伴随资料学整理的持续进行和史诗理论的持续论辩，史诗研究的可拓展空间亦在不断丰富。

以史诗理论研究廓清亚里士多德的语文学史诗理论、结构功能主义的史诗理论、口头程式的史诗理论、表演理论的史诗理论成为史诗研究者参照的主要理论。亚里士多德的语文学史诗理论对史诗研究具有重要影响，这源于亚氏讨论《荷马史诗》和悲剧创作表演时提出的重要议题，史诗歌手是如何完成史诗演唱的，亚氏认为史诗歌手或者在表述已完成的行为，或者在模仿可能出现的行为，他的模仿说直至当下仍在口头传统研究中具有生命力。值得注意的是，亚氏的史诗理论强调史诗歌手沿着史诗主人公的行动变化来构思情节，史诗的创作顺序便遵循从开头到结尾的模式，学者们继续关注亚里士多德的史诗理论，并进一步提出了可检验的亚里士多德史诗理论，认为史诗歌手的表演既不是神授的表演，也不是记述的表演，而是模仿史诗主人公的表演。①

结构功能主义的史诗理论并未继续追随亚里士多德史诗理论关于"史诗歌手从开头到结尾的创造模式"的观点，而是认为史诗歌手的演唱源自对母题要素与母题情节的增补删减，这种结构主义的史诗理论被认为源自普罗普童话故事的形态研究。② 这种研究方法广泛应用于史诗研究的同时，也受到诸多批评，列维·特劳斯便驳斥普罗普的结论不适用于诺瓦利斯或歌德的故事以及作家创作的艺术故事③，但普罗普创造出的这种可以普遍运用的方法显然并不局限于某一领域，而是为叙事结构研究开拓了新的道路，正如普罗普强调的，"故事的丰富不在于结构，而在于以多种多样的方式来实现同一个结构因素"④。以学术谱系进行梳理可知，穆塔里甫⑤、仁

---

① 敖东白力格：《史诗演唱与史诗理论：从亚里士多德到洛德的史诗学简史》，甘肃人民美术出版社2012年版。
② ［俄］弗拉基米尔·雅可夫列维奇·普罗普：《故事形态学》，贾放译，中华书局2006年版。
③ ［俄］弗拉基米尔·雅可夫列维奇·普罗普：《故事形态学》，贾放译，中华书局2006年版，第182页。
④ ［俄］弗拉基米尔·雅可夫列维奇·普罗普：《神奇故事的历史根源》，贾放译，中华书局2006年版，第49页。
⑤ 穆塔里甫：《哈萨克英雄史诗的结构模式与情节母题》，《民族文学研究》1992年第3期。

钦道尔吉①、郎樱②等史诗学专家专文讨论史诗母题，诸如德国史诗《尼伯龙根之歌》③，布努瑶神话史诗《密洛陀》④，彝族史诗《支格阿鲁》⑤、《梅葛》⑥、《俄索折怒王》⑦，纳西族创世史诗《创世纪》⑧，苗族史诗《亚鲁王》⑨，壮族英雄史诗《莫一大王》，蒙古族史诗《江格尔》⑩，维吾尔族史诗《乌古斯汗传》⑪等均有学者采用结构功能主义的史诗理论开展研究。其中，董晓萍的《跨文化民俗体裁学：新疆史诗故事群研究》⑫，肖远平等人的学术专著《苗族史诗〈亚鲁王〉形象与母题研究》⑬布设专章讨论史诗母题，应是近年来史诗母题研究的范型。

口头程式的史诗理论缘起于20世纪30年代，已有近百年的发展历程。帕里通过研究《荷马史诗》文本，发现了反复出现的程式，此后和洛德赴南斯拉夫进行田野调查，也发现了这种口头程式。他们认为，史诗歌手均使用已有口头程式完成唱诵，他们不是即兴表演，也不是记背文本，而是使用已有的口头程式、主题和故事范式完成创作，这样就在

---

① 仁钦道尔吉：《蒙古——突厥英雄史诗情节结构类型的形成与发展》，《民族文学研究》2000年第1期。

② 郎樱：《史诗的母题研究》，《民族文学研究》1999年第4期。

③ 朱丽娟：《〈尼伯龙根之歌〉的"母题"解读》，硕士学位论文，上海师范大学，2010年。

④ 刘艳超、毛巧晖：《试析人类起源神话中的造人母题——以布努瑶神话史诗〈密洛陀〉为例》，《长江大学学报》（社会科学版）2019年第2期。

⑤ 洛边木果、麦吉木呷：《彝族史诗〈支格阿鲁〉整合之研究》，《西昌学院学报》（社会科学版）2016年第3期。

⑥ 刘伟：《彝族史诗〈梅葛〉中的"牺牲"母题研究——以虎化万物为例》，《普洱学院学报》2015年第2期。

⑦ 李光明：《彝族英雄史诗〈俄索折怒王〉研究》，硕士学位论文，贵州民族大学，2014年。

⑧ 李名奇：《纳西族创世史诗〈创世纪〉神话母题探究》，《青年文学家》2016年第6期。

⑨ 刘洋、杨兰：《苗族史诗〈亚鲁王〉心脾禁忌母题探析》，《原生态民族文化学刊》2015年第1期；刘洋、杨兰：《〈亚鲁王〉英雄征战母题探析》，《遵义师范学院学报》2014年第5期；刘洋、杨兰：《苗族史诗〈亚鲁王〉英雄对手母题探析》，《凯里学院学报》2014年第5期。

⑩ 佟瑶：《〈江格尔〉与〈伊利亚特〉史诗母题的隐喻性比较》，硕士学位论文，内蒙古师范大学，2018年。

⑪ 黄铜肖：《〈吉尔伽美什〉与〈乌古斯汗传〉比较研究》，硕士学位论文，喀什大学，2018年。

⑫ 董晓萍：《跨文化民俗体裁学：新疆史诗故事群研究》，中国大百科全书出版社2018年版。

⑬ 肖远平、杨兰、刘洋：《苗族史诗〈亚鲁王〉形象与母题研究》，中国社会科学出版社2017年版。

史诗学的研究重心上发生了转变,即从重视史诗演唱活动转变为重视史诗歌手演唱能力,而歌手的演唱能力必须在史诗演唱中才能被观察到。20世纪60年代,口头程式理论最早被运用到《孔雀东南飞》《诗经》等古典文学的研究中,直至20世纪90年代,以朝戈金、尹虎彬、巴莫曲布嫫为代表的史诗学专家进行大量译介,并运用到本土史诗研究。事实上,口头程式的史诗理论始终在自我完善,如巴莫曲布嫫认为,弗里创设的"口头传统的比较法则""演述场""传统指涉性""史诗语域""大词""交流的经济""传奇性歌手""口头诗歌四类型""口头传统/文本技术/互联网技术并立"及"思维通道"极大丰富了口头程式的史诗理论①。事实上,自朝戈金先生使用口头程式的史诗理论进行研究以来,专门做理论研究和学术史讨论的成果不多,多是个案研究和应用研究,且多仅借用口头程式的某一概念,没有进一步的拓展,但口头程式理论的影响不止于史诗学,在民间小戏、敦煌变文等领域均有影响。值得注意的是,西南史诗的口头程式研究成果较少,已公开出版的仅有《勒俄特依》②《布洛陀》③的口头程式研究。

此外,史诗的文化推介活动愈发频繁,诸如江格尔的系列绘本、玛纳斯的系列读本、亚鲁王的故事读本等陆续出版,成为史诗文学接受和文化接受的重要方式。

如前所述,西南史诗文化研究的树状网络已初步形成,已有研究成果事实上无法绕开文本或文化,研究文本不能脱离文化,研究文化亦不能脱离文本,研究者们无意识或者有意识地将文化与文本联结起来,甚至强调文化与文本不可脱离,但限于资料学成果和学术研究的交织并进,文化与文本仍被作为两个割裂开来的个体,这就可能导致研究成果无限向后端延伸或无限向前端延伸,明显存在后继乏力的问题。一是脱离史诗文本的"无限向后端延伸"的研究成果较多。特别是在跨边界作业的交叉学科研究上,史诗常被简化为研究者臆想中的某种并不全面的文化

---

① 巴莫曲布嫫:《约翰·迈尔斯·弗里》,《民间文化论坛》2016年第1期。
② 巴莫曲布嫫:《"民间叙事传统格式化"之批评(下)——以彝族史诗〈勒俄特依〉的"文本迻录"为例》,《民族艺术》2004年第2期;巴莫曲布嫫:《"民间叙事传统格式化"之批评(中)——以彝族史诗〈勒俄特依〉的"文本迻录"为例》,《民族艺术》2004年第1期。
③ 戈梅娜:《〈布洛陀经诗〉的口头程式解读》,《钦州学院学报》2014年第4期。

符号，从而导致后续的讨论难以落地。二是关注史诗文本的"无限向前端延伸"的研究成果无意识地忽视了史诗译本的多样性。诸如没有准确理解史诗的文化接受问题，"对外来的耳朵来说这种冗长无味的、重复的叙事，都在特殊群体成员的记忆中通过他们对史诗特征和事件的认同达到崇高辉煌。对史诗的接受也是它存在的基本因素"①，这就导致脱离文化的文本研究在面对新的文本时难以自圆其说。在与文化持有人、地方政府、学术共同体的交流互动中，可以发现南方活形态史诗的特殊性。一是西南史诗的"活形态"体现为与仪式共生。西南史诗大多有独特的诵唱场域，诞生礼、婚礼、葬礼、驱病禳灾仪式上均有涉及，且诸种仪式有明显禁忌。二是西南史诗的"活形态"体现为文本变异的常态。西南史诗内容除内核部分不能随意删减外，传承人大多可根据自身的知识掌握情况对枝叶部分（史诗其他环节）进行发挥。三是史诗的"活形态"体现为文本的生长。鉴于史诗与仪式的共生，部分西南史诗的家族谱系功能仍在延续，史诗文本内容仍在增补。

第三节　术语的界定

钟敬文先生强调，"史诗的价值不是历史的，而是文化的，每一民族的史诗都有其特殊性"②。黄永林先生认为，"史诗研究对于深入了解一个民族的社会、经济、文化等历史记忆具有重要的意义和价值"③。肖远平先生认为，"从史诗的产生到文本解读，直至关注史诗的叙述、抒情、意境构筑等多样的审美情感和认知，我们也经过了一个从个体到整体的进程，而又重新回归到个体的历程"④。钟、黄、肖等先生的观点与芬兰学者劳里·航柯（Lauri Olavi Honko）的论述有异曲同工之处，航柯认为不同文化群体对同一史诗的认知存在极大差异，文化持有人不仅能够理解

---

① 仁钦道尔吉、郎樱：《中国史诗》，江苏凤凰文艺出版社2017年版，第6页。
② 钟敬文、巴莫曲布嫫：《南方史诗传统与中国史诗学建设——钟敬文先生访谈录（节选）》，《民族艺术》2002年第4期。
③ 载肖远平《彝族"支嘎阿鲁"史诗研究》"序二"，黄永林作，人民出版社2015年版，第5—8页。
④ 肖远平：《彝族"支嘎阿鲁"史诗研究》，人民出版社2015年版，第259—298页。

持有史诗的重复叙事,亦能够在这种特殊表述中获得认同,他者则难以感悟史诗精神①,这种群体认知差异无疑是"文化的比较"的立论逻辑。具体来讲,观察同一史诗的变异性和不同史诗的差异性必然要求进行比较研究,且30余年前倡导的"文化的比较"已被学界广泛接受②,在使用比较的方法时,应关注其最大的陷阱是比较对象定义的不确定。因此,准确理解史诗表述、合理看待史诗文化与清晰凝练史诗价值,不仅需要回归族群生活场景与仪式场域,亦需要多维度感悟史诗想象的建构源流。

中国原本没有史诗概念,亦无史诗研究。近代以来,基于百余年半殖民地半封建社会的社会现实,传教士合儒、补儒、超儒和贬儒的文化输入(见图0—1),民族集团概念在全球范围内的传播,文化精英在接受外来文化时"从厚古薄今到以今证古"的若干摇摆,大规模接受西方学术话语体系以求救亡图存成为时代话语,史诗成为哲学社会科学研究难以绕开的议题。

中华人民共和国成立70多年来,民族史诗得以大规模采录,北方史诗带和西南史诗群在"到民间去"的田野调查中确证,人类命运共同体成为新的时代主题,史诗类型学不再取例西方学界的英雄史诗定义,形成了以叙事主题和口头程式为划分范畴的创世史诗、迁徙史诗和英雄史诗。③ 尽管历经文化自证与田野确证的西南史诗已然达成某些认知上的一致,但鉴于学界引入的西方术语与跨学科视阈的不协同,西方话语体系与本土文化传统的不一致,史诗研究者参与观察中他者视阈与文化持有人自我审视本我视阈的不契合,史诗研究中非此即彼的研究假设与史诗诵唱中亦此亦彼的生活实践的不匹配,史诗采录文本与史诗诵唱顺序的

---

① [芬兰]劳里·航柯、孟慧英:《史诗与认同表达》,《民族文学研究》2001年第2期。劳里·航柯认为,"对外来人的耳朵来说这种冗长乏味的、重复的叙事,都在特殊群体成员的记忆中通过他们对史诗特征和事件的认同达到崇高辉煌"。敖东白力格在梳理史诗学发展时将劳里·航柯的理论概括为史诗认同论,认为史诗认同论忽视了对活态口头史诗的经验探索,强调将社区听众的认同表达与史诗歌手表演相联系来研究口头史诗是非常有潜力的研究方向(敖东白力格:《普通史诗学导论》,中国社会科学出版社2015年版,第10页)。

② 杨兰:《贵州民俗研究70年:基于学术史的考察》,《贵州社会科学》2019年第12期。

③ 朝戈金:《朝向21世纪的中国史诗学》,《国际博物馆》(中文版)2010年第1期。

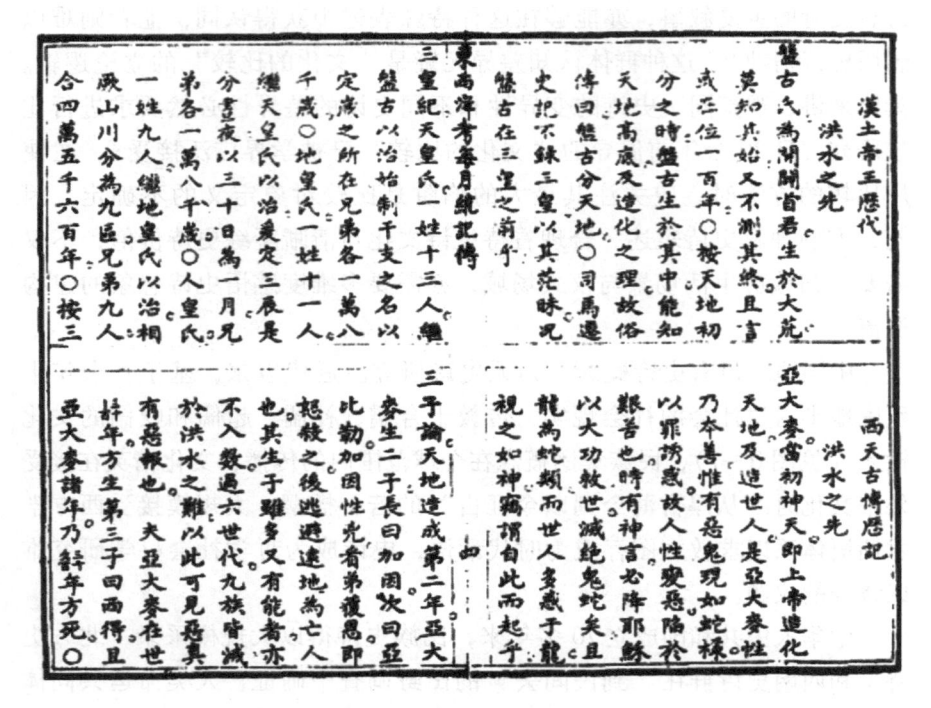

图 0—1　东西洋考每月统记传·道光癸巳年六月·东西史记和合

不吻合，构建符合中国话语的诠释体系仍面临诸多难题。①

　　前文已有梳理，"师夷长技以制夷—中体西用"的中西文化之辩是 19 世纪史诗术语在"英文—中文—日文—中文"多次转译的重要原因。彼时，西方学界已有若干中国文化的研究成果，但限于国际上中西方跨文化交流存在诸多障碍，晚清政府维护全能统治的若干制约措施，成体系的哲学社会科学学术反思直到甲午战争后的百日维新方见端倪，大规模的哲学社会科学学术译介则在 20 世纪初期初见效果。

　　20 世纪以来，多次社会思潮后，史诗研究作为西学研究的滥觞，成为语言文字学、现当代文学、民俗学、民间文学、文献学、考古学、人类学等多学科难以回避的议题。中国学界不再形而下地追溯史诗，而转向关注史诗的当代价值。同时，西方文学批评家也并未停止对史诗的反

---

① 刘洋、肖远平：《屯堡文化与中华民族共有精神家园建设》，《贵州社会科学》2023 年第 10 期。

思，抑或以全知视角下的宏大叙事框定史诗，将叙述的诗等同于史诗①，这样史诗的边界就扩大了；抑或将诗人置身物外的"客观的诗"划分为"叙述类"和"戏剧类"，"叙述类"则成为"有音节的故事"和"史诗"②，这里的"客观"并非绝对意义上的"价值中立"，而是充满作者情感的，这种考量显然偏重文人书面史诗；抑或统合史诗边界的讨论（见表0-1），但做更为细致的处理，将史诗逐项分解为民间口传史诗、文人书面史诗、"准书面"史诗③；抑或反思传统古典学的史诗视阈，主张突破传统的史诗边界④，认为荷马样板是明显束缚，不能再以希腊史诗为史诗的唯一标准，活态的少数传统应被纳入研究视野。西方视阈与中国观念交织互动，中国观念的树状知识网络亦在不断分化，不同的声音源于中国现代民俗学和民间文艺学是舶来品，学科体系受欧美学说启迪和影响，在早期研究，甚至是当前的一些研究中，多有借西方理论解读中国文化的研究成果，这些成果有启发意义，但事实上忽略了中国本土文化的特质，与将论文写在中国大地上的学术导向不符，与客观公正看待中华传统文化要求不符⑤。具体来讲，有边界地理解史诗与诗史、史诗与史诗性、史诗与史歌等术语，不仅需要西方视阈的启迪与示范，更要强调中国观念的表达与凝练。

---

① 杨鸿烈：《中国诗学大纲》，商务印书馆1935年版，第82—83页。杨鸿烈在诗学研究的流变轨辙中引用了阿尔丹的论述，"诗人要是置身物外，把他己身以外的那些经验的世界都表显出来，就是普通所谓的客观的方法，其结果就成为'叙述的诗'，或称'史诗'"。
② 贺学君：《中国民间叙事诗史》，河北教育出版社2016年版，第1—4页。
③ 朝戈金：《朝向21世纪的中国史诗学》，《国际博物馆》（中文版）2010年第1期。
④ 刘守华：《〈黑暗传〉：汉民族神话史诗》，《广西民族学院学报》（哲学社会科学版）2003年第3期。刘守华先生在讨论《黑暗传》时，引用劳里·航柯的论述，"我希望希腊史诗刻板的模式，一种在现实行为里再也看不到的僵死的传统，不该继续统治学者的思想"。
⑤ 刘守华：《再论〈黑暗传〉——〈黑暗传〉与敦煌写本〈天地开辟以来帝王纪〉》，《民俗研究》2012年第4期。刘守华先生认为，中国现代民俗学和民间文艺学是在欧美学说的启迪下建构起来的，其不足之处便是常以国外理论框架削足适履地来诠释中国文化事相，从而将一些真正具有中华文化特质的对象列入不屑一顾的另类，形成文化误读。

表 0-1　　　　　　　　　　世界史诗概览

序号	族群/作者/地域	史诗	类型
1	古巴比伦	吉尔迦美什	民间口传史诗
2	古希腊	伊利亚特	民间口传史诗
3		奥德赛	民间口传史诗
4	古印度	摩诃婆罗多	民间口传史诗
5		罗摩衍那	民间口传史诗
6	盎格鲁-撒克逊	贝奥武甫	民间口传史诗
7	古日耳曼	尼伯龙根之歌	民间口传史诗
8	古法兰西	罗兰之歌	民间口传史诗
9	西班牙	熙德之歌	民间口传史诗
10	冰岛	埃达	民间口传史诗
11	西非洲	松加拉史诗	民间口传史诗
12	古罗马，维吉尔	埃涅阿斯纪	文人书面史诗
13	日本，紫式部	源氏物语	文人书面史诗
14	葡萄牙，卡蒙斯	卢基塔尼亚人之歌	文人书面史诗
15	意大利，塔索	被解放的耶路撒冷	文人书面史诗
16	意大利，但丁	神曲	文人书面史诗
17	英国，弥尔顿	失乐园	文人书面史诗
18	芬兰，伦罗特	卡勒瓦拉	准书面史诗

一　史诗与诗史

直至 21 世纪，不同学科在史诗概念的理解和使用上仍有诸多不同。诸如西方学界早前普遍认可和专研英雄史诗，从源头上看，西方文论始于柏拉图，他将物与人的再创造以两分法划归为模仿（Reproduction）和形容（Description），这样，诗歌便可分为戏剧诗（Dramatic Poetry，模仿人的动作）、叙事诗（Narrative Poetry，形容人的动作）、对白与叙事诗的混合体（Mixed Mode of Dialogue and Narrative）①。亚里士多德继承并更新其观点，认为模仿是所有艺术样式的共同属性，艺术与非艺术的区别也以是否模仿为标志，并以此将文学体裁划分为悲剧、喜剧和史诗等，但

---

① ［古希腊］柏拉图：《柏拉图文艺对话集》，朱光潜译，人民文学出版社 1963 年版。

由于亚氏认为悲剧优于史诗,其论述内容亦多讨论悲剧①。尽管如此,亚氏的论述大量以荷马为例,也因此引出后世学界反复辩论的荷马问题。此后的西方史诗研究沿着柏拉图和亚氏的观点不断发展,近代以来长期影响中国史诗的观念,本是特殊性的西方文化被救亡图存的中国学人想象并建构成普适性的西方文化,被"升级"成为世界的西方文化,与世界接轨自然也就是与西方文化接轨,寻找可以类比西方文学源头的史诗成为题中应有之义,此种思维导向一度引发长达百年的汉语史诗问题讨论。②

普遍吸收西方学术话语体系的同时,中国学者亦在不断反思,本土文化何以解释史诗合理性,以西方文学发展史的源头作为普世的世界文学史源头的观念被不断证伪。抑或确信中国没有史诗(或叙事诗,或故事诗),不必曲意比附,中国类似的作品应是讲史或吟唱系统的类小说(介乎戏剧和小说之间),并认为史诗与诗史性质不同,实则无比较必要,"史诗,是西方文学的源头;诗史,是中国诗歌的桂冠"③。抑或明确中国是有史诗的,但如果将视野集中于神话史诗创世以外的部分,可以发现尽管有历史的影子,但这种创作仍旧是神话形式的④,尽管如此,文化持有人认可这些神话是历史,"史诗中很多内容也是神话的内容,神话也被视为一个民族的历史"⑤。但有学者仍沿袭百余年前艾约瑟将"史诗"与"诗史"同时使用的做法,"杜甫许多不朽的诗篇塑造了由盛唐转入中唐社会生活大变动之具象,评家称其作品为'诗史',此'诗史'者,即'史诗'也"⑥,这种使用方式无疑反映出部分学者建构和向往宏大叙事的学术情怀。

---

① [古希腊]亚里士多德:《诗学》,陈中梅译,商务印书馆1996年版。
② 林岗:《二十世纪汉语"史诗问题"探论》,《中国社会科学》2007年第1期。
③ 龚鹏程:《史诗与诗史》,《中外文学》1983年第2期。
④ 段宝林:《〈苗族古歌〉与史诗分类学》,《贵州民族研究》1990年第1期。段宝林先生认为,"神话史诗的后部作一具体分析,不难看出其中虽然有历史的影子,但它并非历史的'纪事本末',而是仍然以神话形式来进行描写的"。
⑤ 吴晓东:《影像视域下的中国南方史诗与仪式》,《广西民族师范学院学报》2017年第5期。
⑥ 吴准生:《读〈宁夏诗歌选〉〈宁夏诗歌史〉》,载杨梓主编《宁夏文艺评论2015年卷》,宁夏人民出版社2015年版,第175—178页。

值得关注的是，在学科边界和术语范畴愈发受重视的当下，中国民间文学和民间文艺学的领域中，学界对史诗与诗史的学术范畴已然形成较为一致的看法①，即诗史术语是生于斯长于斯的中国概念，史诗术语是历经"拿来主义—反思解构—本土重构—反哺世界"的中国观念，两者均强调"史"与"诗"，且契合历史与叙事，但产生时间、价值观念、创作主体、艺术风格、流传演变等均有不同。

具体来讲，诗史彰显的是时代发展中的价值观念，呈现的是人文理想与文化精神，史诗的发轫与历史发展中文化意识的勃兴密切相关；史诗大多充满神性色彩，是早期人类社会的文化表现。诗史以历史文化为主要观照，含有浓厚的价值判断；史诗抑或创世的，抑或英雄的，强调历史上的重大事件及族群始祖（英雄人物）。诗史因对政治社会的批判，通常是反讽和隐喻的；史诗因为是超现实的，反讽往往不是主要的，纯粹的修辞是重要的。诗史并非叙事文类，少有体量限制；史诗以吟唱展演，必然篇幅较大。诗史是严肃的作品创作，历史仅是诗史的素材；史诗是大众的娱乐，其本身便可成为历史，"记忆的历史事件是历史，历史事件的记忆亦是历史"②。换言之，诗史是诗，这源于诗史本身并非文类的框定，而是诗作的某种性质或特征，譬如米芾所言的"书史"；史诗则不同，史诗是特定文类，有史诗，则有非史诗，其重要特征是，历史为其要素，虚构系其性质，叙事为其核心，句法构其规则，娱神（人）是其功能。

二 史诗与史诗性

黑格尔关于史诗的讨论影响深远，③ 因此而衍生的史诗性术语不仅为

---

① 巴莫曲布嫫：《鹰灵与诗魂：彝族古代经籍诗学研究》，社会科学文献出版社2002年版，第308—325页。巴莫曲布嫫先生曾专论"诗"与"史"，认为史重真实，诗重想象；史重根谱，诗重形象；史重记事，诗重传情；史不究韵，诗必合韵。

② 杨兰、刘洋：《记忆与认同：苗族史诗〈亚鲁王〉历史记忆功能研究》，《贵州大学学报》（社会科学版）2018年第4期。

③ ［德］黑格尔：《美学》（第三卷）·下册，朱光潜译，商务印书馆1981年版，第107页。黑格尔认为，"史诗以叙事为职责，就须用一件动作（情节）的过程为对象，而这一动作在它的情境和广泛的联系上，须使人认识到它是一件与一个民族和一个时代的本身完整的世界密切相关的意义深远的事迹。所以一种民族精神的全部世界观和客观存在，经过由它本身所对象化成的具体形象，即实际发生的事迹，就形成了正式史诗的内容和形式"。

学界普遍使用，亦为社会各界所接受。但值得注意的是，史诗与史诗性在跨学科边界的使用中往往并不一致，源于对宏大叙事的史诗的理解，在大众语境中，"史诗性"通常直接被"史诗"所替代，这种使用遍及各界。

以"史诗"为关键词搜索《人民日报》图文数据库（1946—2023）①，得到相关文献 5430 篇，绝大多数是以"史诗"替代"史诗性"，诸如"犹如一部流动的史诗""把困难当作前进阶梯的奋斗新史诗""书写下不朽的史诗"等。《辞海》亦有释义，史诗或指古代叙事诗中的长篇作品，或指反映特定时期的长篇叙事作品，其中，长篇叙事作品有时被称为史诗，或史诗性的作品。② 不仅如此，中国当代文学中最优秀的作品亦被称为史诗，相当长的时间内，作家们追求史诗情节和宏大叙事理想成为常态，诸如强调"史诗是不同历史时期、不同历史阶段的时代印记……同史诗一样，史诗性的长篇小说……总是联系着影响历史进程的事件"③。尽管新历史主义的滥觞冲击了宏大叙事的合法性和权威性④，源于对正史可能筛选和舍弃某些历史材料的隐忧，元语境和元叙事讲述历史已然不能满足作者和读者，寻求碎片化历史的延展和演绎似乎成为新的导向，但这种陌生化效应最终仍然指向重建新的意义上的宏大叙事⑤。如若将此种研究视域的转向与西方古典诗学研究视域的转向进行横向比较，可以发现其显然有异曲同工之处，从亚里士多德强调史诗创作顺序遵循从头至尾的讲述，到普罗普的故事形态研究，再至帕里和洛德的口头程式理论等，亦是以边缘视角拓展史诗研究广度。以此来看，史诗作为学术术语在实践中被泛化了，这应该是史诗研究与实践落地的范型，但仅从民间文学的研究对象来看，将史诗与史诗性等同显然是不恰当的，如果史诗研究涵括史诗性作品，将可能导致史诗学的学科意识和知识建制的视野消弭在理解尺度的评价标准中。事实上，在学术实践中，学人们已有学科边界意识的雏形，"严格来说，只有民族形成时期或

---

① 检索选项为"标题+正文"，检索时间截至 2023 年 12 月 31 日。
② 辞海编辑委员会：《辞海·文学分册》，上海辞书出版社 1981 年版，第 15 页。
③ 胡良桂：《史诗特性与审美观照》，湖南教育出版社 1994 年版，第 4—6 页。
④ 王春林：《新世纪长篇小说地图》，北岳文艺出版社 2014 年版，第 457—462 页。
⑤ 刘洋：《南方史诗的文化资源供给与中华民族新史诗的书写》，《理论学刊》2022 年第 3 期。

之前所产生的韵文叙事作品才称得上是神话史诗……近代产生的一些……叙事诗，如《张秀眉之歌》《苗族起义史诗》等，虽有史诗般的规模和气魄，却不能算是严格意义上的史诗"①。故此，本书再次强调研究对象为西南创世史诗、迁徙史诗和英雄史诗。

三 史诗与史歌

三次大规模的民间文学调查发掘出来的中国史诗颇多，西南史诗群和北方史诗带的规模排布被进一步确证，但无论是以采录替代搜集整理的学术话语转向，还是以四行对译法的普遍采用替代单一汉文的出版发行，抑或以动态场景与多机位拍摄替代单独唱诵录制②，田野调查实践与反思从未停止。源于文化持有人对外来文化的吸收与对持有文化的反思，以及史诗与史歌具备较多相同术语理解上的经典要素，史诗与史歌的术语有混用或滥用之状。

乌丙安并未将"史诗"与"古歌"直接画上等号，而是将史诗与古歌用"或"连接并置③，认可史诗与古歌两者的要素重合。农冠品亦如此，"少数民族的创世古歌或创世史诗，是各个民族在童年时代口头创作"。④ 不少学者追随以上观点，认为"史诗"与"古歌"仅是学术话语和民间话语的不一致，某些史歌实质上便是史诗，其内涵和外延实质上并无不同。尹虎彬在比较南北史诗时的论述有代表性，他认为北方民族多有英雄史诗，西南民族的史诗多是中小型古歌⑤。潘定智、杨德培和张

---

① 罗义群编著：《苗族民间诗歌》，电子科技大学出版社2008年版，第7页。
② 巴莫曲布嫫、郭翠潇、高瑜蔚、宋贞子、张建军：《口头传统专业元数据标准制定：边界作业与数字共同体》，《民间文化论坛》2018年第6期。当下的学术实践中，史诗数据库建设与元数据确定亦是重要学术实践，尽管有的资料库建设仍在进行，但伴随大数据技术的成熟，数据库在资料使用和整合上无疑更占优势。
③ 乌丙安：《民俗文化综论》，长春出版社2014年版，第218页。乌丙安认为，"就像出土的远古文物残片，也是价值连城的精品一样，片断的古老神话、史诗或古歌、古谣谚，都有可能是不可多得的精品"。
④ 农冠品：《广西少数民族创世史诗及古歌价值初探》，《广西民族学院学报》（哲学社会科学版）1985年第3期。
⑤ 尹虎彬：《史诗观念与史诗研究范式转移》，《中央民族大学学报》（哲学社会科学版）2008年第1期。尹虎彬认为，"北方民族如蒙、藏、维、哈、柯等，以长篇英雄史诗见长，南方傣族、彝族、苗族、壮族等民族的史诗多为中小型的古歌"。

寒梅为《苗族古歌》作序时，开篇便以"宏伟的创世史诗——苗族古歌"为题，认为"苗族古歌，民间叫'古史歌''古老话'，学术用语就是'史诗'"。①罗义群认为，"只有具有以上三种特征的苗族长篇叙事诗，我们才把它称为苗族神话史诗，即严格意义上的'苗族古歌'"。②吴一文等的观点颇有不同，他认为史诗内容较窄，古歌内容宽广，苗族史诗仅是古歌的一部分。③吴肃民和莫福山在介绍《密洛陀》时认为"瑶族创世史诗……它以古歌的形式流传在民间"④。陈永龄的注解应是狭义的，他认为古歌是"苗族民歌的一种，或为苗族民间流传的长篇史诗"⑤。

需要注意的是，有学者尽管承认史诗术语，但不完全赞成史诗与史歌等同，甚至认为应以史歌替代史诗。诸如将史诗与古歌并列，"彝族的说唱艺术称为'唱诗'，即以曲艺形式说唱彝族的史诗和古歌"⑥。抑或认为史诗或古歌归属于神话⑦。抑或认为应以"史歌"替代"史诗"，"在此应当说明，这些作品发表时都冠以'哈尼族民间史诗'（张本）、'哈尼族史诗'（张杨本）、'哈尼族创世史诗'（《木地米地》）、'哈尼族民间创世史诗'（普本）之名……'史诗'系父系英雄时代的文学样式，这在中外史诗学界已成定论，而上述作品的产生显然早于此期，因而有所不妥，还是以哈尼族自己的称呼'古歌'为名较好"⑧。显然，"古歌"和"史诗"均涉及"宇宙起源""人类起源""英雄人物"等经典要素，有较多重合性。但古歌并不局限于神圣体裁，也无须强调宏大叙事，取

---

① 潘定智、杨德培、张寒梅编：《宏伟的创世史诗 丰富的古代文化》，载潘定智《苗族古歌》，贵州人民出版社1997年版，第1—11页。
② 罗义群编著：《苗族民间诗歌》，电子科技大学出版社2008年版，第9页。
③ 吴一文、覃东平：《苗族古歌与苗族历史文化研究》，贵州民族出版社2000年版，第5页。吴一文认为，"从广义上讲，苗族的'开天辟地'创世等古歌，只是苗族古歌的一部分"。
④ 吴肃民、莫福山主编：《中国少数民族文学古籍举要》，天津古籍出版社1990年版，第282页。
⑤ 陈永龄：《民族词典》，上海辞书出版社1989年版，第37页。
⑥ 李悦：《中国当代少数民族戏曲》，北京时代华文书局有限公司2016年版，第180页。
⑦ 陈玉平：《三十年来贵州民间文学研究述评》，载刘守华、罗杨《中国民间文艺学年鉴2008年卷》，华中师范大学出版社2013年版，第36页。陈玉平在述评时使用了与乌丙安先生相同的表述方式，将史诗或古歌连接并置，不同的是，他认为史诗或古歌从属神话，"所涉及的体裁包括神话（含史诗或古歌）、传说、故事、民歌、谚语、戏剧等"。
⑧ 史军超：《哈尼族文学史》，云南民族出版社1998年版，第299页。

材更为广泛。同时，史诗研究者与文化持有人在对待同一事物的理解上有明显差异，这种差异是学术话语与民间话语的差异，也是文化持有人与学术共同体的差异，这不仅是田野调查中亟须重视的问题，也是规范研究中亟须框定的问题。

值得高度关注的是，源于大规模的田野采录为中华史诗学奠定了坚实基础，学术话语体系、行政话语体系和民间话语体系的三维互动和理论反思，取代了曾经的描述与记录的史诗学研究。同时，对于史诗唱诵场域、口头程式和社区传播的关注凸显了史诗诵唱中"人"的主体地位，史诗研究者参与观察中他者视域与文化持有人自我审视本我视域的不契合成为"文化的比较"中需要解决的重要问题。民间话语的史诗称谓显然与学术话语不一致（见表0-2），诸如凉山彝族更愿意称史诗为穆莫哈玛（Mupmop Hxamat，口头传颂的诗歌），唱诵者更是绝非歌手，而是文化领袖毕摩，史诗《亚鲁王》的唱诵者也非歌师，而系东郎，法国史诗《罗兰之歌》也被称为 Chansons de Geste（中世纪的武功歌），唱诵者系土浮而。尽管学界普遍意识到要充分尊重社区民众，要与文化持有人进行平等对话，强调史诗"大百科全书"和"民族DNA"的地位，但这种理解仍是浪漫主义的想象，因为该思路的逻辑假设已然将史诗的文化持有人建构为现代社会发展中的停滞者。事实上，在互为主体的对话中，文化持有人与史诗研究者必须保持平等互动关系，以往史诗研究者总是被要求平等互动，但田野实践中，他们在与文化持有人的对话中绝非想象中的居高临下，也难以掌握交流的主动权，这源于被访者在文化语境中的绝对优势地位。[①] 史诗研究者一旦展开田野调查，就不再是独立的生物人和理性的专业人[②]，田野调查的伦理约束，地域文化的道德约束，需要研究者进行反复翔实的考察和辨别。同时，限于西南史诗与仪式场域的紧密嵌合，"演述史诗、说故事、听笑话、猜谜语、唱山歌等民间文学活动本身能给人带来身心的欢愉……都具有表演性，音乐、舞蹈和诗是

---

① 施爱东：《学者是田野中的弱势群体》，《民族文学研究》2016年第4期。施爱东认为，"文化持有人貌似被动的受调查者，其实自始至终掌握着调查活动的绝对主动权"。

② 陈泳超：《"无害"即道德》，《民族文学研究》2016年第4期。陈泳超认为，"田野调查者永远是一个独立的生物人、社会人、法律人、道德人和文化人，而绝非只是某个学科的专业人"。

紧密结合在一起的。也就是说，'诗'必以'乐'辅之，'乐'以'舞'象之，没有离开音乐和舞蹈的所谓的民间文学作品"①，关注史诗文本的同时，必须感悟史诗的唱诵场域。换言之，史诗称谓与唱诵者均是演述传统的有机组成部分，唱诵者绝非运用传统，也未能在传统之外，因为唱诵者本身就是传统。尽管当前影像设备已普及，但"人们试图以影像的方式记录以前纸质版史诗的时候，一些问题就出现了，很难拍摄出与前人整理的史诗完全吻合的影像"②，这源于较多出版刊行的西南史诗文本取自仪式，但史诗文本顺序又与仪式程序不完全吻合。

表 0-2　　　　　　　　各族群史诗称谓与唱诵者称谓

序号	族群	史诗称谓	唱诵者称谓
1	法兰西	Chansons de Geste（中世纪的武功歌）	土浮而
2	阿昌族	颂词	活袍
3	白族	打歌（da gao）	歌姆
4	布朗族	嗯呗纳宰	—
5	布依族	古史歌	布摩
6	藏族	仲（sgrun 广义为故事，狭义为《格萨尔》）	仲肯
7	傣族	坦（tham55），令（lik53）	章哈、康朗、波占
8	德昂族	格莱标（传说）	—
9	侗族	噶公古（gagonggu 古老歌）	歌师
10	独龙族	南木拉玲楞格	纳木萨
11	哈尼族	古歌，哈巴	贝玛
12	哈萨克族	吉尔（jer 古歌）	吉尔奇
13	汉族	丧鼓歌	歌师

---

①　万建中编著：《中国西部民族文化通志·娱乐卷》，云南人民出版社 2015 年版，第 504 页。

②　吴晓东：《影像视域下的中国南方史诗与仪式》，《广西民族师范学院学报》2017 年第 5 期。吴晓东认为，纸质版史诗的出版给收集整理者很大的运作空间，他们可以在很大程度上将某些仪式上演唱的内容整合为一首符合"史诗"概念的文本，既可以将同一仪式里难以吻合史诗概念的演唱内容剔除掉，也可以将不同仪式中演唱的符合史诗概念的内容整合在一起。

续表

序号	族群	史诗称谓	唱诵者称谓
14	景颇族	史经	斋瓦
15	柯尔克孜族	交毛克（jiomok 故事）	交毛克奇
16	拉祜族	戛柯	摩拔
17	傈僳族	祭祀古歌	尼扒（Neitpat）
18	蒙古族	陶兀勒（tuul 故事）	陶兀勒奇
19	苗族（麻山）	—	东郎
20	苗族（湘西）	杜奥特（dut ghot 古老诵词）	—
21	纳西族	东巴经	东巴（打巴）
22	普米族	古里	韩规
23	羌族	戈基嘎补（bi gu ugew）	释比（尼萨）
24	水族	旭济	水书先生
25	土家族	舍巴歌	土老司
26	佤族	司岗里	大魔巴
27	维吾尔族	达斯坦（dastan 叙事诗）	达斯坦奇
28	彝族（四川）	穆莫哈玛（mupmop hxamat 口头传诵的诗歌）	毕摩
29	壮族	四么（saw mo 师公诵唱的史诗）	师公

四　西南与西南史诗

钟敬文先生在探讨史诗传统的时候，并未明确界定南方史诗。但从钟先生的前后语境中可以发现，当与北方史诗并置时，钟先生使用"南方史诗"或"南方史诗传统"，"南北史诗传统研究的当务之急不是类同性的比较，而是在理论上对各民族独特的史诗传统作出阐释，这必须联系到差异。北方史诗研究要联系到南方史诗"①，但涉及具体史诗时，钟先生使用"西南这一区域"或"西南民族英雄史诗"，"即使与北方'三大英雄史诗'《格萨尔王传》《江格尔》和《玛纳斯》相比，西南少数民

---

① 钟敬文、巴莫曲布嫫：《南方史诗传统与中国史诗学建设——钟敬文先生访谈录（节选）》，《民族艺术》2002 年第 4 期。

族的英雄史诗也有明显的特殊性；再者与蒙古巴尔虎史诗、卫拉特史诗及突厥语民族英雄史诗相较，西南民族英雄史诗也有其自身的地域色彩及民族文化特色；即使是在西南这一区域内来观照以上各民族的英雄史诗作品，也会发现各民族英雄史诗处于不同的发展层级，表现出不同形态特征，因而南方英雄史诗传统有其独特的文化传承。"① 事实上，钟先生在考量西南少数民族史诗时，不仅综合考虑到地域与族群两大要素，也将史诗研究的特殊性考量在内，即史诗的跨地域传播。

回溯西南概念，可见在历史演进中，西南不仅是中央王朝国家控制下相对薄弱的政治疆域，也是儒家文化相对薄弱的弹性地带，还是"中央辐射边缘"和"边缘供给中央"的动态概念和相对方位。换言之，西南包括不与国境线重合的内部边疆，也包括与境外领域有实质性交集的区域。② 从行政区划来看，西南范围包括"现在云南全省，又四川省大渡河以南、贵州省贵阳以西，是自汉至元代我国的一个重要政治区域——两汉为西南夷，魏晋为南中，南朝为宁州，唐为云南安抚司，沿至元代为云南行省，——各时期疆界虽有出入，而大体相同"③。民国时期，大西南的概念被各界广泛接受，特指东起康藏和印度、西至湘桂、南抵两广和海南、北达甘肃和青海南部广大区域中居住的少数族裔。④ 1932 年国立中山大学成立西南研究会，并撰有《西南研究会成立宣言》，认为西南的范围依据南部中国各省边界划定，涵盖"粤、桂、黔、滇、川、康、藏"⑤。徐益棠先生在 1933 年划分中国民族学研究的四大分区之时，认为"西南区"应包括"西藏、云南、四川、贵州、湖南、广西、广东"。⑥ 江应樑认为，西南边疆"大概指四川、云南、西康、贵州、湖南、广西、

---

① 钟敬文、巴莫曲布嫫：《南方史诗传统与中国史诗学建设——钟敬文先生访谈录（节选）》，《民族艺术》2002 年第 4 期。
② 安琪：《博物馆民族志：中国西南地区的物象叙事与族群历史》，民族出版社 2014 年版，第 3—6 页。
③ 方国瑜：《中国西南历史地理考释》，中华书局 1987 年版，第 1 页。
④ 伍婷婷、李绍明：《学术与学会的里程——李绍明先生谈中国西南民族研究学会的发展》，《西南民族大学学报》（人文社科版）2007 年第 11 期。
⑤ 《国立中山大学西南研究会成立宣言》，《西南研究》1932 年第 1 期。
⑥ 徐益棠：《浙江畲民研究导言》，《金陵学报》1933 年第 2 期。

广东诸省境内有苗夷集区的地区而言"。① 马长寿在《中国西南民族分类》中将"中国西南民族"定义为"四川、云南、湖南、贵州、广西、广东诸省所有之原始民族"。② 显然，民国时期的西南并不仅是地域概念，还综合考量了族群要素，被框定为中国南部边疆及生活在这片土地上的藏缅苗瑶壮侗语支人群。

中华人民共和国成立后，各界话语中的西南范围有所收缩，但大体不离文化地理和行政区划的双重考量。一般来说，狭义上的西南被认为仅限于当下的云贵两省和四川南部；而广义上的西南则还包括西藏和广西两个民族自治区。③ 但值得注意的是，西南史诗的学术研究起步相对较晚，在涉及史诗研究的学术语境中，尚未有严谨的概念解说。研究者们或以行政区划框定史诗，如马学良、梁庭望、张公瑾三位先生探讨了东北地区史诗、西北地区史诗、西南地区史诗、华南地区史诗、中东南地区史诗。④

亦有学者沿用大西南的概念，将广西、西藏、鄂西、湘西、粤北等地纳入西南地区。诸如论述西南少数民族文化研究的重要意义时，李子贤先生较早时期讨论西南史诗时使用的是南方少数民族史诗，认为南方少数民族大多产生原始性史诗⑤，但在此后的研究中，又专文指出"西南地区是我国少数民族主要聚居区之一，在包括云南、四川、西藏、贵州、广西乃至湘西地区在内的这片广袤的土地上，一直生息繁衍着近三十个少数民族"⑥，李先生在追踪史诗研究三十余年后，撰文论及西南地区创世史诗群落时，便提及西南少数民族文化圈，还专门对流传地域较广但被发现较晚的畲族和黎族史诗作了说明。⑦ 段炳昌先生在类型化史诗时，

---

① 江应樑：《请确定西南边疆政策》，《边政公论》1948年第1期。
② 马长寿：《中国西南民族分类》，《民族学研究集刊》1936年第1期。
③ 龙晓燕、王文光：《中国西南民族史研究的回顾与展望》，《思想战线》2003年第1期。
④ 马学良、梁庭望、张公瑾主编：《中国少数民族文学史（上册）》，中央民族学院出版社1992年版，第128—176页。
⑤ 李子贤：《略论南方少数民族原始性史诗发达的历史根源》，《民族文学研究》1984年第1期。
⑥ 李子贤：《关于西南少数民族文化研究的思考》，《创造》1993年第5期。
⑦ 李子贤：《从创世神话到创世史诗——中国西南地区产生创世史诗群落的阐释》，《百色学院学报》2010年第2期。

认为史诗"以地域来划分……可分为北方史诗和南方史诗或者是西北史诗和西南史诗"。①

还有学者使用南方少数民族史诗进行表述。刘亚虎先生在专著《〈南方史诗〉论》的内容提要中认为，"南方史诗具有分别在祭祀仪式、生产征战环节、人生礼仪、娱乐场合演唱的传播形态，各具有不同的功能"②，结合上下文语境便可明晰刘先生在进行南北方史诗类比时使用南方史诗的术语，刘先生在序言中便使用《侗族祖先从哪里来》《嘎茫莽道时嘉》《铜鼓王》引出南方史诗的若干讨论，并使用"中国南方少数民族"这一术语，"当我们聆听中国南方少数民族这些老人留下的'调调英雄歌'时"③，显然，刘先生的研究对象是极为明确的，即抑或南方少数民族史诗，抑或西南地区的史诗，这里的西南地区应是文化地理意义上的。杨恩洪先生在梳理史诗研究概况时，使用了南方史诗这一术语④，但论及的研究对象是西南少数民族史诗。吴晓东先生专文讨论史诗范畴时，便提到"在中国的南方，史诗的出现与研究都是很晚近的事情，时而伴随着'是否属于史诗'和'属于什么类型的史诗'这样的问题。换言之，因为'史诗'的典型成员是英雄史诗，南方的史诗一开始是以非典型成员来出现"⑤。显然，吴先生在使用南方史诗概念时，认为是流存于以雅砻江和淮河为分界线的彝族、傣族、苗族、侗族、瑶族、纳西族、土家族等31个民族在历史演进中孕育生长的史诗⑥，其研究对象是南方少数民族史诗。之所以会观念不一，不仅源于类型化处置的视角不同，也源于中国史诗的资料学成果不断取得新成果，并在学界广泛讨论中得到不断修正更新。

必须说明的是，尽管《格萨（斯）尔》在西南地区广泛流传，但在

---

① 段炳昌等编著：《中国西部民族文化通志·文学卷》，云南人民出版社2014年版，第183页。
② 载刘亚虎主编《〈南方史诗〉论》"内容提要"，内蒙古大学出版社1999年版，第1页。
③ 刘亚虎主编：《〈南方史诗〉论》，内蒙古大学出版社1999年版，第1—2页。
④ 杨恩洪：《史诗研究综述》，载中国社会科学院文学研究所《中国文学研究年鉴》编辑委员会编《中国文学研究年鉴1988》，中国文联出版社1992年版，第424页。
⑤ 吴晓东：《史诗范畴与南方史诗的非典型性》，《民间文化论坛》2014年第6期。
⑥ 中国社会科学院民族文学研究所：《南方民族文学研究室》，中国民族文学网，http：//cel.cssn.cn/jgsz/yjsjj/nfmzwxyjs/，2024年3月10日。

蒙古族中流传最为广泛，一般被列入北方民族英雄史诗。① 此外，国务院将广西定义为西南地区，"广西壮族自治区地处华南、西南结合部，是我国面向东盟的重要门户和前沿地带，是西南地区最便捷的出海大通道，在促进区域协调发展、深化与东盟开放合作、维护国家安全和西南边疆稳定中具有重要战略地位"②，本书亦将广西纳入西南史诗范围。

梳理前辈学人关于西南史诗的研究范围，发现尽管在具体地域范围上未能达成一致，但研究对象基本上是一致和明确的，即集中探讨西南地区的史诗。这源于前辈学人为确保整体性研究的系统性，充分考量史诗跨地域流传现象的普遍性，诸如有的史诗跨多省，土家族史诗《摆手歌》不仅在贵州铜仁流传，亦在湖南湘西和湖北恩施有流传；畲族史诗《高皇歌》《盘瓠歌》不仅在贵州黔东南流传，在浙江丽水和福建宁德亦有流传；瑶族《盘王歌》不仅在广西河池、来宾、贺州、桂林流传，在湖南永州和广东韶关、清远亦有流传；苗族史诗《鸺巴鸺玛》在贵州苗乡和湖南苗乡均有流传。

综上所述，以行政区划类型化处置西南地区，可见包括云南、贵州、四川、西藏、重庆、广西六省（自治区、直辖市），但本书充分考虑史诗跨地域流传的实际情况，结合国家政策关于西南地区的若干表述，借用前辈学人的观点③，将西南地区视作文化地理概念，与行政区划意义上的西南地区有重叠但不完全吻合，包括以云南、贵州、四川、重庆为主，外延可及广西、西藏乃至湘西、鄂西、粤北的西南少数民族史诗普遍流传的区域。

---

① 郎樱：《论北方民族的英雄史诗》，《社会科学战线》1999 年第 4 期。
② 国务院：《国务院关于进一步促进广西经济社会发展的若干意见（国发〔2009〕42号）》，2009 年 12 月 7 日，http：//www.gov.cn/zhengce/content/2009 - 12/07/content_1632.htm，2024 年 3 月 10 日。
③ 王进：《中国西南少数民族图腾研究》，上海三联书店 2016 年版，第 71 页。

第四节 研究方法与研究思路

一 研究方法

依托已有研究基础,根据现有的研究资料和条件,以效能最大化为目标,围绕研究目标,依托中国民间文学(民俗学)学科范式,确定规范研究与实证研究相结合、整体研究与个案研究相结合、比较研究与重点研究相结合的研究方法,重视民族地区和少数民族群众日常生活诸领域,充分考虑西南史诗文化的多样性与复杂性,既阐释西南史诗文化研究的理论问题,又分析西南史诗的流变轨辙与演进脉络。

第一,规范研究与实证研究相结合。规范研究采用文献研究法、文献调查法、归纳法及演绎法。文献研究法通过确定检索标识、厘清文献主题链、研判文献观点和述评文献群,以所在单位享有资源获取各类媒介文献资料,以情感交流获取地域文化持有人独有资料,以不求拥有但求共享的形式获取史诗文献孤本,通过查阅大量以西南史诗文化为关键词的论点并类型化分析,收集国内外学者关于西南史诗文化的文献并进行述评,明晰相关研究的学术动态,作为本书开展的研究基础。文献调查法通过汇总大量资料并进行真实性和可靠性检查,获取西南史诗文化流变的相关定性资料,该类资料大多与西南史诗所在地域经济社会发展相关,主要源自各级人民政府及其职能部门公开数据和学界专项研究成果中的公开发表数据。归纳法与演绎法是文献研究的常用方法,旨在概括研究中发现的一般性规律。

实证研究除使用相应调查资料外,还尝试以 GIS 进行西南史诗空间分析,以核密度分析法,选取在某一史诗的主要分布区域为个案,将地名以植物、动物、人名、水文等进行分类,对空间地名点的分布及其聚集程度进行分析,探索地名文化与史诗间的关系。

第二,整体研究与个案研究相结合。在研究思路上,整体研究采取线性脉络逐次递进,确保各部门的研究成果形成相互嵌合的有机整体,在研究视域上,认为应将西南史诗文化作为有机整体,尝试文化协同与地域协同的双重视角。个案研究是与整体研究紧密嵌合的,一方面,个案研究是对整体研究的有力补充,诸如对《勒俄特依》及其流传地的个案讨论，对《亚鲁王》《支格阿鲁》等史诗的讨论；另一方面，个案研究获取的结论在充分论证普遍性和特殊性的关系后，通过分析性小结为理论概括提供支撑。

第三，比较研究与重点研究相结合。比较研究不仅强调时间上的比较，亦强调空间上的比较。一方面，比较国内外西南史诗文化研究的学术传统和理论实践，特别是关注以地域文化为中心的内外部比较；另一方面，树立史诗学的学科意识，重视中国民间文学（民俗学）、文学人类学、文化人类学、文化社会学、民族社会学等多学科视域的比较。具体来讲，比较研究重点比较史诗演进过程、文本内容、文本结构、创作手法、语言特点和历史地位。同时，使用母题研究的方法，对比西南史诗中的宇宙起源母题、人类起源母题和英雄母题，分析各民族史诗中这三类母题的异同，探讨其共性与个性，挖掘西南史诗更深层次的文化内涵。重点研究强调逻辑框架和内容排布的有序，跨文化研究导向要求重点关注差异化地域空间中的西南史诗文化演进轨辙。

图 0-2 为研究框架。

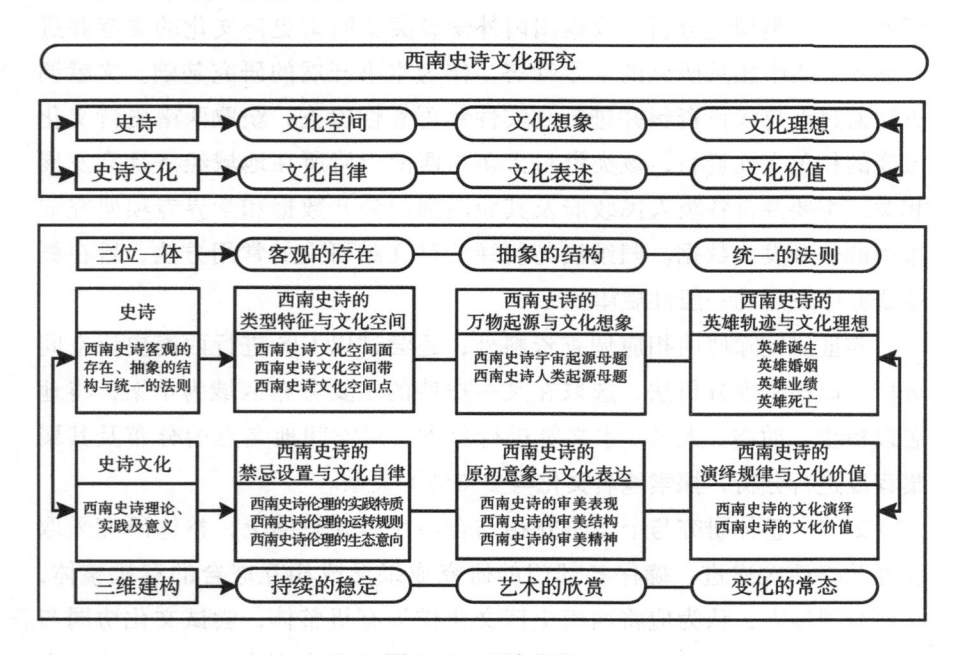

```
                    西南史诗文化研究
   ┌──────┐  ┌──────┐  ┌──────┐  ┌──────┐
   │ 史诗 │→│文化空间│→│文化想象│→│文化理想│
   ├──────┤  ├──────┤  ├──────┤  ├──────┤
   │史诗文化│→│文化自律│→│文化表述│→│文化价值│
   └──────┘  └──────┘  └──────┘  └──────┘

   三位一体 → 客观的存在 → 抽象的结构 → 统一的法则

   史诗         西南史诗的      西南史诗的      西南史诗的
              类型特征与文化空间  万物起源与文化想象  英雄轨迹与文化理想
   西南史诗客观的  西南史诗文化空间面  西南史诗宇宙起源母题  英雄诞生
   存在、抽象的结  西南史诗文化空间带  西南史诗人类起源母题  英雄婚姻
   构与统一的法则  西南史诗文化空间点                  英雄业绩
                                                英雄死亡

   史诗文化       西南史诗的        西南史诗的        西南史诗的
              禁忌设置与文化自律   原初意象与文化表达   演绎规律与文化价值
   西南史诗理论、  西南史诗伦理的实践特质 西南史诗的审美表现  西南史诗的文化演绎
   实践及意义    西南史诗伦理的运转规则 西南史诗的审美结构  西南史诗的文化价值
              西南史诗伦理的生态意向 西南史诗的审美精神

   三维建构 → 持续的稳定 → 艺术的欣赏 → 变化的常态
```

图 0-2　研究框架

二 研究思路

本书强调整体性视野，跨学科范围，多视域观照。因西南史诗的多样性与复杂性，本书立足三个话语体系（行政话语体系、学术话语体系和文化持有人话语体系），采用三种研究方法（规范研究与实证研究相结合、整体研究与个案研究相结合、比较研究与重点研究相结合），验证"三位一体"（客观的存在、抽象的结构、统一的法则）和"三维建构"（持续的稳定、艺术的欣赏、变化的常态）研究假设，基于五组互动关系（传统与现代、族内与族际、接受与排斥、整合与融合、转型与创新），细致考察西南史诗文化空间、文化想象、文化理想、文化自律、文化表达和文化价值，并尝试建构西南史诗文化的"动""静"模型，扩展本土文化遗产的独特性认识，为多民族共建共融共享的中国叙事贡献知识累积。

本书是一项区域性的综合研究。以"四种过去"[①]的思路建构西南史诗文化基本框架，认为史诗承载的"史"并非文本记录（唱诵者唱诵）的过去片段，而是史诗传承人与文化持有人共同建构文化场域，一并围绕诸种仪式，沿着唱诵议程同步回溯过去的文化行为。比较北方史诗与西南史诗，认为北方史诗的唱诵者在唱诵史诗时，与英雄相隔遥远，多扮演英雄的仰慕者和追随者；而西南史诗的唱诵者本身就是英雄后裔，他们的唱诵一旦嵌合禁忌肃穆的仪式，唱诵者便即刻成为英雄，讲述英雄伟岸的一生，受族群瞻仰。考察区位不同、形式不同、表述不同的西南史诗特征及其文化，认为源于行政区划与顶层设计的紧密嵌合，资源分配机制与供给原则受央地博弈影响，地域认同与族群认同往往交织并进，重视地域协同与文化协同，可彰显西南史诗文化精神。

需要说明的是，本书面临两个难点，同时两个难点亦是本书的重点所在。一是对学理的概括和凝练。对于西南史诗的学理探讨和研究实践

[①] 杨兰、刘洋：《苗族英雄史诗〈亚鲁王〉的社会功能与当代价值》，《中国民族报》2019年1月11日第11版。该文专论史诗的多重社会功能，认为作为一种历史真实，史诗表达的是"过去"的状态；作为一种文化传统，史诗呈现的是"不是过去的过去"的状态；作为一种地域文化，史诗展演的是"不是过去的现在"的状态；作为一种不可变的内层结构，史诗追寻的是"过去还是过去"的状态。

从未中断，且观点呈差异化态势，有学者认为西南史诗内涵或外延有无限扩大化的可能，难以确定恰当的范围与边界。本书讨论史诗与诗史、史诗与史诗性、史诗与史歌、史诗与西南史诗，旨在将议题研究范围框定在地域文化视域中的创世史诗、迁徙史诗及英雄史诗，并根据学界关于中国史诗、南方史诗及西南史诗的若干讨论①，选定26个民族的43部创世史诗与13个民族的24部英雄史诗作为主要研究对象，实现研究对象精准把握的同时，亦为将来增补修订提供了有效空间。

图0-3为研究技术路线。

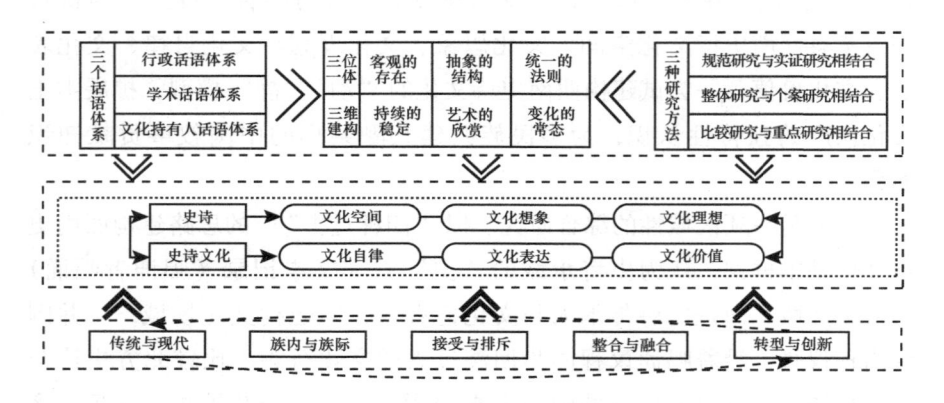

图0-3 研究技术路线

二是田野资料的补充与完善。尽管在较长时间内从事史诗个案的专项研究，也开展了多次田野调查，获取了部分田野调查资料，专为本书进行的田野调查也可以有效补充一手材料，但全面性仍然存在较大问题。同时，撰写周期长、时间精力不足等主观原因限制了田野资料的广度和深度。因此，本书强调了追踪调查和长期研究的重要意义。

第五节 研究创新与不足

第一，学术思想的特色和创新。一是认为史诗研究实现了从"为国

---

① 朝戈金、尹虎彬、巴莫曲布嫫：《中国史诗传统：文化多样性与民族精神的"博物馆"》"代序"，《国际博物馆》（中文版）2010年第1期。

证明"的文化自省到"文化建构"的文化自觉,西南史诗文化研究应是写在祖国大地上的知识累积。二是基于三位一体和三维建构的理论假设,沿文化景观、文化宇宙、文化秩序、文化自律、文化表述、文化价值建构出西南史诗的"动""静"模型。三是认为西南史诗文化的运转规律源自传统与现代、族内与族际、接受与排斥、整合与融合、转型与创新五组互动关系。

第二,学术观点的特色和创新。一是认为历经文化自证与田野确证的西南史诗已然达成某些认知上的一致,但基于学界引入的西方术语与跨学科视阈的不协同,西方话语体系与本土文化传统的不一致,史诗研究者参与观察中他者视阈与文化持有人自我审视本我视阈的不契合,史诗研究中非此即彼的研究假设与史诗诵唱中亦此亦彼的生活实践的不匹配,史诗采录文本与史诗诵唱顺序的不吻合,构建符合中国话语的诠释体系仍面临诸多难题,创世史诗、迁徙史诗和英雄史诗的类型处置可以有效解决这一难题。二是西南史诗蕴含的伦理道德是人们普遍的生活方式和生存状态,在生活实践中形成了强劲的整合力,对社会稳定与社会和谐有着维护作用。三是西南史诗从以人体为宇宙本体,发展为以人格化的神之活动为宇宙秩序变化之根源,演进至以人之活动为社会秩序的主体,充分显示了西南史诗审美文化中从朴素浪漫转向现实理性的态度,以及最终所导向的"恢宏正义、磅礴昂扬"的文化精神。

第三,研究方法的特色和创新。一是考据资料的创新,由于近年来国际国内民间文学学术数据库的普遍建设和开放使用,本书使用的史诗文本及其相关异文较为全面,使用的国内外史诗研究文献群也较为丰富。二是多学科研究方法除尝试民间文学、民族社会学、文化社会学、文化人类学、文学人类学等学科的交叉联动外,还尝试在民间文学研究中使用 GIS 空间分析法和 Archis 核密度估计法,绘制西南史诗分布图和史诗族群分布图,进行史诗个案文化统计分析。

必须强调的是,本书是一项探索性的研究成果,尝试多维视角体悟史诗文化精神,尽管尽可能地获取详尽资料,多方互证,但仍存在诸多不足。一是研究对象选取的广度仍可继续拓宽,抑或某些史诗仍在学术界存在争议。二是史诗传承人、史诗文化持有人的比较研究仍可继续。

第一章

西南史诗的类型特征与文化空间

明晰西南史诗类型特征，须从史诗的流传地着手。史诗流传地是史诗生长赓续的文化空间，亦是史诗文化记忆的媒介，和史诗有着血肉相连的关系，对史诗的传承发挥着重要作用。本章爬梳西南史诗及其文本化成果，使用 GIS 地理信息系统，尝试探索西南史诗文化空间，使用 Archis 核密度估计法，探讨具有样板意义的史诗流传地文化空间，尝试揭示史诗外部表现形态与内部文化形态的互动关系。

第一节 西南史诗及其文本化成果

以类型学框定，西南史诗可依照地域、民族、规模、内容等处置。按地域，可划分为北方史诗和南方史诗，亦可分为西北史诗和西南史诗；按民族，可划分为苗族史诗、彝族史诗等；按规模，可划分为大型史诗、中小型史诗等；按内容，可划分为创世史诗、英雄史诗、迁徙史诗等。同时，由于史诗叙事内容大多并非单一类型，有既包含创世内容又包含英雄业绩的史诗，也有既包含创世内容又包含迁徙内容的史诗，亦有既包含英雄业绩又包含迁徙内容的史诗，这种围绕一种或多种主题的史诗，可划分为单一型或复合型两种类别。①

一 西南创世史诗

刘锡诚先生认为，中国史诗学研究的主要成就表现为在口传史诗的

---

① 段炳昌等编著：《中国西部民族文化通志·文学卷》，云南人民出版社 2014 年版，第 183 页。

收集整理工作逐步完善的基础上,提出并论证了英雄史诗产生于人类社会从部落联盟到建邦立国时期,是以塑造和颂扬战争英雄为主要题材的文化遗产。虽然南北方民族均有英雄史诗的流传,但创世史诗主要集中流传在南方族群中,主要讲述万物起源,也有歌颂英雄带领族群发展的内容,是人类社会早期发展阶段的精神产物。① 史诗的神圣与崇高主要源于对世界本原的阐释,对族群历史的追溯,对族群领袖的歌颂。各民族精神的、物质的、历史的、现在的,所有的一切均在史诗中得到诵唱。换言之,史诗诵唱,是族群聆听祖先训诫的仪式规程。

西南民族大多享有创世史诗(神话史诗),且保存十分完整。史诗蕴含着对宇宙起源的探索与对人类起源的沉思,是早期人类探究世界的体现,具有深刻的思辨特性。② 纵观类型化处置的 26 个民族的 43 部创世史诗(见附录1),认为创世史诗是以宇宙、天地、人类及万物起源等问题为叙事内容的史诗类型,且大多沿宇宙起源展开,也有部分史诗沿洪水灭世和葫芦救人展开。具体来说,创世史诗沿"宇宙起源—天地生成—万物化生—人生起源—洪水灭世—族群起源—迁徙定居—种植养殖"的叙事轨辙建构出完整的创世序列。③ 在史诗唱诵实践中,一般围绕创世序列线索,沿着族群历史脉络,穿插各路天神、祖先及后世英雄的事迹,实现古今联通,形成完整的创世脉络。

西南民族在诸种祭祀场域诵唱创世史诗,歌颂祖先业绩,复演祖先经历,呼唤取悦祖先,请求祖先护佑,原本就是十分庄严的,史诗的诵唱自然成为神圣的仪式行为。诸如彝族史诗《勒俄特依》分《勒俄阿补》(公本)和《勒俄阿莫》(母本),公本在葬礼仪式上唱诵,母本在婚嫁仪式上唱诵,从宇宙洪荒开始讲起,共分十个篇章,将族群漫长复杂的发展过程逐项呈现。彝族史诗《梅葛》《查姆》《尼苏夺节》中均有直眼睛时代和横眼睛时代的叙述,《查姆》的独眼人叙述,"造出人类的第一

---

① 刘锡诚:《20世纪中国民间文学学术史·下卷》,中国文联出版社 2014 年版,第 927 页。
② 万建中编著:《中国西部民族文化通志·娱乐卷》,云南人民出版社 2015 年版,第 508—509 页。
③ 朝戈金、尹虎彬、巴莫曲布嫫:《中国史诗传统:文化多样性与民族精神的"博物馆"》"代序",《国际博物馆》(中文版)2010 年第 1 期。

代祖先，他们的名字叫'拉爹'。他们是天地的儿女，他们是太阳的儿女，他们是月亮的儿女，他们是星星的儿女。这代人只有一只眼，独只眼睛长在哪里？独只眼生在脑门心"①。《尼苏夺节》的独眼人叙述，"诺谷小龙儿，红土塑人型，长一只独眼，生在脑门前"②。《梅葛》的直眼人叙述，"撒下第三把，人的两只眼睛朝上生"③。这种以眼睛种类为时代区分标志的描述，是彝族祖先对人类进化过程中产生变异的思考。哈尼族史诗《奥色密色》在人类与万物起源之后，描述了早期人类历法的形成过程，将历法的形成归结于人类对生活的认知，"不会分年看树节，不会分月看树杈，不会分日看叶子"④，树节十二节分为十二年，树杈十二杈分为十二月，树叶十二张分为十二日，通过对自然界的观察，寻找节令规律进而形成了人类行为的准则，"有了历书认得年、月、日，有了历书好耕地播种"⑤。拉祜族史诗《牡帕密帕》讲述天神厄莎创造万物和人类生存繁衍等内容，史诗从宇宙混沌开始叙述，天神厄莎用自己身上的汗泥变成了撑天柱，将天地分开，"厄莎搓下脚手汗，做了四棵柱子：金柱子，银柱子，铜柱子，铁柱子。又做了四条大鱼：大金鱼，大银鱼，大铜鱼，大铁鱼。柱子明晃晃，大鱼光灿灿。柱子支在鱼背上，再架四棵天梁，再架四棵地梁，天椽放在天梁上，地椽放在地梁上，从此天地分开了"⑥，用自己的骨头做成天地的骨头，"他忍痛抽出自己身上的骨头。手骨架在天上成天骨，脚骨架在地上成地骨"⑦，用自己的眼睛变成太阳和月亮，并种下孕育人类的葫芦，扎笛和娜笛从葫芦中诞生后，繁衍、取火、打猎、分配、盖房子、造农具、种谷子、种棉花以及确定

---

① 郭思九、陶学良整理：《查姆》，云南人民出版社2009年版，第17页。
② 李八一昆、白祖文等收集翻译：《〈尼苏夺节〉：彝族创世史诗·汉文》，云南民族出版社1985年版，第4页。
③ 云南省民间文学楚雄调查队搜集翻译整理：《梅葛·彝族民间史诗》，云南人民出版社1978年版，第21页。
④ 云南省少数民族古籍整理出版规划办公室编：《云南少数民族古典史诗全集·上》，云南教育出版社2009年版，第672页。
⑤ 云南省少数民族古籍整理出版规划办公室编：《云南少数民族古典史诗全集·上》，云南教育出版社2009年版，第676页。
⑥ 刘辉豪整理：《牡帕密帕·拉祜族民间史诗》，云南人民出版社1979年版，第3页。
⑦ 刘辉豪整理：《牡帕密帕·拉祜族民间史诗》，云南人民出版社1979年版，第4页。

年节。

创世史诗围绕创世主题展开对宇宙、世界和人类社会的探索与追寻，以奇思妙想建构出了创世的艰辛，曲折地描述了早期人类与自然抗争的场面，反映了早期人类的思维意识与价值观念。用浪漫主义手法讴歌了创世神、祖先与英雄为族群发展所做出的贡献。采用连环故事结构，将各个篇章连贯起来融为一体且有序呈现，构成一个自然的、系统的整体，呈现出构想奇特、结构宏伟、内容古朴、卷帙浩繁的特征。

二 西南迁徙史诗

迁徙史诗是以民族迁徙为主要内容的史诗类型。鉴于中国史诗类型的丰富，复合型迁徙史诗的数量要多于单一型迁徙史诗，这类史诗不仅包含了迁徙的内容，还包含了创世史诗和英雄史诗的内容。西南族群多由古氐羌民族分化且自北向南迁徙形成，史诗对迁徙过程的描述充分体现了祖先迁徙的困难与艰辛。如苗族史诗《亚鲁王》中的迁徙部分，"逃离携家人，逃走带儿女。天天朝前走，夜夜往前奔。千兵走齐整，百将走整齐。战马嘶鸣声，旷野来回响。兵将呼喊声，天摇地动荡。尘飘撒山河，烟飘绕大地……尘土高高飞，漫天来翻腾。笼罩半天空，飘洒遍山河。孩子哭啼声，令人痛心肝。娃儿哭喊声，令人痛断肠"[①]，孩子的啼哭声与尘土的漫天飞扬，将族群迁徙的惨烈和不舍淋漓地彰显出来，兵将的呼喊与战马的嘶鸣将壮士"一去兮不复返"悲壮地呈现出来。史诗恢宏的气势、悲壮苍凉的氛围、澎湃激荡的阵容、凄凉幽怨的别离，以情感的反复拉扯激起对族群苦难的共鸣和对祖先艰辛的缅怀。彝族史诗中也多有迁徙内容，《铜鼓王》所讲述的历代铜鼓王护鼓、传鼓的英勇事迹，亦是围绕迁徙路线不断丰满的，"就因受欺压，迁鼓往东逃。为了永生存，离开越析诏。只要铜鼓在，家产全可抛。但是到哪里，根本无目标。只听老辈讲，东有蒙胡诏"[②]，从史诗内容来看，彝族先民从"越

[①] 陈兴华：《亚鲁王：五言体》，吴晓东仪式记录，重庆出版社2018年版，第208—209页。

[②] 李贵恩、刘德荣等搜集整理：《铜鼓王》，黄汉国等译，云南人民出版社1991年版，第36页。

析"（今越西县）迁往"蒙胡诏"（滇池一带），即从四川迁往云南，路途遥远，战事频繁。彝族的《指路经》中也有许多祖灵回归的必经地名，这些地名是民族迁徙过程中临时居住的地方。侗族史诗《嘎茫莽道时嘉》中也讲述了侗族祖先因躲避战争迁徙的内容，"三年社祭不种粮，族人元气已大伤，未动兵戈三年多，款军士气非往常。长江大河泻千里，天鹅大雁远飞翔。趁着两王军未到，拔寨迁营往远邦"①，"两位族长做决断：村村寨寨全烧光。老人告别了住惯的村寨，妇女离开了温暖的窝堂……公召公忞率族众，挥泪离开了平阳。学雁南迁相照应，云程万里飞成行"②。

  总的来说，迁徙史诗多讲述族群不断迁徙的过程，在这个过程中也有经历战争的苦楚。③ 但是迁徙的原因却各有不同，上述例子均是因遭受战争而迁徙的。还有为了部族更好地发展不断开疆扩土的，亦有因得罪神灵而迁徙的，一般以第一种居多。战争多为部族间和族内的战争，且迁徙类史诗多留存在战败迁徙一方，他们能将史诗传承下来，一方面是为了将族群历史保存下来，另一方面也体现了民族淳朴的性格。迁徙史诗中的多数地名能找到与之相对应的现今地名，因而被人们称为是历史。这在拉祜族史诗《根古》中体现得更为明显，《根古》此前被认为是迁移史诗④，迁徙路线翔实，北氏南氏（拉祜祖先建造的寨子，北氏被认为在青海省海西蒙古族藏族自治州茫崖镇，南氏被认为在青海省玉树藏族自治州）—牡必密比（拉祜祖先的聚居地）—牡罗哈罗—密尼夺（黄土地，被认为在今青海省河湟谷地）—杜拉罗拉卡密（厄莎天神造日月的地方）—阿沃阿戈东（北面有红土地，南面有湖水，西面有森林，东面有

---

  ① 杨保愿翻译整理：《嘎茫莽道时嘉：侗族远祖歌》，中国民间文艺出版社1986年版，第249页。

  ② 杨保愿翻译整理：《嘎茫莽道时嘉：侗族远祖歌》，中国民间文艺出版社1986年版，第250页。

  ③ 杨义：《中华民族文化发展与西南少数民族》，《民族文学研究》2012年第1期。杨义先生认为多民族的碰撞具有二重性。从经济上、从军事上和从家庭生活上看，它是个灾难，因为战火无情，会造成生灵涂炭、家破人亡、流离失所；但是在文化问题上，越碰撞越你中有我、我中有你。

  ④ 郭继红：《拉祜族迁移历史的形象概括——拉祜族民间文学〈根古〉初探》，《思茅师范高等专科学校学报》2001年第4期。

热水的地方，被认为在今四川凉山州府西昌附近）—糯弄糯谢（湖泊，被认为是今泸沽湖）—牡属密属—牡缅密缅（火烧后的坝子，被认为是今云南临沧）—澜沧牡密，大多都能在现今的地名中找到对应关系，因而《根古》被认为是拉祜族对祖先迁徙的真实记录。在这些族群的迁徙过程中，一般会涌现出引领族群披荆斩棘的英雄，他们在迁徙路途中英勇杀敌、出谋划策，将族群引向光明。除上述列举的，还有哈尼族的《哈尼阿培聪坡坡》，苗族的《溯河西迁》和《㗑巴㗑玛》，侗族的《祖公之歌》等也都属于迁徙史诗的范畴。迁徙史诗中沉重的记忆与真挚的民族情感，至今仍在西南民族社会生活中起着凝聚和认同的作用。

三　西南英雄史诗

英雄史诗以歌颂民族英雄的丰功伟绩为主要内容，是先民英雄崇拜意识萌发阶段的产物，是英雄的颂歌，也是族群文化精神的重要体现。英雄史诗常被认为只存在于北方族群中，而事实上，南方族群中的英雄史诗也比比皆是。值得注意的是，纵观13个民族24部英雄史诗（见附录2），由于各民族社会发展进程不一，英雄史诗所处阶段亦不同，呈现出多样化的文本形态。

在巴莫曲布嫫研究员与钟敬文先生的访谈录中，他们将西南史诗中这种"具有英雄观或英雄传统的史诗"归到英雄史诗的范畴当中，并不对其篇幅进行限定。① 西南英雄史诗有羌族的《羌戈大战》、纳西族的《黑白之战》、普米族的《支萨·甲布》、彝族的《支格阿鲁》和《戈阿娄》、壮族的《莫一大王》等。

普米族史诗《支萨·甲布》讲述了支萨和甲布的英雄事迹，支萨为了解救处于水深火热的百姓，只身一人去射杀吃人的怪兽，无奈怪兽有九层皮，支萨如何也杀不死怪兽，最终体力不支被怪兽的角刺死。甲布长大后得知了父亲死亡的真相，于是苦练功夫为父报仇，后又与母亲配合杀死困住母亲的魔王，最终与母亲团聚。在壮族史诗《莫一大王》中，莫一大王为提高族群运粮效率，带领村民开山凿路，为了改善族群生活

---

① 钟敬文、巴莫曲布嫫：《南方史诗传统与中国史诗学建设——钟敬文先生访谈录（节选）》，《民族艺术》2002年第4期。

水平，使大家吃上鱼虾，用牛屎拦河成湖，"我要开出一条路，减少大家运粮的苦辛。怕什么官府来发现，先要自碎枷锁一身轻"①。"莫一从此越发雄心。他用牛屎捞石粉，想拦小河养甲鳞"②，为了让贡瓦人更好插秧，莫一想方设法将山赶下海里，要将田里的石头移走，他种成了鞭王，实现了赶山的愿望。在彝族史诗《支格阿鲁》中，阿鲁射六日七月，唤病日残月，移山填水，制服魔蟒、食人马、害人牛、孔雀魔，灭虎王，迁南国，"支格阿鲁啊，带领人民在能弥，建立新的城池，重建新的首都，建设鹰国事业。沟渠要常清理，不然填满淤泥。能弥八方位，重新立标记。太阳揩去了灰尘，光彩熠熠，月亮擦掉了污斑，洁白如银"。③

　　初步梳理西南英雄史诗的演述传统与文本化成果发现，相较于北方史诗，西南史诗更注重歌颂为族人美好生活奋斗的英雄业绩，英雄被认为是责任的担当，神性色彩相对较弱。与此相似的还有彝族史诗《铜鼓王》，侗族史诗《萨岁之歌》，苗族史诗《亚鲁王》等，都是叙述族群英雄为百姓战天斗地、开疆扩土的英雄业绩，着力于塑造和讴歌各民族理想中的英雄形象，以细腻笔触、宏大战场、激烈战斗衬托出英雄形象，刻画出的各民族不同历史阶段积极向上的精神实质，成为史诗文化精神的重要载体，在漫长的流传过程中仍在民间社会生活中发挥着重要作用，以横跨古今之势呈现出近乎完整的民族历史脉络。

第二节　西南史诗文化空间

　　西南史诗主要集中分布在云南、贵州、四川南部、湖南西部、广西北部，此外，浙江、福建等地亦有跨地域流传的西南史诗，涉及 2676 个乡镇，67 部史诗，使用 GIS 地理信息系统分析，形成西南创世史诗概览与流布范围（见附录 1）与西南英雄史诗概览及流布范围（见附录 2），我们发现这些史诗分布的文化空间点缀在南方版图上，形成了一个巨大

---

① 罗健民整理：《莫一大王：壮族英雄史诗》，中国国际广播出版社 2016 年版，第 23 页。
② 罗健民整理：《莫一大王：壮族英雄史诗》，中国国际广播出版社 2016 年版，第 25 页。
③ 洛边木果、肖远平、海来木呷、刘洋、阿牛木支、杨兰编译：《支格阿鲁：彝族英雄史诗》，民族出版社 2018 年版，第 284 页。

的史诗文化空间面，且集中于藏羌彝文化走廊、古苗疆文化走廊和西南丝绸之路，构筑出西南史诗文化走廊的宏大格局。

一 西南史诗文化空间面：核心空间

古代西南民族的活动区域多集中在高山密林区，高山河谷居多，崇山峻岭密布，植被覆盖面广，河流交错繁多，地理环境的独特性塑造了人类瑰丽的想象，亦成就了民族文化的多样性。在与史诗相关的传统文化资源中，与史诗内容融为一体的，在史诗中得到描述的事件和遗迹，史诗的演述场域以及后人为纪念史诗英雄人物而建造的纪念物均是史诗文化资源体系中的重要组成部分，并在史诗的传播和传承中占据重要地位，亦构筑出史诗的文化空间。

从史诗与文化空间的互动关系看，史诗总是在讲述人类开天辟地的壮举，总是在颂扬英雄征战的勇猛，总是在表达人类与自然万物的关系，总是在回忆祖先步履维艰的迁徙，史诗所折射出来的人类早期的思想观念，是构成族群叙事特征的重要基础，这些记忆伴随人类的繁衍得到传承，汇聚为族群叙事传统并广泛流传。

（一）云南的史诗分布

云南地形复杂，以元江谷地和云岭山脉南段为界，可划分为东西两块，西北部为横断山区，东部和南部为云贵高原，最高点为梅里雪山主峰瓦格博峰，最低点为元江河谷，最高点与最低点相差6663.6米，全省西北高、东南低，省内多河流、山地、丘陵、岩溶。因云南地处低纬度地区，地形地貌复杂，气候多变，共有七种气候类型，由南至北呈热带向温带递减趋势，立体气候显著，气候差异呈垂直变化，分别为北热带、南亚热带、中亚热带、北亚热带、南温带、中温带和高原气候区。因高山河谷相间，形成了许多群山围绕的坝子，具有典型的自给自足特性，各族群众以坝区农业和山地农业为依托，根据生产生活需要，发展出小型手工业、畜牧业等，同一族群根据生活习惯聚居在一个或者几个这样相对独立的坝子里，逐渐形成了相对稳定的社会文化共同体。因长期处于相对封闭的地理环境，思想观念亦受此影响，"自然环境的性质决定社会环境的性质"①，相对封闭的聚居带来地域传统文化的稳定性和排他性。

民间故事讲述，三国时期，诸葛亮带兵扎寨云南，在第一次抓捕孟获时，天空突然出现七色云彩，诸葛亮认为这是天意，须七次抓捕才能擒得孟获，"七擒孟获"的典故和"七彩云南"的美称传承至今，云南民族风情浓厚亦为世界公认。亦有学者专论"七彩云南"，认为"七彩"是"植物王国之彩""民族文化王国之彩""有色金属王国之彩""特产王国之彩""气候王国之彩""动物王国之彩""宗教文化王国之彩"。② 无论何种论争，抑或神话传说，民族文化的绚丽多姿成为七彩云南的重要表达。

云南省聚居的傣族、基诺族、普米族、白族、布朗族、阿昌族、怒族、纳西族、德昂族、傈僳族、独龙族、拉祜族、哈尼族、佤族、毛南族、景颇族、彝族、侗族18个民族和苦聪人，苦聪人不是民族，是一个群体，拥有史诗，史诗数量集中且丰富，均涉及开天辟地、人类及万物起源、各种自然现象的解释、图腾及自然崇拜等内容，亦有文化发明、习俗缘起、迁徙创业等。云南创世史诗的代表作品有彝族的《查姆》《梅葛》《阿细的先基》《万物的起源》《门咪间扎节》，纳西族史诗《创世纪》，白族史诗《开天辟地》，傣族史诗《巴塔麻嘎捧尚罗》，拉祜族史诗《牡帕密帕》，哈尼族史诗《奥色密色》《窝果策尼果》《十二奴局》，阿昌族史诗《遮帕麻与遮米麻》，佤族史诗《司岗里》《葫芦的传说》，独龙族史诗《创世纪》，景颇族史诗《穆瑙斋瓦》，基诺族史诗《阿嫫尧白》，傣族史诗《英叭开天辟地》等共40部史诗。这些史诗普遍认为，天地未开辟之前，宇宙一片混沌，后来经巨人造天地、神造天地、某种物质变化生成天地等三种途径形成人类生存的天地空间。在云南创世史诗中，大多有洪水泛滥的内容，讲述人类因触怒天神，遭到天神惩罚，即洪水灭世，葫芦保留了兄妹两人作为繁衍人类的始祖。

云南英雄史诗颇具特色，傣族的《兰嘎西贺》《厘俸》，纳西族的《黑白之战》《哈斯争战》，傈僳族的《古战歌》均是其中的代表。其中

---

① ［苏］普列汉诺夫：《唯物主义史论丛》，载《普列汉诺夫哲学著作选集·第二卷》，生活·读书·新知三联书店1961年版，第168页。

② 曾豪杰：《七彩云南印象边疆：云南民族文化考察研究》，云南大学出版社2016年版。

第一章　西南史诗的类型特征与文化空间　　65

图 1-1　云南史诗分布图

《兰嘎西贺》被认为受佛经文学影响，与印度史诗《罗摩衍那》有着相似之处，不仅在宗教性集会上宣讲，也由赞哈（歌手）诵唱。史诗内容庞大，结构清晰，主题鲜明，歌颂了坚贞的爱情、正义的战争和惩治残暴的英雄行为，寄托了人们对邪恶的憎恨、对自由的向往及对幸福的追求，反映了傣族人民与大自然和凶恶势力抗争的英雄气概和大无畏精神。值得注意的是，白猴阿努曼与孙悟空形象的渊源值得探究。①

迁徙史诗在云南有一定数量的分布。迁徙史诗多被认为是创世史诗到英雄史诗的过渡，既有创世史诗的成分，又有英雄史诗的因素，哈尼族迁徙史诗《哈尼阿培聪坡坡》便讲述了哈尼族祖先在北方的高山学会了用火、狩猎和捕鱼，南迁到"什虽湖"边，学会了饲养和放牧，后因森林起火，继续南迁并学习耕作技艺，随着战争的频繁，哈尼族继续迁徙，到哀牢山定居繁衍。在一系列的迁徙过程中，哈尼族的生产生活方

---

① 刀兴平、岩温扁等翻译整理：《兰嘎西贺：傣族神话叙事长诗》，云南人民出版社 1981 年版。

式、社会制度、风俗习惯均发生了改变，可以说这部迁徙史诗亦是哈尼族的发展史。

（二）贵州的史诗分布

贵州地处西部高原（滇东高原）与东部丘陵（湘西丘陵）的过渡地区，隆起于广西丘陵盆地和四川盆地之间，位于第二阶梯，属亚热带高原季风湿润气候。贵州地形起伏大，地貌复杂，地势西高东低，自中部向北、东、南三面倾斜，河流顺地势向北、东、南三面分流，南北两面斜坡方向陡坡所占比重较大，东部边缘陡坡面积较多，中部和西部较缓和，保存有相对较广的高原面，特别是处于苗岭西段和中段的安顺至贵阳一带平地较多，省内土壤、植物的水平地带性和垂直分带性规律显著，动植物分布呈明显过渡性特征。

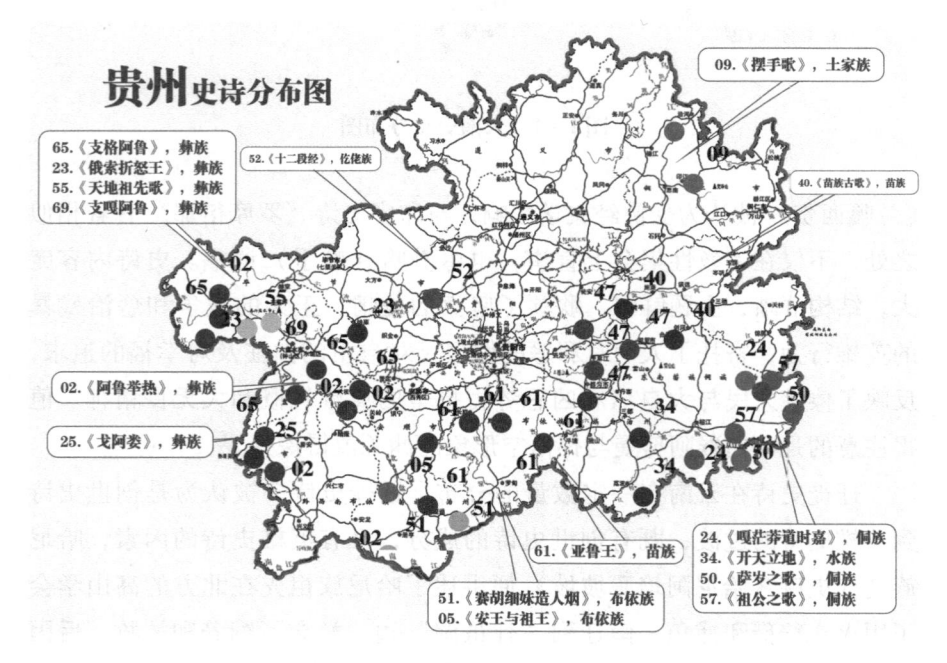

图1-2 贵州史诗分布示意图

贵州有17个世居少数民族，民族文化浓郁，少数民族呈大杂居、小聚居的特点，其中，苗族、布依族、水族、彝族、侗族、畲族、土家族、仡佬族 8 个民族享有 14 部史诗①,包括布依族的《赛胡细妹造人烟》,仡佬族的《十二段经》,侗族的《侗族祖先从哪里来》《嘎茫莽道时嘉》《祖公之歌》《萨岁之歌》,水族的《开天立地》,畲族的《畲族(东家人)史诗》,土家族的《摆手歌》,彝族的《支格阿鲁王》《戈阿娄》《俄索折怒王》,苗族的《苗族史诗》《亚鲁王》。除了这些常见的史诗,贵州彝族还有蕴藏在典籍中的史诗,如《西南彝志·创世志·谱牒志》《益那悲歌》《弥苦赫舍人》《夜郎史传》等。

苗族创世史诗《苗族史诗》流传于贵州黔东南地区,采用五言体问答方式,由十二章节组成,用瑰丽的想象、古朴的语言赋予自然万物以生命力,如金银能说话,"吹起龙角唎哩唎哩响,山谷里发出唔哎唔哎的回声。金子听见了,金子来回答;银子听见了,银子来回答,才知道这山有金子"②。枫树与水泡能繁衍后代,"榜略生得不逢时,好难找到伴!她跟谁谈情游方?她跟泡沫谈情游方,他们玩在清水塘。还有一个浑水塘,让鱼虾们玩。榜略和泡沫游方,他们后来配成双"③。人与动物是同胞,"腊的蛋壳太厚了,神刀才能破得开,一刀切成了几块:一块变尕昌,二块变鼎往,三块变鼎播,四块变尕勇,还有两块小又小,变成尕党酿。大家都生下来了,齐齐睡在窝里头。白的是尕哈,黑的是姜央,亮的是雷公,黄的是水龙,花的是老虎,长的是长虫。"④苗族先民以这种奇特的想象解释自然和生活,并寄托了他们渴望征服自然和驾驭自然的愿望。

英雄史诗主要是苗族的《亚鲁王》,彝族的《支嘎阿鲁王》《戈阿娄》《俄索折怒王》和侗族的《萨岁之歌》。史诗《亚鲁王》讲述了麻山支系苗族因部族之间的战争而不断迁徙的历史史实,在迁徙过程中,亚鲁部族获得了盐井,学会了制盐技艺,使部族人民获得了生存经验。也将打铁技艺带到了定居之地,赢得荷布朵国王的认可,获得夺取荷布朵疆域的机会。史诗规模宏大,同时具有创世史诗的魔幻意蕴和英雄史诗

---

① 《支格阿鲁》《支嘎阿鲁王》《阿鲁举热》内容相同,视作一部。
② 马学良、今旦译注:《苗族史诗》,中国民间文艺出版社 1983 年版,第 26 页。
③ 马学良、今旦译注:《苗族史诗》,中国民间文艺出版社 1983 年版,第 168 页。
④ 马学良、今旦译注:《苗族史诗》,中国民间文艺出版社 1983 年版,第 175—176 页。

的雄厚悲壮,在史诗中,英雄亚鲁并非天神,而是一位深谋远虑,具有开拓精神和生存智慧的人,所以在流传过程中,人们的信仰和崇拜更加贴近生活,贴近实际,更具凝聚力。

《支嘎阿鲁王》是彝族英雄史诗,阿鲁的事迹不仅在贵州,在云南和四川也广泛流传,仅是在贵州的记载,在《彝文典籍目录贵州卷(一)》中就有涉及阿鲁的传说、故事和神话20余部。在四川,《玉爵濮》记载了支嘎阿鲁巡视天地的事迹,《勒俄特依》记录了阿鲁的身世和其英雄业绩,《支呷阿鲁》《彝族创世诗》等亦有记录,当然还有完整的《支格阿鲁》。云南的则有《阿鲁举热》,《中国彝族通史纲要》中所提到的《支格阿龙》等,由于流布范围广,支嘎阿鲁意义尤显重要①。阿鲁在彝文典籍里面确有其人,但是在史诗中,阿鲁被神化成为神性的祖先,他是鹰的后代,能在天地之间遨游,拥有与恶魔战斗的法力。《西南彝志》记载的西南各族起源史和分化迁徙史是非常全面的。《西南彝志》记载了"六祖分支"的历史,彝族始祖笃慕遮的子孙笃慕俄经洪水大难不死,娶妻生6个儿子,分别是武(慕雅切)、乍(慕雅考)、糯(慕雅热)、恒(慕雅卧)、布(慕克克)、默(慕齐齐),六祖先与天人通婚,后因缴纳赋税,地上人武堵阿尤杀死收租的天上人佐阿且,天上人与地下人断了开亲路。由于发展需要,六祖相继从洛宜山迁出,武乍二部迁往滇南、滇中和滇西一带。糯部从昭通沿金沙江迁到了凉山,恒部向滇东北迁徙,发展成为云、贵、川的"乌蒙部""扯勒部"和"古侯部"。布部到"德布部"时,已经非常强大,所向披靡,其后裔就是后来的乌萨土司。默部到"德施部"时,达到了鼎盛,其后裔就是著名的四大土司。②

土家族《摆手歌》③流传范围较广,贵州铜仁、湖北恩施、湖南湘西及重庆等地均有流传。《摆手歌》是用土家语编唱的自由体诗,运用了对偶、排比等修辞手法,带有一定的韵律和节奏,史诗在塑造人物方面也

---

① 洛边木果、肖远平、海来木呷、刘洋、阿牛木支、杨兰编译:《支格阿鲁:彝族英雄史诗》,民族出版社2018年版。

② 陈国光:《彝族》,辽宁民族出版社2015年版,第13—14页。四大土司即镇雄芒部土司、东川阿于歹土司和贵州水西土司、贵州普安土司。

③ 彭勃、彭继宽整理译释:《中国少数民族古籍土家族古籍之一:摆手歌》,岳麓书社1989年版。

较为成功,雷公的凶狠、日客额地客额的聪慧,都被刻画得栩栩如生。史诗主要在土家族的摆手活动中唱诵,从文本内容来看,每一章节可独立成章,其逻辑性和连贯性稍显欠缺,但是将其放置于仪式活动中,却是一个整体。史诗所涉及的内容广泛,包括族群来源、迁徙历史、英雄故事、生产劳动等,特别是生产劳动部分,从农业的生产到手工的劳动,都是根据劳作时的动作来进行舞蹈编排,没有固定的唱词,以追述劳动过程为主。

《盘王歌》①是瑶族的一部历史长歌,在广西河池、来宾、贺州、桂林流传,在湖南永州和广东韶关、清远亦有流传。《盘王歌》歌颂勇敢勤劳,赞美淳朴忠直,揭露鞭挞丑恶的社会现象和不良行为,内容丰富多彩,形式活泼多样。《盘王歌》主要在"打幡拜王"的时候唱诵,也就是俗称的盘王节,分为"还大愿"(用的是三十六段歌词,称大歌),和"还小愿"(用的是二十四段歌词,称细歌)。其中,大歌部分主要是创世的内容,细歌主要是唱诵瑶族人民的生产生活和爱情,也有反映瑶族宗教哲学的内容。

(三) 四川的史诗分布

四川省位于中国西南地区,地处长江上游,东西地貌差异明显,地形复杂多样,涵括了高原、山脉、山地、盆地等类型,且多以山地为主,地势呈西高东低和四周高中间低两种。气候温暖湿润,冬暖夏热,属亚热带湿润季风气候,植被为亚热带常绿阔叶林。西北部为川西北高原,气候寒冷,植被多为草甸。西南部处横断山脉北段,沟壑纵深,呈南北走向,自西向东依次有金沙江河谷、沙鲁里山原、雅砻江河谷、大雪山、大渡河、邛崃山、岷江及岷山,植被伴随地势垂直分布,多高山针叶林、灌木丛和草甸。

四川地域内彝、藏、羌、苗、土家等少数族群大多居住在盆周山区,由于山地聚居的生活方式形成了山地农牧农业文化,鉴于居住区域特征、历代中央王朝行政区划的频繁变更及战争等原因,人口不断迁移变化,形成了多层次的文化辐射。彝族生活在北起大渡河、南至金沙江的广阔地区,地处北部青藏高原向南部云贵高原过渡的中间地带,除安宁河谷

---

① 盘才万等收集编注:《盘王歌:瑶族古典歌谣》,中国国际广播出版社2016年版。

海拔较低外,大都是高寒山,彝族人民在此长期从事农牧生产。藏族聚居在川西北高原,中国西部的第一阶梯,向南延伸部分,由于草原适宜养殖,河谷坝区适宜种植青稞和小麦,藏族人民多从事高原牧业和山地农业。羌族居住在青藏高原东南边缘,四川盆地北部山区,为高原和盆地的汇接处,山高水急,谷深峡长,羌族人民大多从事牧业和农业生产。苗族和土家族主要分布在盆地东南部边缘中国第二阶梯——云贵高原和四川盆地的衔接地区,那里山河交错,重峦叠嶂,他们依山傍水,聚寨而居,从事着农业和渔业生产。①

图1-3 四川史诗分布示意图

四川凉山是彝族聚居地,在那里仍有许多史诗活态流传,诸如美姑县就是彝族史诗《勒俄特依》主要流传地。《勒俄特依》意为历史的书,

---

① 关荣华:《四川少数民族传统文化与教育》,四川大学出版社1997年版。

勒俄是古史,特依是书,也被译作《创世经》①,或《勒俄史博》《布此勒俄》。②史诗结构宏大,有详本(公本)和略本(母本)之分,详本(公本)称为《勒俄阿补》,略本(母本)称为《勒俄阿莫》,有庞大的异文群。史诗沿"天地演变—开天辟地—阿俄署布—雪子十二支—居子猴系谱—呼日唤月—支格阿龙—射日射月—喊独日独月出—石尔俄特—洪水漫天—兹敏选住地—合侯赛变—古侯主系谱—曲涅主系谱"等,诵唱彝族先民对宇宙的想象。史诗共有2356行,以五言体的形式讲述彝族先民的形成与发展,"远古的时候,上面没有天,有天没有星;下面没有地,有地不生草;中间无云过,四周未形成,地面不刮风。似云不是云,散也散不去;既非黑洞洞,又非明亮亮;上下阴森森,四方昏沉沉。天地未分明,洪水未消退。正当这时候,一天反着变,变化极反常;一天正面变,变化似正常。天地的一代,混沌演变水;天地的二代,地上雾蒙蒙;天地的三代,水色变金黄;天地的四代,四面有星光;天地的五代,星星发出声;天地的六代,发声后平静;天地的七代,平静后又变;天地的八代,变化来势猛;天地的九代,下界遭毁灭;天地的十代,万物毁灭尽。此为天地演变史"③,充分反映了先民们对宇宙的瑰丽想象,在公本为《勒俄阿补》和母本为《勒俄阿莫》这两大类的框定下,史诗形成了庞大的异文群。

羌族史诗《羌戈大战》讲述了羌族先民从西北向西南迁徙的过程,着重描述了与"戈基人"的战争,"戈基人"身强勇猛,在与羌人的战争中屡屡获胜,羌人最终在天神的帮助下战胜戈基人,并定居于岷江上游。史诗描绘了羌人的迁徙路线、经济社会的发展过程、风俗信仰的由来等,呈现了羌族人的迁徙苦难史,神话色彩浓郁,"这支古歌歌声长,就像岷江江水淌;日夜奔流永不歇,诉说着祖先的英勇与坚强。这支古歌歌声长,兄弟们牢牢记心上;一代一代传下去,姐妹们切记不要忘。虽然句

---

① 朱文旭、木乃热哈、陈国光编著:《彝语基础教程》,中央民族大学出版社2006年版,第169页。
② 左玉堂、芮增瑞等:《彝族文学史·上》,云南民族出版社2006年版,第193页。
③ 冯元蔚译:《勒俄特依》,四川民族出版社1986年版,第3—5页。

句是古话，前人的勇敢记歌上；古歌代代传下去，羌寨儿女好榜样"①，警示族群牢记历史，勇敢顽强。

普米族《支萨·甲布》，以支萨和甲布两代人的英雄业绩为主要线索，通过讲述支萨为民除害牺牲，甲布为父报仇，杀死魔王救出母亲，为民除害的故事，生动描述了两代人的英雄形象。而甲布的英勇不仅体现在其英雄功绩上，他的善良和智慧也是普米族后人的榜样，"好心的孃孃啊，小树长成大树，树根扎在山上，大树忘不了大山的恩情。善良的孃孃啊，禾苗长出了谷粒，禾根扎在地里，谷米忘不了大地的哺育"②。在探寻父母的下落时，甲布以情化人，感动了养育他的恩人，知道了父母的恩仇。

（四）广西的史诗分布

壮侗族群及其先民生活的广西地处祖国南部边陲，东面与广东省毗邻，南面濒临北部湾，东北面与湖南、贵州两省相接，西面与云南相依，西南面与越南接壤，呈现自然条件多样性、民族构成复杂性、历史发展特殊性、文化特质多元性和稻作农业稳定性的特征。广西境内山岭绵亘，重峦叠嶂，沟壑纵横，江河密布，属喀斯特地貌发育，有"七山二水一分田"之称，亦造就了广西奇山秀水"甲天下"的秀丽风光。广西周边多为山地或高原，中部则多为低山、丘陵和平原、谷地，构成了四周高而中间低的盆地地形，也被称为"广西盆地"，由于盆地中河流的冲积和山脉的分割，又形成一系列中、小盆地，即大盆地套着小盆地的景观。岭南地区气候炎热，光照充足，雨量丰沛，土地湿润，水源丰富，适合发展稻作农业。世代居住生活在广西地区的瓯骆族群及其后裔壮侗族群，利用当地优越的自然条件发展稻作农业，并持续传承。从人类文化发展的规律来看，由于各民族所处的自然环境和社会历史条件下的生产力发展水平、生产方式、生活习俗和文化心理的不同，其文化形态也就不同，

---

① 罗世泽、时逢春搜集整理：《木姐珠与斗安珠羌戈大战·羌族民间叙事诗》，中国国际广播出版社2016年版，第88—89页。

② 云南省少数民族古籍整理出版规划办公室编：《云南少数民族古典史诗全集·下》，云南教育出版社2009年版，第624页。

呈现出文化特质的多样性与文化的多元化。①

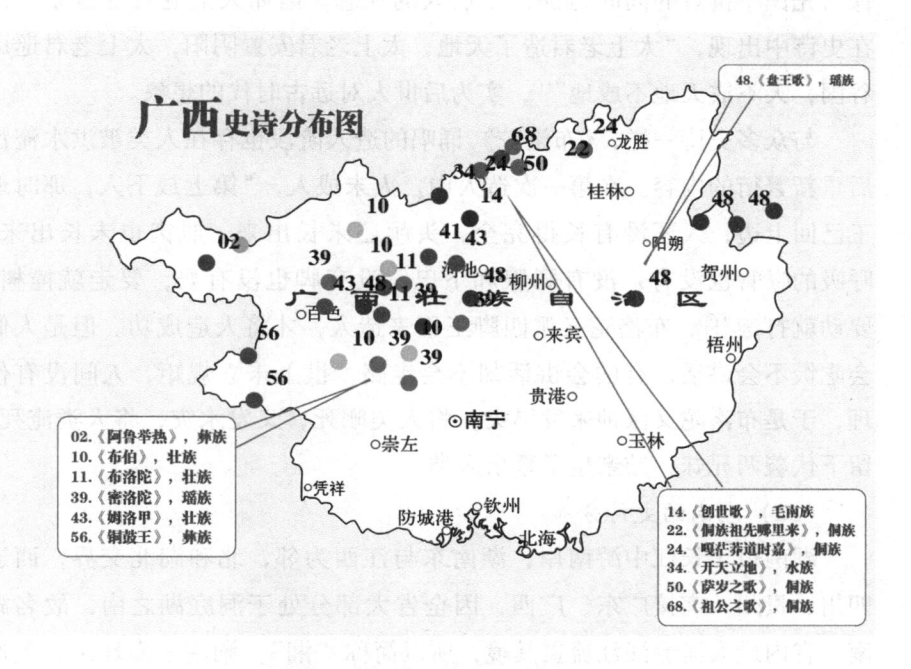

图1-4 广西史诗分布图

在广西少数民族史诗中，除了彝族《铜鼓王》、瑶族《盘王歌》和侗族《嘎茫莽道时嘉》与其他省份史诗有所重叠，壮族《莫一大王》《布伯》《布洛陀》《姆洛甲》、毛南族《创世歌》、瑶族《密洛陀》则是在广西主要流传的史诗。《布洛陀》是壮族创世史诗，歌颂布洛陀开天创地、创造万物、设置秩序及制定伦理的创世功绩，布洛陀是壮族群众崇奉的始祖神，逢重大节日，必须唱全诗，而且要请最高明的巫师或歌手来唱。在举行这项活动的时候，每个人务必怀有极其严肃的态度和无比虔诚的心情。演唱者必须事前认真做好准备，不仅要温习诗的内容，而且要戒嘴（不吃狗肉和牛肉）三天，修身（洗浴后无房事）七天，可见其要求之严。凡能从头至尾喃唱，一句不漏、一字不差者，便被誉为"歌工"，

---

① 覃彩銮、黄恩厚、韦熙强等：《壮侗民族建筑文化》，广西民族出版社2006年版，第23页。

深受人们的尊敬和夸奖。在"创世"部分，主要是叙述宇宙的形成，在保留先民宇宙观的同时也加入了后人的观念，诸如太上老君等道家神仙在史诗中出现，"太上老君造了天地，太上老君安置阴阳，太上老君巡山谷国，天不成天地不成地"①，实为后世人对远古时代的想象。

与众多史诗一样，《布洛陀》诵唱的造人阶段也存在人类被洪水淹没后重新繁衍的内容。在第一次造人中，人未成人，"第七放下人，那时地王已回上边，人还没有长得完全，头颅还未长出来，肌肉也未长出来，呼吸的喉管也没有，没有腮腺和下巴，没有脚也没有奶，要走就撞树，要动就打滚"②，布洛陀又派四脚王下来造人，才将人造成功。但是人们会吃饭不会讲话，有的会讲话却不会走路，世上未立规矩，人间没有伦理，于是布洛陀又派神来发旱灾，将人类晒死，又发水灾，将人类淹死，留下伏羲两兄妹，结亲生子繁衍人类。

（五）湖南的史诗分布

湖南位于长江中游南岸，湖南东与江西为邻，北和湖北交界，西连四川、贵州，南接广东、广西，因全省大部分处于洞庭湖之南，故名湖南。省内最大河流湘江流贯其境，所以简称"湘"。湖南三面环山，呈撮箕状，东有幕阜山、罗霄山脉，南有南岭山脉，西有武陵山、雪峰山脉，北面系洞庭湖，中部是丘陵河谷地带，气候属亚热带季风气候，日照充足，雨量丰沛。

湖南与湖北交界处的湘西土家族苗族自治州居住着土家人，土家族属汉藏语系藏缅语族，主要分布在龙山、保靖、吉首、凤凰、古丈、桑植、永顺等地。古时苗族生活在洞庭、彭蠡一带，后至武陵山区定居，有自己的语言，苗语属汉藏语系苗瑶语族苗语支，主要分布在湘西土家族苗族自治州、城步苗族自治县、靖州苗族侗族自治县、麻阳县、绥宁县。同时，湖南省还居住有侗族、瑶族、回族、白族等，侗族主要分布在新晃侗族自治县、通道侗族自治县、芷江侗族自治县和靖州苗族侗族

---

① 广西壮族自治区少数民族古籍整理出版规划领导小组办公室整理：《布洛陀经诗：壮族创世史诗》，中国国际广播出版社2016年版，第21页。

② 广西壮族自治区少数民族古籍整理出版规划领导小组办公室整理：《布洛陀经诗：壮族创世史诗》，中国国际广播出版社2016年版，第33—35页。

自治县。瑶族主要分布在江华瑶族自治县，宁远、溆浦、道县、新田等县。壮族主要分布在江华瑶族自治县的清塘壮族乡、河路口、桥头铺等乡镇，清塘壮族乡是湖南省仅有的壮族乡镇，壮族人口占总人口的2/3，是较为典型的壮族聚居区。回族主要分布在常德、汉寿、桃源、隆回、邵阳等县和邵阳、长沙、衡阳、湘潭、株洲、岳阳等市。白族主要分布在湖南省张家界市桑植县。①

苗族史诗《俫巴俫玛》②，意为我们的祖先，即祖先的歌。整部史诗的主体部分多达五千多行，分为三个部分，第一部分讲述的是创世纪的内容，讲述苗族祖先开天辟地、射日射月的故事。苗族祖先认为太阳和月亮是长在树上的，而以前的树很高很大，高到可以伸入云霄，"岩石溶成岩浆了，草木晒焦成灰了；地上的人坐不得了，天下的人住不成了。阿剖果酥，才来射日射月，阿剖果尖，才去砍日树月树……"③。这是人们所看到日月长挂树梢后产生的想象。在日月被射后，天地陷入黑暗，于是人们又重新开天辟地，这与数万年以前地球地壳变动带来的自然灾害有所相似，史诗中将天地万物的起源视作生命体的化生，"才打死朋苟大王，才杀掉朋苟老鬼：剥来皮子拿做青天，削来肥肉拿做白云；眼睛拿做月亮星星，皮毛拿做茵茵草坪"④，体现了原始先民们的唯物主义思想，反映了先民对自然事物和自然现象最原始的认识。第二部分是长途大迁徙，即跨江跨湖、涉水跋山，讲述了苗族先民由北向南，披荆斩棘，定居于现在居住地的奋斗史，是苗族人民赢得生存和胜利的重要见证。第三部分讲述苗族定居湘西后开始定制规矩，创立村寨的情况。这部史诗主要在祭祀场合和婚嫁场合上唱诵，其重要性自不待言。

---

① 湖南省统计局编：《湖南省情》，湖南人民出版社1989年版。
② 过竹：《苗族源流史》，广西人民出版社1994年版，第51—53页。
③ 苗青：《披荆斩棘坎坷路 战地斗天民族魂——湘西苗族史诗〈俫巴俫玛〉评介》，载湘西土家族苗族自治洲民族事务委员会《苗族历史讨论会论文集（内部资料）》，1983年版，第603—604页。
④ 苗青：《披荆斩棘坎坷路 战地斗天民族魂——湘西苗族史诗〈俫巴俫玛〉评介》，载湘西土家族苗族自治洲民族事务委员会《苗族历史讨论会论文集（内部资料）》，1983年版，第604页。

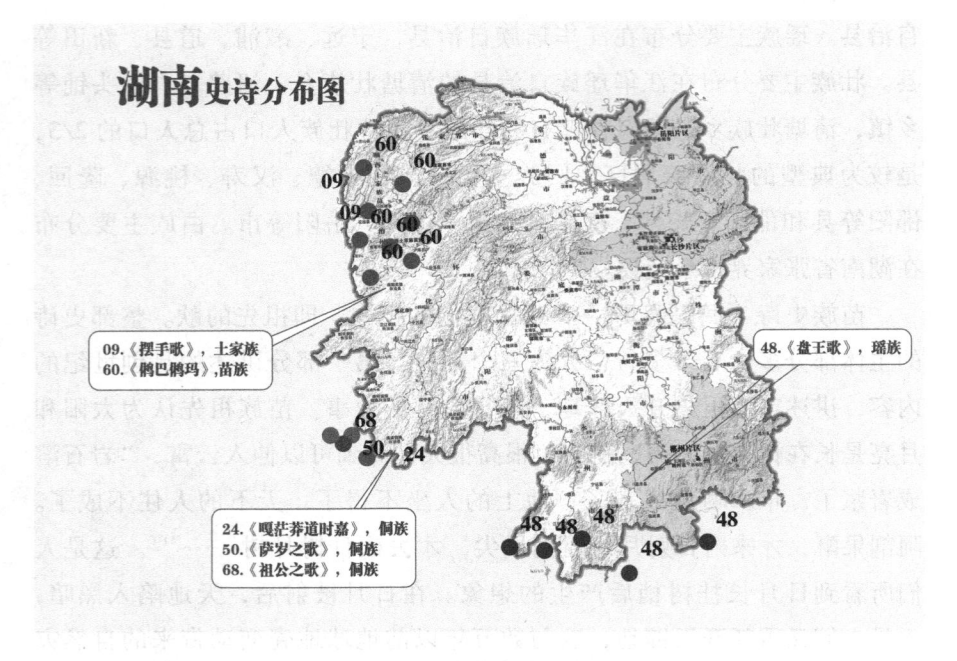

图1-5 湖南史诗分布图

土家族《摆手歌》①是一部用土家语编唱的自由体诗，运用了对偶、排比等修辞手法，带有一定的韵律和节奏，史诗在塑造人物方面也较为成功，雷公的凶狠、日客额地客额的聪慧，都被刻画得栩栩如生。史诗主要在土家族的摆手活动中唱诵，从文本内容来看，每一章节可独立成章，其逻辑性和连贯性稍显欠缺，但是将其放置于仪式活动中，却是一个整体。史诗所涉及的内容广泛，包括了族群来源、迁徙历史、英雄故事、生产劳动等，特别是生产劳动部分，从农业的生产到手工的劳动，都是根据劳作时的动作来进行舞蹈编排，没有固定的唱词，以追述劳动过程为主。

《盘王歌》②是瑶族的一部历史长歌，主要在"打幡拜王"的时候唱诵，也就是俗称的盘王节，分为"还大愿"（用的三十六段歌词，称大歌）和"还小愿"（用的二十四段歌词，称细歌）。大歌部分主要是创世

---

① 彭勃、彭继宽整理译释：《中国少数民族古籍土家族古籍之一：摆手歌》，岳麓书社1989年版。

② 盘才万等收集编注：《盘王歌：瑶族古典歌谣》，中国国际广播出版社2016年版。

内容，细歌主要是唱诵瑶族人民的生产生活和爱情，也有反映瑶族宗教哲学的内容。史诗歌颂勇敢勤劳，赞美淳朴忠直，以歌声揭露、鞭挞丑恶的社会现象和不良行为，内容丰富多彩，形式活泼多样。

值得一提的是，在浙江、广东等地史诗流传较少，原因为地处平原，与外界交往频繁，经济生活水平提升速度快，受汉文化影响较深。海南虽地理情况特殊，但因是沿海地区，族际交往频繁，文化间的互动亦渐频繁，除最早定居海南的黎族有创世史诗流传，其余民族则少有。黎族是最早到海南岛的族群，他们在海南岛定居生活，后因汉族的到来，黎族由东北部沿海平原逐渐向西南迁徙，进入海南中部山区，史诗《五指山传》就是在这样的环境中创生的。而浙江和广东的畲族，则是从"长江中下游、荆湖地区南迁过来的九黎、三苗遗族盘瓠蛮后裔"[①]，迁徙到广东之后，畲族得到了较长时期的生息和繁衍，以游耕和狩猎为主，后受压迫，又有部分畲族往浙南等地迁徙，于是在广东、浙江等地有畲族史诗的流传，这也是史诗跨地域传播的范型。

基于此，可见西南史诗的形成与传承地的自然环境和生产生活方式密不可分。西南少数民族多居险山深坝，自然条件相对险恶，交通十分不便，加之他们较早地进入农耕生活，少有大规模的征战，因此，征服自然、祈求人丁繁茂、歌颂文化英雄，成为西南创世史诗、迁徙史诗及英雄史诗的主要内容。[②]

二　西南史诗文化空间带：一路两廊

以宏观视角观照西南史诗的文化空间，我们发现西南丝绸之路、藏羌彝文化走廊及古苗疆文化走廊建构出西南史诗的文化空间带。

（一）史诗与西南丝绸之路

中国西南地区是亚洲大陆和印巴与中南半岛的连接枢纽，从四川成都出发，经云南边境傣族地区通向缅甸、印度等国的通道，又被称为"西南丝绸之路""南方丝绸之路""蜀身毒道""西南古代商道"等。

[①] 施强、谭振华：《族群迁徙与文化传承：浙江畲族迁徙文化研究》，民族出版社 2014 年版，第 48—52 页。

[②] 祁连休、程蔷、吕微主编：《中国民间文学史》，河北教育出版社 2008 年版，第 113 页。

特殊的地质结构带来了西南地区复杂的地理和气候特征，公元前4世纪开辟的西南夷道被认为是西南丝绸之路的重要组成部分，西南夷道范围涵括蜀、邛、僰、笮、徙、昆明、僄、哀牢等氐羌系统民族，涵括当今的纳西族、彝族、景颇族、白族、拉祜族、普米族、傈僳族、独龙族、哈尼族等藏缅语族民族，也包括了夜郎、滇越等百越族群，涵括当今的壮族、傣族、水族等壮侗语族民族，还包括百濮系统民族，涵括当今的佤族、布朗族、德昂族等孟高棉语族族群。

伴随西南丝绸之路的打通，长期因交通不便，被中原地区视作"蛮荒之地""瘴疠之乡"的禁区，逐渐进入人们的视野。《史记·西南夷列传·五十六》载，公元前122年，张骞出使大夏国（古波斯）归来，讲述在大夏国见到了蜀地出产的布帛和邛都出产的竹杖，便询问这些物产的来历，回答的人告知来自东南边的身毒国（古印度区域），"及元狩元年，博望侯张骞使大夏来，言居大夏时见蜀布、邛竹杖。使问所从来，曰从东南身毒国，可数千里，得蜀贾人市"①，后来汉武帝根据张骞所述，遣使赴西南夷寻通往身毒国的道路，"或闻邛西可二千里有身毒国……诚通蜀，身毒国道便近"②，使者寻找了许久，均被昆明城所阻拦，未能通往身毒国，但由此可窥见西南地区与中央王朝的紧密联系。几千年来，西南丝绸之路上川流不息的商旅，实现了各地物品与文化的传播，并在商道沿线形成了许多繁茂的商业城镇，古老的西南丝绸之路至今仍发挥着连接东南亚与大陆周边的作用，边境贸易仍十分频繁。

南方丝绸之路以四川成都为起点，以大理为枢纽，至永昌入缅甸后至印度。③ 一般认为有两条线路，即西线和南线。其中，西线由四川成都、雅安、西昌，南行至云南楚雄（大姚）、保山（永昌），过八莫（缅甸），终至印度、中亚；南线为四川成都、宜宾，经云南昭通、昆明、弥勒、文山，

---

① （汉）司马迁：《点校本二十四史精装版·史记·第九册·卷一○二至卷一一七》，中华书局2013年版，第2995页。
② （汉）司马迁：《点校本二十四史精装版·史记·第九册·卷一○二至卷一一七》，中华书局2013年版，第2995页。
③ 李德洙：《中国民族百科全书·15》，世界图书出版公司2016年版，第143页。

至越南河内。① 西南丝绸之路古驿道从今四川成都出发后，分为灵关道、五尺道、永昌道。灵关道的路线为成都—邛崃（过邛崃山脉西南灵关）—雅安—汉源—西昌—云南大姚—大理；五尺道的路线为成都—宜宾—云南昭通—贵州威宁—云南曲靖—昆明—楚雄—祥云县云南驿—大理；永昌道的路线为大理—永平—保山—原永昌郡（为傣族先民聚居区）。

随着各区域之间交往的密切频繁，丝绸之路的范围逐渐扩大，贵州"刘家十八间车马店"所处的盐茶古道、连接广西与贵州的"黔桂茶马古道"也被纳入其间。贵州"刘家十八间车马店"在中国的主要范围包括滇、川、藏、黔、湘、桂，国外则直接抵达印度、尼泊尔、不丹和东南亚的缅甸、越南、老挝、泰国、马来西亚等，波及南亚和西亚。"十八间车马店"处于在茶马古道贵州境内段上，主要为贡茶古道之一，从云南南部经思茅、楚雄、胜境关入贵州，沿滇黔驿道、楚黔驿道后，经湖南至京城，被誉为"皇家贡道"，也是商旅的通京大道。

"黔桂茶马古道"开凿于汉唐时期，东起广西环江毛南族自治县川山镇社村旧屯，西至黔桂两省区交界处的黎明关，关北是贵州荔波县的洞塘乡板寨屯。黔桂茶马古道上设有九重关隘，如今只余下八重关隘（峒平关、伟火关、甘哥关、上峒平关、洞滚关、木花关、洞巧关、黎明关）。道口垒有石墙，固若金汤。这条古道是中国西南地区古代的经济、文化交流和出海通道。它经过贵州和广西交通的主要地带，连接四川、云南、贵州、广西和广东。从秦、汉、隋、唐到宋、元、明、清，这条古道都是农业、政治、商业、军事重要通道。据《三国志》《南史》和《宋史》记载，蜀汉至宋代，蜀绣就沿着这条古道走向钦州、北海、广州，销往海外。

南方丝绸之路在中国所经过的地区的沿线生活着汉藏语系中的藏缅语族、壮侗语族和苗瑶语族三大族群的众多族群人民，这些族群大多都经历了漫长的迁徙历程，如羌族、彝族、白族、纳西族、傈僳族、普米族、独龙族、怒族、苗族、侗族等均有相关史诗内容的记载。如纳西族《创世纪》的"迁徙人间"就记述了利恩和衬红结为夫妻迁徙人间的情况，"秋天三个月，山上开金花，山谷开玉花，树下开鲜花，树上开奇

---

① 王潜：《历史上是否有南方丝绸之路？——四川大学准备组织有关专家进行调查研究》，《天府新论》1986 年第 3 期。

花,石上开银花,夏小麦有雨灌溉,秋白谷有露水滋润,决定秋天迁徙到地上。"① 在苗族史诗《亚鲁王》中,亚鲁因遭兄长抢夺不得不迁离故土,"亚鲁王艰难迁徙,日夜奔走。亚鲁王继续迁徙,绝不后退。亚鲁王携妻带儿跨上马背,亚鲁王穿着黑色的铁鞋。孩子的哭声哩啰呢哩啰,娃儿的哭叫哩噜呢哩噜。亚鲁王砸破家园拿干粮匆匆上路,亚鲁王捣毁疆土带糯饭急急赶路"②。侗族史诗《嘎茫莽道时嘉》诵唱道:"九十九天跋山又涉水,来到金闷好地方:后面有走不到头的长冲,前面有游不到尾的大江,江畔有望不到边的平坝,周围有看不见顶的山岗……日里听虎啸,夜里闻鬼哭,金闷难再住,背景又离乡。一路寻食一路走,翻山涉水穿菓塘,跟着兽迹往前去,只见山岗压山岗。"③ 彝族《指路经》、哈尼族《哈尼阿培聪坡坡》等均记载着族群的迁徙历程。在一定程度上,百越系族群不断向西南地区迁徙的路线,其基本走向是由东向西的,与费孝通先生提出的南岭走廊基本吻合。而汉藏语系族群的迁徙路线亦与费孝通提出的"藏彝走廊"基本吻合。南方丝绸之路贯穿云南、四川、湖南、贵州、广西等地,在这条路上的各族群的迁徙导致当前南方地区族群的交错而居,在推动西南经济社会文化快速发展的同时,成为族际互动和交流融合的重要渠道。

(二) 史诗与藏羌彝文化走廊

一般来讲,学界普遍认为藏羌彝走廊由核心区、辐射区和枢纽城市三部分组成,核心区由甘肃省的甘南藏族自治州,青海的黄南藏族自治州,西藏的拉萨市、林芝市、昌都市,四川的凉山彝族自治州、阿坝藏族羌族自治州、甘孜藏族自治州,贵州的毕节,云南的楚雄彝族自治州、迪庆藏族自治州等共同组成。辐射区由甘肃的张掖市、武威市、临夏回族自治州、陇南市,青海省的海北藏族自治州、海南藏族自治州、海西蒙古族藏族自治州、果洛藏族自治州、玉树藏族自治州,陕西的宝鸡

---

① 云南省民族民间文学丽江调查队搜集翻译整理:《创世纪:纳西族民间史诗》,云南人民出版社1978年版,第73—74页。
② 中国民间文艺家协会主编:《苗族英雄史诗:亚鲁王(汉苗对照)》,中华书局2011年版,第214页。
③ 杨保愿翻译整理:《嘎茫莽道时嘉:侗族远祖歌》,中国民间文艺出版社1986年版,第257—262页。

市、汉中市，西藏的山南市、那曲市，四川的雅安市、绵阳市、乐山市、攀枝花市，贵州的六盘水市，云南的丽江市、大理白族自治州等组成。枢纽城市包括拉萨、西安、兰州、西宁、成都、贵阳、昆明7个城市。

对比西南史诗分布图与藏羌彝文化走廊图示，可见西南史诗在藏羌彝文化走廊上分布密集于走廊南端，从城市分布来看，布设到了四川凉山，贵州毕节、六盘水，云南楚雄、大理、丽江等地区，形成了由点到带的分布形态。从史诗分布来看，藏羌彝文化走廊分布的典型史诗有15部，涉及6个少数民族，其中彝族史诗最多。彝族史诗有《支格阿鲁》《阿鲁举热》《勒俄特依》《梅葛》《查姆》《门咪间扎节》《夷僰榷濮》《洪水泛滥史》《天地祖先歌》《西南彝志·创世志·谱牒志》等，纳西族史诗有《黑白之战》，普米族史诗有《捉马鹿的故事》，景颇族史诗有《穆瑙斋瓦》，德昂族史诗有《达古达楞格莱标》，阿昌族史诗有《遮帕麻和遮米麻》，形成了自四川凉山到贵州毕节，自贵州六盘水至云南楚雄、大理、丽江的史诗文化带。

1978年，费孝通先生回顾民族识别工作时，以白马藏族、察隅僜人及云南苦聪人为例讨论了民族识别工作的遗留问题。在回忆起毛泽东主席接见四川白马藏族尼苏的经历后，认为族群判别应基于历史考证，要解决这个问题，需要扩大对于文化持有人所处文化区域的研究面，将靠近藏族地区的走廊单列出来，因为这个走廊在历史发展中是政治拉锯的区域，也是羌、氐、戎等民族的活动区域，并将这条走廊的范围进行了大致划定，"以康定为中心向东和向南……这条走廊正处在彝藏之间"[①]。此时费先生虽未明确使用藏彝走廊的名称，但其概念已然初显，是藏彝走廊术语的酝酿阶段。1981年，费先生正式将"处在彝藏之间"的走廊定称为藏彝走廊后，该词得到广泛使用。同时，费先生提出了一揽子研究方向，将民族识别过程中的若干问题进行整体考察，在纵向时间中研究地域语言、文物古迹、神话传说和风俗习惯等，如果能够将藏彝走廊描写呈现，可以解决文化区域内民族源流、族际互动和交往融合等问题。[②] 此后，李绍明

---

① 费孝通：《关于我国民族的识别问题》，《中国社会科学》1980年第1期。
② 李绍明：《藏彝走廊民族历史文化》，民族出版社2008年版，第60页。

82　◈　西南史诗文化研究

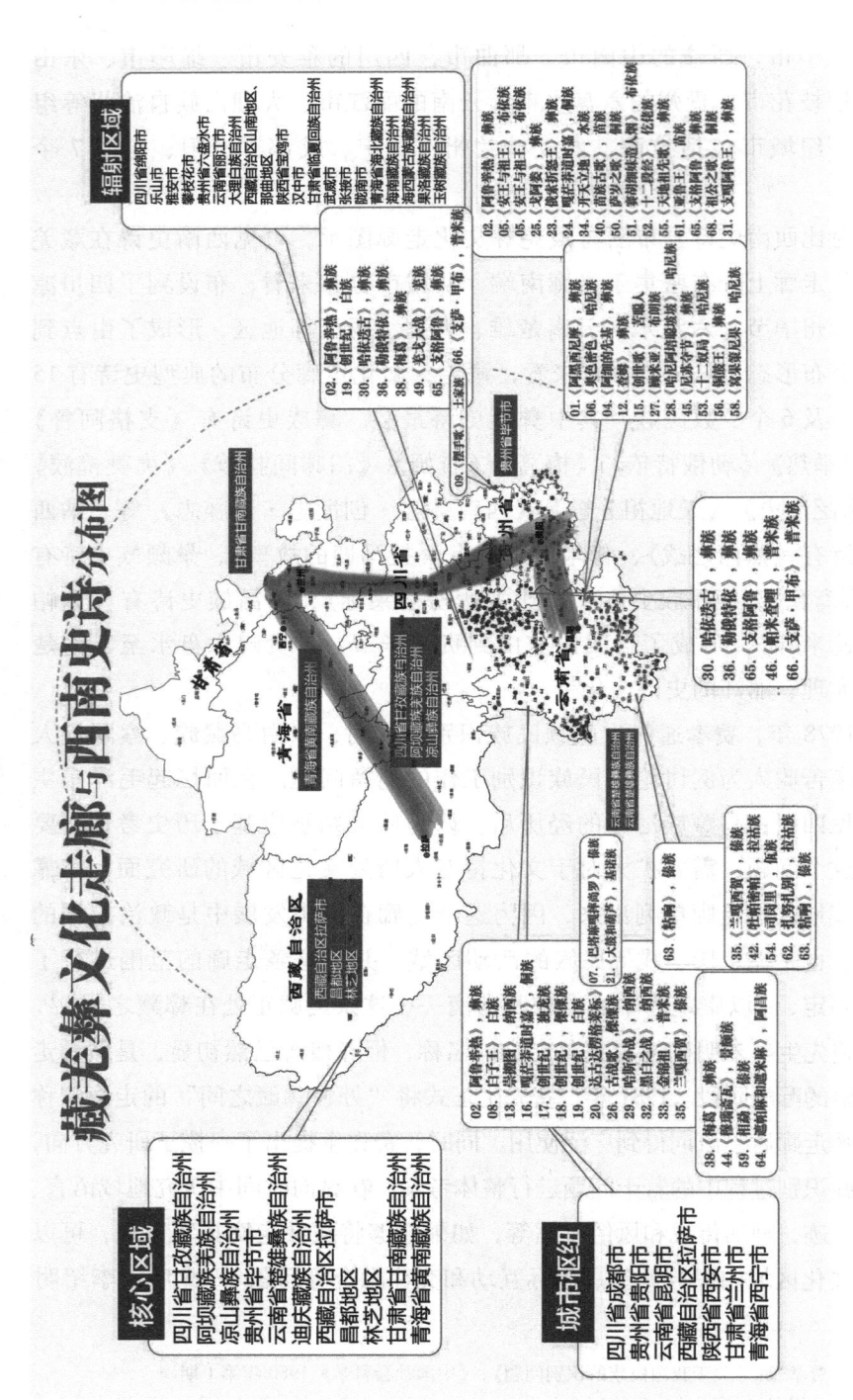

藏羌彝文化走廊与西南史诗分布图

辐射区域

四川省绵阳市
乐山市
攀枝花市
贵州省大渡水市
云南省丽江市
大理白族自治州
西藏自治区山南地区
陕西省宝鸡市
汉中市
甘肃省临夏回族自治州
武威市
张掖市
青海省海北藏族自治州
海东地区
果洛藏族自治州
玉树藏族自治州

02.《阿普笃慕》，彝族
19.《创世纪》，白族
36.《勒俄特依》，彝族
49.《梅葛》，彝族
65.《支格阿鲁》（支系：甲布）主体，彝族

02.《阿普笃慕》，彝族
05.《茶王与盐王》，布依族
25.《查姆》，彝族
24.《哈依迭古》，彝族
40.《洛奥特》，水族
51.《都彭颇迭入舞》，佤族
52.《萨》，侗族
61.《苗族古歌》，苗族
68.《社会之歌》，彝族
31.《支嘎阿鲁王》，彝族

01.《阿细的先基》，彝族
04.《布洛陀》，壮族
15.《创世纪》，哈尼族
27.《哈尼阿培聪坡坡》，哈尼族
12.《查姆》，彝族
22.《董永》，壮族
45.《梅葛》，彝族
47.《十二段经》，布依族
56.《苏颇》，哈尼族
36.《勒俄特依》，彝族

辐射区域

甘肃省甘南藏族自治州

四川省甘孜藏族自治州
阿坝藏族羌族自治州
凉山彝族自治州

青海省黄南藏族自治州

西藏自治区拉萨市
昌都地区
林芝地区

30.《哈依迭古》，彝族
65.《勒俄特依》，彝族
46.《支格阿鲁》，彝族
66.《支（系：甲布）》，彝族

云南省迪庆藏族自治州
云南省怒江傈僳族自治州

07.《巴郎郡神祠罗》，苗族
21.《大歌和呼户》，苗族

63.《格萨》，傈僳族
35.《兰西贺》，傈僳族
42.《叶柏娜》，拉祜族
54.《司冈里》，佤族
62.《扎努扎别》，拉祜族
63.《格萨》，傈僳族

02.《阿普笃慕》，彝族
08.《白子王》，白族
13.《柴娘娘》，白族
16.《哟咋珀丽迭》，纳西族
17.《创世纪》，纳西族
18.《创世纪》，普米族
19.《创世纪》，白族
20.《达古达楞格莱标》，德昂族
29.《帕斯争勃》，纳西族
32.《黑白之战》，纳西族
35.《金龙》，傈僳族
35.《兰西贺》，傈僳族

38.《梅葛》，彝族
44.《黑高黑瓦》，景颇族
59.《祖歌》，傈僳族
64.《遮帕麻和遮米麻》，阿昌族

城市枢纽

四川省成都市
贵州省贵阳市
云南省昆明市
西藏自治区拉萨市
陕西省西安市
甘肃省兰州市
青海省西宁市

核心区域

四川省甘孜藏族自治州
阿坝藏族羌族自治州
凉山彝族自治州
贵州省毕节市
云南省楚雄彝族自治州
迪庆藏族自治州
西藏自治区拉萨市
昌都地区
林芝地区
甘肃省甘南藏族自治州
青海省黄南藏族自治州

图 1-6　藏羌彝文化走廊与西南史诗分布图

先生专就藏彝走廊进行定义。① 藏彝走廊中有一千余万人，少数民族占据一半以上，主要为藏缅语族中的藏族、彝族、羌族、纳西族、独龙族、傈僳族、白族、普米族、怒族、哈尼族等民族。其中彝语支民族有293万人，藏语支民族185万人，羌语支民族48万人，其他少数民族包括壮、傣、布依、苗族等3万人，因此，藏彝走廊是多族群频繁接触和互动的区域。②

　　李绍明结合史料与凉山彝族史籍和传说印证，认为凉山彝族中的黑彝和部分白彝，皆为古侯、曲涅二系，并通过彝文史籍和父子联名的谱牒以兹佐证。凉山广泛流传的史诗《勒俄特依》中，记载了彝族祖先是从滇东北的滋祖蒲吾（昭通）一带渡江北上的，援引史诗内容为证，"滋祖蒲吾这地方，神兵神将从此过，蒲合三兄弟，带兵百万赶神兵，赶到甘洛列劈去，杀死有数千，活捉有数百，三百匹跑马，只用一副笼头套来了。三弟结果在此亡，长子阿吐是古侯，次子阿格是曲涅。古侯称作侯，曲涅称作合，合与侯两家，因起争执两相敌。"③蒲合家三兄弟从昭通北上凉山，与之前氐羌南下定居于此的彝族汇合，除三弟身亡，其余两人在此定居繁衍，后在明末清初时期，黔西水西部附明抗清，不敌吴三桂，部分彝族由黔地迁入凉山，后世的沙马家族就是该时期从黔地迁入的。当然还有一些小规模的自然迁入，未计算在内。凉山集聚了云南、贵州的众多彝族群体，形成了比较综合的彝族聚集区，因为人口的迁徙，史诗也被带入当地。所以，对比西南史诗分布图与藏羌彝文化走廊图示清晰可知，四川史诗的数量明显多于云南和贵州，且内容亦涵盖了这两个地方。

　　随着对于藏彝走廊研究的深入，"藏羌彝文化走廊"的概念应运而生。事实上，费先生提出藏彝走廊的概念范畴后，1982年，中国西南民

---

① 四川大学历史系编：《中国西南的古代交通与文化》，四川大学出版社1994年版，第37—38页。李绍明认为，在川、藏、滇三省区的边境横断山脉中，分布着岷江、大渡河、雅砻江、金沙江、澜沧江、怒江六条由北往南流的大江及其众多支流，以上六江流经之地，从地理上而言包括川西高原区、滇西北横断山高山峡谷区、滇西高原区和藏东高山峡谷区。这一区域即藏彝走廊中，迄今有着藏缅语族的各族如藏、羌、彝、白、纳西、傈僳、普米、独龙、怒、阿昌、景颇、拉祜、哈尼和基诺等民族；其下游则有壮侗语族的傣和孟高棉语族的佤、布朗和德昂等民族，以及苗瑶语族的苗、瑶等民族聚居其间。这个区域自古以来就是藏缅语族诸民族南下和壮侗、孟高棉语族诸民族北上的交通走廊以及他们汇合交融之所。

② 李绍明：《藏彝走廊民族历史文化》，民族出版社2008年版，第66页。

③ 李绍明：《藏彝走廊民族历史文化》，民族出版社2008年版，第222页。

族研究学会便组织发起了"六江流域民族综合科学考察",所谓"六江"就是指岷江、大渡河、雅砻江、金沙江、澜沧江和怒江①,并将费孝通先生此前所考虑的羌人问题纳入其中,认为以"藏彝走廊"为名,有可能产生走廊区域仅有藏族和彝族之误会,且以藏彝走廊为"历史—族群区域",其地域内生存着藏族、彝族、白族、纳西族、傈僳族、独龙族、阿昌族、拉祜族、普米族、基诺族、景颇族等众多少数民族。② 同时,羌人在走廊中的分布广泛,是藏彝走廊区域内的重要组成,自唐以后与"藏""彝"频繁交往互动,创造了独特的地域文化,所以藏羌彝更显恰当。正因如此,羌人在走廊中处于什么样的地位以及作用,成为"藏羌彝文化走廊"概念提出首先要解决的问题。《后汉书·列传·西羌传》便载有羌人的源流,"西羌之本,出自三苗,姜姓之别也。其国近南岳。及舜流四凶,徙之三危,河关之西南羌地是也……南接蜀、汉徼外蛮夷,西北接鄯善、车师诸国。所居无常,依随水草。地少五谷,以产牧为业"③。秦厉公俘虏羌人爰剑为奴隶,后爰剑逃出,被推举为王,"羌无弋爰剑者,秦厉公时为秦所拘执,以为奴隶……至爰剑曾孙忍时,秦献公初立,欲复穆公之迹,兵临渭首,灭狄䝠戎。忍季父卬畏秦之威,将其种人附落而南,出赐支河曲西数千里,与众羌绝远,不复交通"④。爰剑是史料中记载的居住于青海境内的羌人领袖,这支羌人部落在历史上被称为发羌,"爰剑后,子孙支分凡百五十种"⑤,李白曾为白利将军和董将军赠诗并流传于世,"西羌延国讨,白起佐军威",这里的西羌应属藏彝走廊区域。

---

① 藏彝走廊中的六条大江自北向南共行1000千米,在这段区域内六江并流的景象十分壮观,特别是在川、藏、滇的交界处,怒江、金沙江和澜沧江三江并流,且两两之间的间隔距离较小,江水奔腾,场面震撼。从六大江的所属水系来看,除了怒江为印度洋水系,金沙江、雅砻江、大渡河、岷江均为长江水系,其中,雅砻江水系是长江八大支流之一。以此来看,藏彝走廊绝非简单的江河聚集地,更是长江水系最为密集的地带。

② 李绍明:《西南丝绸之路与民族走廊》,载《中国西南的古代交通与文化》,四川大学出版社1994年版,第37—38页。

③ (南朝宋)范晔撰:《后汉书·第14册(全十二册)》,(唐)李贤等注,中华书局1965年版,第2869页。

④ (南朝宋)范晔撰:《后汉书·第14册(全十二册)》,(唐)李贤等注,中华书局1965年版,第2875—2876页。

⑤ (南朝宋)范晔撰:《后汉书·第14册(全十二册)》,(唐)李贤等注,中华书局1965年版,第2898页。

《旧唐书》亦有记载,"吐蕃,在长安之西八千里,本汉西羌之地也。其种落莫知所出也,或云南凉秃发利鹿孤之后也"。① 《新唐书·吐蕃上》载,"吐蕃本西羌属,盖百有五十种,散处河、湟、江、岷间;有发羌、唐旄等,然未始与中国通。居析支水西。祖曰鹘提勃悉野,健武多智,稍并诸羌,据其地。"② 关于藏族族源,有西羌说、鲜卑说、南来说、天降说、猕猴说及卵生说等③,无论何种论述,均指向羌人归属吐蕃之一种,古羌人为藏族先民的来源之一。同时,彝族亦被认为出自越嶲羌的旄牛种,如今彝族主要聚居区凉山彝族自治州便是越嶲羌的主要活动区域。正如范建华先生认为的,藏羌彝文化走廊是围绕氐羌系统形成的多民族生活区域,这个区域的精神基础是独特的民族文化及其融合过程,不仅是中国西部地区的文化走廊,也是经济长廊。④

值得注意的是,"民族"与"文化"在地域上并不一定是重合的,二者也不能完全画等号。在族际频繁互动和相互影响的历史发展中,许多文化基因信息是跨族群分布的。这种在文化上"你中有我,我中有你"的现象是民族文化走廊上的显著特点。这一现象对于从民族学、文化人类学学科层面重新认识和理解族群与文化的关系、族群互动的文化结构及变化规律有重要的理论及学术启示意义。地域内不同族群之间的文化有可能比同一族群间的文化更为相似,或者可以说,地域内的不同族群历经了长期的互动交流,其文化的相似性会明显增强,甚至趋同,造成了在一定条件下不同族群间文化相似性大于同一族群文化的现象,这也是藏羌彝走廊中最明显,也是最独特的一种文化现象。族际互动与文化交融将带来文化的宽容态度,而这种文化宽容态度正是形成藏羌彝走廊区域"多族群和谐共居"以及文化上"和而不同"的关键⑤,亦是诸多

---

① (后晋)刘昫等:《旧唐书(全十六册)·卷196上·吐蕃上》,中华书局1997年版,第5219页。

② (宋)欧阳修等:《新唐书(全十二册)·卷216上·吐蕃上》,中华书局1975年版,第6071页。

③ 熊文彬:《〈两唐书·吐蕃传〉吐蕃制度补证》,载金雅声、束锡红等《敦煌古藏文文献论文集·下册》,上海古籍出版社2007年版,第365—373页。

④ 范建华:《穿越藏羌彝文化产业走廊》,《中国文化报》2016年9月7日第6版。

⑤ 石硕、李锦、邹立波等:《交融与互动——藏彝走廊的民族、历史与文化》,四川人民出版社2014年版,第6页。

史诗交相辉映奇景的源流。

(三) 史诗与古苗疆文化走廊

"古苗疆走廊"这一概念早先由贵州大学杨志强团队提出，后来得到了一定范围的认可，自2012年提出以来，其辐射范围初步得到学界认同，认为古苗疆走廊是连接云、贵、湘的重要通道，自湖南常德始，沿沅江水路向西，至黔东南镇远，改行陆路，先后过黔东南施秉、黄平、凯里，转黔南福泉、贵定、龙里，至贵阳、清镇，经安顺、镇宁、关岭，到黔西晴隆、普安，由六盘水盘县后进入云南，入云南后经富源、曲靖，终至昆明。古苗疆走廊共经过30余个县市，路径共长1400余千米，辐射范围广，族群分布多，苗疆驿道不仅是中原与西南边疆的连接通道，更是与东南亚国家的经济文化交流通道。

明清后汉族移民沿古苗疆走廊移入西南地区，其文化也伴随驿道向周边的民族地区辐射，文化间的交往、交流与交融，在古苗疆走廊上形成了一道风景线，既在沿线汉族地区构筑了内涵丰富的历史文化，也在民族杂居地区形成文化的互动和影响，呈现出复杂多样的文化样态。古苗疆走廊中的"苗"并非单指苗族一种，而是对于所有少数民族的泛称，所以苗疆是指少数民族生活的地域范围。从古苗疆走廊与贵州的关系来看，它是国家政权的产物，与自然形成的商道和文化通道有一定区别，它呈现出移民文化的多样性和族群的复杂性等特点，鉴于此，本书尝试以古苗疆文化走廊替代古苗疆走廊的说法。

古苗疆文化走廊是在元明时期开辟的，是维系西南边地关系的重要驿道，其驿道途经的地方与今湘黔滇铁路基本一致，驿道横穿贵州，贵州境内驿道全长600余千米，为古苗疆走廊全长的1/2，走廊沿线居住着20多个民族，人口之多与影响之广已然超越了走廊所途经的30多个县市。清代后期古苗疆走廊所连接的其他水路交通也被纳入了其范围，扩大了其影响范围，从原有的三省增至五省。从湖广入滇的这条驿道，是国家动用了强大的军事力量开辟的一条官道，是一条维系中央王朝与西南边地间政治、经济和文化联系的交通要道。因横贯贵州省境内，古苗疆走廊对贵州的经济社会发展产生了重要影响，作为东南亚各国朝贡的途经之地，贵州也或多或少受到影响。

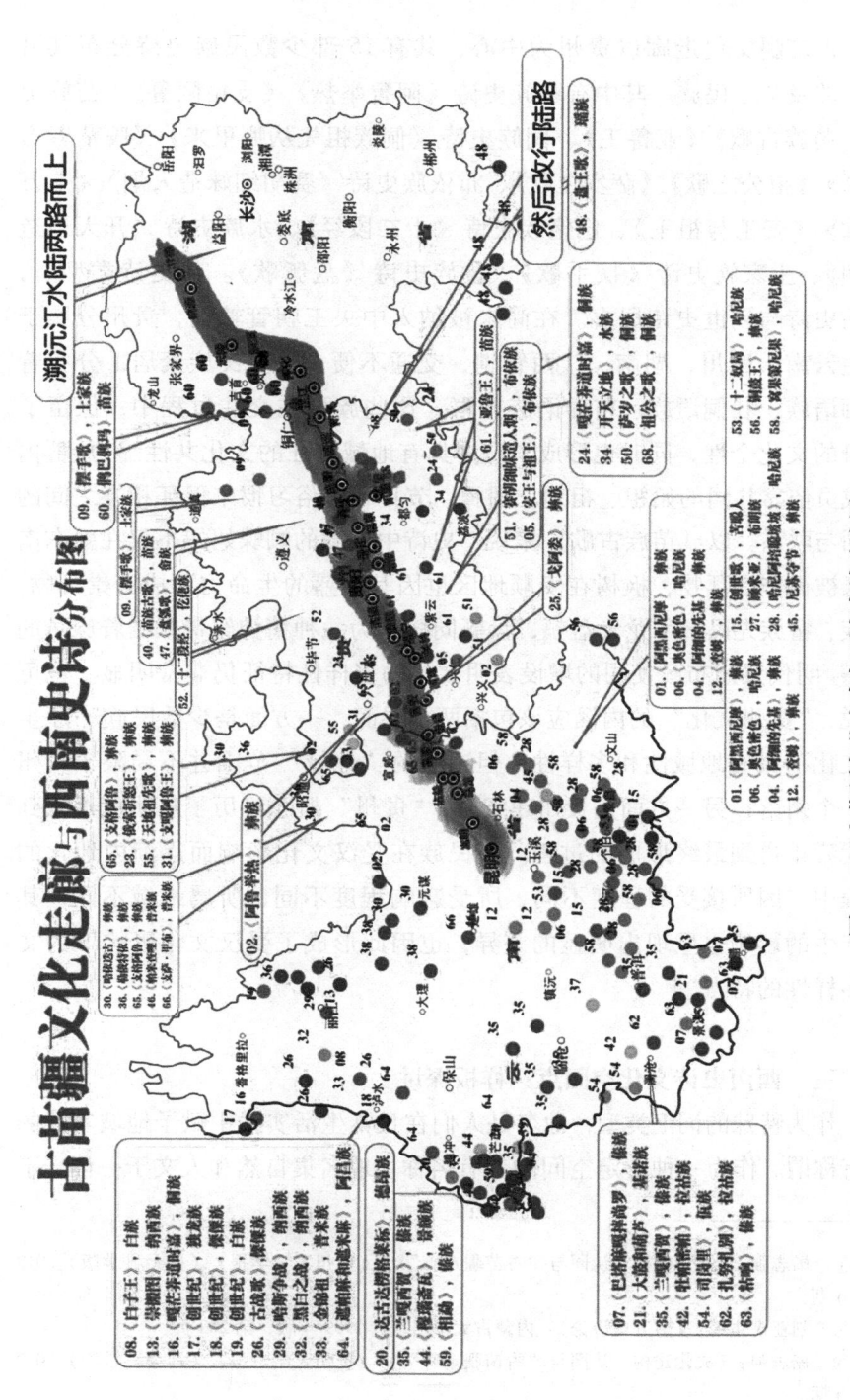

图 1-7 古苗疆文化走廊与西南史诗分布图

古苗疆文化走廊以贵州为中心，共有15部少数民族史诗分布其沿线，涉及7个民族。其中有彝族史诗《阿鲁举热》《支格阿鲁》、苗族史诗《苗族古歌》《亚鲁王》、侗族史诗《侗族祖先从哪里来》《嘎茫莽道时嘉》《祖公之歌》《萨岁之歌》、布依族史诗《赛胡细妹造人烟》《造万物歌》《安王与祖王》、仡佬族史诗《十二段经》、水族史诗《开天地造人烟》、土家族史诗《摆手歌》、畲族史诗《盘瓠歌》。从史诗类型看，神话史诗与创世史诗居多。在尚未被纳入中央王朝管辖前，贵州分属于周边云南、四川、湖南、广西管辖，交通不便，又多民族聚居，分布着藏缅语族、壮侗语族、苗瑶语族族群，这些族群在交往过程中，保留了自身的文化个性，同时也形成了许多具有地域特征的文化共性。①族群内部成员依靠共同的始祖、祖地、图腾、节日和风俗习惯来保证相互之间的认同与联系。以《苗族古歌》来说，史诗中记载的蝴蝶妈妈不仅在黔东南地区被视作崇拜物，枫树在安顺地区也因其强盛的生命力而成为崇拜物。瑶族、畲族先民崇拜龙犬盘瓠，盘瓠同样作为一种精神纽带联结着族员的心。②明代贵州布政使司的增设表明文化的多样性特征仍非常明显。也可以说，"贵州文化"的内涵应该包括两个层面，一方面是少数民族"原生态文化"具有地域性和多样性，但这里的"地域"范围并不局限于贵州的一个角落；另一方面是贵州建省后，"贵州"概念经历了从明代永乐到清代雍正再到最终形成的过程。各民族在受汉文化影响而逐渐内地化的过程中，因所接受的程度不同、所受影响程度不同、所属地域不同，其所产生的影响也呈现出明显的差异，也因此形成了受汉文化影响下的文化多样性的特点。③

三　西南史诗文化空间点：样板探讨

作为特殊的词汇类型，地名是人们在日常生活实践中赋予地域实体的专有称谓。作为一种特定空间的专有名称，地名集自然和人文于一体，不

---

① 杨志强：《文化建构、认同与"古苗疆走廊"》，《贵州大学学报》（社会科学版）2012年第6期。

② 刘亚虎主编：《南方史诗论》，内蒙古大学出版社1999年版，第289页。

③ 杨志强：《文化建构、认同与"古苗疆走廊"》，《贵州大学学报》（社会科学版）2012年第6期。

仅是对地域自然环境、人地关系、传统聚落等历史演化的具体反映,① 映射着特定地域的社会生活史,而且还承载着人类生活情况及风俗习惯等社会文化现象,包括特定地域的历史文化信息,是可感知的和可体悟的文化空间。② 地名起源源远流长,可追溯到上古时代。原始人为了记住他们所认为的重要地方,如那些有果实、水源之地,便给它们做标识以便于记忆,这就是地名的雏形,后逐渐演变成地名,因而地名的产生要早于文字。从地名的文化符号和语言符号属性出发,本书探索具有样板意义的史诗流传地文化空间,尝试揭示史诗外部表现形态与内部文化形态的互动关系。③

---

① 国外学者对地名的研究始于地名文化、传播及政治方面的探索,取得了丰富的研究成果。他们对地名的关注点在于历时的地名分析,根据不同阶段的地名,研究文化接触、文化变迁等问题,并认为地名具有身份认同和政治取向的双重文化意义。诸如杰特(Jett)选取了美国亚利桑那州的谢利峡谷分析了其自然地理特征和文化特征。米勒(Miller)收集了美国阿肯色州欧扎克市1858—1962年地图上出现的2502个地名,发现地名对于研究文化渊源、文化接触、移民迁移与融合等是一个非常重要和有效的工具。莱特(Light)等研究了罗马尼亚首都布加勒斯特1948—1965年的街道地名,认为布加勒斯特的街道名可被认为是意识形态变迁、国家身份认同和政治取向的一个折射物。国内地名研究从历史学、地理学、语言学等角度关注地名产生的背景、地名分布以及历史迁移等问题。伴随人文地理的研究,地名研究开始转向文化领域,有学者对不同时期的行政区划图进行研究,分析地名变化的原因,认为文化政治的干预、空间的生产对地名变化有重要影响。亦有学者从定量分析出发,对地名进行分类统计,认为对地名产生影响的不仅是文化政治、空间生产,人类活动对地名也具备一定影响。至20世纪末,随着计量统计法与遥感技术的开发,地名研究逐渐进入了应用领域,数字、历史、动植物、语言均进入研究视野,人们逐渐打破了按照行政区划进行地名研究的局限,逐渐探索地名与地貌、族群等的耦合关系。

② 游汝杰:《汉语方言学教程》,上海教育出版社2016年版,第204页。

③ 地名已有2000余年历史,《周礼》设置"山师""川师""邍师"等340种官职,其中,山师掌山林之名,川师掌川泽之名,邍师掌四方之地名(此处的地名系地形之名,诸如丘陵、坟衍、邍隰等,而非华山、衡山、长江、黄河等符号化意义的地名)。直至东汉班固著《汉书》,撰"先王之迹既远,地名之数改易",地名的内涵方才扩大,并一直沿用至今。进入现代后,随着经济社会的发展、技术变革的推力、外来文化的冲撞,学界继续赋义和延展地名研究。目前,学界一般使用著名地理学家曾世英所作的定义,曾先生认为地名有泛称和专指之别,泛称指地域名称,专指是特定群体共同约定的对地方的符号。简言之,地名是人类历史发展的产物,是人类社会交际的工具,是人类信息交流的载体,伴随自然环境和人文环境的变迁而不断演变。具体来讲,地名不是天然形成的,而是地域文化持有人赋予的,其产生、演化与更替与地域文化持有人的活动区域密切相关,常受区域内地理环境、经济状况、历史传统、语言文字、风俗习惯、原始信仰等影响和约束,具有较明显的地域性特征,是地域人员约定俗成的产物,其创造、更新及演变受社会制约的同时,往往受时代影响较深,能在一定程度上体现当时经济社会以及各项事业所取得的成就。值得注意的是,地名的形成不是一蹴而就的,而是经历了一个少数人使用、多数人使用,至社会广泛认可使用的过程,虽然最初往往是由少数人提出的,但只有经过社会上大多数人公认,即约定俗成后,才能交流使用。但必须注意,地名具有稳定性,多数地名如自然地理名称或聚落县市名称等基本稳定。地名同样有社会堕距的现象,诸如当代公交系统、行政区划使用的地名往往已发生较大改变,但往往使用约定俗成的名称。以此来看,地名便自然具有文化属性和符号属性,不仅是特定的文化符号和语言符号,也具有一般词语的音、形、义等语言要素。

(一)《勒俄特依》空间信息

彝族史诗《勒俄特依》是具有样板意义的西南史诗，主要在四川省凉山彝族自治州美姑县流传，鉴于美姑是凉山毕摩聚集地，史诗文化氛围浓厚，选取其作为史诗文化空间探讨的个案具有典型意义。① 美姑被称作"毕摩之乡"，毕摩多集中在佐戈依达乡、合姑洛乡、洒库乡、牛牛坝镇等地，留存的彝文经书数量巨大。美姑流传的史诗，与凉山彝族自治州其他地区、云南宁蒗地区的史诗大致相同，而与全国范围内其他彝族地区史诗相比有其明显的地方特色。美姑的史诗与祖先崇拜和一些民俗仍保持着紧密联系，至今仍可在特定的文化生态系统中窥见其生存状态。从内容上看，美姑的史诗主要以创世内容为主，涉及开天辟地、人类起源、创造文明等层面，是以创世为主线，其他内容为枝叶的逻辑体系。从内容长短来看，史诗着重叙述人类的起源，重点讲述人类的发展，如《勒俄特依》中讲述天地演变和开天辟地的篇幅仅有15页，内容仅占全部史诗的10%，人类的起源与发展则几乎占据了史诗的全篇。在讲述了人类起源后，彝族先民将世间植物的生发功劳都归结为天神阿俄署布，"下面大地上，住着德布阿尔家。德布阿尔啊，请求阿俄署布仙，建造地上物。……地上不长树，去到天上取。取来三种树，栽在地面上，树木长成林，荒山有了杉木树"②，体现了彝族先民对始祖神的崇拜。在美姑，《勒俄特依》《古侯》《古侯略夫》《武哲》四部史诗因内容讲述的侧重点不同，因而所吟唱的场合也有区别，至今这四部史诗仍在美姑流传，且存活于各种祭祀活动和民俗活动中。

美姑县是凉山彝族聚居的核心区域，彝族先民由滇入川时就定居于此。北面与峨边县相连、南边与昭觉县相邻、东邻雷波县和马边县、西与越西县接壤，全县地形狭长形呈南北走向，自北向南长94.8千米，自东向西宽46.4千米，巴普镇为县政府驻地，海拔2000多米，与州人民政府驻地相距170千米，与省会成都相距385千米。美姑县地处青藏高原与四川盆地的交界处，山地地貌明显，地势由东北向西南倾斜，境内多高山峡谷，沟壑纵横，河流分布多。美姑县海拔高差较大，最高海

---

① 彝文地名汉文释义得到了四川省凉山彝族自治州彝族奴隶博物馆苏伍机、云南省楚雄彝族自治州民宗局民族文化研究中心主任熊曲古、贵州民族大学文学院杨兰的帮助。
② 冯元蔚：《勒俄特依》，中国国际广播出版社2016年版，第16—17页。

拔4042米，最低海拔仅640米，相对高差3402米。美姑县气候属低纬度高原气候，气候立体明显，四季分明，日照充足，降水量充足，但降水呈北多南少态势，分布不均。由于境内多中山、低山，土地面积较小，自然灾害频繁。① 先秦至汉初之际，美姑县属邛都，至汉武帝，置卑水县，被纳入中央王朝管辖。美姑县地名传说颇多，主要有三种说法。一是迁徙说。传说古侯、曲涅两大家支由滇赴川，汇合于"林木莫古"村，彝语"莫古"又有"亲热"之意，便将该地命名"莫古"，音译"美姑"，延续至今。二是河流说。因卑水河置卑水县，后卑水河更名为美姑河，则称之为美姑县，尽管美姑河命名时间难以考证，但据明清史料记载，美姑县命名前，便已有美姑河的说法。② 三是战争说。来源于在美姑县发生过的一场大战，大约700年前，美姑的罗罗斯宣慰司安家和西昌的勒格阿史紫莫土司两家发生了一次大战，仗打得异常激烈，伤亡甚多。其中有一个战场位于今美姑境内，更是惨不忍睹，河里漂满了尸体，像尸体过河一样。尸体彝语称"莫"，过河彝语称"古"，人们用"尸体过河"也就是"莫古"来形容战斗的惨烈。后来，此地也就被称为"莫古"了。中华人民共和国成立后，政府建县时依其汉语音译为"美姑"。③

（二）数据来源与研究方法

数据来源。研究选取四川省凉山彝族自治州美姑县乡镇地名36个，包含村级地名共249个，其中巴普镇村级地名8个、觉洛乡村级地名6个、巴古乡村级地名9个、农作乡村级地名7个、瓦古乡村级地名10个、尔其乡村级地名5个、拖木乡村级地名5个、炳途乡村级地名5个、瓦西乡村级地名6个、采红乡村级地名6个、苏洛乡村级地名6个、竹库乡村级地名6个、典补乡村级地名10个、龙门乡村级地名9个、洒库乡村级地名5个、九口乡村级地名7个、柳洪乡村级地名10个、龙窝乡村级地名6个、子威乡村级地名8个、尔合乡村级地名5个、哈洛乡村级地名4个、尼哈乡村级地名4个、乐约乡村级地名9个、树窝乡村级地名5个、合姑洛乡村级地名

---

① 杨小柳：《参与式行动：来自凉山彝族地区的发展研究》，民族出版社2008年版，第88—91页。

② 曾昭抡：《大凉山夷区考察记》，中国青年出版社2012年版，第230页。

③ 张海鹏：《巴蜀地名趣谈》，四川大学出版社2008年版，第92页。

8个、候古莫乡村级地名13个、牛牛坝乡村级地名13个、依果觉乡村级地名6个、峨曲古乡村级地名5个、佐戈依达乡村级地名7个、拉木阿觉乡村级地名8个、洛莫依达乡村级地名6个、井叶特西乡村级地名6个、依洛拉达乡村级地名5个、候播乃拖乡村级地名6个、洛俄依甘乡村级地名5个。通过查询资料，对地名进行分类统计，借助坐标拾取系统抓取249个村落地理坐标矢量，利用GIS技术研究地名空间分布特征。

研究方法。在Excel表格中按照地名属性（山貌地名、水文地名、植被地名、动物地名、人名地名）分别记录美姑县249个村落经纬度信息，建立地名数据库（属性表），并分别导入GIS软件ArcGIS10.4。矢量数据的获得是基于跟踪数字化，将地图变成离散的矢量数据。地图是GIS的主要数据源，因为地图中包含丰富的内容，不仅有实体的类别和属性，还有实体间的空间关系。制作美姑县地名地图数据时主要通过对地图的跟踪数字化和扫描数字化获取。在对美姑地名分析时，采用点的方式来表示地理实体及实体间的关系，即 $y(\gamma, \psi)$。[①] 核密度估计（Kenrel Density Estimation），是分析空间点状事物时使用最多的非参数估计方法。它以每个样本点 $y(\gamma, \psi)$ 的位置为中心，通过核密度函数计算每个样本点在指定范围内（半径为 h 的圆）各个网格单元的密度贡献值，与中心处样本点间隔越大则密度越大，间隔越小则密度越小，到范围边缘处密度为0。应用核密度计算方法，计算范围内的每一个样本点，将同一位置的密度叠加得到美姑县山貌地名属性核密度图（见图1-8）、美姑县水文地名属性核密度图（见图1-9）、美姑县植物地名属性核密度图（见图1-10）、美姑县动物地名属性核密度图（见图1-11）、美姑县人名属性核密度图（见图1-12）。[②] 计算公式为：

$$f(X) = \frac{1}{nh}\sum_{i=1}^{n} k\left(\frac{x - xi}{h}\right)$$

其中，x 表示点位置坐标；n 为样点数；h 为计算的带宽；$(x - xi)$ 为估计点到样本点 xi 的距离；$k\left(\frac{x - xi}{h}\right)$ 表示核函数。

[①] 胡鹏等：《地理信息系统教程》，武汉大学出版社2002年版，第60页。
[②] 何银春、谢静、梁越：《武陵山片区传统村落空间分布及影响因素研究》，《中南林业科技大学学报》（社会科学版）2020年第1期。

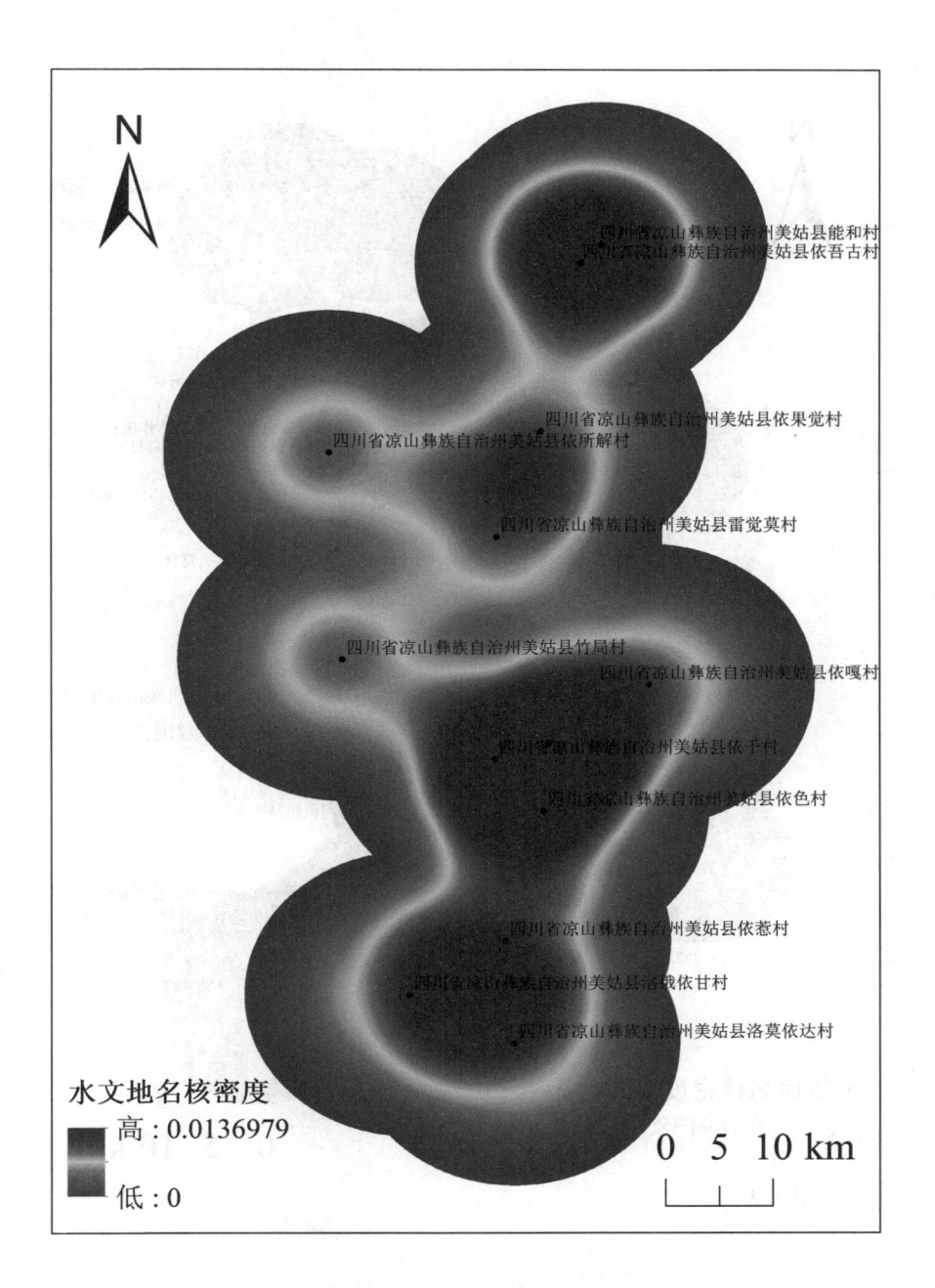

第一章　西南史诗的类型特征与文化空间　◇　93

图1-8　美姑县水文地名核密度图

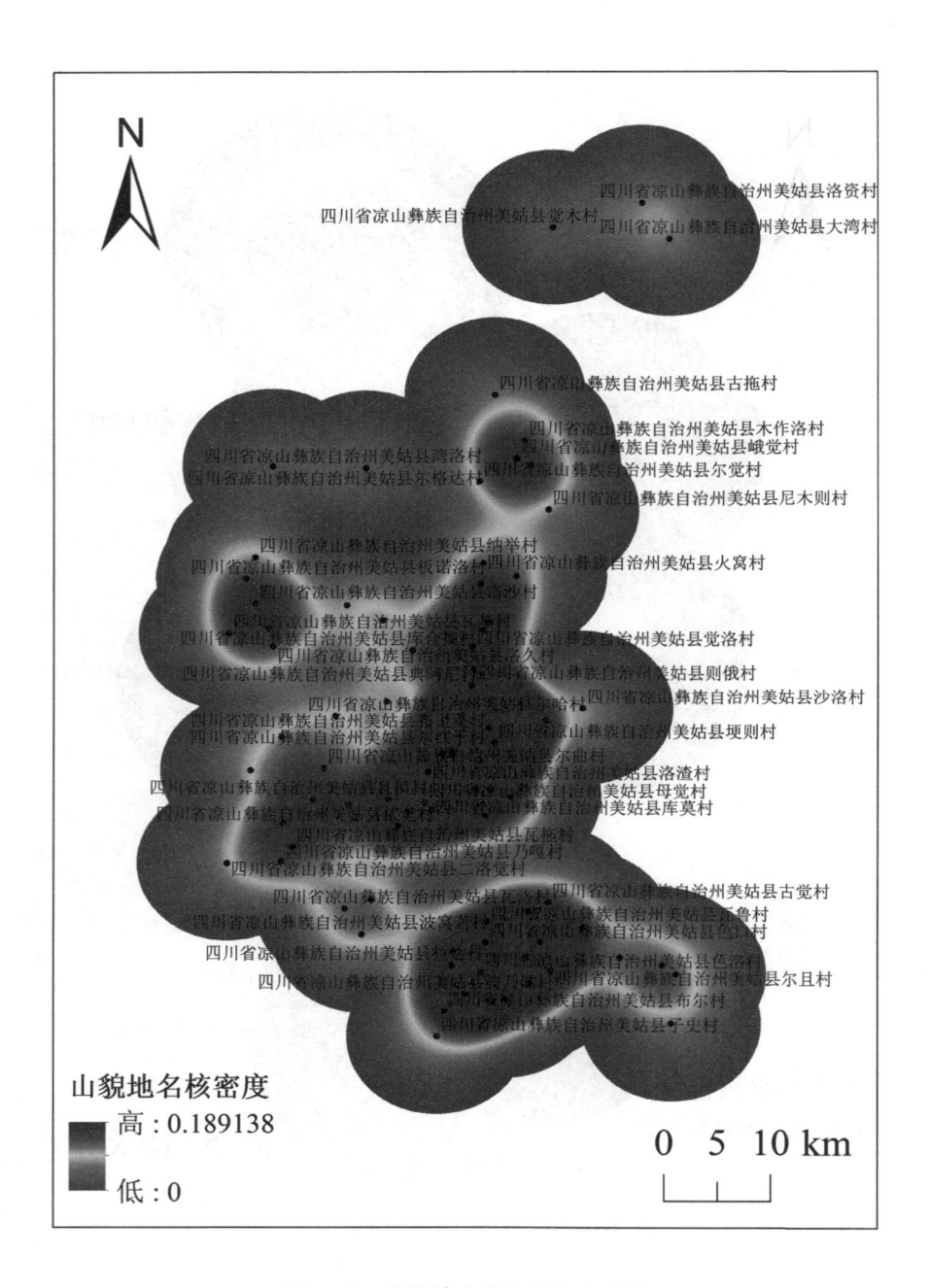

图 1-9　美姑县山貌地名核密度图

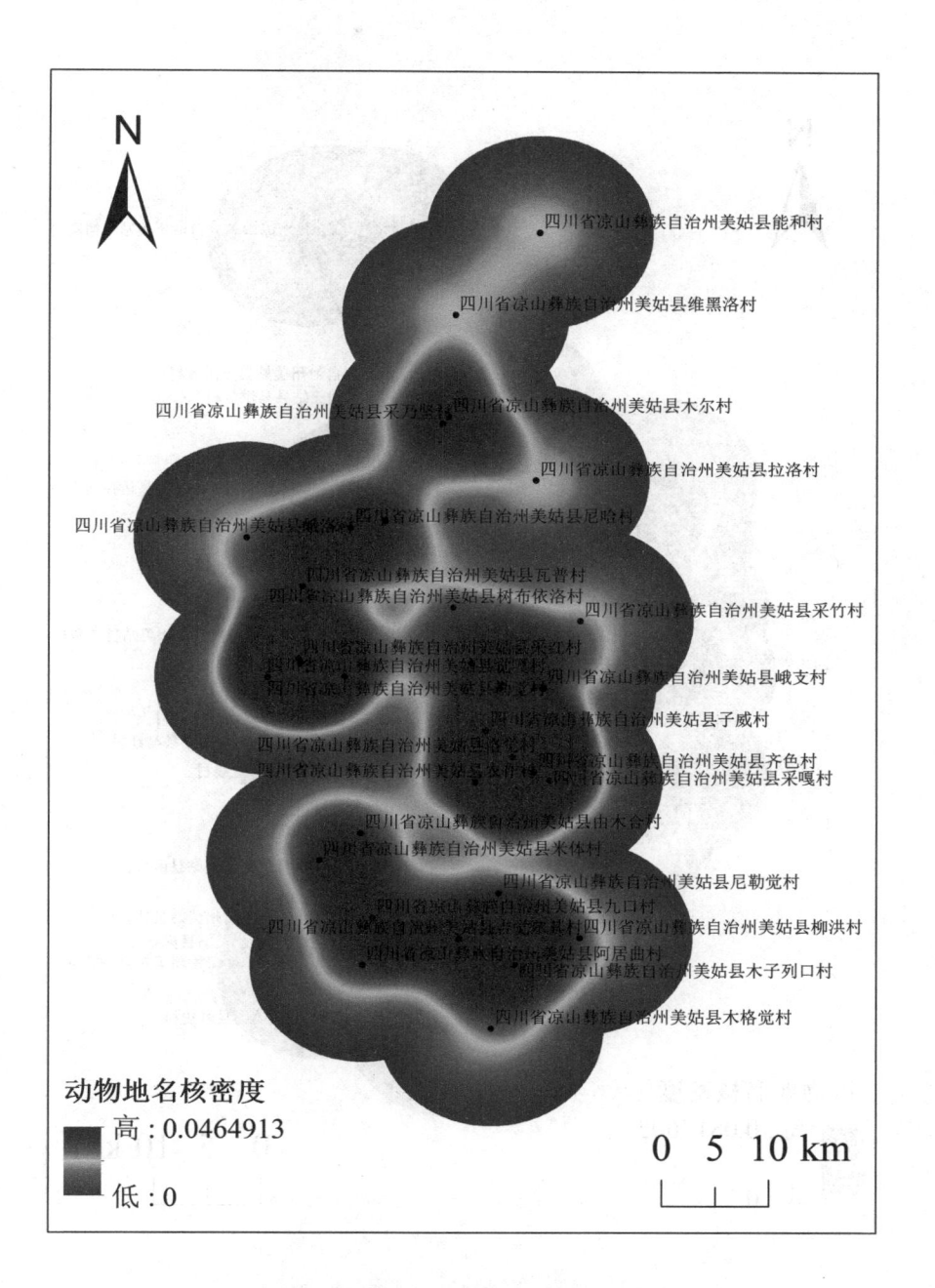

图 1-10　美姑县动物地名核密度图

96 ◆ 西南史诗文化研究

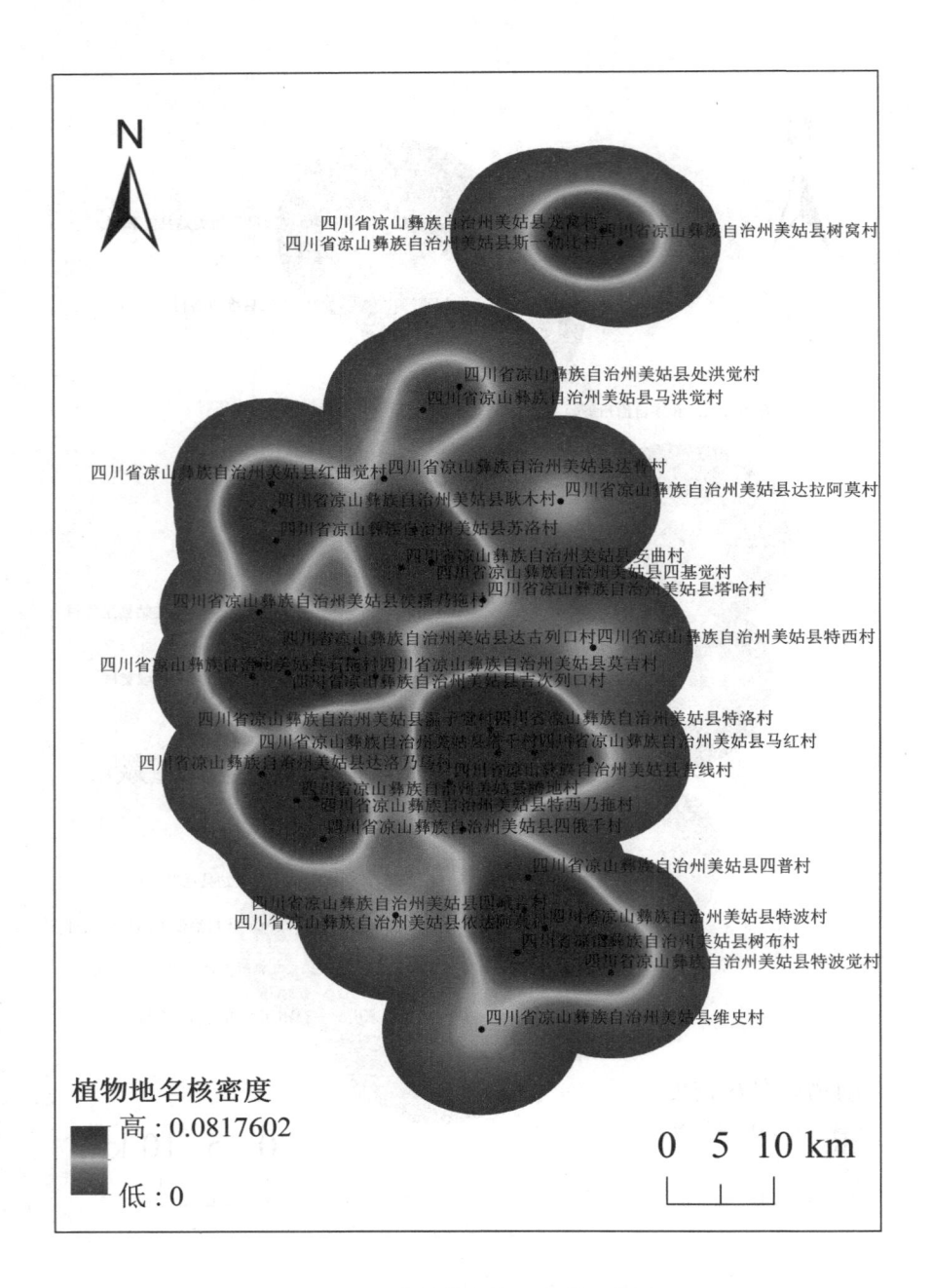

图1-11 美姑县动物地名核密度图

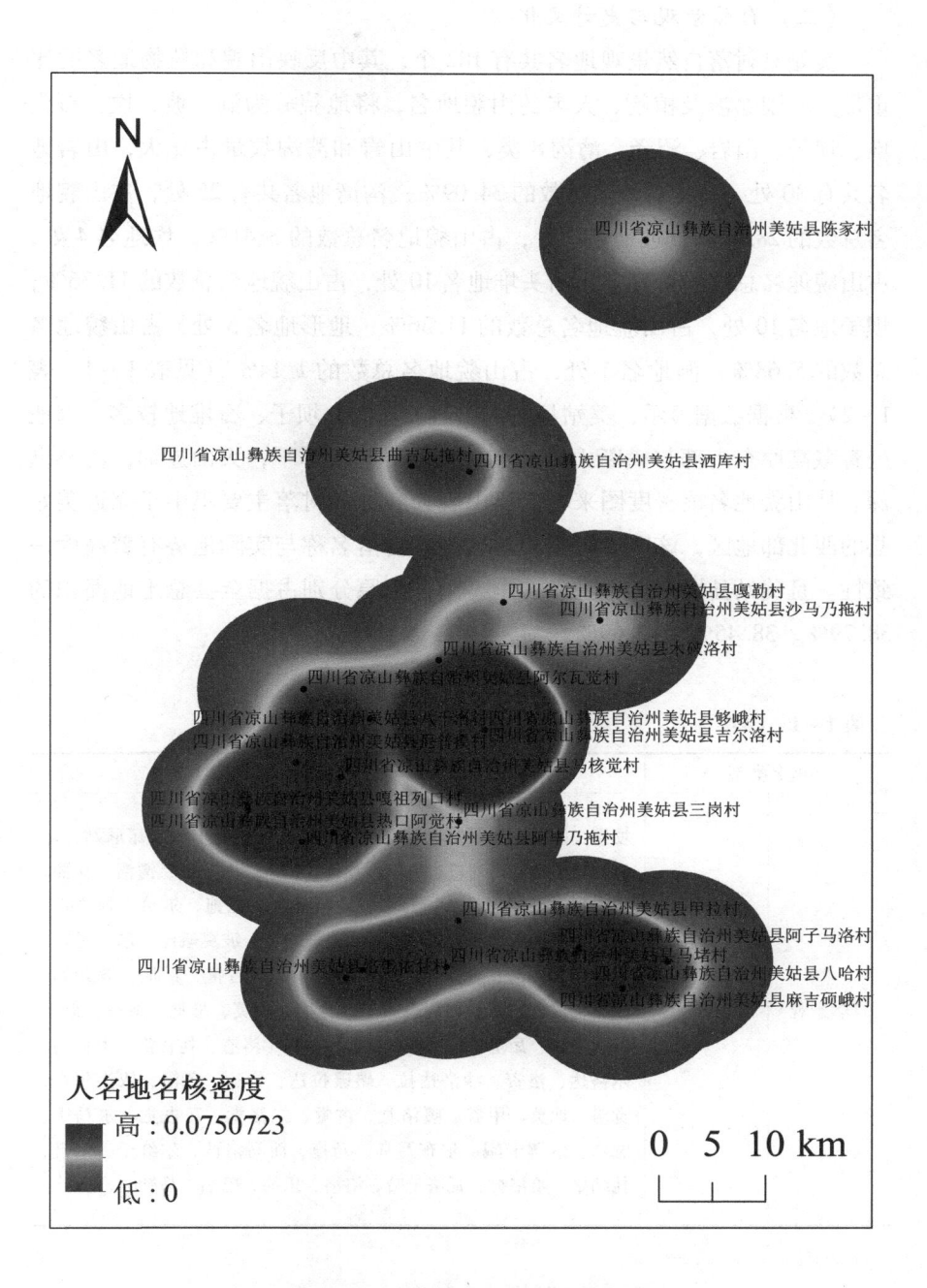

图1-12 美姑县人名地名核密度图

(三) 自然景观与史诗文化

美姑县村落自然景观地名共有 182 个，其中反映山貌和植物地名的比重最大。剔除涉及植物、人名的山貌地名，将地貌分为洞、坡、坎、石头堆、坝子、山岩、沼泽、湾沟 8 类，其中山岩和湾沟数量占比大，山岩地名共有 30 处，占山貌地名总数的 34.09%；沟湾地名共有 25 处，占山貌地名总数的 28.41%；坡地名 3 处，占山貌地名总数的 3.41%；坎地名 4 处，占山貌地名总数的 4.55%；石头堆地名 10 处，占山貌地名总数的 11.36%；坝子地名 10 处，占山貌地名总数的 11.36%；地形地名 5 处，占山貌地名总数的 5.68%；洞地名 1 处，占山貌地名总数的 1.14%（见表 1-1、表 1-2）。根据数据显示，美姑县境内山岩、湾沟、坝子、石堆地较多，因地处青藏高原东南部与横断山脉交会处，地势起伏不平，大山连绵，沟壑纵深。从山貌地名核密度图来看，以山貌为名称的村落主要集中于靠近美姑县的西北部地区，该区域海拔相对较高，村落名称与实际地势有着高度一致性。且美姑县境内低中型山、中型山、山原分别占据全县总土地面积的 38.79%、38.45%、13.69%。

表 1-1　　　　　　　　　美姑县地名分类总览①

地名类型		主要用词
自然景观	山貌	埂则、则俄、典阿尼、勒布、昔线、瓦一觉、卡俄、瓦尼姑、瓦以、瓦古、硕诺列口、色口、瓦鲁、尔口、库合摸、湾洛、瓦西、尼木则、峨觉、洛久、乃嘎、地洛瓦衣、瓦拖、尔哈、则哈古、红比、尔拖、火窝、瓦乌、瓦洛、波窝苦、波莫峨泽、尔阿觉得、木勒火、大湾、合姑洛、瓦曲拖、尔曲、古拖、瓦尼、波乃姑、尔布、尼合、哥勒阿门、布尔、且摸、库莫、母觉、纳举、板诺洛、洛沙、瓦基、瓦尼洛、波莫、牛洛、洛渣、扎甘洛、木作洛、尔格达、洛资、沙洛达拉、碾碾拉达、拉达、色洛、依洛尔合、觉洛、地莫、甲谷、嘎洛觉、古觉、二洛觉、瓦古觉、尔马千、觉木、尔解卡峨、尔布乃乌、乃拖、而马洛西、尔红千、尔且、扎纳姑、哈洛村、瓦洛千哈、洛洛、乐约、巴姑、马勒故、洛干

---

① 其中"昔线"同属山貌与植物，"能和"同属水文与动物，"洛俄依甘"同属水文与人名，所以此表地名总数为 252 个。

续表

地名类型		主要用词
自然景观	水文	三河、依千、依色、依惹、竹局、依所解、依吾古、依果觉、雷觉莫、依曲姑、依嘎、洛俄依甘、能和、依觉、尔觉、子史、依子觉
	植物	四普、塔千、维勒觉、特波觉、树布、达普、达拉阿莫、石拖、马古千、耿木、苏洛、红曲觉、莫吉、塔哈、四峨吉、达勒甲谷、达勒洛莫、特波、龙窝、特洛、书波乃乌、达洛乃乌、达古列口、安曲、树窝、斯一勒比、四吉、马红、侯古莫、腾地阿莫、特西乃拖、四俄千、处洪觉、马洪觉、四基觉、合觉莫、温子觉、洛莫依达、维史、特西、侯播乃拖、吉次列口、昔线、达洛乃拖
	动物	树千、尼勒觉、拉洛、拉巴、采红、峨洛、勒觉、树布依洛、九口、柳洪、能和、维黑洛、木子列口、瓦普、尼哈、吉以、采嘎、米体、由木合、农作、吉觉尔其、子威、子威沙洛、洛觉、齐色、觉嘎、木尔、采乃坚、木格觉、峨支、采竹、阿居曲、柳洪乃拖
人文景观	交通	岗洛、华岗
	耕作	拖木、四干普、卡哈、则祖落嘎、四干洛、四比齐、斯干千
	姓名	三岗、甲拉、木破洛、阿毕乃拖、城子尔拖、嘎勒、洒库、阿子马洛、吉觉古布、沙马马拖、马海木尔合、嘎祖列口、够峨、麻吉硕峨、八哈、陈家、阿尔瓦觉、阿侯瓦觉、阿波觉、马核觉、热口阿觉、尼普摸、吉尔洛、八千洛、马堵、沙马乃拖、洛俄依甘、阿卓瓦乌、曲吉瓦拖
	方位	千哈、布里莫、核马
	集市	巴普、牛牛坝、莫尼
	美愿	洒勒、帕古、三地
	禁忌	基伟、达戈
	其他	特口、典补、散启、依达阿莫、依卓、尼则、建尔卓、乃祖库、杜石、三飞、新农、三比、峨普、石普峨勒、峨干、八嘎、各补乃拖、马拖、沙溪洛、依果洛、普各洛

表1-2　　　　　　　　　美姑县地名分类统计

地名类型		地名个数	地名比例
自然景观	山貌	88个	34.92%
	水文	17个	6.75%
	植物	44个	17.46%
	动物	33个	13.10%
人文景观	交通	2个	0.79%
	耕作	7个	2.78%
	姓名	29个	11.51%
	方位	3个	1.19%
	集市	3个	1.19%
	美愿	3个	1.19%
	禁忌	2个	0.79%
	其他	21个	8.33%
总计		252个	100.00%

表1-3　　　　　　　　　山貌类型统计

山貌类型	地名及汉文释义	数量	占比
洞	纳举（鼻子洞）	1	1.14%
坡	洛沙（陡坡）、古拖（坚固坡上）、硕诺列口（边沿地，村在临近溜筒岩的一匹陡岩边）	3	3.41%
坎	尔布乃乌村（花石坎下）、尔解卡峨（石坎下）、乃拖（坎上）、典阿尼（坎多）	4	4.55%
石头堆	依洛尔合（阴山水沟石堆）、尔曲（白石头）、而马洛西（黑石跟前）、尔阿觉得（有石板处）、尔口（石堆）、嘎洛觉（乱石坝：因垮山形成小平坝，乱石多）、尔红千（石堆坪）、尔哈（石头上面）、尔拖（石上方）、尔布（石堆）	10	11.36%
坝子	且摸（大坪台）、二洛觉（黑石坝）、尔马千（石头坪）、古觉（中心坝子）、地莫（大平坝）、觉洛（平坝）、甲谷（平坝）、觉木（坝尾）、尔且（跳蹬坝）、瓦古觉（簸箕坝）	10	11.36%

续表

山貌类型	地名及汉文释义	数量	占比
山岩	埂则（山埂子）、瓦基（岩脚）、库莫（山窝）、母觉（垮山）、布尔（山包）、瓦尼（红岩子）、尼合（波依尼合山的简称）、木勒火（高寒边远地，地势高，在山埂边）、瓦曲拖（白岩上边）、波莫（山前）、波莫峨泽（大山脑壳）、库合摸（高山前）、瓦乌（岩下）、火窝（高山下）、瓦拖（岩上）、色口（高寒山区）、瓦鲁（岩背）、瓦一觉（岩腔坝：山有大岩腔，地平）、卡俄（底下，村在山岩之下）、瓦尼姑（红岩弯，村边有弯形红色岩石得名）、瓦以（大岩腔）、瓦古（岩中）、勒布（牛肩峰，因当地有山头像牛肩峰而得名）、则俄（山头）、瓦西（岩脚）、湾洛（岩背后）、峨觉（平顶山）、地洛瓦衣（争夺岩腔，地洛为争夺地）、红比（高寒地）、昔线（硬杂木柴山）	30	34.09%
地形	洛洛、乐约、巴姑、马勒故、洛干	5	5.68%
湾沟	板诺洛（背沟，山背后的沟内）、瓦尼洛（红岩沟）、拉达（沟墼）、碾碾拉达（夹沟）、波乃姑（山湾）、色洛（烧炭沟）、哥勒阿门（大险地：地处两匹断岩间）、沙洛达拉（沙洛沟）、合姑洛（高寒山沟）、大湾（汉语地名：村在大弯岩下）、洛资（深沟）、扎纳姑（黑泥湾）、哈洛村（上方沟）、瓦洛千哈（岩沟上面）、瓦洛（岩沟）、波窝苦（山下窝地）、乃嘎（垭口）、牛洛（沉泥沟：因泥石流形成得名）、洛渣（夹沟：地处夹沟得名）、尼木则（两地并排：两条山渠并排）、洛久（山沟）、木作洛（马鬃沟）、尔格达（硬石头沟）、则哈古（湾地，村在山湾下）、扎甘洛（牲畜路沟）	25	28.41%

史诗《勒俄特依》记载，开天辟地时期，为使天地稳定，四根撑天柱作为山将天地撑起，"四根撑天柱，撑在地四方：东方这一面，木武哈达山来撑；西方这一面，母克哈尼山来撑；北方这一面，尼母火萨山来撑；南方这一面，火木抵泽山来撑。四根拉天绳，扣在地四方。"① 构筑成人们生产生活的空间，天地依靠大山的支撑得以分开，人们在这个空间中开始"一处打成山，做牧羊的地方；一处打成坝，做放牛的地方；一处打成田，做栽秧的地方；一处打成坡，做种荞的地方；一处打成垭

---

① 冯元蔚：《勒俄特依：彝族古典长诗》，四川民族出版社1986年版，第14页。

口,做打仗的地方;一处打成深沟,做流水的地方;一处打成山坳,做安家的地方"①。山成为人们放牧之地,山坳成为人们居住的地方,山坡成为人们种植的耕地,山是彝族人民生产生活的重要场地,因此依靠山取名的村落较多,且多集中于毕摩居住的地方。史诗也叙述,人们的住房亦是依山而建,并凭借独特的地理环境,进行植物种植和动物饲养,"兹兹浦武这地方。屋后有山能放羊,屋前有坝能栽秧,中间人畜有住处,坝上有坪能赛马,沼泽地带能放猪"②。"地上无石头,阿俄署布啊,去到天上取。取来三堆石,放到地面上,石头布满九片山,巨石之乡是山岩"③,充分说明了史诗与其流传地的内容关联性。

"地上无流水,阿俄署布啊,去到天上取。取来三条江,放到地面上,流水绕四方,凿石开水道,江水滚滚流。"④ 美姑县境内河流属两大水系,美姑河、连渣洛河及溜筒河三条较大的河流属于金沙江水系,瓦侯河属于岷江水系。县境内共有各种类型的河流100多条,流域面积达100平方千米的河流有7条,总长287千米。从地名来看,以水文命名的不多,也就是说,彝族多居住在山地和坝子,居住在河滩旁的较少,且多条河流为大型河流,对周边土地的冲刷导致肥力下降,易致洪涝,不利于耕种。这与早期彝族选址的心理因素和发展需要有着密切相关性,人们倾向于选择高山与低谷的中间地带,易守难攻。

以水文命名的共有17个村落,仅占总数的6.75%,以河流的大小来区分,溪流类的地名共有6处,大河类的地名共有11处(见表1-4)。美姑县境内河流主要为美姑河、连渣洛河、溜筒河和瓦侯河。如水文地名属性核密度图所示,大河类地名主要散布于这几条河周边,而溪流水塘类的地名则与山貌地名类的村落聚集在一起。这与彝族先民对山和水的需求相关,靠山沿水是选取居住地的主要原则,因为有山可以狩猎放牧,有水才能满足日常饮用。

---

① 杰觉伊泓:《〈勒俄〉校勘与注释》,四川大学出版社2014年版,第15—16页。
② 冯元蔚:《勒俄特依:彝族古典长诗》,四川民族出版社1986年版,第119页。
③ 冯元蔚:《勒俄特依:彝族古典长诗》,四川民族出版社1986年版,第24页。
④ 冯元蔚:《勒俄特依:彝族古典长诗》,四川民族出版社1986年版,第23页。

表1-4　　　　　　　　　　水文地名类型统计

地名及汉文释义	数量	占比
水文类型	三河（三条河交汇处，立标界）、依千（溪沟：村在一条溪边得名）、依色（选水：因早前来此地的人们到处找水，选水而居，故得名）、依惹（小溪）、竹局（盐泉）、依所解（三岔河）、依吾古（流水漩涡：两条水流在此汇合常起漩涡）、依果觉（河滩坝）、雷觉莫（温泉大坝）、依曲姑（泉水湾）、依嘎（河滩）、洛俄依甘（洛俄家河滩）、能和（养牛水沟）、依觉（水坝）、尔觉（石头坝：地处河滩坝）、子史（黄沼泽沟）、依子觉（沼泽坝）	17	6.75%

（注：表头第一列"水文类型"，第二列"地名及汉文释义"）

从植物地名看，以大型植物命名的地名共31处，占比11.90%，以小型植物命名的地名共14处，占比5.60%（见表1-5）。根据资料记载，县内森林资源较为丰富。现有林地面积94万亩，木材蓄积量990万立方米，森林覆盖率为20%，主要分布于瓦候、洪溪两区的原始林区和美姑河流域的飞播林区。重要的树种有冷杉、云南松，以及我国特有的连香树、水青树、珙桐树和世界稀有的龙血树等珍贵树种，而美姑县地名中松树和蕨草出现的频率最高。

史诗《勒俄特依》的《阿俄署布》中记载了阿俄署布在建造地上万物时，首先带来了杉树种，"地上不长树，去到天上取。取来三种树。栽在地面上，树木长成林，荒山有了杉木树。"① 在《雪子十二支》中，"草为第一种，分支出去后，住在草原上，遍地都是黑头草。宽叶树为第二种，柏杨是雪子。针叶树为第三种，住在杉林中。"② 在对《勒俄特依》的校勘与注释过程中，杰觉伊泓将杉树和松树视为同一类型植物，且在《彝族创世志·谱牒志一》的《武之子十二》中松为其中一支。③ 在《支格阿鲁》中，蕨草是阿鲁射日的垫脚草，因阿鲁未射中日月而不再长高。后来阿鲁在杉树上射中了日月，所以杉树从此繁殖茂盛。④ 松

---

① 冯元蔚：《勒俄特依：彝族古典长诗》，四川民族出版社1986年版，第22页。
② 冯元蔚：《勒俄特依：彝族古典长诗》，四川民族出版社1986年版，第32页。
③ 杰觉伊泓：《〈勒俄〉校勘与注释》，四川大学出版社2014年版，第137页。
④ 黄涛、张克蒂：《凉山风》，西南交通大学出版社2013年版，第76页。

树、蕨草在地名和史诗中出现的高频率表示在彝族人民生活区域内，松树与蕨草繁殖旺盛，且利用率高，以蕨草而言，彝族人民过年时常用其熏烧年猪肉，且蕨草被彝族人民视为吉祥之物。

表1-5　　　　　　　　　　植物地名类型统计

植物类型	地名及汉文意义	数量	占比
大型植物	塔千（松树坪）、昔线（斯县：硬杂木柴山）、维勒觉（麻柳坝：麻柳多，地势平）、四普（树林坡）、特波（有松树）、石拖（青杠坡上）、马古千（竹子坪）、耿木（伐梧桐）、苏洛（杉树沟）、莫吉（杜鹃树杈）、塔哈（松树上方）、特波觉（松树坝）、四峨吉（树桩）、书波乃乌村（杉树坎下）、安曲（白桦树）、树窝（绿海，因以前森林密布得名）、四吉（硬杂木地）、马红（青竹地）、腾地阿莫（争夺大松树）、特西乃拖（松林坝上）、四俄千（树下坪）、四基觉（树根坝）、温子觉村（水麻柳坝）、洛莫依达（大森林河沟）、特洛村（松树沟）、硕峨（蓑草下）、斯一勒比（树上长包）、侯古莫（林间圆形地）、特西（松林下）、侯播乃拖（柜木林坎上）、龙窝（大老林下面）	31	12.40%
小型植物	树布（蓑草）、达普（蕨林）、达拉阿莫（大蕨箕地）、达勒甲谷（蕨箕坝）、达勒洛莫（大蕨箕沟）、达洛乃拖（蕨箕沟坎上）、达洛乃乌（蕨箕沟坎下）、达古列口村（蕨林边地）、处洪觉（青刺坝）、马洪觉（堆竹坝）、红曲觉（白菌坝）、吉次列口（曲药草边地：吉次是制酒曲的一种草）、合觉莫（菌子大坝）、维史（黄花）	14	5.60%

美姑因地处山区，森林中生长着大熊猫、小熊猫、鬣羚、牛羚、水鹿等珍稀动物，以及豹、熊、獐、野牛等大型野生动物，珍禽有绿尾虹雉、灰斑角雉、白鹇等。境内有"大风顶自然保护区"。从动物地名看，共有33处，其中以鸡、马、獐子、麂子命名的较多（见表1-6）。在美姑境内，流传着一则凄美的鬼母故事，讲述的是一位英雄猎杀了白色獐子，獐子变成美女孜孜妮扎与英雄成婚，她婚后为祸百姓，将领为驱赶孜孜妮扎伴装生病，为救将领孜孜妮扎克服重重困难采摘药草，但英雄请毕摩在家举行仪式，将孜孜妮扎变成一只山羊，打死后丢入水中，不

知情的村民吃了山羊后都化成了鬼。彝族其他民间文学作品中亦有獐子和麂子的出现，是对现实生活中獐子和麂子的直接反映。有学人从社会角色的角度分析这则故事，认为是对女性的歪曲和丑化。从另一种角度可以认为猎杀獐子的禁忌行为是故事的宗旨之一，彝族学者李子贤认为，美姑彝族对万物都有着解释，姑且我们把这则故事视作对于鬼起源的解释。美姑彝族的"因""果"逻辑，就是这则故事中人类不能猎食獐子的原因。史诗《勒俄特依》亦存有对岩蜂的解释，"去到天上取。取来三堆石，放到地面上，石头布满九偏衫。巨石之乡是山岩。岩上无动物，引来岩蜂放岩中，岩壁亮堂堂，岩蜂叫嗡嗡。引对苍蝇来，专作岩蜂的食粮，从此岩上有动物"①。

表1-6　　　　　　　　动物地名类型统计

动物类型	地名及汉文意义	数量	占比
牛	拉巴（托养牛：以前人们委托此地连渣家代养牛）、能和（养牛水沟）	2	0.79%
鸡	树千（野鸡坪：野鸡多，地势较平）、尼勒觉（野鸡坝）、树布依洛（公野鸡凼）、瓦普（鸡山包：旧时用鸡在此驱邪）、尼哈（野鸡）	5	1.98%
羊	由木合（养羊山以前归为尔库村）	1	0.40%
麂子	采红（养麂地）、采竹（麂子盐泉）、采乃坚（麂子垭口）	3	1.19%
獐子	吉觉尔其（吉觉家抬獐子处）、农作（躲过：因猎人撵獐子，獐子常躲到此地一棵树上）、洛觉（躲藏坎：獐子躲藏的地方）	3	1.19%
熊	峨洛（熊沟）、峨支（有熊的方向）	2	0.79%
豺狗	维黑洛（有豺沟：以前有很多豺狗）	1	0.40%
马	子威村（赛马）、木子列口村（骑马场边）、子威沙洛村（赛马处羊皮沟）、觉嘎（跑马场）、木尔（关马地）、木格觉（赛马坝）	6	2.40%
鹰	九口（鹰住地）	1	0.40%

① 冯元蔚：《勒俄特依：彝族古典长诗》，四川民族出版社1986年版，第24页。

续表

动物类型	地名及汉文意义	数量	占比
大象	勒觉（有大象，此地曾有大象出没）	1	0.40%
狐狸	阿居曲（狐狸窝）	1	0.40%
虎	拉洛（老虎沟）	1	0.40%
猴子	柳洪（吼猴子）、柳洪乃拖（吼猴子坎上）	2	0.79%
鹿	齐色（猎鹿）、采嘎（鹿子路）	2	0.79%
其他	吉以瓦拖（有蜂岩上）、米体（蚂蝗坝，以前归为尔库村）	2	0.79%

（四）人文景观与史诗文化

从人文景观类地名来看，人名属性的地名是在历史演进中渐次形成的（见表1-7）。马家是古侯（孤纥）世系的一族，阿尔家是曲涅（曲聂）的一族。古时候，孤纥、曲聂两家从云南大井坝渡金沙江，到达利美莫姑后，彝文《招魂经》和《指路经》记载："左边是曲聂路，右边是孤纥路，曲聂孤纥走两路。"古侯向东行，曲涅向西行，两家后裔从此分布于凉山各地。

表1-7　　　　　　　　人名属性地名统计

	地名及汉文意义	数量	占比
人名类型	三岗（人名：以前吉克三岗家在此地开垦故得名）、木破洛（木破家沟）、甲拉（姓，以前甲拉家住地）、曲吉瓦拖（曲吉家岩上）、阿毕乃拖（阿毕家坎上）、城子尔拖（城子家石头上方，城子为姓）、嘎勒（嘎家片）、阿子马洛（阿支家放马沟，意为集市）、吉觉古布（九户吉觉家）、洒库（姓）、沙马马拖（沙马家住地边上）、马海木尔合（马海家石围墙）、嘎祖列口（嘎家住地边上）、够峨村（够峨家）、麻吉硕峨（麻吉家蓑草下）、八哈（人名，勒伍八哈）、陈家（汉语地名：曾有汉族陈家住此地）、阿尔瓦觉（阿尔家转岩）、阿侯瓦觉（阿侯家转岩：山岩弯曲）、阿波觉（阿波坝，人名）、马核觉（马核家坝：马核是姓）、热口阿觉（热口家坝，热口是姓，以前归为尔库村）、吉尔洛（吉尔家沟）、马堵（马家）、沙马乃拖（沙马家坎上）、尼普摸（尼普加前边）、八千洛（八千家沟）、洛俄依甘（洛俄家河滩）、阿卓瓦乌（阿卓家岩下）	29	11.50%

古侯中的马家，最早居住于金河旁边的葛砥尔诺，后来东迁马穆脚谷，又东迁到雷波的自由树居住几代后，又自东向西转移了。马家阿瑶鄂普初迁于举阿勒芜的山上，生了七个儿子：阿和、阿轲、补陀、姑惹、教和、脑都、惹乌，后分别迁往各地。① 这七子，分别发展成为七支，即阿和支、阿轲支、补陀支、姑惹支、教和支、脑都支、惹乌支。其中脑都支绝裔，其余六支占据了瓦乌、瓦罗、阿八列、切哈四个村落。

阿尔家自曲尼曲布而下，二十六代至季弥乌阿，二十七代至乌阿阿尔，此为阿尔家名称的由来。自阿尔以后，阿素牢藉这位阿尔家的毕摩在当时和后世都是远近闻名的，他虽然云游凉山各地，但其家支则分布在凉山中心车子河流域。阿尔家向美姑河以东发展，是从阿素牢藉的第四代后裔阿宜尔的两个儿子宜尔车子和宜尔季坡开始的。②

沙马家是美姑有名的土司，宋代时就有对沙马的记载，至明朝沙马被封为土目，亦有称土司。沙马土司居于美姑县境内马陀，统治着东至金沙江左岸，南至金阳一带，西北包括昭觉、美姑边境的彝族聚居区。沙马土司在马陀建衙后，阿尔家与沙马家也不断向美姑发展，初向沙马称臣，后发生叛乱致沙马土司迁离马陀于美姑河南岸拉穆阿觉聚居。利利土司沙委也离开利美夹谷，迁到昭觉以西的好谷拉打。于是，阿尔家和马家分割了利美夹谷及东边的几个村落。美姑有汉族杂居的现象，在地名中也有体现，陈家村就是汉族在美姑居住的地方。各种资料可证，历史中美姑彝族并非囿于一地，不管是婚姻的缔结，还是因土地争夺而发生的迁徙，族际间的交往互动持续发生。

史诗《勒俄特依》中就有对彝族先民生活区域的描述，认为彝族先民曾生活在高寒之地，且为雪之子，"变化着变化着，天上掉下泡桐树。落在大地上，霉烂三年后，升起三股雾，升到天空去，降下三场红雪来。红雪下在地面上，九天化到晚，九夜化到亮，为成人类来融化，为成祖先来融化。做了九次黑白醮，结冰来做骨，下雪来做肉，吹气来做气，

---

① 马长寿：《彝族古代史》，上海人民出版社1987年版，第125—128页。
② 《中国少数民族社会历史调查资料丛刊》修订编辑委员会四川省编辑组：《四川彝族历史调查资料、档案资料选编》，民族出版社2009年版，第56页。

下雨来做血,星星做眼睛,变成雪族的种类。"① 《尼迷诗》亦有讲述,认为彝族祖先历经冰雪时代,"冰雹落不停,冰雹落三年,雪花飞不断,雪花飘三年"②,干旱时代,"天气这样热,天气这么辣,我们怎能忍,我们怎能受"③,洪水时代,"黑云下黑雨,白云下白雨,黑云下三天,白雨下三夜"④,方才"人烟兴盛了,天下热闹了,万物复苏了"⑤。根据《西南彝志》《宇宙人文论》有关于河水的记载,有学者认为彝族祖先最早居住之地是河水由北向南的地方,并认为这个地方大致应在以川西高原为中心的青藏高原东缘地⑥。但彝族《指路经》却将彝族的祖源地指向"昭通、会泽一带的滇东北地区"⑦。在《送魂经》中,凉山彝族被送往兹兹浦武(今昭通),哀牢山彝族被送往吉都赫(东方海)⑧。毋庸置疑,无论彝族祖先源流的讨论是东来说、北来说,还是西来说,都足以说明彝族的族群迁徙是历史事实,川、滇、黔三省史诗文化的同质性与异质性正是对这一历史事实的回应。

人文景观地名中有 3 处表达美好愿望的地名,占所有景观地名的1.19%,分别是洒勒、帕古和三地。洒勒意为幸福地,表示此处土地好、人富裕。帕古意为安全地,因地处山头边,村下岩陡,易守难攻而得名。三地意为争夺幸福地,因此地土地好,收成多,从前有两家奴隶主相互争夺而得名。从这三处地名得知,美姑曾因奴隶主间相互争夺土地而发生战乱,一方面是因为土地贫瘠、产量不高,另一方面也表明地域内家支争斗常常发生。所以"帕古"是人们躲避战祸,保护自身安全的地方。彝族人民以这些美好的祝愿之词对村落进行命名,主要是表达对未来生

---

① 冯元蔚:《勒俄特依》,中国国际广播出版社 2016 年版,第 24—25 页。
② 云南省曲靖地区少数民族古籍办公室编:《彝族创世史诗·尼迷诗》,昂智灵、李红昌、美雨翻译,云南民族出版社 1989 年版,第 14—15 页。
③ 云南省曲靖地区少数民族古籍办公室编:《彝族创世史诗·尼迷诗》,昂智灵、李红昌、美雨翻译,云南民族出版社 1989 年版,第 34—35 页。
④ 云南省曲靖地区少数民族古籍办公室编:《彝族创世史诗·尼迷诗》,昂智灵、李红昌、美雨翻译,云南民族出版社 1989 年版,第 83—84 页。
⑤ 云南省曲靖地区少数民族古籍办公室编:《彝族创世史诗·尼迷诗》,昂智灵、李红昌、美雨翻译,云南民族出版社 1989 年版,第 160 页。
⑥ 石硕:《藏族族源与藏东古文明》,四川人民出版社 2001 年版,第 55—57 页。
⑦ 朱文旭:《彝族原始宗教与文化》,中央民族大学出版社 2002 年版,第 71 页。
⑧ 陇贤君:《中国彝族通史纲要》,云南民族出版社 1993 年版,第 10 页。

活的期许和向往。

美姑县以农业经济为主，兼有畜牧业，耕地主要分布于低山、河谷地带。美姑有 7 处农作景观地名，占所有景观地名比重的 2.78%，分别是拖木、四干普、卡哈、则祖落嘎、四干洛、四比齐、斯干千。拖木意为上去耕作；四干普、斯干千意为李子坪；四干洛意为李子沟；四比齐意为背桃李，因为此地过去生产桃、李；卡哈意为野高粱上方；则祖落嘎意为海椒沟边。从地名来看，美姑曾种植有水果树林，且以李子为主。经济作物主要是辣椒。

因居住在高山密林地带，彝族人民对自然充满了无尽的想象，产生了样式丰富的民间文学，有对天地万物产生的神奇想象、对文化发明来源的想象、对具有神奇力量英雄事迹的想象，并在广大彝区形成了集神话、传说、记事于一体的原始性史诗。彝族人民将其视作民族历史，奉为族群根底。以彝族五大史诗来说，流传在云南的《梅葛》《查姆》《阿细的先基》，流传在四川凉山的《勒俄特依》，在各彝区都有流传的英雄史诗《支格阿鲁》，都蕴含着大量的神话内容，且这些史诗仍在部分地区进行活态传承，如在祖先祭祀、民俗节日、婚丧嫁娶等活动中，仍请毕摩唱诵史诗内容。

勒俄是对原始性史诗的一种总称，其内容涵括了天地起源、人类起源以及各类事物的由来，以《勒俄特依》来说，其内容就包括了天地演变、开天辟地、神创自然、雪化生万物、人类起源、英雄诞生、对抗自然、族群谱系等内容。勒俄因唱诵场合不同可分为公勒俄（黑勒俄）和母勒俄（白勒俄），公勒俄主要讲述万物之源，涉及宇宙、天地、自然，在葬礼仪式和祭祖仪式上唱诵。母勒俄主要讲述人类的演变史，具有家族谱系的特点，在婚礼仪式和节庆仪式唱诵。在外界看来，如圣经一般的勒俄史诗，所讲述的内容是彝族先民的历史，具有神圣性和权威性，史诗所嵌合的仪式也是美姑一种古老的仪式。

《勒俄特依》中英雄支格阿鲁的故事在四川各彝区仍广泛流传，其内容包括了人类生存、支格阿鲁诞生、母子分离、阿鲁成长、射日月、寻找母亲、捉雷神、制服魔蟒、寻得宝剑、遇红裙姑娘、降魔救母、痛打欧惹乌基、阿鲁婚姻、制服食人马、制服害人牛、制服孔雀魔、人们送阿鲁等，每一章内容均可独立成篇，又可组合成完整的支格阿鲁系列故事。阿鲁拯救世人于灾难之中，他从出生就具有非凡的神力和超群的智慧，长大后阿鲁降妖除魔、规范社会秩序，因而受到彝族人民的崇拜。他是鹰的后代，因而基于对阿鲁的崇敬，鹰崇拜以此衍生，鹰身上的物品也被赋予了神奇的力量，毕摩作仪式的时候也因有神力的鹰类法具而被认为具有法力，《毕摩献祖经》记载，"古昔女里十代、什叟八代、莫木十一代、格俄九代中具有人做毕摩，但因不置金水鼓，不行骨卜，不佩杉签筒，不持神扇，不戴神笠，不摇神铃，不念经书，因而驱鬼鬼不走，祈福福不至，治病病不愈"①。毕摩的法具中有鹰爪，他在祭祖仪式上将鹰爪挂在神签筒上或悬于耳侧或腰间，《祖神源流》中记录了大力神阿罗"拨来尖刀草，编成蓑衣裳。两对大鹰爪，挎在脖颈上，全身似长棘，毒蜂蜇不进，虎豹见后跑，野人不敢伤。恶神见了后，个个把路让"②。后来阿罗将神刀、法衣和法帽传给了毕摩，毕摩作仪式时仍"头上戴法帽，顶上挎鹰爪，身上着法衣。手持阴阳刀，天地众恶神，不弄亡者魂。亡魂能归祖，顺利到祖旁"③，且毕摩法具神扇扇柄以木造之，木柄中段刻以神鹰，具有驱邪祈福的功用。毕摩的神力源自支格阿鲁的神力，阿鲁为神鹰之子，所以鹰成为支格阿鲁的象征符号，毕摩要借助阿鲁神力，则必须佩戴鹰爪帽等法器，鹰也逐渐演变成毕摩的象征符号。

随着经济社会急剧变迁，凉山彝族的图腾崇拜已日渐式微，唯有祖先崇拜还在延续，以祖先崇拜为内核的史诗内容还在以活形态的方式传承，从祖先崇拜和自然崇拜脱离出来的一些神话样式，被剥离了神圣性与权威性，成为人们茶余饭后的闲谈故事。山神崇拜也随科技的进步而消亡，其内容蜕变为人们口头讲述的零散故事。山神崇拜的消逝，曾被视为山神统管范围的山林不再具有神秘感和神圣性，人与神的互惠不再具有必要性和重要性，各类天神崇拜则逐渐退出世俗生活。这源于祖先崇拜以血缘为基础，维系着以某一特定祖先繁衍的后代亲族，这不仅是原始氏族社会血缘组织的延续，也是人与人互惠的亲族选择的延展。④ 因

---

① 巴莫阿依：《彝族祖灵信仰研究》，四川民族出版社1994年版，第147页。
② 师有福等译注、杨家福释读：《祖神源流》，云南民族出版社1991年版，第2页。
③ 师有福等译注、杨家福释读：《祖神源流》，云南民族出版社1991年版，第3页。
④ 王国勇、刘洋：《非正式组织与农村社会控制研究》，《农村经济》2011年第6期。

而，在现存的彝文典籍和民间的传统民俗中已然不见对天神崇拜的印记，即便是天地间最大的神恩体古兹，因不具备男性始祖的特性，而被隔绝在外。①

小结 情感与感情：西南史诗的空间营造与地域表述

段义孚认为，"空间是流动，地方是暂停"，至20世纪70年代，人文地理学者们聚焦于将空间改造成地方，而空间要成为地方，则要将意义付诸局部空间，以特定的方式依附于空间。从文化的词源上来看，文化空间是一种价值体系的总称，人的生活、活动是在一定地理空间之内进行的，所以可以认为有人活动的地理空间，就可被称为文化空间。文化空间旨在强调具有符号意义和文化价值的物质空间，在跨文化交往中，指涉人们生活的物理空间，如家庭，也可以是隐喻的概念，如网络空间等。② 彝族多居住高山林地，其史诗常与高山野林、旱地耕种联系在一起，内容更为雄浑壮烈，高山深谷让人们的耕种面临重重困难，经过与大自然的长期抗争，人们在艰难中磨炼成长，形成了顽强的斗争精神、坚韧不屈的性格特征与强劲的生命力，构成了彝族山地农耕文化特质的重要组成部分，体现在史诗文化中，则是带有原始野性的追求精神。

与真实空间不同，史诗空间是在缺乏精确知识的情况下孕育而出的，是对过去世俗社会的想象，因为过去的人们相信祖先故地，相信圣地常在，但是现在的人们认识到了自我认知的局限性，导致史诗中的部分内容并非过去的事件。具体来讲，史诗文本之"外"的系列因素建构了史诗可变动的外层结构，此种外层结构结合日常生活，回应时代变迁；史诗文本之"内"的社会历史信息建构了史诗不可变动的内层结构，此种内层结构排挤日常生活，回应历史真实。"内""外"结构并非同心圆般规范，亦不限制彼此对事物影响的大小，而是借助政治经济、文化整合、

---

① 李子贤：《大凉山美姑县彝族神话与宗教民俗》，《楚雄师专学报》1998年第2期。
② 向云驹：《论"文化空间"》，《中央民族大学学报》（哲学社会科学版）2008年第3期。

历史记忆、传承谱系等系列实践不断调适。① 换言之，史诗文化空间可解构为两相嵌合的空间，一类是依据有限经验形成的模糊区域，即史诗空间是经验知识的外层结构；另一类是依据世俗生活建构的价值观念，即史诗空间是解释万物的内层结构。这两类空间在过去能够得到自由的描述，但是当下却会遭受抗拒，因为史诗所描述的空间常常是一片未知的模糊的区域，同时人们通过史诗内容建构这些区域的时候，需要以神圣的方法加以引导，所以当下的空间营造需要人们通过文化实践和文化记忆，产生对文化空间的感受。②

人类塑造文化空间，文化空间亦塑造人类。文化空间可以感受，亦能触碰，它是人类以物质空间为载体开展的诸种文化实践，人文精神、文化内涵、文化符号等内容构成了文化空间精神层面的表述，人们在交流实践中，获得对空间的认同，产生认同情感。彝族人民重视个体间的协作，强调长幼有序、尊老爱幼，在生活中形成了互帮互助、文明礼让的良好社会风尚。这是传统血缘道德的遗存，也是构成群体文化的重要基础。世代传承的生产生活方式培育了彝族人民顽强的拼搏精神，人们对祖先的怀念，对英雄业绩的自豪，对民族历史的体悟，是他们创作英雄史诗的动力，也是促使群体性文学作品萌芽、生存和群体性文学作品传播的文化土壤。③

---

① 杨兰、刘洋：《苗族英雄史诗〈亚鲁王〉的社会功能与当代价值》，《中国民族报》2019年1月11日第11版。

② 刘洋、杨兰：《技艺生产与生产记忆：苗族史诗〈亚鲁王〉的文化记忆》，《贵州民族研究》2020年第2期。

③ 中国社会科学院少数民族文学研究所：《民族文学论丛》，内蒙古大学出版社2000年版，第421页。

第二章

西南史诗的万物起源与文化想象

对万物起源的探索,是早期人类认识世界的一种重要表现形式,亦是早期人类朴素世界观的重要体现。相较于北方三大史诗,万物起源是西南神话史诗独具魅力的叙事内容。太阳的东升西落,月亮的阴晴圆缺,让人类对万物的生发产生了无尽的想象,因此有了老子对天地的感悟,"有物混成,先天地生。寂兮寥兮,独立不改。周行而不殆,可以为天下母。吾不知其名,字之曰道",而后"道生一,一生二,二生三,三生万物",以及庄子的"无始"与"有始"等宇宙论,由此而渐进的宇宙哲学逐步走向科学的宇宙理论。但是早期人类对世界的认识与其文学和文化已经形成了一个整体,中国神话就为我们建构了早期的宇宙观和世界观,它们将自然与人视为一体,在儒家的观念中,宇宙并非一个无生命体,而是由生命形成,而"天"也非天神,是由具有生命属性的自然力建构而成,于是天也与宇宙一样成了一个生命系统,形成了神话奇葩瑰丽的内容,也衍生出了现代生态观念。相较于北方三大史诗,万物起源是南方神话史诗独具魅力的叙事内容,寻根溯源是人类的天性,南方各民族史诗均反映了先民对自身以及自然来源的追问。本章沿西南史诗宇宙起源母题探索万物起源的原始想象,沿西南史诗人类起源母题探索元人类与完全人母题,观照潜隐于史诗文学表达内层的抽象结构。

第一节 西南史诗宇宙起源母题

宇宙本源追溯伴随人类社会发展始终。陈连山在讨论宇宙起源时认为,对宇宙的追溯始于原始人时期,因为原始人相信事物诞生的同时,其本质业已确定,宇宙起源是任何民族思维萌发和思考本源时难以避开的话题，任何神话体系必然包括宇宙起源。① 关于起源问题的探讨，中国哲学界原本将其理论起点框定在有文本记载的原始的五行说和阴阳说，而早于这之前的哲学思想则处于空白。伴随着对于口头文学的采录，带有感性色彩的早期哲学形态渐露其面，各民族中阐述原始先民关于宇宙本源思想的创世史诗，成为探寻中国哲学的源头。综观国内外学人对创世内容的划定，可见创世的核心被框定为前宇宙状态、宇宙的起源、人类的由来和万物的生成，这也成为创世史诗母题研究的重要内容。②

---

① 陈连山：《宇宙起源》，《前线》2017年第1期。

② 史诗的研究方法较多，诸如文化研究、历史研究、歌手研究、口头性研究、听众研究、发生学及传播学研究等，随着比较文学学科的形成与发展，史诗的比较研究受到学界关注。史诗的母题研究便属于史诗比较研究范畴。19世纪后期，德国文学史家施罗（WIhelm Sscherer）提出以母题进行分类，认为"母题是成规化的文学叙述单元，每个母题都表达一个单一的思想，而且每一母题都与产生民族的文化历史传统、经验、学问相一致"（转引自郎樱《史诗的母题研究》，《民族文学研究》1999年第4期）。同一时期，俄国民间文学理论家A.维谢洛夫斯基认为，母题是最小的叙述单元（[俄]维谢洛夫斯基：《历史诗学》，刘宁译，百花文艺出版社2003年版，第595页）。随着"母题"一词的广泛流行，美国著名民间故事分类学专家斯蒂·汤普森响应施罗的号召，收集世界各地的故事、传说、寓言、神话等民间文学作品，并在这些文本的基础上进行总结分类，提出了将民间故事分成类型和母题两类的观点（[美]斯蒂·汤普森：《世界民间故事分类学》，郑海等译，上海文艺出版社1991年版，第498—499页）。列维·斯特劳斯与普罗普等结构主义大师们认为文学作品中不可再分解的部分为母题，母题与完整句子一般由主语、谓语、宾语、状语等组成（转引自郎樱《史诗的母题研究》，《民族文学研究》1999年第4期）。刘魁立的观点与该观点一致，认为母题应表达一个完整的意思（刘魁立：《刘魁立民俗学论集》，上海文艺出版社1998年版）。王宪昭与列维·斯特劳斯和刘魁立的观点一致，将母题视作叙事过程中的基本元素，具有重复的特征，能在不同叙事结构中通过不同的排列组合表达出一定主题和意义（王宪昭：《中国民族神话母题研究》，民族出版社2006年版）。

关于母题与类型、主题的关系，学者们亦有探讨。汤普森讨论了类型与母题的关系，认为类型是一个独立存在的传统故事，可以作为完整的叙事作品，也可在偶然间与另一个故事结合，它可以由一个或多个母题组成。在这里，母题是一个故事中最小的、能够持续在传统中的成分。且母题可分为三类，即故事中的角色、母题涉及情节的某种背景、单一的事件（这类母题囊括了绝大多数母题）。由于这一类母题可以独立存在，因此，也可以用于真正的故事类型（[美]斯蒂·汤普森：《世界民间故事分类学》，郑海等译，上海文艺出版社1991年版，第499页）。俄罗斯学者鲍里斯·托马舍夫斯基则论述了母题与主题的关系，认为母题是主题材料的最小分割单位，不可分解部分的主题叫作母题。他特别强调指出，在比较研究中，母题指的是不同作品的主题统一。这些母题往往从一个情节分布的结构中，完整地过渡到另一个情节分布的结构。母题分为两种，一种是关联母题，关联母题不可省略，另一种是自由母题，自由母题的省略并不影响事件的因果—时间进程的完整性（鲍里斯·托马舍夫斯基：《主题》，载[俄]什克洛夫斯基等《俄国形式主义文论选》，方珊等译，生活·读书·新知三联书店1989年版，第114—116页）。总的来说，母题具有在不同作品中重复出现、程式化的特点以及丰富的文化内涵和象征意义（郎樱：《中国北方民族文学比较研究》，民族出版社2011年版，第56—61页）。

西南史诗大多将宇宙开辟或天地初现之前的初始状态描述成"混沌"。"混沌"指一切都处于模糊状态，没有分界，宇宙未形成前的原始状态。这种状态，有的民族认为是水，有的民族认为是气，这种超越具体物质的认知，是古人对宇宙产生前的唯心推测，是对超自然存在的感性认识。诸如彝族史诗《查姆》认为天地尚未分开的初原状态是"混沌"，"远古的时候，天地连成一片。下面没有地，上面没有天；分不出黑夜，分不出白天。只有雾露一团团，只有雾露滚滚翻。雾露里有地，雾露里有天；时昏时暗多变幻，时清时浊年复年。天翻成地，地翻成天，天地混沌分不清，天地雾露难分辨"①。又如布依族史诗《赛胡细妹》将前宇宙状态描述成"气"的世界，"很古很古那时候，世间只有青青气，凡尘只有浊浊气，青气浊气混沌沌"②。再如苦聪人史诗《创世歌》亦将前宇宙状态视作"混沌"，"从前没有天，从前没有地，天地混沌一片，平平坦坦无边"③。混沌是先民们对宇宙状态的最初想象，尽管不同民族的先民对前宇宙状态有不同的描述，但不论"混沌"呈现何种状态，都是原始先民对"前宇宙状态"这一宇宙本原问题的一种集体想象和形而上追索。

西南史诗宇宙起源母题及其特征如表2-1所示。

表2-1　　　　　　西南史诗宇宙起源母题及其特征

序号	民族	史诗	起源	特征
1	彝族	梅葛	格兹神	天神格兹派五个儿子造天，四个女儿造地
2	彝族	阿细的先基	阿底神	古时没有天地，先有两层云彩，苍穹里的阿底神用金、银、铜、铁四根柱子把轻云顶起来变成云，又把重云铺在三条鱼身上，变成地。然后由阿洛安太阳，纳巴安月亮，阿耐安星星，涅姐安云彩
3	彝族	查姆	天神涅侬倮佐颇	远古时候没有天地和日月，只有雾露一团团。天神涅侬倮佐颇派各路神仙创造天地

---

① 郭思九、陶学良整理：《查姆》，中国国际广播出版社2016年版，第3—4页。
② 贵州省社会科学院文学研究所、黔南布依族苗族自治州文艺研究室编：《布依族古歌叙事歌选》，贵州人民出版社1982年版，第17页。
③ 中国民间文学集成全国编辑委员会、《中国歌谣集成·云南卷》编辑委员会编：《中国歌谣集成·云南卷·上》，中国ISBN中心1991年版，第812页。

续表

序号	民族	史诗	起源	特征
4	彝族	勒俄特依	天神恩体古兹	住在宇宙上方的天神恩体古兹邀请东西南北四方神一起开辟天地
5	彝族	阿黑西尼摩	天神阿黑西尼摩	西尼摩孕育万物，天和地也是从西尼摩的肚中生出，包括了星星、日月、白云、雾露、风、光、云朵等
6	彝族	尼苏夺节	神龙俄谷	俄谷出世前，宇宙间天地部分，全是海水。俄谷龙老爷四千年开天，三千年辟地，用海底石头垒成堆，用海底泥造成大地
7	彝族	天地祖先歌	清浊二气	清气上升变为天，浊气下沉变为地，清浊二气属阴阳，阴阳相交生万物
8	哈尼族	十二奴局	朱比阿龙和朱比拉沙	古时候，天地混沌不分，阿龙将天一片一片辟出来，拉沙将地一块一块开出来，用金子做太阳，玉石做月亮，银子做星星
9	哈尼族	奥色密色	天王用神牛创世	牛腿做撑地的柱子，牛皮拿来绷天，牛骨拿来做地梁地椽，左眼做太阳，右眼做月亮，牛牙做星星，肋骨造梯田，肉做土地，牛血做河川
10	哈尼族	哈尼阿培聪坡坡	天神地神杀神牛造万物	天神地神杀翻查牛造下万物，用牛眼做月亮和太阳，粗大的牛骨造成虎尼虎那山
11	哈尼族	窝果策尼果	天神地神	众神用金子搭天架，用银子搭地架，用金扎绳和银扎绳将天架和地架绑牢；造天还要用绿石头，天才能发出蓝光；造天的时候要留下天眼，成为天上的星星；万能神烟沙大神最后造地，造出了所有用耳朵听得见，用手摸得着的东西
12	拉祜族	牡帕密帕	天神厄莎	厄莎造天地日月、造万物
13	傈僳族	创世纪	—	—
14	纳西族	崇搬图	白鸡恩荣恩麻	白鸡生下九对白蛋，分别产出天神地祇、君与臣、灵与魂、男神和女神、知神和能神
15	白族	创世纪	盘古、盘生	盘古变天，盘生变地，鳌鱼做地支柱，木什伟（盘古盘生的化身）化身万物

续表

序号	民族	史诗	起源	特征
16	阿昌族	遮帕麻和遮米麻	遮帕麻和遮米麻	遮帕麻为天公，遮米麻为地母。遮帕麻用手扯下左乳房变成太阴山，扯下右乳房变成太阳山。遮米麻摘下喉头当梭子，拔下脸毛织大地，血液变成东海和西海
17	景颇族	勒包斋娃	宁旺与宁斑	宁旺为云团神，宁斑为雾露神。两神相配生出平原、草地、长书、长文，生下创造神潘宁桑和智慧神捷宁章
18	独龙族	创世纪	蚂蚁	那时的天地是连在一起的，蚂蚁因为要求嘎姆朋给它一条美丽的腿箍被拒，于是带领许多蚂蚁将天梯咬断了，从此天地分开
19	普米族	帕米查哩	—	一对兄妹，哥哥成为月亮，妹妹成为太阳
20	普米族	捉马鹿	巨人简剑祖	巨人简剑祖射死马鹿，用马鹿的头变成天，双眼变成太阳和月亮，牙齿变成星星，血变成海子，皮变成大地，毛变成树木，心变成山，肺和肝变成湖泊，大肠变成江河，小肠变成道路
21	普米族	金锦祖	金锦祖	金锦祖杀死了马鹿，用马鹿的眼睛做星星，用鹿耳做月亮，用鹿头唤太阳，用鹿皮补天角，用鹿腿撑大地
22	傣族	巴塔麻嘎捧尚罗	英叭神	英叭开创天地
23	德昂族	达古达楞格莱标	茶叶	茶叶是万物的祖源
24	布朗族	顾米亚	顾米亚	顾米亚将犀牛的皮做成天，将犀牛的眼睛做成星星，犀牛肉变成地，将犀牛的骨头变成石头，犀牛骨髓变成各种鸟、鱼、虫、兽。犀牛血变成水，脑浆变成人，毛发变成花草树木。犀牛的四条腿变成四根大柱子，竖在地的东南西北四角上，抵住了天，又抓一条大鳌鱼把地托住
25	基诺族	阿嫫尧白	阿嫫尧白	阿嫫尧白第一个来到世界上，她造就了天地、日月星辰、山川、河流、人和其他动植物

续表

序号	民族	史诗	起源	特征
26	基诺族	大鼓和葫芦	阿嫫肖贝	阿嫫肖贝用蟾蜍创造了天地
27	怒族	创世歌	—	—
28	布依族	赛胡细妹造人烟	布杰公	那时"世间只有青青气，风尘只有浊浊气"，一片混沌。后来青气浊气相碰，粘成一个葫芦形。这时出现了一个布杰公将青气浊气分开，青气上升，浊气下沉，变成了天地。又拔下牙齿造日月星辰，拔下汗毛，捉身上的虱子满山撒，造成了各种动植物
29	仡佬族	十二段经（叙根由）	巨人由禄	巨人由禄将自己的身体化作大地
30	壮族	布洛陀	太上老君	太上老君造了天地、安置阴阳，但是天不成天，地不成地，天和地相盖，是雷公捏成了大磐石，才稳定了天下，螺蜂和蜣螂把磐石咬成两半，一片成天，一片成地
31	壮族	姆洛甲	姆洛甲	姆洛甲吹一口气就变成天空，抓一把棉花就变成白云，她创造万物
32	侗族	侗族祖先哪里来	—	—
33	侗族	嘎茫莽道时嘉	萨天巴	原来天地混沌，祖婆萨天巴创造了天地，她的儿子姜夫承担起修天修地的职责
34	侗族	祖公之歌	—	—
35	水族	开天立地	牙巫	牙巫开天，用手抓住两块一掰，天地就分开，用铜棍撑天肚，用铁棍来支地心，用鳖骨撑天四边，支地四角
36	苗族	苗族史诗	老公公老婆婆	老公公造天，老婆婆制地，他俩用大锅炼天地，白的上浮成天，黑的下走成地
37	苗族	俫巴俫玛	盘古南火	盘古开天，南火立地，用魔鬼朋苟的皮做天，脂肪做白云，眼睛做星星，毛发做植物，朋苟的四根骨头做撑天柱，四根筋做筋带带云
38	瑶族	密洛陀	密洛陀	密洛陀用师傅的雨帽造成天空，用师傅的手脚和身子造成撑天柱，密洛陀造成大地、日月星辰、五谷杂粮、飞禽走兽、鱼虾河网

续表

序号	民族	史诗	起源	特征
39	瑶族	盘王歌	—	—
40	畲族	高皇歌	盘古	盘古开天辟地，造日月转东西，造出黄河九曲水
41	毛南族	创世歌	混沌	混沌开天辟地，法术很高强，手向山上指，石头垒成山头，泥巴拢成田垌，水就积满池塘，火就燃烧成堆
42	苦聪人	创世歌	阿娜与阿罗	从前天地混沌一片。阿娜用石头造天，阿罗用瓦泥造地
43	佤族	司岗里	众神	俚负责磨天，伦负责堆地，列舔出平坝，哎捏出山

乌丙安先生有专文论及西南神话①中的创世母题，他将创世母题划分为"一神型、对偶型、群神型"（其中群神型主要分为一大神为主、多神

---

① 史诗与神话既有联系又有区别，从文体风格来说，史诗属韵文体，而神话非韵文体；从承继关系来看，普罗普将史诗与神话之间的关系定义为"史诗诞生于神话并非经过进化的途径，而是由于对神话及其全部思想体系的否定。神话与史诗在情节与结构上有某些共同之处，但在思想倾向上却是彼此完全对立的"。张紫晨则认为："民族的重大事件、民族成长的历史及古老的神话传说是史诗形成的基础。史诗的事件和情节总是围绕一条主线不断开展，由于世代流传往往融进许多后世的东西，呈现出比较复杂的情景。"（张紫晨：《民间文学基本知识》，上海文艺出版社1979年版，第107页）"民族史诗离不开民族的神话传说，更离不开民族的历史。"（张紫晨：《民间文学基本知识》，上海文艺出版社1979年版，第108页）基于对神话与史诗的探讨，钟敬文先生专门论证了两者的关系，认为史诗与神话具有密切的联系，"史诗产生于人类的童年时代，它和古代的神话、传说有着天然的联系。人类早期丰富优美的神话，为史诗的孕育和发展提供了素材，使史诗的艺术表现带上了浓厚的神话色彩，甚至有些早期的史诗，简直就可以看成是韵文形式的神话和传说。在史诗里，人和神的行为常常是交相混杂的：人可以通晓神道法术，可以变幻身形，甚至可以死而复生；而神又常常被赋予了人的各种行为和品性，连战马、弓箭、钢刀，以致鸟、兽、虫、鱼都可以具有人的感觉、意志、好恶和欲望等。这一切，都与神话极为相似"（钟敬文：《史诗论略》，载赵秉理编《格萨尔学集成·第一卷》，甘肃民族出版社1990年版，第581—587页）。钟敬文先生虽然认为神话对史诗存在极为重要的影响，但是就两者的思想倾向而言他亦赞同普罗普的观点，认为"史诗和神话思想倾向是不完全相同的。早期史诗所描写的，多是人与自然的斗争，在开始，自然界在人的心目中被神化了，人和自然也融为一体。随着生产力的日益发展，随着大自然实际上的被征服，人类越来越清楚地意识到了自己的存在和力量：他们不再把自己看成是和自然融为一体的神的附属物；而是独立于自然界之外，可以与神对抗的人了。于是，在史诗的发展中，神的地位逐渐被人所取代，虽然反神者常常仍然不免也是神，然而实际上已是披着神的外衣，在演出人间的悲喜剧了。因此，越到后来，史诗的现实性就越强，而神话色彩则逐渐消退了。史诗在神话世界观的基础上产生，而它的发展最终又是对神话思想的一种否定——这，就是史诗与神话的辩证关系"（钟敬文：《史诗论略》，载赵秉理编《格萨尔学集成·第一卷》，甘肃民族出版社1990年版，第581—587页）。

为辅和几代神相继创世），并强调"这种形态在世界范围内的创世神信仰中都较为完备、多样而且具有典型意义"①。沿着乌先生论点梳理西南史诗宇宙起源母题（见表2-2），并将其划分为三种模式，即天神创造、万物化生和雌雄孕育，发现宇宙起源母题多杂糅并进。

表2-2　　　　　　西南史诗宇宙起源母题及其类型

序号	民族	史诗	创世神	天神创造	万物化生	雌雄孕育阴阳相交
1	彝族	梅葛	格兹神	◎	—	—
2	彝族	阿细的先基	阿底神	◎	—	—
3	彝族	查姆	天神涅侬倮佐颇	◎	—	—
4	彝族	勒俄特依	天神恩体古兹	◎	—	—
5	彝族	阿黑西尼摩	天神阿黑西尼摩	◎	—	—
6	彝族	尼苏夺节	神龙俄谷	◎	—	—
7	彝族	天地祖先歌	—	—	—	◎
8	哈尼族	十二奴局	朱比阿龙和朱比拉沙	◎	—	—
9	哈尼族	奥色密色	天王	—	◎	—
10	哈尼族	哈尼阿培聪坡坡	天神地神	—	—	—
11	哈尼族	窝果策尼果	天神	◎	—	—
12	拉祜族	牡帕密帕	天神厄莎	—	—	—
13	傈僳族	创世纪	—	—	—	—
14	纳西族	崇搬图	—	—	—	—
15	白族	创世纪	盘古盘生	◎	◎	—
16	阿昌族	遮帕麻和遮米麻	遮帕麻和遮米麻	◎	—	◎
17	景颇族	勒包斋娃	宁旺与宁斑	◎	—	◎
18	独龙族	创世纪	蚂蚁	—	◎	—
19	普米族	帕米查哩	兄妹	—	◎	—
20	普米族	捉马鹿	简剑祖	—	◎	—
21	普米族	金锦祖	金锦祖	—	◎	—
22	傣族	巴塔麻嘎捧尚罗	英叭神	◎	—	—

---

① 乌丙安：《中国多民族民俗中创世神话的大发现——百年神话研究的反思话题之四》，载乌丙安《民俗学丛话》，长春出版社2014年版，第205—216页。

续表

序号	民族	史诗	创世神	天神创造	万物化生	雌雄孕育阴阳相交
23	德昂族	达古达楞格莱标	茶叶	—	◎	—
24	布朗族	顾米亚	顾米亚	◎	—	—
25	基诺族	阿嫫尧白	阿嫫尧白	◎	—	—
26	基诺族	大鼓和葫芦	阿嫫肖贝	—	◎	—
27	怒族	创世歌	—	—	◎	—
28	布依族	赛胡细妹造人烟	布杰公	—	◎	—
29	仡佬族	十二段经（叙根由）	巨人由禄	—	◎	—
30	壮族	布洛陀	太上老君	◎	—	—
31	壮族	姆洛甲	姆洛甲	◎	—	—
32	侗族	侗族祖先哪里来	—	—	◎	—
33	侗族	嘎茫莽道时嘉	萨天巴	◎	—	—
34	侗族	祖公之歌	—	—	◎	—
35	水族	开天立地	牙巫	◎	—	—
36	苗族	苗族史诗	老公公、老婆婆	◎	—	—
37	苗族	俫巴俫玛	盘古、南火	◎	◎	—
38	瑶族	密洛陀	密洛陀	—	◎	—
39	瑶族	盘王歌	—	—	◎	—
40	畲族	高皇歌	盘古	◎	—	—
41	毛南族	创世歌	混沌	◎	—	—
42	苦聪人	创世歌	阿娜与阿罗	◎	—	—
43	佤族	司岗里	众神	◎	—	—

爬梳43部西南创世史诗，其中，24部创世史诗中的宇宙的起源为天神创造，13部为万物化生，3部为雌雄孕育。作为一种释源性史诗，创世史诗需要对天地的形成、万物的生发等进行系统解释，其中，对天地形成的解释是基础，亦是核心，蕴含了丰富的文化信息。

一　未知的探索：天神创造

从分类上来说，天神创造型与化生万物型的创世主体均是神人且拥有神力，将其细分为两类的原因是，化生万物型史诗将神作为自然物的一种，倾向于强调自然的力量，而天神创造型则倾向于强调神人的力量。

在西南创世史诗中天神创造居多（见表2-3），例如在傣族《巴塔麻嘎捧尚罗》中是英叭开创天地，在苗族《苗族史诗》中是老公公和老婆婆造天制地，在彝族《梅葛》《查姆》《勒俄特依》《尼苏夺节》中分别是格兹神、天神涅侬倮佐颇、天神恩体古兹、神龙俄古创造世界，在畲族《高皇歌》中是盘古开天辟地，在布依族《赛胡细妹造人烟》中是布杰公开天地，在水族《开天立地》中是牙巫开天撑地，在侗族《嘎茫莽道时嘉》中是萨天巴创造天地和姜夫修天修地，在壮族《布洛陀》《姆洛甲》中是太上老君和姆洛甲创造万物，在哈尼族《十二奴局》中是朱比阿龙和朱比拉沙制天做地，在拉祜族《牡帕密帕》中是厄莎造天地万物，在佤族《司岗里》中是众神创世，在毛南族《创世歌》中是混沌法术创世。

表2-3　　　　　　　西南史诗创造神与创世工具

序号	民族	作品	创造神	天地本体	工具
1	彝族	梅葛	格兹神	蜘蛛网、蕨菜根	—
2	彝族	阿细的先基	阿底神	云彩	四根金柱子、四根银柱子、四根铜柱子、四根铁柱子
3	彝族	查姆	天神涅侬倮佐颇	—	—
4	彝族	勒俄特依	天神恩体古兹	—	钢铁叉、铜铁帚
5	彝族	阿黑西尼摩	天神阿黑西尼摩	混沌	—
6	彝族	尼苏夺节	神龙俄古	石头、海底泥	—
7	哈尼族	十二奴局	朱比阿龙和朱比拉沙	混沌	阿龙劈天，拉沙开地
8	哈尼族	奥色密色	天王用神牛创世	混沌	—
9	拉祜族	牡帕密帕	厄莎	—	厄莎脚手汗变成撑天柱和稳地鱼
10	白族	创世纪	盘古盘生	盘古盘生	—
11	景颇族	勒包斋娃	宁旺与宁斑	混沌	宁旺（云团）与宁斑（雾露）相配生育
12	独龙族	创世纪	大蚂蚁	—	小蚂蚁
13	傣族	巴塔麻嘎捧尚罗	英叭	身上的污垢	—

续表

序号	民族	作品	创造神	天地本体	工具
14	基诺族	阿嫫尧白	阿嫫尧白	大海	阿嫫尧白身上的汗泥、头发
15	壮族	布洛陀	太上老君	—	—
16	壮族	姆洛甲	姆洛甲	—	—
17	侗族	嘎茫莽道时嘉	萨天巴	混沌	独自生育
18	水族	开天立地	牙巫	—	双手掰开
19	苗族	苗族史诗	老公公和老婆婆	—	—
20	苗族	俤巴俤玛	盘古、南火	混沌	—
21	畲族	高皇歌	盘古	—	—
22	毛南族	创世歌	混沌	—	法术
23	苦聪人	创世歌	阿娜与阿罗	混沌	石头、瓦泥
24	佤族	司岗里	连姆娅、司么迫	混沌	天神将天地分开

严格来说，任何创世史诗都包含着原始先民的经验积累，他们在与自然抗争和相处的过程中，惊讶于自然力量的伟大与造物主的神奇，进而产生了对自然的依赖感和敬畏感。人类自诞生便通过劳动获取生产生活资料用以改善生活。但由于力量有限，人们的创造能力并不强，创制的物品也并不丰富。只有当人类的创造力与创造物累积到一定程度时，他们才会开始思考世界万物的产生，于是出现了化生、生育等对万物的想象。而后，随着人类创造力的提高，化生、生育便渐次演化为某人或某神创造，并衍生出创造性的创世史诗。

不同的创世史诗所表达的情感也各有倚重。有的史诗主要涉及原始信仰，有的史诗则是依赖情感生成。一般所言的依赖、敬畏并非信仰，只有在人们对所依赖的、所敬畏的事物具有的非凡力量产生崇拜情感时，这些依赖和敬畏才可能转变成信仰。创世史诗中的情感，主要是先民们对各种自然现象体验的情感，以及对天地万物产生的惊奇，具有最为原始的信仰性质。人类从自然中孕生，与自然有着不可分割的联系，在不断成长的过程中，从自然中获取新知，从自然中寻求生存资料，对自然具有强烈的依赖感，正如费尔巴哈所言，这个被人们所依赖的，且人们已有共识的，无非就是自然。原始先民对自然之物的依赖感和进而形成的崇拜感，体现在他们所讲述的宇宙万物起源的创世史诗之中。

在西南史诗中，天神创造宇宙且具有无限神力，这种神力可以创造一切、主导一切。在傣族史诗《巴塔麻嘎捧尚罗》中，宇宙天地由天神英叭用身上的泥垢创造而成，"海有泡沫渣滓，我有身上污垢。我要利用它们，捏拢成为一团。做成污垢大果，让它定在水面。使它膨胀变大，好在上面行走"。① 彝族史诗《梅葛》讲述了天地是神人用蜘蛛网和蕨菜根创造的，"造天没有模子，造地没有模子；天像一把伞，地像一座桥；拿伞做造天的模子，拿桥做造地的模子；蜘蛛网做天的底子，蕨菜根做地的底子"。② 毛南族史诗《创世歌》则认为述天地为神人法术创造，"混沌刚刚开辟天地，未曾有我们世界，混沌下来到地面，修整天下做得到，他的法术很高强，摇得天地动，手向山上指，石头就垒成山头，泥巴就拢成田峒，水就积满池塘，火就燃烧成堆"。③ 毛南族原始先民认为，宇宙形如鸡蛋，具有无比威力，由形状也如鸡蛋但面目不清的神——混沌将其分开，宇宙被分开以后，混沌才从黑洞洞的巨壳里把人类救出来，混沌主宰着一切，帮助人们造田、垒池塘、烧火种。天神对人类命运的影响很大，且将人类视作神的后代。壮族史诗《创世歌》唱诵经过混沌、汉王、天王三代人族的繁衍，遭遇洪水泛滥的盘和古两位神繁衍了人类，"盘就成了娘子，古就成了郎君""结亲三年半，落得只生个磨石仔，砍成三百六十片，给乌鸦拿去野外撒，给鸟拿去四面分，三早七天后，就沿旧路去看，头颅变成个县官，嘴巴变成个皇帝，身躯变成了壮人，肠肚变成了瑶人，颈脖变成了毛南人"。④ 在侗族史诗《嘎茫莽道时嘉》中，天和地均是天神萨天巴所生，"萨天巴生地取名叫'嫡滴'，萨天巴

---

① 西双版纳州民委编：《傣族创世史诗：巴塔麻嘎捧尚罗》，云南人民出版社1989年版，第16页。

② 云南省民族民间文学楚雄调查队整理：《梅葛：彝族创世史诗》，中国国际广播出版社2016年版，第3—4页。

③ 广西壮族自治区民间文艺家协会编：《中国民间创世史诗集成·广西卷》，广西人民出版社2011年版，第549页。

④ 广西壮族自治区民间文艺家协会编：《中国民间创世史诗集成·广西卷》，广西人民出版社2011年版，第551页。

生天取名叫'乌闷',地是摇篮为母体,又生诸神在上苍"。① 在这些史诗中,天地万物都是神人创造的,神人是力量和智慧的代表,是人们对征服强大自然的一种幻想。

事实上,史诗宇宙起源的天神创造型母题清晰表明,原始先民历经了一个由"自然崇拜"转向"天神崇拜和英雄崇拜"的过程,神灵与英雄是人类对自我的一种期许,期望自我能够拥有超凡的力量主宰自然。英雄崇拜普遍化之后,人们的崇拜对象从完全神转向了半人半神。诸如在多神崇拜体系中,各路神灵享有的能力不同,分管的领域不同,产生的后果也并不相同,如山神既能守护山林,也能引发山崩;雨神既能播洒甘霖,也能带来洪涝。职能分工的神灵体系实质上被赋予了人类社会中管理人员的职能,可以说,这些半人半神的英雄在人类社会中扮演的社会角色出现了分化。

在神力崇拜时期,先民心目中崇拜的神力是自己也把握不定、捉摸不清的某种短暂的感觉,无论是由恐惧而产生的,还是由敬畏而产生的,这种神力均是人们意念中的瞬间幻想,并未有反复呈现的特点和价值,更未能以某种特点和价值转化为神话意向。这种幻想并未实现自然力量的人格化表达,也并未将人类生活进行特殊化表述,这种人类短暂的想象,仅是一瞬间的心理活动,因客观化和外在化,这种瞬间即逝的鬼神创造处于人类活动的任意时空,诸如面临被威胁的瞬间,或被感动的每一个印象,均是人类创造鬼神的源流。只要听任自然滋生的情感、个人的境遇,或令人惊诧的力量带着一股神圣的神气移注于个人面前的物体之中,就会创造出这种"瞬息神"。②

由于先民们接触的万事万物均能引起这种感觉,所以,瞬息神便普遍存在于西南地区诸民族原始宗教的鬼神崇拜中。随着漫长的进化,人们对瞬息神的崇拜逐渐转化为对本氏族神的崇拜。因为氏族神多以英雄

---

① 杨保愿翻译整理:《嘎茫莽道时嘉:侗族远祖歌》,中国民间文艺出版社1986年版,第6页。

② [德]恩斯特·卡西尔:《语言与神话》,于晓等译,生活·读书·新知三联书店1988年版,第45页。

和多神崇拜的形式出现，是人的主动精神的体现。① 这种神与瞬息神不同，是长期存在于人类意识中的，被称为"专职神"，专职神一旦出现，就会被赋予某一领域的职责和名称，这些名称是从人类特殊的心理活动中产生的，且具有其名称的本来意义，神名就是神的能力范围。当这些神名统统汇集在本民族的创世英雄身上时，这个英雄便具有了多种神通，它便成了超级英雄，即超人。所以，英雄崇拜与多神崇拜是紧密相连的。也就是说，可把多神视为是英雄诸功能的分化。二者实际上是互补的。无论是英雄崇拜还是多神崇拜，在西南民族地区都是普遍存在的。这种崇拜集中体现在流传广泛的史诗当中。而且记录这些英雄或多神的史诗也特别多，如壮族的《布伯》《布洛陀》；侗族的《嘎茫莽道时嘉》；傣族对造天地止洪水的英叭顶礼膜拜等。总而言之，无论是英雄还是多神，其产生的关键都不再是人类对自然力、对死亡、对睡眠之类的异样心理，而是人类与险恶的自然环境搏斗中的人类活动本身。人在这些活动中不仅意识到自己的主动性，而且尤其希冀自身力量——精神的或体质的，而更多的是体质的——无限扩大，从而能在人与自然的关系中成为强者。

综上，检索并比较西南史诗中的创世神，我们发现从人的发展的统一性来看，英雄崇拜与多神崇拜尽管反映出人已完成了从"向自然力祈福"到"增强自身力量"的转变，但是其所崇拜的英雄和多神仍是以非现实的虚幻为寄托的，西南诸民族及其原始宗教形态的哲学基础仍旧是万物有灵观。英雄崇拜集中体现了西南民族的生产方式经历了采集、渔猎、游牧、游耕、农耕等阶段，他们不断寻求新的方式，在多种生产形态中创造了许多神灵，祈盼得到这些神灵的保佑，获得丰收。多神崇拜一方面体现了人类活动中职能神产生的普遍性，另一方面也反映了西南

---

① ［德］恩斯特·卡西尔：《语言与神话》，于晓等译，生活·读书·新知三联书店1988年版，第46—47页。卡西尔认为，"另外一组神灵，它们并非源于自然滋生的情感，而是出自人类已成秩序的持续性活动。随着心智与文化的发展进步，我们对待外部世界的关系由一种被动的态度均衡地转变为一种主动的态度。人不再受外来印象和影响的随意支配和摆布……开始依照自己的需求和愿望，开始行使自己的意志来左右事件的进程。这一进程现在具有了自己的规律和周期：以固定的间歇，按同一的循环，人类的活动日复一日、月复一月地重复着自身，并且总是和不变的持久的结果联系着。但是，如同人类的自我在以往意识其被动性一样，人类的自我依然只能凭借把自我投射到外部世界，从而使其获得某种具体形式的方式，才能意识到自我在现阶段所具有的主动性。于是，在人类活动的每一个部类中都产生出一个代表该类活动的特殊的神"。

民族文化起源的历史进程。

二 自然的人化：化生万物

起源母题中的化生母题链可分为"巨人化生""神人化生""动物化生"三种结构模式。"化生"一词有转化新生之义，史诗中的化生通常是以天神、神人或者动植物的躯体化生万物，无论是"巨人化生""神人化生"还是"动物化生"，它们在阐释宇宙起源和万物产生的时候，必定与身体相关联。在人类进化的历史过程中，人作为自然界的组成部分，还未能将自己与自然分开，人类在自然中获取生存发展的资料，不断探索和发现自然，在捕食狩猎中熟悉动物的身体构造，加之人类和动物死亡之后，肉体腐化归于泥土，而在泥土中再生出别的物种，于是人们将死亡看作一种再生的形式，动物化生、神人化生和巨人化生均是人们在日常生活中观察死亡与再生后的想象，维柯便认为人类都是根据已知的可感触的熟悉事物，实现未知事物的判断。①

（一）天神化生与动物化生

爬梳14部以化生为主的创世史诗，解析化生主体和化生客体（见表2-4），可划分为：天神化生、动（植）物化生、天神用动（植）物身体化生、天神用神的身体化生四种不同母题要素，且以天神化生为主。

表2-4　　　　　　西南史诗天神化生与动物化生一览

民族	史诗	前宇宙	化生主体	化生客体
哈尼族	奥色密色	混沌（没有天地，没有万物，宇宙一片茫茫）	天王	神牛
哈尼族	哈尼阿培聪坡坡	混沌	天神地神	神牛
白族	创世纪	—	木什伟（盘古盘生）	—
阿昌族	遮帕麻和遮米麻	混沌（没有天没有地，不会刮风不会下雨）	遮帕麻和遮米麻	—

---

① ［意］维柯：《新科学·上》，商务印书馆1989年版，第99页。维柯认为，"人类心灵还另有一个特点：人对辽远的未知的事物，都根据已熟悉的近在手边的事物去进行判断"。

续表

民族	史诗	前宇宙	化生主体	化生客体
普米族	帕米查哩	—	哥哥妹妹	—
普米族	捉马鹿	简剑祖	简剑祖	马鹿
普米族	金锦祖	金锦祖	金锦祖	马鹿
德昂族	达古达楞格莱标	混沌（没有天地，没有日月）	天神公公和婆婆	茶树
布朗族	顾米亚	混沌（没有天地，到处黑沉沉）	顾米亚	牛
基诺族	大鼓和葫芦	没有天和地，到处都是水	阿嫫肖贝	蟾蜍
布依族	赛胡细妹造人烟	混沌（世间只有清浊二气，到处都是昏沉沉）	布杰公	
仡佬族	十二段经	—	巨人由禄	
苗族	俫巴俫玛	混沌	盘古、南火	魔鬼朋苟
瑶族	密洛陀	—	密洛陀	师傅

凝练史诗演述内容，将上述四种要素的史诗归并为两种，即8部天神化生和6部动（植）物化生。

第一，天神化生。

白族《创世纪》：左眼——太阳，右眼——月亮，睁眼——白天，闭眼——黑夜，小牙——星辰，大牙——石头，眉毛——竹子，头发——树木，耳朵——耳顺风，鼻子——笔架山，大肠——大河，小肠——小河，心——启明星，肝——湖泊，肺——海洋，肚脐——大理海子，气——风，脂油——云彩，肌肉——土，汗毛——草，骨头——大岩石，手指脚趾——飞禽走兽，嘴巴——城市村庄，手指甲——瓦，筋脉——道路，四手四脚——四大山，左手——鸡足山，右手——武老山，左脚——点苍山，右脚——老君山。

阿昌族《遮帕麻和遮米麻》：金沙——太阳，银沙——月亮，左乳房——太阴山，右乳房——太阳山，吐气——大风、白雾，汗水——暴雨、山洪，火花——星星，喉头——梭子，右脸毛——东边大地，左脸毛——西边大地，下颔毛——南边大地，额头毛——北边大地，血——东海、西海、南海、北海。

普米族《帕米查哩》：哥哥——月亮，妹妹——太阳。

第二章 西南史诗的万物起源与文化想象　　129

德昂族《达古达楞格莱标》：公公造天，婆婆造地，血——星星，肉——动物，心脏——太阳，头骨——月亮，筋络——藤蔓，毛发——五谷百草，血脉——江水河流，骨头——水生物，神魂——神鸟。

布依族《赛胡细妹造人烟》：清气——天，浊气——地，牙齿——日月星辰，汗毛——植物，虱子——动物。

仡佬族《十二段经》：头——坡头，头发——茅草，耳朵——树木，眼睛——海水，鼻子——小水坑，牙巴——岩洞，牙齿——刺蓬，舌头——丝茅草，脖颈——山垭口，手——小坡，肋骨——石岩，皮——泥巴，血——明霜，肝、心——菌子，肠——江河，脚——山弯，尾巴——蒿枝，腰——大路。

苗族《俐巴俐玛》：魔鬼朋苟的皮——天，脂肪——白云，眼睛——星星，毛发——植物，四根骨头——撑天柱，四根筋——筋带。

瑶族《密洛陀》：雨帽——天空，手脚——四根柱子，身子——大柱；密洛陀造日月星辰、雷公、水渠田埂、五谷杂粮、飞禽走兽、鱼虾河网。

表2-5　　　　　　　　　　西南史诗天神化生一览

民族	白族	阿昌族	普米族	德昂族	布依族	仡佬族	苗族	瑶族
史诗	创世纪	遮帕麻和遮米麻	帕米查哩	达古达楞格莱标	赛胡细妹造人烟	十二段经	俐巴俐玛	密洛陀
天	—	遮帕麻	—	—	—	—	皮	雨帽
地	—	遮米麻的脸毛	—	—	—	—	—	—
太阳	左眼	—	妹妹	心脏	牙齿	—	—	—
月亮	右眼	—	哥哥	头骨	牙齿	—	—	—
星辰	小牙	—	—	—	血	—	眼睛	—
山	鼻子、脚、手	—	乳房	—	—	头、牙巴、脖颈、手、肋骨、脚	—	—
河流	大肠小肠、肺、肝、肚脐	—	汗水、血	—	血脉	眼睛、肠子	—	—

续表

民族	白族	阿昌族	普米族	德昂族	布依族	仡佬族	苗族	瑶族
泥土	肌肉	—	—	—	—	皮	—	—
动物	—	—	—	肉	虱子	—	—	—
植物	头发、眉毛、汗毛	—	—	筋络、毛发	汗毛	头发、耳朵、牙齿、舌头、肝、心、尾巴	毛发	—
霜、雾露	—	气	—	—	—	血	—	—
道路	筋脉	—	—	—	—	腰	—	—
水生物	—	—	—	骨头	—	—	—	—
神物	—	—	—	灵魂	—	—	—	—
风	耳朵	气	—	—	—	—	—	—
撑天柱	—	—	—	—	—	—	四根骨头	手脚、身子
白云	—	—	—	—	—	—	脂肪	—

根据表2-5，各少数民族创世史诗中的天神化生，主要集中在太阳、月亮、山、河流、动物和植物上，其中河流和植物的占比最大，这与西南地区各民族的农业生产方式有着一定的关联性。仡佬族史诗中的巨人由禄化生万物，其中身体器官集中化生为山和植物，映射出仡佬族居住的地方多是高山密林之地。从对应的事物名称来看，坡头、岩洞、山垭口、石岩、小坡、山弯均可佐证，同时从植物名称来看，刺蓬、丝茅草、蒿枝均是长在山林中的矮小植被。又如阿昌族的化生过程，天神遮米麻将右脸毛和血水化为东边大地和东海，左脸毛和血水化为西边大地和西海，下颏毛和血水化为南边大地和南海，额头毛和血水化为北边大地和北海，并立四神分管四方，这也是阿昌族"四方之神"的起源。

"化生"在西南民族的创世史诗中广泛存在。大多创世史诗认为，在远古时期天地混沌不分，一片漆黑，没有日月雷电，不分东西南北。后来是神人或用自己身上的汗垢或骨肉做成天地之间的梁柱和其他自然物等，它们生动地反映了西南民族"灵魂不死"的观念。神巨人在开辟天地的过程中，不幸死去，于是尸体化生为世间万物。当然在阿昌族史诗

《遮帕麻和遮米麻》中，两位神人并未因开天辟地而丧生，"遮帕麻用右手扯下左乳房，左乳房变成太阴山；遮帕麻用左手扯下右乳房，右乳房变成了太阳山"。① "世界上有阴就有阳，世界上有天要有地。遮帕麻造天的时候，遮米麻就开始织地。她摘下喉头当梭子，她拔下脸毛织大地；遮米麻拔下右腮的毛，织出了东边的大地。东边的地像清水一样清清吉吉，东边的地像泉水一样清澄见底。遮米麻的右腮流下了鲜血，淹没了东边的大地；东边出现了一片汪洋，化成东海无边无际……遮米麻拔下左腮的毛，织出了西边的大地。西边的地像清水一样清清吉吉，西边的地像泉水一样清澄见底。遮米麻的左腮流下了鲜血，淹没了西边的大地；西边出现了一片汪洋，化作西海无边无际。"② 这种创生观和演化观，是原始先民对于世界普遍本质或宇宙本源问题的最早思考和认识，它与哲学本体论的思考是一致的。③

第二，动物化生。

哈尼族《奥色密色》：牛角——打雷工具，牛眼——太阳、月亮，牛舌——闪电，牛眼泪——雨水，牛皮——天，牛腿——撑天柱，牛骨——地梁，牛毛——花草树木，牛血——河川，牛肋骨——梯田，牛牙——星星，牛肉——土地，牛肠——下雨的水管，牛肚——龙潭，牛肝——彩霞，牛尾——水坝，牛肺——雾露，牛心——地心，牛喘息——风声。

哈尼族《哈尼阿培聪坡坡》：牛眼——月亮和太阳，粗大的牛骨——虎尼虎那山。

普米族《捉马鹿》：马鹿的头——天，双眼——太阳和月亮，牙齿——星星，血——海子，皮——大地，毛——树木，心——山，肺和肝——湖泊，大肠——江河，小肠——道路。

普米族《金锦祖》：马鹿的眼睛——星星，鹿耳——月亮，鹿头——太阳，鹿皮——天角，鹿腿——大地。

---

① 兰克、杨智辉整理：《遮帕麻和遮米麻》，赵安贤唱，杨叶生译，云南人民出版社1983年版，第4页。

② 兰克、杨智辉整理：《遮帕麻和遮米麻》，赵安贤唱，杨叶生译，云南人民出版社1983年版，第9—10页。

③ 邓启耀：《中国神话的思维结构》，重庆出版社1992年版，第45页。

布朗族《顾米亚》：牛皮——天，牛肉——地，牛骨——石头，牛血——水，牛毛——花草树木，牛骨髓——鸟、兽、虫、鱼，牛腿——顶天柱。

基诺族《大鼓和葫芦》：土板块——天、地，一半蟾蜍——九根顶地柱，一半蟾蜍——九股系天绳，左眼——太阳，右眼——月亮，吹气——风，汗水——雨，鼾声——雷，血肉——动物。

表 2-6　　　　　　　　　　西南史诗动物化生一览

民族	哈尼族	哈尼族	普米族	普米族	布朗族	基诺族
史诗	奥色密色	哈尼阿培聪坡坡	捉马鹿	金锦祖	顾米亚	大鼓和葫芦
化生动物	牛	牛	马鹿	马鹿	牛	蟾蜍
天	皮	—	头	鹿皮	皮	—
地	骨、肉、心	—	—	鹿腿	肉	—
太阳	眼睛	眼睛	眼睛	鹿头	—	左眼
月亮	眼睛	眼睛	眼睛	鹿耳	—	右眼
星星	牙齿	—	牙齿	眼睛	—	—
云彩	肝	—	—	—	—	—
山	—	牛骨	心	—	—	—
河流	肚子、血	—	血、肝、肺、大肠	—	血	—
动物	—	—	—	—	骨髓	血肉
植物	毛	—	毛	—	毛	—
风	喘息	—	—	—	—	气
雨、雾露	肺、眼泪、肠	—	—	—	—	汗
雷、闪电	牛角、舌	—	—	—	—	鼾声
撑天柱	—	—	—	—	腿	一半身体
石头	—	—	—	—	骨头	—
田地	肋骨	—	—	—	—	—
水坝	尾巴	—	—	—	—	—
道路	—	—	小肠	—	—	—

在动物化生的六部史诗中（见表2-6），动物的眼睛化为太阳和月亮、毛化作植物、汗水泪水化作雨水、血液化作河流、皮化作天、肉化作地。从化生动物来看，基诺族以蟾蜍作为宇宙的基质，无疑是将蟾蜍作为族群的信仰之物，基诺族民间故事中多将青蛙和蛤蟆等视作机智、勤劳的化身。在《青蛙和猴子》中，猴子与青蛙打赌，但是青蛙一直不愿与猴子打赌，一日青蛙为了得到蜂儿，便设计将猴子引来跳鼓舞，蜂房掉落下来，蜂儿掉落被青蛙拾走，猴子则被蜇得满身包。在《癞蛤蟆和豹子的故事》中癞蛤蟆掉进了坑里，豹子从旁边路过，癞蛤蟆设计将豹子骗下坑，借助豹子跳出了坑。① 布朗族与哈尼族均将牛视为宇宙的基质，也是将牛作为族群的信仰之物，布朗族与哈尼族生活在云南地区的半山、溪谷旁，哈尼族以耕作水田为主，布朗族以耕作旱地为主，因而牛对这两个民族来说具有重要意义。

化生母题起源于各民族先民追寻万物的由来。原始先民对万物的由来抱有强烈的兴趣，他们通过自我想象建构出万物由来的解释体系，其中以巨人身体或动物身体化生万物最为普遍。在上述史诗中，尽管很大一部分作品反复讲述创世神的创世功绩，但以某种身躯化为万物才是起源母题的主线。西南创世史诗普遍享有动物化生万物的叙事。诸如哈尼族有天王叫龙牛化生万物的叙述，普米族有杀马鹿化生万物的叙述，彝族有老虎化生万物的叙述，怒族有杀虾蟆造万物的叙述。西南创世史诗中的开天辟地洋溢着勇于开创天地和群体协作的精神，充满了对神化了的劳动能手的颂扬，对以后的经济社会发展产生长期影响，如布洛陀、槃瓠、木布帕、英叭等都成为各民族的精神象征。开天辟地的内容反映出西南民族先民已然具有类比的思维能力，他们将自然、动物与人的生命联系在一起，并根据这种原始思维的逻辑，认为自己是自然的一部分，神、人、动植物之间可以互相变形，这正是化生万物的思想根源。

（二）化生万物的原始想象

创世史诗中的化生叙事源自对万物起源的解释，是人们对事物本质的形而上求索。同时，化生也反映出人们在生产生活实践中，需要类型

---

① 《基诺族民间故事》编辑组编：《基诺族民间故事》，云南人民出版社1990年版，第130—134页。

化处置混沌世界，并以此回应对世界的自我认知，这种类型化处置需要长时期的探索和更新，这种探索和更新的过程本身也是秩序确立的过程。叶舒宪在研究实体化生时便认为，万物起源伴随原始生物的肢解，原始生物的肢解实现了世界的一元到世界的多元。① 类型化处置混沌世界，抑或以化生切割混沌，绝非无序的，而是通过一定的方式呈现的，正如米尔恰·伊利亚德（Mircea Eliade）认为的，人的身体自然而然地是空间的核心，"空间是围绕着人的身体而组成的，可以向前、向后、向右、向左、向上、向下延伸"②，于是先民们就根据自己的身体，将各器官与宇宙万物相对应，如眼睛与天上的日月相对应，四肢与支撑天地的撑天柱相对应，身体毛发与花草树木相对应，血液与奔腾的江河湖海相对应，这些对应因此具有一种天然的关系。从语言学的角度来说，"浓缩、堆积着人类对于天—人—时空系统的超验性解释和经验性复证"③，人类身体的各部分与自然之间的对应，自然成为化生的内层逻辑，并在时空系统中得到反复验证，这样，史诗的真实性、神圣性与合理性混糅为一体，成为文化持有人认识宇宙、理解宇宙、建构宇宙的底色，也成为文化持有人认识事物、理解事物和建构事物的基础。

　　人们对开天辟地的思考，是想象宇宙和认识宇宙的第一道门槛。在这一过程中，世界秩序得到了建立，神与神、人与人、神与人之间的关系也得到了明晰。但是这些关系界限，都是人的主观行为，是人类自己对自然的一种切断，所以，这些界限里面潜藏的含混现象是导致忧虑的根源，这一原则既适用于空间，也适用于时间。④

　　还应当注意的是，在史诗的叙述中，创世一旦完成，也就代表着创世神的隐退或者消失，新的神灵系统随之出现。创世神的消失或者隐退实质上与人类框定自然为何之后的忧虑相关。创世神化作宇宙秩序的载

---

　　① 叶舒宪：《中国神话哲学》，中国社会科学出版社1992年版，第327页。叶舒宪认为，"一个原始巨人或生物的肢解和毁灭带来了宇宙万物的诞生。原始整体的分解导致了丰富多样的世界，其数字抽象模式为从一到多"。
　　② ［美］米尔恰·伊利亚德：《宗教思想史·第1卷·从石器时代到厄琉西斯秘仪》，吴晓群译，上海社会科学院出版社2011年版，第7页。
　　③ 杨立权：《语言学视界中的神话》，硕士学位论文，云南大学，2001年。
　　④ ［英］埃蒙德·利奇：《文化与交流》，郭凡、邹和译，中山大学出版社1990年版，第34页。

体，其行动很有可能会带来秩序的再度混乱，甚至是回归到混沌状态。具体来讲，无论是时间的划分，还是空间的稳定，时空的有序及以此确定的诸种秩序仍有可能受混沌力量或其他力量的影响，创世史诗中的洪水灭世便是混沌复归的一种叙述，被构建的世界秩序再度被破坏，恢复混沌之初的茫茫之水的状态。因此，时空的分割和秩序的建立持续至神人世界的分割才最终完成，空间的含混造成的神人世界的杂乱无章得以消解，神人关系的调整使得诸神的混沌之力被分解，神退出人的生活世界，隐遁于人的精神世界，为人的社会秩序建构让渡空间。

三 阴阳的互融：雌雄孕育

西南史诗中的阴阳相配与万物之母的观念，是原始先民对宇宙演化过程的一种解释。诸如景颇族史诗《勒包斋娃》演述宁旺和宁斑阴阳相配生育万物。彝族史诗《天地祖先歌》演述天为男，地为女，天地结合生百草，百草与露水相依附，生育万物。早期的人类除了在自然界中寻找生存所需的食物，就是进行生命的繁衍，出于对男女性别的认识，将其推至自然，则出现了天地、日月等相对应的事物，阴阳成为解释事物的基础。这种阴阳相生的观点产生于人们的原始性崇拜，阴阳交合繁衍生息，于是天地万物间的发展也被认为是阴阳交替的产物，进而演变成对客观世界演化的解释。①

西南史诗中对于宇宙的创生，均有阴阳二元对立的特征。彝族史诗《天地祖先歌》演述："清气变为天，浊气形成地。清浊是阴阳，阴阳会相交。"② 阴阳相交产生天地、形成风雨雾露、生育男女，《阿细的先基》则用轻云重云代表阳和阴，"轻云飞上去，就变成了天……重云落下来，就变成了地"③。纳西族史诗《崇搬图》认为宇宙万物由东神（男神）与色神（女神）这对阴阳神所创造。④ 而关于自然万物的繁衍，彝族史诗则

---

① ［日］樱井龙彦：《混沌中的诞生——以〈西南彝志〉为例看彝族的创世神话》，载巴莫阿依、黄建明编《国外学者彝学研究文集》，云南教育出版社2000年版，第238—262页。
② 王子尧、张坦、刘援朝、韩川江：《天地祖先歌》，《贵州民族研究》1983年第3期。
③ 云南省民族民间文学红河调查队搜集翻译整理：《阿细的先基：阿细民间史诗》，云南人民出版社1978年版，第6—7页。
④ 周汝诚：《麼些创世经译本全部》，周汝诚手抄本1950年版。

非常清晰地将这些事物进行阴阳二元对立的划分,并认为阴阳的划分实则是阴阳结合孕育繁衍的前提,"大雾和风雨,产生了大河。大河透亮明,大河穿地过。大河分阴阳,阴阳一结合,大河生小河。小河分阴阳,河里鱼儿多。阴阳又相配,鱼在水中乐"①。

原始先民的阴阳观念是在对男女性别的认识中抽象获得的,人类分男女,动物有公母,两者除了性别的区别外,还有外貌、习性上的差异,这些不同的特征,彼此互补,又通过两相交合而产生新的生命。于是,就有了男女之别、阴阳之分,阴阳结合孕育万物成为先民认识自然的朴素的唯物观。阴阳五行是古代哲学思想的核心范畴之一,阴阳观占据最高位。彝族《天地祖先歌》中就有叙述,"万物属阴阳,阴阳生五行。五行又相生,人间大变样"②。《周易》中,八卦由阴阳构成,基本单位为爻,"- -"为阴爻,"—"为阳爻,书中"易有太极,是生两仪。两仪生四象,四象生八卦",太极为宇宙之原,两仪则指天地,也可为阴阳。四象代指四季天象,夏季为太阳,冬季为太阴,春季为少阳,秋季为少阴。周文王在八卦学说的基础上创制了乾坤学说,认为"先有天地,天地相交而生成万物,天即乾,地即坤"。"万物负阴而抱阳,冲气以为和"与"至阴肃肃,至阳赫赫,肃肃发乎天,赫赫发乎地,两者交通成和而万物生焉"也将天地视作阴阳。这与彝族史诗中将天地视作男女之说一致,人类将两性生殖寓于万物之中,希望从自然和人类社会中寻求统一与和谐,认为科学界所探讨的世界结构,事实上在阴阳学说中已有预示。

四 变化的平衡:生命宇宙观

宇宙观属于哲学范畴,亦属于科学范畴,人类自童年时代就开始对宇宙进行思考和探索,尽管他们充分发挥想象,但直到当代仍然没有完全解决这一问题。对宇宙的探索一直是人类的兴趣所在,现代科学中的宇宙论关注的是宇宙的演化和结构问题,但是对宇宙起源的探索贯穿其始终。尽管今天的科学已相当发达,但关于宇宙起源的研究仍然没有被完全证实。现代科学家提出了许多假说,最有代表性的是德国康德和法

---

① 王子尧、张坦、刘援朝、韩川江:《天地祖先歌》,《贵州民族研究》1983 年第 3 期。
② 王子尧、张坦、刘援朝、韩川江:《天地祖先歌》,《贵州民族研究》1983 年第 3 期。

国拉普拉斯提出的"星云说"和俄国亚历山大·弗里德曼和比利时主教阿贝·乔治·勒梅特提出的"大爆炸理论"。关于原始宇宙的混沌状态,在古代汉人、希腊人、罗马人、埃及人和印度人的创世神话和我国周边少数民族史诗中均有类似描述。史诗中以神话的语言和方式叙述了人类对宇宙的理解和认知,人类对宇宙的认知形式随着人类生活的变化而变化,但其内在实质基本上始终如一。因此,分散在不同地域的民族,仍然具有相同主题的史诗。①

(一) 东方宇宙观之分野

印度佛教思想中蕴含的宇宙观与中国佛教中的宇宙观以及其他宗教的宇宙观是否存在联系,是探索中国宇宙思想的重要切入点。

第一,古印度宇宙观。宗教宇宙观的影响深刻而长远。每一个宗教都有其独特的宇宙观。古印度将天与地视作平行的两个面,地面以中间凸起的迷卢山为中心,外围环绕着陆地,陆地之外环绕着大海,以水波纹似的环状向外扩散,形成了七圈大陆和七圈海洋。在与大地平行的天上,有着一系列的天轮,这些天轮的共同轴心就是迷卢山,迷卢山的顶端为北极星所在之处,每一个天轮都有一个天体在环绕旋转,太阳围绕旋转的天轮上共有180条轨道,太阳每天在一条轨道上旋转,以半年为一旋转周期长此往复,并描述日出方位角的周年变化。② 从古印度人对宇宙时间和空间的描述上看,他们已经认识到了时间与空间的内在联系。

《楞严讲经记(四)》将世界解释为:"云何名为众生世界?世为迁流,界为方位。汝今当知,东西南北,东南西南,东北西北,上下为界;过去未来,现在为世。"《管子·宙合》载:"宙合之意,上通于天之上,下泉于地之下,外出于四海之外,合络天地以为一裹。"③ 天地万物没有不处于"宙合"之中的,《淮南子·卷三》天文训中夹注亦有言:"宇四方上下也,宙往古来今也,将成天地之貌也。"④ 因而可以理解为佛教中的东西南北为"界"是为"宇",时间维度为"世"是为"宙"。所以,

---

① 易华:《少数民族科技》,中央民族大学出版社1994年版,第2页。
② D. Pingree, *History of Mathematical Astronomy in India*, *Dictionary of Scientific Biography*, 转引自江晓原、谢筠译注《周髀算经》,辽宁教育出版社1996年版,第42页。
③ 黎翔凤撰稿、梁运华整理:《管子校注(上册)》,中华书局2004年版,第235—236页。
④ 刘安等编著、高诱注:《淮南子》,上海古籍出版社1989年版,第26页。

从时间上来说，宇宙没有起点和终点，从空间上来说，宇宙没有内极和外限。不管是从时间上还是空间上，这种无限的概念均是人为界定的，不可观感。佛教所认为的世间万象皆与众生心性相连，也就说明了佛教时空观的相对性，《华严经·世界成就品》载："诸佛方便不思议，随众生心悉现前""始从一念终成劫，悉依众生心想生"①，佛教将宇宙、时空、生命的观念理解为人的意念，一切均由人的意念而生，且其中的相对性观点对揭秘宇宙也有一定的意义。

从缘起论来说，世界上的一切事物都是相互联系、不可分割的。"变"是一切的本质，存在也是有相对性的。可以说，整个世界处于复杂交织的层层关系中，每一个组成要素都相互依赖，不能独立存在，这种整体性思想在生态学理论中也有所体现。诸如儒家对宇宙的理解主要体现在五行和阴阳学说中，他们认为宇宙主要依据金、木、水、火、土五行实现运转。五行是中国哲学的重要概念，被认为是福禄之源和万物之本②，世界万物由这五种物质构成，是宇宙运转和社会运行的基本系统。五行之"五"相生相克，五行之"行"交织并行，战国时期阴阳家邹衍用"五行"解释宇宙与人类社会的发展和演变，古代彝族则认为五行之土产生宇宙，主管中央，五行之木主管东方，五行之金主管西方，五行之火主管南方，五行之水主管北方。具体来讲，五行所统领的事物时间具有"同类相召，同气相求"的相应联系，同类的事物间具有共同的类属性，不同类的事物之间又在横向上有着相互制约的关系。如此，任何事物之间既有同类的联系关系，又有异类之间的相互作用的关系，进而形成万物间纵横交错的网络结构。宇宙呈现为由无数小五行系统构成的超大五行系统，宇宙这个大五行系统中套着许多小五行系统，每个小五行系统从结构上来看也就是一个小宇宙。换言之，宇宙是一个有着统一结构、秩序井然的大系统，万物及其自身要素之间相互促进、相互制约，处于动态平衡之中。

第二，中国宇宙观。中国的天人合一思想源于古代天人一气的宇宙观念，传统的阴阳学说认为，气与阴阳之间联系紧密，气分阴阳。道亦

---

① 肖武男主编：《普贤菩萨经典》，华夏出版社2007年版，第17—18页。
② 罗国义、陈英翻译：《宇宙人文论》，民族出版社1984年版，第30页。

是如此，分阴阳之道，阴阳二气运转，生出人与物，进而演化为儒家天人合一的宇宙观，这一宇宙意识的局限性是显而易见的，其衍生的天人宇宙图式，对自然宇宙没有进行系统科学的分析和说明，没有指引人们走入科学的沉思，反而使人们走入伦理的默想，导致人们麻木式的恭顺与服从，这一切都严重束缚和阻碍了古代中国人对于自然的探索与求真，亦有可能是导致中国古代自然科学发展缓慢的思想渊源。但必须注意的是，天人合一的宇宙观认可人与自然的和谐发展，蕴含现代生态学理念，在儒家的传统中，宇宙是个生命系统，由生命形成。孔子认为天绝非指代神，而是由具有自然力生命属性的自然力建构，这样，天的内涵便得以延展，与宇宙相同，成为一个生命系统。天人合一的观念亦承认了自然的生命意义，儒家将天地自然作为宇宙生命规律运动的载体，人与物形成了和谐的统一整体，人与自然有区别但不分离的关系，是对人与自然生命共同体理念的一种概括。

  道教是中国传统的本土宗教，自创立之日起就与民间流传的史诗有着紧密的联系。在史诗的体系框架下，道家逐步建构成了宗教化的宇宙创生（包括人类起源）与延续理论。老子最早提出了"道"生万物的学说，他认为宇宙万物必然经历了一个从无到有的过程，即"万物生于有，有生于无"，无为万物之始，有为万物之母。老子将道看作宇宙中奔流不息的生命力，其特征为自然性，这种自然的生命力的表现形式就是宇宙万物。道家将生命的一切形式都归结为自然，是将生命与自然作为统一体的一种思想认识。"道生一，一生二，二生三，三生万物"是道家对天地万物化生的一种阐述，道历经"一""二""三"衍生万物，虽然"一""二""三"并不知其所指，但是从一到二，从二到三，感官上是从少到多的一个过程，是道演化为万物的过程。"万物生于有，有生于无"这个过程中的"有"和"无"并非绝对的状态，"道"作为宇宙的起点，它可以是有，也可以是无。与万物相较而言，它是无，而作为万物之源，它为有。因此，道是有与无的统一。《老子》第二十五章将道阐释为无形，才有混沌而成万物，生于天地之前，"有物混成，先天地生"。道也涵括了时间和空间，"寂兮寥兮，独立不改，周行而不殆，可以为天地母。吾不知其名，字之曰道，强为之名曰大。大曰逝，逝曰远，远曰反。故道大，天大，地大，王亦大。域中有四大，而王居其一焉。人法地,地法天,天法道,道法自然"①。道先天地而生,亘古不变,运行不止,不知首尾,所蕴含的时间和空间均具有无穷的意味。《庄子》亦蕴含有时空无限的思想,"秋水篇"提出了时间和空间是无穷的观点,"泛泛乎其若四方之无穷,其无所畛域。兼怀万物,其孰承翼?是谓'无方''时无止'"。"庚桑楚篇"也有相关论述,"有实而无乎处者,宇也;有长而无本剽者,宙也"。

不可否认,"天上一日,地上十年"的说法,在某种程度上是荒谬的,但是伴随人们对宇宙的深入理解和科技的不断发展,这种关于时间的计算凸显出其合理性,它关注到了时间的相对性,认为在不同结构中,时间的量度计算有所不同。在不断实践的过程中,道家提出宇宙是连续和变化的,万物均是在变化之中发生,且随时间的变化处于不断变化之中,于是时间与万物在变化之中构成了宇宙秩序的主要结构,这种观念在很长时间内影响了较大范围的地域文化持有人。

(二) 西南民族宇宙观

万物有灵是西南地区民族的集体共识,先民们将世间万物理解为有生命的物体。万物有灵论,认为一切事物和现象都处于精灵的控制之下,《列子·汤问》就载,"天地亦物也。物有不足,故昔者女娲氏炼五色石以补其阙,断鳌之足以立四极。其后共工氏颛顼争为帝,怒而触不周山,折天柱,绝地维,故天倾西北,日月星辰就焉。地不满东北,故百川水潦归焉"。女娲是掌管天地自然的神灵,在自然界遭遇灾祸时,有补救之责。生命有限,也为无限,通常生命的有限与不断繁衍,构成了宇宙生命的无限,所以生命是一种超越有限的永恒存在。

在当下的民间传说故事与遗存的风俗习惯中,仍有对天地自然的崇拜。山有山神、河有河神、天有天神、树有树神、火有火神,风雨雷电等都有超自然的神力,这些神力主导自然运转,维护自然秩序。先民们将自然物与人类视作统一体,认为自然物与人类一样拥有意识和情感,两者可以借助媒介进行交流。与道家将生命与物质统一于道一般,虽然辩证地论证了宇宙生命的存在,但是这种观点主要是依靠人类的主观意

---

① [汉]河上公注、严遵指归、[三国]王弼注:《老子》,刘思禾校点,上海古籍出版社2013年版,第52页。

志想象出来的，由此形成的生命宇宙观处于一种幻想的状态，是未经实践的想象，无法为精神和物质的统一提供确凿的证据。这些对宇宙生命的表达缺少了事实依据，古人们依据自身的直觉构想出了宇宙的整体性特征，并以生命宇宙观为人的生命变化确立了归宿。

　　纳西族的东巴教是原始崇拜和人为宗教的综合体。从11世纪到近代，它始终保持着这样的性质。它一方面不同于原始崇拜，如它已有了统一的、自觉的创教人（祖师）丁巴什罗和阿明什罗，有篇幅宏大、卷帙浩繁的《东巴经》，有统一的仪式、法器等；另一方面，它保持着原始崇拜的许多特点而不同于人为宗教，如它没有庙宇，没有统一组织，巫师"东巴"不脱离生产劳动，不以宗教为职业，也不是剥削者。东巴教的这种性质和特点，使它既包含有人为的宗教理论，同时又包含着自原始时代以来纳西族社会意识发展的各种成果。

　　原始时代形成的史诗，是当时纳西族先民的各种知识和观念的总汇，包含有神论的萌芽，由于与原始史诗相结合，被东巴教继承和保留，成为《东巴经》的重要组成部分。《东巴经》讲述了天地万物起源的问题，其中讲得最为系统深入的是创世史诗《崇搬图》，又译为《人类迁徙记》。除《崇搬图》之外，还有如《黑白之战》《动埃苏埃》《什罗祖师传略》等，它们在叙述各自的内容之前总要追溯天地万物的起源，但它们对天地万物起源的看法同《崇搬图》基本一致。

　　以史诗《黑白之战》来说，"千古万古前，没有地和天，没有日月星，没有海和山。妙音出上方，瑞气出下方；音和气相合，刮起白风来。三股白风吹，化为白云彩；白云酿露浆，白露凝白蛋。白蛋孵开来，五神出世来（五神名盘、禅、高、吾、恒），东主出世来，术主出世来"①。认为天地不是从来就有的，也不是超自然的神灵或造物主"无中生有"地创造的，而是从"白蛋"演化来的。在远古的时代，人们受思维水平的限制，无法用抽象的概念来表达这种状态，于是称为"白蛋"。而"白蛋"从何而来，史诗认为是由"三股白风"吹出的云彩所酿的"露浆"凝结而成，其最初的形态也是不定形的"风"。由上述可以推知，"白蛋"是物质性的存在，其特点是不确定性、未分化性。《黑白之战》认为一切

---

① 杨世光整理：《黑白之战》，云南人民出版社2009年版，第1—2页。

万物起源于"白蛋",而非神灵创造,这实质上就是一种朴素唯物主义的观点。由于它否认神是本原,否认造物主,因此在实质上也就是一种无神论思想。①

土家族认为天地本就存在,只是天比较低,与地挨得很近,以致天地间秩序混乱,"在那远古的洪荒时代,天和地,相挨近,画眉鸟儿叫,声音传上天,吵得天上人,日夜不安宁,天上的人要打画眉鸟,从此画眉树林深处藏身"②,史诗一开始就讲述了混沌之前宇宙的状态。因为天地挨得近,天上与地下的界限并不分明,地下的画眉鸟叫、青蛙叫的声音都能传到天上去,树枝藤蔓都能爬到天上去,天上一片乱糟糟的景象,东海大鱼的鱼腥味飘到天上,鱼翅伸进了天上,天上人实在闻不了鱼腥味,于是搬起大斧砍杀大鱼,大鱼因痛晃动翻身闯下了大祸,"天上通了大眼,地上通了大坑",从此天地归为"混沌"状态,"从此四季不分,从此日夜不清。画眉不叫,青蛙住声,葛藤不长,芭茅不生,大地一片漆黑,世上混混沌沌"③。宇宙变为混沌是基于地上万物与天上人的矛盾,这些都说明了土家族先民的宇宙观与其生活环境有着密切的联系,同时也蕴含着他们处理人与自然关系的生态思想和改善生存环境的强烈愿望。混沌的世界必然要走向有序,于是《摆手歌》的《制天制地》部分讲述了宇宙万物的起源,"无天无地,不成世界,张古老你就造个天吧!李古老你就造个地吧!"到后面,土家族史诗的宇宙发生无神论演化成为神仙创造的"有神论"。这与道教的影响有着紧密的联系,道教传入土家族地区的时间较早,在东汉末年,张道陵就携弟子前往巴蜀地区传教。其孙张鲁在汉中传教三十年,在巴郡南郡等地,"以鬼道教百姓,賨人敬信巫觋,多往奉之"④。魏晋后,土家族信道教者渐多,可从记载土家族先民白虎人的史料中窥见一二,《晏公类要》中记载,荆楚之地"有巴人焉,

---

① 伍雄武:《纳西族哲学思想史论集》,民族出版社1990年版,第29—30页。
② 湖南省少数民族古籍办公室主编:《摆手歌》,彭勃、彭继宽整理译释,岳麓书社1989年版,第14页。
③ 湖南省少数民族古籍办公室主编:《摆手歌》,彭勃、彭继宽整理译释,岳麓书社1989年版,第16页。
④ (唐)房玄龄等:《晋书》卷一百二十《李特传》,(唐)房玄龄等撰《晋书(全十册)》,中华书局1974年版,第3022页。

有白虎人焉……白虎事道"①。土家族梯玛所唱的史诗《摆手歌》中的各路神仙，墨帖巴②、依窝阿巴③、雷公、李古老、张古老等诸种，均是道教传入后的产物④。

（三）西南民族宇宙观的哲学价值

哲学萌芽于原始氏族社会时期，产生形成于奴隶社会时期。虽然原始社会时期没有相关的文字记载，但可以通过考古遗存和口头传统管窥彼时的画面，诸如记载着原始人生产生活的岩画、壁画等，大量流传在民间的神话、传说、史诗等。西南地区各民族丰富的口传文学中，大都有对其生产生活的记述，这些口承文学留存有某些原始的信息，这是原始文化在现代生活中的积淀，这些原始文化信息可以成为挖掘先民原始意识和研究哲学萌芽的基础和根据。⑤

在西方哲学史中，同样也有万物有灵的思想，他们将事物的运动视作是有目的的行为。亚里士多德就曾对古希腊哲学进行评价，他说古希腊的哲学在任何时候都强调宇宙中存在灵魂，并且不只是动物拥有灵魂。随后，斯宾诺莎将物质和意识进行了统一，认为上帝和自然既有物质属性也有精神属性，有物质空间存在的地方，必然就存在灵魂和精神。黑格尔在《自然哲学》中提出，自然界是人精神或者理念的一种外化，精神作为一种存在物，是自然发展的原则，且这一原则在不同时期表现也不同。至近代，费希纳提出了植物与星体均有灵魂的观点，意在说明宇宙万物均有灵魂和意识。这实质上也将物质归为精神，但是生命具有精神的特征如果不与自然界相联系，那么自然又如何解释其自身的生命状态。如果将这种精神从自然中抽离出来，宇宙精神仍是真实可感的，那么客观的精神也只能以个别的形式存在。

所以，截至近代之前的生命宇宙观，将人类的精神想象和感悟推至自然，并以此确立自然法则，更多的只是体现出从现象中抽离剥出一般

---

① 参见刘先枚《楚言权论》，武汉大学出版社2012年版，第243页。
② 墨帖巴，指天上的大神。
③ 依窝阿巴，指做人的女神。
④ 柏喜贵：《试论道教对土家族的影响》，《民族论坛》1992年第3期。
⑤ 佟德富：《中国少数民族原始意识与哲学宇宙观之萌芽》，《中央民族大学学报》1995年第4期。

秩序，以此表达出宇宙万物的统一性，但是这种方式最终只会让所表达的世界成为一个空洞的浮游物，脱离现实世界。本质上，它只是一种思想的产物和抽象的推理，并不能以此来确定世界是统一于生命的。

文化的价值问题产生于人类文化的发展，是人类在发展过程中对文化的一种反思。人作为文化存在的本质和文化作为人的本质的存在，是文化价值问题的根本问题。

源于对本质问题的不同探索，文化价值问题分化为文化价值认同论和文化价值消解论，这两种截然不同的本质探索，影响了人们对文化发展问题的看法。回溯文化哲学的发展历史，虽然没有明确提出文化价值认同论和文化价值消解论，但是这一悖论存在于文化哲学研究的各项历程中，尽管相较于文化进化论和文化相对论等理论体系，文化价值认同论和文化价值消解论似乎并未形成明显的理论体系，但作为文化哲学研究的逻辑起点，认同与消解本身便是诸种理论首要思考的议题。如同认识论中的可知论和不可知论，人们很少从意义层面去对文化价值本身进行反思，文化价值作为人类发展的预设性真理，对人们的思维有着极为牢固的统治，人们只是在这一预设下，对文化哲学进行着相关研究。因此，文化的价值认同是人类文化发展的前提，也是文化本质的体现，在这一层面上来说，文化被视作与人等同，文化的发展就代表着人的发展，换言之，有人的发展就有文化的发展，在人之外不存在文化，而文化之外的地方不可能有人的存在。对于这个问题兰德曼也提出了自己的见解，"如果没有人的实现，文化便不会存在。但没有文化，人就一无所有。这两者之间都有相互不能分离的作用"[1]，文化的价值认同论将人的发展归结为文化的发展，而对文化发展的价值并不存疑，人们对文化的发展抱有极高热情和期望，认为人的自由会在文化的发展中迎来曙光。马克思赞同文化的价值认同论，他从人的本质和人的发展的实质出发，认为"文化上的每一个进步，都是迈向自由的一步"[2]，文化的演变总是不断走向进步的。从本质而言，文化是人在自我创设中所获得的一种存在方式，所以文化的本质当是人的自由，也就是说，人的文化创造的历史就是自由

---

[1] ［德］M. 兰德曼：《哲学人类学》，彭富春译，工人出版社1988年版，第266页。
[2] 《马克思恩格斯选集》第三卷，人民出版社1972年版，第154页。

实现的历史。人的自由的实现是一个永续的文化创造和文化更新的过程，文化的创造和更新产生了文化的时代性，在这一过程中，不同民族或地域形成了文化的民族性，文化的时代性与民族性促进了近代的文化发展。

　　从空间上来说，任何两种（或以上）文化模式之间的矛盾会促进文化模式内部的向心力，同时也会加剧这两种文化模式的冲突。例如，乡土文化与人的关系就如风筝与线一般，使具有共同语言的群体忠于自己的传统，但往往会出现一个相反的力量拉回这种偏向趋势，这一力量就是交际，人是社会人，交际是人类社会形成与发展的主要力量。从时间层面来说，任何两种（或以上）文化模式之间都会呈现出传统凝固的惰性与冲破传统的活力之间的冲突。处于割裂的形势中，具体的文化模式通过调节自身的结构来解决冲突，原有的特定的文化模式通常表现为择优吸收异质文化因素，但是如果原有的文化结构无法融合异质文化，则会从自身结构出发，不断调适，适应异质文化的冲击，从而产生新的文化模式。所以说，文化的时代性与民族性之间的矛盾在本质上是受到文化价值系统演进规律制约的，不管双方如何对立，都立基自身所处的文化环境和文化氛围，所以即便是选择有所差异，都是围绕文化价值认同系统进行的。

　　但是随着人类的发展，文化的价值认同论逐渐进入神的世界，人的本质问题被逐渐疏离。文化获得了独立存在的机会，"知识就是力量""我思故我在"的观点，展示了文化的发展可以不考虑人的本质就能够实现人的本质，文化力量的无穷成为近代世界变化的基础，人们相信科学可以战胜一切。在人与自然的关系中，人们同样相信，可以借助科学的力量战胜自然，从而将人类从自然中独立出来，进而实现人类统治自然。人的神性在此被无限放大，理性、科学成为人类的无限追求，人的本能和需求遭受压制，于是，文化的价值消解论在这里找到了依据。文化的价值认同论侧重于人的自由，文化的价值消解论侧重于人的本能。两者都不可能被彻底否定，因为文化的价值认同论与文化的价值消解论都是以人的本质为依据的，并同时指向于人的自由，消解论所侧重的本能，实质上是人作为自然人的自由。

　　从西南史诗中所体现的宇宙观来说，西南民族对于宇宙世界的探索，无疑也是对人的自由的探索。天圆如张盖、地方如棋局，这是旧盖天说。

后来发展为天象盖笠、地法覆盘,这是新盖天说。拉祜族史诗《牡帕密帕》描述了类似的天地结构:"天撑大了,像一口闪亮的铁锅;地缩小了,像那数不清的田螺。"彝族史诗《阿细的先基》中,则有这样的描述:"东边竖铜柱,南边竖金柱,西边竖铁柱,北边竖银柱。用柱子去撑天,把天抵得高高的。"苗族古歌形容天地为:"天刚刚生下来,像个大撮箕;地刚刚生来,像张大晒席"。随着社会的发展和人类认识的深入,人们发现"盖天说"不能解释许多常见的天文现象。到了汉代,张衡等创立了浑天说:"浑天如鸡子。天体圆如弹丸,地如鸡中黄,孤居于内,天大而地小。天表里有水。天之包地,犹壳之裹黄。天地各乘气而立,载水而浮"。彝族史诗《支格阿鲁》中,智慧老人说,天地没有真正相连的地方,只有闭上眼的那刻才是天地相连的时候。老牛也告诉他,纵然走到头发全白,人已走死,也看不见天地相连之处。史诗反映出彝族先民已感觉到天地是无界的,隐含了地球是圆球的观点。

从科学发展的角度来说,盖天说、浑天说代表了宇宙发展的不同阶段。采用浑天说的理论与浑仪、浑象进行天文观测,描述天体在球面上的视运动,其准确性、科学性都远比盖天说要进步。但浑天说也没有考虑到"天外"空间的存在。因而又产生了一种新的学说宣夜说,宣夜说主张天了无质、仰而瞻之、高远无极。宣夜说主张宇宙是无限的,是一种很先进的宇宙学说,在各民族创世史诗中,也闪烁着一些宣夜说的思想。如傣族史诗《巴塔麻嘎捧尚罗》对地球的由来这样描述道,数亿年前,宇宙间天地俱无,翻腾的气体、烟雾和狂风逐渐凝成一团形成今日的地球。剩余的气体、烟雾和大风仍继续翻滚。史诗中的地球是一个球体,地球的外面不再有"天壳"的存在。这是对浑天说的一种突破,已具备了宣夜说①的思想。

---

① 宣夜说是中国古代的一种宇宙学说。《晋书·天文志》:"宣夜之书亡,惟汉秘书郎郗萌记先师相传云:'天了无质,仰而瞻之,高远无极,眼瞀精绝,故苍苍然也。譬之旁望远道之黄山而皆青,俯察千仞之深谷而窈黑。夫青非真色,而黑非有体也。日月众星,自然浮生虚空之中,其行其止,皆须气焉。是以七曜或逝或住,或顺或逆,伏见无常,进退不同,由乎无所根系,故各异也。故辰极常居其所,而北斗不与众星西没也。摄提、填星皆东行,日行一度,月行十三度,迟疾任情,其无所系著可知矣。若缀附天体,不得尔也。'"宣夜说的主要观点是认为天是无色无体的广大空间,其中有无边的气支持,推动着日月星辰的行止。

伴随着人类对宇宙世界作出合理性解释，人类获得了认识和理解的自由，但是随着对宇宙世界秩序的认同，人类也逐渐被框固在这些秩序当中，失去了自由。老子与庄子也意识到了文化的消极意义，提出了"待钩绳规矩而正者，是削其性也；待绳约胶漆而固者，是侵其德也"①的观点，他们将文化的进步视作人类失去自由的标志，文化每获得一次进步，就意味着人类又给自己套上了一层枷锁。西方后现代主义也将文化看作对人的束缚，他们将人的本能视作人的本质，重视人的无意识和自然性，唯有人的意志和本能才是人的真正的本质，将理性和知识作为人实现自由的最大障碍。弗洛伊德认为无意识是人的本质，"我们必须设想潜意识是精神活动的普遍基础。潜意识是一个大圆，里面包着意识这个小圆。每个意识都有一个潜意识的初级阶段，而潜意识有可能就停留在那个阶段，却具备精神过程的全部价值"②。但是马尔库塞认为，在这样的一种逻辑中，人的感觉代替了思维，将思维的作用消解了，思维的主动性退让，接受性和被动性成为主导，这种逻辑的结果必然导致人成为单向的物化存在。基于此种思考，后现代主义基于人的本质解构了现代文化的范式，将人还给人自身，成为真正自主的人，人们以此在自我解释和自我实现中实现了客观精神的主体化。文化的价值认同与价值消解事实上是并不是以单一形态出现的，它们的影响也不是一贯的，消解论本质上是理性与科学专制的对立，同时也是并存共生的。

从社会心理学视域来看，文化的价值认同对群体凝聚力的形成具有积极作用，"群体凝聚力是指群体中特殊类型联系的形成本身。这些联系可使外部决定的结构变成人们的心理共同体，变成按自己的规律而生存的复杂心理机制，并集中表现为群体成员的归属感、认同感、满足感和自豪感。它反映了群体对于其成员的一种内聚作用，是表现在群体成员身上的向心力"③，显然，凝聚力的来源绝非仅限于经济发展，抑或血缘认同，而是历史积淀下来的民族文化的价值认同。

---

① （清）曾国藩：《经史百家杂钞·上》，岳麓书社2015年版，第15页。
② ［奥］西格蒙斯·弗洛伊德：《梦的解析》，若初译，华中科技大学出版社2017年版，第468页。
③ 阮纪正：《变革中的哲学文化思考》，广东高等教育出版社1997年版，第239页。

第二节 西南史诗人类起源母题

西南史诗多有人类起源演述，并成为绚丽多姿的人类起源文化的重要组成部分。人类起源是各民族在历史发展中，逐渐萌生自我意识并对生命进行追问的一种文化。对人类起源的思考伴随民族的形成和发展而发展，史诗的人类起源演述自然就成为民族文化，并导致原本对人类起源的演述，成为民族对自身起源的演述，且这种演述大多赋予本民族祖先神性色彩。

一 原初的想象：元人类的起源

与宇宙探索联系紧密的就是对人类自身的起源追溯。人类起源的思考在各个族群中广泛存在，这些思考也各不相同。各民族创世史诗的开篇大多从古讲到今，从宇宙演化或者开天辟地说起，①天地形成了，万物生长了，人类也随之诞生。对于人类诞生的讨论，形成了诸多说法，有神人孕育、神人创造、自然物变化等，不管是何种说法，都反映了早期人类对自身的认识和理解。

（一）元人类起源母题

爬梳西南史诗元人类起源母题（见表2-7），发现史诗中人类为天神繁衍或创造的有15部，由天神与人生育的有1部，是佤族的《司岗里》，自然生人的有9部。这一阶段的人类起源探索中，各民族由天神创造或者天神生育的说法占比最大。神人用泥土造人彰显出先民对土地和造物主的依赖感和崇拜感，造物主和氏族起源表达了先民们对造物主和祖先的敬畏感。而在那些关于宇宙万物起源的化生中，先民们对大自然神秘力量的惊异感表现得更为突出。基于此，为了避免在研究过程中出现材料的繁复，本书分别以天神创造母题分析先民对神灵的敬畏，以自然化生母题分析先民对自然的依赖，以神人孕育母题分析先民对人类自身的探索以及自我意识的觉醒。

---

① 刘洋：《南方创世史诗的人类起源与原初想象》，《西南学术》2022年第1辑。

表 2-7　　　　　西南史诗元人类起源母题概览

序号	民族	史诗	起源	特征
1	彝族	梅葛	雪 （自然生人）	格滋天神撒下三把雪，变成三朝人。第一朝身高一丈二，只长一只眼，只长一只脚，吃的是泥土和沙子，最后被晒死；第二朝人长一双眼，长的是横眼睛，身高一丈三，眼睛是凸眼，也被晒死了；第三朝人，直眼朝天眼，这朝人心不好，天神找寻好心人换人种
2	彝族	阿细的先基	男神阿热、女神阿咪造人 （天神繁衍或创造）	阿热和阿咪用八钱白泥和九钱黄泥造女人和男人，这一代人叫"蚂蚁瞎子"，眼睛像蚂蚁一样看不远
3	彝族	查姆	儿依得 罗娃神 （天神繁衍或创造）	儿依得罗娃造的第一代人，叫"拉爹"，只有一只眼睛，长在脑门，不会说话。"拉爹"这一代不讲道理，天神发水将其淹死了，只剩一位做活人，他与神女撒赛歇结合生下了一个布袋，布袋里面有一百二十个娃娃，这是"拉爹"的后代"拉拖"，他们还是直眼人
4	彝族	勒俄特依	天上泡桐树 （自然生人）	天上掉下泡桐树，霉烂三年后，升起三股雾，降下三场红雪，结冰来做骨，下雪来做肉，吹风来做气，下雨来做血，星星做眼睛，变成雪之十二种，人为有血的第六种
5	彝族	阿黑西尼摩	天神额阿麻 （天神繁衍或创造）	天神额阿麻播撒人种，人种最初是猴子，猴子逐渐变成人，第一代人独眼、独手、独脚不能存活，后来变成竖眼人，有双手和双脚
6	彝族	尼苏夺节	神人用红土捏造 （天神繁衍或创造）	长一只独眼，生在脑门前
7	彝族	天地祖先歌	阴阳二气 （自然生人）	长一只独角，不会走路
8	哈尼族	十二奴局	天神莫米派下 （天神繁衍或创造）	莫米从天上派下两个人种，男的是依沙然哈，女的是依莫然玛。在脑门上长了一只独眼
9	哈尼族	奥色密色	神生 （天神繁衍或创造）	塔婆、模米喝了怀胎水，在太阳光下生男人，在月亮光下生女人

续表

序号	民族	史诗	起源	特征
10	哈尼族	哈尼阿培聪坡坡	大水生（自然生人）	第一对人种是布觉和腊勒，布觉像水田里的螺蛳背上背着硬壳，腊勒像蜗牛，嘴里吐出稠浆，这代人用手走路。第二对人种是俄比和腊千，这代人走路像分窝的蜂群挤挤攘攘。第三对人种是阿虎和腊尼，他们腰杆挺直
11	哈尼族	窝果策尼果	—	—
12	拉祜族	牡帕密帕	葫芦生（自然生人）	葫芦成熟后孕育了一男一女，男的叫扎笛，女的叫娜笛，与常人无异
13	傈僳族	创世纪	—	—
14	纳西族	崇搬图	蛋生人（自然生人）	天蛋在大海中孵出恨矢恨忍
15	白族	创世纪	—	胖又壮，寿命有几百岁
16	阿昌族	遮帕麻和遮米麻	—	—
17	景颇族	勒包斋娃（穆瑙斋瓦）	天神所生（天神繁衍或创造）	天神宁贯杜的儿子女儿生了一个孩子，被吴库昆老人杀死，用其内脏煮粥并分给他们父母，九包肉身变成人
18	独龙族	创世纪	天神造（天神繁衍或创造）	天神嘎美和嘎莎用稀泥捏成了人，但是这批人不会死，后来听了四脚蛇的建议，人类有了生死
19	普米族	帕米查哩	—	—
20	普米族	捉马鹿	—	—
21	普米族	金锦祖	—	—
22	傣族	巴塔麻嘎捧尚罗	贡曼神（天神繁衍或创造）	受绿蛇引诱吃下芒果变成不死人类，后又吃下疾病果会生老病死
23	德昂族	达古达楞格莱标	茶树叶子变成（自然生人）	茶树的102片叶子变成了51个小伙和51个姑娘
24	布朗族	顾米亚	犀牛脑浆（自然生人）	犀牛的全身化作天地万物，其中脑浆化作人，与普通人无异

续表

序号	民族	史诗	起源	特征
25	基诺族	阿嫫尧白	天神造（天神繁衍或创造）	阿嫫尧白创造
26	基诺族	大鼓和葫芦	—	—
27	怒族	创世歌	—	—
28	布依族	赛胡细妹造人烟	—	—
29	仡佬族	十二段经（叙根由）	—	—
30	壮族	布洛陀	神造（天神繁衍或创造）	神仙布洛陀将人放下来，但是这时候的人还未长完全，头颅、肌肉、喉管、腮腺、下巴、脚和奶都没有，走路撞树，一动就打滚。仙人又派四脚王来造人，人才有了双手双脚，才有了头颅和颈，才有了男人和女人，有了老人和后生，有了大人和小孩
31	壮族	姆洛甲	神生（天神繁衍或创造）	姆洛甲是创造神，她只要赤身裸体爬到高山上，让风一吹，就可以从腋下生孩子
32	侗族	侗族祖先哪里来	龟婆孵蛋（天神繁衍或创造）	龟婆孵蛋生下松恩和松桑
33	侗族	嘎茫莽道时嘉	神造（天神繁衍或创造）	萨天巴用白泥捏人，头顶安上三只角，额头安上三只眼，下身捏出四只脚，上身捏出四只手
34	侗族	祖公之歌	龟婆孵蛋（天神繁衍或创造）	龟婆孵蛋生下松恩和松桑
35	水族	开天立地	—	—
36	苗族	苗族史诗	妹榜留（蝴蝶妈妈）（自然生人）	出生时为蛋，与雷公、老虎、水龙、水牛、大象、蜈蚣、蛇等一起出生
37	苗族	俩巴俩玛	—	—
38	瑶族	密洛陀	—	—
39	瑶族	盘王歌	—	—

续表

序号	民族	史诗	起源	特征
40	畲族	高皇歌	—	—
41	毛南族	创世歌	—	人的寿命五百年
42	苦聪人	创世歌	—	—
43	佤族	司岗里	人神生	妈侬在大力神达能的配合下生了安木拐，安木拐也是在吃了达能唾沫后生下了岗和里

从元人类的起源来看，各民族都讲述人类经历了一个类似从独眼人到直眼人再到横眼人的过程。在纳西族史诗《创世纪》中，就有人类经历九代完成进化的过程，"三个黄海里一代接一代地孕育出了恨史恨公—恨公美公—美公美忍—美忍初除—初除初余—初余初鞠—鞠森精—精森崇八代人类，经过进化，到了崇仁利恩这第九代，便成了完美的人类"[①]。

在古希腊神话中，早期的人类也同样被塑造成与人类所知的任一生命形式都不同的生命体。人类经过了无数次的演化最终成为现在人类的外形，这也是人们对自己的发展过程的一种幻想和回顾。人类是带着神的旨意出现的，不管是被神人创造、孕育还是自然化生，人从一开始就被视作地上万物的统治者。在侗族史诗《嘎茫莽道时嘉》中，天神萨天巴创造人的理由即是如此，"原先我播下植物万种，原先我播下动物万样，本想让它们各自生息，本想让它们共生共长。不料动物不遵我旨，一个一个丧尽天良！不光任意吞吃植物，自相蚕食更是凶狂！现在我要造人，赐予他们灵魂和思想，我要让人治理世间万物，赐予他们智慧和力量！"[②]

（二）元人类起源

在自然生人的史诗中，纳西族的《创世纪》讲述人类是由蛋孵化而来，"居那若倮山上，产生了美妙的声音，居那若倮山下，产生了美好的白气；好声好气相混合，产生了三滴白露水；三滴露水又变化，变成了

---

① 丽江市博物馆、丽江市东巴文化研究会编：《创世纪》，云南科技出版社2016年版，第1页。

② 杨保愿翻译整理：《嘎茫莽道时嘉：侗族远祖歌》，中国民间文艺出版社1986年版，第30页。

一个大海。人类之蛋由天下,人类之蛋由地抱,天蛋抱在大海里,大海孵出恨矢恨忍来。"① 在苗族史诗《金银歌》中,讲述了人类是由蝴蝶的蛋孵化而成,蝴蝶跟泡沫生下了十二个蛋,蛋孵化出人类始祖姜央来。于是蛋生人的说法广泛流传,"蝴蝶生的是央腊蛋,蝴蝶生了她不孵。让继尾来孵。……腊的蛋壳太厚了,神刀才能破得开,一刀切成了几块:一块变尕昌,二块变鼎往,三块变鼎播,四块变尕勇,还有两块小又小,变成尕党酿。大家都生下来了,齐齐睡在窝里头。白的是尕哈,黑的是姜央,亮的是雷公,黄的是水龙,花的是老虎,长的是长虫。"② 纳西族与苗族史诗中关于蛋生人的叙述,是先民们对宇宙产生的认识进而推至人类的产生,从蛋孵化鸟、鸟生蛋,又继续孵化成鸟的这种周而复始的生命循环中,人类开始反思自我,蝴蝶产卵的数量,加深了蛋生万物的思想。

在史诗《梅葛》中,人由雪所变,这与彝族所居住的环境相关,彝族居住在大小凉山区域,《梅葛》流传地在云南小凉山区域,雪山居多,每年大雪退去后,万物复苏,周而复始,是彝族先民对自己来源的想象源泉。德昂族史诗《达古达楞格莱标》认为人是由茶叶变成的,"万能之神掀起狂风,撕碎小茶树的身子,使一百零两片叶子飘然下凡。这些叶子在狂风中发生了奇妙的变化,竟然变成男人和女人"③。这种自然物生人的说法在其他各少数民族中也有流传,是早期人类追溯本原的萌芽。

动物和植物化生成人的叙述,是先民最古老的信仰崇拜。这种崇拜源于万物有灵的观念,基于万物有灵的理解,先民们将自然中的万物视作生命体,并因所出现的无法解释的现象而产生惧怕和崇敬的心理,于是先民们对自然的崇拜随处可见,甚至将某种动物或植物当作祖先。在很多民族的史诗中,先民们将自己的祖先叙述为某一种动植物,或者说是某种动植物曾与人类产生过十分亲密的关系,于是就将这种动植物视

---

① 云南省民族民间文学丽江调查队搜集翻译整理:《创世纪:纳西族民间史诗》,云南人民出版社1960年版,第13—14页。

② 马学良、今旦译注:《金银歌:苗族史诗》,中国国际广播出版社2016年版,第224—231页。

③ 陶阳、牟钟秀:《中国创世神话》,上海人民出版社1989年版,第132页。

作祖先。于是，在各种传说故事中有着动植物生人的叙述。比如说泥土造人的叙述，则有多重隐喻，有人说因为人能从身上搓下泥垢，于是认为人便是泥土造成的。也有人说，因为泥土孕育了万物，所以人类也是从泥土中孕育的，且泥土强大的供养能力为人类提供了取之不尽的食物，强大的繁衍能力增强了人的土化人信念。

梳理自然生人与天神造人两种起源类型的母题链（见图2-1），可知这两种起源均从直接的变人逐渐发展到两两结合孕育生人的阶段。且自然生人与神造人两类也并非同一时期的产物，人类理解繁衍与两性的交合的因果关系是在氏族社会产生之后。

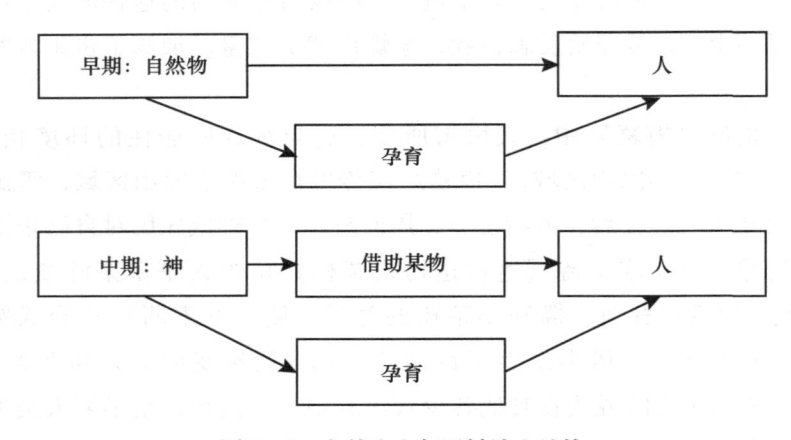

图2-1 自然生人与天神造人结构

从女性神与男性神创造人的母题分解图示来看（见图2-2），女性神与男性神的创造（孕育）也存在时间上的先后关系，且四种类型有时间上的先后区分。即 1 > 2 > 3 > 4。

1. A1 + B1 + C1；
2. A1 + B2 + C1；
3. A2 + B3 + C1；
4. A2 + B4 + C1。

彝族史诗《梅葛》中的《开天辟地》演述，"格滋天神要造天，他放下九个金果，变成九个儿子，九个儿子中，五个来造天：一个叫阿赌，一个叫庶顽，一个叫贪闹，一个叫顽连，一个叫朵闹，这是造天的儿子，

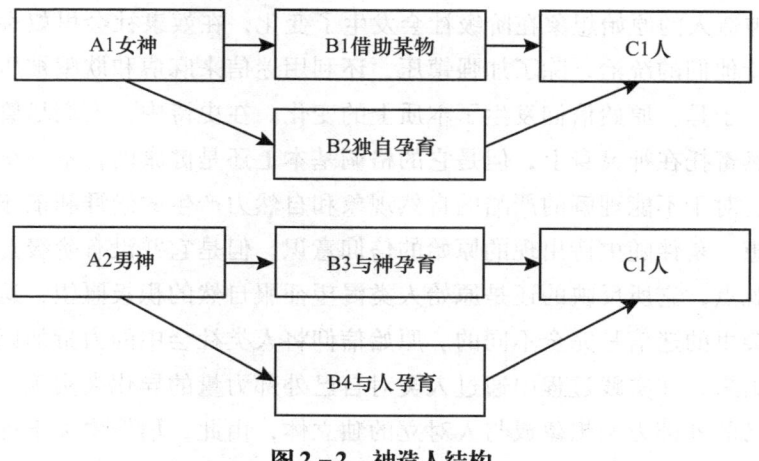

```
┌─────────┐     ┌──────────┐     ┌─────────┐
│ A1女神  │────▶│ B1借助某物│────▶│  C1人   │
└─────────┘  ╲  └──────────┘  ╱  └─────────┘
              ╲ ┌──────────┐ ╱
               ▶│ B2独自孕育│
                └──────────┘

┌─────────┐     ┌──────────┐     ┌─────────┐
│ A2男神  │────▶│ B3与神孕育│────▶│  C1人   │
└─────────┘  ╲  └──────────┘  ╱  └─────────┘
              ╲ ┌──────────┐ ╱
               ▶│ B4与人孕育│
                └──────────┘
```

图2-2 神造人结构

格滋天神要造地，他放下七个银果，变成七个姑娘，七个姑娘中，四个来造地：一个叫扎则，一个叫戳则，一个叫慈则，一个叫勤则，这是造地的姑娘。"① 天地造好了，却没有人，所以接着在《人类起源》中演述，"天造成了，地造成了，万物有了，昼夜分开了，就是没有人，格兹天神来造人"。水族史诗《开天立地》也讲述了人由创世女神牙巫所造。在彝族史诗《阿细的先基》中，人由天神所造，"造人的男神阿热，造人的女神阿咪，走到太阳下的黄土山。山顶有一张黄桌子，在黄桌子上，要造男人了……走到月亮下的白土山。山顶有一张白桌子，在白桌子上，要造女人了……白泥做女人，黄泥做男人……男的叫做阿达米，女的叫做野娃。坡头白草多，他们养儿养女也多；天下四个方向，处处都住满了"②。先民们将人的产生归功于天神，认为人的产生是天神的旨意，且人由神造，必然带有神的一些特征，具备某种优秀的特质。这是先民们对自我认识的一种反映，他们在思考和探索人类的起源问题时，虽然带有一些幼稚的想象，却是人类认识史上的一个重要阶段。

---

① 云南省民族民间文学楚雄调查队整理：《梅葛：彝族创世史诗》，中国国际广播出版社2016年版，第1—2页。
② 云南省民族民间文学红河调查队搜集翻译整理：《阿细的先基·阿细民间史诗》，云南人民出版社1959年版，第35—37页。

(三) 从想象到权力的转换

神造人的原始想象在阶级社会发生了变化，在奴隶社会里奴隶主为了维持他们的统治，除了加强镇压，还利用迷信来麻痹和欺骗被压迫的奴隶。于是，原始信仰发生了本质上的变化。在史诗中，人们尽管把征服自然寄托在神灵身上，但是它的格调基本上还是健康的，不完全是消极的。对于不能理解的严酷的自然现象和自然力产生的崇拜和依赖神灵的思想，是伴随史诗出现的原始的信仰意识，但是它并没有阶级意识和宿命观点，它所反映的还是原始人类渴望征服自然的积极愿望，这和阶级社会里的迷信是完全不同的。原始信仰将人类社会中的力量加以神化表现出来，在实践过程中通过人类对自己外部力量的异化来实现，将支配自己的外部力量想象成与人对立的独立体，由此，信仰中关于神的一切属性都可以看作是人自己所想象的与自身属性相异的结果。

人的本质的自我异化，是通过人对自然力的人格化来实现的。人们在面对自然时无力反抗，自然力变成了一股外在的压迫力量支配着人类。人类被自然力量征服，但由于知识有限，只能推己及物，赋予自然以人格，将人的本质和属性赋予自然力，试图将自然同化，成为人类驯服的对象。但是，同化自然的想法最后却变成了人类自己本质属性的一种异化。同化自然的目的没有达到，反而将这种力量变成了超越人类和自然的神圣力量，成为人们敬畏和崇拜的对象。恩格斯也曾表示，仅仅是以正确的方式正确地反映自然就已经很困难了，这是一种长期的历史经验的产物。先民们认为自然力是一种神秘的、神圣的、具有超越一切的巨大力量。这是所有族群都必须经历的阶段，在这一阶段，人们希望用将自然人格化的方法去同化自然力，也正是人类的这种欲望创造了多神。

除了自然力量的人格化，人们还将社会力量进行人格化，将最初的局限于自然界的神秘的异己力量延伸到人类社会。步入阶级社会后，伴随劳动分工和阶级压迫，人们所承受的无法解释的外界压力转向了社会，处于底层的劳动人民无法对这一种无形的力量进行解释，也无法反抗和征服这种力量，只能使用人格化自然力的方法来对付社会力量，但是结果也并不如人们所想，这些社会力量具有了超越人间的神圣性，人们对自己异化出来的神圣形象充满了崇拜之情。恩格斯也曾说，在自然力后，社会力量也会对人类产生影响。社会力量与自然力一样,是人类的异己力量,单方面强制性地支配着人类。不管是自然力的神化还是社会力量的神化,实际上都是人将自身的本质异化的结果。

人类将自己的普遍性本质抽象出来,自然和社会,自然和社会中的异己力量获得了人类人格化的解释,同时变成了具有人的本质的超凡力量,是一种超越了异己力量本身的神圣力量。人的本质经过抽象后运用到这些异己力量的身上,成为能够主宰一切的万能之神,凌驾于人之上,而属于人的创造性的属性,也被人们赋予到这些力量之上,所以神成了创造一切的神灵。宇宙万物都是以神的意志为转移,包括创造什么样的社会、创造什么样的人类,创造性成为解释一切的万能钥匙。①

二 神力的选择:完全人的起源

西南史诗的创世部分,几乎都存在元人类的灭亡和完全人的再生,而这种再生基于天神的抉择。因元人类在身体、智力或者行为上存在一定的缺失,天神进行一次又一次的造人试验,造人的频次可不予关注,但最后一次的造人必定是历经了洪水灾难的筛选。

(一)完全人起源母题

表 2-8 西南史诗完全人起源母题概览

序号	民族	史诗	起源	特征
1	彝族	梅葛	—	—
2	彝族	阿细的先基	瓜生育	蟋蟀横眼睛时代的小儿子和小姑娘,用木头做柜子逃过洪水,两人婚后种瓜,瓜长大后兄妹两人用刀劈开,里面藏了许多人,筷子横眼睛人出生了
3	彝族	查姆	阿朴独姆兄妹	阿朴独姆兄妹躲进葫芦逃生,洪水消退后,两人婚配繁衍人类

---

① 熊坤新主编:《宗教理论与宗教政策》,中央民族大学出版社2008年版。

续表

序号	民族	史诗	起源	特征
4	彝族	勒俄特依	居木武吾与天女兹俄尼拖生育	居木武吾与天神恩体古兹幺女结婚后，生育了三个儿子，后来繁衍为各族
5	彝族	阿黑西尼摩	阿谱都阿木和天女沙生妹妹生育	阿谱都阿木娶得五个天仙女，只有沙生妹妹孕育了六对儿女繁衍人类
6	彝族	尼苏夺节	独阿亩阿土与天女生育	独阿亩阿土娶了三仙女，生得横眼人，人类得繁衍
7	彝族	天地祖先歌	清气和浊气	由独角野人不断繁衍变成了普通人
8	哈尼族	十二奴局	天血与人生育	天上滴落一滴血在女人身上，女人怀孕生子
9	哈尼族	奥色密色	人类生育	阿摩卓罗和阿摩卓索躲进葫芦逃生，洪水过后，两人滚石磨、丢叶子、丢帽子预示两人难分离，于是两人成婚留人种
10	哈尼族	哈尼阿培聪坡坡	塔婆生育	塔婆的头发里生出白云山顶上的人；鼻根上生出高山上骑马的人；牙巴骨上生出住在山崖边的人；在胳肢窝里生出爱穿花衣裳的人
11	哈尼族	窝果策尼果	神生	万能的阿妈梅烟恰生下一切有血的动物，头一个就是人的祖先，叫作恰乞形阿玛
12	拉祜族	牡帕密帕	人类生育	天神厄莎做了两剂迷药让扎笛和娜笛成立夫妻，繁衍人类
13	傈僳族	创世纪	人类生育	莱飒哥和青飒妹两兄妹生育子女，繁衍人类
14	纳西族	崇搬图	人神孕育	骟牦牛的牛皮缝成逃难的皮囊，从忍利恩躲进皮囊逃生，出来后与天神之女衬红褒义白结合繁衍人类

续表

序号	民族	史诗	起源	特征
15	白族	创世纪	人生育	洪水泛滥，观音留下了两兄妹作为人种，藏在金鼓中的两兄妹，男的叫赵玉配，女的叫邱三妹，两人烧香、丢棒、滚磨盘，最终结合在一起，生了一个皮囊，里面有十个儿子，不断繁衍人类
16	阿昌族	遮帕麻和遮米麻	葫芦生	遮帕麻与遮米麻滚磨盘，磨盘合拢成一家，生下一颗葫芦籽，葫芦长大后里面生出小娃娃
17	景颇族	勒包斋娃（穆瑙斋瓦）	神人生	天神木多·吉卡发展人类，瓦切娃·星贡木干和妻子木贡格邦木占生儿育女，繁衍人类
18	独龙族	创世纪	人类生育	彭和南木爬上嘎瓦嘎普山躲过洪水，两兄妹在嘎瓦嘎普山配亲，繁衍人类
19	普米族	帕米查哩	人与天神捏的泥人所生	与普通人无异
20	普米族	捉马鹿	—	—
21	普米族	金锦祖	—	—
22	傣族	巴塔麻嘎捧尚罗	天神桑嘎西和桑嘎赛用人种果（麻奴沙罗果）捏成	与普通人无异
23	德昂族	达古达楞格莱标	茶叶（达楞和亚楞）所生	没有解下藤篾箍的小妹亚楞与最小的弟弟达楞在人间繁衍人类
24	布朗族	顾米亚	—	—
25	基诺族	阿嫫尧白	阿嫫尧白	阿嫫尧白第一个来到世上造就了人和一切
26	基诺族	大鼓和葫芦	玛黑、玛妞	阿嫫肖贝为了解决人类与动植物的争斗用太阳晒死了大部分生物，又用洪水淹死侥幸存活的，为使人类不灭绝，将人与螃蟹、鱼虾、芝麻、鸡蛋安放在大鼓中，待到洪水退去，两人成婚繁衍人类

续表

序号	民族	史诗	起源	特征
27	怒族	创世歌	兄妹所生	躲在金葫芦和银葫芦里逃生，洪水消退后结为夫妻繁衍人类
28	布依族	赛胡细妹造人烟	赛胡、细妹生育	赛胡和细妹躲在葫芦里逃生，生下肉团，砍成108块后，8块变成井水和小河，100块变成百家姓
29	仡佬族	十二段经（叙根由）	阿仰兄妹生育	阿仰在天神的指导下带着妹妹躲进葫芦，避过洪水灾难，两人结婚繁衍人类
30	壮族	布洛陀	伏羲兄妹生	伏羲兄妹生了个怪儿子，儿子就像磨刀石，杀牛祭祖后，怪儿长出了头和手脚，霎时变成了千百个人，人类得以繁衍
31	壮族	姆洛甲	—	—
32	侗族	侗族祖先哪里来	人类生育	丈良（章良）和丈美（章妹）在平俾铁团里面躲过洪水，出来后在岩鹰的指引下滚磨盘婚配繁衍人类
33	侗族	嘎茫莽道时嘉	神人蛋生	萨天巴将自己身上的肉倍子交给萨犹孵养，生出人类松恩和松桑，两人结合生育子女
34	侗族	祖公之歌	人类生育	丈良（章良）和丈美（章妹）生下一个有头有口但是无手无脚的婴儿，婴儿的身体的各个部位变成了人。肉变成侗人，肠变成汉人，骨变成苗人
35	水族	开天立地	—	—
36	苗族	苗族史诗	相两和相芒	躲在葫芦里逃生，最后为了人类繁衍婚配，生下的人类与普通人无异
37	苗族	俫巴俫玛	兄妹	因救过雷公，得以保全性命，之后结为夫妇，生下十二个肉蛋，6个是苗族人，6个是汉族人
38	瑶族	密洛陀	密洛陀造人	密洛陀用蜂仔造人，用蜂蜡捏头，用蜂蜡捏手，用蜂蜡捏脚，捏成了人样，放进瓦缸里，九个月后蜂仔变成小娃娃

续表

序号	民族	史诗	起源	特征
39	瑶族	盘王歌	伏羲兄妹	伏羲兄妹婚配生下血团，仙女用刀劈开血团，生成九州百姓
40	畲族	高皇歌	神人生	盘瓠神与三公主生育
41	毛南族	创世歌	人类生育	盘为妹，古为兄，两人躲进葫芦里逃生，后来两人成了亲，生了一个磨石仔，砍成三百六十片，变成各家各姓人
42	苦聪人	创世歌	人类生育	躲在葫芦里的单棱和单罗等洪水消退出来，世上只有他们两人，两人滚磨盘结合，结婚一年，单罗全身生娃娃
43	佤族	司岗里	人类生育	岗和里生了佤和万，佤和万又生了许许多多的孩子

A1 植物	→		C1 人	3 部
A2 神	→	B1 借助某物	→ C1 人	4 部
A2 神	→	B2 与人婚配	→ C1 人	7 部
A2 神	→	B3 捏人与人婚配	→ C1 人	1 部
A3 人	→	B4 与人婚配	→ C1 人	18 部

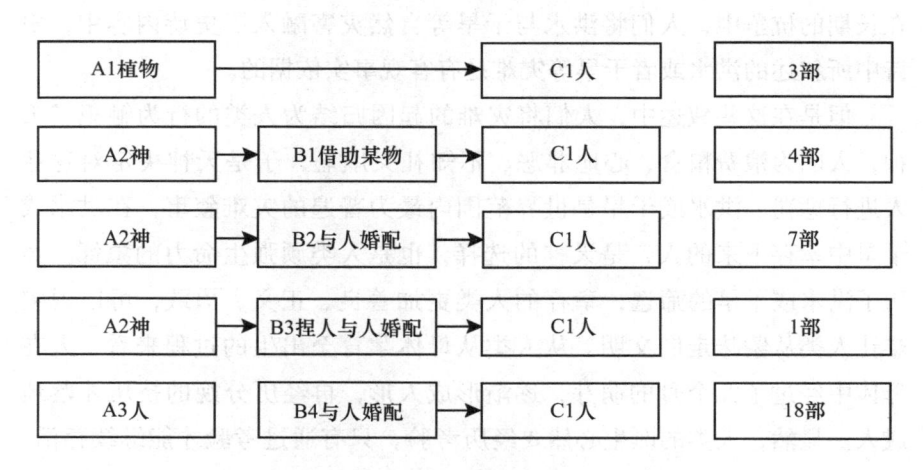

图 2-3 完全人起源

通过对西南各民族的完全人起源母题梳理，将其归纳为五种母题链：

1. A1 + C1
2. A2 + B1 + C1
3. A2 + B2 + C1
4. A2 + B3 + C1

5. A3 + B4 + C1

其中 A 和 B 作为变量代表着完全人起源的诸多因素，变量 A 从植物—神—人实现了人类对自身身份认识的变化，B 代表着孕育形态，从无性生殖发展到异类生殖最终过渡为同类生殖，A 和 B 的更新和配合最终实现了人类起源认知的科学性。

（二）毁灭和再生的隐喻

在彝族史诗《查姆》和《梅葛》中，人类是由"水"演化而来的，"天造成了，地造成了，万物有了，昼夜分开了，就是没有人，格滋天神来造人。天上撒下三把雪，落地变成三代人"。[①] 在纳西族史诗《创世纪》中人类也是经过黄海孵化，从海里出生的。水孕育生命是先民对生命的最早期体验和最原始认知，原始人类多临水而居，以采集和狩猎为主要生活生产方式，至农耕成为主要生产生活方式，干旱和洪涝成为彼时人们可能面临的致命灾难。在天灾面前，人类的力量十分弱小，无力抵抗成为彼时的常态。但是即便力量悬殊，人类也不停寻找解决的办法，在长期的抗争中，人们将洪水与干旱等自然灾害融入了史诗内容中，史诗中所叙述的洪水或者干旱等灾难是有客观事实依据的。

但是在这些叙述中，人们将灾难的起因归结为人类的行为触犯了天神，人因为浪费粮食、心地邪恶、不知礼义廉耻，于是天神决定对这些人进行惩罚。洪水或干旱是世界范围内最为普遍的灾难叙事，在洪水或干旱中幸存下来的人，是天神的选择，也是人类顽强生命力的象征。经历了洪水或干旱的筛选，幸存的人类更加善良、正义、勇敢，可以说灾难让人类从蒙昧走向文明。从人类从母体孕育至出生的过程来看，人在母体中经过了九个月的萌芽，逐渐形成人形，再经历分娩的挤压才落地成人。显然，人类的诞生必然要经历考验，只有通过考验才能继续存活。这对人类的自我认知、明确人类在宇宙中的位置、了解人类发展史均有重要意义。在洪水泛滥或干旱之前，人类与神的关系密切，洪水或干旱之后，神退出了人的世界，人神分离，人开始依靠自己的能力生存和生活。因此，也可以说，要实现人神分离，人类必须经受考验，经过了考

---

① 云南省民族民间文学楚雄调查队整理：《梅葛：彝族创世史诗》，中国国际广播出版社 2016 年版，第 23 页。

验，人就从神的创造物转变为人自己本身，这个阶段也是人类从本能思维转向理性思考的标志。同时，人类在童年时期都是在家长的庇护下生活，这与天神主导人类生活一样，而至成年他们需要自己谋生，为了保证他们能适应成年人的生活，则要经受成年仪式的考验，通过了考验，则正式成为部族的一分子。通过了成年礼仪考验的人才是真正脱离了孩童状态。

灾难的叙述，是族群对自己所处群体的一种肯定，认为祖先的能力和品行得到了神的认可，且经由天神的引导，繁衍发展，形成了今天的景象。叙述中祖先与天神的亲密关系，凸显了这一群体的神圣性，并期望后世的人能够得到天神的更多庇佑和眷顾。

西南史诗中的葫芦生人叙述存在两种形态，一是葫芦生人，二是造就人种置于葫芦之内。从众多史诗中对于葫芦生人的叙述，可以发现，葫芦生人是多民族的共同母题。上述史诗中，人类的繁衍得益于在葫芦里躲过了洪水灾难。阿昌族《遮帕麻和遮米麻》中记载，天公遮帕麻和地母遮米麻"结婚九年才怀胎，怀胎九年才临产；生下一棵葫芦籽，把它种在大门旁。九年葫芦才发芽，发芽九年才开花，开花九年才结果，结了一个葫芦有磨盘大。遮帕麻走到葫芦下，葫芦里面闹喳喳。剖开葫芦看一看，跳出九个小娃娃"。拉祜族史诗《牡帕密帕》中说：天神"厄莎打开一个箱子，找出一个葫芦籽，把葫芦籽撒下地，用草灰把籽种盖起来"，育出了人类始祖，"男的叫扎笛，女的叫娜笛"。不光是在史诗里，民间传说、故事和神话中也多有流传。德宏地区傣族的神话中也有这样的记录，远古时候洪水泛滥，从河里漂来了一个葫芦，葫芦中有八个男人，天神让这八个男人中的四个变成了女人，并让他们相互婚配，繁衍子孙，这几个人就是人类的祖先。

除了葫芦生人外，还有许多史诗讲述的是葫芦作为拯救物，为留下的人种提供避水场所。彝族《梅葛》中，"大理出小刀，是开葫芦的刀。用高山的松香封住葫芦口，箐底的黄蜡糊住葫芦口；你兄妹搬进葫芦里，饿了就吃葫芦籽"①。怒族《创世歌》中，"在远古的年代，洪水卷走村

---

① 云南省民族民间文学楚雄调查队整理：《梅葛：彝族创世史诗》，中国国际广播出版社2016年版，第37页。

落，洪水淹没庄稼，万物都灭绝了。世上没有人类，世上一片昏暗，世间一片孤寂，世上只剩两兄妹。一个钻进金葫芦，一个钻进银葫芦。……拾起金刀撬金葫芦，拾起银刀开银葫芦。金刀撬开了金葫芦，银刀打开了银葫芦。阿哥从金葫芦钻了出来，阿妹从银葫芦跳了出来。"①拉祜族的《苦聪创世歌》同样也讲述了洪水泛滥，两兄妹躲进葫芦得以生存，"没死的只有两兄妹，哥哥叫单棱，妹妹叫单罗，两兄妹躲在葫芦里。一天水涨三尺，葫芦跟着涨三尺。水落完了，两兄妹走出葫芦"②，天神将人类灭绝，留下甄选出来的好人种，保护在葫芦中逃过水灾。

在众多的史诗中，凡提到葫芦的，可分为"避水工具"和"造人素材"两类。在天神发大水灭世的过程中，承载幸存者的物体必须同时具备两个特点，一是能够漂浮水中作为避水工具，二是能够承载生命和产生生命，如果说葫芦是宇宙实体的象征，那西南史诗中葫芦生人的叙述便是这一思维的延续。《布伯》中，雷王要作恶，但为了感谢伏羲的恩情，就将一颗牙齿作为回报送给伏羲，并告诉他要将牙齿种在池塘边，早晚灌溉施肥，三天就可以结出葫芦瓜，并让伏羲兄妹见到洪水来，就躲进里面，"大水满地又满天，布伯回来气得直叫喊。伏羲兄妹藏在瓜里面，跟着大水漂上九重天。水退了瓜儿也往下降，伏羲兄妹落在大山边"③。用葫芦躲避洪水的叙述在苗族、彝族、侗族、布朗族、阿昌族、土家族、哈尼族等民族中都有体现，葫芦作为人类日常盛水工具，能在水上漂浮，且具有快速生长和繁殖的特点，不仅为人类提供了丰富的食物，也让彼时的人类对其生殖能力和强劲的生命力充满崇拜。在生产力不发达的先民意识里，葫芦的这些特征充满着神性色彩。在史诗中，葫芦作为避水工具，不仅有躲避灾难的功用，也有庇护生命的功能，祖先从葫芦中走出，预示着生命的新生，这种能力被延伸至万物，葫芦被神化为生殖繁衍的文化符号系统。

---

① 云南省少数民族古籍整理出版规划办公室编：《云南少数民族古典史诗全集》（中册），云南教育出版社2009年版，第395页。
② 云南省少数民族古籍整理出版规划办公室编：《云南少数民族古典史诗全集》（中册），云南教育出版社2009年版，第144页。
③ 广西壮族自治区民间文艺家协会编：《中国民间创世史诗集成·广西卷》，广西人民出版社2011年版，第72页。

三 规则与结构：人类起源的共性

西南史诗中常见的人类起源类型有七种，造人、生人、化生与变形为人、婚配生人、感生、人类再生、自然产生。许多西南民族存在人类"多次"起源的叙述。从内容上看，可以分为元人类起源和完全人类起源两种，而完全人类起源的叙述往往是和洪水神话交织混融的。需要注意的是，并不是每一则人类起源叙述仅属于某一单一类型。例如，仡佬族《四曹人》中总共有四次人类起源，每一次的人类产生方式都不一样，头曹人是用泥巴捏成的，因为大风吹个不停，这曹人被吹化了。第二曹人改用草来扎成，草不会被吹化，却被天火烧掉了。第三曹人是天上星宿变成的，后来因为洪水滔天，大部分淹死了，只剩下兄妹两人，繁衍第四曹人，就是后来的人类。显然，第一次是神用泥巴"造人"，第二次则是神用植物"造人"，第三次则是星宿"化生、变形为人"，第四次则是兄妹"婚配生人"了。

（一）人类起源的类型

一是神造人。此类型的人类起源史诗，从造人的主体出发，又分为女神造人、男神造人、多神共同造人、宗教人物造人、动物造人，以及人造人。从造人的材料来看，有泥巴、动物、植物，以及其他物质，甚至是人自身的某个部位。

农耕时代的人类起源往往会出现神用泥土造人的叙述。例如，基诺族《阿嬷尧白》中讲，"阿嬷尧白搓下自己身上的污垢，做出了人和动物"。壮族《姆洛甲》中讲，"宇宙分为上中下三界后，中界的大地长出一朵花，花开长出一个女人。她就是人类的始祖，后世人称她为姆洛甲……那时大地上毫无生气，姆洛甲便想起造人，她先是撑开两脚，站在两座高高的山上撒尿，尿湿脚下的土地，然后照着自己的样子，用泥土捏了许多泥人"。西双版纳傣族《人类的起源》中说，"英叭神开创天地之后，见天地间空荡荡的，便又搓下身上的污垢，按照自己的模样捏了一男一女两个污垢人，男的叫布桑嘎，女的叫雅桑嘎（也称布桑该、雅桑该），盼咐他们到大地上开创人类，但这两个污垢人不会繁衍人类，他们从地上挖来黄泥巴，按照自己的模样捏成一男一女两个泥巴人，吹仙气让泥巴人活起来，叫他们结成夫妻，繁衍人类"。①

瑶族有用动物为材料造人的叙述，密洛陀造好了山河田地、树木花草，她想造人，但是不知道要造成什么模样，于是在打猎大神的启示下，表示要造得比马蜂的仔子更美，于是就动手将蜂蜡捏成了人，放在缸子里。九个月后就成了人。造成人后，让他们做夫妻，繁衍后代。土家族有用植物来造人的《依罗娘娘造人》，"依罗娘娘先摘葫芦做脑壳，在脑壳上开了两只眼，额门上画了一对眉毛，又做个鼻子栽当中，戳两个鼻孔通呼吸，做两只耳朵挂在左右，鼻子下面开个嘴巴，口内舌头和牙齿，喉咙当中接气管，可以通到肠肝肚肺。砍些竹子做骨架，和些泥土做肌肉，摘张树叶做肝肺，又摘段豇豆做肠子，还用茅草做汗毛。这些都做齐了，又把手和脚来做。依罗娘娘心很细，连肚上的肚脐都没有忘记。还有屙屎屙尿的和生儿育女的也一并做齐。这样的人，嘴巴一张出了气，扯了他的耳朵便笑了出来，人就这样做成功了。"② 壮族的人类起源叙述中同样使用了各种材料，布洛陀派叫脚神下来造男女，他用泥土做头做脚做身躯，用空心菜来做肚肠，再割下茅草当头发。但是怎样区分男女的呢？男人的下巴有胡须，女人下巴滑又嫩，胸前有隆起的乳房能喂奶，只有用奶水哺育出来的孩子才强壮结实。

二是动植物生人。此类人类起源叙述强调人类诞生的过程为"生"，而非"造"，也区别于"化生"和"变形"，因此，首先必须有一个原母体，这个母体是一个容器。有的母体是动物，包括食肉、食草的动物，以及爬行动物、昆虫、卵生动物、水中生物等。有的母体是植物，包括木本植物和草本植物。还有的是无生命的，例如石洞、光束等。如纳西族认为人是从白蛋生出的，白蛋孵出一只白鸡，白鸡没有名字，自己取名为恩余恩曼，后来她生下九对白蛋，一对变天神，一对变地神，一对白蛋变成开天的九兄弟，一对白蛋变成辟地的七姐妹。侗族先民认为，人是"卵"生的，是由龟婆孵出来的。侗族《棉婆孵蛋》诵唱："上古时候，世上没有人类，萨天巴出去巡游时，看见了四个棉婆在嬉耍，于

---

① 王宪昭、郭翠潇、屈永仙：《中国少数民族神话共性问题探讨》，中央民族大学出版社2013年版，第36页。

② 陈建宪主编：《中国民间神话经典》，华中师范大学出版社2014年版，第320页。

是,萨天巴从自己身上扯下四颗肉痣,变成了四个大圆蛋。四个棉婆在寨脚发现了四个蛋,它们就在寨脚孵了起来,但其中有三个寡蛋,剩下唯一的一个好蛋孵出一个男孩叫松恩;这四个棉婆又在坡脚发现了四个蛋,它们就在坡角孵了起来,这四个蛋中又有三个是寡蛋,剩下的一个好蛋孵出一个姑娘叫松桑,松桑和松恩靠吸雾露长大,配成了夫妻,结婚后连续生下了龙、虎、雷、蛇、姜良和姜妹,他们共有十二个兄妹。从此世上有了人类。"虽然文本中出现了神和动物,但这部史诗仍系"生人"类型。其母体"圆蛋"源自萨天巴身体的某一部分——痣,从某种意义上是神与动物合作共同造出的人类。《苗族古歌》里的《枫木歌》中解释道,人是卵生的,枫树被砍倒后,化生为鼓、鸡、燕子、蜻蜓、蜜蜂等,同时诞生了人类的始祖妹榜妹留,即蝴蝶妈妈,她同水的泡沫游方结亲,生下十二个蛋,孵化出姜火、雷公、龙、虎、蛇、蜈蚣等兄弟,姜央正是人类始祖。

植物生人中最常见的是葫芦生人,傣族《牛蛋生葫芦》①说,在远古时代,地上什么都没有,到处都是一片荒芜的景象,天神看见后,就派了一只鹞子和一头母牛来到地上,母牛原本在天上活了几十万年,来到地上却只活了三年生下三个蛋就死了,鹞子承担起了孵蛋的任务,三个蛋中的一个孵出了一个葫芦,从葫芦里走出许多人,有时,葫芦走出的是兄妹,由他们完成人类的延续,这通常与洪水叙述相关联,属于二次起源的人类再生内容。再如,拉祜族《牡帕密帕》说,人类始祖厄萨种了棵葫芦,野牛踩断了葫芦藤,葫芦滚到海里,螃蟹夹着葫芦上岸,葫芦喝多了水,肚子胀得圆又大。厄莎把葫芦搬回家,77 天过去了,葫芦里发出人的声音。厄莎叫来老鼠啃了三天三夜,葫芦被啃破了,有一对男女从老鼠啃的洞中走了出来,男孩叫作扎笛,女孩叫作娜笛,他们是葫芦的儿女,走出葫芦后两人一起生活,等到长大成年,厄莎让他们结婚,但是两人不愿意,认为兄妹不能结婚,但是厄莎为了达成目的,使用滚石磨、簸箕、筛子等方法让他们结婚,但两人还是没有答应。厄莎没有办法了,找来了能让人相爱的药物,让扎笛和娜笛相恋,两人最终

---

① 王宪昭、郭翠潇、屈永仙:《中国少数民族神话共性问题探讨》,中央民族大学出版社 2013 年版,第 38 页。

结为夫妻,生下了十二对儿女。因为孩子的数量太多,娜笛和扎笛无力抚养,就请来十二种动物帮助他们一起抚养孩子长大,长大后的孩子们分别以这十二种动物来命名。

三是化生与变形成人。"化生"与"变形"也是常见的人类起源方式,从化生(变形)的主体来看,主要有神化生、文化英雄化生(变形)、动物化生(变形)、植物化生(变形)、无生命物化生(变形)。从化生(变形)的过程来看,有垂死化生、整体变形为人、局部变形为人的,有时受到外力化生变形为人。如藏族、珞巴族的猴子变人故事等,《玛尼全集》《西藏王统记》《贤者喜宴》《西藏王臣记》等记载,猕猴与罗刹女结婚,生了六只猕猴,将它们送到树林中生活,三年后便有了五百多只猴子。老猴子把它们领到一处有野生稻谷的山坡,猕猴吃稻谷,时间久了,身上的毛发变少,尾巴变短,渐渐学会说话,最后成了人。彝族《勒俄特依》中讲,天上降下桐树,霉烂三年后起了三股雾,升到天空中,降下三场红雪来,化了九天九夜,化成了人类,冰成骨头,雪成肌肉,风来做气,雨来做血,由于受到外力而化生变形为人的情况比较少见。

四是人类生育。若从婚配的双方来看,"婚配生人"有神与神的婚配、人与神的婚配、人与动物的婚配、人与植物的婚配、人与人之间的婚配(血亲婚、正常婚、同性婚),以及人与其他事物的婚配。在壮族史诗《布洛陀》中,"姆洛甲"与"布洛陀"开天辟地造完万物之后,两人婚配,姆洛甲怀孕几年,生下孩子。

(二)人类起源的特征

第一,在西南民族人类起源的"造人"叙述中,大部分属于女性神造人。例如,侗族的"萨天巴"、壮族的"姆洛甲"、基诺族的"阿嫫尧白"、土家族的"依罗娘娘",当然,也有出现男神的,但女神往往是必不可少的。例如傣族的"布桑嘎和雅桑嘎",女人能生育,这是基本事实,因此反映到史诗中,女神造人的叙述自然就多。

第二,在造人的材料中泥巴(污垢)居多,这与西南民族生活的环境、气候有关系,相较于北方广袤的草原,西南地区多湖泊、山川,而且又多雨、潮湿,人们在日常生活中经常与泥、水、汗打交道,因此泥巴(污垢)就成了最常见的事物。此外,也与西南民族广泛使用陶土有关。如今，西南民族生活的地方还有大量的砖窑、陶窑、瓦窑等，西双版纳傣族至今保存的慢轮制陶法就是原始社会时期的技术。

第三，造的人需要输入气息才有生命。傣族《人类的起源》说："布桑嘎和雅桑嘎从地上挖来黄泥巴，按照自己的模样捏成一男一女两个泥巴人，吹仙气让泥巴人活起来，叫他们结成夫妻，繁衍人类。"彝族《雪族十二支》讲："降下三场红雪来，化了九天九夜，化成了人类。结冰变成骨头，下雪变成肌肉，吹风来做气，下雨来做血。"气息能够带来生命，这是人们基于自身经验引发的想法。

第四，在植物生人叙述中，葫芦居多。很多西南民族都有葫芦生人的史诗和神话内容，甚至将葫芦视为祖先来祭拜。如今，德宏傣族还有带葫芦祭拜祖先求子的习俗，这与西南地区广泛种植葫芦有关，且葫芦容易生长，产量多，形状犹如孕妇的肚子。需要注意的是，从"葫芦"走出来的人类有相当一部分是洪水灾难后遗留下来的人，并非初次创造的人类。此外，"葫芦""卵""岩洞"虽属不同的事物，但都有相通之处。

四 想象到科学：人类起源的流变

西南民族崇拜自然，在人类起源的叙述中将人类视作与自然物同类的意识，是人与自然和谐关系的体现，也是先民们最原始最朴素的生态思想。西南地区先民们的生活环境通常是森林密布、山河相间、动物繁多，且人口稀疏，人们将万物看作是有生命的，将人类的思想意识都赋予自然物，并对它们怀以敬畏之心，认为人类与它们有着密切的关系。不管是有生命特征的动植物，还是无生命特征的物体，都可以化生成人类，特别是德昂族史诗《达古达楞格莱标》将茶叶视作人类的祖源，"小茶树的话还没有说完，一阵狂风吹得天昏地暗。狂风撕碎了小茶树的身子，一百零二片叶子飘飘下凡。天空雷电轰鸣，大地沙飞石走，天门像一个葫芦打开，一百零二匹茶叶在狂风中变化，单数叶变成五十一个精悍伙子，双数叶化为二十五对半美丽的姑娘。"[①] 自然与人类是可以相互

---

① 云南省少数民族古籍整理出版规划办公室编：《云南少数民族古典史诗全集》（中册），云南教育出版社2009年版，第428页。

转换的，人类是自然的一分子。万物有灵的观念，在人类的意识里面根深蒂固，这也是自然崇拜发展的结果，基于信仰崇拜，西南民族构建了自然崇拜系统，创造了许多自然神，近乎"目之所及皆为神"的状态。自然物被人类赋予了神性的力量，而自己处于被支配的地位，事实上也是对自然依赖的表现。在人类起源问题中，先民们对生命的起源、行为活动和生存发展的思考成为万物有灵产生的基础，他们将自然物与人等同，赋予它们生命，也赋予其思维能力，是先民对生命观的一种朴素认识。

泥土造人的叙述在西南史诗中并不少见，土地作为农耕社会的重要生产条件，人们对土地十分依赖。中国是较早进入农耕时代的国家之一，从考古发现的河姆渡文化遗址和仰韶文化遗址中，就可以证明先民们在新石器时期就已经以农耕为主，土地是农耕生产的必要条件，作物生长需要从土地中汲取养料，人们在土地中种下种子，又从土地中收获粮食，长此以往对土地的依赖十分强烈。在体现这种依赖感的创世史诗中，泥土造人的人类起源类型最为普遍，女娲用泥土捏人是中国造人叙事中的经典代表。在《风俗通义》中记载，在开天辟地之时，地上未有人类，女娲就用黄土造人，因为一个人的力量有限，就用绳子蘸泥造人，绳子上面掉落下来的泥点变成了人。虽然女娲造人有许多异文，但是造人的核心内容仍然是没有发生变化的，将人类的诞生归功于女性，是母系氏族社会的意识遗存，且泥土作为人类的制陶材料，被制作成各种形状的器物，于是就联想到泥土也能变人，泥土孕育万物，与女性能生育后代具有同质性。正如柏拉图所言，"在多产和生殖中，并不是妇女为土地树立了榜样，而是土地为妇女树立了榜样"[①]，所以泥土在一定意义上也是妇女的一种象征。

史诗中泥土造人的观念是先民们对土地的崇拜，也是对土地生殖力的崇拜。女性崇拜与生殖崇拜被隐藏在土地崇拜中，对于农耕民族来说，女性与土地决定了整个族群的发展，所以史诗中留存下来的泥土造人叙事，是在向后人传递先民们生存发展的经验信息，先民们通过祭祀仪式

---

① 参见朱狄《原始文化研究：对审美发生问题的思考》，生活·读书·新知三联书店1988年版，第287页。

的举行，在年复一年的述说中对后世进行训诫，将累积的生活经验与文化进行复刻传递。

所以，敬畏感也是创世史诗中更为典型的信仰情感。创世史诗中的"敬畏感"由"敬"和"畏"两种情感体验组成。其中"畏"的体验主要源自原始先民对宇宙万物的神秘感，而这种神秘感是由先民们的原始思维所决定的。布留尔在分析原始思维的基本特征时说："原始人的思维本质上是神秘的，这个基本特征决定了原始人的思维、感觉和行为的整个方式。"同时也决定了他们的情感体验方式。所谓神秘感，是指人对自己所不能理解但又试图理解的事物或现象所抱有的一种意识或感觉。

小结 混沌与创造：西南史诗的原始思维与原初想象

母题概念的界定在学界广受争议，汤普森将母题视作民间故事的结构单元并进行界定和分类，但其母题界定存在逻辑上的问题，他自己也承认不管是母题的定义，还是母题的分类根本就没有任何哲学原则，这也是在运用母题作为方法进行研究时，产生诸多歧义的根源。[①] 对此，阿兰·邓迪斯提出了自己的观点，他认为，对于民间故事要将故事中的要素置于同一逻辑层面进行研究，这是可以用来比较和测量的，而汤普森的观点是将母题划分为角色、事件、情节，这三个要素不是同一类型的计量单位，在研究的过程中无法进行比较，所以不能成为民间故事研究的单位，"它们不是同一类量的计量单位。毕竟，不存在既可以是英寸也可以是盎司的类别。此外，motif（母题）下属的类别之间甚至并未相互排除……如果没有严格定义的单位，真正的比较就几乎是不可能的"[②]，所以，受美国语言学家肯尼斯·派克的启发，阿兰·邓迪斯创造了母题位和母题变体这对术语，用以研究民间故事。

[①] 漆凌云、万建中：《"母题"概念再反思——兼论故事学的术语体系》，《民俗研究》2019年第4期。

[②] 丁晓辉：《母题、母题位和母题位变体——民间文学叙事基本单位的形式、本质和变形》，《民族文学研究》2013年第1期。

在创世史诗中，各民族都有对宇宙起源的探索，而先民们对宇宙的原初认识，多将宇宙开辟或天地初现之前的初始状态描述成"混沌"。"混沌"指一切都处于模糊状态，没有分界，是宇宙未形成前的原始状态，这种状态，有的族群认为是水，有的族群认为是气，这种超越具体物质的认知，是古人对宇宙产生前的唯心推测，是对超自然存在的感性认识。"混沌"成为先民们对宇宙原初状态的想象，尽管不同族群的先民对前宇宙状态有不同的想象和描述，但无论"混沌"呈现何种状态，都是原始先民对"前宇宙状态"这一宇宙本原问题的一种集体想象和形而上追溯。宇宙起源于混沌的设想，与人类文化发展史和思维发展史相吻合。"混沌"的状态是一种没有物质的存在，没有物质就没有秩序，正如人类大脑处于休眠状态是一种空灵的状态，无法感知，却又是一种真实存在的状态。人类处于睡眠状态，看不见光亮，看不见物体，一切都是处于黑暗之中，而当大脑被唤醒、睁开眼睛后，世界才又重现在眼前，这或许就是人类对宇宙混沌最原始的思考。而当混沌初开、化生万物后，混沌就被消灭了，世界从无序进入秩序状态，也就是说混沌作为秩序被消解在世界之中，遵循着质量守恒定律。世界从处于混沌的前宇宙时代进入宇宙时代，从唯心的主观世界进入唯物的客观世界，人类对宇宙秩序的猜想催生了创世内容，万物的产生被视作创世神的杰作，而被尊为创世神的通常都为女性，这主要是源于对女性生育能力的想象。

寻根溯源是人类的天性，在少数民族的史诗中，有很多内容都反映了先民们对人及天地万物由来之根的追问。少数民族史诗的一个共同特点就是："以极大的热诚和执着去追溯、探明万物的起源……探索它们是否有一个共性——共同的起源"，有的少数民族史诗的名称，就直接表明了追溯天地万物共同起源的意向。如彝族《查姆》，篇名的意译就是"万物的起源"；傣族《巴塔麻嘎捧尚罗》意译为"神王头一次开创人类"，这本史诗中也有关于大地、人类形成等内容。其余如纳西族、傈僳族等民族都有以《创世纪》为篇名的史诗，白族有名为《开天辟地》的史诗，等等，这些史诗都对天地万物及人类的起源进行了猜测与畅想。

少数民族创世史诗对于天地万物起源的回答是多种多样的，大体上可分为两类，一类认为，万物是由"神人"的劳作所创造的，可称为"创生说"；另一类认为，万物是由原初物质演化而成的，可称为"物化说"。当然，也有一些中间类型，如由原初物质演化出"神人"，再由他创生出万物。但此说最终仍可归结为"物化说"，故此只用创生说和物化说即可代表全貌。西南地区各民族对于天地万物起源的思想，虽有许多幼稚的猜测，但正是这些构成了创世史诗的一个主旋律，这也是中华民族原初精神家园的构成部分之一。

  灵魂观念和神灵观念是极为普遍的。灵魂是与形体相对立，无形体、无生灭的，具有超自然属性的东西。灵魂寓于个体之中、赋予个体以生命力，是独立于形体并主宰其活动的超自然存在。神灵是无限的、永恒的、人格化的超自然存在，影响、支配甚至主宰着人的现实活动。"人格化"并不一定意味着"与人同形"，但是与人的本质属性相同，具有思维意识、语言能力、情感欲望等和人类相同的性格特征。从理论上说，灵魂和神灵观念就是原始信仰的核心与实质，但是，作为"哲学主题"而言，它们本身却不是一个问题，而是一种观念、一种信仰，这种观念和信仰实质上是指向人的现实生活的，特别是人在艰苦、恶劣的生存环境中的支配力量的问题。

  先民认为有一股无形的力量在支配着人的生命和自然万物，规定和限制人的现实生存状况以及人所期望、追求的生活理想。这种力量就是灵魂和神灵。在西南民族的原始信仰中，普遍认为灵魂存在于万物，而此观点就意味着灵魂超脱于生死，并影响和支配人的各种活动。依附于人体的灵魂不具有帮助人的能力，而超脱于肉体的灵魂具有强大的力量，因而被人们崇拜。祖先崇拜也是由对灵魂的崇拜产生，灵魂不灭的观念一直影响和支配着人们的现实生活。

  先民们在面对自然力量时的无力感，让他们意识到在这些自然物中必然存在一个拥有超凡神力的神灵，受神灵的支配，它们可以爆发出惊人的力量，如洪水、雷电、干旱、火灾等。神灵与灵魂不同，灵魂会伴随人类的生命有生有灭，灵魂是与人体相互依存的，而神灵是一种独立于人之外存在的力量。灵魂支配着人类的生活，而神灵支配着自然。所以，先民们敬畏神灵，希望通过人类享用的美食祭祀神灵，得到神灵的眷顾，并将这种自然神力转化为辅助人类生产发展的力量，而非自然灾害。灵魂与神灵均可对人具有支配功能，因此，对于这种无法反抗和征服的力量，人类祈求通过自我牺牲而获得这些异己力量的支援，实现他们对生活和命运的期望。于是信仰和崇拜的情感也就越发强烈，这种信仰也与相应的民族史诗中对人和万物的溯源一样，有着天然的联系。因此，由灵魂和神灵所代表的西南民族对支配人的生存和命运的力量的探索，也构成了这些原始信仰的核心问题，因此，对于人类生存和命运支配力量的探索，与人类早期对生存的担忧和恐惧密切相关。早期的人类时刻处于生存的边缘困境，甚至时常面临生死存亡，在这样的境遇中，人们常用幻想和信念进行反思，这些幻想和信念在不断地积累过程凝结成创世史诗和原始信仰的民间文化形态，并一直传承至今。

第三章

西南史诗的英雄轨迹与文化理想

英雄史诗是由史诗英雄的系列伟绩构筑的宏大叙事,史诗英雄与后世文学中的英雄不同,是带有神话色彩的神性英雄,而西南史诗英雄与北方三大史诗中的英雄又有不同,西南史诗中的英雄伟绩更多地呈现为带领族群生存发展,战胜自然力量,是人民意识的体现和缩影,亦与社会历史背景有显著相关性。本部分聚焦西南史诗英雄母题,从英雄的诞生、婚姻、征战和死亡等线索出发,尝试探索西南史诗英雄的共性与个性特征。

第一节 英雄诞生

回观世界范围内的英雄史诗,大多英雄自诞生伊始便异于常人,他们通常由天神孕育,抑或系感物而生,英雄诞生之际也多伴随各种奇异的自然现象,具有浓厚的神话色彩。英雄诞生通常由多个母题要素构成,主要包括祈子、怀孕、难产、特异诞生、成长等。

在四川、贵州、云南广泛流传的彝族史诗《支格阿鲁》中,英雄阿鲁的母亲蒲莫列衣是一位纺织能手,创造了纺织术。两位姐姐出嫁后,蒲莫列衣专心纺织,但是孤零零一个人闷闷不乐。一日,土尔山头上飞来四只鹰,在蒲莫列衣纺织的地方盘旋,其中一只最为特别的鹰滴下三滴血,落到妮依身上,"一滴落头部,穿透九层之发辫,头昏目眩着。一滴落腰部,穿透九层之披毡,全身振荡着。一滴落下身,穿透九层之裙褶,全身在颤抖"①。过了十三天,妮依觉得身体有些异样,便四处寻找

---

① 洛边木果、肖远平、海来木呷、刘洋、阿牛木支、杨兰编译:《支格阿鲁:彝族英雄史诗》,民族出版社2018年版,第5页。

毕摩问吉凶，毕摩用经书测算出妮依有喜兆，"要生一神儿，要生一仙子"①。妮依问清情况后，非常高兴，十三日过后妮依又托人请毕摩为她招生育魂。在妮依快要生产的时候，天空出现异象，"雷鸣惊天地，闪电照宇宙"②。婴儿在龙年龙月龙日出生，所以取名阿鲁。阿鲁出生后不肯喝母乳，不肯与母亲同睡，也不肯穿母亲做的衣服，整日整夜啼哭，哭声惊动了魔王特比，特比担忧阿鲁长大后成为自己的强敌，于是派人来捉阿鲁母子。妮依为救阿鲁，将阿鲁藏在悬崖边，而自己却被魔王抓走。阿鲁从悬崖边滚进了桑树林，悬崖下有龙住，阿鲁得到了龙的照顾，喝龙奶、吃龙饭、穿龙衣。得到龙的养育，阿鲁长得很快，一岁就如九岁身，身强力壮，智商超群，神力无比。在德古阿莫的教导下，阿鲁学习知识，练就射箭技艺。德古阿莫告诉他，要想成为英雄，就要穿神铠甲，就要穿仙铠甲，铠甲在兹兹岩洞，阿鲁前去摘取。阿鲁渐渐长大后，帮助需要帮助的人们，聪明又勇敢，成了人人称赞的英雄。

彝族史诗《哈依迭古》是流传于金沙江两岸大小凉山地区的英雄史诗，英雄哈依迭古出生于虎年虎月虎日虎时，且出生时四方飘起彩云，天空电闪雷鸣、狂风暴雨。迭古长到四五岁的时候，已经初显勇猛之态，捉蛤蟆做荷包、抓麻蛇做腰带、抓土甲蜂当零食等。长到六七岁，能射雀鸟。长到八九岁，能射麂鹿。长到十一二岁，能抓老黑熊、花豹子、大花虎。长到十三四岁，迭古力大如牛、胆大如虎。③

在彝族史诗《俄索折怒王》中英雄折怒是俄索特波和咪黛的孩子，因为丈夫俄索特波被敌人杀害，咪黛逃难到支嘎阿鲁的旧住所达发鹰岩上，天君策举祖明令支嘎阿鲁为特波传下后代，于是咪黛梦鹰生子。孩子出生的时候地动山摇、电闪雷鸣，历经九天九夜，终于降生。孩子出生的消息传到了敌人耳朵里，他们表示要斩草除根，咪黛知道难以逃过这次劫难，就将折怒托付给马桑树，折怒在马桑树的哺育下成长，神鹰

---

① 洛边木果、肖远平、海来木呷、刘洋、阿牛木支、杨兰编译：《支格阿鲁：彝族英雄史诗》，民族出版社2018年版，第9页。
② 洛边木果、肖远平、海来木呷、刘洋、阿牛木支、杨兰编译：《支格阿鲁：彝族英雄史诗》，民族出版社2018年版，第10页。
③ 云南省少数民族古籍整理出版规划办公室编：《云南少数民族古典史诗全集》（中册），云南教育出版社2009年版，第499—526页。

也来守护他。折怒六岁时进布吐学馆,学习了《咪古》九十九和《努沤》百二十,还与骏马赛跑、老虎摔跤,专心射箭,很快就长成了骁勇善战的英雄模样。①

羌族史诗《羌戈大战》没有交代英雄阿巴白构的出生过程,一开始就讲述阿巴白构本是神人降生,后来太阳神牟尼委西传授经书和神箭给他,学习了经书的阿巴白构能知晓天上神人的事情,能记住人间的政务和兵法,骁勇善战,"胯下骑着银丝马,左手开弓右搭箭;一箭射得黑星坠,光明照亮半边天"②。

白族史诗《白子王》中的英雄金来国和国来雄两兄弟从两颗神蛋中出生,在农历七月初七的那天,寺庙门前的树上传来婴儿的啼哭声,善良的老夫妻爬到树上看见喜鹊窝里面有两个白蛋,于是将两个白蛋带回家放在供奉先祖的地方,四十九天后,两颗白蛋孵出两个小娃娃来,这两个娃娃一下地就会说话,一个月就会拉弓射箭,三个月就会射杀猎物,五个月就能背诵诗书,七个月就能写字画画,七岁就可练兵,九岁就要打仗。③

傣族史诗《厘俸》中的俸改本是天神,他的凡人母亲是奴隶,因吃了河里漂着的果实而怀孕,俸改一出生就身披铠甲,手握仙笛,身背宝刀,胯下骑着一匹九节膝盖的飞马。他三岁当国王,三十岁时就有三百个妻子。④

壮族史诗《莫一大王》中莫一的父母是普通人,三月初三晚上,天空飞来一条火龙,一个翻滚后就消失在山村的茅棚。随后,莫家媳妇生下一个男孩。他刚落地就会叫妈妈,刚睁眼就会笑。怎料一位巫婆诬陷莫一,说他是妖怪转世要害人。土司官欺凌莫家势单力薄,抢来莫一丢下石壁,哪知洪水漫上阶梯,将莫一推进了莫家的屋里。⑤

---

① 阿洛兴德整理翻译:《支嘎阿鲁王·俄索折怒王》,贵州民族出版社 1994 年版。
② 罗世泽、时逢春搜集整理:《木姐珠与斗安珠羌戈大战:羌族民间叙事诗》,中国国际广播出版社 2016 年版,第 92—93 页。
③ 云南省少数民族古籍整理出版规划办公室编:《云南少数民族古典史诗全集》(中册),云南教育出版社 2009 年版,第 651 页。
④ 云南省少数民族古籍整理出版规划办公室编:《厘俸:傣族英雄史诗》,中国国际广播出版社 2016 年版。
⑤ 罗健民整理:《莫一大王:壮族英雄史诗》,中国国际广播出版社 2016 年版。

表 3-1　　　　　　　　　　西南史诗英雄诞生母题

民族	史诗	英雄姓名	英雄诞生母题
彝族	支格阿鲁	支格阿鲁	1. 父母身份：父为鹰，母为蒲嫫妮依
			2. 诞生过程：鹰滴三滴血落到妮依身上，妮依怀孕，龙年龙月龙日龙时生
			3. 成长过程：喝马桑汁、喝龙奶、吃龙饭、穿龙衣。一岁智商如九岁，神力无比，会弯弓射箭
	阿鲁举热	阿鲁举热	1. 父母身份：父为鹰，母为卜莫乃日妮
			2. 诞生过程：鹰滴三滴水到日妮身上，日妮怀孕，于龙日出生
			3. 成长过程：由神鹰抚养长大
	支嘎阿鲁王	支嘎阿鲁王	1. 父母身份：父亲为天郎恒扎祝，母亲为地女窨阿媚
			2. 诞生过程：相恋九万九千年结合。阿鲁出生时电闪雷鸣，阿鲁出生。母亲化作了马桑树，父亲化作了雄鹰
			3. 成长过程：由马桑树哺乳喂养长大
	戈阿娄	戈阿娄	—
	哈依迭古	哈依迭古	1. 父母身份：普通人
			2. 诞生过程：虎年虎月虎时，东方起红云、西方起黄云、南方起白云、北方起乌云，卷起雷鸣又闪电
			3. 成长过程：四五岁迭古就会捉蛤蟆、麻蛇、土甲蜂，六七岁就会拉弓射箭，十一二岁时花豹当狗牵，老虎当马骑
	铜鼓王	波罗、罗里芬、波亨、波涛、都罗、都来、京獠、京火、京罗	—
	俄索折怒王	俄索折怒	1. 英雄父母身份：特波咪黛梦鹰孕育
			2. 诞生过程：地动山摇、电闪雷鸣，九天九夜，一团红光从笃洪山升起，折怒出生
			3. 成长过程：马桑树哺乳，月亮哄他入眠，神鹰守护他长大。六岁就读《咪古》和《努汉》

续表

民族	史诗	英雄姓名	英雄诞生母题
羌族	羌戈大战	阿巴白构	1. 英雄父母身份：神人
			—
			2. 成长过程：太阳神牟尼委西授经书、给神箭
拉祜族	扎弩扎别	扎弩扎别	—
傈僳族	古战歌	木必扒	—
纳西族	黑白之战	东主	1. 英雄父母身份：神蛋
			—
			—
	哈斯争战	斯族	1. 英雄父母身份：勒钦思母、尤老丁冬
			—
			—
白族	白子王	金来国、国来雄	1. 英雄父母身份：白蛋
			2. 诞生过程：放在供奉的先祖的地方，四十九天后破壳出生
			3. 成长过程：一个月会拉弓射箭，三个月就会打猎，五个月会背诗书，七个月写字画画。七岁带兵，九岁会打仗
普米族	支萨·甲布	支萨和甲布	1. 英雄父母身份：普通人支萨和娜姆
			2. 成长过程：由善良老人抚养
			—
傣族	厘俸	俸改（反面英雄）	1. 英雄父母身份：在人世间的母亲为奴隶，因吃了河里漂着的果实怀孕，实际为天神下凡
			2. 英雄诞生：俸改一出生就身披铠甲，手握仙笛，身背宝刀，胯下骑着一匹九节膝盖的飞马
			3. 成长过程：三岁当国王，三十岁时就已有三百个妻子
	相勐	召相勐	—
	粘响	苏令达	1. 英雄父母身份：苏扎腊公主与月亮王子
			2. 成长过程：苏令达长大后力大无穷，会各种法术
			—
	兰嘎西贺	召朗玛	1. 英雄父母身份：勐沓达腊国王和王后
			—
			—

续表

民族	史诗	英雄姓名	英雄诞生母题
土家族	摆手歌	八部大王	1. 英雄父母身份：一对年老夫妻
			2. 英雄诞生过程：白发仙人赐神茶，老太太怀孕三年六个月生下八个男孩
			3. 山上的老虎、豹子将八个男孩喂大
壮族	莫一大王	莫一	1. 英雄父母身份：普通人
			2. 诞生过程：三月初三晚上，天空飞来一条火龙，莫家媳妇生下一个男孩
			3. 成长过程：土司官说莫一是妖邪，要将他除灭，将莫一丢下石壁，河水上涨又将莫一送回家里
	布伯	布伯	—
侗族	萨岁之歌	婢奔	1. 英雄父母身份：普通人，仰香和堵囊
			—
			—
苗族	亚鲁王	亚鲁	1. 英雄父母身份：部族头领，翰玺鹜和博布能荡赛姑
			2. 英雄诞生过程：亚鲁母亲怀孕十二月又十二天，经过七天七夜的生产才出世。出生后山岭摇晃、大地震动
			3. 成长过程：四岁知晓万物，九岁射箭舞镖
布依族	安王与祖王	安王	1. 英雄父母身份：盘果王和龙女
			2. 英雄诞生：龙女怀孕九月生
			3. 成长过程：三天就会骑马，五天就会射箭

在苗族史诗《亚鲁王》中，亚鲁父母为部族头领翰玺鹜和博布能荡赛姑。博布能荡赛姑怀孕十二月又十二天，经过七天七夜的生产亚鲁才出世。亚鲁出生时山岭摇晃、大地震动。四岁知晓万物，九岁射箭舞镖。①

在布依族史诗《安王与祖王》中，安王父母是盘果王和龙女，盘果

---

① 中国民间文艺家协会主编：《苗族英雄史诗：亚鲁王（汉苗对照）》，中华书局2011年版。

王是天上的雷公，因为天天下河打鱼，就认识了龙王的女儿龙女，两人结成夫妻。龙女怀孕九月生下安王，安王长得很快，三天就会骑马，五天就会射箭，从小就有英勇气质。①

梳理24部史诗中英雄父母的身份，可见四种类型，一是父母均为天神；二是母亲为人，父亲为神；三是父母为头领；四是父母为普通人。从这种由神性向人性的逐渐转化，可以确定史诗产生年代的先后。每部英雄史诗都是按照英雄从出生到死亡的自然时间序列展开叙述的，一般涉及英雄的孕育、诞生、成长、征战、死亡，英雄诞生母题既是贯穿英雄一生的，同时也是贯穿整部史诗的。史诗英雄大都有着异同寻常的来历，如支格阿鲁是神鹰滴血在蒲媒妮依身上怀孕而生，白子王由白蛋孵出，还有做梦怀孕、感光受孕、吞食神人口水受孕等，尽管受孕的方式千差万别，但是都指向英雄诞生伊始便不平凡的集体共识。同时，前文所举史诗英雄多数是没有父亲的，他们要么是神的后裔，要么是由神蛋孵出。只有少部分史诗英雄由凡人父母孕育而出，从时间上来说，这类史诗要比神性父母或者感生型的史诗出现得晚。

沿神性父母孕育或者感生型孕育再次检索，可见神奇孕育源自原始先民对神的崇拜，这是因为上古先民相信，天神除管理天地之间的死生规律外，还能够专注于王事，大巫魁酋或立国圣王都不是由人所生的凡人，而是由神所生的神人。神子圣王因从母体中获得了超俗智慧，故能通天通地，成为大巫或国王，开明地治理天下和管制黎庶。事实上，此种观念自上古流传至近代，导致中国的帝王观念与神信仰的关系十分密切。追寻早期的巫觋文化，发现世人相信神龙可以与人合为一体，只需通过特定的人选（巫师）表达神意，凡人即可获得上天的帮助和护佑。早期文化中，神授人选的身份皆为巫师，伴随文明的发展和国家制度的完善，神权与政权发生分歧。夏商之前的早期农耕古国，被认为是典型农耕文明的祭司神权制国家。但从普遍被视为夏朝的石家河文化晚期看，政权与神权之间的斗争已达到很激烈的程度，政权势力的兴起使神、庙的权威衰退。至商朝建立，政权已然全面压倒神权。再至殷商时代，国

---

① 望谟县民族事务委员会编：《安王与祖王》，韦文坤口述，黄荣昌、黄仕才搜集记录，黄荣昌、周国炎、黄仕才翻译整理，贵州民族出版社1994年版。

家力量跨越了原始文化的地域范围，蕴含了许多族群，并统合了他们各自的崇拜对象，所以殷商王朝已然完全不能以神权作为基础。尽管殷商王朝以征战为主要生活方式，其最早的政治制度与农耕族群的神权不相同，或许可能是军事民主制；但殷商王朝属于多元社会，各族的崇拜对象不同，生活方式甚至语言亦有不同，不能以神权为基础来统一和治理全国。① 因此，在殷商王朝，最高统治者自称为"一人"或"余一人"②，祭司、巫觋的身份虽然依旧重要，但已不在政治上占有很高地位。从甲骨卜辞中，可以清楚发现，殷商王室治理各地的方式也以军权为上。从甲骨卜辞的结构，我们又可以发现，巫师的身份已次于王③，专职从事祈祭、确定占卜结果的"贞人"，其地位大概等于殷商王宫中的"巫官"。既然社会中最高的身份是王，殷商也发展出对军权王位的崇拜，将强大的国家兵力与神授的君权结合。巫师的身份逐步降低，仅止于作为巫官，或是王室、侯室里的祭司，而王位则被当时殷商王族所定的宗教解释为具有神圣意义，在殷商文献中，王位虽然还没有被称为"天子"，但殷商文明深受夔龙天神信仰的影响，因此用"神子"概念来表达王的神性，用"神死"概念表达死者升天的意思，而"神生"概念既表达死者再生，又指涉神圣英雄的出生。④

从英雄诞生母题中，还可窥见英雄出生后，大都有被抛弃，而后由神物抚养的经历，基本情节可以归纳为：

1. 英雄之母的受孕是奇异的；

2. 英雄出生前后有神秘预兆；

3. 英雄由于某种原因被家人被动抛弃；

4. 英雄受到动物、植物、普通人或者神的保护和抚养；

5. 英雄长大后做出了种种非凡成绩，或成为氏族的先祖，或成为部族的英雄。

---

① 巫称喜：《甲骨文四重证据研究法》，九州出版社2018年版，第94—97页。
② 顾音海：《甲骨文：发现与研究》，上海书店出版社2002年版，第36页。
③ 曹方向：《甲骨文读本（古文字读本）》，凤凰出版社2017年版，第71—72页。"贞人"是占卜事宜的实际操作者，多是方国部族首领，层级有卜人、卜师、大卜，贞人的占卜活动由世袭传承的文书官员"史"记录。
④ 郭静云：《天神与天地之道：巫觋信仰与传统思想渊源》，上海古籍出版社2016年版。

五种情节广泛存在于西南史诗中,诸多细节的契合呈现出明显的趋同性和对应性。在彝族史诗《勒俄特依·支格阿龙》中,支格阿龙(支格阿鲁)是作为射日英雄和文化英雄的形象出现的,但更应注意到他作为"弃子"的经历。关于他母亲神奇的受孕经历,神话和史诗的说法大体相似,都说他的母亲是蒲莫列衣,蒲莫列衣"要去看龙鹰,要去玩龙鹰,龙鹰掉下三滴血,滴在蒲莫列衣的身上。这血滴得真出奇:一滴中头上,发辫穿九层;一滴中腰间,毡衣穿九叠;一滴中尾部,裙褶穿九层"①,蒲莫列衣因此怀孕,临产时,"早晨起白雾,午后生阿龙"②。但关于支格阿鲁出生后被弃的细节,则各种异文本有不尽相同的说法。一种说法是他出生后不肯吃母奶,不肯同母睡,不肯穿母衣,母亲"以为是个恶魔胎",便把他抛到岩下,山岩中居住着龙,阿鲁"饿时吃龙饭,渴时喝龙乳,冷时穿龙衣"③,"长到一岁时,跟在牧人后面,竹片做弯弓,草秆做箭弩;长到两岁时,跟在牧人后面,扳起竹弓行;长到三岁时,跟在出门人后面,扳着木弓走,作战知进退,射箭懂其则"④,他在龙的庇佑下长大成为一名英雄。另一种说法是阿鲁的哭声惊动了特比魔王,特比魔王"派特比牛牛,捉列衣母子"⑤,迫使列衣将阿鲁丢在悬崖边,阿鲁掉入桑树林,滚进悬崖中,悬崖下住着一条龙,他由龙抚养长大。

　　在支格阿鲁的"弃子"经历中,可以看到十分"标准"的"弃子"母题——婴儿生下后被抛弃,但他不仅没有死掉,而且得到神的庇护,长大后成为一个受人崇敬的英雄。这正是一个在世界范围内许多族群中广为流传的内容。英雄史诗总是为其设置多种多样的阻碍,让其凭借自己的能力(人力或神力)、禀赋和智慧去逐一克服、战胜,达到终极目标。毋庸置疑的是,出生即被遗弃,是一切考验方式中最为严峻的考验。

---

① 冯元蔚译:《勒俄特依:彝族古典长诗》,四川民族出版社1986年版,第49—50页。
② 冯元蔚译:《勒俄特依:彝族古典长诗》,四川民族出版社1986年版,第52页。
③ 冯元蔚译:《勒俄特依:彝族古典长诗》,四川民族出版社1986年版,第52页。
④ 《凉山彝族奴隶社会》编写组:《凉山彝文资料选译·第一集·勒俄特依》,《凉山彝族奴隶社会》编写组1978年版,第45—46页。
⑤ 洛边木果、肖远平、海来木呷、刘洋、阿牛木支、杨兰编译:《支格阿鲁:彝族英雄史诗》,民族出版社2018年版,第13页。

换言之，在西南各民族的先民观念中，真正的英雄，一定是有过"弃子"经历的英雄。

在傣族史诗《厘俸》中，英雄海罕下凡投胎在一位女奴腹中，女奴西腊在河边洗衣服的时候，见上游漂来了一枚果子，捡食后怀孕，海罕出生的时候，是自己用小刀划开母亲肋骨跑出来的，海罕一出生就会讲话，母亲由于害怕，就将他扔下了竹楼，想让牛将他踩死，可是牛将他含在嘴里保护他，当牧童把牛赶到野外放牧时，神牛才将他吐出来，带到森林里抚养长大，因而得名"海罕"（意即"金牛"或"神牛"）。海罕被弃不死，经受了考验，后来成为勐景哈的国王。

在许多史诗中，英雄都有刚出生即被遗弃的情节，显然并非偶然。为了验证"神子"的"真实性"和"神圣性"，丢弃刚出生的婴儿，让他经受最严酷的考验，是"英雄时代"先民们对英雄将来能否"不辱使命"的第一轮求证，甚至是最重要的求证方式。无论是北方三大史诗《格萨尔王传》，还是西南史诗《勒俄特依》《支格阿龙》《厘俸》等，所叙述的"弃子"英雄均享有深刻的象征意义。与其说英雄是"神子"，不如说是自然之子，他们所具有的超人智慧和无穷力量来自宇宙天地自然，由图腾先祖授孕，借人母之躯孕育，降生于世俗世界，但还要通过一种仪式——"弃"，重回大自然，接受图腾先祖的救援或哺养，接受诸种磨难和考验，从而获得人之子兼神子的双重身份，这是仪式意义上的再生。这是一条"神子—人子—人与神之子"的轨迹，也是先民从神到人的主体性认识的演进轨迹。神和英雄无疑是历史的开创者，更重要的是，神和英雄往往是受难者，把自己献上历史的祭坛，换取人类的生存和好运。被崇拜的英雄是理想化了的神，也是"坠落"到人间的神，于是神人之间的界限被打破了，英雄成为介于神与人之间的一个中间角色。①

英雄诞生后，一般不由自己的母亲抚育，而是由带有神性色彩的自然物抚育，如神鹰、马桑树、神牛、龙等。以彝族史诗《支格阿鲁》来说，支格阿鲁诞生后，以马桑树的树汁为奶，并由雄鹰日夜照料，护其

---

① 何光渝、何昕：《原初智慧的年轮：西南少数民族原始宗教信仰与神话的文化阐释》，贵州人民出版社2010年版，第448页。

安全。这些动植物似乎并未在人们的日常生活中发挥什么作用，但是在神话和史诗中，它们却是具有神力的神圣的动植物。先民们认为自然界中的动植物均有非凡的神力，这些神力是人力无法抵抗的，所以史诗中通常有以某种动植物化生万物的叙事，树木被想象为可以通向天上的神树，如马桑树可以伸上天，也有哺乳英雄的神奇能力，支格阿鲁就是在马桑树乳汁的哺育下长大的。在民间，有向神树求子的习俗，认为神树具有神力，能让无子的妇女受孕。史诗中神树有保护英雄，救英雄于危难的行为，更加深了人们对神树的崇拜。在傣族史诗《厘俸》中，英雄海罕的母亲正是吃了果实怀孕的，史诗中的神奇动植物母题，是先民们对自然物崇拜的反映。

  在史诗中，英雄母亲无论是梦鹰生育，还是吃果实生育，一般都是表达出了远古的始祖母不与男人交合，感于动物、植物、无生物等，有孕生子。《太平御览》卷七八引《诗含神雾》，"大迹出雷泽，华胥履之，生伏羲"。①《史记·三皇本纪》中说"有娲氏之女，为少典妃，感神龙而生炎帝"。②《淮南子》中说"赤龙与庆都合而生尧，视如图"。③《遁甲开山图荣氏解》中说"女狄暮汲石纽山下泉水中，得月精如鸡子，爱而含之，不觉而吞，遂有娠，十四月生夏禹"。④《诗经·商颂·玄鸟》中说"天命玄鸟，降而生商"等。凉山彝族地区广泛流传的史诗《俄勒特依》中说"有个名叫浦莫列衣的姑娘，有感于神鹰滴下三滴血，从此有了身孕，不久生下了支呷洛"。⑤傣族史诗《叭阿拉武》中说"祖叭阿拉武母误饮椰子水，而生傣祖叭阿拉武"。⑥妇女感生是早期人类对两性生殖缺乏认识所产生的生育想象，且从受孕到显孕之间有较长的间隔时间，因此人们很难将孕育与两性生殖联系起来，受孕被认为是女性因为一场奇异的事件而导致的结果，于是单性孕育成为早期

---

① （宋）李昉等撰：《太平御览》（全四册），中华书局1960年版，第364页。
② （唐）司马贞撰：《史记索隐》，中华书局1991年版，第347页。
③ （汉）刘安：《淮南子》，（汉）许慎注，陈广忠校点，上海古籍出版社2016年版，第487页。
④ （宋）李昉等撰：《太平御览》（全四册），中华书局1960年版，第22页。
⑤ 冯元蔚译：《勒俄特依：彝族古典长诗》，四川民族出版社1986年版。
⑥ 袁珂编著：《中国民族神话词典》，四川省社会科学院出版社1989年版，第211页。

人类的生育观。感生主要有两方面的特点，一是女性奇特怀孕，女子的受孕要么是因为吃了蛋、果子或者是喝了神奇的水；要么是因为一片阴影遮挡、踩到了巨人或神人脚印、一束光照射等。二是女子怀孕生下的都为男孩，且没有父亲。男孩长大后成为氏族或者部族的首领。这反映了史诗所处的时代是母系氏族社会向父系氏族社会过渡的时期，同时，母系氏族社会时期，婚姻的构成是"只知其母，不知其父"的模式。同时，感生母题产生于社会矛盾并不激烈的背景下，是矛盾较为淡化的结果。①

第二节　英雄婚姻

在北方三大史诗中，婚姻是英雄成就伟业的重要动因，诸如英雄征战不仅源于对领土的争夺，抑或对英雄对手的复仇，还源自对妻子的抢夺。在藏族史诗《格萨尔王》中，妖怪长臂洽巴拉忍毒龙夺走了英雄格萨尔的妻子梅萨绷吉，格萨尔发动了与独龙的战争，此后霍尔黄帐王抢走王妃珠毛，格萨尔发动了夺妻之战。在蒙古族史诗《江格尔》中，英雄的战役虽然起于复仇，但是英雄的妻子阿盖·莎布塔腊是江格尔征战途中的助力，在江格尔的将士洪古尔生命垂危的时候，莎布塔腊想办法挽救了他的生命。在柯尔克孜族史诗《玛纳斯》中，英雄的征战主要是玛纳斯父辈的仇恨所激发的复仇之战，因为柯尔克孜人民被卡勒玛人欺压，玛纳斯的父母被敌人杀害，为了拯救人民，他承担起了复仇的使命，而在史诗的第二部《赛麦台依》中，地盖尔的首领托勒托依抢夺了赛麦台依的未婚妻阿依曲莱克，于是双方开启了长达半年之久的战争。西南英雄史诗的英雄婚姻亦是推动史诗情节的重要动因，排除10部缺乏婚姻母题的史诗，剩余的14部均有完整的婚恋过程（见表3-2）。

---

① 王宪昭：《中国民族神话母题研究》，博士学位论文，中央民族大学，2006年，第72页。

表 3-2　　　　　　　　西南史诗英雄婚姻母题一览表

民族	史诗	英雄姓名	英雄婚姻母题
彝族	支格阿鲁	支格阿鲁	1. 婚恋对象：神女鲁斯阿颖、龙女溢居阿尼、神女阿里和阿乌
			2. 婚恋过程：因要移山接近鲁斯阿颖，与之相爱。因龙女溢居阿尼试探，阿鲁与之成为一夜夫妻。因阿鲁母亲要找长发，阿鲁在寻找途中遇见了阿里和阿乌，并在一唱一和的猜谜中定下终身
			3. 婚恋结局：与鲁斯阿颖相爱，得到阿颖帮助，阿颖牺牲。溢居阿尼为阿鲁生育一子。阿里和阿乌帮助阿鲁找到长发，但是两人因为嫉妒剪掉阿鲁飞马的翅膀导致阿鲁坠海，阿里和阿乌哭成了山
	阿鲁举热	阿鲁举热	1. 婚恋对象：头人日姆的大小老婆
			2. 婚恋过程：治死头人后将其老婆归为自己妻室
			3. 婚恋结局：因两个老婆的嫉妒心，阿鲁被害死，大老婆化作一座山，小老婆化作一块大石板
	支嘎阿鲁王	支嘎阿鲁	1. 婚恋对象：神女鲁斯阿颖
			2. 婚恋过程：因任务接近鲁斯阿颖，与阿颖相恋
			3. 婚恋结局：阿颖吞下神鞭牺牲
	戈阿娄	戈阿娄	—
	哈依迭古	哈依迭古	—
	铜鼓王	波罗、罗里芬、波亨、波涛、都罗、都来、京獠、京火、京罗	1. 婚恋对象：波罗妻子罗里芬均为人。波亨妻子也为常人。波涛妻子是滇族头领的女儿罗贞
			2. 婚恋过程：罗里芬帮助波罗铸鼓有功。波亨妻子患不眠症，波亨四处求医却中歹人计谋。波涛帮助滇族绞杀匪患，滇族头人将女儿许配
			3. 婚恋结局：缔结婚姻，相守相伴
	俄索折怒王	俄索折怒	1. 婚恋对象：仇人家的女儿蒂聪娄彩
			2. 婚恋过程：两人常常在孟勾杩相会弹月琴，吹口弦
			3. 婚恋结局：希哲部的查嘎想出毒计，要娄彩去取折怒的头，娄彩不从惨遭杀害
羌族	羌戈大战	阿巴白构	—
拉祜族	扎弩扎别	扎弩扎别	—

续表

民族	史诗	英雄姓名	英雄婚姻母题
傈僳族	古战歌	木必扒	—
纳西族	黑白之战	东主	1. 婚恋对象：仇人女儿耿饶茨嫫
			2. 婚恋过程：耿饶茨嫫为兄报仇色诱阿璐，结果两人相爱
			3. 婚恋结局：两人生下一双儿女，阿璐被术主杀害，茨嫫殉情而死
	哈斯争战	斯族	—
白族	白子王	金来国、国来雄	1. 婚恋对象：人杰妞、杰人妞
			2. 婚恋过程：两姐妹得知丈夫战死消息后，反抗管家的霸占，将背叛的管家变成了臭水塘
			3. 婚恋结局：两姐妹化作两只鸽子与丈夫们飞上天
普米族	支萨·甲布	支萨和甲布	—
傣族	厘俸	海罕	1. 婚恋对象：南崩
			2. 婚恋过程：妻子南崩被俸改抢走
			3. 婚恋结局：海罕联合召桑洛抢回了妻子
	相勐	召相勐	1. 婚恋对象：勐荷傣公主婻西里总布
			2. 婚恋过程：魔鬼将公主抢走藏在山洞里，被经过的召相勐救出，两人相恋
			3. 婚恋结局：缔结婚姻
	粘响	苏令达	1. 婚恋对象：龙女、景达南希公主
			2. 婚恋过程：在找寻母亲的途中被龙母看中招做女婿。苏令达与公主的恋爱遭到公主哥哥的反对，苏令达就抢走公主
			3. 婚恋结局：为寻找母亲告别龙女。最终与公主在一起
	兰嘎西贺	召朗玛	1. 婚恋对象：公主南西拉
			2. 婚恋过程：南希拉的求婚者很多，国王就要求求婚的王子们来拉神弓，能拉开的就可以迎娶南希拉，召朗玛拉开了神弓
			3. 婚恋结局：南希拉为召朗玛生育一子
土家族	摆手歌	八部大王	—

续表

民族	史诗	英雄姓名	英雄婚姻母题
壮族	莫一大王	莫一	1. 婚恋对象：护苗神廖七、蒙王女儿阿眉
			2. 婚恋过程：廖七帮助莫一栽种秧苗，两人感情如胶似漆。为救百姓秧苗，莫一与阿眉假意成亲
			3. 婚恋结局：廖七为护秧苗衰老。廖七要莫一迎娶阿眉成婚
	布伯	布伯	—
侗族	萨岁之歌	婢奔	1. 婚恋对象：帮工石道
			2. 婚恋过程：石道帮助婢奔为母报仇，赢得婢奔心
			3. 婚恋结局：婢奔和石道结婚生育两个女儿
苗族	亚鲁王	亚鲁	1. 婚恋对象：波尼桑；波丽莎、波丽露；霸德宙
			2. 婚恋过程：亚鲁因射杀老熊被卢呙王追杀，夯努将亚鲁藏在自己家中，与波尼桑渐生情愫；亚鲁在环征故土的路上遇见了美丽的波丽莎、波丽露，在一问一答中私订终身。亚鲁王为了侵占荷布朵疆域，故意接近荷布朵妻子霸德宙
			3. 婚恋结局：波尼桑为帮助亚鲁被杀；波丽莎和波丽露在与赛阳、赛霸的斗争中牺牲。与霸德宙结合
布依族	安王与祖王	安王	—

一 婚恋与传统

对比表 3-2 中史诗的婚恋过程，发现英雄婚恋呈现的形态主要有：

1. 天神之间缔结婚姻；
2. 领主之间缔结婚姻；
3. 普通人之间缔结婚姻；
4. 与仇人子女缔结婚姻；
5. 领主与普通女子缔结婚姻。

在彝族史诗《支格阿鲁》《俄索折怒王》《铜鼓王》中，英雄与婚恋对象属同一等级，阿鲁为神的后裔，因而他的妻子也是神的后代，在他移山填海过程中结识的神女鲁斯阿颖、主动接近的龙女溢居阿妮、寻找头发遇见的神女阿里和阿乌无一例外，这与古代彝族森严的等级内婚制有着紧密的联系,"原则上各等级成员只能在各自的等级中联姻,但随着社会的发展,这种联姻原则也有一定的突破"①。

在苗族史诗《亚鲁王》中,亚鲁妻子的身份较为普通,没有神人作为父母,也不是统治阶级的后代。在苗族社会中,男女追求自由恋爱,"父母不予干涉,所以他们的婚恋对象的范围是不受限制的,其婚恋对象可以自由选择。史诗中姐妹两人同嫁一夫的情况则是苗族父系氏族社会中'夫姐妹婚'又称'姐妹共夫婚'的体现,即:一名男子可以同时娶两个或两个以上的姐妹为妻,而不必等自己的妻子亡故之后再娶其姊妹的一种婚姻形态。"②

在傣族史诗《相勐》中,国王的妻子是勐荷傣公主婻西里总布;在《粘响》中,国王苏令达的妻子为龙女和景达南希公主;在《兰嘎西贺》中,国王召朗玛的妻子为公主南西拉;傣族进入封建领主制时期实行等级内婚,《广冈唯》规定:"等级不同的人一般不能通婚。召勐的公主不能下嫁百姓;头人的女儿不能下嫁佣人;头人的儿子可以与百姓的女儿结婚。"③

在壮族史诗《莫一大王》中,莫一与妖娃双牙有一段恋情,双牙本是龙女,只因生得如花似玉被贬做水旱煞神。莫一赶山惊动了双牙,双牙见莫一是个俊俏的美男子,想要与他结成一家,"她三变变成一个美丽的女娃,在路边递饭递菜,送水送茶:'大哥哥,你一定又累又饿,何不休息一下。'莫一摇手表谢意,迈开大步匀匀跨。'阿妹我正值青春年华,孤孤单单未许人家;愿跟阿哥百年偕老,也不枉我生得闭月羞花。'莫一正视眼前姑娘,的确沉鱼落雁,更是羞羞答答。脚步不觉缓慢,心头一捆乱麻。要娶此女为妻,敢保美冠天下"④。莫一赶山累倒,双牙乘机将莫一劫走,莫一醒来时发现,自己依靠在双牙身上,"今天他蒙眬醒来,

---

① 张晓辉、方慧主编:《彝族法律文化研究》,民族出版社2005年版,第245页。
② 肖远平、杨兰、刘洋:《苗族史诗〈亚鲁王〉形象与母题研究》,中国社会科学出版社2017年版,第74—89页。
③ 杨胜能:《西双版纳封建制地方性法规浅析》,《首届全国贝叶文化学术研讨会论文集(下册)》,西双版纳州少数民族研究所2001年版,第524页。
④ 罗健民整理:《莫一大王:壮族英雄史诗》,中国国际广播出版社2016年版,第42—43页。

却在美人怀抱。陪他的正是双牙，她半裸半遮何等妖娆：'不是我把你救来，你早就已经死掉；你赶山伤了元气，性命没剩半条；我给你喂水喂食，还要接屎接尿；六六三十六个日夜，没有功劳也有苦劳。'"① 莫一被掳去双牙洞与双牙相处三十六个日夜，与壮族古时入寮婚的习俗相似。在广西左、右江壮族地区，土官家结婚是将新郎送到新娘家成亲，也就是所谓的女娶男嫁。男女双方定亲后，女方家就在与自己家相隔五里以外的地方搭建一个草房，称为"寮房"，等结婚的时候，新郎和新娘就被送到寮房居住，举行婚礼，即"入寮"。半年后，再举行出寮仪式，夫妻一同回夫家生活。壮族的这种入寮婚的习俗，是由原始的母系氏族社会女娶男嫁过渡到男性氏族社会女嫁男娶的一种遗留。

侗族史诗《萨岁之歌》中的英雄是一位女性，名为婢奔。她的母亲被李从庆打死，于是与父亲堵囊筹划为母亲仰香报仇，因李从庆的侗族帮工石道通风报信，于是堵囊召集乡亲一起抗敌，打死了李从庆。婢奔觉得石道为人正直善良，于是与他结为夫妻。婢奔与石道同为长工，两人的婚姻缔结，事实上是侗族传统的婚姻缔结模式，在封建社会，侗族富裕的家庭在为子女选择配偶时讲究门当户对，十分看重容貌。而劳动人民选择对象的时候，更多考虑的是双方的处事方式和道德品质。而婢奔的母亲在李从庆家做家奴的时候，因品貌出众，李从庆便心生歹意，想娶仰香为小妾。原本侗族婚姻主要实行一夫一妻制，史诗中出现的纳妾现象，算是特殊的婚姻形式，因堵囊与仰香的反抗，李从庆没能如愿，但是在现实生活中，因为地主财主仗势欺人，强取豪夺，一些平民百姓或者家中奴婢多被纳为小妾。侗族青年男女多是自由恋爱，在双方情投意合后再经由父母同意，请父母帮助操办婚事。侗族村寨的儿童们一般到七八岁时就开始分性别组队学习唱歌，到十五六岁，则可参加青年男女的社交活动，对唱情歌。"在南部侗族地区，对唱情歌称为'乌翁'，意为男女共聚一堂，谈情说爱，也被叫作行歌坐月。女的邀约三五个同心同意者，不分辈分，只要年纪相当，都可以作为同伴，聚集一家，或纺纱织布，或绣花做针线，人们称此为'姑娘堂'，侗语叫作'堂翁'，意为男女集会之地。同样，小伙子们也结合在一起，到了晚上，尤其是

---

① 罗健民整理：《莫一大王：壮族英雄史诗》，中国国际广播出版社2016年版，第48页。

农闲的夜间，成群结队地手持琵琶或'格以'琴（俗称牛罢腿），前往姑娘堂与姑娘唱歌对答，谈情说爱。也有的地方，只有一个或两个姑娘身栖高楼，男的于夜深人静时，悄悄地把木梯架到窗门边，与女的隔壁吟歌，互表衷情。无论是何种方式，男方皆玩至深更半夜甚至东方欲晓，才告别女方而归。这样地常来常往，情投意合之后，便互相交换信物。古时候，以一枚铜钱破成两边男女各持一半，表示定下终身；近代则由男方以白银或首饰相赠，女方以布匹或绣花袜等物相赠为凭……随后由男家请媒人到女家撮合"①，在北部行歌坐月被称为玩山。

　　就史诗中英雄的婚恋对象来看，多具有善良、美丽、能干、勤劳的品格，婚姻的主体对象是男女双方，英雄的婚姻也同样。在英雄具有智慧、勇敢、善良、担当等优秀的品格时，他的配偶自然要与之具有相同品格，一方面是基于婚姻选择的双方需求，另一方面则是因为史诗的创作者对英雄及英雄婚姻对象的美好想象。诸如在壮族史诗《莫一大王》中，双牙是绝世无双的美女，只因心有恶念，做出了恶行，与村民为敌，"叫出旱魔扰丰收。她不让乌云放雨，她要河水断流；她要田地龟裂，让包胎的禾苗没浆抽"②，与善良的廖七相比，双牙丧失了竞争力。而蒙王的女儿阿眉，也与廖七一样心系智州百姓，愿意跟莫一一起欺骗父亲，取得神箭射山崖，"阿眉倒了杯茶请他喝：'我到过贡瓦对山歌，那天是阳春好雨纷纷落；你送我阳伞来遮雨，我永世不忘你莫一哥！'当年送把伞为唱山歌，今日遇旧交道路开阔。莫一把智州的危情相告，阿眉她心肠软泪雨滂沱。她拿出弓箭给莫一，劝他趁天黑混出城郭。"③ 于是，在廖七容颜枯老后，主张莫一娶进阿眉，得到好妻娘。在西南史诗中，女性并不是男性的附庸，拥有独立思想，在地位上与男性平等，拥有与英雄并肩作战的能力和胆识。

---

①　严汝娴主编：《中国少数民族婚姻家庭》，中国妇女出版社1986年版，第447页。
②　罗健民整理：《莫一大王：壮族英雄史诗》，中国国际广播出版社2016年版，第61—62页。
③　罗健民整理：《莫一大王：壮族英雄史诗》，中国国际广播出版社2016年版，第69—70页。

二 婚姻与征战

在北方史诗中，英雄的婚姻是英雄发起战争的关键因素。古代以狩猎和游牧为生产方式的族群，需要圈占较多的土地，以供养牲畜饮食。所以发动战争的主要原因就是争抢土地和财产，在他们缔结婚姻的过程中，就有以牲畜作为彩礼的约定。在柯尔克孜族史诗中，英雄的婚姻是命中注定的，他们必须克服万难迎娶自己的妻子，否则就会受到惩罚。一般英雄到成年后，就会通过做梦或者神人指引的方式知道妻子的一些信息，在《玛纳斯》史诗《赛麦台依》中，赛麦台依与妻子阿依曲莱克就是经过了一系列具有奇幻色彩的前期铺垫，即便是在强大的抢亲敌人面前，赛麦台依也毫不示弱，通过战争击败敌人，而阿依曲莱克也对赛麦台依忠贞不渝，在紧急关头，变身成为一只白天鹅向赛麦台依通风报信，两人合力奋战，最后幸福成婚。英雄迎难而上的情节，也使史诗本身更具感染力，英雄的坚强与勇敢在不断攻克难关中得到体现。史诗中的婚姻描写是该族群婚姻形态的一种映射，也是族群婚姻在长期的历史发展过程中，逐渐形成的一种婚姻文化形态，所以对英雄婚姻当然不能只是在史诗的叙述中进行分析，而是要结合当时的社会背景、民俗文化、伦理道德等因素去发掘英雄式婚姻的内涵。

而常被认为"重人文而轻武功"的西南史诗，也多有为女性而战的描述。在傣族的英雄史诗中，几乎都有英雄为女性而战的叙述。在《厘俸》中，俸改调戏抢夺海罕和桑洛的妻子引发战争，海罕与桑洛联合，并在天神的帮助下抢回妻子，"去年到今年一年之际，就像阿巫夏一样能飞的艾哈腊，来到我们勐景哈。看见我和妻子坐在宫廷里，他摇身一变，变成一个陌生人来到宫里，抱着一只凶猛的斗鸡，来和我的斗鸡相战相比。他运用法术，暗中使计，打败了我的斗鸡。他忽然又变成了一只美丽的马鹿，越过斗鸡场，向远处奔跑而去。我骑上一匹没有鞍子的快马，向神秘的马鹿追击。……马鹿忽然不知去向。我失望地回到宫廷，发现妻子已不在原来的地方。艾哈腊抢走了我的婻崩，他变鹿是为了调虎离山。不见妻子,我的心如刀绞,万分悲伤!"①百官为了帮助海罕夺回妻子嫡崩,准备进攻勐景罕,"我们一千个勐的首领,已经在宫廷内外齐集。我们要找回嫡崩,让她和海罕永远在一起"②。

在《粘响》中,苏令达与勐西丙的南希公主相恋,但遭到公主哥哥桑哈的反对,苏令达抢走公主引发了与桑哈的战争,最终打败桑哈与公主结合成婚。同样《兰嘎西贺》史诗亦描述了一场由争夺女性展开的部族大战。召捧玛加是天神的儿子,因为荒淫无度,到处寻找美女,一日他驾驶飞车到了陶媛的伊麻板,遇到了修行的帝巴姑娘南西拉,便上前调戏,"像公猪一样的召捧玛加,闲游来到纳里本花树下,见树下坐着一个美丽的少女,便凑上前去说出甜蜜的话语:'像宝石一样闪闪发光的姑娘呀,连日来哥哥到处在找你,哥哥见你如同吃下香甜的蜂蜜,今天要接你回去做妻子'",哪知姑娘宁愿烈火焚身也不愿屈从于他。后召捧玛加又到干塔巴塔那山上遨游,看到勐基沙猴王巴力莫的妻子在河里沐浴,猴王巴力莫十分生气,"巴力莫一气冲上十五约高空,就像狂风那样迅速,召捧玛加还来不及看清楚,巴力莫已把他的飞车抓住。他把十头王紧紧掐在手里,就像掐着一片干树叶,他猛烈地挥手甩动,甩得十头王喘嘘嘘几乎气绝"③。召捧玛加的荒淫无道激怒了众怨,后南西拉复活,成为勐甘腊嘎美丽的公主,与拉开神弓的蒙沓达腊塔王孙召朗玛结成了一家。召捧玛加压不住心中怒火,要抢走南西拉,"我们不能蒙受这样的耻辱,我们勐兰嘎光荣的声誉,岂能容许召朗玛来玷污。召朗玛只能拉弓射箭,他有什么了不起,我的本领比他高强,走,跟我一起杀上前去"④。史诗《兰嘎西贺》中的征战围绕"对女性的抢夺"展开,成为整部史诗的叙事主线。随着父权制的建立,女性逐渐成为男性附属品,因而对女性的抢夺就意味着对英雄的挑战,战争就无

---

① 云南省少数民族古籍整理出版规划办公室编:《厘俸:傣族英雄史诗》,中国国际广播出版社 2016 年版,第 3—4 页。

② 云南省少数民族古籍整理出版规划办公室编:《厘俸:傣族英雄史诗》,中国国际广播出版社 2016 年版,第 6 页。

③ 刀兴平等翻译整理:《兰嘎西贺:傣族神话叙事长诗》,云南人民出版社 1981 年版,第 38 页。

④ 刀兴平等翻译整理:《兰嘎西贺:傣族神话叙事长诗》,云南人民出版社 1981 年版,第 65 页。

可避免。

　　梳理 14 部具有英雄婚恋情节的史诗，共有 8 部英雄史诗中的征战是基于女性的抢夺，由此，西南英雄史诗的战争属性并不弱于其文化属性。

　　再看其他史诗，如在《支格阿鲁》《亚鲁王》《莫一大王》《白子王》《俄索折怒王》中，英雄的征战并未以争夺女性为主线，而是围绕部族的发展展开，为部族谋求生产生活福利而征战。在《俄索折怒王》中折怒是一位有勇有谋的英雄，他领导士兵经过三十六个回合的较量收复了大半的失地，九十九家亲戚为折怒送来美丽的姑娘，希望折怒能与她们配成双，而折怒却倾心敌方家的蒂聪娄彩。因折怒误杀宾里奇的仇恨未消，折怒提亲遭拒绝。狠心的查嘎想出毒计，要娄彩割下折怒首级，娄彩不从被杀。折怒夺回被抢去的牛马，救回被劫走的百姓，带领百姓开辟牧场和耕地，设立学馆。娄彩是史诗中唯一提及的女性，但是为了保护折怒，她宁愿牺牲自己也不愿杀害折怒，成为折怒夺回失地的助手。在《支格阿鲁》中阿鲁的婚恋过程亦是如此，龙王鲁依岩的女儿鲁斯阿颖，与阿鲁相互倾心，但是面对洪水灾难，阿鲁焦灼难安，"南方洪水还没治理，阿鲁重任在身，阿鲁一时焦虑，好比寒霜浇头，阿鲁顿时萎下来"①，阿颖决心与阿鲁一起盗取父亲的神鞭，赶走大山填海，"鲁斯阿颖哟，闯过九十九道关口，得到九十九把金钥匙，打开九十九个银箱，盗来父亲的神鞭。千山万水是牛马，大山小山是财产，牛样固执的阿爸，靠这杆神鞭，统着千万山"②，龙王鲁依岩发现后，要夺回神鞭，阿颖为帮助阿鲁吞下神鞭化作一座大山。

　　在这几部史诗中，女性成为英雄征战途中的帮手，是英雄成就伟业的重要辅助力量，甚至在《萨岁之歌》中，女性成为英雄的化身，为母报仇，带领乡亲反抗财主。虽然史诗中也存在男性视角下的女性标准，比如女性在史诗中就必须是漂亮的、勤劳的，但是英雄也同样被人民附

---

　　① 洛边木果、肖远平、海来木呷、刘洋、阿牛木支、杨兰编译：《支格阿鲁：彝族英雄史诗》，民族出版社 2018 年版，第 78 页。
　　② 洛边木果、肖远平、海来木呷、刘洋、阿牛木支、杨兰编译：《支格阿鲁：彝族英雄史诗》，民族出版社 2018 年版，第 78 页。

之标签，被认为拥有超常神力、天神之子、智慧、正义。所以，西南史诗中英雄的婚恋对象大多不被认为是英雄的财产，也不是英雄的从属，而是平等互助的关系。

第三节 英雄伟绩

西南英雄史诗与北方英雄史诗不同，它们是另一种类型史诗。史诗《江格尔》与《玛纳斯》中的征战，不是在固定不变的两大军事集团之间进行的，而是一大军事力量与各种大小不同的军事势力之间发生的多次征战。因此，这些长篇史诗没有贯穿始终的统一的大情节。西南英雄史诗，尤其像傣族英雄史诗《厘俸》《相勐》和《兰嘎西贺》这样的长篇作品，其中的征战主要是在较为固定的两大军事集团之间进行，一般有贯穿始终的统一情节，是不可独立成篇、不可分割的整体。①

表3-3　　　　　西南英雄史诗英雄业绩母题概览

民族	史诗	英雄姓名	征战母题
彝族	支格阿鲁	支格阿鲁	1. 英雄对手：多余的日月、迷雾、龙王鲁依岩、雷神、魔蟒、天魔特比、妖婆、吃人妖涅耶姆、吃人鬼哼叉姆（撮宇吐）、吃人的撮阻艾、吃人怪杜瓦、害虫、食人马、害人牛、孔雀魔、雕王、虎王、苴阿启、雕王大亥娜、虎王阻几纳
			2. 驱散魔雾、测量天地、划分天地方位、制定历法、射日射月、制服雷神、打造江山、移山填水、捉妖灭怪、抑强扶弱、抗击恶敌、统一部落、治理国家
			3. 征战结局：均是阿鲁获胜

---

① 祁连休、程蔷、吕微主编：《中国民间文学史》，河北教育出版社2008年版，第125页。

续表

民族	史诗	英雄姓名	征战母题
彝族	阿鲁举热	阿鲁举热	1. 英雄对手：头人日姆、多余的日月、蚊子、蟒蛇、石蚌、妖婆、雷公、马、聂耶姆、邪龙
			2. 征战过程：在公鹅的帮助下，阿鲁获得神箭和神线，以此作为制服日姆的神器；在与动物和妖魔的战斗中，阿鲁均依靠自己的力量进行战斗
			3. 征战结局：阿鲁用神箭指向日姆心口，日姆倒地而亡，在与动物和妖魔的战斗中阿鲁均获胜
	支嘎阿鲁王	支嘎阿鲁王	1. 英雄对手：迷雾、洪水、日月、雕王、虎王、撮阻艾（食人妖）
			2. 征战过程：不论是征服自然物，还是与恶魔争斗，阿鲁均依靠自身的力量
			3. 征战结局：阿鲁获得胜利
	戈阿娄	戈阿娄	1. 英雄对手：皇帝、希路和没额、希尼、麦尼、富略
			2. 征战过程：戈阿娄带领众人开荒山种地挖出大宝石，皇帝派希路和没额来第一次抢宝。二人被杀后，希尼来第二次抢宝。希尼战败后麦尼带兵第三次抢宝。皇帝兵死绝又去征百姓来第四次抢宝
			3. 征战结局：希路和没额被射死。希尼带兵战败。第四次彝家胜利了，但是为了百姓戈阿娄牺牲了
	哈依迭古	哈依迭古	1. 英雄对手：阿吭普朴；英雄对手阿格，助手布尔热茨；英雄对手阿格楚尔
			2. 征战过程：阿吭普朴是杀害迭古父亲的凶手，迭古在阿吭普朴将要经过的路上等待，为父报仇；阿格是舅舅家的冤家，因侵占了舅舅家的财产，迭古和布尔茨热配合争回财产；阿格楚尔是兹米阿支家的冤家，因阿支被阿格杀害，迭古失去亲人带领阿支家人报仇
			3. 征战结局：迭古赢得胜利

续表

民族	史诗	英雄姓名	征战母题
彝族	铜鼓王	波罗、罗里芬、波亨、波涛、都罗、都来、京獠、京火、京罗	1. 英雄对手：蒙舍诏、劫匪黑面人、小滇王、大理国、宋朝官兵、火王、水王、交趾人
			2. 征战过程：蒙舍诏首领派心腹去到越析诏杀死了波亨和他的妻子。波涛成为铜鼓王后，为报仇，设计击退蒙舍诏人，为保鼓带领族人向东迁徙，投奔胡舍诏。都罗与小滇王不断周旋，最终展开了大战，昆明族人少力单，最后在神鼓和金竹的帮助下击退了小滇王。官府要抢铜鼓，都罗誓死护鼓。京獠率领一家人奋力抵抗官兵的抢夺。京火去东海路上与火王、水王殊死搏斗，并得到铜鼓的帮助。京罗带领族人追杀抢鼓的交趾匪徒
			3. 征战结局：波亨与妻子被杀。波涛虽然在与蒙舍人的战役中取得胜利，但为了保鼓王东迁。都罗赢得了胜利，但是族人损伤惨重，为了继续生存发展，他带领族人继续迁徙。都罗为了保鼓牺牲，昆明人为都罗报仇砍杀官兵和大官。京獠获胜。京火获胜，拿到仙水和仙药。京罗与交趾匪徒夺鼓时一起摔下山崖
	俄索折怒王	俄索折怒	1. 英雄对手：孟部、宜比岱诺、希哲家大力士宾里奇
			2. 征战过程：折怒扮成放猪娃，用迷魂草与孟部武士周旋。宜比岱诺为了夺取神剑，出言激怒折怒，折怒向宜比岱诺提出挑战，约定一决胜负。宾里奇找折怒比试摔跤，折怒无意将宾里奇摔倒在青木树上
			3. 征战结局：孟部武士被祖摩问斩。宜比岱诺战败而死。宾里奇的骨头被青木树心夹碎而亡

续表

民族	史诗	英雄姓名	征战母题
羌族	羌戈大战	阿巴白构	1. 英雄对手：魔兵、戈基人
			2. 征战过程：魔兵放火烧山，带领兵马围剿羌人，阿巴白构带兵抵抗，甩掉了敌人。魔兵继续追击，羌人誓死决战。羌人过了一段太平日子，戈基人来抢夺牛羊，戈基人力大皮又厚，实在打不过。阿巴白构想办法，将神牛拿去给戈人，惊动神仙来做主
			3. 征战结局：阿巴白构兵马损失近半。幸得天神木姐相助，丢下三块白石变雪山来把路拦。神仙心知戈基人吃了神牛，于是假装来做评判，将白石、藤条给羌人，雪团、麻杆给戈人，戈人死伤一大半，最后羌人胜利
拉祜族	扎弩扎别	扎弩扎别	1. 英雄对手：天神厄莎
			2. 征战过程：天神厄莎要求人们上贡，扎弩扎别呼吁大家反抗。于是厄莎三番五次要整倒扎弩扎别，用太阳晒、用大水淹、将太阳月亮藏起来、与扎弩扎别比赛跑步、找来牛屎虫陷害他
			3. 征战结局：扎弩扎别被厄莎害死
傈僳族	古战歌	木必扒	无
纳西族	黑白之战	东主	1. 英雄对手：术主、术主之子米委
			2. 征战过程：米委骗阿璐到术地，企图杀害他，不料却被阿璐所杀。术主为子报仇将阿璐杀害，东主为子报仇
			3. 征战结局：东主消灭了象征邪恶的术主部落
	哈斯争战	斯族	1. 英雄对手：兄弟哈族
			2. 征战过程：哈族想要分高山、黄镜花地，就贿赂多格优麻神，斯族听到了抢先要了哈族地，但是没有哈族过得好，斯族眼红了，要去抢占
			3. 征战结局：哈族胜利了
白族	白子王	金来国、国来雄	1. 英雄对手：旱魃、日迁王
			2. 征战过程：念咒语；日迁王作恶，白子王连同周城百姓夜袭日迁城
			3. 征战结局：旱地出水；管家出卖了白子王，白子王兄弟遭到日迁王的追杀后牺牲

续表

民族	史诗	英雄姓名	征战母题
普米族	支萨·甲布	支萨和甲布	1. 英雄对手：独角怪兽、魔王
			2. 征战过程：支萨带上强弩毒箭进入森林除掉怪兽；甲布带着父亲留下的武器和天马为父报仇；魔王将娜姆掳走了，甲布寻找母亲，相见后商量除掉魔王
			3. 征战结局：支萨体力不支被怪兽刺死；甲布利用计谋引诱怪兽喝了毒药，并将怪兽刺死。娜姆告诉甲布魔王的要害，甲布砍倒魔王的生命树，趁机射穿魔王心脏，消灭魔兵
傣族	厘俸	俸改	1. 英雄对手：桑洛、海罕
			2. 征战过程：海罕向天神帕雅英控诉俸改的罪行，帕雅英命令俸改交还婻崩和南娥并，俸改不愿，大战打响。俸改弟弟桑梦战死，俸改将最好的大象交给三弟姆温，派他出战，海罕大将冈晓战死
			3. 征战结局：桑洛和海罕得到天神帮助，赢得了胜利，俸改被杀
	相勐	召相勐	1. 英雄对手：沙瓦里、貌舒莱
			2. 征战过程：沙瓦里和貌舒莱联手攻打召相勐，召相勐得到周边国家的支援，一起抵抗沙瓦里和貌舒莱的攻打
			3. 征战结局：召相勐赢得了胜利，统一了森林
	粘响	苏令达	1. 英雄对手：桑哈
			2. 征战过程：苏令达抢走桑哈的妹妹景达南希，招来战争，苏令达得到龙王的帮助，没有被困死，桑哈不死心再一次发动战争
			3. 征战结局：桑哈战败
	兰嘎西贺	召朗玛	1. 英雄对手：召捧玛加
			2. 征战过程：召捧玛加十分嫉妒召朗玛，于是抢走了南西拉。召朗玛为了抢回妻子，开始了与召捧玛加的战争，并得到猴王的帮助
			3. 征战结局：杀死了召捧玛加，救出了南西拉

续表

民族	史诗	英雄姓名	征战母题
土家族	摆手歌	八部大王	1. 英雄对手：皇帝
			2. 征战过程：皇帝得知这八人功夫了得，派他们去打退进攻敌人，但是皇帝没有兑现承诺，将他们赶出皇宫。八兄弟很气愤火烧金銮殿，皇帝认为他们有本领决定封官
			3. 征战结局：八兄弟拒绝皇帝的封赏，回家耕种生产
壮族	莫一大王	莫一	1. 英雄对手：土司仔、双牙、卜洋
			2. 征战过程：土司仔要与莫一比试，企图害死莫一。双牙追求莫一不成，在土司官的帮助下不让天上下雨，田里青苗长不大。莫一帮卜洋解了困，但是卜洋食言分财产，还惧怕莫一替代自己，于是追杀莫一
			3. 征战结局：土司仔阴谋败露落荒而逃。莫一为救秧苗到勐州借剪，射出了泉水救秧苗。莫一为了保护贡瓦人的生命，被卜洋杀害
	布伯	布伯	1. 英雄对手：雷王和龙王
			2. 征战过程：布伯不向人间施雨，人间大旱，布伯上天擒住雷王，并将他关在木笼里，雷王看见布伯的一双儿女，想方设法变戏法，哄骗他们给水喝，喝了水的雷王力气大，逃脱升天发大水。布伯与雷王展开殊死决斗
			3. 征战结局：布伯因体力不支被雷王杀害
侗族	萨岁之歌	婢奔	1. 英雄对手：李从庆、李点郎
			2. 征战过程：李从庆得知仰香和堵囊挖到神铁，于是借口强占鱼塘，打死仰香，堵囊和婢奔得到贯公神扇赢得胜利。李点郎为父报仇，夺取宝刀，杀死堵囊
			3. 征战结局：婢奔带领两个女儿寡不敌众，最终一起跳崖牺牲

续表

民族	史诗	英雄姓名	征战母题
苗族	亚鲁王	亚鲁	1. 英雄对手：卢呙王；赛阳、赛霸；荷布朵
			2. 征战过程：卢呙王继承王位后回征纳经，与卢呙王展开争斗。获得龙心后，赛阳和赛霸一直追杀亚鲁。亚鲁不断迁徙，到达荷布朵疆域后，与荷布朵展开智慧的较量
			3. 征战结局：卢呙王被杀；不愿与兄长开战，亚鲁不断迁徙；亚鲁霸占了荷布朵的妻子，赶走了荷布朵国王
布依族	安王与祖王	安王	1. 英雄对手：同父异母弟弟祖王
			2. 征战过程：祖王想要霸占安王权力，设计各种陷阱陷害安王，但安王有龙王外公庇佑，又会巫术法术，发起干旱，让人间万物都晒死
			3. 征战结局：祖王服软，交还权力，并且要向安王交租进贡

一 英雄征战

根据以上 24 部英雄史诗征战内容进行母题结构的梳理。

1. 英雄
2. 对手为天神
3. 对手为部落首领或国王或皇帝
4. 对手为兄弟
5. 对手为恶魔
6. 对手为自然界事物
7. 抢夺妻子、母亲
8. 抢夺财产、土地
9. 抢夺权力
10. 为民除害
11. 复仇
12. 天神相助
13. 背叛
14. 英雄获得胜利
15. 英雄战败

表 3-4　　　　　西南史诗英雄征战母题结构①

史诗	叙事顺序	母题结构														
		1	2	3	4	5	6	7	8	9	10	11	12	13	14	15
支格阿鲁	1+2+5+6+10+14	◎	◎			◎	◎				◎				◎	
阿鲁举热	1+3+5+6+7+8+14	◎		◎		◎	◎	◎	◎						◎	
支嘎阿鲁王	1+3+5+6+7+8+14	◎		◎		◎	◎	◎	◎						◎	
戈阿娄	1+3+8+14	◎		◎					◎						◎	
哈依迭古	1+3+8+11+14	◎		◎					◎			◎			◎	
铜鼓王	1+3+5+8+11+14	◎		◎		◎			◎			◎			◎	
俄索折怒王	1+3+8+11+14	◎		◎					◎			◎			◎	
羌戈大战	1+5+8+3+8+12+14	◎		◎		◎			◎				◎		◎	
扎弩扎别	1+2+8+15	◎	◎						◎							◎
黑白之战	1+3+8+11+14	◎		◎					◎			◎			◎	
哈斯争战	1+4+8+14	◎			◎				◎						◎	
白子王	1+3+6+8+13+15	◎		◎			◎		◎					◎		◎
支萨·甲布	1+5+7+11+14	◎				◎		◎				◎			◎	
厘俸	1+3+7+12+15	◎		◎				◎					◎			◎
相勐	1+3+7+8+14	◎		◎				◎	◎						◎	
粘响	1+7+12+15	◎						◎					◎			◎
兰嘎西贺	1+7+12+15	◎						◎					◎			◎
摆手歌	1+2+9+10+14	◎	◎							◎	◎				◎	
莫一大王	1+2+9+10+15	◎	◎							◎	◎					◎
布伯	1+2+10+15	◎	◎								◎					◎
萨岁之歌	1+2+7+15	◎	◎					◎								◎
亚鲁王	1+4+7+15	◎			◎			◎								◎
安王与祖王	1+4+7+8+14	◎			◎			◎	◎						◎	
频次		23	6	11	3	6	4	10	13	2	4	5	4	1	14	9

从母题结构分解来看，史诗对手多为天神或人间头人，征战原因主要集中在抢夺妻子、母亲；抢夺财产、土地两方面。这两个要素中，英

---

① 注：英雄征战母题结构由 15 个要素组成，每一部史诗的叙事顺序由这 15 个要素中的某几个排列组合。"◎"代表史诗中有这个要素。

雄获胜多于英雄战败。由此，西南英雄史诗中的征战除了北方史诗中的抢夺女子的因素外，还关注对土地和财产的掠夺。

西南地区从原始社会解体至阶级社会初期，随着私有财产和私有观念的产生，先民们历经了从氏族、部落、部落联盟到建立地方政权的发展过程，经历了频繁而残酷的掠夺战争阶段，这样的社会生活与源远流长的群体文化、口传文化相结合，孕育了一批英雄史诗。它们在形式上是先民原始神话和原始性史诗的继承和发展，在内容上由描写神境转向更多地表现人间，由描写神性英雄转向更多地塑造具有人性的英雄。这种反映古代氏族、部落之间战争的英雄史诗或带英雄史诗性质的诗篇，有彝族《俄索折怒王》、苗族《亚鲁王》、傣族《厘俸》、纳西族《黑白之战》等。

英雄史诗中蕴含两种古老的题材，一是英雄为妻子远征，二是英雄与恶魔争斗。为妻子远征的英雄史诗，是父系氏族社会将女性视作男性私有物的反映，史诗歌颂了英雄在远征过程中所经历的种种考验，包括对抗自然、妖魔和另一氏族的力量，同时女方父亲的阻挠也是构成英雄征战的部分内容，如女方父亲要求英雄能够奉上大量的黄油、牛奶以及金银，才同意两人的婚事，面对女方父亲的刁难，英雄也显示出了不畏困难的精神。也有与其他竞争者一起抢夺未婚妻的内容，史诗中的这种现象，是对当时抢婚习俗的反映。在傣族英雄史诗《厘俸》中，海罕与俸改之间的争夺战，正是基于对海罕妻子婻崩的抢夺，当然俸改抢夺的不止婻崩一人。英雄与恶魔的征战取材于英雄传说，一般象征着英雄与敌对氏族之间的战斗，反映的是原始社会氏族之间的群体械斗现象。史诗中的恶魔，如长臂毒龙、多头恶魔、龙王、孔雀魔、魔蟒等，是指以这种动物为图腾的氏族，所以可以以史诗中的恶魔之战，代表英雄与敌对氏族之间的战役，一般是恶魔先实施了破坏，英雄为了复仇展开征战。

二 英雄崇拜

在西南民族的观念中，神、祖先和英雄之间没有明显界限，祖先既是神，也是英雄，所以在西南民族的信仰中，图腾崇拜和祖先神崇拜就是英雄崇拜。从先民信仰崇拜的对象来看，自然神崇拜属于早期崇拜，祖先神与英雄崇拜是伴随生产力发展而产生的。英雄崇拜的产生标志着族群进入了英雄时代,英雄以自己的方式,引导着人们按照这一方式生活,英雄的行为模式成为人们争相效仿的模范,进而进入人类普遍的行为规范之中。①

　　自从人类有了意识,神和英雄一直是生活实践中最有影响和意义的现象之一。② 无论是在"神的时代"还是"英雄时代",人类的总体力量都是十分弱小的,神和英雄无疑都被认为是历史的开创者;同时,又由于在史诗中,神和英雄们往往把自己献上历史的祭坛,以换取人类的生存和发展,因而他们又以受难者的形象备受先民的崇敬,成为荣格所说的"理想的集体表象"。许多英雄超人的本领,使人不禁提出英雄同神的关系问题。一般有两种观念,一种认为史诗英雄是对族群领袖的一种神化,由于人们对领袖的崇拜充满了神性色彩,进而上升到了神性崇拜。另一种认为,史诗英雄是神灵走下神坛的象征,人们对神的崇拜逐渐转变成为对人的崇拜。当然,神和英雄是有差别的,这种差别体现在他是否会死亡上,天神是永生的,英雄却是会死亡的,但英雄的死亡也会演变或升格为神,或者说,获得长生不死,甚或不朽的神性,这正是人们对英雄行为的奖赏。借用诺斯罗普·弗莱的观点,"创造出永恒的神和被崇拜的英雄,他们具有鲜明的性格特色,被塑造成雕像,以颂歌赞美"③。于是,我们看到,在许多史诗中,英雄演变或升格为神是容易的。在我国传统文化中,有许多开创崇高事业的英雄人物在民族崇拜中转化为神,诸如地域神——天龙屯堡的汪公,职业神——鲁班。此外,被人们广泛接受的诸如三国时期的诸葛亮、关羽等,人们愿意屈膝于和神一样伟大的英雄面前。在西南史诗中,英雄多被归为伟大的祖先一类,是始祖神,他们参与创造、发明、建立社会和秩序等;在一些史诗中英雄被视为氏族部落的首领、祭师、巫师,文化的创造者和保存与传播者,这些人自然就会被视为英雄。

　　以射日月英雄为例,西南史诗中有许多生动的英雄形象。如有彝族

---

　　① 何光渝、何昕:《原初智慧的年轮:西南少数民族原始宗教信仰与神话的文化阐释》,贵州人民出版社 2010 年版,第 393 页。
　　② 胡志毅:《神话与仪式:戏剧的原型阐释》,学林出版社 2001 年版,第 134 页。
　　③ [加]诺斯罗普·弗莱:《批评之路》,王逢振、秦明利译,北京大学出版社 1998 年版,第 17 页。

的《勒俄特依》、瑶族的《密洛陀》、傣族的《巴塔麻嘎捧尚罗》、苗族的《亚鲁王》、壮族的《布洛陀》等；用竹篮装日，有彝族阿细人的《阿细的先基》；追日打日，有基诺族的《阿嫫尧白》；在湘西苗族的《㑆巴㑆玛》中，是既射日，又用刀砍伐太阳栖身的日树。在彝族中则是支格阿鲁，在苗族中是亚鲁，在布依族中是布杰公，在水族中是牙巫，在布朗族中是巨人顾米亚等。

西方学界认为，英雄史诗中的英雄不应当是神，只能是半神半人或受到神灵支持的人，他们所创造的英雄业绩，是史诗的主要内容。英雄崇拜的盛行是社会从原始社会向部落、部族、部族联盟和阶级社会过渡时期的反映，在部落时期，以血缘关系为社会的主要构成形式，祖先崇拜只在小范围内产生影响，而当部落中的祖先崇拜与史诗英雄之间建立起联系，祖先崇拜演化为英雄崇拜，其影响范围就变大了，变成了更大群体之间的精神力量。先民祖先崇拜的产生，最初是建立在人兽同源思想上的，体现在图腾崇拜上，后发展为对族群共同祖先的崇拜。家庭产生以后，对家庭的祖先崇拜也有体现，在现代社会，每逢年节，都要祭祀家庭祖先。英雄崇拜与祖先崇拜，在原始氏族时期，其本质是一样的，氏族的英雄往往就是氏族的祖先，后逐渐演化成为护佑氏族的神被人们崇拜。这源于伴随逝去祖先与日常生活的疏离，原始社会后期部落战争和掠夺的频发，部落和部落的不断联盟，英雄祖先在频繁斗争中发挥了重大作用，这种既有血缘关系，又有生存斗争共同利害关系的"社会关系"，导致了一种特殊意识的产生，即对本部落斗争业绩的光荣感和自豪感。对部落发展做出重大贡献的英雄，在部族人民的观念中是拥有神奇力量的，同时，因为他们的丰功伟绩，受到特别尊重和热爱。

古老的神性英雄，让位给了人化的英雄，英雄虽然有死，但能重生，被附会为具有神力的人物，在群众中传播，成为凡人的榜样和摹本，同时也在群体中逐渐成为人们行为规范的榜样，更多人希望通过模仿英雄行为，自己也能成为英雄，为部族人民做出贡献。同时，在创作上也幻想出更多具有神力的英雄。英雄于是有了超越氏族的性能，在某些方面还显示出了超越单纯血缘因素的迹象，加进了某些"公共"的属性，有了更宽广的活动空间，即有了更广泛的群众信仰基础。英雄崇拜兴起了，新的英雄崇拜比古老的英雄崇拜——祖先崇拜的视野更为宽阔，新的英雄，是部族、部落联盟、族群乃至种族集团所共有的。在这时，祖先与英雄开始分离，祖宗崇拜与英雄崇拜开始分道扬镳，原有的祖宗以及对他的崇拜，往往只为某个家族、族系及与之有某种关系的家支家系所共有，而英雄随着社会的进步和文明的发展，则越来越成为全社会（部落和部落联盟）凝聚内聚力的一种精神性需要。后来，英雄就发展为保护神：成为一个村寨的、一片地域的，甚至一个族群的保护神。从圣入凡，再从凡入圣，这不是简单的循环，而是信仰崇拜在更高层次、更大范围内的"螺旋式"上升。

第四节　英雄死亡

死亡作为人生的组成部分，也是英雄史诗不可规避的母题，在一些文学创作中，常将死亡作为与正义对抗的结局，以此来弱化死亡对人们心灵所带来的挤压，特别是英雄人物的死亡，往往会带给人强烈的痛苦感。史诗如何以其独特的方式来弱化这样的痛苦感，以及探索死亡的奥义，将是史诗死亡母题研究所亟须关注的问题。

表3-5　　　　　　　西南史诗英雄死亡母题概览

史诗	英雄姓名	死亡母题
支格阿鲁	支格阿鲁	1. 死而复生 2. 化作神人
阿鲁举热	阿鲁举热	1. 死而未复生
支嘎阿鲁王	支嘎阿鲁	—
戈阿娄	戈阿娄	1. 死而未复生（戈阿娄为让皇帝收兵牵马自杀）
哈依迭古	哈依迭古	1. 死而未复生（迭古为阿支报仇杀红了眼，把该杀不该杀的都杀了，虽然赢得了胜利，迭古却懊悔不已，最终用宝剑刺死自己）
铜鼓王	波罗、罗里芬、波亨、波涛、都罗、都来、京獠、京火、京罗	1. 死而未复生（波罗和罗里芬正常死亡。波亨被敌人杀害。波涛正常死亡。都罗被官兵打死。京火正常死亡。京罗战死）

续表

史诗	英雄姓名	死亡母题
俄索折怒王	俄索折怒	—
羌戈大战	阿巴白构	—
扎弩扎别	扎弩扎别	1. 死而未复生
古战歌	木必扒	—
黑白之战	东主	—
哈斯争战	斯族	—
白子王	金来国、国来雄	1. 死后变成鸽子（死而复生）
支萨·甲布	支萨和甲布	无
厘俸	海罕	1. 死而未复生
相勐	召相勐	—
粘响	苏令达	—
兰嘎西贺	召朗玛	—
摆手歌	八部大王	—
莫一大王	莫一	1. 死而复生（莫一死后回到家乡，让妻子阿眉帮助他还阳） 2. 死而未复生（莫一母亲的阻碍，使莫一最终丧命）
布伯	布伯	1. 死而未复生
萨岁之歌	婢奔	1. 死而未复生
亚鲁王	亚鲁	—
安王与祖王	安王	—

　　从 24 部英雄史诗中英雄死亡的情况来看，3 部史诗中的英雄具有死而复生的能力，9 部史诗中的英雄没有死而复生，其他史诗中没有讲述英雄的死亡情况。

一　由生至死

　　死亡母题具有普遍性，但是不同史诗中的死亡母题具有不同的特点。死亡母题与创世、精神升华等紧密关联，是中国文化中伦理道德、风俗信仰、自然和谐等价值体系的重要形成因素，正如斯宾格勒认为的，"在关于死的知识中产生了我们作为人类而非兽类的世界观"①，死亡意识中不仅包含着人类对死亡的焦虑、恐惧和敬畏，还包含着人们对死亡未知的探索，以及寻找死亡的终极意义。

在《戈阿娄》中，英雄戈阿娄虽然在保护宝藏时获得了胜利，但是因为年龄渐长，百姓在战火中备受煎熬，于是请毕摩占卜算卦，怎料结果使人忧虑，在返回的途中，戈阿娄在石洞口抱着坐骑倒下了。《戈阿娄》这部史诗中没有神秘色彩，没有神话的想象，没有天神的帮助，英雄戈阿娄没有特异的出生和成长经历，只依靠自己保护着人民。值得关注的是，戈阿娄并非在战争中战死，而是在对人民未来的忧虑以及疾病中死去，普通的人民英雄成为这部史诗的主角，说明了死亡已经成为人们能接受的事实，即便承受着分离的痛苦。

在《哈依迭古》中，英雄迭古在取得胜利后心中郁闷，因为"他想起这场复仇，他回想这场战争，越想越懊悔，越想越抱恨。不该杀的杀了，不该死的死了，他忧闷不乐，他忧愁悲伤。不喝一口凉水，不吃一口荞粑，一天天在山头上串，一夜夜在场坝上转。……哈依啊，哈依！迭古呀，迭古！坐卧不安宁，万箭在穿心。凡人在世间，欢乐时想起了亲人，痛苦时想到了阿嬷。迭古想起了阿嬷，可他没有脸面见她，独自走到兹兹山头，脱下身上的铠甲，面朝向日哈洛莫，拔出杀敌的宝剑，刺进自己的心窝……"②哈依迭古死去后，人们杀牛祭奠，尸体被烧成灰，并没有复生的描述。

在《扎弩扎别》中，厄莎记恨扎弩扎别带领人们和她作对，于是想出毒计杀害扎弩扎别，在牛屎虫的角上安了一根毒针，牛屎虫飞到扎弩扎别身边乱叫，吵得扎弩扎别心烦，于是他一脚踩向了牛屎虫，毒针立即刺穿了他的脚，找不到药的扎弩扎别只好求助厄莎，狠心的厄莎用苍蝇蛋给扎弩扎别包扎伤口，并命令他七天之后才能打开，老实的扎弩扎别七天后脚已溃烂，毒发而亡。

---

① ［德］奥斯瓦尔德·斯宾格勒：《西方的没落：世界历史的透视》，齐世荣等译，商务印书馆1963年版，第101页。

② 云南省少数民族古籍整理出版规划办公室编：《云南少数民族古典史诗全集》（中册），云南教育出版社2009年版，第522—523页。

对于死亡，不同地域的人们有着不同的认识，史诗中的死亡叙事，也是对社会生活的复杂反映，其中蕴含的死亡意识也充分体现了人们对生老病死这种自然现象的态度。在上述三部史诗中，虽然英雄死去后没有复活，但是均以另一种形式的"复活"作为结尾。戈阿娄死去了，人们在哭送的时候，看见他骑着白马飘向了天空。迭古死后也被认为化作了火神，所以后世的人们举行祭火塘仪式就是为了纪念迭古。扎弩扎别死后，仍化作飞虫蚂蚁继续与厄莎争斗。这预示着生命的另一种开始，自然万物间都可以相互转化，人死化为动物、植物，循环往复，生生不息，这是众生平等的生命观，也是至死不屈和向死而生的精神力量。

西南史诗中的死亡母题具有极强的道德意识。在传统观念中，死亡并非终结，更象征着人的价值的实现，史诗英雄在为人民消灾解难的过程中牺牲，是道德升华的过程，以个体的牺牲换取集体利益，这种死亡往往就代表着牺牲者价值的终极，与儒家思想中个体的不断完善是实现其社会价值与促进社会和谐的精神有着相似性。同时，死亡是不可违背的自然规律，但精神却是永恒的。史诗中英雄死亡后通常会化生为另一形式的自然物继续保护人民，人们也会以祭祀的方式怀念英雄，并相信英雄的精神和灵魂会继续存在于自然，这类似于庄子"天地与我并生，万物与我为一"的生死超脱，超然于物外的精神永恒。生是一种过程，死也是一种过程，即便程序不同，但就本质而言同为过程，身灭并非心灭，既消解了对死亡的恐惧，也可以也让人们更坦然地面对生活，尊重内心的需求，以乐死向生的心态实现人生价值。

二 死而复生

在柯尔克孜族英雄史诗《玛纳斯》中，阔兹卡曼父子用毒酒害死了玛纳斯，为了救回玛纳斯，仙女将玛纳斯母亲的乳汁灌给玛纳斯喝下，随后他死而复生。在第二部中，玛纳斯的儿子赛麦台依被叛变的士兵杀害，仙女用仙药使其死而复生。在史诗《江格尔》中，阿拉谭策吉用弓箭射杀了江格尔，"老英雄拈弓搭箭，遥隔三条河向江格尔瞄射。那利箭射中江格尔的后背，射穿小英雄的前胸。江格尔失去知觉，从马背上昏迷欲倒"。① 是洪古尔请求母亲救救江格尔，"妈妈，敷上你的神药，你只要迈三步，就能拔出江格尔身上的毒箭"②，洪古尔的母亲为江格尔涂上了灵药，向前走了三步，但是箭镞却不能完全退出，神药因为受到玷污而失灵，洪古尔母亲向天祈祷，箭镞从江格尔身上脱落，他瞬间就活蹦乱跳。死而复生母题在史诗中广泛存在，并且具有相同的叙事模式。死而复生，是先民们对生命的一种向往，在面对死亡的时候，他们希望能够通过某种仪式、喝下某种神药获得继续生存下去的机会，这是对死亡的惧怕和对向生的希冀。事实上，求生的思想并非早期的人们所独有，至今人们也都还在找寻着能起死回生的秘方。中国的史诗和神话中存在大量不死主题的作品，比如不死药、不死神树、还魂草等，人类向自然寻求复活的方法。先民们的这种思想与道教中寻求的长生不老有着本质的区别，在古代医疗条件不发达的环境下，任何一种疾病都可以造成生命的消亡，所以祈求死而复生，也是先民们对疾病的无力，希望通过自然的力量，救活将死之人，并非否定死亡。在医术还未与巫术脱离的阶段，人们通过巫术中的各种仪式、咒语、法术和药石等，希望能让将死之人起死回生，对于这些程序的描述在史诗中逐渐脱落，于是所呈现的复活仅为简单地通过某种神物即可完成。

死而复生是北方史诗中常见的母题，在西南史诗中，英雄死而复生的母题则较少存在，仅在彝族史诗《支格阿鲁》、白族史诗《白子王》和壮族史诗《莫一大王》中具有死而复生母题。在《支格阿鲁》中，因两位妻子的嫉妒，支格阿鲁的飞马被剪掉了两层翅膀，"支格阿鲁啊，骑着神飞马，飞向滇潘硕诺海，飞了又飞啊，飞到海中央，神马都典呀，用力晃三下，用力叫三声，支格阿鲁啊，无法控制马，马掉深海里"③。神鹰向龙王要人，与龙王展开了战斗，因胜负难分而各自收兵返回。阿鲁在龙王处修炼本领，九十九天后，返回人间，"阿鲁返回时，时隔近百年，人事已大变，恶人又横行，好人受蹂躏，妖怪又害人，世间动荡有

---

① 色道尔吉译：《江格尔：蒙古族英雄史诗》，中国国际广播出版社2016年版，第11页。
② 色道尔吉译：《江格尔：蒙古族英雄史诗》，中国国际广播出版社2016年版，第11页。
③ 洛边木果、肖远平、海来木呷、刘洋、阿牛木支、杨兰编译：《支格阿鲁：彝族英雄史诗》，民族出版社2018年版，第234页。

战乱。……阿鲁来到支嘎迪,被一位百岁老人认出,大家奔走相告,彝家的神人英雄,支格阿鲁回来了!"① 阿鲁重回地面后,继续帮助人民耕种、降妖,最后成为天神。在《莫一大王》中,莫一头颅被砍下,但他并没有立即死亡,"莫一感到颈子一阵烧烫,他意识已经上了法场;他本能地拾起脑袋,化作一缕青光。人们认为他已土遁,因为头颅抛去掷地铿锵。其实那黑靴就是白马,掠上高空往南飞翔;马背上一个男子提着脑袋,飞驰在缭绕的云上。他暗中飞回故乡,来到阿眉的身旁;叫阿眉不要惊恐,叫阿眉把他的头接上。叫阿眉不让外人知道,哪怕是自己的亲娘;房门要落锁,床上放蚊帐;还要引来一群蜜蜂,让它们帮着医好创伤。只要过得三七二十一天,魂魄就可以回阳;到那时一个新的莫一,又重新回到世上。"② 然而事与愿违,莫一的母亲破坏了莫一的计划,在最后一天,闯进了莫一的房间,破碎了莫一复活之梦,莫一化作了高山,与廖七相伴在一起。在《白子王》中,金国来和国来雄两位兄弟死后化成鸽子与妻子飞走,在《莫一大王》中莫一本可复活,却因受到阻挠而复活失败,最终化作高山,以另一种形式存在,《白子王》亦是如此。剩下的史诗中均无死而复生的叙事,也并无隐喻。

死而复生母题是一个很古老的母题,生命的有限性让人们对永生充满了幻想,但是幻想并不能完全脱离现实,所以先民们希望死亡并不是生命的结束,而是可以通过某种神奇的方式获得复活。在西南史诗中,阿鲁的复生并非阿鲁真正的死亡,阿鲁拥有神力,坠海后假装死亡,在海里继续苦学技能,直到地面上人们面临灾祸阿鲁才从海里出来帮助人们解除灾祸。阿鲁坠海而后复生,是人们对死亡不可控的反映,清楚人类死亡后不能复生,所以让阿鲁在海里积蓄能量,以此暗喻死亡。莫一和白子王与阿鲁不同,两人并不具有神力,且在史诗中两人的死亡是真正意义上的死亡,断头的莫一,需要依靠蜂蜜修复脖子才能复活,"莫一不动更不会吃,不会讲话也不会表示;像个没有知觉的木俑,任由蜜蜂

---

① 洛边木果、肖远平、海来木呷、刘洋、阿牛木支、杨兰编译:《支格阿鲁:彝族英雄史诗》,民族出版社 2018 年版,第 239 页。
② 罗健民整理:《莫一大王:壮族英雄史诗》,中国国际广播出版社 2016 年版,第 181—182 页。

在他项上酿蜜。好不容易熬到最后一日，事情往往在紧要关头漏底。"①但是到最后关头，因为家人硬闯，打断了蜜蜂酿蜜，莫一复活失败，变成一座高山。白子王两兄弟则化作了两只鸽子，以另一种方式复活。虽然复活不具有可能性，但是在史诗中先民们以想象作为解释体系，事实上反映出的是他们对生命的一种原始认知。原始先民们在观察自然时，发现日月交替往复，四季循环更替，草木枯荣年复一年，一切都是处于从生到死而后又复生的过程中，生命是无限循环的，这是他们对时间运动的最早认识，为想象人的死而复生提供了现实证据。然而事实却是人类的生命过程是一个不可逆的过程，在心脏停止跳动的那一刹那，个体就与世界永久告别了，这对于先民们来说是不可思议的，先民观念中时间的稳定性、循环性和周期性，都为复生提供了可能，所以在许多民间故事、传说、史诗中世界上的一切事物都可以按照这种循环结构重复出现，英雄们在壮年的时候死去，通过神药、乳汁或者神水死而复生，复生后的英雄更具活力，精力旺盛，族群也会因为英雄的复归而获得繁荣发展。

总的来说，母题具有丰富的文化内涵和象征意义，因其稳定流传的特征，所揭示的多是人类早期的思维特点，所反映的也是古代社会人们的民俗信仰、生活习惯、族群思维和心理特点，这些都与族群的生活环境和生活境遇有着密切的联系，所以从世界范围来说，母题既具共性又具个性。

小结 立足与立族：西南史诗的生产发展与为族征战

英雄史诗的产生，需要依托一定的社会背景，更需要一定的文化土壤作为基础，各地区已有的神话、传说为史诗的形成和发展提供了丰富的叙事素材。史诗是综合了散文体的叙事传统和韵文体的抒情格律形成的原始叙事体裁，内容涉及族群重大历史事件，是宏大的、庄严的综合性文学叙事形式。如彝族英雄史诗《支格阿鲁》就综合了各种典籍和民

---

① 罗健民整理：《莫一大王：壮族英雄史诗》，中国国际广播出版社2016年版，第183页。

间传说中的阿鲁故事,壮族英雄史诗《莫一大王》融入了竹王传说和飞头传说等。比较西南英雄史诗与北方英雄史诗可知,北方英雄史诗多以部族征战为主要叙事主线,且英雄的征战目的主要是抢夺财产和女人,更具现实主义色彩。西南英雄史诗多吸收古老神话、英雄传说、英雄故事等内容,神话色彩更浓厚,且英雄多与自然抗争,带领部族开拓进取,发展生产。从西南英雄史诗的叙述内容来看,西南英雄史诗中的英雄业绩主要围绕立足和立族两个方面展开。

一是立足。西南英雄史诗中的英雄多带领部族发展经济,开垦劳作,排除各种自然阻碍因素,研发新的发展技能。基于地理环境的原因,西南地区山高田地少,族群的繁衍发展主要依靠农耕,于是保证部族吃饱穿暖,成为部族头领的首要任务。所以史诗中叙述的英雄事迹,多是对抗自然灾害、带领部族发展生产,以及抵抗外敌的内容。在史诗《支格阿鲁》中,阿鲁驱除迷雾、测量天地,在《莫一大王》中,莫一帮助族人修路平地、围河造湖、布雨救秧苗等,都是在讲述西南民族在发展进程中更加重视生产生活水平的提高,重视技能的掌握,重视从内部突破成长,强调创造力。只有自身强大,才能获得长足发展的能力。

二是立族。一般西南英雄史诗中英雄较少主动出击挑起战争,而是出于自卫反击被动发动战争,且在战争中通常处于力量较弱方,在史诗最后实现以弱胜强。在与外敌征战的过程中,即使处于弱势,西南民族仍不屈不挠,顽强抗战,英雄们往往把自己献上历史的祭坛,以换取人类的生存和发展,因而他们又以受难者的形象备受先民的崇敬,成为荣格所说的"理想的集体表象"。在彝族史诗《铜鼓王》中,铜鼓王并非一代王的尊称,而是数十代为保护铜鼓和族群的英雄的总称,拥有铜鼓,就拥有号召各诏的能力,于是对铜鼓的争抢,实际上就是对权力的争抢。因为铜鼓是祭祀用品、饮食餐具,更是财富的象征和族群的希望,所以英雄们进行誓死捍卫,不断迁徙,在立族的征程中抛洒热血,成就了后世人们的美好生活。

第四章

西南史诗的伦理规范与文化自律

纵然理性是道德萌生的基本前提，是道德存在的根本依据，是判断善恶的最终决策，但日常生活中，要求理性与道德统一始终是常态，抑或追求。因此，理解道德要以理解理性为破题口，考量情感的多重影响，承认情感对人类社会发展的作用。作为道德系统的史诗文化，在社会互动中仍然发挥着指导或禁止某些行为规范的作用。本部分基于社会实践中"伦理""道德""习俗"的彼此嵌合，探讨西南史诗的禁忌设置与道德伦理。

第一节 理性与情感：西南史诗伦理的实践特质

道德伦理常是一组固定搭配的词，内涵却不尽相同。道德强调人的内在修养，关注人的内在品质；伦理强调人的德性的外在表现，关注人提升自身修养和精神境界需要遵守的诸种规范。伦理并不固定，是一种伴随经济社会发展而变化的意识形态。关于伦理的研究，亚里士多德和康德的观念被视为正反两题，亚里士多德将人的自然情感视作伦理研究的基础，认为伦理是经验的；而康德强调自律才是自由，认为伦理是先验的。[①] 中国传统的哲学观念并不作身心两分的理解，主张不能脱离感性谈心性和先验，李泽厚便从知行合一出发，认为影响人类行为的不是心

---

① 李泽厚：《人类学历史本体论·中·伦理学纲要》，人民文学出版社2019年版，第52页。

性或理性,而是人的情感,提出了"情本体"的概念。他认为"情本体"是中国传统乐感文化的核心,指的是以"情"为人生的最终实在和根本,肯定以人为主体追寻幸福的一种实用理性。① 具体来讲,"情"涵盖的范围与抽象的"心""性"不同,指涉人们日常生活中的所有情感。这些情感体验经过长期的积淀,形成"理性的凝聚",它是"百姓日用而不自知"的一种人性能力,既普遍立法又法由己出,是专属于人的"善良意志",对人类的生存延续具有根本价值,它并非先验的理性,而是由经验而先验,如日常生活的行为规范大多是从传统习俗中形成,成为规范准则又教育引导人,成为人内心的评价标准。具体来讲,理性凝聚源于经验,由人类极其漫长的历史所积累和沉淀,通过文化而产生出来的人的内在情感——思想的心理形式,这对个体来说是先验的,而对人类总体来说则是由经验积淀而成的。②

一 文本与文化互证:西南史诗伦理的空间

一般认为,传统伦理思想源自氏族传统社会关系,这是因为血缘关系具有天然的稳固性,氏族难以为外部力量削弱或破坏。作为本体的人类情感经验伴随着氏族遗风而世代承袭,并经过持续累积后内化成一种强固的文化结构和心理力量,在人类社会中发挥作用。具体来讲,在原初社会中,集体协作是生存发展的自然选择,伴随集体协作产生的生产生活经验形成固定规则的全部过程,漫长农耕语境的伦理之网亦渐次完善,并构筑出西南史诗的伦理空间。

(一)生产生活与道德伦理

伦理有基本原则和规范标准,用以对应社会生活中个体与个体、个体与群体、群体与群体的美与丑、好与坏、正与邪、善与恶、忠与奸。伦理伴随人类社会的发展而完善,在原始社会时期伦理就已初具模型,虽然尚未形成体系,但是伦理观念已经产生。以时空视域爬梳,可见伦

---

① 李泽厚:《人类学历史本体论上卷·伦理学纲要》,人民文学出版社2019年版,第88页。
② [英]安东尼·肯尼:《近代哲学的兴起》,杨平译,吉林出版集团股份有限公司2016年版。

理的好坏标准是动态变化的,在历史演进中实现调整和更新,符合历史发展趋势的被提倡,而违背历史发展潮流的、阻碍社会进步的则需抛弃。因此,对于伦理的继承是扬弃的继承和继承的更新,既有对传统伦理观念中优质部分的继承,也有在劳动和斗争中形成的新的伦理品质。

综观西南史诗,可以发现这些演述普遍认为在现代意义的人类形成以前,大多有过一次或多次的人种更替,更替的目的只有一个,即选择更善良、更聪慧、更勤劳的人进行繁衍。诸如史诗《梅葛》演述,早期人类因糟蹋粮食、好逸恶劳而遭到天神的惩罚,"这代人的心不好,他们不耕田不种地,他们不薅草不拔草。……这代人的心不好,糟蹋五谷粮食,谷子拿去打埂子,麦粑粑拿去堵水口,用苦荞面、甜荞面糊墙。"①天神格滋认为:"不该这样来糟蹋!这代人的心不好,这代人要换一换"②,于是派武姆勒娃换人种,他到人间后变成一只老熊,但被学博若的孩子们捆住,小儿子帮武姆勒娃解开绳子,使他获得了生存的机会,武姆勒娃给小儿子葫芦种子,并教其如何躲过灾难,"用高山的松香封住葫芦口,箐底的黄蜡糊住葫芦口;你兄妹搬进葫芦里,饿了就吃葫芦籽"③。史诗《摆手歌》也有类似演述,因为善良的第一代人被误灭了,第二代人造出来后毫无章法,准备将雷公骗下人间杀来吃,善良的补所、雍妮两兄妹放走了雷公,雷公灭掉第二代人时考虑到善良的雍妮和补所,送给他们一粒瓜种,让他们栽种,这粒瓜种迅速发芽、长叶、开花,还结出了一个巨大的葫芦。这时,雷公便降大雨引发洪水泛滥,人类又一次遭到毁灭。雍妮与补所二人则藏进葫芦瓜内得以幸存,后世人类就是由这两位善良的兄妹繁衍而来。

在这场人种的筛选中,善良成为唯一的筛选机制。在史诗《梅葛》中,在寻找人种阶段,蜜蜂、松树等因其言行失德,遭到了天神的惩罚,如蜜蜂因回答天神时心怀恶意,遭到了惩罚,"人种我没见,要是遇着

---

① 云南省民族民间文学楚雄调查队整理:《梅葛:彝族创世史诗》,中国国际广播出版社 2016 年版,第 27—29 页。

② 云南省民族民间文学楚雄调查队整理:《梅葛:彝族创世史诗》,中国国际广播出版社 2016 年版,第 29 页。

③ 云南省民族民间文学楚雄调查队整理:《梅葛:彝族创世史诗》,中国国际广播出版社 2016 年版,第 37 页。

了,我要叮死他。天神发了怒,打它一鞭子,蜂腰打断了"①。处在这个时代的人必须拥有良好的道德品质、有团结协作的精神、有共同患难的勇气,才能获得生存。事实上,在物资匮乏的早期社会,人类只有团结起来才能获得更多的生存资料,凭借一己之力难以生存。在《梅葛》中,既已出现"谷子""荞麦"等作物便表明彝族先民已经进入了农耕社会,在生产力低下的时代,拿谷子打埂子、拿粑粑堵水口、拿荞面糊墙的做法显然违背伦理,因此他们受到了天神的惩罚。必须注意的是,禁忌与伦理既有联系,也有区别。禁忌与人的认知能力相关,在伦理还未出现的时候,人类对于自然的神秘有着天然的惧怕和顺从,禁忌具有不可违抗的性质,是命令,同时也有着对伦理关系的猜想和理解。伦理则是建立在人类自觉认知上的,是对伦理关系与行为要求的概括。在作用方面,禁忌对人们的行为具有突出的强制性和权威性,人们恪守禁忌也有一定的盲目性。人们对禁忌的内容和要求一般难以作出科学的解释,甚至无须做出解释,它本身就是具有神圣性的"禁令"。伦理则依赖于个人的内心自觉,没有这种十分突出的强制性,其内容和要求有明确的价值意义,理论上是可以解释和论证的。而且伦理规范不仅仅禁止某些行为,还倡导某些行为,倡导意义也极为明确。

(二)婚姻家庭与道德伦理

《诗·郑风》郑玄注,"婚姻之道,谓嫁娶之礼"。孔颖达疏谓,"男以昏时迎女,女因男而来……论其男女之身谓之嫁娶,指其合好之际,谓之婚姻,其事是一,故云婚姻之道,谓嫁娶之礼也"。原始时代的家庭,经历了母系大家庭和父系大家庭两个阶段。这两个前后相继的阶段,又是同时存在的两种形态。婚姻要求两性结合,又非仅为两性结合,繁衍的需求要求两性结合发展成为家庭。在历史演进中,血亲通婚逐渐消逝,婚姻家庭的产生、发展及变化由生产生活方式、经济社会基础等决定,亦受风俗习惯、伦理观念、法律制度等约束。

西南史诗享有较多创世女神或者女性始祖的演述。早期人类将女性生殖能力视为神圣的,认为女性的权力是至高无上的,形成了诸如母系

---

① 云南省民族民间文学楚雄调查队整理:《梅葛:彝族创世史诗》,中国国际广播出版社2016年版,第29页。

至上的特有伦理观念，母系血亲被视作血亲之最（母亲最亲，次则舅父、姨妈），母亲及其兄弟姐妹责无旁贷地承担起抚育晚辈的责任，而晚辈也须尽心尽力地赡养母亲、姨妈、舅父，否则就要受到谴责。母系社会中的男性也认为，只有妇女（祖母、母亲或姐姐）才能管好家，妇女是家庭的根，有了她们家庭才能繁衍发展。这与史诗中女性始祖或创世神的身份趋于一致。因早期人类并未认识到孕育过程晚于两性相融，认为女性能够独立受孕并繁衍后代，这与史诗演述有着惊人的相似，"塔婆是能干的女人，她把世人生养。在她的头发里，生出住在白云山顶的人；在她的鼻根上，生出在高山上骑马的人；在她白生生的牙巴骨上，生出的人住在山崖边；在她软软的胳肢窝里，生出的人爱穿花衣裳；粗壮的腰杆上人最多，雾露和他们来做伴；脚底板上人也不少，河水对她们把歌唱。"① 此外，则是在家庭中各尽所能、共同劳动、平均分配的观念。

表4-1　　　　　　　　西南史诗女性创世神与功绩

史诗	创世神	身份	性质
《阿黑西尼摩》	阿黑西尼摩	女性创世神	独自孕育万物
《哈尼阿培聪坡坡》	塔婆	女性始祖神	独自孕育世人
《奥色密色》	妈侬和安木拐	女性始祖神	在达能配合下孕育后人
《窝果策尼果》	俄玛	女性始祖神	生下人神玛窝繁衍人类
《牡帕密帕》	厄莎	女性创世神	创造万物
《勒包斋娃》	彭干吉嫩和木占威纯	创世始祖神	男女神共同创造人类
《阿嫫尧白》	阿嫫尧白	女性创世神	创造万物

伴随母系氏族社会向父系氏族社会过渡，开始形成以父系血缘为纽带、以男性为中心的家庭。较之母系氏族社会，父系家庭的突出特点是妇女处于从属地位。西南史诗亦有诸多进入男性氏族社会后婚姻家庭的演述。史诗《扎弩扎别》演述，扎弩扎别带领天下众人违抗女神厄莎，"是谁给我们恩典？是我们的劳动收获。幸福由谁给我们？全靠我们自己

---

① 朱小和演唱：《哈尼阿培聪坡坡·哈尼族迁徙史诗》，史军超、芦朝贵、段贶乐、杨叔孔译，中国国际广播出版社2016年版，第10页。

创造"①，面对厄沙的处处刁难，扎弩扎别带领族人逐一克服，厄沙想要把违抗她的人类淹死，扎弩扎别就"砍来竹子扎成竹筏。大家很快照着去做，划着竹筏打鱼捉虾"②。尽管扎弩扎别希望带领族人战胜厄沙，但是不敌厄沙的毒计最终战死。这大概是母系氏族后期，伴随生产劳作中主体地位的上升，男性开始觉醒，开始反思与女性地位的不平等。虽然史诗以男性的失败为结局，但是充分体现出在当时婚姻家庭关系中，男女双方地位的转变。拉祜族的婚育禁忌便有青年男女定亲后，未给厄莎磕头不能同居的规定，这当是母系氏族社会女性家长的遗风。史诗《莫一大王》演述，莫一与廖七妹因共同理想而暗生情愫，廖七妹貌美心善，希望和莫一共同救世，却因过度散雨帮助干旱的禾苗生长导致体态衰老，而莫一又亟须获取神箭，遂与蒙王女儿阿眉以缔结婚姻的方式欺骗蒙王，因为阿眉曾受过莫一恩惠，"我到过贡瓦对山歌，那天是阳春好雨纷纷落；你送我阳伞来遮雨，我永世不忘你莫一哥"③，阿眉一心想要报答莫一而想出盗取父亲神箭的方法，此后，廖七妹为成全莫一与阿眉，甘愿做媒让两人成婚。史诗对两位女性的演述，更多是从男女平等的角度展开，莫一与廖七妹曾遭遇牙巫的破坏，即便牙巫貌美有众多追求者，仍未能改变莫一的忠贞，莫一与廖七妹是两个独立的个体，并不相互依附，在七妹知道自己快速衰老的事实后，选择离开，并极力促成善良的阿眉与莫一的婚事，更加凸显了七妹的宽阔胸襟，也强调了善良、勇敢、担当是婚姻家庭的重要因素。

（三）战争书写与道德伦理

西南史诗的传承方式因环境改变而发生可控变化，表现内容因时空变化而产生不同解释，赓续模式因社会变迁而主动进行自我调适，三位一体的传承方式、表现内容、赓续模式共同建构了源自日常生产生活的生态伦理及其生命观。具体到人与自然的关系，则表现为天人合一与天下同源的思想，即尊重自然、顺应自然、保护自然，具有时代价值。史

---

① 云南省少数民族古籍整理出版规划办公室编：《云南少数民族古典史诗全集》（下册），云南教育出版社2009年版，第197页。

② 云南省少数民族古籍整理出版规划办公室编：《云南少数民族古典史诗全集》（下册），云南教育出版社2009年版，第200页。

③ 罗健民整理：《莫一大王：壮族英雄史诗》，中国国际广播出版社2016年版，第69页。

诗《布洛陀》《姆六甲》《布伯》讲述了壮族先民们开天辟地,具有安排万物秩序,协调神、人、自然之间伦理关系的能力、品格和智慧。在史诗《布伯》中,虽然英雄布伯败给了雷公,但是其敢于与雷公斗争,为人民争取利益的精神为人们所歌颂。史诗《司岗里》演述,"牙东、达蒿商量后,认为人还得靠自己来造火。达蒿找来了一些石头,他拿石头猛擦石头,火星从石头飞出来,飞多了终于点着了火草,东和蒿于是有了火。后来牙东又使用藤篾腰箍,来回拉干树火就出来,腰箍、火草全都着了火。但她还不满足于此,接着她又用干树锯干竹,竹干先砍开一个缺口,竹干里面塞进引火草,然后两口子站在竹两边,用扁担形的树干猛拉缺口,拉来拉去摩擦生热,干树、干竹和火草就冒出了火。这样取火效果最好,阿佤世世代代就这样搞"①,阿佤人在与自然抗争的过程中,主动从内部突破,执拗钻研,探寻适应和改造自然环境的帕累托最优。

在原始社会末期的英雄时代,对于奴隶主来说,"获取财富已成为最重要的生活目的,进行掠夺在他们看来是比进行创造的劳动更容易甚至更荣誉的事情"②。对于氏族和部落的人民来说,和平与安宁在当时也只能依靠武力和战争来争取。因此,勇敢强悍、刚直不屈就成了人们赞扬的美德。在当时的人们看来,具有这种品格的人就是英雄,就是理想人格。然而,在西南史诗中,英雄的美德并不强调抢夺,也不强调个人的胜利,而是强调对美好生活的开创和对族人强烈的责任感。在史诗《亚鲁王》中,因兄长的抢夺,英雄亚鲁在保证自己部族财物的同时离开原有疆域,在不断迁徙的过程中,开辟盐井,熬制生盐,开疆拓土,族群不断丰富,自身技能也不断提高。③ 在史诗《白子王》中,英雄白子王金来国与国来雄为了拯救水深火热中的百姓,出征讨杀日迁王,"奋勇斗虎狼。千万劈来钢叉挡,万箭打落在身旁"④。

马克思指出:"人们按照自己的物质生产的发展建立相应的社会关

---

① 毕登程等编著:《司岗里:佤族创世史诗》,云南人民出版社2009年版,第76—77页。
② 恩格斯:《家庭、私有制和国家的起源》,人民出版社2003年版。
③ 刘洋等:《技艺生产与生产记忆:苗族史诗〈亚鲁王〉的文化记忆》,《贵州民族研究》2020年第2期。
④ 云南省少数民族古籍整理出版规划办公室编:《云南少数民族古典史诗全集》(中册),云南教育出版社2009年版,第655页。

系，正是这些人又按照自己的社会关系创造了相应的原理、观念和范畴。"① 西南史诗呈现的伦理观念并不是通过纯粹的规范形式表达的，其中包含着许多具有象征性的物象形态，这种现象是伦理的前规范时期，正如史诗演述为了族群而战、为了生存而战一般。而现代意义上的伦理规范是具有明确伦理内涵的概念和相对确定的语义，具有伦理指令的价值判断形式。当然，前规范时期和现代意义上的伦理规范，尽管在内容和形式上有很大差别，但它们都不过是人们对伦理关系进行认识和把握的方式。

二 务实与情感交融：西南史诗伦理的特质

文化是内核，生活是形式。生活最本质的需求就是实用，不管是物资匮乏的过去，还是生产生活资料丰富的当下，实用的本质并未发生改变。西南史诗中所呈现的先民生活，具有务实与情感交融的特质，这种务实与情感的交融正是理性凝聚的力量体现，"作为伦理实践必要条件的意志力量之所以不同于一般的感性，便正由于其中已凝聚有理性……孟子强调的正是凝聚了理性的感性力量"②。

（一）务实

实用理性是中国人文化心理活动的结构原则，在实用理性中，情与理是相互交织在一起的，这种情不是反理性的狂热或盲目的屈从，而是注重吸取历史经验以服务于社会生活的现实利益。伦理的产生、形成与发展受制并服务于经济社会发展，可以说伦理本身就具有务实的特质，且这种务实是实用理性的务实。

生存之需要求务实。伦理是维持社会团结协作的，人类社会由个体组成，而每个个体均有自己的欲望和动机，如果没有适当的行为规则加以约束而任其所为，则社会将不复存在。亨利·柏格森认为，"倘若追溯到自然的根处，我们或许会发现同一种力量，这种力量围绕着它自身的轴心旋转，在人类刚形成时直接表现出来，后来则通过精英人物这中介

---

① 《马克思恩格斯选集》第一卷，人民出版社1972年版，第108页。
② ［英］安东尼·肯尼：《牛津西方哲学史第3卷·近代哲学的兴起》，杨平译，吉林出版集团有限责任公司2016年版，第289页。

来推动人类前进，从而直接发挥作用。"① 柏格森谈论的"力量"其实是指自然环境与社会对人造成的生存压力和人类为了持续生存形成的奋勇抗击的力量，同时也是指社会伦理的力量。他所说的"轴心"指的是生存与发展这一根本问题。在柏格森看来，人类伦理的产生，根本原因是生存与阻抗，即人类为了克服生存与发展道路上的种种阻碍，使自己减少挫折和失败，并获得胜利，才总结出社会的伦理原则，"全部伦理，无论它是压力还是抱负，在本质上都是生物学的"②。西南史诗的务实源于先民在艰苦生存环境中的探索与实践，是经过总结与提炼后并世代传承积累的生存经验，因为它很少有哲学的玄思成分，而是贴近实际、贴近生活，规范着人们的社会行为。诸如苗族传统民居餐（客）厅融为一体，围绕"火塘"形成了集饮食、议事、社交、仪式于一体的公共空间，而这些空间所用材质仅是木材与泥土的混融，并无过多装饰，呈现出收纳性、实用性、多功能的特征。

发展之需要求务实。伦理的发展与人的思维认识联系紧密，在不同阶段人的思维认知不同，理解的伦理内涵就会有差异。《摆手歌》是一部承载了土家族先民关于宇宙起源、民族迁徙、农事劳动、英雄事迹的史诗。史诗中关于宇宙起源的诗句中，有着对人性善恶观念的叙述，"一山树木有弯有直，河底的石头有圆有扁，世上人多了，有愚也有贤……走尽天下充豪强，好事坏事都做过，儿做好事娘欢喜，儿做坏事娘伤心"③。土家族先民认为善恶如同树木的弯直、石头的圆扁一般，并非人人都是好人，也并非人人都为恶人。随着洪水灭世，人类重新繁衍，原初人是善良的，初劫人是凶恶的，二劫人则是亦善亦恶的。尽管希望人人为善，但不如人愿，史诗对待人性善恶的叙述，透露出了先民对人性的思考。人性并不是固定不变的，善恶是人类社会中的一对对立关系，人性的本质并非"性本善""性本恶"，也不是"非善非恶"，善恶的形成是一种

---

① ［法］亨利·柏格森：《道德与宗教的两个来源》，王作虹等译，贵州人民出版社 2007 年版，第 29 页。

② ［法］亨利·柏格森：《道德与宗教的两个来源》，王作虹等译，贵州人民出版社 2007 年版，第 104 页。

③ 湖南省少数民族古籍办公室主编：《摆手歌》，彭勃、彭继宽整理译释，岳麓书社 1989 年版，第 37 页。

动态的发展过程，先民们对于人性善恶的独特思考，是基于史诗中对人性伦理本质的认识。从《摆手歌》的内容来看，人性的伦理本质并不是固定不变的，也不可用概念来进行凝练概括，必须将其置于不同的历史阶段，具体的事件才能得到具体的解释。于是，就出现了上述所说的三种人性本质。这三种本质并非独立存在，而是有着逻辑联系的发展过程，也可以说是伦理发展的过程。

（二）平等

庄子将"齐物"视作万物平等，他从自然中去寻找对应的关系，从而建立了这种无差别平等观念的理论必然性。至近代，平等被视为是社会发展到一定阶段的产物，随着历史的发展，其内容不断发展和变化，不同时代、不同阶级赋予平等以不同的内容。① 西南史诗的演述中，存在大量对人与自然物关系的思考，反映了先民平等观念的萌芽。

万物平等。"故为是举莛与楹，厉与西施，恢恑憰怪，道通为一"，庄子认为从道的观点去看待世界万物，无大小、美丑之分。佤族的伦理观与庄子的这种平等思想十分相似，"既然万物都是有生命的，有神性的，无论其体积大小，力量的强弱，那么大家也都是平等的"②。《司岗里》中的平等观念体现为，人类、山川、河流、动植物和风雨雷电等自然万物乃至一些自然现象都是有生命的，尽管它们在人面前有大小之分、强弱之别，但是灵魂是平等的，它们相互间并无从属关系，而是各司其职，大者管大事，小者管小事，大家平等相处，友好相待。比如小米雀体形虽小，但它成了帮助人类走出司岗的英雄之一，蚂蚁和蚯蚓虽小，但在洪水泛滥期间为救众生也做出了自己应有的贡献。《苗族史诗》亦是如此，"聪明能干的诺婆婆，又生了金子养了银。才有金银铸造支天柱，造太阳嵌在天上，造月亮镶在天上"③。自然物与人类一般均是有生命的个体，并无种属的差别。

男女平等。从万物平等的关系引申到男女地位关系的思考上，先民们仍然不认为男人与女人之间存在生理或心理上的差异。《司岗里》通

---

① 徐光春主编：《马克思主义大辞典》，崇文书局2018年版，第88页。
② 艾兵有：《佤族伦理道德研究》，上海人民出版社2013年版，第21页。
③ 马学良等译注：《苗族史诗》，中国民间文艺出版社1983年版，第4页。

过对"男人也要生孩子"的追问与解读,表达了对男女平等的追求。人从司岗里出来时,不知道如何生娃娃,也不知道是由男人还是女人来生,于是他们去问莫伟,莫伟喝多了酒,迷迷糊糊地说:"让男人去生娃娃好了。"这下男人可为难了。男人平素干的都是重活,不知道如何怀孕生娃娃。想来想去,男人决定在膝盖头上生下娃娃。可是生下来的娃娃只有蟋蟀那么大,而且老长不大。有一天大人叫娃娃去守谷场,娃娃很听话,抬着一根竹竿就去了,几只饿馋的公鸡"咯咯"地叫着跑来偷吃谷子,于是娃娃用竹竿死命地打公鸡。公鸡被打恼了,把蟋蟀娃娃啄吃了。娃娃的爹妈很伤心,于是又去找莫伟,莫伟这才知道弄错了,就对女人说:"以后就由你们去生娃娃吧。"从此,怀孕生娃娃才变成女人的事。[1] 佤族男人用"挑战女人生孩子"的方式表达了对男女平等的追求。《牡帕密帕》演述,农事生产由男女共同完成,呈现了男女平等的劳动观念,"八月到来了,谷子熟透了。女人用镰刀割谷子,用弯勾、篾笆打谷子;男人编篾篓,用篾篓背谷子。男人背上背谷子,女人头上背谷子"。[2]

民族平等。《淮南子·俶真训》载,"是故槐榆与橘柚合而为兄弟,有苗与三危通一家",传递的是各民族为一家的思想,从南方民族的史诗中我们亦可发现,存在民族同源的诸多叙事,先民们将民族平等的思想,刻在了对人类起源的想象当中。《牡帕密帕》演述,扎笛、娜笛婚配生下九对孩子,九对孩子长大后,分别生下九百个孩子,"九百人站成九行,九行分成九种民族。厄莎站在中间,给九个民族分肉"[3]。站在火塘边慢慢烤着吃的是拉祜族,连肉煮汤喝的是佤族,在火塘边烧着吃的是哈尼族,清洗了豹肉用锅煮熟吃的是汉族,煮着吃埋头不说话的是老缅族,不生不熟烧着吃的是傣族。厄莎帮助分住处,"各民族有了住处,人人喜喜欢欢,像兄弟姐妹一样,不分什么界限"[4]。《起源之歌》演述,侗族先祖章良章妹婚配生下了一个女孩,但不说话也不饮食,于是将其砍成

---

[1] 艾兵有:《佤族伦理道德研究》,上海人民出版社2013年版,第22页。
[2] 郭思九等:《佤族文学简史》,云南民族出版社1999年版,第55页。
[3] 郭思九等:《佤族文学简史》,云南民族出版社1999年版,第43—44页。
[4] 郭思九等:《佤族文学简史》,云南民族出版社1999年版,第45页。

肉块撒到山上和河里，肉变成了侗人、骨变成了苗人、肠变成了汉人①，各族先祖将各个民族视为同胞，事实上就是对民族平等观念的表达。一切民族，不论大小，都处于同等的地位，每个民族都同样重要。《司岗里》是各民族来源的总根，同一个"司岗里"的兄弟，都具有四海之内皆兄弟的平等、博爱、宽阔的胸怀，通常说到一起走出"司岗里"的各民族，是岩佤、尼文、三木傣、塞克，也就是今天的佤族、彝族、傣族、汉族。"司岗"还有着团结的意思，佤族先民们在不断累积经验的过程中，将团结作为改造自然和抗击敌人的利器，"只有团结才能防范外敌入侵，我们才能够战胜一切困难，才能够生存下来"②。西南史诗正是通过演述将先民的生存经验和发展技巧传递给后世的，团结成为人民生存和发展的根本保障。

（三）开创

南方史诗中大多记载有天地起源的内容，先民们将天地万物的形成看作神人的创生抑或自然的创生。从神人创生类型看，万物出自与人类相似的神人之手，说明人类能在一定程度上征服自然，于是产生了大量关于此类创生的叙事。人们将历史发展过程中的各种重大现象、事件等一并叠加在所塑造的神人身上，强调神人的主动性与创造力，是先民们开创意识的集中体现。在《创世纪》中，纳西族先民将天与地的开辟视作神反复尝试与实践的结果，"神的九兄弟去开天，把天开成峥嵘倒挂的，神的七姊妹去辟地，把地劈成坎坷不平的。……神的九兄弟啊，不会开天不灰心，学成开天的工匠，又去把天开。神的七姊妹啊，不会辟地不丧气，学成辟地的工匠，又去把地辟。东边竖起白螺柱，南边竖起碧玉柱，西边竖起墨珠柱，北边竖起金黄柱，中央竖起一根撑天大铁柱。天不圆满，用绿松石来补，地不平坦，用黄金来铺，把天补得圆圆满满的，把地铺得平平坦坦的"③。

在史诗的产生和形成时期，人们将神与人混同，《摆手歌》就将神称为天上人，"在那远古的洪荒时代，天和地，相挨近，地上池塘里，青蛙

---

① 杨权等整理译注：《侗族史诗——起源之歌》，辽宁人民出版社1988年版，第152页。
② 王学兵：《司岗里传说》，远方出版社2004年版，第2页。
③ 艾兵有：《佤族伦理道德研究》，上海人民出版社2013年版。

打鼓,日夜不停,鼓声传到天上,吵得天上人,日夜不安宁,天上人,打青蛙,青蛙从此岩板脚下藏身"①。有的史诗则将祖先进行神化,始祖神就是这类现象。当人与神的地位发生转变的时候,史诗中常出现半人半神的形象。从一开始的神作为开创天地的主体,制天造地,创造万物,转而到半人半神甚至是神人平等,人与神抗衡,这是早期人类从依赖自然,发展到对自然取得部分支配的权力的反映。在拉祜族《创世歌》中,天地为阿娜和阿罗创造,"阿娜用石头造天,天有白有蓝;阿罗用瓦泥造地,地有黑有黄。阿娜把天造好,留下三拃宽的缝,那是下雨的地方,雨从缝中漏下来。阿罗造出大地,有三步没有造好,那是透气的洞,风从洞里吹出来"②,以艺术的形式将人类对天地初开的想象进行了形象描述,阿娜与阿罗的造天造地,是对人自身能力的一种表现,也反映了拉祜族先民对人类自身的一种反思和对人在宇宙中地位的思考。

三 思维与心灵共通:西南史诗伦理的圭臬

任何社会都必须有关于人们生活及其行为的共同准则和规范。它通过一定的舆论和法规的力量,对社会生活或人们的活动起到约束作用。在原始社会的无文字记事时代,或在某些仍以口承文化为主要文化符号和文化制度的少数民族中,史诗、仪礼习俗、信仰崇拜等,是传统的集体意识的体现,也是民族行为规范和道德标准的依据。

(一)道德伦理的教化实践

西南史诗蕴含着先民对善恶、生死、婚姻、理想等伦理与价值信念的认知,也体现人们的风俗习惯、禁忌礼仪、社会制度和行为规范。伦理与法律在史诗中并存,发挥着调节人们行为的功能,且在不发达的社会阶段,有着互补的功能,且有很大程度的混沌合一。这是由于产生这种规范的心理基础是建立在前综合思维的"不分化"原则上的③,所以,

---

① 湖南省少数民族古籍办公室主编:《摆手歌》,彭勃、彭继宽整理译释,岳麓书社1989年版,第14页。
② 刘辉豪整理:《牡帕密帕:拉祜族民间史诗》,云南人民出版社1979年版,第143页。
③ 前综合思维指的是人类思维或认识发生时期的一种思维形态,在这种思维中,思维主体和对象尚未完全分化,思维的形式因素、符号系统、思维程序及其结构、功能等都有较多的混沌性,尚未分化出后来的逻辑思维、审美思维、直觉思维等功能特征明确的各种思维方式。

在传统规范中,不仅常有伦理与法的混沌,而且也常有人伦与天道的混沌、事实与史诗的混沌、客观摹写经验与投射幻化经验的混沌,即所谓"天人合一""天人交感""人神互感""心物不分"等。而这所有的"混沌",正出自思维的混沌,它使原始先民的伦理规范、法典律令规范及其他行为规范,变成了"史诗式"的规范。这种规范常表现为相辅相成的两个方面,一是神谕(或祖训),二是神判(或原始习惯法的某些古老形式)。所谓"神谕",相当于天神伦理伦常的喻示;所谓"神判",亦是史诗式的裁决,严格说是对前者的补充,是对违犯神谕祖训行为的惩治,极具原始人伦色彩。

伦理行为多是通过社会舆论来完成的,当行为主体受到社会舆论的赞扬时,便会生出自豪感和使命感,促进良好行为的持续发生。同时,当行为主体的行为受到社会舆论的抨击,便会产生强大的心理压力,产生羞耻感,进而规范行为主体的不良行为。如若这种压力被幻想为来自天神或祖先力量,史诗便有了强烈的震慑作用。因为史诗表达着祖先的文化体系与价值观念,氏族社会在不断重复史诗内容与仪式的过程中,进一步强化了史诗文化对人们的影响作用,目的在于巩固内部的团结力量,传递和强化氏族成员的伦理认识、道德感,并规范成员的行为。尽管这种前逻辑思维还是一种初级的形象思维,对于氏族成员的教育处于形象教育的范畴,比如在祭祀仪式中进行的教育则属于此范畴。但是,史诗间接的形象教育,通过对具体情节的描述,对氏族成员进行潜移默化的教育,将早期的形象模仿转变成了通过口耳接受的语言教育,形成集体共识,变成人们自觉遵守的社会伦理规范。

在西南史诗中,多有善神恶神斗争的叙事。如在纳西族史诗《黑白争战》《创世纪》中代表善恶双方的是白与黑两个系列的神,东主与术主分别是善神米利东主和黑界米利术主,双方的征战贯穿整部史诗,以东主的胜利为结局。阿昌族史诗《遮帕麻和遮米麻》中的恶神腊訇与善神(又是创世者)遮帕麻等都是善与恶的象征。善良、正义、勤劳、团结、公平都是史诗颂扬的内容,贪婪、凶狠、霸蛮、懒惰是史诗贬谪的品质。虽然这些内容以史诗的形式表现出来,但也是对人类社会善恶的一种反映,史诗对善恶的评价,通过仪式和长者的训诫传递到社会成员中,成为人们的伦理评价标准和行为规范体系,形成了牢固的民族传统和道德风貌。云南基诺族、景颇族中有"山中打猎,见者有份"之俗,不论打到什么,都每人一份,不分男女老幼皆然。因为他们认为,野兽是山神送给大家的,不能看作猎手一人的猎获物。所以,平均主义的原始伦理是与史诗的崇拜观念结合在一起的。在一些民族中多流传着《创世纪》的内容,内容包括天文地理、水利气象、生产技术、人情风俗等,凡逢年过节、村寨集会、祭祀活动、婚丧生育、建房栽秧都要传唱。如在基诺族婚礼上,新婚夫妇要恭恭敬敬地跪在长辈前唱古训,或在客人饮酒时唱诵,内容多有伦理方面的故事或训示。有的地方在唱伦理歌时,由年长者领唱,青少年应和,形式生动,教育效果突出。

(二)伦理的规范实践

氏族社会或集体内伦理观念的确立,当然也靠氏族或村里长者本人的公正品质和丰富的知识经验,长者维护氏族伦理观念的方法是规劝性的,长者确立氏族伦理规范的方式是以身作则。抽象的"德"只有变为生动直观的行为,才容易被全体成员所接受。正因为如此,长者必须熟练地运用那些富于暗示的象征语言,这些内容自然也就成为氏族社会伦理观念确立的重要精神支柱。

在先民的观念中,史诗不仅是宏大叙事的,他们还相信史诗是民族的历史,同时也包含着祖先们累积的经验、事物起源的道理,以及秩序规范、伦理道德等。诸如景颇族史诗被称为"通德拉",侗族史诗被称为"古老歌",纳西族史诗被称为"东巴经",羌族史诗被称为"戈基嘎补",水族史诗被称为"旭济"。在景颇族中,通德拉是伦理、法律和行为规范,是祖先世代传承下来的经典,如果有人违反了通德拉的要求,便会受到祖先神的惩罚,这个惩罚是针对全部人的,惩罚结果也关切每个人,诸如庄稼毁坏、牲畜遭瘟、出行遭灾等。景颇族的歌师斋瓦在婚礼上唱诵史诗时,也会将景颇族先民们流传下来的经验传递给在场的族人,如先民们的婚姻形态、生产模式、自然灾害等。至于对原始婚姻形态的解释,史诗将其归结为天神的安排和灾难后的迫不得已,为了人类繁衍,兄妹婚成为早期的人类婚姻形式。虽然史诗承认了人类早期兄妹婚的事实,但是也将兄妹婚所带来的弊端——畸形儿,以童话的叙述方式表达出来,告诫后世人类。洪水灭世的内容,是以祖训的方式规定不可再有血缘婚。在各民族的习惯法中,也有对族群婚姻模式的规定,如同姓不婚、氏族外婚、实行单方的姑舅表婚。换言之，史诗在原始先民的生产生活中不仅有软性的教育劝导作用，也有着硬性的规范惩戒作用。从思维结构的角度来看，正因为史诗是"混沌"初开时前综合思维的产物，在思维中，它尚未分化出种种较为专门的功能结构，所以，史诗便成了原始民族可解释一切的、功能齐全的社会文化的权威理论依据和实践依据，它自然也可以成为"习惯法"的立"法"依据和执"法"手段。

　　由于史诗的思维抽象能力较低，还不可能概括出抽象的条文，所以，史诗就成为形象化的"律法和刑神"，史诗中的刑神、兵神，即担负着氏族社会中的征诛、杀戮、惩戒等特殊功能，成为原始律法的文化象征。由于史诗的思维程序以直觉为主，在思维过程中又往往将日常生活经验与投射幻化的经验混在一起，将想象的意象与现实意象混在一起，所以，当涉及人事、命案等法律纠纷时，人们在指出被告时并不重事实与证据，而是以原告的直觉臆定，即以神话讲述的故事为立案的依据①，这样，一个毫无必然联系的兆头都可以成为指控被告的依据。由于史诗的特定逻辑形式，类比可以将不同性质的事物置于同一层面来进行比较，局部的相似也可等同于全体的合一，在进行习惯法的裁决时便有"同态赔偿"，表现为以自然物替代赔偿，诸如，头发赔黑线一团，牙齿赔斧子一把，眼睛赔苦连果一对，耳朵赔菌子一对，脊椎骨赔火枪一支。这种"赔偿"方式，似乎是极荒谬和不公平的，但是在西南史诗中，多有葫芦是始祖诞生地的演述，是生命来源的根基，由此便可理解"同态赔偿"的文化心理了。当我们了解了圆形的脑袋和圆形的葫芦、头发和黑线等，这些基于史诗的思维，亦可进行某种程度的"混沌合一"，那么便可以理解这种对应的心理基础。

　　由于西南史诗思维结构中思维主体与思维对象的分化性，"法"的执行也常常染上了浓重的"天人感交""物我同构"的色彩，所以，行刑的日期、方式等也往往要对应天象，以使人事和某种自然秩序形成严整的对应关系。在史诗的思维结构中，集体意识具有巨大作用，所以，对犯

---

① 邓启耀：《"神话式规范"心理探原》，载张哲敏主编《民族伦理研究》，云南民族出版社1990年版，第260页。

人及旁听者讲述史诗，既如同宣读判决书，又等于是代神传喻、代祖传训，以始祖的名义号召氏族集体共守先制。当发生居住地位争夺、农用耕种纠纷、渔猎界权归属和手工制品的生产以及其他利益的问题时，创世史诗就具有神圣的地契、专利和保证书的法律作用。因为创世史诗所记述的氏族祖先的开发地、图腾集团的猎区、神祖分配的手工劳动等，都被原始民族视为法典而坚信不疑。① 由此，我们可以了解到，史诗因其特定的思维方式对人们的行为和心理产生着一定程度的影响，进而影响着人们的伦理教育和行为体系。

第二节 自发与转化：西南史诗伦理的运转规则

禁忌是人们在社会生活和与自然的交往中形成的一种复杂的社会文化现象，也是各族人民的文化积淀。禁忌习俗古老而又神秘，产生于人类社会的童年时期，并渗透在他们的衣食住行中，涉及的领域十分广泛，农业耕种、婚丧嫁娶、岁时年节、建造修筑等都有着不同类型的禁忌。从人与自然的关系来看，许多有关自然的禁忌对保护生态环境有着积极作用，也对人们生态思想的形成产生积极影响。作为重要文化事项，不同民族的禁忌形态各异，其形成和变异的原因也是多方面的。

一 交融互渗：西南史诗禁忌与道德的关系

禁忌与道德规范既有区别又有联系。从区别来讲，禁忌与人的认知能力和道德水平相关，在道德还未出现的时候，人们对于神秘的大自然有着天然的惧怕和顺从，禁忌具有不可违抗的性质，是命令，当然也有着对道德关系的猜想和理解。道德规范是建立在人类自觉的道德认知上的，是对道德关系与行为要求的概括。在作用方面，禁忌对人们的行为具有突出的强制性和权威性，人们恪守禁忌也有一定的盲目性。人们对禁忌的内容和要求一般难以作出科学的解释，甚至无须做出解释，它本

---

① 邓启耀：《"神话式规范"心理探原》，载张哲敏主编《民族伦理研究》，云南民族出版社1990年版，第262页。

身就是具有神圣性的"禁令"。道德规范依赖于个人的内心自觉，没有这种突出的强制性，其内容和要求有明确的价值意义，理论上是可以解释和论证的。而且道德规范不仅仅禁止某些行为，还倡导某些行为，倡导的意义还极为明确。

（一）禁忌作为道德规范的早期形式

从民族道德规范的形成来讲，禁忌与道德规范有密切的联系。在一般意义上，它们都是对人的行为提出的要求，调节着人与人、个人与社会之间的关系。它们的产生必须以一定的物质生活条件为前提，并受一个民族思维发展水平的制约。在各民族处在较低思维发展水平时，对道德义务的认识也直接反映在禁忌观念中，禁忌就成为民族道德规范的早期形式和民族文化的组成部分。即便在社会主义初级阶段，一些民族在日常生活中仍然恪守某些禁忌。如果对这些禁忌作出分析、铲除其消极因素，仍然可以改造成为民族道德规范。①

（二）原始禁忌作为道德规范的萌芽

在漫长的演进过程中，禁忌事项在相当长的时期里被容纳于原始信仰体系之中。禁忌习俗通过口头传承的方式在民间流传，渗透于人们的生活中。人们慑于自然的威力，认为有超自然的神灵或者灵魂存在，于是通过禁忌的方式来规范人们的行为，避免招致灾祸。事实上，禁忌的产生是万物有灵思想导致的，万物有灵所衍生的多神崇拜，也是禁忌行为所规范的对象。如在哈尼族的禁忌中，有禁止砍伐"龙树"的规定，龙树是树神的象征，实际上也是一种神灵崇拜。当然，各民族中还有风神、雨神、火神、山神等崇拜，动物崇拜如牛、马、羊、犬、虎、熊等，此外还有祖先、鬼魂崇拜。对于诸多的崇拜对象，均有一定的禁忌习俗与之对应。如崇拜雷神的仡佬族，若在"牛日"和"马日"遇见阴天打雷，就要居家休闲，不得进行动土和插秧等农事活动。水族崇拜植物神，他们在播种棉花和谷物时，忌说与棉花和谷物有关的话；谷子在抽穗期间，忌烧竹笋，认为若触犯了这些禁忌，就会导致歉收。在现实中，诸如此类的例子，不胜枚举。这也说明由于古代原始崇拜对象极为广泛，因而流传下来的禁忌也相应繁多。有些禁忌表现为人们对自然的敬仰之

---

① 郑英杰：《中国少数民族伦理文化通论》，中国文史出版社2002年版，第119页。

情和跟随意识。在这些民族中,信仰崇拜的影响几乎渗透到包括禁忌习俗在内的各个角落。从本质上讲,信仰和禁忌存在显著的区别,人们对自然的信仰主要是屈从于鬼神的超自然威力,对所信奉的对象是敬而亲之,从供奉、祭祀、礼拜到依赖祈求佑助,几乎完全失去了作为独立的人所应该具有的尊严和信念。与之相反,尽管禁忌对鬼神也表现出敬畏之意,却敬而远之。信仰与禁忌都是希望通过对自身行为进行限制,避免对超自然力量的侵犯,进而达到保全自己利益的目的。①

(三)转化为道德规范的禁忌特征

一是非功利性。禁忌事项不是由"狭隘的功利目的支配着的信仰活动",不管是出于信仰的禁忌习俗,还是出于社会生活的禁忌习俗,人们都会不自觉地遵守这些禁忌,即使遵守这些禁忌并不能直接带来相关利益,但是人们总是想通过约束自己的行为获得保护自己的机会,避免神灵的责难,这也是人们在不可抗力面前采取的一种消极的防范手段。

二是类同性。纵观我国各民族的禁忌习俗,有许多在内容上是类同的,这是不同民族所经历的社会形态和生活方式大体类同的结果。比如每个民族都共同经历了原始采集、原始渔猎及原始畜牧业、原始农业等活动,因此必然会形成相同或相近的禁忌制约。古老的原始信仰,如对大自然的崇拜,为人类形成共同的信仰禁忌奠定了基础。婚姻、生育、丧葬等生活习俗和农业、牧业、渔业、狩猎业、手工业等生产习俗,也均具有全人类共通的特征,与之相应,无处不在的禁忌事项也不可避免地带有相关的类同性。

三是地方性。禁忌是各民族的民俗组成部分,因与人们的生活和生产有着直接的关联性,因此任何禁忌习俗都会受到这些因素的制约,其地方性特征明显。以饮食禁忌为例,因生存环境不同,不同的土壤特质所产出的粮食作物也不同,饲养的牲畜类型也不同,人们根据自身的需求来对饮食做出规定,带有浓郁的地方色彩。

四是原始性。我国各民族的许多习俗的形成可回溯到人类初期,其中忌俗的原始性特点更为突出。这主要源于早期的自然崇拜,且这些崇

---

① 职慧勇主编,宋全编著:《禁忌:生存的篱笆》,中国民族摄影艺术出版社1999年版,第5页。

拜总伴随着巫术仪式，企图约制厄运与吉运的"神明"。然后，其又通过互渗传播扩大，借助人们求吉避凶的心理定式得以滋生蔓延。

五是传承性。禁忌习俗的传承性主要表现在内容和形式上的连续性与稳定性，禁忌的积累是在人类社会发展中逐渐形成的，借助人们的口头和行为等方式，代代衍传，呈现绵延不断之势。禁忌习俗作为具有"法令"性质的"乡规民约"，一旦形成，其中诸如有关尊老爱幼、礼仪好客、路不拾遗、团结互助等忌俗就会完全演化为一种民族传统美德，成为超稳定的民族心理。当然，禁忌习俗中的变异性也是客观存在的，随着时代的发展，科学技术水平和人们的思想智能不断发生变化，对于旧有的忌俗必须随时进行"扬弃""吸纳"，以使其得以立足、传承。

二 历史演进：西南史诗禁忌与道德的分化

禁忌是人类最早为自己设定的意义明确的行为规范。图腾虽然也可以被看作最早的一种行为规范，但它不是规范本身，而是一个群体或个人所信仰的与自己有神秘关系的动物、植物或其他自然物，而且图腾维系社会关系的功能还有赖于禁忌的施行。因此，图腾崇拜是一种宗教信仰方式，需要一定的行为规范作为支撑。禁忌即一种最主要的行为规范。禁忌也是道德规范和法律规范最明确的形成标志，也将是道德规范和法律规范发生分化的起点。禁忌的形成原因是十分复杂的。有些禁忌反映出一定的因果关系，是人们对自己行为后果的一种意识，其源于人们对事物本质的初步认识。例如，乱伦禁忌最具有普遍性，世界上绝大多数民族都禁止近亲通婚，这应当是各民族对近亲通婚所产生恶果有所认识的结果。在生产劳动中的一些性禁忌则是为了保证生产劳动的正常进行及其效率。这些禁忌显然与人们的利益直接联系，透射出了人们以禁忌来调节利益关系的伦理愿望。有些禁忌则是由其他禁忌的事物或行为通过人们的联想产生的，与人们的利益缺乏真实而直接的联系。例如，苗族、白族、彝族等忌讳晚上在屋内吹口哨，以免招来妖怪或不幸。类似的禁忌在现代人看来遵守与否没有什么后果，而在这些民族的先民看来则一定有利害关系。因而这类禁忌歪曲地折射了人们的行为与利益之间的联系。从禁忌的要求和功能来看，禁忌无疑是对人的言语和行为所做的限定，使人对某些言语和行为有所顾忌、回避，以免招致不幸，或因遵守它而带来好处。因此，禁忌是最早的道德规范形式，它或是真实直接或是歪曲、间接反映着社会的利益关系，表达着人们的利益需要，蕴含着一定的道德愿望和要求，是民族道德处于前规范时期不可缺少的历史构成形式。

（一）史诗文本中的禁忌与道德

民族道德规范在早期的形成过程中，是以禁忌为基本形式的。早在秦汉时期，西南地区各民族就因"俗好巫鬼禁忌"而在世人眼中神秘莫测。嘉庆《四川通志》卷三十四称"蜀俗好事鬼神，尤为忌讳"，由此可见，我国各民族禁忌形成的历史很长，各个民族又各有不同的禁忌。这些禁忌涉及节日、食物、言语、婚事、丧葬、行路、神物、自然物等。任何一种禁忌都是对该民族现实生活的反映，包含着各民族在长期的历史发展过程中形成的哲学思想和伦理道德等。

侗族先民们认为自然界中的各种现象和各类物种归不同的神灵掌管，受自然的支配，侗族先民对自然的崇拜转变为禁忌，经过巫师推算，如遇"火殃"，就要"全村禁止生火烟，人们都聚于寨外杀狗会餐，由巫师主祭。三天内禁忌外寨人进入"[1]。这些禁忌虽然与现代社会的法律制度所起到的效力不同，但是对强化人们保护自然的价值观有着积极的作用。基诺族对动物的崇拜较为突出，主要是因为他们将世界万物看作动物的身体演化而来，认为青蛙化生天地万物，因而对青蛙的崇拜特别明显，在基诺族史诗《大鼓和葫芦》中有对蟾蜍化生撑地柱和系天绳的叙述，"阿嫫肖贝她，向前斗蟾蜍，神勇力无比，蟾蜍裂两半。一半做成了，九根顶地柱，另半做成了，九股系天绳。左眼做太阳，右眼做月亮"[2]。在纳西族中也有对青蛙的崇拜和禁忌，流传下来的史诗中也有关于青蛙的描述，在《黑白之战》的异文中，人类与术主的战争中，青蛙作为家支的一员被委以阻止女奴背水的重任[3]。青蛙在纳西族社会具有很高的地位，至今仍可在纳西族人民的生活中找到青蛙崇拜的一些痕迹，例如纳

---

[1] 《黔东南州志》编委会编：《黔东南州志·民族志》，贵州人民出版社 2000 年版，第 273 页。

[2] 云南省少数民族古籍整理出版规划办公室编：《云南少数民族古典史诗全集》（中册），云南教育出版社 2009 年版，第 399 页。

[3] 杨世光整理：《黑白之战》，云南人民出版社 2009 年版。

西族的禁忌规定中，就有忌食青蛙和严禁伤害青蛙。纳西族还认为猴是自己的血缘亲属，纳西族的摩梭人认为始祖母与公猴生育了后世的摩梭人，于是将猴视为祖先，这在纳西族的《东巴经》中有记载。因此，纳西族各支系都禁止猎猴。①

史诗内容表明"原始人不仅认为他们同某种动物之间的血缘关系是可能的，而且常常从这种动物引出自己的家谱，并把自己一些不大丰富的文化成就归功于它"②。弗雷泽认为，"图腾是野蛮人出于迷信而加以崇拜的物质客体。他们深信在图腾与氏族的所有成员中存在着一种直接和完全特殊的关系。……个体与图腾之间的联系是种互惠的联系，图腾保护人们，人们则以各种方式表示他们对图腾的敬意"③，最为重要的方式就是图腾禁忌，图腾禁忌表面上是人们对氏族起源的追溯和思考，是在寻找精神上的归属。但是在现实生活中，图腾禁忌的作用在实践中被反复强化。图腾禁忌缘起于图腾崇拜，禁忌设置在对图腾物起到保护作用的同时，也是人与自然共生的一种精神意识的体现。④

（二）史诗仪式中的禁忌与道德

史诗常嵌合于各民族的重大仪式中，本身就具有神圣性与严肃性。通常，史诗歌手又具有巫师身份。在仪式中，他们身兼传递文化的神圣职责，也有为世人祛除病痛、消灾解难的现世职能。通常能习得并唱诵史诗的人，被看作能连通古今的能者，具有异于常人的能力，能为人们处理鬼神问题。如彝族的毕摩在日常生活中为族人治病禳灾，又是史诗《勒俄特依》的唱诵者。纳西族史诗也由祭司东巴演唱，哈尼族的贝玛、阿昌族的歌师、苗族歌师均兼具史诗歌手和巫师的身份，在驱鬼治病的同时将史诗文化传递给族人。

史诗演唱实际上是一个神圣的仪式过程。在唱史诗之前，通常要举

---

① 方素梅主编：《中国少数民族禁忌大观》，广西民族出版社1996年版，第190页。
② ［苏］普列汉诺夫：《普列汉诺夫哲学著作选集》第3卷，生活·读书·新知三联书店1962年版，第386页。
③ 参见朱狄《原始文化研究：对审美发生问题的思考》，生活·读书·新知三联书店1988年版，第77页。
④ 万建中：《解读禁忌：中国神话、传说和故事中的禁忌主题》，商务印书馆2001年版，第97页。

行盛大的仪式。在苗族史诗《亚鲁王》的唱诵过程中，东郎需要做大量的前期准备工作。在去丧家之前，东郎需要沐浴更衣，穿上传统的长衫。在主持仪式时，要戴上斗笠，手持大刀，唱诵过程中一旦忘词则须从头开始，自身地位也将受到威胁，能力受到质疑。东郎主持仪式也有诸多禁忌，如有的地方师父仍在主持仪式，徒弟就不允许独立主持仪式，用东郎们的话来说就是抢了师父的活，不道义。有的地方规定，师父健在时，徒弟不得传授他人史诗，否则对师父不吉利。又如在另一村寨有东郎的情况下，不得跨村寨主持仪式，否则会遭到惩罚。纳西族歌师在唱诵史诗的时候，需要歌师作法邀请天神降临，边走边吟唱，因具有特定的节奏，对参加祭祀的人可以起到指挥的作用。① 从时空上来说，史诗的神圣性源于我们与史诗的距离感，史诗所叙述的内容是在过去完成的，不管是与史诗歌手还是史诗听众都没有直接的联系。它唯有通过民族传统来连接过去和现在，因为绝对的隔离，史诗所展现的过去的恢宏场景更显伟大。

（三）生产生活中的禁忌与道德

水族史诗《开天地造人烟》演述，"初造人成四兄弟，共一父面目不同。那老大是个雷公，人第二老虎第三，那第四是条蛟龙"②。人与雷公具有血缘关系，反映到具体的农事活动中，水族普遍禁忌春雷，有闻雷辍耕的禁忌习俗。每年春天，人们第一次听到春雷响时，有枪者要放枪，九天不从事生产，不犁田、翻地、播种等。第二次响春雷时忌七天，依次类推，忌五、三、一天，以后逢十三天忌一天，一直忌到撒秧播种或者水稻长到一定的高度为止。关于禁期的规定相当严格，如果前期未满又响春雷，必须先忌满前期，再进行第二期。还有一种禁忌法是，春节后第一次响春雷要鸣枪，忌三天，往后凡属这一天就又忌三天，直到插秧为止。比如第一次响春雷是猴日，往后凡猴日亦忌三天。有的地方还用第一次响春雷的方向来判断当年雨水的情况，水族认为，若春雷响在

---

① 刘洋、杨兰：《技艺生产与生产记忆：苗族史诗〈亚鲁王〉的文化记忆》，《贵州民族研究》2020年第2期。

② 中国民间文学集成全国编辑委员会、中国歌谣集成贵州卷编辑委员会编：《中国歌谣集成·贵州卷》，中国ISBN中心2009年版，第999页。

北方为最好,响在南方将天旱。关于闻雷辍耕的信仰与心理,水族民间认为,雷神的出现是天神对下界的警告,晴天响雷尤为不祥,故闻雷须辍耕。如果违犯了这些禁事,将会得罪雷公,受到上天的惩罚,从而导致雨水不好,庄稼歉收。对犯忌者要罚以大米、酒、猪肉宴请全寨人,其数量各地不一,一般犯第一期禁忌者罚米、酒、肉各 90 斤,第二期各 70 斤。这些禁忌充分体现了民间对于雷神的虔敬之意。① 又有苗族普遍认可"3 个 100""3 个 120""3 个 180",即 X 斤酒、X 斤米、X 斤肉,并以"3 个 X"惩罚人们的偷盗、失火等社会失范行为。例如失火在苗族自然村寨中损害极大,失火户主须拿出 X 斤酒、X 斤米、X 斤肉来请全寨"吃一顿",并写检讨书张贴在村委会公示栏,这种惩罚叫作"洗寨"。②

同时,史诗中也有关于婚姻禁忌的叙事,"仙人教,兄妹成婚,乱人伦,生磨石子。这孩子,没头没颈,没手脚,气死爹娘。妈妈气,砍它三块,爹爹气,把它剁烂。"③ 表明人类有了近亲不能通婚的意识,以史诗指导后人婚姻,且在现代仍有"水族切忌在同一血缘氏族内婚配"④ 的规定。

三 积极自律:西南史诗禁忌向道德的转化

从各民族的禁忌中可以看到一个共同的特点,即禁忌可以调节人与自然、人与人之间的关系。由于禁忌具有这样的调节功能,规范着人的行为,因而在各民族的生产生活中实际发挥着道德规范的作用。直到今日,在一些民族的日常生活中,有些禁忌仍然是道德规范的补充。

(一)转化媒介:习俗礼仪

民族道德关注前规范时期的习俗礼仪承载道德规范的职能,以及在道德规范形成中的作用。在前规范时期,禁忌是道德规范的主要表现形

---

① 方素梅主编:《中国少数民族禁忌大观》,广西民族出版社 1996 年版,第 170—171 页。
② 刘洋:《苗族理词:苗族地区基层社会治理的调适规范》,《贵州社会科学》2018 年第 9 期。
③ 贵州省哲学学会、《贵州少数民族哲学及社会思想资料选编》编写组编:《贵州少数民族哲学及社会思想资料选编·第 1 辑》,1984 年版,第 567 页。
④ 韦章炳:《中国水书探析》,中国文史出版社 2007 年版,第 344 页。

式。在由前规范时期向规范化阶段转型的过程中，习俗礼仪成为道德规范的重要表现形式。在这个时期，一些习俗礼仪既保留有早期禁忌要求的痕迹，又表现出道德规范的概念判断形式。在节日、婚礼、丧葬，以及各种社会互动场景中，个人的行为符合习俗礼仪是"善"的表现，违背习俗礼仪就会被视为不懂规矩，缺乏家教。景颇族忌讳从山官、贵客、老人面前经过，要从他们的身后走过，以示尊重、不冒犯。白族忌用手指指人，忌讳当着他人的面拒绝所赠送的礼物，否则有失别人的面子。怒族忌讳他人拒绝接受自己赠送的礼物和食品，认为那是他人看不起自己。类似的禁忌又是一种礼仪，可称之为礼仪忌讳，已经十分接近道德规范了。也就是说，禁忌发展到这个阶段，其伦理内涵就相对丰富了，具有强制性的消极方面开始向自律性的积极方面转化，其神秘性也逐渐为明显的社会意义所替代。所以，习俗礼仪是禁忌转化为道德规范的中间环节。

傈僳族现今还保留着这样的禁忌，外人不得随便进入产妇房内，怀孕妇女不能随便进入别人家中。彝族的语言禁忌中，在长辈或客人面前说脏话、丑话不吉，小辈忌喊长辈的名字，儿媳与公公及兄长忌相对或并排而坐或开玩笑。诸如此类的禁忌，反映了各民族尊长有序、男女有别的人伦要求。乱伦禁忌以及生产活动中的两性交往禁忌，则有效地调节着民族人口的生产和再生产，保证了生产劳动的正常进行。在畲族禁忌中，不准打青蛙吃青蛙，认为捕杀青蛙会使稻田闹虫灾；不准打燕子，认为"燕子到家，财运带来"。摩梭人不能打布谷鸟，不准捉蜻蜓；普米族不准伤害青蛙，因为青蛙曾对普米族先人有救命之恩；苦聪人遇到野鸡、白鹇飞进村寨，不能捉拿；苗族忌砍风景树、神树林等。类似的禁忌在一定程度上对调节人与自然的关系具有一定积极意义。

禁忌转化为道德规范是借助习俗礼仪这个中介而实现的。习俗礼仪在各民族中也是最为普遍存在的现象。习俗礼仪具有规范的意义，是一定社会心理的体现，是调节人际关系的行为规范的总和。习俗礼仪有不同的种类，民间习俗涉及日常生活中衣食住行的各个方面，并有一定的礼仪相伴随，因而可分为衣食住行各类习俗礼仪。从历时形态上看，习俗礼仪可分为古代的、近代的、现代的等不同类型。作为生活方式的组成部分以及某种文化模式的表现形式，习俗礼仪具有一个变迁的过程。

（二）转化过程：择优去劣

在禁忌演化为道德规范的过程中，起决定作用的还是禁忌、习俗礼仪在功能作用上与人们的利益相关的程度。如果禁忌、习俗礼仪在职能上同人们的利益具有直接现实的联系，反映着人们的善恶观念和评价，那么，禁忌就可能借助习俗礼仪并连同习俗礼仪一同演化为道德规范。因此，这里应该注意两种情况，一种是具有积极意义的禁忌，由于民族成员意识到其具有调节社会关系的作用，而形成共识和习惯逐步成为习俗礼仪，并由于道德意识的提高而被概括为道德规范要求。这类禁忌与人伦关系密切，可以在经验的基础上进行解释，在日常的教育中说明缘由，并以此内化为人们的道德规范和行为禁忌。另一种情况是，有些禁忌的神秘性难以体认和解释，或者解释是牵强附会的，不能反映现实的人伦关系和道德需要。在实际生活中，这类禁忌很难验证人们遵守与否有什么样的功利后果，只能是一种信仰的寄托，难以演化为道德规范，或只能成为宗教禁忌，或只能停留在非道德意义的禁忌习俗的水平上，或因为人们认识水平的提高而被放弃。例如，在食物禁忌中，苗族未婚男女青年除夕吃晚饭时，不能泡汤；阿昌族中有的姓氏不吃鳝鱼；元阳瑶族正月初一忌邻居妇女进入家屋。这类禁忌没有充足的理由说明其来源和意义，遵守与否也不会真正伤害人的利益，仅是一种精神依托，表达某种情感，不能再转化为道德规范，在一定历史时期就成为一定民族的风俗习惯。

从以上分析可见，禁忌、习俗礼仪并不等同于道德规范，但又包含一定的伦理内容，是道德规范的早期表现形式。但由于其文化内涵较宽，意义较为不确定，作为道德规范的表现形式是不完备的，因而也只是道德规范的初级形式。对禁忌、习俗礼仪中的伦理要求进行提炼和概括是道德规范得以确立的前提。这种提炼和概括最初表现在民族生活中大量的道德谚语和箴言里。这些谚语和箴言成为民族道德规范的判断形式，是民族伦理智慧的结晶，也是禁忌和习俗礼仪在民族道德生活中发展演化的必然结果。

随着各民族伦理思维水平的提高，各民族已通过不同的方式归纳概括出了一些道德规范，甚至还产生了一些道德典籍。例如，在家庭生活中出现了一些家规家训。这些家规家训既体现出民族道德意识，又体现出封建道德规范的特点。在一些民族村寨中，由德高望重的老人们约定形成的乡规民约，成为该社区成员共同遵守的道德规范。纳西族民间历史上订立的乡规村约规定，对于不孝父母、不尊敬长者、奸淫妇女、聚众赌博、营业不正、窝留土匪、践踏禾苗、破坏公物、污秽井水道路等行为，由本村绅老会议决定，给予处罚。在一些民族的商业活动中，如白族的马帮、商号中，还形成了商业道德规范。这些事实说明，民族道德已超越前规范时期，进入规范化阶段，明确表达一定义务和责任的道德规范已经形成，民族道德规范的历史演进已进入了一个新的时期。①

（三）转化目标：择优去劣

我们知道，禁忌的产生早于法令。在法令出现之前，社会秩序的维护和规范完全依靠禁忌，当法令出现之后，禁忌虽然不及法令更有强制效力，但是仍在发挥辅助功能。禁忌在规范人的行为，促进人与自然、社会和谐的关系上，发挥着重要作用。

一是禁忌调整人与自然的关系。在人与自然的关系上，禁忌主要起着让人们适应自然、尊重自然、利用自然、保护自然的作用，让人与自然和谐相处，同时也让人认识到自然的相关规律，使自然能更好地为人提供相关服务。古人类对自然的依赖很强，自然界中的很多物质都是人类生存和生活所必需的，人类的发展也必然离不开自然。自然也有着自己运转的特定规律，并不以个人意志为转移，一旦人类违背了自然规律，必然会遭到惩罚。于是人们为了保证自身的发展，往往把严格遵从某种忌俗事项作为可以改善不良环境的特殊而有效的手段。于是一系列有关人的行为与自然的禁忌事项，便在人类与自然界相依相存的过程中应运而生了，成为调节人与自然万物关系的平衡器。在湘西地区，苗族人认为青蛙和蛤蟆是农田庄稼的守护者，田里面的害虫被青蛙、蛤蟆捕捉，避免了人再去喷洒农药，于是将捕杀青蛙和蛤蟆作为禁忌事项，是人们利用自然规律作为习俗禁忌的重要证据。西南民族重视山林和药材的保护，将这些自然物附着鬼神色彩，利用人们敬畏和惧怕的心理，保护了树木和药材，维持了这些自然物的可持续发展，同时也为人们不断提供着物资支持和药物支持，从客观上来说，对维持人与自然的和谐相处发

---

① 高力：《民族伦理学引论》，新疆人民出版社1998年版，第66—67页。

挥着积极作用。

　　二是禁忌调整人与社会的关系。禁忌维护着人类社会秩序的正常运行，协调着人与社会之间的关系。禁忌习俗并非一成不变，它会伴随社会形态的变化而变化。诸如随着人类对鬼神信仰的逐渐淡化，禁忌习俗也渐渐消除了鬼神的禁忌内容，发展成为人们在社会中生存所需遵守的准则，成为人们的传统习惯。比如侗族的"款"，以及各民族中的乡规民约等即具有习惯法的性质。在许多民族的传统习惯中，往往夜不闭户，即便是白天出门，也很少有锁门的习惯。尊老爱幼、相互帮助更是日常现象，在村寨中，每逢春天播种的季节，如果只依靠家中青壮年，所需要的时间会很多，无法很好完成播种。所以，通常情况下都是邀约几户关系要好的人家，一起插秧播种，一日便可完成。次日，再去另一家帮助播种，这样一来既缩短了每户的播种时间，也增强了人们的情感联系。在广西瑶族村落，有以草标为记的习惯，人们在山林中砍了树木和柴火，如果不能一次性运走，就以草标为记，路过的人看见草标就不会动这些木材。同样，瑶族人去到山上，或者去镇上赶集，通常会将身上较重的衣服和携带的饭盒放在路上，以便于轻身前往，于是为了不让人将东西拿走，就将草标插在上面，表示只是暂放在这里，会回来拿走。这种方式在贵州麻山苗族地区中也存在，如若寨子中在举办仪式，不允许车辆通过，则以茅草标为记置于路中，车辆则必须原路返回。在这里，草标就是一种禁忌习俗，草标代表着神秘的力量，人们必须遵从于先辈们定下的这种约定，并以此为事实，深信违反了这些禁令都会遭到惩罚，而惩罚所带来的后果，往往是人难以承受的。

　　同样，有些禁忌习俗是带有原始的科学规范的，如各民族中的婚姻禁忌习俗，就是为了严格设置男女婚姻的道德观念和婚育观念。如纳西族中，媳妇与丈夫的兄弟、岳母与女婿之间不能对坐和谈笑，这种禁忌习俗在一定层面上维护着婚姻的稳定性、严肃性，严格长幼之间的伦理规范和婚后男女之间的交往。随着社会的发展，各族中对于血亲和近亲通婚都有严格的禁令，一方面对于各民族优生优育有益，同时也避免了出生婴儿的各种先天疾病和缺陷；另一方面，对婚姻秩序有着良好的维护作用。禁忌通过无形的手段，将人们的生活与社会更好地置于协调和谐的状态中。

三是禁忌调整人与人的关系。禁忌在一定意义上促进着人与人之间的平等、团结和互助友爱的关系，社会是一个庞大的系统，且由人构成。因此，在社会中，人与人之间的关系构成了各种各样复杂的网络。总体上来说，人们的交往多基于禁忌原则，人们奉行不以假乱真、不以次充好、不缺斤少两、不欺凌弱小，以此作为日常行为标准。在与朋友和家人之间的交往中，也有一些禁忌，如在壮族中，就有在走亲访友时，不能送单数礼物的规定，送双数表示好事成双，单数则预示孤单或者丧偶。在苗族禁忌中，不能直呼长辈和祖先的名讳；办酒席时，母亲的娘家人不到场就不能开席；入席时，长辈坐上方，子不朝父坐，不对师尊；媳妇不能与公公同盆洗脚等。在哈尼族禁忌中，年轻媳妇不得坐卧长辈床铺；有客人时，妇女一般不与客人同桌吃饭。这些禁忌习俗规范了家庭和朋友之间的行为举止，有利于维护家庭秩序，也间接对社会秩序起到了稳定的作用。

虽然禁忌在一定程度上维护了社会秩序，促进了社会稳定和谐，但是有些禁忌束缚了人们的思想，加剧了人们的思维惰性。从根本上来说，禁忌习俗具有自我封闭性和消极逃避性，为了达到目的，人们在利用禁忌的时候，通常会制造一些鬼神之说，警示人们，不要试图去打破禁忌，有超越禁忌范围的行为，否则灾难就会降临，不仅自己遭殃还会祸及家人，在这种连带式的心理束缚下，人们即便会有好奇的心理，也仍然会约束自己的行为。在面对新的事物之时，同样会受这些思想的影响，保持警惕心理，时刻处于怀疑和恐惧的状态之中，因此容易形成思想的僵化，长期遵循着前人的思想和行为，固守传统。在世代沿袭中，人们仍保持这种传统思想，社会则将处于缓慢的发展状态中。

有的禁忌会造成人们的心理负担，特别是极度维护禁忌习俗的人，对禁忌时刻保持着敬畏之心，一旦触犯禁忌，即便是无意为之，也常常承受着极大的心理压力。在麻山，苗族东郎因受其他寨子的族人所托为其父辈主持葬礼仪式，但是回家后，长期处于隐忧之中，后东郎突发腿疾，东郎更处于自责中，认为是自己违反了不能去别的寨子主持仪式的禁忌。有的禁忌对人们的生产生活产生了不良影响，因为禁忌习俗的排他性较强，不利于社会的发展，固守传统思维的人们，成为遵从禁忌习俗的守旧势力的维系者。①

第三节　想象与教化：西南史诗伦理的生态意向

"文学艺术是一定社会的经济、政治的产物和反映，同时又是为经济、政治服务的。文艺作为人类生活的重要领域和社会发展的重要内容，是马克思主义的研究对象之一。"② 人们将劳动视为文学艺术的起源，不可否认，文学艺术与人类生产劳动有密切的联系，但是文学艺术并非生活的直接反映，而是生活现象的艺术加工。对于文学艺术的起源问题，聂珍钊认为文学艺术是人类对世界的一种抽象理解。文学艺术的产生基于人们对生产劳动的理解，以及在生产劳动中的一种情感的表达。所以，可以说文学作品是一种人类理解生产劳动以及自己与世界关系的形式。这种理解和表达与人类的生存和劳动联系在一起，于是就有了伦理和道德方面的意义。

西南史诗中的原始信仰蕴含着重要的文化价值，也是指导人们生态行为的重要原则。原始信仰是先民依靠自身有限的理解对未知事物的一种推测和把握，由此产生信仰的形式和内容。史诗文化与人的价值、伦理相契合，使人们能从中找到价值依据，且根据史诗文化的指导完善自身的人格。原始信仰于人的生活而言具有文化意义，它是一种象征系统，目的是通过人在生活中形成的观念，在人的思维意识中建立起具有渗透性的持久动机，并给这些观念赋予真实的情感，以至于最终所达到的目的也是具有真实性的。在各民族的信仰中，也同样具有这样的文化功能，人们对于许多自然现象的崇拜均带有神性色彩，且不可存疑。先民们也正是通过这样的方式，将生活经验和道德标准融入日常生活中，内化为人们的行为规范。

---

① 职慧勇主编：《中国民族文化百科》，中央民族摄影艺术出版社1998年版，第617页。
② 江华：《中国化马克思主义文化理论》，中国石油大学出版社2008年版，第134页。

一 自然力的形象化：西南史诗生态伦理的文本叙述

开明的人类中心主义认为，地球是各类生命体的财富，任何个体和群体都不能为了个人利益而置生态系统的稳定和不平衡于不顾。人类需要在不同的群体之间实现资源的公平分配，建立与环境保护相适应的更加合理的生态秩序。

生态伦理观的建立，需要在传统生态伦理的继承和创新上，关注当下的生态环境问题。中国古代哲学的生命观，是先哲对宇宙万物诞生本始的一种认识。《老子》云，"人法地，地法天，天法道，道法自然"，其中"道"被认为是万物的本始，也就是生命的本源。庄子亦认为，生命与自然的联系是由"道"的自然性所决定的，生命源于自然，本质亦为自然，"道"便是"天""人"、"物""我"、"自然""人类"的统一与融合。庄子将人与自然的关系称为"人与天一"，也就是天人合一，"合一"重在合于天、合于自然，而非合于人，提倡的是一种自然的状态。《淮南子·精神训》主张万物由阴阳二气形成，"古未有天地之时，惟像无形，窈窈冥冥，芒芠漠闵，澒濛鸿洞，莫知其门有二神混生，经天营地，孔乎莫知其所终极，滔乎莫知其所止息。于是乃别为阴阳，离为八极，刚柔相成，万物乃形"①，混沌先于天地之前，无声无形，无影无踪，为万物本源，这种本源并非理论意义上的"物质世界"，而是一种虚无，即不具有空间和时间的性质，却产生了空间和无穷尽的存在，人与自然皆缘此而出。古代先哲在追溯万物缘起之时，认为"有天地，然后有万物。有万物，然后有男女"②，显然已经认识到人与自然是一个共有共享的生命序列。

人与自然的关系贯穿于人类社会。卡尔·马克思认为："人……作为有生命的自然存在物，一方面具有自然力、生命力，是能动的自然存在物……另一方面……和动物一样，是受动的、受制约的和受限制的自然存在物，也就是说他的欲望的对象是作为不依赖于他的对象而存在于他

---

① 刘安等：《淮南子》，岳麓书社2015年版，第55页。
② （宋）朱震撰：《汉上易传导读》，华龄出版社2019年版，第402—403页。

之外的。"① 马克思指出了人的自然本质，即将人视作"自然存在物"。②挪威哲学家耐斯（Arne Naess）创造了"深层生态学"（Deep Ecology）的概念，认为人和生物体是生物网的网结和创造活动的组成部分，强调人与动植物以及地球之间的同一，提倡自然中心主义。③麦西、卡普拉、海德格尔等也支持这种观点。彼得·拉塞尔从宏观层面进行了更为深刻的解释，"我们需要一种新的世界观——一种整体论的、不滥用自然资源的、符合生态规律的、长期的、综合的、爱好和平的、人道的、合作的世界观"。④利奥波德（Leopold Aldo）创造了大地伦理学，系统阐释了生态中心论，将伦理所观照的共同体从以往的人类社会伦理共同体扩展到整个大地——由土壤、水、植物、动物等组成的生态共同体。⑤张岱年研判人与自然的关系时认为，人类和自然界、自然界和精神具有统一性。⑥又提出"动的天人合一"，认为要以实际行动来改造自然，达到天人和谐，但不毁伤自然。⑦蒙培元更为强调自然的重要性，他认为自然赋予了人以内在德性和神圣使命，要在实践中实现生命最高价值——与天地合其德。天人合一中，人的价值在于实现天的目的。⑧

中国共产党历来重视人与自然的和谐发展。习近平总书记在论述人与自然关系时指出："我们要认识到，山水林田湖是一个生命共同体，人的命脉在田，田的命脉在水，水的命脉在山，山的命脉在土，土的命脉在树。"强调人类在实践活动中，要将自然与自己命运联系起来，在敬畏自然的过程中，不断调适自身行为，协调人与自然的关系，平衡人类发展与生态的问题。习近平总书记在党的十九大报告明确指出，人与自然

---

① ［德］卡尔·马克思：《1844年经济学哲学手稿》，人民出版社1985年版，第124页。
② ［美］威利斯·詹金斯主编：《可持续发展的精神》第1卷，朱蕙玥等译，上海交通大学出版社2017年版，第194页。
③ 王秀红：《阿伦·奈斯深层生态学思想研究》，中国大百科全书出版社2019年版。
④ ［英］彼得·拉塞尔：《觉醒的地球》，王国政等译，东方出版社1991年版，第120页。
⑤ ［美］利奥波德：《沙乡的沉思》，侯文蕙译，经济科学出版社，1992年版。
⑥ 张岱年：《张岱年全集》第3卷，河北人民出版社1996年版，第208页。
⑦ 张岱年：《张岱年全集》第1卷，河北人民出版社1996年版，第393页。
⑧ 蒙培元：《人与自然：中国哲学生态观》，人民出版社2004年版。

是生命共同体。① 又在 2021 年 4 月 22 日的"领导人气候峰会"上全面阐释了人与自然生命共同体的丰富内涵与核心要义。② 习近平总书记的论述实质上是对传统生命观的一种延续与升华。从发生学来看，生命观的论述主要源自上古神话中的生命意志、原始信仰中的生命崇拜以及古代典籍中的生命关怀③，史诗作为一种传统文学样式，"是一定社会的经济、政治的产物和反映"④，也是早期人类与自然互动的映射，自然蕴藏着生命观的许多观念，这种观念原本是避免招致灾祸或惩罚的禁忌与限制，是因对一些神秘事物感到恐惧和害怕所采取的预防措施，并无任何先验性的经历，是一种非理性思维。西南史诗是中华史诗的重要组成，蕴含着先民们对万物起源的思考与想象，在历史演进中形成了独特的生命观，因口承性与活态性特征，西南史诗的文化生境及辐射范围有着千丝万缕的联系，它既是历史脉络中生活轨迹与流变轨辙的反映，亦是横纵时空中连接传统与现代的媒介。从本质上讲，西南史诗的生命观旨在处理好人与人、人与自然的关系，这是因为先民们已认识到自然的不可抗性，人类改造和利用自然必须遵循自然规律，正确处理人与自然之间的关系，也因此将生活经验和道德标准融入日常生活中，内化为地域文化持有人的行为规范。

（一）天人一体：共生道德观

地球是各类生命体的共有财富，任何个体和群体都不能为了局部利益而忽视生态系统的稳定和平衡，人类需要在不同群体间实现资源的公平配置，建立更加合理的生态秩序。⑤ 西南史诗的传承方式因环境改变而发生可控变化，表现内容因时空变化而产生不同解释，赓续模式因社会变迁而主动进行自我调适，三位一体的传承方式、表现内容、赓续模式共同建构了源自日常生产生活的生态伦理及其生命观，具体到人与自然的关系时，呈现出天人合一与天下同源的思想，表现为尊重自然、顺应

---

① 习近平：《决胜全面建成小康社会 夺取新时代中国特色社会主义伟大胜利——在中国共产党第十九次全国代表大会上的报告》，人民出版社 2017 年版。
② 习近平：《共同构建人与自然生命共同体》，《人民日报》2021 年 4 月 23 日第 2 版。
③ ［德］卡尔·马克思：《1844 年经济学哲学手稿》，人民出版社 2008 年版，第 105 页。
④ 江华：《中国化马克思主义文化理论》，中国石油大学出版社 2008 年版，第 134 页。
⑤ 常纪文：《环境法律责任原理研究》，湖南人民出版社 2001 年版，第 77 页。

自然、保护自然，具有时代价值。①

　　张岱年等认为人与自然的关系是人类生存发展的道德问题，本质上是天与人的关系，是人类在宇宙中为自身定位的问题。②天人一体强调的是天与人的和谐统一、人与自然的和谐统一，即人生存于自然，也必然与自然共享共存共生。两者既是一种物质关系，也是一种道德关系。

　　人类的活动是作用于自然的，如何保持人与自然的和谐关系，是人类在长期实践过程中必须思考的问题。在西南史诗中，人与自然的关系更多地被认为是同源关系，即天神创造万物，包括植物、动物、天地、人类等，人与自然是命脉相连的同源关系。《查姆》就明确讲述了此种关系，"龙王罗阿玛心最细，星星走动能听见。她到九重天上找种子，种子长在月中间。月里那棵娑罗树，树上良种数不完；奇花异草由人选，树木药材任人拣……有种子才有万物，有万物才有人烟；有种子祖先才能生存，有粮食人类才能繁衍"③，人与万物在天神的安排下有序运转，人对"天"的依赖较深，应当服从"天"所定下的规律。《创世纪》也有讲述，在人类遭遇重大灾难时，阳神告诉崇仁利恩"杀一只白蹄骟牦牛，剥皮做一个革囊，用细锥穿皮、粗线缝制后，用三根铁索牢牢拴系在柏树上、杉树上、岩子上。把小羊羔、小狗、火镰、小鸡，还有九种牲畜，百样谷种放进皮囊里，你自己坐在里面把皮囊的口子缝紧就行了"④，生命的延续离不开自然，史诗的叙述所体现的不仅是人类在自然中获取生存资料的实践经验，也是人类生命观形成的基础。基于自然孕育生命的认识，人类深信必须与自然和谐共处，在人类选择居住地的时候，也有所体现，例如人们会选择靠山临水的地方，有平坦田地的地方居住。《亚鲁王》就有关于"嘿"（最早的人类，拥有神力）的讲述，"乌利经鹰察，得知疆域宽。乌利经鹰看，得知地方大。决定来造人，安排住下方。

---

① 刘洋、肖远平：《西南史诗的文化精神》，《中国社会科学报》2021年4月27日。
② 张岱年、朱贻庭：《〈中国传统伦理思想史〉绪论》，《中国社会科学》1988年第6期。
③ 郭思九、陶学良整理：《查姆》，中国国际广播出版社2016年版，第9—10页。
④ 丽江市博物馆、丽江市东巴文化研究会编：《创世纪》，云南科技出版社2016年版，第8页。

决定要造嘿，安排坐下层"①，这些讲述映射了早期人类的生存经验，不乏科学合理的因素。

（二）自然化生：生物道德观

"化生"是常见的人类起源方式。从化生的主体来看，主要有神化生、文化英雄化生、动物化生、无生命物化生。从化生的过程来看，有垂死化生、整体化生为人、局部化生为人等，有时也有受外力影响化生为人。

自然化生在西南史诗中普遍存在，不管是有生命特征的动植物，还是无生命特征的物质存在，均可化生成人。这种观念源于推己及人的类比逻辑，先民们认为自然与人类可以相互转换，他们将自然物与人等同，赋予它们生命特征与思维能力，创造了许多自然神，近乎"目之所及皆为神"，这种朴素的认知是依赖自然的表现。《达古达愣格莱标》叙述道，天上的茶树下凡到人间，化生为人，无数片茶叶变成了小伙和姑娘，茶叶成为先祖，被德昂族人民世代敬仰，史诗借助想象的叙事，将自然形象化和拟人化，拉近了人与自然的距离。②《勒俄特依》讲述人类是由格滋天神撒下的三把雪变成的。③《嘎茫莽道时嘉》讲述人类是由天神萨天巴用身上的肉痣变成，而萨天巴本是天地万物的创造神，是自然力量的最高体现。④

敬畏自然、尊重自然是人与自然互动关系的一种表现形式，也是对待自然的一种道德态度，在客观上对自然的保护起到了积极的作用。⑤ 古代先贤们在天地（世界）中寻找道德根源，赋予自然伦理属性，而又将道德放置于最高点，认为其是宇宙伦理的本源属性，是庄严和崇高的。而道德是作为人类的理性产物而存在的，是表达人类的共同愿望的。所以，道德维护人的需要，这种需要也是作为善的价值。人与自然的构成

---

① 陈兴华唱诵记录、吴晓东仪式记录：《亚鲁王（五言体）》，重庆出版社2018年版，第108页。

② 西双版纳州民委编：《巴塔麻嘎捧尚罗》，云南人民出版社1989年版，第94页。

③ 冯元蔚译：《勒俄特依：彝族古典长诗》，中国国际广播出版社2016年版。

④ 杨保愿翻译整理：《嘎茫莽道时嘉：侗族远祖歌》，中国民间文艺出版社1986年版，第241—242页。

⑤ 佟德富、宝贵贞：《中国少数民族哲学专题研究》，中央民族大学出版社2006年版，第327页。

者在生态上是平等的,无论是人还是自然,其行为只有促进人与自然生命共同体的完整,才是正确的,因此,人类对自然有着道德伦理责任。①

(三)神人兽共祖:平等道德观

人兽同源是达尔文进化论的主要观点,英国博物学家托马斯·亨利·赫胥黎是达尔文进化论的追随者,他认为即使没有达尔文的观点,也可以从自然现象找到有力的证据,"宇宙间的一切现象的产生仅仅是由一种称为第二原因的介入所造成的。关于人和其他生物之间的密切关系,由生物产生的力量和其他力量之间的密切关系,没有理由使我怀疑,从不成形的到成形的,从无机的到有机的,从盲目的力量到有意识的智慧和意志,所有这一切都是自然界的伟大进程中的相互联系的东西"②,他通过胚胎学的解析推论人类与猿的关系,主张人猿同祖。

人兽同源是人类在认识自我、反思自我、理解自我时的一种认识。诸如藏族、珞巴族流传有猴子变人的神话,《玛尼全集》《西藏王统记》《贤者喜宴》《西藏王臣记》皆有记载,猕猴与罗刹女结婚,生了六只猕猴,将它们送到树林中生活,三年后便有了五百多只猴子。老猴子把它们领到一处有野生稻谷的山坡生活,猕猴吃稻谷,时间久了,身上的毛发变少,尾巴变短,渐渐学会说话,最后成了人。西南史诗中的这种认识较为普遍。《勒俄特依》讲述,天上降下桐树,霉烂三年后起了三股雾,升到天空中,降下三场红雪来,化了九天九夜,化成了人类。冰成骨头,雪成肌肉,风来做气,雨来做血。受到外力而化生变形为人的情况比较少见。苗族先民认识中的人兽同源主要是指万物同根,自然物与人一样会说话、会思考。在苗族史诗中,始祖蝴蝶妈妈是由枫木所生,"砍倒了枫树,变成千万物,蝴蝶孕育在枫树心里头"③,又与泡沫生下十二个蛋,十二个蛋孵化成了人、神、老虎、雷公、长虫、水龙,将人与动植物都看作一个生命系统中的成员,体现了苗族先民人神兽同源的思想。《嘎茫莽道时嘉》将万物起源视作天神萨天巴的伟力,因为动物之间

---

① 章海荣编著:《生态伦理与生态美学》,复旦大学出版社2006年版,第196页。
② 周慧华、毛燕敏主编:《大学人文教程》,浙江大学出版社2006年版,第402—403页。
③ 马学良、今旦译注:《金银歌:苗族史诗》,中国国际广播出版社2016年版,第216页。

相互残杀，萨天巴就造出人类来管理地上的动植物。① 在《人类的起源》中，侗族先民更是认为人与动物具有血缘关系，因为人类拥有智慧，才逐渐与动物区分开来。因为万物与人类同属一个生命系统，保护动物、不肆意砍伐植物是先民们一贯的行为准则，也构成了先民们生命平等的道德观。

精准理解西南史诗中关于宇宙人类的叙述，需要对其内在法则有清晰认识。史诗是先民对世界的直观认识，也是一种思维方式。西南史诗多认为原初世界是"混沌"的，没有天地、日月、星辰、人类和动植物，混沌是一种超然的状态，没有"神""人"的对立，也没有"物质""意识"的对立，而是生命一体化构成的整体系统。当先民在面对这种一体化的世界创造史诗时，无疑是"将自己最深处的情感客观化了。他打量着自己的情感，好像这种情感是一个外在的存在物"②。意识摆脱了被动状态，依据精神创造自己的世界。而史诗是集体创作的结果，而非个人意识的表现。史诗以独有的方式将自然法则与社会秩序表达出来，并通过特有的思维方式，完成心物的统一。

二 物象与心象重叠：西南史诗生态伦理的形象表述

史诗意象源自先民们对客观世界的直观感受和感性认识，通常是系统且形象的。限于先民们有限的认知和抽象能力，西南史诗所描述的混沌世界中，需要借助可触、可及、可感的具体形象材料方能完成表述。③

（一）寄情于物的文化符号：西南史诗的生命意象

对于以直观思维认识世界的先民们而言，抽象的意义必须结合具体的形象才能被理解。诸如天为什么会浮于上方，是因为它被巨牛的四肢撑住。地上为什么会出现河流，是因为它由创世天神的鲜血变成。史诗借助一系列直观的、外在的符号表达对事物的认知，意义通过形象化才

---

① 杨保愿翻译整理：《嘎茫莽道时嘉：侗族远祖歌》，中国民间文艺出版社 1986 年版，第 241—242 页。

② ［德］恩斯特·卡西尔：《语言与神话》，于晓等译，生活·读书·新知三联书店 1988 年版，第 153 页。

③ 刘洋：《人与自然生命共同体：南方史诗的生命观》，《广西民族大学学报》（哲学社会科学版）2023 年第 6 期。

能被表达。《巴塔麻嘎捧尚罗》讲述，绿蛇引诱贡曼神食用芒果前，先自己食用一个，蜕掉了一层皮，变得更美了，贡曼神见状，也跟着吃了芒果，也脱掉了一层皮，变成了人，"吃下仙芒果，兄弟俩脱皮。变成一对美男神，肉色白又嫩。他们变了样，头发变细啦，脸庞变红啦，眼睛变亮啦，耳鼻变滑啦，身子变美啦。比原来好看，比原来聪明"①，后来绿蛇又引诱两人吃下了另一种仙果，两兄弟变成了一对男女，在绿蛇的诡计下，天神变成了凡人，男人变成了女人。绿蛇在这里有着让天神"死去"后以人的形态生存的作用，同时蛇蜕皮亦有预示重获新生的意义，先民们将人的生死与动物蜕皮联系起来，认为人的生命与自然生物一样，可周而复始。

通过对自然物及生命周期的观察，先民们亦对昼夜交替现象进行探索，先民们可凭借视觉感官理解白天黑夜，但为了精准把握一天的时间变化，他们进行了诸多尝试。他们观察太阳的运行轨迹，发现太阳并非固定不动，于是利用太阳位置的变换来把握时间的变化，也因此产生了许多关于太阳运转的想象，在史诗中也形成了一些具象化的情节。如阿昌族史诗《遮帕麻和遮米麻》讲述，"遮帕麻举起月亮放到太阴山上，遮帕麻举起太阳，放到太阳山上。月亮像一池清水，吐着银光；太阴山上设下白银宝座，派勾娄早芒掌管。太阳像阿昌人的火塘，散发着温暖；太阳山上设下黄金宝座，派毛鹤早芒掌管。遮帕麻找来一棵梭罗树，种在太阴山和太阳山中间。告诉勾娄和毛鹤，太阴和太阳要绕梭罗树旋转。遮帕麻在梭罗树下忙碌，造出一座星宿山；山上安了一个大轮子，派白鹤推着轮子转。"② 先民们通过对时间的把握来判断生命的长度，将人的生命与日月的运转联系在一起，将人置于自然世界中进行思考。必须要注意的是，史诗中所描述的方位，并非现代社会所理解的呈几何空间的方位，而是与方位有着密切联系的相关事物。中国传统的四大方位神，青龙代表东方，为东方之神；朱雀代表南方，为南方之神；白虎代表西方，为西方之神；玄武代表北方，为北方之神。每一个方位对应一个神

---

① 西双版纳州民委编：《巴塔麻嘎捧尚罗》，云南人民出版社1989年版，第94页。
② 兰克、杨智辉整理：《遮帕麻和遮米麻》，赵安贤唱，杨叶生译，云南人民出版社1983年版，第5—6页。

物,但是时间与方位无法从这些具体的形象中去抽象。彝族史诗《支格阿鲁》中也有详细的叙述,"东方叫作吉朵巨,它是太阳的城门,太阳城里住青人,青人穿的青衣服,青人身披青披毡,青人骑的青色马,打着青色旗……西边叫作洪直沟,它是月亮进的门,门边住一族白人……南方叫作纠塔肯,它是牧耕的门,门边住一族红人……北方较多省翁阁,它是季节的门,门内住一族黑人"①,四个方位分别由太阳、青色,月亮、白色、牧耕、红色,季节、黑色表示,从这几组对应关系看,与方位的联系并不是很紧密,史诗的创作逻辑显然与现代社会的逻辑法则并不一致。所以,当我们运用逻辑思维解析史诗的时候,就会发现史诗呈现的是一种混乱的世界,于是史诗被认为是不合理的虚构和幻想。史诗的本质与科学思维并不相同,史诗的逻辑思维基础是情感,以直观外在的、感性的符号来表达对世界的认知,讲述着人类和万物的由来。

史诗产生于人类的童年时期,所以任何一部史诗,都有以自然作为叙述对象的内容。先民们在自然中生活成长,与其最亲密的就是自然。在图腾社会中,任何动植物都可以成为图腾,成为人们崇拜的对象。人类认为动植物也会像人类一样有自己的社会关系,有自己的思维方式,《苗族史诗》便有讲述,没有生命特征的水泡也可以成为蝴蝶妈妈游方的玩伴。所以,从很大程度上来说,史诗是对人与自然原初秩序的阐释。自然界中的具体实物,除了具有客观的物质外形,还是人类的想象物,是物象与心象的重合。当史诗运用其特殊的符号和图示表达人与自然的关系时,这些蕴含在史诗中的片段表述和零散的逻辑法则,随着人们对史诗秩序理解和整体把握的深化,便会不自觉地转化为人类生命观,这就是史诗的生命意象。史诗生命意象要求人们对自然推己及人,以此建立起人与自然之间的共生关系。

(二)共有共享的社会秩序:西南史诗的生态伦理

受史诗创作者直观思维的影响,自然现象被不自觉地赋予了神秘的力量,具有了神性色彩。即便是人们的想象物,它们还是保留了原有的外部特征和运行规律,并未因想象力的渗入而产生本质上的变化。在中

---

① 洛边木果、肖远平、海来木呷、刘洋、阿牛木支、杨兰编译:《支格阿鲁:彝族英雄史诗》,民族出版社2018年版,第26—27页。

国传统文化中,日、月并非一个形状,而是被幻想成自然与动物的结合体,人们将太阳称为三足金乌,将月亮称为三足金蟾。《山海经·大荒东经》载有"大荒之中,有山名曰孽摇頵羝。上有扶木,柱三百里,其叶如芥。有谷曰温源谷、汤谷,上有扶桑木,一日方至,一日方出,皆载与乌"①,认为太阳是乘三脚神乌飞行的。蟾蜍与月亮之间的关系,是因月亮中有似蟾蜍的阴影。在汉代石刻上,女娲手中所托的月轮里面就有蟾蜍捣药的形象。唐玄宗作《古朗月行》亦有诗句"蟾蜍蚀圆影",叙述了月亮与蟾蜍之间的关系。这些内容表达均是先民们的心物之象,所隐喻的是远古时代人类对蛮荒的记忆,也承载了人与自然休戚与共的生态意识。

尽管这种意识不是实践中产生的理论,也不是理论指导的实践,却是人类的情感倾注,并由此形成的一种惯性思维。于是人与自然一体的思想将先民们的道德伦理扩展到了自然界,进而实现了协调人与自然关系、维护自然按照其本来的生态规律运行的目的。先民们通过史诗的生态伦理意象阐释原初秩序,是关于生命和自然的最早智慧,也为人与自然的秩序建构奠定了基础。不论任何国家或民族,他们的史诗生态伦理意象总会表现出惊人的相似,主要表现为人与自然一体、神人一体、意识物质一体的思想。这种意象也会与特定的时间和空间相联系,因为不同环境下人类的思维意识亦有不同,史诗的意象在特定时空中形成并与其紧密嵌合。

即使史诗的生态伦理意象是人们对人与自然关系最直接和最感官的表达,但是它与现代生态伦理思想有着本质的不同。现代生态伦理思想是建立在科学论证和推理演绎上的完整的理论体系和逻辑框架,具有系统性,能够使用清晰的学术话语和概念系统进行表达。而史诗是基于情感系统的表达,只有感性的认识和粗糙的想象,没有科学依据和理性推理,所以具有模糊、含混、不系统的特征。② 人与自然的平等共生是苗族生态文化中的核心观念。《苗族史诗》认为金银都是具有人性特征的生命体,"金子生下来脸上黑黝黝,银子生下来脸上黑黝黝,从头顶直到脚

---

① (明)冯梦龙:《山海经全鉴》,孙红颖解译,中国纺织出版社2016年版,第253页。
② 康琼:《中国神话的生态伦理审视》,北京师范大学出版社2014年版,第12页。

心,连眼白都是黑的。用什么水来洗呢?拿什么药来医呢?萝婆婆她老人家,挑了友药从东方来,拿来撒在金子的脸上,拿来撒在银子的脸上,有用硼砂水来洗,银子的脸变白了,好像刚生下的鸭蛋;金子的脸干净了,好像山坳间的花。"① 先民们将自己视为自然界中的一员,将自然物与自己同等,平等和共生贯穿于苗族人民的生产生活中。《苗族古歌》便认为自然孕育世界万物,"千样物种大地生,百样物种大地生"②,还认为世界万物是可以交流和互换的。《砍枫香树》讲述道,友婆和枫树因为鱼苗丢失的事情打起了官司,友婆认为是枫树偷吃了鱼苗,于是请来理老来裁判,友婆输了第一场官司后不服气,又请另外两人来做理老主持公道。枫树不满自辩道:"各是鹭鸶与白鹤……来在树梢筑窝巢,在树干上生崽崽,嘴角尖尖如蚂蚱,又馋又饿像老蛇。它俩偷吃你鱼秧,你凭什么来找我!"③ 最后两位理老定罪枫树"作窝家",枫树才败诉。古歌中人与动植物之间依照共享的社会秩序生活,人与动植物共同创造世界,万物是平等的。人与自然的唇齿相依,亦体现在互帮互助上。《运金运银》讲述道,人类为了造日月,到处寻找金银,哪知金银躲在了深潭里,各种动物都来帮助人类运出金银,"螃蟹咬金银的根,低处两棵咬断了;还有两棵长得太高,是谁帮他咬?打鱼郎鸟帮他咬。他俩是一个妈妈生的,还是两个妈妈生的?他俩是一个妈妈生的,所以才一同挖开了金银"④。在《苗族古歌》中,螃蟹帮助拉出金银,遇见了龙王吓得丢了魂,是榜布的父亲作法召回了螃蟹的魂。⑤ 从生态伦理上来说,人类与动植物命运一体,是史诗所展现的万物一体的一种共生关系,也是共同体的生态价值追求。

生态伦理通过对人类的生产、消费、生育与生态保护等进行引导与制约,使其更加合理,促进人与自然的发展与和谐。苗族传统生态伦理

---

① 马学良、今旦译注:《金银歌:苗族史诗》,中国国际广播出版社2016年版,第41—42页。
② 燕宝整理译注:《苗族古歌》,贵州民族出版社1993年版,第14页。
③ 燕宝整理译注:《苗族古歌》,贵州民族出版社1993年版,第178页。
④ 马学良、今旦译注:《金银歌:苗族史诗》,中国国际广播出版社2016年版,第74—75页。
⑤ 燕宝整理译注:《苗族古歌》,贵州民族出版社1993年版,第27页。

不仅体现在自然崇拜、祭祀仪式、史诗叙述之中,更体现在现实的生产生活实践活动以及规范制度之中。不管是苗族的理词、议榔,还是侗族的侗款,都有着保护自然环境的规定,人类与自然相互依存源自人类对自然的依赖,但"社会满足自身需要的可能性不但有赖于各种能源的可利用性,而且有赖于极为重要的第二个因素——能源是怎样被利用的"①。合理利用自然是生态伦理学最关注的问题,如何利用、利用的结果都关系到人与自然关系是否平衡,也会对人的生存环境造成影响。《苗族古歌》中就有对人类利用自然的指导性叙述,在开辟河道的时候,修狃刨开泥沙丢在两边的坝子上,神仙老人就急忙跑来告诉修狃,"要刨就刨上山坡,别刨泥石下山冲。地方留来开田坝,开田种稻养姑娘,开田种粮养儿郎"。听了神仙的劝告,修狃在刨通河道后,又害怕河水流干,不能灌溉田里的作物,于是"挑捆钎子上山坡,一个山坡戳钎,多戳山坡就通完,山岭岩石开坳口,河水沿山坡流淌,剩余河水向东流,这才有水产稻粮,天下人才得饭吃"②。先民们意识到了在改造自然、利用自然的同时,必须维护生态平衡,合理利用,有节有度才能保证人类对自然资源的永续获取,只有自然秩序不被破坏,人类的生存和发展才能持续推进。③ 纳西族也在长期的生产生活实践中总结出一套维护人与自然关系和谐的法则。《东巴经》讲述了人与"署"的关系,署是纳西族对自然界的称谓,受泛灵论思想的影响,他们将自然视作超自然的精灵,并将其命名为署,认为它掌管着山林湖泊和动物。人与署是兄弟,因人的贪婪触犯了署,于是两人翻脸,人类遭到了自然的报复。受到教训后,两人约法三章,人类可以从自然中获取资源但是不得过量,如在《大祭风·开坛经》中约定,"不到利美署许汝的泉水里去洗衣服和其他破烂的东西,不到白色的高原上采摘山花和野花。到了雪山上,不随便去攀折长斑纹的古老的树木;走到九座大山上,不随便去砍伐大树,不划白色的房头板;到了大山箐里,不随便去砍绿色的竹子;到了森林里,不去毁坏大

---

① [苏] E. 费道洛夫:《人与自然——生态危机和社会进步》,中国环境科学出版社1986年版,第26页。
② 燕宝整理译注:《苗族古歌》,贵州民族出版社1993年版,第27页。
③ 马学良、今旦译注:《金银歌:苗族史诗》,中国国际广播出版社2016年版,第41—42页。

片小片的森林,不去砍伐大大小小的树木。"① 哈尼族生活在水系发达、高山深谷的元江和澜沧江一带,生活环境中森林密布,溪水绵延。哈尼族人民在生产实践中,利用特有的地理环境优势,在大山上修筑了众多的沟渠引水灌溉梯田。溪水随着沟渠一层层灌入田中,又经由梯田逐渐往下流,汇入山底的河流,部分河水又蒸发成雨雾滋养着山林,形成了循环的生态农业系统。②

三 共性与差异:西南史诗生态伦理的价值准则

各民族的生存环境不同,生态环境也存在差异。为适应和改造所处的生态环境,而创造出了各具特色的文化。如北方民族的游牧、渔猎文化,南方民族以农耕文化为主,而又各有不同,苗族、瑶族为猎耕文化,独龙族、怒族等为山地火耕与旱地农耕兼并的农业文化。因为生态环境的差异与民族文化的多元,不同的民族有着不同的生态伦理原则和价值观,这是构成史诗生态伦理思想的核心。

(一)能动与受动:西南史诗的价值准则

民族生态价值观念与传统意义上的价值观念有所不同,它也是一种能够供人进行决策选择的价值准则。民族生态价值观念的本质就在于强调生态环境对人类活动的重大作用,强调经济、生态和社会的协调。我国多数民族的生态道德文化虽然是零碎不成体系的,却渗透在各个民族的史诗传说和自然崇拜之中、体现在他们的日常生产生活的习惯习俗之中、表达在他们世代流传的传统文化象征之中。《苗族史诗》《达古达楞格莱标》《巴塔麻嘎捧尚罗》等流传至今的史诗无不蕴含着各民族中朴素的生态价值观。这种以禁忌设置和动植物崇拜呈现的自然崇拜,在时代发展中内化为生态道德观,并成为文化持有人遵从人与自然和谐相处的自然选择。

各民族所生活的环境决定了他们对待自然和社会的态度,虽然也受其生活方式的影响,但是传统生态伦理观念也深刻地影响着他们。诸如

---

① 杨福泉:《活着的象形文字与东巴文化》,云南教育出版社2017年版,第117页。
② 贺金瑞、熊坤新、苏日娜:《民族伦理学通论》,中央民族大学出版社2007年版,第361页。

云南纳西族东巴文化传统强调人与自然的关系如同兄弟一般亲密，甚至建构了自然界化生的精灵"署"，每个村寨都会在特定的时间和固定的祭场祭祀大自然神"署"，形成了极具民族特色和浓郁生态价值的祭祀礼俗。同时，基于人与自然的亲密关系，东巴文化孕育出独特的保护自然的习惯法。《东巴经》中普遍存在保护自然的禁忌：保护山林的，禁止随意挖石采土；保护水源的，禁止在水源区域大小便、清洗污物及杀牲宰兽；防止瘟疫或疾病的，禁止随意丢弃死禽死畜于野外；保护生态的，立夏之后务必封山，禁止砍树，禁止狩猎。再如苗族贾里的朴素动物伦理观，"爸妈心里亮，又把话重申：'帮我找个安身处，找个生活好地方'。青蛙抬着头，咀里唱着歌：牛工价哪里？马工钱才行。爸妈顺口应，把话说分明：'人本不空走，马本不空行。田间归你管，塘里任你游。那里食物多，吃住无忧愁。谁来欺负你，你就吃掉它。永远坐江山，保护好庄稼'"①，充分体现了苗族人与自然平等的观念，动物在这里得到了与人对等的待遇——"工钱"。

  显然，生态伦理准则强调地域文化持有人在日常生活中应自觉接受自然环境的限制和约束，要求将自然生态规律对人的影响放在把握人与人、人与社会间的社会属性关系同等的高度上，这种朴素的生态伦理观显然是受到破坏生态环境招致恶劣后果的反思，先民们明白，一旦违背了自然生态的运行规律，那么迎来的将是人类走向衰败甚至毁灭的结局。因此，这种生态伦理观是在生活实践中总结出的最高利益准则，它不仅是保障民族有序发展的生态伦理道德行为，而且主张民族地区应实现经济可持续循环发展，一定程度上讲，它是超越阶级、民族、种族、国家界限的。

  （二）自律与他律：西南史诗的伦理传统

  人类的生存离不开自然资源的供给，自然对人类的存在与发展起着决定性的作用。而对自然的认识事关民族发展，需要全体成员共同完成，这是因为这种认知不仅反映了人类惧怕自然力报复而生成的理性思考，也构成了传统生态伦理的主要内容。这种全员性的参与对促进当地生态

---

① 贵州省民族事务委员会、中国民间文艺研究会贵州分会编：《民间文学资料第61集：苗族祭鼓词、贾理词》，贵州省民族事务委员会内部资料1983年版，第241—242页。

环境的和谐相处发挥着不可替代的作用，体现了伦理传统中的核心意识——群体意识。一方面，伦理传统指导着伦理道德与生态观念，促使地域经济社会发展与生态环境保护实现有机统一；另一方面，保护生态环境历来是伦理传统的核心要素，重视伦理传统在现代社会的应用，无疑是处理人与自然和谐发展的最优选项。

在经济繁荣、科技进步的今天，资源的逐渐枯竭使人们对人类的未来充满担忧，开始寻求人与自然、经济发展和环境保护相协调的最有效途径。此时，西南史诗蕴含的最大限度地保护自然资源和合理利用自然资源的理念被人们所关注，人与自然生命共同体的理念与南方民族人与自然和谐共处的生命观有共通之处，即是人与自然如何和谐发展，何以和谐发展。

事实上，回观人类社会面临的生态危机，本质上是由于不节制所致。在西南史诗的生态价值观中，放纵贪欲是一种恶行，而节制贪欲是一种美德。这种节制贪欲、重视可持续发展的价值观，不仅是地域经济社会可持续发展的必然选择，也对地域内社会良性互动、道德观念养成、维护社会团结有重要意义。实践表明，仅仅依靠行政手段和法律法规的强制力量是难以完美构建出和谐社会的，必须用道德和精神的力量加持，让人们用理性约束自己的行为，用道德净化自身的心灵。南方民族生态伦理观兼具社会和谐发展与个体自我调适的特征，在构建和谐社会的当代，应当充分挖掘和发挥其价值，为构建和谐社会贡献力量。[①]

小结　他律与自律：西南史诗的伦理传统与行为模式

群体性是南方民族的重要特征，以亲族血缘调节为根本、经济利益调节为引导、社会利益调节为宗旨，认为族群的发展必然建立在群体力量之上。禁忌的设置与遵从、道德评价的确定与约束体现在现实生活中，表现为人际交往、生活方式等规范均呈现出自发和自律的特点，且以口头文本为载体发挥社会调节作用。

---

① 白葆莉:《中国少数民族生态伦理研究》，博士学位论文，中央民族大学，2007年。

"从某种意义上说，文学的产生最初完全是为了伦理和道德的目的。文学与艺术美的欣赏并不是文学艺术的主要目的，而是为其道德目的服务的。"① 显然，哲学家创造哲学之初，已然考虑到使用伦理的文学考察文学的伦理价值。柏拉图在论述伦理学的问题上，常援引文学为例阐释复杂的伦理学问题，还善于从伦理学的观点阐释文学现象。其弟子亚里士多德承继柏拉图观点，强调文学的道德因素，而其从悲剧中获得情感净化的观点，将悲剧视作伦理学范畴。用伦理学批评文学的方法同哲学的、社会学的、心理学以及其他的批评方法相比，更突出的就是伦理学批评的方法可以使文学作为人学来评价，可以使文学在批评中更能体现出文学的热点，从而得出新的结论、新的认识。因而伦理学的批评方法在任何时代的不同类型的文学中都可运用。

假使将南方创世史诗视作最早的文学，那么它就是先民们以早期艺术的方式对伦理道德的一种原始表达。史诗关于宇宙的形成、天地的起源、人类的诞生以及神人世界中各种关系的描述，都有着先民对道德伦理的思考。那么认为早前对史诗中自然人格化的解析，是先民们借助想象企图达到征服自然和支配自然的目的，就不完全如此了，这些想象更意味着人类道德伦理观念的萌芽。从南方创世史诗的内容来看，其主要讲述人与人、人与社会、人与自然的关系，其中人与人和人与社会的关系属于社会伦理范畴，人与自然的关系则属于生态伦理范畴。彝族史诗《梅葛》记载了人类关于生死现象的解释，"万物谁无死，万物皆有死。若说太阳不死也不真，太阳落山入夜便算死；说月亮不死也不真，月亮由圆变缺便算死；说蛇不死也不真，每年蜕皮一次便算死；说汉地庙里菩萨不死也不真，每年一次更换衣裳便算死……鸟王也要死，如孔雀之类；兽王也要死，如犀牛之类；人王也要死，如皇帝之类。聪明能干的也要死，愚蠢糊涂的也要死，多才多艺的也要死，一无所有的也要死，成千上万的人都要死。"这就是说，人的死亡是一个客观的自然的、不以人的意识为转移的过程。生死是一种矛盾与统一辩证的关系，一个对立与统一辩证的过程。这一古典自然哲学思想旨在教导人按自然规律正确对待生与死，不去追求不死，这是史诗充满智慧的关于人类看待生死伦

---

① 聂珍钊：《关于文学伦理学批评》，《外国文学研究》2005 年第 1 期。

理的指导。① 传统道德伦理成为指导人与社会和自然之间关系的依据，社会伦理和生态伦理构成了西南史诗中原始崇拜的重要内容，在内化为人们的思维方式、行为规范、价值观念的同时，也是先民们普遍的生存和生活方式的总和，在形成人们价值精神的同时，也化作强劲的文明整合力，维护着社会的和谐。②

---

① 杨甫旺主编：《楚雄民族文化论坛》第 7 辑，云南大学出版社 2013 年版，第 67—68 页。
② 廖国强：《朴素而深邃：南方少数民族生态伦理观探析》，《广西民族学院学报》（哲学社会科学版）2006 年第 2 期。

第 五 章

西南史诗的原初意象与文化表达

在全球化背景下,审美文化是以人为主体的各种文化因素相互作用与交融的产物,现代的审美文化是对传统审美文化的继承,也是对传统审美文化的发展,须特别关注两者间的历史关联。对传统审美文化内涵和演变规律的把握,是对当下审美文化走向进行正确研判的重要方式,对传统审美文化精神内涵的充分理解,于当前中国文化的发展而言具有重要意义。发现传统审美文化资源的内在价值,并积极推动传统与现代资源的互补融合,是实现当代审美文化整体建构的重要途径。

第一节 自然的超越:西南史诗的审美表现

作为哲学组成部分的美学,在19世纪得到了跨越式的发展,特别是德国的美学达到了一个新的高度,涌现了一批美学研究者,诸如康德、费希特、谢林、歌德、席勒、黑格尔等。德国古典美学的基础是由康德奠定的,以歌德、黑格尔为代表的德国古典美学家,批判和改造了18世纪的唯物主义美学,形成一个影响深远的美学流派。德国古典美学家具有精神的自由、道德的自由、人格的完善,对古希腊生活的向往成为德国古典美学的主要导向。[①] 康德认为,"为了分辨某物是美的还是不美的,我们不是把表象通过知性联系着客体来认识,而是通过想象力而与主体及其愉快或不愉快的情感相联系。所以鉴赏判断并不是认识判断,因而

---

① 徐新:《西方文化史》,北京大学出版社2007版,第398页。

不是逻辑上的,而是感性的,我们把这种判断理解为其规定根据只能是主观的"①,因而可以说审美是建立在某一事物上的主观感受。②

一 自由与感性:史诗文化的审美自由

审美是文化主体对社会生活中各种现象的思考、情感和对理想愿望的一种表达。而审美表现则是文化主体在审美体验中对各种审美意象的情感态度。艺术表现是文化主体将自己在审美体验中获得的情感进行物化的过程。审美在创造美中所获得的心灵自由和生命力的释放,是审美自由最贴切的阐释,审美不带强制性与功利性,是超越物欲限制、经验事实、不合理戒律的自由自觉的实践行为、心理活动,包括审美选择的自由,联想、想象的自由,判断、评价的自由,思想、情感的自由表现,审美意象、艺术形象的自由创造和自由的意志行为等。自由自觉的审美在把握必然性的基础上同对象自由地相互作用、相互契合,把自己的本质力量投射于对象,使自然人化,使美向人生成,并通过人的自由活动自由创造,无拘束地袒露自己内在的精神世界、人生理想,表现无压抑的纯真人性,充分发挥自己的创造潜力,从而在自己的创造物中自由地复现自我、实现自我,体现人的本质力量的丰富性。③

(一)审美自由的想象建构

"审美自由是审美规律与审美目的两相统一的状态。"④"审美自由"这个概念是近代主体美学的产物。在近代主体美学的框架中,"审美是由于自由的需要而出现的,自由通过审美而得以感性显现"⑤。只有通过纯粹的审美艺术,才能实现审美自由。近代美学的审美自由认为,自然界没有自由可言,审美自由是对自然的超越。康德认为,并不是自然事物本身是美的,而是因为人的"判断力在运用于现象时的合目的性原则,从而使得这些现象不仅必须被评判为在自然的无目的的机械性中属于自

---

① [德]康德:《判断力批判》,邓晓芒译,人民出版社2002年版,第37—38页。
② 刘洋、肖远平:《原初意象与媒介隐喻:南方史诗的审美研究》,《文化遗产》2022年第6期。
③ 朱立元主编:《艺术美学辞典》,上海辞书出版社2012年版,第85页。
④ 袁鼎生:《生态艺术哲学》,商务印书馆2007年版,第129页。
⑤ 申扶民:《自由的审美之路》,中国社会科学出版社2009年版。

然的，而且也必须被评判为属于艺术的类似物的"①，自然美主要是因为这一自然现象与我们的判断相符合，我们能从这一自然现象中获得独特的审美体验。人的本质是自由的，人能根据自身的需求进行行为活动。审美自由无关生存活动，不具有功利性，生存性的实践活动不是自由的。康德提出判断一个对象是否美，"取决于我怎样评价自己心中的这个表象，而不是取决于我在哪方面依赖于该对象的实存。每个人都必须承认，关于美的判断只要混杂有丝毫的利害在内，就会是很有偏心的，而不是纯粹的鉴赏判断了"②，也就是说，美的体验在于文化主体，且审美活动也是纯粹的，没有任何目的，是无功利性质的。

在审美自由的无功利性、无关其他生存实践活动这点上，席勒继承了康德的观点，并进行延伸，"只有当人是完全意义上的人，他才游戏；只有当人游戏时，他才完全是人"③，事实上，席勒的观点本质上就是对审美和自由的无功利性的再次强调。游戏是纯娱乐性的，游戏产生艺术，艺术也就是一种游戏，这就把审美自由与一般生产劳动或其他实践活动分割开来。

根据审美自由的上述特性，可发现先民们在史诗中的审美现象当是一种无功利性的自由畅想。在苗族史诗《亚鲁王》中，"赛杜急忙挥一拳头成一片平地，赛杜赶紧敲一锤子成一个山垭，赛杜接着打一巴掌成一匹山崖。赛杜撒着肥熟的黑土黄土，铺满大地越走越远，赛杜抛着肥厚的黄土黑土，铺撒大地无限延展。"④ 大地、山崖被想象成由赛杜所造，在《顾米亚》《达古达楞格莱标》《奥色密色》等史诗中，均有对天地形成的原始想象。"顾米亚发现了这只犀牛，剥下它的皮做成天。用美丽的云粉给天做衣裳，挖下它的两只眼睛做成星星，让它们在天上闪闪发光。又把犀牛肉变成地，把犀牛骨变成石头，把犀牛血变成水，把犀牛毛变成各种花草树木，最后他们把犀牛的脑浆变成人，把犀牛的骨髓变成各

---

① ［德］康德：《判断力批判》，邓晓芒译，人民出版社2002年版，第84页。
② ［德］康德：《判断力批判》，邓晓芒译，人民出版社2002年版，第39页。
③ ［德］弗里德里希·席勒：《审美教育书简》，冯至、范大灿译，上海人民出版社2021年版，第147页。
④ 中国民间文艺家协会主编：《苗族英雄史诗：亚鲁王（汉苗对照）》，中华书局2011年版，第41页。

种鸟、兽、虫、鱼。"①

早期人类还不能将自己与自然分离,受自然的束缚,任何想象都不能脱离自然界中的各种形态进行抽象思维,于是无法深入把握自然的本质,只能借助自然去理解自然。这种以直观感性的方式去理解和把握无法形象化的事物的形式,就是最早的艺术起源,也是人们认识自然的最原始的思维方式。他们将这些无法感知的观念与可感知的形象相结合,以获得直观的认识。黑格尔认为这种思维方式的产生是因为人类处于形象思维和抽象思维的过渡阶段,在这种中间的状态中,理性、感性、形象、抽象等处于交杂的状态还未完全分离,也正是这种状态为诗歌与艺术的诞生提供了重要场域。

(二) 审美自由的多元表述

先民的审美自由,还体现在对人类始祖的想象上。佤族史诗《司岗里》认为人类始祖是妈侬,妈侬是"从勒尔的动植物中诞生出来",妈侬长大后开始生娃娃,"她先生了一窝小田鸡,害怕得不敢出一声气。后又生出一窝癞蛤蟆",再之后又生了"石蹦"和"大抱手",最后借助大力神的口水生下了人类。哈尼族史诗《哈尼阿培聪聪坡》讲述人类起源于水和林里,"先祖的人种种在大水里,天晴的日子,骑着水波到处漂荡;先祖的人种发芽在老林,阴冷的季节,歪歪倒倒走在地上"。②

彝族"五色观"中的五色是基于青、白、赤、黄、黑的五种色彩,有学者说彝族的"五色观"是彝族人的"先天八卦"与"后天八卦"的一种外显。其中先天八卦是彝族中心哲学思想、理念的基础,后天八卦包含彝族人观念、意识以及彝族社会形态等。根据贵州民族出版社出版的《土鲁窦吉》,彝族"先天八卦"就是以"天象"为主体,讲求"天、地、人"同体,天地上下纵向相应,东、西、南、北、上、下阴阳六合,按照"十干生五行"的"十生五成"运作原理,倡导"合体关系,统一规律"的哲学体系。而"后天八卦"则是以"地形"为主体,天地上下

---

① 中国民间文学集成全国编辑委员会、《中国民间故事集成·云南卷》编辑委员会:《中国民间故事集成·云南卷·上》,中国ISBN中心2003年版,第151页。

② 朱小和演唱:《哈尼阿培聪聪坡·哈尼族迁徙史诗》,史军超、芦朝贵、段贶乐、杨叔孔译,中国国际广播出版社2016年版,第7—8页。

不相应，东西南北四方横向对立，四时变通调和卦位，按照"五行生十干"的"五生十成"运作原理，讲究"对立统一规律"的哲学体系。从产生的时间先后来看，"先天八卦"要比"后天八卦"早得多（根据古籍文献记载，"后天八卦"大约产生于"六祖"前后）。"先天八卦"是古彝人认识世界、感悟世界的第一个哲学体系，同时也是彝族最核心的思想文化体系和价值体系。但是无论是"先天八卦"还是"后天八卦"，都是以"五行"作为万物的根本来推论的。古彝人认为"清浊气"产生"五行"，"五行"为万物根本。五色与五行的关系，正如《土鲁窦吉》中记载："先定的五行，青赤黑白黄，后定的五行，金木水火土……东方青，南方赤，西方白，北方黑，中央黄，东方木行青，南方火行赤，西方金行白，北方水行黑，中央土行黄"，可见五色就是五行的最初表现形式。五色观实际上就是五行观，五色在先天八卦或由先天八卦的理念发展而来的彝族文化中，是代表世间万事万物的根本，是一切发展和推力的基础。

彝族史诗《支格阿鲁》中，有用颜色来分别支系的叙述，"支格阿鲁哟，来到了西方，打开西方门，挥圈测天杖，圈出一片地，打了标记，打了界限，委派九姓人，管这块地盘。武珠九百姓，住这块地上。武珠这族人，龙头人身躯，无翅也能飞。武珠的国度，住白色房子，打白色旗帜，武珠这族人，先发明五谷，先种植稻谷。支格阿鲁哟，在龙的国度，住了三天后，又往北边去。北方的居民，虎头人身躯，住黑色房子，打黑色旗帜，养黑色的马。支格阿鲁哟，挥圈测天杖，划出一片地，设九百姓祖摩，管理九千家度蜀。支格阿鲁哟，在虎的国度，停留了三夜，像空中的鹰，跨上神飞马，迎着东方去。东方的居民，鸟头人身躯，住青色房屋，披青色披毡，养青色的马，打青色旗帜。支格阿鲁哟，挥动测天杖，安置恒蜀人，九千九百姓，委派九百姓祖摩。支格阿鲁哟，在鸟的国度，又住了三夜，才往南方去。南方的居民，生着六只手，住红色房屋，穿红色衣服，养红色的马，打红色旗帜。支格阿鲁哟，挥动测天杖，安置尼能人，九千九百姓，委派九百姓祖摩，管理尼能人。"①

---

① 洛边木果、肖远平、海来木呷、刘洋、阿牛木支、杨兰编译：《支格阿鲁：彝族英雄史诗》，民族出版社 2018 年版，第 68—69 页。

表 5-1　　彝族史诗《支格阿鲁》颜色与支系的文化表述

颜色	方位	支系	动物
白色	西方	武珠	龙
黑色	北方	度蜀	虎
青色	东方	恒蜀	鸟
红色	南方	尼能	六只手

根据史诗讲述，彝族将白、黑、青、红分别对应武珠、度蜀、恒蜀、尼能四支，亦有称为"白彝""黑彝""青彝""红彝"的说法，且每种颜色对应不同方位，与五行中的"东方青，南方赤，西方白，北方黑"有着对应关系。在史诗《定乾坤》的讲述中，支格阿鲁"用九鲁补八鲁旺，定天地界限"，并规定"鲁旺内的人，就叫作能苏，鲁旺外的人，就叫作啥苏"，能苏为彝族自称，又作"诺苏""尼苏"，而啥苏则指其他民族或者外部人。彝族人以能苏和啥苏的划分，显示了早期民族意识的萌芽。同时，以颜色分支系的现象，成为彝族人民文化身份的自我阐释。

（三）审美自由的逻辑本源

在审美活动中，个体的审美情趣呈现出巨大的差异性，但同时也存在共性。在同一群体中，审美往往呈现一致性，主要是受共同的审美心理的影响所致。审美心理的形成与群体所生活的环境有着密切联系，同时也受其生产方式、生活方式、道德规范等因素的影响。正是这些因素的不同，决定了审美心理的差异和审美自由的差异。[①] 在西南民族的创世史诗中，天与地、清与浊、阴与阳、男与女、生与死的二元对立关系，是对自然的抽象概括，先民们以奇特的想象和神性思维表达了对自然和社会的情感态度，为人们了解远古时期的人类艺术提供了一个可资参照的视角。史诗中交杂了哲学、文学和各种民俗事项，如果将它们分开，或者与所嵌合的场域分离，则无法将其内在意蕴深刻地表达出来，正如马凌诺夫斯基所说，"宗教和艺术都是人类深邃的情感启示。宗教仪式常

[①] 陈赜、贺志刚、萧晓红：《横看成岭侧成峰——民族审美心理》，民主与建设出版社1996年版，第1页。

使人和物质发生关系,无论我们看到泥塑的偶像、图腾的雕刻和油画,或注意那些关于冠礼、丧礼、祭礼的仪式,我们都可发觉,人们是接近于超自然的实在,以它为一切希望所寄托的对象和一切信念的泉源。总之,这方面会激动和影响他们全部情感的生活"①。

事实上,史诗根植于民间文化的土壤之中,也嵌合于民间各类仪式之中。以葬礼仪式为例,西南民族大多有请歌师(往往是史诗唱诵者)主持仪式的习俗,歌师在葬礼仪式上讲述天地初开、人类起源、民族历史,并指引亡灵回归祖地,所以人们认为歌师具有沟通神人的能力,具有神圣性。同时,歌师们熟悉民族历史和文化,也是文化的重要传承者。在许多原生态的文化形式中,总是存在先民们对事物认知的原逻辑思维的遗留。原逻辑的根源是先民们对未知的联想,他们赋予周边事物神秘性。从他们的表述中,我们所感知到的每件事物、每种自然现象,并非我们思维逻辑中的景象。我们所关注的,也并非他们所关注和重视的。但是我们可以从他们所关注的事物中去发现和了解到许多有意思的东西。例如图腾,苗族先民将蝴蝶视作民族图腾,彝族先民将鹰作为图腾,布依族以鱼为图腾等,对于原始先民来说,任何自然物都可以构成图腾,即使是没有生命特征的无生物也可以,如以太阳为图腾。因此,图腾作为先民最原始的审美意象,具有美学价值。这些图腾与现实生活中的装饰、节日、信仰等都有着紧密的联系,少有形而上的抽象思维,而是以象征符号阐释客观世界,从主观上营造审美意象。虽然说审美是非功利性的,但是在现实生活中,审美的发生都是以满足某种需求为前提的,如唱诵史诗的首要的目的是娱神,以祈求得到神的保佑,而后历经岁月的沉淀才焕发出无尽的魅力。

史诗的发展从客观上体现为从叙述神到叙述人,即从神祇时代转向英雄时代,最后转向人的时代。这种发展过程正如人的成长过程一般,从孩童时期到青少年时期,再到成年时期。虽然各民族都有着悠远的历史和古老的文化,但是其思维方式不可能一直停留在早期的多神时代,随着人神的分离,先民们摆脱了泛灵论的束缚,理性精神开始形成,人类从形象的思维逻辑转向了偏重理性抽象的思辨逻辑,人们的审美意象

---

① [英]马凌诺夫斯基:《文化论》,费孝通译,华夏出版社2002年版,第95页。

内涵也随着理性精神的弘扬而产生了巨大的变化。所以,从动态思维的角度我们发现,单纯以原始思维理论去解释西南史诗中先民们思维模式的转变并不科学。如同本尼迪克特所说的那样,"我们没有正当的理由把某种当代存在的原始习俗等同于人类行为的原始形态……究其根本,这些东西可能如同任何地区性习俗一样,是受社会制约的。但是它们在人类行为中早已成为自动的了。它们既古老又普遍。然而,这一切都不能使今天仍能观察到的那些形式变成产生于初始时期的原始形式。同时我们也没有任何方式可以通过研究原始形式的各种变体来重构原始形式本身"。① 在文化的演进过程中,人们的各个方面都在发生变化,因此思维意识也会随着这些变化而改变,我们不能以静态的思维方式去看待这些发展中的审美意象,即便它的形态没有发生变化,但是人们从这些意象中所获得的审美感悟却有不同。因此,要立足社会现实,从实际出发,去探讨人类文化的共性。②

二 感性的思维:审美自由的文化心理

尽管原始先民的审美心理充满怪诞与神秘,但这种怪诞与神秘也绝非纯粹的心理想象,而是掺杂了诸多与原始先民生产生活密切相关的文化内容,是包含着复杂内涵的一种审美过程。

(一) 想象活动的发展

审美想象通常依托审美主体的感知经验,通过想象、重组、拟人等方式重构已经形成的想象思维和形象,并建构出新的表象。感觉是一般动物都具有的生理特性,但想象活动属于人的高级认识活动,带有情感性、情绪性、民族性、社会性和创造性。审美想象分为再造想象和创造想象。想象的结果不同于感知觉形成的印象,是具有完整性的形象,即表象。想象形成的表象既具有直觉形象的生动性、具体性、形象性,同时也是一种观念的存在。

想象是理性活动的成果,属于心理活动的高级阶段。不同民族的想

---

① [美]露丝·本尼迪克特:《文化模式》,王炜译,生活·读书·新知三联书店1988年版,第20—21页。

② 覃德清:《中国文化学》,广西师范大学出版社2015年版,第294页。

象力反映着不同民族心理发展的程度、趋向及其民族特征，是民族审美经验长期积累的成果之一。而且不同民族的想象力不是个别的偶发现象，从一开始就带有社会集团的性质。想象不能离开特定民族、特定社会集团，受该民族特定的社会生活环境所制约，与当地的生产生活、历史文化、风俗习惯等都有着直接或间接的联系，所以，不同民族的想象都有与众不同的内容和表现形式。色彩对于不同民族的意义往往因想象活动的参与而殊异其趣。对于本民族具有特殊内涵和丰富情感意义的色彩，对异民族而言不过是中性色而已，不会引起丰富的联想和想象。即使是同一种客观的色彩，由于不同民族想象的参与，有时会产生截然不同的情感意义和价值判断。文化生境由风俗习惯、信仰习俗、历史文化、生产生活方式、道德伦理观念等组成，是民族想象力产生、形成和丰富的重要源泉，同时，这种想象力赋予个体特定的内容和形式。西南民族创造和保存了丰富的史诗体系。如苗族《苗族史诗》《亚鲁王》、哈尼族《奥色密色》《哈尼阿培聪坡坡》、彝族《查姆》《梅葛》、侗族《侗族祖先从哪里来》、拉祜族《扎弩扎别》、独龙族《创世纪》等开天辟地、洪水、人类起源的史诗作品。这些史诗作品显示了少数民族丰富的想象力，史诗中对天地万物起源的解释，充分反映了原始先民的思维特征，是先民宇宙观、世界观、价值观的重要体现，具有地域性和民族性特征。

恩格斯将幻想看作人间力量采取了超人间形式的结果，恩格斯所谓的超人间形式，实际上就是对人间形式的一种重组，这种组合方式是以人类的主观臆想为基础，将各种不相关的物象联系在一起。按乌格里诺维奇的观点，巫术通过人类的仪式活动，将不相干的物象产生联系。巫术与审美都具有这种极端的幻想，通过幻想拉近神人以及各种事物的距离，幻想的过程也是人格化的主要运用场地。

佤族创世史诗《司岗里》诵唱，"有一天安木拐又到了美磨外寨，人们报告说阿佤人没粮种了，洪水后金、银和谷子、小红米吵架，金、银说自己比谷子、小红米贵，应该它们在世上露脸。它们强行抢占了地面，金子还打了谷子一巴掌，谷子从此由团变成长，谷子从此一脸金黄。谷子和小红米气愤地跑躲了，它们先跑到森林里，后又跑进了林中河。人们没有了粮食吃，吃完了树木又吃土，梁子被吃成了大凹槽，差不多都吃到了金、银的头了,金、银赶紧往下面躲,从此金、银在得很深"①。史诗中的金子、银子、谷子、小红米被赋予了人格化的特征,因为金、银的霸占,谷子和小红米受金银欺压气愤离开,害得佤族人民没有粮食果腹,而且谷子是因受金子的一巴掌才由"团"变"长",由此可以认为人们的原始幻想是以自身为参照尺度的,破坏原有的客观逻辑,展现主观逻辑。《司岗里》认为,谷子是在与金银抢占地面的时候,被金子扇了一巴掌,于是由"团"变成了"长"。这种以破坏客观形式建立起来的心理形式,为史诗建立了新的美感。单纯的幻想并不能构成审美,审美需要建立主客体的共情,这种情感可分为敬畏和安宁。史诗中的敬畏情感俯首皆是,如苗族敬畏火、彝族敬畏山、白族敬畏水等,因为对自然的敬畏产生了禁忌,"禁忌规定加强了神和神圣物的神秘性与威严性,反过来又加剧了信仰者对它的敬从感和畏怖感"②。而安宁的感情则是由人们经过虔诚的膜拜之后所产生的,人们经过这些仪式使内心获得了平衡感,心里的情感得到了寄托,于是产生了安宁感。

在彝族创世史诗《梅葛》中,格滋天神因第三代人类糟蹋粮食,派武姆勒娃下凡将这代人更换掉。武姆勒娃变幻成一只大老熊,寻找好的人种,准备将不好的人种替换掉。学博若家的小儿子因心善放过了大老熊,后来得到老熊给的葫芦籽保住了自己和妹妹的性命,而他的几个哥哥听了老熊的建议打铁柜、打铜柜、打金柜、打银柜,却在杀害老熊之后被大水淹死。天神下凡来阻水,问葫芦蜂:"葫芦蜂,葫芦蜂!你是好蜂子,你若有好心,请你告诉我,你看见人种没有?""人种我没见,要是遇着了,我要叮死他。""天神发了怒,打它一鞭子,蜂腰打断了,蜂子大声叫:'接好我的腰,我就告诉你。'扯根马尾接蜂腰,蜂腰一接好,蜂子飞跑了。"之后天神所问的植物动物根据自己的特点回答天神的问题,小松树、罗汉松、蜜蜂、乌龟、柳树与佤族的金子、银子、谷子、小红米一样,具有人格化的特点。《梅葛》对这些事物外形特征和属性的由来也进行了一一说明,如天神问小松树人种的去向,小松树回答"人

---

① 毕登程、隋嘎:《司岗里:佤族创世史诗》,云南人民出版社2009年版,第116—117页。

② 吕大吉:《宗教学通论》,中国社会科学出版社1989年版,第227页。

种我没见,要是遇着了,我的叶子硬,戳也戳死他。"天神发怒了,一鞭打下去,松树成三岔。格滋天神骂道:"等着人种找着了,人烟旺起来,砍你一棵绝一棵。"而保护人种的小柳树则受到了天神的优待,"小柳树,是好树,等到人种找到了,人烟旺起来,倒栽你倒活,顺栽你顺活。"①U. 绍道尔费尔认为"一切艺术的根源在于对永恒性的热切思念,对神妙之美的热情希望中"。②在原始的宗教审美活动中,审美情感存在热情和不快两部分内容,但主要以热情的快感色调为主。③

(二)自然人格化的发展

西南史诗与各民族原始信仰有显著相关性,也是影响少数民族审美观念形成的重要心理因素。这种原始信仰与先民的原始思维有着密切联系,并受万物有灵思想的支配,形成了动植物崇拜、祖先崇拜、神灵崇拜等,"原始人类不仅为异己的自然力和社会力量所困惑、所恐惧、所敬畏,而且对于自身的生理和心理现象,如生病和死亡、做梦和梦境,甚至走神等现象所困惑,进而感到不安,促使他们探究其原因,想做出合理的解释。于是,在原始崇拜的基础上产生了灵魂的观念。致使人类意识的发展产生了一个质的飞跃。随着人类意识进入到万物有灵阶段和为求得灵魂的保佑而进行的祈祷和祭祀活动,人类进入了原始宗教时代"④。原始宗教的形成为人类注重意识活动提供了强解释力,哲学、伦理、审美等知识体系渐次萌发,人们的社会生活几乎都处于原始宗教的文化氛围中,任何一种思维模式、行为、情感,人与人之间的关系都可以用宗教来进行解释,原始宗教已经统筹了人们的社会意识。在原始宗教中,神灵的数量庞大,多为自然神,被称作自然宗教,而以一神为主的宗教是人为的宗教。人为宗教所信奉的神灵较少,如佛陀,而自然宗教所信奉的神灵则较多,如山、石、草、木、风、雷等。自然界中的这些事物都被赋予了灵魂,能对人的行为活动产生影响,且人类的福凶祸吉都与

---

① 云南省民族民间文学楚雄调查队整理:《梅葛》,云南人民出版社 2009 年版,第 35—40 页。

② [苏]雅科伏列夫:《艺术与世界宗教》,任光宣、李冬晗译,文化艺术出版社 1989 年版,第 122—123 页。

③ 于乃昌、夏敏:《初民的宗教与审美迷狂》,青海人民出版社 1994 年版,第 23 页。

④ 佟德富:《走近先民的智慧》,民族出版社 2002 年版,第 57 页。

这些自然物相关，可以说自然物主宰了人类世界，决定着人类社会的发展方向。自然宗教相比于人为宗教，其形成时间更久远，是一种古老的原始信仰的体现形式。在创世史诗中，人类社会的产生正是得益于创世神的意志，并且人类社会的秩序也是由天神安排和设定的，"萨天巴生活在天外的上界，管理着莽莽上苍；萨天巴善良又贤明，七十二路神灵拥戴她为王"①。萨天巴是万物之母，萨天巴又可被称为"萨巴闷"（意为日晕）或"萨巴隋俄"（意为蜘蛛），萨天巴实际上是侗族先民幻想出来的人神形象，是自然神与动物神的合体。自然信仰是人类信仰最原始的形式，也是人们的审美心理形成的基础。②

原始信仰与审美如同树干上的两根树枝，在两者还未完全分离的时候，无法对这两者的特征进行清晰的说明。它们具有以感性思维为基础的心理共识，泰勒和维尔肯将图腾信仰看作祖先崇拜的一种特殊形式，灵魂转世成为沟通二者的纽带。原始时期的人们将人与动植物视作一体，因此由祖先激发的崇拜信仰就自然而然地加诸到了动植物身上。泰勒曾将图腾信仰解释为对万物分类的愿望，列维·斯特劳斯也在其著作《野性的思维》中介绍了印第安人对动植物进行的详细分类和命名，这些分类命名并不注重属性，而是强调情感的想象和具体的形象。彝族先民认为鹰是自己的祖先，始祖支格阿鲁就是鹰的后代，阿鲁上天之后为帮助后代繁衍子嗣，又变身雄鹰进入俄索特波妻子咪黛的梦境，使咪黛受孕诞下俄索折怒。苗族先民将蝴蝶奉为始祖，认为蝴蝶妈妈是生下万物的始祖，姜央也是由蝴蝶的蛋孵化而来。从某种意义上来说，原始的图腾信仰的对象应当是具体形象的崇拜，然后才推及自然。以感性的形式来认识世界，原始信仰与审美具有一致性，马克思曾说，"宗教是这个世界的总的理论，是它的包罗万象的纲领，它的通俗逻辑，它的唯灵论的荣誉问题，它的热情，它的道德上的核准，它的庄严补充，它借以安慰和辩护的普遍根据。宗教把人的本质变成了幻想的现实性，因为人的本质没有真实的现实性"③，原始的宗教信仰对感性和直觉的追求，本身就不

---

① 杨保愿：《嘎茫莽道时嘉》，中国民间文艺出版社1986年版，第6页。
② 张胜冰：《西南氐羌民族审美观念研究》，博士学位论文，武汉大学，2004年。
③ 《马克思恩格斯选集》第一卷，人民出版社1972年版，第1页。

是对理性和真理的追求,是不求客观的一种刻意避世,这与审美的本质相似,只涉及幻想、情感、联想以及从这些情感中获取共鸣的效果。

(三) 主体性的心理发展

从形式上来看,创世史诗是各民族神话的综合体,这种综合并不是简单的叠加,而是一种改造重组,被赋予了新的内涵和形式,我们需要以新的价值观念理解其系统化的逻辑。神话向史诗的发展,是一个理性的过程,也是人们在文化领域中的一种自觉状态。史诗将零散的碎片化的神话内容加以系统改造和整合,产生了实质性的变化。史诗与神话的关系正如整体与部分的关系那样,史诗涵括了更广泛的内容,成为一种新的文学样式。经过了系统性的改造和整合之后,人们最想厘清的地位问题在史诗中得到了回应,史诗确立了人在万物中的主体性地位。

从创世史诗中我们可发现,动物成为主要的表现对象,而人在这样的环境中,其形象性显得十分微小。有的动物不仅拥有人类的智慧、能力和地位,甚至还拥有支配人类的神力。从史诗的叙述中,最初神性的获得者也并非人而是动物,动物甚至成为文化的创造者。在傣族史诗《巴塔麻嘎捧尚罗》中,人类是在绿蛇的帮助下获得智慧的,"绿蛇听了好笑,告诉他们说,'那是英叭骗你们,最好吃的是芒果',两个贡曼神,听了不相信,蛇又告诉说,'芒果汁很香,吃了会蜕壳,肉色长得美,你们不相信,看我先去吃'……吃下仙芒果,兄弟俩脱皮,变成一对美男神,肉色白又嫩。他们变了样,头发变细啦,脸庞变红啦,眼睛变亮啦,耳鼻变滑啦,身子变美啦,比原来好看,比原来聪明。"[①] 动物在人类的心中拥有很高的地位,黑格尔便认为动物曾被视作神圣之物,"在印度和埃及人中间,一般地在亚洲人中间,我们看到动物或至少是某些种类的动物是当作神圣而受到崇拜的"[②],同时他也认为,由古典艺术形成的重要艺术便是贬低艺术创作中的动物性要素,并将之排斥到自由的纯洁的美的领域之外,"他们要借这些动物把神圣的东西显现于直接观照。因此,在他们的艺术中动物形体形成了主要因素,尽管它们后来只用作象

---

① 西双版纳州民委编:《傣族创世史诗:巴塔麻嘎捧尚罗》,岩温扁译,云南人民出版社1989年版,第92—94页。

② 黑格尔:《美学》第二卷,朱光潜译,商务印书馆1979年版,第179页。

征，而且和人的形状配合在一起来用，再到后来只有人才作为唯一真实的东西而呈现于意识"①。

　　动物在原始信仰中扮演过图腾的角色，且职能随着社会的发展而不断变化，到今天我们仍能从一些零散的片段中感受到这些图腾对人们所产生的影响。随着人与自然的分离，人的主体性逐渐显现，图腾则从人们的祭祀神坛上跌落。信仰的主体与信仰对象之间的关系发生了变化，图腾的内涵也开始产生变异，后期人们的图腾崇拜当是从自然崇拜转变成了对氏族的崇拜，原始先民们通过动植物将人类的氏族部落区分开来，以强化社会组织的凝聚力和神圣性，图腾则是氏族的象征。这里图腾的社会属性超过了自然属性，人们掌握了许多动植物的属性，并以此作为区分氏族特征的标志，这是人类认识的飞跃，人们的群体意识由此增强。虽然在图腾崇拜时期，人们的自我意识有一定的发展，但是并没有与自然脱离，仍将人类的起源归属于某一动植物。进入史诗时期，社会生产得到了一定的发展，个体的财富也得到了增加，社会关系也产生了变化，部落之间的战争促进了部落间的融合，以血缘维系部落的传统被打破，地缘取代了血缘。对自然和图腾的崇拜转变成对英雄和祖先的崇拜，人们将过去的认知进行重新整理，融进现在的意识里面继续传承。这一切都代表着人的自我意识发生了变化，人在自然中的地位发生了改变，人对自然的依赖感也逐渐淡化，动植物的神圣性不再。

　　史诗中动物与人类和谐相处，且在人类的成长过程中都产生过重大影响，比如，在有的史诗中动物与人类一同诞生；在有的史诗中，动物帮助人类复活；在有的史诗中，动物帮助人类完成业绩等。动物的活动始终围绕着人类进行，充当着辅助的角色。在苗族史诗《亚鲁王》中，鸡的祖先乌利因喊出了日月，亚鲁奖赏它拥有吃人类米的权利。鹰帮助亚鲁丈量疆域，获得了捕捉人类小鸡为食的权利。民族始祖根据动植物的功过给予奖赏或者惩罚，动植物在这里获得了未曾有的特征。

　　史诗后期，动植物获赠的命运不再，成为人们利用的对象。在史诗《支格阿鲁》中，英雄阿鲁要呼唤日月，于是派出很多动物帮忙喊出日月，唯有瓦不东鸡完成了这项任务，"瓦不东鸡啊，要去呼太阳，要去唤

---

　　① ［德］黑格尔：《美学》第二卷，朱光潜译，商务印书馆1979年版，第179—180页。

月亮，先鸣了一遍，报知上天父，出来日出来，出来月出来，呼日日出吗？呼日日不出，呼月月出吗？呼月月不出。后又鸣一遍，报知大地母，出来日出来，出来月出来，若是不出来，杀了白阉牛，杀了白阉羊，时至今日啊，我这不凡者，将要被宰杀。再后鸣一遍，仰头望东方，赤脚蹬大地，拍打三次翅，仰起脖子鸣，叫声挺洪亮，叫声连不断，山岩四应声。左翅拍得响，右翅拍得欢，一声叫悠扬，叫之又行之，叫到山头边，叫到深谷间，出来日出来，日也叫出来，日出红彤彤。出来月出来，月也叫出来，月出亮堂堂。"① 公鸡本是要用来作祭品的，但是它向阿鲁请求叫出日月，于是公鸡免去了被杀的命运。动植物地位的变化，反映了人的主体意识的确立。

人类在确立自己的祖先崇拜或英雄崇拜的时候，祖先神或者英雄的图像始终都带有动物的尾巴或者有动物的身形，人的身形的异化成为权威的象征。这种异化代表着与普通人的差异，凸显出始祖与英雄的不同，这对时代首领来说是一种荣耀而非耻辱。但随着人类意识的不断发展，如有能以别的方式来象征这种权威的时候，动物的身形便失去了神圣的意蕴，而人就开始以真正的人的形态出现在史诗中。动物和人在远古的神话时代都历经了升降浮沉的命运，这也是人关于自我认识的一个动态的发展过程，虽然时间漫长，但是人最终确立了自己的主体性地位。人不再消极接受自然的支配，而是将自然作为自己的工具，凭借以往实践所获得的经验，开始改造自然，获得自己所想要的环境。史诗由此所展示出来的创造精神，成为人类创造文化的动力和源泉，也是审美与艺术形成和发展的根本。

第二节　多义与诗意：西南史诗的审美结构

思维模式是人类文化的精神载体和表达方式，对人的心理的形成和审美的方式都有着重要影响，因此不少学者十分重视对不同族群的思维方式的研究。虽然所处地域不同，但是各民族的思维方式有共性也存在

---

① 洛边木果、肖远平、海来木呷、刘洋、阿牛木支、杨兰编译：《支格阿鲁：彝族英雄史诗》，民族出版社 2018 年版，第 48—49 页。

差异。这种共性是人类思维的一种普遍形式，是由人们共同拥有的心智所决定的，思维是人脑对客观现实的反映，不同民族的思维方式所反映的是不同的文化形式、不同的心理特征和不同的审美个性。所以说，思维方式的差异也代表着文化的差异。

一 仪式与符号：史诗生存空间与审美

西南民族的审美较于北方民族而言，所呈现的是一种柔美与和谐。北方民族因狩猎游牧的生产方式，呈现出的民族性格是勇猛、雄健、豪放，其审美亦是如此。西南地区受气候和地理的影响，光照充足、气候湿润、雨水充沛，适宜于农业生产，生活在这片土地上的民族所呈现出的民族性格则是内敛、沉稳、温柔，审美亦是如此。以史诗来说，北方史诗中的动物形象多为虎、豹等大型动物，西南史诗中的动物形象则多为牛、蛙、鸡、蝴蝶、蜜蜂等小型动物。且因史诗中普遍的洪水神话，则以蛙、牛、雷公、龙等形象居多，先民们受依赖水、敬畏水，到战胜洪水的线性思维意识的影响，崇拜对象从自然转向先祖英雄。

（一）祭祖仪式与审美

在祭祖仪式中，史诗唱诵的多为展现人类繁衍、先祖创业的功绩。在麻山苗族的葬礼仪式中，东郎唱诵史诗《亚鲁王》，讲述开天辟地、洪水泛滥，以及先祖亚鲁带领族人发展的内容。亚鲁与兄长们各自建立门户，后因亚鲁意外获得了宝物龙心，兄长们的争抢就此开始，被抢去龙心的亚鲁带领族人不断迁徙寻找宝地生活，但是赛阳与赛霸两位兄长不断追击，并杀害了亚鲁妻子波丽莎和波丽露，为了使族人过上安定的生活，亚鲁与荷布朵展开智斗并赢得了胜利，族人获得了定居发展的权利。亚鲁被麻山苗族视为始祖英雄，祭祀亚鲁能获得庇佑。黔东南的苗族有祭祀蝴蝶妈妈的习俗，称鼓社祭。在祭祀仪式上歌师要唱《枫木歌》，叙述蝴蝶妈妈生下十二个蛋，孵化出了苗族始祖姜央、雷公、老虎、长虫、水龙等。姜央兄弟来分家，姜央分得了祖传的田地，于是开荒种地，与雷公智斗后，雷公发下洪水，姜央与妹妹躲进葫芦里逃过了灾难，从葫芦中出来后，两兄妹结合繁衍人类。唱诵缅怀先祖的史诗，回望先祖的创业经历，主要是为了取悦先祖，希望得到先祖的庇护，族人发展壮大。在苗族鼓社祭仪式中唱诵的史诗，正是对蝴蝶妈妈旺盛的生殖能力的歌颂。

(二) 祭天礼仪与审美

祭天仪式上唱诵的史诗，主要是赞美天神开创天地，帮助人类发展的功绩。云南的纳西族在每年春节都要举行祭天仪式，自称为"祭天的黎民"，且在古代纳西族还有着不成文的规定，就是成为纳西人的首要条件就是有祭天的资格，就如古歌所唱的那样，"承接不了先祖的古规，就不能与天界保持联系。我们希望生儿育女，才虔诚地把天神献祭"。经过仪式程序后纳西族东巴就要开始唱诵东巴经《崇搬图》，讲述天神九兄弟造天，六姐妹造地，洪水泛滥以及始祖从忍利恩克服困难繁衍人类的历史故事。从忍利恩与天女衬红褒白成婚之后转回人间，生下三个儿子，因为这三个孩子不会说话，于是举行了祭天仪式，三兄弟才开口说话，老大成为藏族祖先，老二是纳西族祖先，老三是白族祖先，自此祭天便成为纳西族的重要习俗。史诗在帮助族人回顾历史的同时，不断强化着传统的祭天规矩。云南德宏傣族景颇族自治州的景颇族也在祭天的仪式上唱诵史诗《勒包斋娃》，请拥有最高法术的斋瓦来主持仪式。史诗讲述了天神能汪拉与能班木创造天地、生下诸神的故事，后来天神不断繁衍，生下宁贯杜，宁贯杜成为景颇族始祖，带领景颇族人民过上了幸福的生活，"人间和世上，有了宁贯杜，五谷丰登，人丁兴旺；生活安宁，人世太平；充满温暖，撒遍阳光"①。祭天仪式上吟唱史诗，是为了纪念天神，人类的繁衍是建立在天神的意愿之上的，所以祭祀天神一方面是为了表明人类与上天之间的联系，另一方面是为了求得上天的保佑。

人们在春耕的时候祭天，多是想借助天地神力，祈求耕种顺利。拉祜族人民每年春节要举行仪式祭祀天神厄莎，并唱诵史诗《牡帕密帕》，因为厄莎是创造神，天地万物均由她创造，所以拉祜族人民希望通过祭祀厄莎，祈求秋天时能够获得丰收。佤族同样也在春耕前举行祭天仪式，仪式长达十天，在砍牛尾抢牛肉那晚，由大魔巴②来念诵《司岗里》。史诗中，木依吉让小米雀啄开葫芦后，人类从葫芦中出来，得到了木依吉给的粮种。一次，在播撒谷种的时候，大火烧了起来，种子被烧死了不

---

① 萧家成译著：《勒包斋娃：景颇族创世史诗》，民族出版社1992年版，第268—269页。
② 大魔巴是拉祜语，即大祭司。

发芽,后来洪水又淹没了庄稼。于是木依吉告诉佤族人民要祭天才能得到天神保佑,谷物才能获得丰收。

(三) 成年仪式与审美

在成年仪式上吟唱的原始性史诗,着重表现先祖艰苦奋斗的精神。畲族男孩到十六周岁时,要举行一种成丁礼仪——"醮名"(又称"度身""入录""学师"),要祭祖,吟唱《盘瓠歌》,并经受一系列考验。史诗谈道,当初天子高辛王的正宫娘娘刘氏耳朵痛,从中挖出一金虫,"变作龙麒丈二长"。后来番王作乱,龙麒揭榜领旨平番。他"骑云过海又过山",到番边服侍番王,乘机咬断番王头。回来后,被封忠勇王,与公主结亲繁衍子孙。他不愿居宫,率领盘、蓝、雷、钟三子一婿迁往深山,以务农狩猎为生。为了在新的环境中更好地生存下去,他们历尽艰辛,前往闾山、茆(茅)山学法,练就一身战胜自然灾害和抵御外来侵略的高超本领,使子子孙孙能够繁衍生息,安居乐业。为了发扬始祖这种不畏艰难的精神,后代也要举行祭祖学师的仪式……畲族在这种成年礼的仪式上吟诵《盘瓠歌》,有利用这些诗歌的神圣性质把当事青年的灵魂引至一个神秘境界,以接受始祖"醮名"、感应始祖神力的意味,也有宣扬民族历史、传承民族优良传统的目的,以使"醮"了"名"的青年能够继承传统,做一个虚心好学、坚强勇敢的人。

(四) 婚嫁礼仪与审美

在婚礼上唱诵的史诗,主要讲述远古时期的婚俗。在云南景颇族的婚礼上,斋瓦唱诵《勒包斋娃》,史诗讲述在远古时期,洪水之后剩下一对兄妹,他们相互扶持,一同生活,生下了一个孩子,但是孩子天天哭闹,吴库昆便使计杀掉了这个孩子,"兄妹俩哎,干活儿去吧!我留家,把小儿照料。小儿始终啼哭,大声号啕。吴库昆老人道:'再嚎!我把你杀掉!扔到九岔路口看你如何是好!'听此言,小儿竟停止了号啕。吴库昆老人,把小儿杀死。内脏煮粥,留给小儿的父母。其余分成九包,来到九岔路口扔掉。"① 后来变成了许多的小儿,到人间繁衍。景颇族将族人分出"丈人种"和"姑爷种",并定下同姓不通婚的规定,姑爷种家的男子可以娶丈人种家的女子,而丈人种的男子不能娶姑爷种的女子为妻。

---

① 萧家成译著:《勒包斋娃:景颇族创世史诗》,民族出版社1992年版,第243—244页。

一个姓氏可以和其他几个姓氏同时建立姑爷种与丈人种的关系，并严格遵守这种关系下的婚姻习俗，也就是姑舅表婚习俗。

（五）丧葬礼仪与审美

史诗的唱诵场域主要是葬礼仪式，歌师们在吟唱的过程中回溯民族历史，教诲族人要珍惜眼前的生活，牢记历史，牢记祖训。吟唱的内容中，最主要的是对迁徙过程的唱诵，因为亡灵会沿着先祖的来路返回，如果唱错了路线，亡灵就不能返回祖地，只能游荡人间，扰乱人们的生活。在阿昌族的葬礼仪式上，活袍（巫师）要给亡者举行送灵仪式，他们认为人死后会分化为三个灵魂，一个被子孙供奉在家，一个跟随肉体被送到所葬的坟上，最后一个要跟着活袍诵唱回到祖先故地。《遮帕麻和遮米麻》开篇就告诫人们要记住祖先走过的路，要知晓民族的历史，"阿昌的子孙啊，你记不记得阿公阿祖走过的路？你知不知道我们阿昌的历史？你晓不晓得造天织地的天公和地母？晓不得大树的年轮算不得好木匠，不会数牙口算什么赶马人？不懂法术就做不了活袍，晓不得祖宗怎么献家神？"① 在送魂前，活袍唱诵史诗以及祖先的迁徙历史，讲述两位始祖造天地、造人类的丰功伟绩，追溯自己的由来。在讲述祖先创业迁徙的故事中，因亡灵的世界与生人世界相反，所以亡灵便沿袭所讲述的路线回归祖地。史诗是一个民族最神圣和崇高的叙事诗歌，人们死亡后，应当用这神圣的诗歌祭祀死者的亡灵，祭祀虽然发挥着教诲生者的作用，但是其仪式隆重，具有典礼的意味。

总的来说，各民族葬礼仪式上所唱诵的史诗，展现了原始先民们开天辟地、艰苦创业的早期生活图景，通过礼赞创世神和始祖，以表明自己与他们的承继关系。史诗中的开天辟地部分展现了先民们意识里的宇宙形态，以及创世天神们如何在这混沌不清的宇宙中创世造人的动态过程。这些都是以先民们的社会生活和生产制造为基础的，人们按照其特有的思维方式，将这一过程神圣化和神秘化，形成了一幅宏伟磅礴的创

---

① 兰克、杨智辉整理：《遮帕麻和遮米麻：阿昌族民间史诗》，赵安贤唱，杨叶生译，云南人民出版社 1983 年版，第 1 页。

世图。①

二 意向与表象：民族思维模式与审美

审美文化的形成往往受特定思维的影响，审美思维是审美文化形成的必要条件。"审美思维是在审美活动中直接领悟对象意蕴和创造情理统一的审美意象的高级心理活动过程"②，各族群所处地理环境不同，因此有着不同的文化传统与审美思维，这就决定了审美文化的不同。因审美思维对主体的引导不同，所产生的理解、感知和情感也不尽相同，所以说审美文化主要由审美思维所决定。审美思维对民族审美文化的形成和发展具有塑造作用，所以研究审美文化，首先要关注的就是审美思维。

（一）审美思维与审美文化

审美文化与审美思维可以说是相互依存的，审美文化的思维根据就是审美思维。从这个意义上说，审美文化离不开审美思维，它是由审美思维所培植起来的。审美思维是审美文化的一种语言存在形式。所以，研究审美文化，关键是要找到其中审美思维所依赖的语言。这个语言在审美思维中并不是像后来的思维语言那样是一种独立的、代表一种逻辑方式的精神创造活动，而是一种普遍有效地传达人类精神活动的手段。人类自有语言开始，就萌生了逻辑，因为语言的逻辑，思维逻辑也在不断进化，在这个过程中，词语也就变成了一种纯粹的概念。与这种过程同行的还有艺术，艺术最初也是与神话、史诗完全融合在一起的，后来才开始分解成为语言、神话、艺术三种独立的精神创造方式。③

从人类历史的发展进程来看，每一个发展阶段都有不同的思维方式，这些思维方式是这个时代社会发展的反映。审美思维是每一个民族中最古老的、跨越时代最长远的一种思维方式。从人类诞生开始，思维活动就出现了，并且一直与人类并存。审美思维较为突出的特点，就是它并非一个单独的思维方式，审美思维的开展需要其他思维的协助，并一直

---

① 刘亚虎：《荒野上的祭坛：中国少数民族祭祀文化》，北京出版社 2000 年版，第 139—143 页。

② 顾永芝：《美学原理》，东南大学出版社 2008 年版，第 264 页。

③ ［德］恩斯特·卡西尔：《语言与神话》，于晓等译，生活·读书·新知三联书店 1988 年版，第 113 页。

与其他思维有着密切的联系，如此才能够对人类产生作用。如审美必须建立在日常生活中，而日常生活中的人们通过生活实践又建立起了理性思维与感性思维等，所以审美思维活动必须与这些思维协调并进才能发挥作用。美国当代心理学家、格式塔心理学派的主要代表人物鲁道夫·阿恩海姆曾说，"思维需要意象，意象中又包含着思维"①，在任何领域中，思维活动都是基于意象展开的。如果说把阿恩海姆所说的"意象"看作人类各种思维的一种共同"形式"，人们对此不能完全同意；那么，把审美思维看作由"意象"构成的，应该说是不成问题的。正因为审美思维的特点在于其意象性，而意象性又是人类原始思维的构成要素，所以，从这个意义上说，审美思维同人类的原始思维形式具有更多的联系。在审美思维中，也就保存着许多人类原始思维的记忆表象。

（二）作为思维媒介的语言

人类的思维活动离不开语言，但语言并非思维活动的唯一媒介，尤其是对原始思维而言。对于思维可以不依赖于语言这一点，许多人或许是持否定态度的，因为长期以来人们已经形成了一种毫不动摇的看法，认为语言是思维不可缺少的重要载体或媒介，要是离开了语言，人们就无法进行思维。同时，语言也是传达信息、交流思想的重要手段。所以，无论从什么意义上讲，语言对人类来说都具有工具的作用。语言学家萨丕尔认为语言作为人类交流的工具，还在一定程度上承载着人类的思维逻辑，决定着人们的思维模式，并认为"语言和我们的思路不可分解地交织在一起，从某种意义上说，它们是同一回事"，"语言形式的无限变异，也就是思维的实在过程的无限变异"②。萨丕尔虽然没有把语言和思维完全看作一种同质的东西，但是，他对语言在思维模式形成过程中所起作用的强调却是非常明显的。③

三 逻辑与隐喻：审美思维的内生驱动

"神话像诗一样，是一种真理，或是一种相当于真理的东西，当然，

---

① ［美］鲁道夫·阿恩海姆：《视觉思维》，滕守尧译，四川人民出版社2019年版，第318页。

② 申小龙：《语言的文化阐释》，知识出版社1992年版，第117—119页。

③ 张文勋：《民族审美文化》，云南大学出版社1999年版，第4页。

这种真理并不与历史的真理或者科学的真理相抗衡，而是对它们的补充。"① 通过人类文化发展的大背景来考察史诗，我们可以说，史诗是原始人寻求世界和自身意义的一个解释系统或操作系统（结合仪式），这个系统"为他们的生活提供了大大超出了他们有限生存范围的一个前景（和目标），并给他们以充分的空间展示性格，也为他们提供了作为完整的人的全部生活"②。

（一）诗意创生力

从民族文化的角度考察史诗，可以认为史诗是民族之魂、文化之根。"一个民族是有了创世史诗以后才开始存在的。……它的思维的一致性——亦即集体的哲学，表现在它的神话里面；因此，它的神话包括了民族的命运。"在创世诗史诗的混沌形态中，已经包含了后来发展成形的全部文化密码，正像一粒种子，在它那孕而未化的原初状态中，已经蕴含了日后成长为参天大树的全部信息。我们在这里考察诗与史诗的关系，不是为了具体论证某种神史诗系统怎样体现在后代诗歌中，而是为了从总体上考察人类文化中这两种最古老的形态是怎样在互相渗透、互相影响中发展、分化的，以及它们对人类总体文化起到了怎样的调适作用。卡西尔指出，史诗"兼有一个理论的要素和一个艺术创造的要素，我们首先得到的印象就是它与诗歌的近亲关系"。③

"诗意创生力"这个概念是指人类诗化世界从而人化世界的一种心智努力。诗意创生力从两个向度来诗化世界，首先以人本主义为尺度，把一切物体都看成人体的隐喻或延伸，这样我们就有了山的"腰"、椅子的"腿"、锯的"牙齿"等；其次是以物为尺度，赋予人性以物性，于是就有了人的"圆滑""方正""尖酸""刻薄"等。原始人正是凭着这种诗意创生力消除了外部世界的隔膜感，在非人化的世界中建立起人化的世界。我们看到，在史诗阶段，诗意创生力获得了进一步发展，并获得了更加复杂多变的形式。

---

① ［美］韦勒克：《批评的诸种概念》，罗钢、王馨钵、杨德友译，曹雷雨校，上海人民出版社 2015 年版，第 37 页。

② ［瑞士］荣格：《人及其象征》，史济才等译，河北人民出版社 1989 年版，第 67 页。

③ ［德］恩斯特·卡西尔：《人论》，甘阳译，西苑出版社 2003 年版，第 129 页。

从以人体为物的隐喻发展为以人体为宇宙的本体。在西南民族史诗中，世界万物多由巨人或巨型动物化身而成。在史诗中，天地混沌如鸡子，盘古氏生其中，一日九变，垂死化身，"气成风云，声为雷霆，左眼为日，右眼为月，四肢五体为四极五岳，血液为江河，筋脉为地里，肌肉为田土，发髭为星辰，皮毛为草木，齿骨为金石，精髓为珠玉，汗流为雨泽，身之诸虫，因风所感，化为黎氓"①。在哈尼族史诗《奥色密色》中，龙牛为化身天地的神物，"他们牵来一头大大的龙牛，把龙牛杀翻了；要有造天造地的力气，要把龙牛当作充饥的饭菜。造天的人要吃牛腿，造地的人说：'不行！忍着饥饿吧，牛腿要做撑天的柱子。'造地的人要吃牛皮，造天的人说：'不行！忍住饥饿吧，牛皮要拿来绷天。'造天的人要吃牛骨头，造地的人说：'不行！忍着饥饿吧，牛骨头要拿来做地梁地椽。'造地的人要吃牛眼，造天的人说：'不行！忍住饥饿吧，要用牛左眼做太阳，要用牛右眼做月亮。'"② 在这些"尸化万物"型创世史诗中，我们看到了人无穷的诗意创生力，人将天、地、神看作自己力量的外化，通过神话，人类在天、地、神三维空间中找到了自己存在的位置，他既不把自己看作凌驾于天、地、神的主宰，也不把自己看作后者的奴隶。在天、地、人、神四重整一的空间中，他如鱼得水、优游自如，既可上天与神交会，也可入地与鬼通气，正因为如此，他才能在一个异己的陌生世界中生存下去并找到自己存在的意义。

（二）宇宙本体转向神的活动

从以人体为宇宙本体发展为以人格化的神之活动为宇宙秩序变化之根源。先民们在大地上年复一年地生活，经历了日月交替与四季变换，知晓了宇宙万物的生死循环。人们认为四季的更替是神力所致，于是创造出解释四季更替的神话内容，这些神的性格和活动都是以人自身的性格和活动为基础的，神与神之间的冲突、争斗也是人间冲突、争斗的隐喻。

在中国的传统文化中，四季与天神和色彩有着紧密的联系，还被认

---

① 杨秀：《民间文学》，贵州人民出版社2017年版，第3页。
② 云南省少数民族古籍整理出版规划办公室编：《云南少数民族古典史诗全集》（上册），云南教育出版社2009年版，第665页。

为与阴阳五行有关,"东方,木也,其帝太皞,其佐句芒,执规而治春;其神为岁星,其兽苍龙,其音角,其日甲乙。南方,火也,其帝炎帝,其佐朱明,执衡而治夏;其神为荧惑,其兽朱鸟,其音徵,其日丙丁。中央,土也,其帝黄帝,其佐后土,执绳而制四方;其神为镇星,其兽黄龙,其音宫,其日戊己。西方,金也,其帝少昊,其佐蓐收,执矩而治秋;其神为太白,其兽白虎,其音商,其日庚辛。北方,水也,其帝颛顼,其佐玄冥,执权而治冬;其神为辰星,其兽玄武,其音羽,其日壬癸。"①除了四季的更替与神意相捆绑,白天与黑夜的交替也被原始先民想象为人格化的男性与女性的轮替值守。在苗族长篇叙事诗中,女子因害怕在夜晚出来,于是与男子交换,选择在白天出来值守,但是因为没有衣服穿,就用绣花针变成了刺眼的光,于是就有了白天出太阳、夜晚出月亮的解释。在拉祜族史诗《牡帕密帕》中,太阳和月亮是天神厄莎的两只眼睛变成的,但是因为没有温度,被豹子和青蛙弄伤了脸,"太阳上的斑点,是豹子咬的伤痕;月亮脸上的那块黑影,是青蛙的爪子把她踏脏。太阳依偎着厄莎,月亮蹲在地上"②。为了让太阳和月亮正常运行,"厄莎拔下头发当银针,厄莎呵出口气当金针,银针插在月亮头上,金针插在太阳头上。金针硬铮铮,刺眼又发烫;银针很柔软,发光又冰凉。豹子怕烫躲在林子里,青蛙怕冷便往水底藏"③。从这些叙事中,我们看到先民以具体的形象展现了宇宙演化规律,并希望从中找到稳定的基点,无疑,这正是从前逻辑阶段过渡到逻辑思维阶段的一个中间环节,从以物性为人性的隐喻发展到把自然世界秩序引申到人类世界中来。列维·斯特劳斯将图腾信仰作为人类思想的结果,图腾制度是人类制度的隐喻,人们从自然中抽出动物间的区别并将其转到文化中去,从而获得概念化的内容,也明确了人类社会的秩序。

(三)理性与感性的交织

诗性智慧与审美思维一样具有交融的特征,它以主客体互渗、观念与形象统一、理性与感性交叉、前逻辑与逻辑互补为特征。一方面,在

---

① (西汉)刘安:《淮南子》,河南大学出版社2010年版,第179页。
② 刘辉豪整理:《牡帕密帕:拉祜族民间史诗》,云南人民出版社1979年版,第7页。
③ 刘辉豪整理:《牡帕密帕:拉祜族民间史诗》,云南人民出版社1979年版,第8页。

人与自然、社会之间的和谐融洽仍保持着一种纯粹的感性状态，史诗中的神奇想象或许并非他们有意为之，而是其本真的生活状态和思维模式。也正是如此，原始先民们还未将思维独立出来，仍旧需要借助具体的形象来进行表达。但是，另一方面，我们又看到人类的抽象思维能力正在努力把自己从混沌的前逻辑思维中提升出来。犹如人在黎明前处于半睡半醒的状态，创造神话和诗歌的主体，在人类理性与非理性的临界点上来回移动着。一方面，它还摆脱不了神秘的"互渗"因素，把情感、运动、观念、表象融合在一起，形成"义由象取"的特征。另一方面，又出现了初步的逻辑、理性结构，将宇宙中的任何事物都完全融入一个完整的意义系统之中，并占有一席之位。虽然以现在的眼光审视这些意义系统有些许幼稚和浅薄，但是它曾为原始先民们提供了解释世界的依据，让他们能够在这样一个异己的社会生存和生活，并顽强奋斗，创造出价值和意义。这样，历经世世代代人们的共同创造和积淀，神话思维就给后世诗歌提供了两个重要的灵感之源——原型意象和原型结构模式。①

第三节　浸润与穿透：西南史诗的审美精神

历史意识是一种人类自我意识，甚至可以说是它的核心，也是人类文明的一种标志。它不仅实现了人与自然的明显区隔，而且还实现了不同人群的明显区隔；它不仅面对现实、展望未来，而且对人类、民族的过去（历史）怀有强烈的兴趣，并以极大的心力去探索它、记录它和反映它。因而这种自觉历史意识不可能产生于物我不分、主客体混同，"人类进步阶梯的最下阶段"，仅有"一种微弱的智能"的最原始的人类之中。它是人类社会、文明和思维发展到更高一阶段的产物。需要关注的是，在狄德罗的美学思想中，"整体"与"个体"是一对重要范畴，个体可能不丑也不美，但是发展到整体，其意义就愈开朗，美的性质就愈增加，西南史诗从个体到整体的审美，也随着其共性的递增而精神逐渐凸显和凝练。

---

① 张德明：《人类学诗学》，浙江文艺出版社1998年版，第101页。

一 碎片化：原始意识

人类自我意识的内涵非常丰富。比如人对自然环境、人文环境的认识（外部自然），人对自身的认识（内部自然），人对与人类有着密切联系的各种关系的认识，等等，都是人类自我意识的重要内容。不过，正如荣格指出的那样，原始人类的这种自我意识（包括历史意识）带有强烈的群体性，它面对的是整个人类、民族，"在原始社会里，一切事物都有它的精神性，一切事物都染上了人类精神的因素，或者甚至可以说，都染上了人类心灵中的集体无意识性，因为当时还根本不存在所谓的个人精神生活"。①

那么，历史意识是原始人类发展到什么样的一个历史阶段才萌生的呢？这是一个很难回答的问题。不过，中外一些考古学家、人类学家对此都做过一些探求。尽管结论和研究的侧重点有所不同，但有一点是共同的，那就是一致认为：在世界各民族的史诗中已有历史意识的萌芽。当然这种历史意识还处于一种不自觉的状态，历史意识和其他意识还处于一种混沌状态之中，"古代各民族是在幻想中、史诗中经历了自己的史前时期"②。汤因比在《历史研究》一书中指出："历史同戏剧和小说一样是从史诗中生长起来的，神话是一种原始的认识和表现形式——像儿童们听到的童话和已懂事的成年人所做的梦似的——在其中的事实和虚构之间并没有清晰的界限。举一个例子来说明，有人说对于《伊里亚特》，如果你拿它当历史来读，你会发现其中充满了虚构，如果你拿它当虚构的故事来读，你又会发现其中充满了历史。"③ 弗雷泽在分析世界性的洪水史诗时也指出："在神话的外壳下面许多可以包藏着真正的果子，这不但可能，而且近乎真实的；那就是，它们可以包含着若干实在扰害过某些地域的洪水的回忆，但在经过民间传说的媒介的时候被扩大成世界的大灾。"④ 洪水史诗里的这种"回忆"，也就是一种历史意识的显现。

---

① ［英］荣格：《探索心灵奥秘的现代人》，黄奇铭译，社会科学文献出版社1987年版，第137页。
② 参见徐旭生《中国古史的传说时代》，文物出版社1985年版，第266页。
③ ［英］汤因比：《历史研究·上》，曹未风译，上海人民出版社1997年版，第55页。
④ 参见徐旭生《中国古史的传说时代》，文物出版社1985年版，第266页。

史诗中包含的历史事实反映出原始人历史意识的萌芽，可以说是不言而喻的了。而史诗的产生是很早的。按人类学的分期，在蒙昧时期就有了歌谣创作，进入野蛮时期的初级阶段才有史诗创作。这大概产生于五万至一万年以前旧石器时代晚期的新人时代。参照大量的考古发掘材料，其他的原始艺术和原始信仰大都发生于这个时代。当然，它们的发展则是属于新石器时代的事了。法国学者吕给氏撰写的《化石人类的艺术与宗教》较详细地论证了这个问题。我国考古学家裴文中在《旧石器时代之艺术》里也得出相同的结论。总之，史诗起源于母系氏族社会，并随着这个社会的发展而发展、繁荣而繁荣。因此，我们可以这样说，人类最早萌生的自发的历史意识大约也产生于这个时期，与蒙昧时期的粗浅认识相比，这个时期"人的较高特性就开始发展起来"。

二 系统性：史诗意识

如果从历史的类别去看，中外都经历了口传历史和文字记载的历史两个阶段。文字记载的历史虽然比口传历史有诸多的优越性，但它所记录的历史并不久远，就以四大文明古国来说，文字的记录也不过五千年左右，比起漫长的口传历史来，无疑是短暂的。我们对人类史前时期的认识和研究，还得依靠世代传承于原始民族生活中的史诗传说以及更多的考古新发现。不过，这里要特别指出，在原始人类创作的口传文学中，在史诗传说之后出现了结构宏大的史诗（创世史诗和英雄史诗）。它把歌谣、史诗、传说、历史熔于一炉，克服了歌谣、史诗传说在内容和形式上的单一性，具有更广泛的历史和生活的包容性。史诗的内容、时间和空间的跨度都很大，它往往概括了一个相当长的历史阶段或一个重要的历史时期。原始史诗传说所显示出来的自发的历史意识，在史诗中得到升华，发生了质的变化，人类在史诗中已自觉关注自身的历史。人类第一次把人、人类社会以及与人类有关的生产、生活、文化等放到一个历史发展过程中加以把握和认识。这是人类文明的一大进步。人和人的历史首次作为记录和反映的中心出现在文学作品里。我们可以这样说，创世史诗既是真正的人学的开端，也是真正的史学的开始。所以，自觉的历史意识的产生，应该是在史诗时代。

史诗是人类艺术不发达阶段的产物。从其发生学的角度来说，创世史诗一般产生于人类原始社会时期,英雄史诗则稍晚,产生于国家及地方政权的形成期。西南少数民族都有自己的创世史诗,且不止一部。西南史诗内容之独特、数量之多,在世界民族史上是少见的。这是因为西南少数民族大多数没有文字,其远古时代的历史大都保存在史诗里。总体来看,民族史诗强烈的历史意识集中表现在具有史的内容、史的结构、史的功能和作用等方面。由于史诗的内容包罗万象,所以人们把它称作民族知识的总汇和百科全书。概括起来,由三个部分组成,即推源、寻根、问祖。

从史诗内容来看,所有的开篇都是对宇宙和人类起源的讲述,先民关于宇宙本原和演变所做的解释,这些解释中含杂了先民粗糙朴素的原始思维意识。每个民族的认识和结论有很大的差异。从它们的命题看,属于哲学的范畴,原始人类似乎在史诗里探求世界和生命的本源问题。比如说,在傣族、彝族、纳西族、藏族以及其他民族的史诗中,就把世界和生命的本源归结为一种气。在始基时,它处于混沌的不透明状态之中,继而发展分裂为清浊(阴阳)两部分,最后演化为天地、人类及万物。它们构架的宇宙模式基本上属于"盖天说",兼有浑天说和宣夜说的因素。以现代人的眼光看,这些问题的提出和解释是相当幼稚的,但它里面的确包含了丰富的原始哲学的内涵。可以说,是我国最原始的宇宙本体论。但是,如果我们把"推源"部分放到史诗的整体中加以认识,我们发现,"推源"只是作为与人类历史的发端和生存密切相关的背景出现在史诗里,或者说它只是人类历史发展向起点、向更原始的本原的一种逆向延伸。它的主题指向集中表现为原始人类为了生存和发展创造出一种有利于自身的、物质的、文化的环境。因此,人类对天地的改造、修补和重建,才是史诗"推源"部分内容的重点。它生动而形象地记录了原始人类如何由采集、狩猎转入农耕的历史进程。看不到这点,就不可能真正理解创世史诗的实质和意义。而各民族历史上的许多部落酋长、能工巧匠,就在这一历史进程中,就在这一场改天换地的光辉业绩中,成为各民族世代崇拜的祖先、英雄乃至于神。这些英雄篇章,事实上成为民族历史的真正开端。史诗中的"推源",不仅给我们描绘了宇宙的演变史,而且更重要的是记载着人类最原始时期艰苦的创业史,其自觉的历史意识是很清楚的。

三 寻祖源：历史意识

"寻根"和"问祖"作为史诗中史的基本内容，既有区别又有联系。联系在于它们都是对人类、民族来源及其历史发展的探索和记录，而区别则表现在"寻根"侧重探索人类、民族的诞生地及其文化传统的渊源发展关系方面；"问祖"的重点是以祖先崇拜为核心，对某一民族的世系以及有关方面作历史的纵向记载。应该说这两部分更接近于现代的历史观念。它已从史诗思维中走了出来，进入更高层次的、理性的、逻辑的历史思维中。而"推源"里却仍然笼罩着较浓厚的史诗意识。因此，"寻根""问祖"中自觉的历史意识比"推源"要强烈得多。

在史诗里都有民族迁徙的篇章（有的单独为迁徙史诗）。它把一个民族的迁徙从它的发源地、出于什么原因、走过什么路线、经历多长时间、遇上多少艰难险阻、在什么人带领下等，作了具体记载。傣族史诗《巴塔麻嘎捧尚罗》就讲述傣族原居住在我国北方一个叫勐泐龙的地方，后因人口增殖，加上灾害，他们被迫在两位女王的带领下向南迁徙的历史。景颇族史诗《穆勒斋瓦》叙述景颇族祖先发源于"木桂省腊崩"（意为天然平顶山），据说是一个终年积雪的地方，位于迈立开江、怒江、澜沧江、金沙江的远方，即青藏高原。为了寻找更好的地方，他们分两支辗转南迁，后定居在缅北密支那和我国的德宏地区。哈尼族史诗《奥色密色》、《哈尼阿培聪坡坡》（哈尼祖先的迁徙）、《十二奴局》、《哈尼祖先过江来》等，大都涉及哈尼族历史上的迁徙问题，只是时间、路线不同。哈尼族祖先曾游牧于我国遥远的北方一个叫"努玛阿美"（哈尼人种萌发之地）的地方，然后逐渐南迁，居于"谷哈"（或称轰河）地区，最后迁至滇南、滇东各地。目前已发掘出四部苗族古歌（史诗），记载着苗族不同历史时期的大迁徙。因各地苗族迁徙的时代不同、路线不同，古歌的内容差异较大。彝族支系繁多，因而史诗记载的迁徙内容也较复杂。四川凉山的《勒俄特依》《古侯》，贵州水西的《西南彝志》《洪水泛滥史》，云南乌蒙地区的《六祖分支》《六祖魂光辉》，哀牢地区的《查姆》等，都记录了不同支系、不同历史时期的迁徙史实。纳西族史诗《崇邦图》（人类迁徙记）里记录了纳西族祖先从我国北方逐步向南迁徙的历史。纳西族的祖先崇忍利恩从天国来到人间，经过二十处的辗转跋涉，才定居于"精肯熟地陀地"(大约在四川木里地区以北),这是崇忍利恩迁徙的终点。史诗记录的以后的迁徙路线,实际是他的后代子孙迁徙的路线,终点即是现在的云南丽江市及其他地区。这些迁徙流动不仅记录了各民族自身发展演变的历史,而且也记录了我国各民族之间的交往、共处、战争、融合的关系史,反映出他们都为中华民族文化的发展、丰富,为开发西南边疆贡献了自己的聪明才智。史的内容和意识都是丰富而强烈的。各民族的史诗里还有关于各自丧葬习俗的记录。其中都有送死者的灵魂回归祖先发祥地的描写。如果把送魂的路线颠倒一下,实际上就是该民族(或支系)的迁徙路线,与史诗的迁徙内容相印证可以发现,它们之间有许多相似的地方,里面的史实和历史意识也较丰富。

史诗中迁徙的内容与送魂仪式有着密切的关系,是从地域空间去追寻民族历史。那么问祖的内容,则是依据血缘传承去追寻民族历史脉络的。一个是从地理空间上追寻历史,另一个是从血缘关系上追寻历史,两者是相辅相成的。问祖在史诗中主要表现在族谱或者家谱的直线叙述上,主要以父子联名制进行记录,具有鲜明的历时性和可靠性。史诗的叙述中,一般都超过了十几代人,最早的内容多与动物和女性相关,动物是最古老的一代,女性其次,这是对先民图腾崇拜和母系氏族社会历史的反映。彝族史诗《勒俄特依》《古侯》里就记有"雪子十二支""居子猴系谱""支格阿龙谱系""石尔俄特时代""古侯系谱""曲涅系谱"等。这里既有母女连名,也有父子连名,记录了凉山彝族远古时期不同支系的历史。在"石尔俄特时代",曾记载了石尔俄特八代生子不见父的内容,说明这八代属于母系社会,"只知其母,不知其父"。但是发展到石尔俄特时代,他要去找父亲,买父亲,结果在女神和妹妹的帮助下,以娶妻生子的方式,结束了这种"生子不见父"的历史,进入"代代生子见父"的历史,从此也开始了"父子连名制"。纳西族史诗《人类迁徙记》记载了崇忍利恩以前七代父子连名的父系先祖。它是从宇宙和人类的起源开端的:宇宙是由声和气相变化,生出三滴白露,再由白露化出三个大海,大海又生出白蛋,白蛋孵化出人类的第一代先祖海史海古,从此人类就有了自己的历史,即海史海古—海古美古—美古初初—初初慈禹—慈禹初居—初居具仁—具仁迹仁—迹仁崇仁—崇仁利恩……纳西族史诗《什罗统本》(什罗历史)里也记录了东巴始祖丁巴什罗的八代母女连名的母系先祖和九代父子连名的父系先祖。其他民族如白族、普米族、藏族都有父子连名制的记录。没有连名制传统的民族，也用其他方式的族谱、家谱记录着自己的历史。

四 崇高美：诗性意识

精神这一概念是中国文化的重要范畴，在古代"精"有精妙、精神、智慧之义，"神"有神灵、精神作用、奇妙作用之义。精神则具有多义性，可解释为活力、精力、生气、意志等。民族精神是在历史文化演进过程中形成的具有稳定性的社会主旋律，民族精神与民族性格和民族文化相关。民族史诗的传承，让西南民族审美文化带上了厚重的历史文化色彩，在其所呈现的一系列显性文本和隐性文本中的审美精神唤起了人们的追忆与怀念。"每个特定的民族精神只应被看作世界历史进程中的一个个体"①，也就是说，民族精神是世界精神在某一特定历史阶段的体现。

（一）朴素而浪漫

史诗是基于原始社会落后的生活条件而产生的，由于生产力不发达，先民们通常只身前往山林河谷寻找食物，风雨雷电鸟兽虫鱼等自然现象与自然物是人们必需且日常面临的客观现象。在强大的自然面前，人类的力量是弱小和有限的，因恐惧于某些自然现象所带来的震撼力，先民们认为一切自然物都带有不可战胜的神秘力量，从而产生敬畏，甚至是崇拜，这一现象与恩格斯所说的"首先被人们歪曲地反映为神的是自然"不谋而合。

基于对做梦这一生理现象的探索，先民们将梦境视作与人本身无关的一种独立的生命活动，因为人处于睡眠状态时，身体是处于静态的，而人脑中的梦境，是人的灵魂离开身体后所进行的活动，这种认识实际上就是最初的万物有灵观念的反映。因为灵魂离开肉体之后还能继续活动，所以人们认为灵魂是独立于人而存在的一种形态，人睡眠后灵魂短暂离开，人死亡后灵魂则永远离开原本的肉体而继续存活。先民把这种认识类比到自然中，认为一切自然物都具有灵魂，万物有灵的观念就此

---

① ［美］乔治·萨拜因：《政治学说史·民族国家·上》第 4 版，［美］托马斯·索尔森修订，邓正来译，上海人民出版社 2015 年版，第 405 页。

而生。脱离了肉体的灵魂可以自由行动，并随意附着在任何事物上，灵魂不灭的观念促进了自然神崇拜的产生。而早期人类对自然的崇拜是崇拜自然物本体，基于对自然的依赖，以及对自然的无力抗衡，并发展原始的自然崇拜。如马克思所指出的，"自然界起初是作为一种完全异己的、有无限威力的和不可制服的力量与人们对立的，人们同它的关系完全像动物同它的关系一样，人们就像牲畜一样服从它的权力，因而，这是对自然界的一种纯粹动物式的意识"①。彝族《献酒经》中就列举了许多自然神的名字，"天神是阿父，地神是阿母，原神银幕穿，野神金帐围，树神白皎皎，石神黄焦焦，岩神鸟雅翅，水神鸭以祭，露神露浓浓，雨神雨淋淋，光神光明明，雾神雾沉沉，坑神气熏熏"②，这些神灵都是彝族先民们对天地等自然物的幻想和虚构。太阳神、山神、雷神等自然崇拜的出现，是灵魂观念异化成为神灵的表现，也正是这种灵魂观念促使图腾史诗的产生。万物有灵的观念在西南民族史诗中广泛存在，也表现得非常具体，史诗中所描述的神灵多是自然力量幻化成的，他们有着强大的力量，能创造（化生）万物。在侗族史诗《嘎茫莽道时嘉》中，创世天神萨天巴先用白泥造人，造出的人不成样子，后来看见萨狌（猿猴）在山上嬉戏玩耍，于是化作受伤的苍鹰试探萨狌，萨狌尽心照顾萨天巴并帮她治伤，善良的萨狌感动了萨天巴，于是决定要造出像萨狌一样的人来治理天下，"四个善良的萨狌啊，把蛋抱进树洞里，搬来草花做窝塘。四个善良的萨狌啊，不吃不喝同孵蛋，就像鸡婆孵蛋一个样"③。早期人类未能将自己与动物进行严格的区分，认为动物与人具有相同的属性，是人类的帮手，于是产生了动物崇拜甚至将动物视作自己的祖先。

  它们在人类的劳动过程中直接或间接与人产生联系，先民们对于联系最密切的动植物，则会不自觉地认为它具有某种神奇的能力，尽管这种思维方式很荒诞，毫无理性可言，但显然是人类审美认识进程上的一次飞跃。诸如马克思认为的，"劳动的实现就是劳动的对象化"。"随着对象性的现实在社会中对人说来到处成为人的本质力量的规定，一切对象

---

① 《马克思恩格斯全集》第三卷，人民出版社1960年版，第35页。
② 丁文江：《爨文丛刻》，贵州大学出版社2011年版，第108页。
③ 杨保愿：《嘎茫莽道时嘉：侗族远祖歌》，中国民间文艺出版社1986年版，第37页。

对他说来也就成为他自身的对象化……这就是说，对象成了他自身。"显然，长期的生产生活实践逐渐深化了人类对自身的认识。西南史诗中存在诸多人格化的动物或植物形象，反映了先民对自身的认识，显然蕴含着原始的审美萌芽。尽管先民们的这种审美所呈现的是一种幼稚的想象，但是也显示出了他们的浪漫情趣。在《苗族史诗》中，蝶母诞生后经历的成长路径都与人类相似，并加以独特的想象，以其本身的形态联系人格化的特征，呈现出古朴而又唯美的审美形态。"榜长大了要打扮。谁打手镯和项圈，给榜打扮去游方？冰凌来打成项圈，打了手镯送给榜，榜得戴着去游方，榜略真喜欢！……榜略生得不逢时，好难找到伴！她跟谁谈情游方？她跟泡沫谈情游方，她们玩在清水塘。还有一个浑水塘，让鱼虾们玩"①，史诗叙述了蝴蝶妈妈长大后，要与情人游方，虽然游方的对象是泡沫，但是从游方的这段叙述来说，是苗族先民将社会生活中的婚恋形式附加在蝴蝶身上的表现，因为蝴蝶作为苗族始祖，必然会有孕育的过程，而游方寻伴正是先民为蝴蝶妈妈生下十二个蛋所做的铺垫。游方是贵州黔东南苗族青年男女恋爱的一种社交方式，游方有固定的场所，节日期间白天可游，平常时候主要为晚上。男女青年以口哨为信号，在游方场上对歌互诉衷肠，通过这种形式加深了解，并相恋相爱，喜结良缘。史诗中蝴蝶妈妈与泡沫游方的叙述，是超越了对象本身的人格化表现，是先民们对人的一种思考和认识，是他们在创作时一种不自觉的加工。

（二）恢宏而磅礴

"原始人的思想虽然简单，却喜欢攻击那些巨大的问题。例如天地缘何而始，人类从何而来，天地之外有何物等，他们对这些问题的回答便是开天辟地的史诗，便是他们的原始哲学，他们的宇宙观"②，所以西南民族的创世史诗多涉及开天辟地、万物起源、先祖的创业史等内容，且因文化传统与生存环境的不同而呈现出独特的民族审美和精神特色。

史诗中的先民们有着坚韧顽强的探索精神，他们始终围绕着万物起源的追寻展开思考，当然其内容有着农耕文化的深刻印痕。从史诗中牛

---

① 马学良、今旦译注：《苗族史诗》，中国民间文艺出版社1983年版，第167—168页。
② 茅盾：《神话研究》，百花文艺出版社1981年版，第163页。

化身万物的想象中,可以看到先民对崇高精神最早的艺术想象,也是对西南民族独特的地域特征和审美精神的展现。史诗总是将万物的起源视为神的意志。侗族史诗《嘎茫莽道时嘉》讲述天神萨天巴在创造了万物之后想创造人类,但是应该造什么样的人类,萨天巴却不知道,她请来众神商议,众神却说让萨天巴按照自己的想法来造,不必与他们商量。萨天巴回到自己的宫殿开始用泥造人,造出的人不行,萨天巴没了主意,就到处游访,在东方山顶上看到了能歌善舞的萨犹,于是萨天巴从身上扯下四颗肉痣,交给萨犹并请萨犹孵化、抚育人类。史诗中人类是天神身上肉痣所演化,所隐含的是侗族先民对天神萨天巴的崇拜,认为天神拥有创造一切的神力,天神成为人类歌颂和敬仰的中心。创世神的崇拜象征着人类的信仰系统由自然转向了对人类自身力量的崇拜,是人类对自我认识的一种进步。这种进步最主要表现在灵魂的多功能上,在许多民族的生死观中,灵魂可离开肉体而独立存在,并发挥着保佑后代的功能。于是民族首领与英雄成为人们崇敬的对象,他们的智慧和力量是人们所羡慕的,他们在生前为民族作出了巨大贡献,死后依然能够继续帮助后代子孙解决困难。这些人死后能力被无限放大,甚至具有了神性的特征,西南英雄史诗中的亚鲁王与支格阿鲁就是典型的代表。先民们在自己假设的神力的帮助下,依然坚定顽强地与一切阻碍力量进行抗争,并在这种假定力量的帮助下战胜灾难和恐惧,达成心意的满足。所以,史诗所体现的应当是人类对自然力量的支配,人类依靠自身的力量征服自然,从而获得神性的光辉,人们从这种叙述中获得了审美的愉悦。

(三)觉醒而张扬

英雄史诗是史诗发展至后期的标志,原始人类的崇拜对象由自然神灵发展为具有神性特征的英雄人物,从史诗形态的发展过程中,我们可以窥探到历史的影子。随着社会的进步、生产力的提高,人类不断从实践中认识到自身的力量,并对以自身力量所创造的一切感到欣喜。于是,他们开始想象能以这种力量战胜神力,从神力中解脱人类自己,获得了前所未有的自由。表现在史诗中,就是信仰对象为神化的人,史诗由此进入了英雄史诗时代。人们歌颂为民族利益奋战奉献的人,歌颂征服自然为民除害的人。在壮族史诗《莫一大王》中,英雄莫一为了能让贡瓦人民有平坦宽阔的土地,寻找布洛陀,种神鞭赶山,"世上只有赶牛赶羊,赶驴赶马,哪有赶山赶岭,赶石头泥巴!双牙运动邪力想把莫一卡。莫一猛甩神鞭,山体起伏山石滚塌;人也浮浮,地也飘飘,气派吓到双牙"①,莫一拥有了神鞭,就有了赶山的神力,莫一赶山,从春到冬,虽然还有一些山岭留在贡瓦,但是西部地方已经成了平地。莫一的神力是人类自我神化的体现,也是先民们积极的人生态度和对美好生活的愿望,以及人性觉醒与张扬的审美精神。

先民在塑造这些神性的人物形象的时候,将所希望具有的所有特征都叠加在这个人物上,正如高尔基所言,他们"把集体思维的一切能力赋予这个人物,使他与神对抗,或者与神并列"②。这个时候,人类与自然呈现出对立的状态,他们希望通过自身的强大来摆脱自然的束缚。曾经被无限崇拜的天神已经不再具有至高性,人的力量随着生产力的发展逐渐凸显。人们看到自然在自己力量的支配下发生变化,于是自然不再具有神秘性和神圣性,不再甘愿受自然支配,开始挖掘自身的智慧和力量,并希望征服自然,从天神到半人半神再到人神的崇拜转变,标志着人类审美标准和价值观念的重大变化。

史诗中的神是民族集体智慧和力量的化身,代表着民族的集体愿望,是民族审美理想的凝结。史诗中的神在面对人类遭遇的灾难时,总是表现出积极勇敢、主动出击的态势,帮助人们战胜灾难,为人们带来稳定和安宁,体现了人的审美意识的进步和对人自身认识的进步。当神逐渐拥有了人的特征后,会结婚恋爱,有了喜怒哀乐,生老病死,甚至与人类一般拥有着先天的缺点。这样的神更加趋近于人,显得更为真实,他们所拥有的与人一样的缺点是相较于完美的创世天神而言的,正是这些缺点使这些人性化的神更具有人性之美。不管是人性化的神,还是神性化的人,他们的出现都对天神造成了挑战,同时也是人类对自己力量的肯定,这是西南民族共同的审美特征,具有悲壮的崇高之美。

(四)正义而昂扬

尽管西南民族在极不发达的生产力之下生存,仍对世界抱有极大的

---

① 罗健民整理:《莫一大王:壮族英雄史诗》,中国国际广播出版社2016年版,第41页。
② [苏联]高尔基:《论文学》,孟昌、曹葆华、戈宝权译,人民文学出版社1978年版,第55页。

兴趣。他们希望能认识周边的一切事物，也希望从中获取生存的资料，所以伴随着对自然的认识和了解，征服自然和支配自然的愿望越来越强烈，在史诗中就体现为用人格化的方式来同化自然。先民们不关心世界是什么样的，急切地将自己对世界的感受表达出来，于是在创造史诗的时候，先民是以自己的想象、自己的情感和自己的思想作为创作依据的，在这种审美仪式的支配下，先民们对自然万物作出了极为浪漫的解释。以人类的起源来说，各族先民们有着许多神奇的想象，彝族先民在史诗中说人是从猴演变过来的；侗族先民在史诗中说人是由天神身上的肉痣演变而成的；佤族先民在史诗中说人是从水中走出来的；苗族先民在史诗中说人是从蝴蝶蛋中孵化而来的。这些怪诞的内容均是受各族群的审美心理影响，同时也融合了各族先民对人类起源的合理猜测。再如史诗中的万物创造者们拥有无尽的神力，可以创造出任何自己想创造的东西。而当人类在遭遇灾难的时候，总是会有英雄出来帮助人们战胜灾难，为人们重获安宁而做出贡献甚至献出生命。史诗英雄是原始先民集体愿望的体现，也是民族精神的化身。他们通过一些荒诞的表述将对现实生活的希冀表达出来，看似离奇却又是以现实为依据的。史诗通过夸张的想象和离奇的叙事，传达着先民内心对生活的渴望，这些叙事一起营造出浪漫瑰丽的氛围，体现了正义昂扬的浪漫主义精神。

从一定程度上说，原始的崇拜现象增加了神话史诗的崇高美和想象美，通过对自然物加以夸张的想象，使原本就具有神奇色彩的史诗更具神秘性。先民们万物有灵的观念，使得想象越加千奇百怪，在生产力不发达的时代，万物即使神秘也是令人向往的。"因为人用同自身类比的方法来判断这些现象和力量；在他们看来，世界似乎是有灵性的；现象似乎是那些与他们本身一样的生物，即具有意识、意志、需要、愿望和情欲的生命的活动结果。"① 他们对周遭的事物加入了自我的解释，这些解释都带有特属于先民所属族群的审美心理。这些想象是对自然的一种假象的征服，其征服行为带有想象的性质，这种想象性为虚拟的征服提供了空间组合和物象的类比，具有神奇的想象美。史诗是先民集体意识的

---

① ［苏］普列汉诺夫：《普列汉诺夫哲学著作选集》第三卷，生活·读书·新知三联书店1962年版，第61页。

反映，它对生活内容的叙述均是通过想象获得的，同时也带有现实的映射，是先民对征服自然的集体认知和愿望。西南民族史诗具有崇高的精神审美，车尔尼雪夫斯基认为，"崇高的事物就是指在内容与范围上较之和它相比的事物超出很多的事物而言；而崇高的现象则是指一种较之其他和它相比的现象更要强烈得多的现象而言"①。崇高美是中华民族的传统美学精神，在康德看来崇高美可以在无形式的对象上体现，美是一种知性的概念，崇高是一种理想概念，崇高的情感是间接产生的，它通过生命力的一种瞬间抑制以及伴随抑制所涌来的强烈的情感所产生，所以崇高是想象力在工作中的一种严肃态度。在对崇高美的研究中，梁启超将 inspiration 与崇高之意等同，认为 inspiration 具有激动和鼓舞的意思，是"发于思想感情最高潮之一刹那间"，这种令人激动的崇高美并非有意为之，也没有技巧可讲，它是一种内在的英雄气概的自然结果。"梁启超把自然、人、社会的崇高意象与崇高境界汇为一体，使上世纪之交的中国人从他的文字中经历了以自然的崇高为具体意象，又以人与社会的崇高为终极向往的中国式崇高美的激情洗礼。"② 文化发展的崇高境界是对审美自由的实现，中华民族是富有诗性智慧和诗性精神的民族，他们通过对意境的营造而感受审美的情境，是建立在人民幸福生活基础上的，是理想与现实的和谐统一。史诗使创造神与自然物集合了空间和时间上的崇高，在面临危难和毁灭性的灾难时，创造神所展现的是一种大无畏的精神，是一种勇敢和担当，是一种自救和救人的精神。中华文化的传承与理想的实现，需要立足于文化的演进机制，虽然理想的实现存在许多阻碍因素，但是史诗中的审美理想与现实理想的统一为我们提供了精神素材，将个人理想置于社会理想的背景下，肩负文化发展的重任，以实际行动为和谐社会做出贡献。③

---

① ［俄］车尔尼雪夫斯基：《车尔尼雪夫斯基选集·上》，周扬、缪灵珠、辛未艾译，生活·读书·新知三联书店1958年版，第15页。
② 梁启超：《中国现代美学名家文丛·梁启超卷》，浙江大学出版社2009年版，第17—18页。
③ 覃德清：《中国文化学》，广西师范大学出版社2015年版，第305页。

小结 崇高与信仰：西南史诗的人事之道与务实求真

在对传统审美文化的评定过程中，应当关注传统与现代中的审美文化资源一致的部分，这是中国审美文化的核心内容。现代的审美文化特征是世俗化和大众化以及生活化，这其实是从传统审美文化中承继下来的，这些内容可以说是对传统精神的坚守和延续，也是在当代语境中可以有效利用的资源。其生活化、大众化和世俗化的审美精神，体现了审美的精神不在于形而上的超验世界，而是人的世界。审美的主体是人，所以其审美的对象必然是与人所相关的周遭世界；审美之道不离人事，就是不脱离人的世界来谈论艺术；审美愉悦的是人，对象也是人的世界，那么审美活动所体现的就是人对其存在状态的关心。

从感性的表现方式上讲，审美文化所蕴含的内在意蕴与精神境界，均是从人伦世界所获得的经验感悟和精神获得。史诗对宇宙的阐述形成了从以人体为宇宙本体的发展，人格化的神为秩序活动的建立主体到以人的活动为社会秩序的建立主体的过程，阐述形式的演变充分显示了西南民族史诗的审美文化的态度从朴素浪漫转向了显示理性，也体现了史诗中"恢宏正义、磅礴昂扬"的文化精神。史诗审美的演变历程让我们看到了其审美的务实性，与西方的审美文化不同，中国传统审美文化的价值重心是建立在人类的日常生活上的，充满人类经验的感性认识和务实精神，而非超然的、先验的一种形而上的世界。

其实，务实精神一直是中华文化的主要基调，"大人不华，君子务实"是先贤们一贯倡导的务实精神。"国民常性，所察在政事日用，所务在工商耕稼，志尽于有生，语绝于无验"，重视实际是中华民族的民族性格。所以，史诗并非在现实世界之外去寻找心理慰藉，而是在日常生活中追求生命的存在和生活的幸福，强调通过自身的能动性进行创造和拼搏。西南民族史诗中审美文化的务实因子，用审美的形式承担起了慰藉人们心灵、寄托人们生命理想的现实责任和实现超越自我的文化功能，并以此构成了西南史诗审美文化中务实精神的重要意义。

第 六 章

西南史诗的演绎规律与文化价值

本部分围绕落地性讨论西南史诗的演化规律与文化价值，讨论"未来"的西南史诗及其文化精神。一方面，讨论史诗文化与价值意识作为动态系统实现异变与稳定的内核；另一方面，沿着史诗内外价值取向讨论史诗传统价值取向，并基于此，探讨史诗文化的现代价值取向。

第一节 演绎规则与族群认同：西南史诗的文化演绎

西南史诗多在仪式场域进行吟唱，同时兼有音乐、表演等功能，因此史诗并不能仅从其文本内容加以把握。勒内·韦勒克（René Wellek）进行文学批评时，反对一切文本皆是文学的主张，也反对文学拘囿于名著范畴的狭隘观念。他强调文学绝非政治的运作，抑或哲学的图解，也绝非社会的言说，抑或历史的文献，而是具有独特审美性质与价值的艺术品。文学的本质在于根植于其间的想象性、虚构性及创造性，他将文学中所创造的想象的世界建立在真实世界的基础上，并加以艺术化，形成了想象与创造相结合的产物，明晰了纯粹的虚构与艺术的真实之间的界限，进而很自然地就把历史、哲学、心理学等种种教科书逐出了文学的王国。韦勒克强调文学是一个复杂的、多层次的艺术整体，认为应从结构、符号、价值三维视域审视作品和不同角度分析判断作品的透视主义观点。[①] 文学作品的结

[①] [美]勒内·韦勒克、奥斯汀·沃伦：《文学理论》（修订版），刘向愚、邢培明、陈圣生、李哲明译，江苏教育出版社2005年版，第8—10页。

构不是静止的，文学作品面世后要经历接受者们的阅读和解析，且这种阅读和解析也随每一代接受者的不同而发生变化，所以，文学作品结构是动态的、是历史的，也是永恒的①，史诗亦是如此。

一 演绎与认同：史诗文化的演绎规律

（一）整合互动律

在各民族文化互动的演化过程中，作为演化主体的一方总是倾向于保持自身文化的完整，并凭借着自身的代偿能力影响周边民族，让这些民族的文化朝着有利于自己的方向进行演化。而在这一过程中，必然会受到他文化的反作用力，演化主体在极力保持自身文化完整性，对外来文化的抗拒力量使演化主体仍然相对完整，且这个演化的过程会持续较长时间，这就是各民族文化互动演化的整合互动律。

在互动演化中，各民族都有其内在的文化完整性，它们之间的互动演化并不是将原有的秩序打乱，而是在保证原有秩序正常运行的情况下，相互影响，一起发展。在各民族文化正常的运行过程中，每一民族社会生境都是其他民族社会生境的组成部分，而以演化主体来说，是主体以相关民族作为其社会生境构成的背景，为自身的生存和发展所进行的一种社会适应。文化互动与文化演化是一种广泛存在的、持续不断地在民族关系中发生的文化现象，虽然在互动的过程中，民族文化会受到影响，但是这种影响并不打乱正常的文化运作秩序，也不一定会导致民族的分裂或同化。② 互动演化虽然是普遍且广泛存在的现象，但是导致同化现象却需要在特殊的条件下才能完成。

在文化互动演化中，有关民族互动影响力的来源全在于其代偿力，其作用力的效果取决于影响代偿力效率的各构成因素，受代偿效率公式制约。以往人们认为落后民族会在接触中自然学会先进，最后完全同化于先进，这是无视各民族文化完整性造成的误解。实践表明，接受外族

---

① ［美］勒内·韦勒克、奥斯汀·沃伦：《文学理论》（修订版），刘向愚、邢培明、陈圣生、李哲明译，江苏教育出版社2005年版，第23—25页。

② 刘洋、肖远平：《乡村文化建设的四维建构与振兴策略——基于贵州的典型经验》，《湖北民族学院学报》（哲学社会科学版）2019年第2期。

文化是有条件的,绝不存在自然接受"先进"的例证。条件之一就是不管输出文化因子,还是借入文化因子,均需一定代价。偿付能力来自民族的代偿力及其效率。正因为如此,一些民族尽管毗邻生息了数百年,却一直未自然接受"先进",仍然保持着自己的文化特征。

民族间的文化互动演化是综合性交互作用诱发出的适应性发展。民族文化是具有多重层面结构的综合体,民族的生存和延续完全受本民族文化规约,所以一个民族会在不同层面、不同角度、不同内容上对周边民族产生影响。鲁思·本尼迪克特在前人研究的基础上,提出了文化整合的观点,她认为:"真正把人们维系在一起的是他们的文化,即他们所共同具有的观念和推测……个人的行为可以有多种乃至无穷的选择。每一种文化则以最大的包容从人们的诸多可能性中进行选择。社会通过评价等各种手段,以最大的包容,协调各种冲突,使个体行为趋于同化,犹如艺术风格的产生和存留。"① 文化整合的过程不以人的意志为转移,但是如果忽视了这个过程,则无法解释其演化的合理性。

通过研究西南创世史诗中的捏土造人情节,我们发现彝族、侗族和独龙族的史诗中也有相似的内容,在彝族史诗《阿细的先基》中,阿热和阿咪用八钱白泥和九钱黄泥造女人和男人,"造人的男神阿热,造人的女神阿咪,走到太阳下的黄土山。山顶有一张黄桌子,在黄桌子上,要造男人了。造人的男神阿热,造人的女神阿咪,走到月亮下的白土山。山顶有一张白桌子。在白桌子上,要造女人了。造人的那个时候,是属虎那一年,是属虎那一月,是属虎那一日,是属虎那一时。阿热和阿咪,称八钱白泥,称九钱黄泥;白泥做女人,黄泥做男人"。② 这一代人被称为"蚂蚁瞎子",眼睛像蚂蚁一样看不远。侗族史诗《嘎茫莽道时嘉》萨天巴用白泥捏人,头顶安上三只角,额头安上三只眼,下身捏出四只脚,上身捏出四只手。在独龙族史诗《创世纪》中,天神嘎美和嘎莎用稀泥捏成了人,但是这批人不会死,后来听了四脚蛇的建议,人类才有了生

---

① [美]鲁思·本尼迪克特:《菊与刀:日本文化诸模式》,王智新、熊达云、吕万和译,商务印书馆2017年版,第345页。
② 云南省民族民间文学红河调查队搜集翻译整理:《阿细的先基:阿细民间史诗》,云南人民出版社1959年版,第35—36页。

死。用泥土捏造成人的内容与女娲造人神话有着惊人的相似之处,《淮南子·说林训》中记载,女娲为创造之神,"黄帝生阴阳,上骈生耳目,桑林生臂手,此女娲所以七十化也"①。在河南南阳的一则民间故事中,亦记录了女娲用泥土造人的故事,"盘古爷开天辟地后,地上没有人,冷冷清清不成个世道。上天就派伏羲和女娲下来造人。伏羲爷力大,负责挑水和泥;女娲娘娘手巧,负责捏泥巴人儿。捏成啥样哩?就照自己的样子捏,像伏羲的就是男人,像女娲的就是女人。女娲娘娘不分昼夜地捏呀,捏呀,泥人儿越捏越多。屋里放不下了,就搬到门外场院里晒。这些泥人儿晒干后,过上七七四十九天就能变活了。谁知天下雨了,他俩忙把泥人儿往屋里搬,搬不及的,就拿扫帚往一堆扫,结果有些泥人儿眼叫扎瞎了,有些泥人儿胳膊腿给碰断了,以后世上才有了瞎瞎瘸瘸的人。这地面太大,单靠女娲娘娘两只手造人也太慢了。女娲娘娘就生了个法子,教男人和女人配对,让他们自己繁衍后代,这样人就越来越多了,世上才热闹起来。伏羲、女娲很高兴,就回天上去了。自从人学会配对生孩子后,人增加的速度越来越快,光添不去,眼看就要憋破世界。这咋办哩?上天就派阎王爷下来,给人限定寿命,让老年人死去,把地方腾给年轻人。人死了,魂灵到了阴间,过个时间再托生为人,回到世上。这样有生有死轮替换班,人就不稀不稠了。没咋人们都好说,世上有多少人,阴间就有多少鬼哩。"②

　　从内容上看,史诗中泥土造人的内容与女娲神话中的泥土造人十分一致,女娲神话被认为是五帝之前远古时期的历史状态,最早见于文字至今已有超两千余年的历史,就当前的研究来看,女娲神话及信仰范围主要集中在黄河中、下游一带,其影响区域涉及全国。彝族、侗族、独龙族史诗保留了用泥土造人的核心,其余的则融入了该民族独特的文化想象。以彝族史诗《阿细的先基》为例,史诗认为女人是由白泥造成的,男人是由黄泥造成的。将白泥象征女性,黄泥象征男性,实则是彝族阴阳观念的表达。《西南彝志》中"远古的时候,不说不知道,最初天还未

---

① (汉)刘安:《淮南子》,(汉)许慎注、陈广忠校点,上海古籍出版社2016年版,第421页。

② 罗杨:《中国民间故事丛书·河南南阳·新野卷》,知识产权出版社2016年版,第4页。

形成，地还未形成时，天地未形成。哎还未完全形成，先现白晃晃，白晃晃在上面，形成九重天。哺未形成时，先现金灿灿，金灿灿在下面，形成九层荒土地。……高高天上，天有七层，七处出现七月亮。阴哎银晃晃，阳哺金灿灿。银晃晃，金灿灿一对。哎和哺交合"①。将银晃晃的阴作为哎，将金晃晃的阳作为哺，一白一黄构成了哎哺二色，哎哺结合孕育万物，因此哎哺就是阴阳的象征，彝族先民将万物都视作阴阳二气生成，人类的产生也是这一演化过程中的一个环节，所以以白代表女性（阴），以黄代表男性（阳），体现了彝族先民的朴素阴阳观。也就是说，无论新的文化因素是从主体文化的内部产生，还是从外部进入，它与旧的文化模式的冲突都会受到所处环境的支配，于是新的文化因素迫使旧文化模式发生改变，以适应新文化因素。文化主体对他文化的进入始终保持一种排异状态，新旧文化间的相互制衡使文化的演化缓慢而稳定发展。

（二）因子同位借入律

同位借入律指在文化互动演化的过程中，优先借入与自己文化结构网络中地位相近的文化因子，以此来实现族际间的文化演化。在整合互动律中，文化的互动和演化具有排他性，两者之间的互动整合事实上是抵消排他的过程，而在这个过程中，演化双方都必须付出代价，且这种代价是基于双方的代偿能力，并从各方面来说对双方利多弊少。以此为前提，被借入的文化因子才易成活，同位借入实际上降低了文化因子的不适应，提高了因子的可借入率。

从史诗文化的影响看，这在哈尼族家族谱系中表现得十分明显，在元阳县攀枝花乡洞铺寨的歌师朱小和的家谱中，家谱溯源至"俄玛"，即哈尼族最古老的天母，并一直流传至今。"俄玛"是哈尼族的天神，"天神俄玛来到天上以后，住在三层天高的烟罗神殿里。她生下来至高无上的神王阿匹梅烟，阿匹梅烟又生下第二代神王烟沙，烟沙又生下了第三代神王沙拉。大神烟沙又生下了风神、雨神、雷神、土神、籽种神、水

---

① 毕节地区民族宗教事务局、毕节地区彝文编译组：《西南彝志（1—2卷）》，贵州民族出版社2004年版，第10—11页。

神、田神、地神、水沟神、金银铜铁锡神等"①，由此谱系可观哈尼族先民在原始洪荒中的复杂演变，也可更加清晰地显示出史诗文化的深刻影响。

人类的生活模式是一定经济生产方式在生活领域里的文化反映，例如人类如何懂得进食熟食，在《哈尼阿培聪坡坡》中就有记述："火堆边围着大群先祖，啃骨头撕鱼肉吃得真香，有个阿波牙齿不快，手里的青鱼跳进火塘，转眼间鱼被烧熟，样子像枯叶又焦又黄，香甜的气味四处飘散，先祖的鼻子像细草搔痒。阿波舍不得丢掉食物，抢出火堆尝一尝；味道从来没有这样鲜美，他的嘴巴嗒得直响。先祖们把鱼肉丢进大火，从此晓得熟肉比生肉香。"②

在互动的过程中，对同位因子的借入实际上主要是因为两者同位，与原有的文化在结构网络中处于相同的地位，所发挥的功能与原有文化相似，不需要对因子进行较大的改造，甚至还可保持其完整性，不至于打乱原有的文化结构，且利于借入因子在新条件下成活。

（三）牵连借入律

牵连借入律，是指文化现象在借入的过程中并不是以独立的形式被借入，而是连同该文化现象所牵扯的所有文化因子，甚至是文化结构也一并被借入进来，因为任何的文化因子，必须借助其所处的结构关系网才能够生存。族群间文化互动过程中的文化因子借用，一方面要被植入新的文化网络结构；另一方面供其存活的结构关系也被迅速建立起来。于是与借入有关的文化因子与结构一并被借入，成为族群间文化互动的一个基本事实，这就是牵连借入律的形成原因。

在文化互动中，文化的因子牵连借入律的相关案例有很多。彝族、苗族的耕种移植就是比较典型的案例，在明代前，贵州苗族的作物主要以小米和红稗为主，因产量较低，通常辅以狩猎和采集。明代时，驿道的开设连接起湖广云贵等地，由于线路长，驿站马匹的粮草供应紧张，于是对贵州税赋进行了适当调整，向当地彝族征取莜麦抵用赋税。因为

---

① 姚宝瑄编：《中国各民族神话：哈尼族·傣族》，书海出版社2014年版，第34页。
② 朱小和演唱：《哈尼阿培聪坡坡·哈尼族迁徙史诗》，史军超、芦朝贵、段贶乐、杨叔孔译，中国国际广播出版社2016年版，第17—18页。

这一政策的施行，莜麦成为贵州境内的等价交换物，彝族土司为缴纳赋税，向所管辖的苗族和布依族征收莜麦，于是莜麦的种植迅速扩散开来。伴随莜麦的引入种植，苗族人民也从彝族引入了莜麦种植技术，比如种植时间、收获后如何加工等。莜麦在上缴赋税后，剩余部分苗族人民拥有使用权，于是他们向彝族借入了烘焙研磨技艺与拌水调食的方法。至清代后，莜麦成为主要的粮食作物。因莜麦种植的时间限制，苗族人民冬天的年节、狩猎和跳花等活动均受影响，青年男女须在家参与耕种不得随意外出，狩猎的数量也相应减少。苗族的居住习俗也因此发生了变化，传统的夏天在山上耕种，冬天到谷地狩猎的居住方式，因莜麦需跨年种植的耕种需求而发生改变，夏天居住在谷地，其余时间均在山上居住。

久居彝区的汉族招亲引友前去耕种，向彝区输入了耕种工具和耕种技艺，《叙州府志·风俗志》中有记载："汉人久居夷地，祖孙父子滋养生息于其间者不下千万家；已入者不能请其复出，未入者方且日事接踵。""汉人潜入夷地者，或由附近素相识者为援引，否则夷地中亲友相招，率由山地小路不令地方约保知之；入则投至蛮家，承领地方耕种。"①进入彝区的汉人还有商人，他们将白布红盐带入彝区。从事农业生产的汉人丰富了当地的作物种类，甚至在冕宁、西昌等地开始了水稻种植。在布拖的崔家营，有80家汉人与彝族杂居，在相处过程中，物资交换频繁，"这八十家汉人住在彝族包围的河谷中，与彝族人民相处，发生很多关系，彝汉之间物资交换频繁，他们从巧家（走两天路到县城）贩来盐、布、针线、牛马和日用品供应彝区，彝族拿粮食、鸦片、兽皮和其他土产卖给他们，其中以盐为贵重，以牛为最多，农具（犁头、铁锄、镰刀、斧头等）也是彝族所必需的。各家都有最相熟的主顾，有的还打干亲家，逢年过节都要送礼，往还亲密。彝族学汉人日常生活和耕作技术。只以彝族穿鞋子说，才是不多年的事情，销量日增，汉族妇女做鞋子供应彝族，成了手工业中重要的一项。"②

可见一个文化因子的借入，一定会引发一连串的连锁反应，以顺应

---

① 王麟祥、邱晋城：《叙州府志·风俗志》卷22，光绪二十二年刻本。
② 方国瑜：《彝族史稿》，四川民族出版社1984年版，第584—585页。

该文化因子成活之需。文化人类学家鲍亚士在20世纪初指出，文化不仅可以在发展中产生一连串的分化过程，也可能产生逆向的融合过程，他把这种过程称为"辐合"发展过程，即文化像车轮的辐条一样汇集于轴心的异文化趋同发展过程。文化的"辐合"发展，是指数种文化由于受到外界环境的压力，包括自然的和社会的，迫使有关文化按照文化因子的同位借入和牵连借入两大规律，较大范围地相互吸收异种文化的成套组织部分，以增加各自的生境适应范围（有关各方的文化在其所处生境内的适应度会有所下降），以应对外界的压力，对于这样的文化互动运作结果，从外表上看，它们之间正在大幅度地趋同，应该指出，"辐合"发展由于降低了各自的适应度，往往不是一种可以稳定延续的过程。一旦外部压力得到缓解，有关各种文化必然会按定向适应律而分道扬镳，这就是对"辐合"发展现象的理性逻辑说明和补充。

（四）消化吸收律

消化吸收律是指文化主体在接受其他文化现象时，通常会经过筛选改造，而非照搬照抄，将它们调整成为文化主体所能接受的样子，变成其组成部分后，才将这些文化现象纳入自身体系，接受其带来的影响。对外民族文化的加工改造集中体现在五个方面。一是同一种文化现象传到任何一个民族中，都无例外地做过了相应的修改；二是不同来源的文化现象在一个民族中被有机地按该民族传统编织在一起；三是一种文化现象传到另一个民族时，往往仅一组文化因子或一种结构关系被接受和成活，而非完整的全部文化现象；四是被接受的一切文化现象均按接受者的理解作了相应的解释，而无视原来的含义；五是文化因子被接受而在该民族文化中成活后，即被该民族视为自己的传统，成为本民族文化的不可分割部分。人类的文化行为是受所处地域环境影响的，尽管人们对文化作出了许多定义，但是仍未将文化的重要意义完全挖掘出来。人类的文化行为也是趋向于整合的，文化之间因其不同的文化特征而相互独立。各民族的人们根据这些文化目的，不断强化自身经验，在受到他文化内驱力的压迫时，采取不同方法将这些行为归属到统一的形态当中去。马林诺夫斯基较早注意到了这种现象，认为从外面借来的文化要素，由于被整合进一个活生生的文化体系而在其适应过程中发生了质变，这种思想在当时并未引起人们的关注，但是，这种思想恰好是文化整体论的必然逻辑结果。如果承认文化整体观，就必然要承认这个逻辑结果，而只有在此之上，才能总结出文化运动的更具体的规律来。

借入文化的融通事例俯拾皆是，任何民族均无例外。日本的文字，有来自汉族的象形表意文字，有来自古梵文的反切拼读，有来自西方各族的音素拼写，有来自马来各族的重音叠字构词，这些全被有机地组织在一个整体之中。需要注意的是，凡是能确指为外族文化的借入者，皆非全数照搬，往往是仅存其意，是被借者经过筛选的结果，已非全貌了。在文化的交往互动中，苗族的丧葬习俗也随着交往影响而发生改变，从原来的洞葬习俗演变成为现在的土葬，在借入汉族丧葬形式的同时，仅借入了汉族土葬的一部分葬式特点，而保留了更多的本民族葬式礼仪。如浅厝代替了土坑墓，圆形墓变成了长形斜坡墓，一次性大殓变成了两次性装殓，特别是还增加了汉族没有的临葬大殓礼仪。事实上，文化因子一经借入，即附会出一整套为本民族应该拥有的合理解释。苗族接受了土葬习俗之后，附会出了一系列风葬的弊端，故而改用土葬。水族接受了象形文字，编制了供禁咒用的"水书"，然而却解释为先祖遗制，是水族的特有。任何一个民族，当文化因子借入实现后，该文化因子往往被视为本民族固有特点，几乎忘记它是借入的文化现象。

在族际文化互动中，各民族文化都在进行自我调适，以丰富和完善自身文化内容和文化形式。吸收其他文化中一些与自己相适应的文化要素，借鉴其他文化中的结构特征，都是在交往交流交融中难以避免的事情。当不同的民族文化耦合运作时，文化要素之间的渗透就具有普遍性，各民族文化之间已不再是独立的个体，而是互为你我。族际文化的交往渗透是不以人的意志为转移的一种客观的文化现象，人们理解这一过程需要很长一段时间。早期的文化人类学家将文化划分为先进和落后两种，他们理解的文化互动，则是落后的文化被迫接受先进文化，而先进的文化必定是代表着文化未来的发展方向，引领着族际间的文化互动。而事实上，任何一种被视作"先进"的文化无疑都会从那些"落后"的文化中吸取所需要的文化要素，那些所谓的"落后"的文化也不会对被称作先进的文化进行全盘照搬。在族际文化互动中，各民族对外来文化会有主动选择的能力，而非全盘接收。那些先进文化所谓的自愿接受同化和全盘接受，无疑是作为强势方的一种臆想和对自己文化的充分信任。族际文化的互动、文化因素的相互渗透才是其普遍特征。

　　文化间的渗透存在着渗透内容不同的问题,研究文化因子的渗透需要对具体案例进行分析。同时,因渗透过程中所影响的因素不同,渗透之后文化因素在接受改造的同时也对对方的文化因子造成影响,双方在不断磨合的情况下,不断融合互组,形成一个新的完整的文化现象。这种渗透有着时间和空间上的差异,在某一时间段内,与某一民族的文化因素相渗透,在另一时间段内又与其他民族的文化因素相渗透,这种对外来文化因素的接受存在面上散布点范围的大小差异,这与接受主体本身的文化因素是有着本质区别的。文化的互动是一个双向的过程,且渗透的过程也是复杂变化的,不能仅凭某一民族的某些文化因素被另一民族所接受,就认为这一民族的文化较之被接受的民族优越。基于此,应当建立族际互动过程中形成的网络关系的概念,拓展思维,促进对文化互动与文化平衡关系的理解。

二　演化与适应：史诗文化的演化特性

(一)　文化演化的"相对稳定"性

　　在特定的文化中,任何一种文化要素的兴衰与更替,诸如婚配、交往、战争、崇拜神灵、禁忌等行为,是根据文化内部逻辑发展起来,经无意识选择原则转化为一致的。若要厘清文化演化的过程,必然要明晰蕴藏于文化选择背后的意义,需要从文化演化的相对稳定律出发。因为在面对异质文化时,如果不能全部接受,那么它们之间的演化便就从局部开始,并缓慢互动,整个演化过程呈现出水波纹似的延展,换言之,"当一种文化受到外力作用而不得不有所变化时,这种变化也只会达到不改变其基本结构和特征的程度与效果"[①],这就是族内演化的相对稳定律。

　　"个体生活历史首先是适应由他的社区代代相传下来的生活模式和标准。从他出生之时起,他生于其中的风俗就在塑造着他的经验与行为。到他能说话时,他就成了自己文化的小小的创造物,而当他长大成人并能参与这种文化活动时,其文化的习惯就是他的习惯,其文化的信仰就

---

①　[美]托马斯·哈定等:《文化与进化》,韩建军、商戈令译,浙江人民出版社1987年版,第44页。

是他的信仰，其文化的不可能性亦就是他的不可能性。"① 因为文化具有相对稳定性，所以族群中的一些普遍性特征通常会延续很长的时间，即便是受到另一民族的影响，仍然可以在其文化中找到踪迹。正如苗族史诗《亚鲁王》至今仍活跃在其生存土壤之上，尽管苗族与布依族、汉族等族群杂居，其间存在或多或少的变化，但我们可借助它追寻到古代苗族生活的踪迹。

在文化演化过程中，文化因子的接受和排斥并不是一次性完成的，而是在一次次的改变中被淘汰或者是新生。这个过程十分缓慢和隐蔽，不仅族群之外的人难以察觉，就是族群内部的人也很难发现。这就是渐次演化造成的残留文化。局部的改变意味着族群文化在发展的过程中不会所有部分都一起奋力往前冲，而是先从一个变化点开始，逐渐变化调整进而导致相邻和相关的内容发生变化。这种缓慢指的是族群文化的演化需要很长的时间，在演化的过程中，新旧交替是常态，并且要经过几代人的发展，新的特点才会完全代替旧的特点。

文化的相对稳定性有着内外的多重因素，它既受到人的主观认识的限制，也受到客观现实的限制。从稳定延续的族群所处的社会环境和自然环境来看，两者都具有稳定性，环境本身就十分复杂，其中的任何一个部分都不可能制约族群的整体，所以任何导致族群特点发生变化的外因，只能产生局部的影响和诱发的作用，不能造成燎原之势。族群文化是一个完整的文化系统，但是其内部千丝万缕，而非简单的拼接，所以其中任何一个特点被淘汰后，都会对系统内部其他部分产生不同程度的影响，进而促进它们进行调整，这个过程需要很长的时间，也需要其他相应的准备，所以说族群及其文化的发展是一个长期缓慢的过程。

在特定时期，"亚鲁王"文化一度遭遇外部力量的破坏，根据当地东郎回忆，几乎所有的东郎都被召去进行学习改造，一时间在麻山当地传承的"亚鲁王"变得"销声匿迹"，激发出东郎前所未有的危机感，"亚鲁王"如何传承下去成为当时的时代命题。东郎们灵活使用多种形式教授年轻东郎和为族人主持"亚鲁王"仪式，正是由于东郎们具有强烈的

---

① ［美］露丝·本尼迪克特：《文化模式》，何锡章、黄欢译，华夏出版社1987年版，第2页。

责任感,"亚鲁王"文化才艰难地传承了下来,文化本就具有缓慢形成和缓慢发展的特征,"一刀切"的文化变革带来的文化阵痛,并不能阻挡文化继续前行的内驱力。

从人的主观认识上来说,从族群中的部分成员意识到原本文化中的部分特点需要更新,直至多数成员表达出更新的诉求,最后开始进行更新,必然会经历一个漫长的过程。从客观上来说,任何文化因子的更新都不是一项独立的运动,在更新前必须有相应的物质条件基础,关联部分因子的协调以及族群文化传承的需要,如果不具备这些条件,那么即便是族群成员有更新的诉求,也只是单方面的一个愿望而已。需要经过长时间的前期准备,才有可能完成实践,当然更为关键的原因在于文化是具有生命力的,是处于不断运行中的,所以对于当中某一部分的修补和完善,需要在这一运行过程中进行,如若切断文化这一生命体,或者是扰乱了文化的正常运行,演化就会丧失意义,甚至说是对文化的一种毁灭性冲击。

文化演化的相对稳定性具有其价值,其演化对地域内的社会运行、生存发展并无影响,也不会扰乱它们本来的状态,反而能够使群体成员拥有良好的心态,以适应文化因子的变化,促进社会发展。民族文化的演化也不会带来物质的浪费,反而能够对当前的生产和消费有一定的调节作用。演化所带来的益处是明显的,但同时其也有不足的一面。因为演化的相对稳定性规律,文化的演化过程迟钝而漫长,在应对环境突变上,很难及时地应对,"这就显示了人类学家所谓'文化守旧'性质的隐秘基础"[1],那些对原有生活极度依赖的群体,不会轻易放弃原本的生活方式,去适应一切新的变化。

(二)文化演化的"协调演进"性

协调演进是指文化在演化过程中,任何一个文化特点的消失或者变化都会导致相关的文化因子产生相应的变化,使得民族特点的平衡与结构的协调需要进行新的调整。可见,文化的协调演进主要是源于文化的整体性和内部因子间的相互制约。文化的整体性与文化的相对稳定性使

---

[1] [美]托马斯·哈定等:《文化与进化》,韩建军、商戈令译,浙江人民出版社1987年版,第70页。

得文化的演化过程如新陈代谢一般，有的因子会自动被淘汰，然后产生新的文化因子。当然在这个过程中，与之相关的因子都会受到影响，主要是看联系的程度。为了维持文化的完整，原有文化因子和框架也要跟着做适当的调整，以便能够正常运行。具体到某一文化因子来看，族群文化的演化并非某一文化因子的进入或者是淘汰，而是因子间的连锁反应，这种反应要伴随新的文化因子适应原有文化体系的运行和文化的平衡再次出现才算结束。所以，这种反应并不都是一样的，而是各自有其演化形式，如因某些文化因子的改变，其他相关因子也发生了功能上的改变，或者造成了在文化框架中地位的改变等。

以火葬习俗为例，纳西族传统的丧葬习俗为火葬，有古籍记载如此，"人死，则用竹簀舁至山下，无棺椁，贵贱皆焚一所，不收其骨。"① 直到清代雍正年间开始在纳西族聚居区实行"改土归流"后，火葬习俗被流官逼令废止，至乾隆中后期，许多地方才开始逐渐改为木棺土葬。而在流官管辖不到的范围，至今仍有火葬的习俗。② 在麻山地区，火葬施行后，当地灵活处理了传统丧葬习俗，即亡者经过东郎主持仪式后进行火葬。当然协调演进律有积极的一面也有消极的一面，一方面，它能让族群处于一个完整的文化系统中，并能持续消化和吸收有用的文化因子，淘汰无利的文化因子，进而产生新的稳定和平衡，提高文化运作的效益；另一方面，协调演进也会使文化的演化变得复杂，带来许多不可预料的后果，引发族群生活的改变，从这个意义上来说，协调演进实际上是一个从点到面的过程。这往往会从主观上使想要更新族群特点的人们谨慎思考，因为最细微的一点变化，都会带来一系列后果。这种演化规律让我们意识到，对于任何可以对族群产生影响的事物，都必须充分考虑到文化因子的网络，对相关因子的关系网络和执行条件进行分析。

（三）文化演化的"定向适应"性

族群的演化通常被其文化生境所引导，在不断演化的过程中摄取能量的效率提高，耗能下降，且总的摄能量不增加，导致在生境外的适应

---

① （元）郭松龄、（元）李京：《大理行记校注·云南志略辑校》，王叔武校正，云南民族出版社1986年版，第86—96页。

② 和少英：《纳西族文化史》，云南民族出版社2001年版，第283页。

能力下降，能量的积累也逐渐减少，这就是文化演化的定向适应性。如果说自然力是用来服务人类的，那么人类就需要运用各种方法掌握自然力，找到文化演化所需要的能量，实现文化演化。但是，依靠人类力量激发的文化系统，通常的发展速度都是非常缓慢的，只有当促进能量产生的技术方式得到变革，效益提高之后，其发展速度才有可能得到提高。

定向适应律主要有两个方面的作用。一是文化生境的定向导向作用。对于处于稳定的生境中的族群而言，即便是相邻的两个族群，也会根据自身发展需求向不同的方向进行演化，演化结果是无法相互借鉴的。而族群在演化过程中，因所处的文化生境发生了变化，不管是人为造成的变化还是自然发生的变化，都会对演化的方向造成影响。当文化生境的变化停止时，那么定向适应律又会重新发挥作用，指导文化演化向新的方向发展。二是摄能效率的提高是文化适应和文化制衡的结果。既然族内演化只是一种特殊的进化形式，那么不管演化的方式是怎样的，演化的过程如何，对任一族群来说，其演化的结果不会带来摄能数量的增加，但是摄取进来的新的能量所耗费的代价会随着演化发展而逐渐变低。也可以说，定向适应律所要达到的目的并不是开源，而是节流。在定向适应律的作用下，当族群内部的演化过程接近尾声时，其适应度为最大值，呈现稳定状态，与外部对接的开口闭合，转为内部运行，族群社会内部的生产与消费达到平衡，代偿力的积累下降到最低点。

从人类生存的整体性着眼，定向适应律虽然对族群之间的制衡有着重要作用，能有效避免人们对能量的摄取过量，维持稳定有序和持续的发展。但是保守和制衡容易造成族群的封闭性，让族群成员失去开创和进取的精神，这是需要我们高度警惕的。从理论上来讲，任何一个族群的发展，如果不能自觉地意识到受定向适应律的制约，不能明晰族群文化会向什么方向发展，那么也就会丧失发展的欲望，这种情况是任一阶段的族群都会面临的问题。

文化传承是一种客观的存在，我们无法逃避，所以当我们回顾过去，即便只是从上一代人中去找寻变化，也能找到其变化的程度，甚至是从日常的行为中也能发现其变化。这些变化常常带有盲目性，而非有目的的变化，我们只能基于变化后的形态进行描述，只有在追溯变化过程的时候，才会使用更理性的方式去研析细微的变化，进而发现其文化改变。

但是鉴于人们往往对其他族群的文化习俗并无过多了解，甚至是没有了解，所以无法发现文化的改变。理性社会秩序的建立，是基于对文化多样性的认识，而由这种文化理性建构起来的社会秩序，也有其内部的演化规律，主导着文化的运行，形成制衡的格局，也造就了文化理性，确立社会适应的秩序。

文化的互动演化实际上是一种运行机制所激发的族群的发展和文化的变化形成过程。在内部各方都处于完整的状态时，向对方施加影响并诱导其发生变化。也就是说，各方都是以一个社会整体的身份去对另一族群产生影响，同时也受到该族群中的各方的反作用。

第二节　价值重构与价值更新：西南史诗的文化价值

死亡成为人类心灵深处永恒的焦虑，与此相伴的是，永生成为人类亘古的向往。在古希腊神话中，俄底修斯与希腊英雄阿喀琉斯在冥界汇合，阿喀琉斯在冥界拥有无上的地位和崇高的威望，俄底修斯向其表示祝贺，但是阿喀琉斯却说："不，伟大的俄底修斯啊，不要这么轻松地向我谈论死亡吧！我宁愿在人世上做一个帮工，跟随没有土地、没有什么财产的穷人干活，也不愿在所有死者中享有大权。"[①]

对死亡的无奈转换为对永生的眷恋，死亡与永生成了一个事物的两面。希腊神话中西西弗斯的传说也蕴含着人类以顽强的求生意志与死亡进行抗争的意义。西西弗斯因触犯众神，被惩罚将巨石从山底推向山顶循环往复永无止境。面对这样的悲惨命运，西西弗斯毫不犹豫、精神抖擞地重复那永恒的徒劳。这是因为他执着地迷恋着这火一般的生活和生机盎然的地上世界，不愿再回到阴森的地狱中去。西西弗斯这种徒劳的抗争尽管是悲剧性的、无济于事的，但他表现出的那种对生的执着和对死的憎恨，却为人类本性中渴望永生的冲动提供了绝好的诠释，世界各民族都有过寻求永生的想法和做法。我们从最初的原始宗教神话、原始

---

① [德] 斯威布：《希腊的神话和传说（下）》，楚图南译，人民文学出版社1978年版，第713页。

宗教艺术中的歌舞戏剧，以及与之相关的原始祭祀仪式中，都能感到涌动在人类天性中那对永生的渴望与冲动是如此的强烈，而这种超越死亡的渴望所产生的力量正是赋予原始宗教艺术以巨大生命力的重要元素。[①]

一 万物与死生：史诗文化与生命意识

（一）人类传统生死观

道家的生死观念极为淡然。道家讲究要通晓阴阳变化，将天地万物混同一体，认为人的生死不过是气的聚散变化，生是气的聚集，不必以生为快乐；死是气的散失，不必以死为悲伤，于是生死并不有优劣的区分。陈鼓应在比较儒道仪礼时认为，儒道两家对待礼仪的不同态度，实际上是对待生死的不同观点。道家认为生死是气的聚散变化，是一种自然的变化过程，从自然中孕育而生，死后回归自然，这本就是自然变化的一种结果，所以无须喜于出生，也不必惧怕死亡。

在道家哲学中，庄子将生命看作气的聚散，"生也死之徒，死也生之始，孰知其纪！人之生，气之聚也；聚则为生，散则为死。若死生为徒，吾又何患？故万物一也"[②]。宇宙万物都是由气组成，在本质上是没有任何区别的。在传统哲学中，气有云气和云烟的意思，又有天地浩然之气和人的精气、元气等意思。朱熹曾说："天地之间，有理有气。理也者，形而上之道也，生物之本也；气也者，形而下之器也，生物之具也。是以人、物之生，必禀此理，然后有性；必禀此气，然后有形。"[③] 而又有荀子言："水火有气而无生，草木有生而无知，禽兽有知而无义，人有气、有生、有知，亦且有义，故最为天下贵也。"[④] 认为人与草木、水火、禽兽之别在于人有生命、有意识、知道义，因而将人视作天地间地位最高的。但是帕斯卡却认为人只是拥有思想而已，人虽然伟大，拥有其他生物不具备的自我思考能力，可以探索生命存在的意义，能选择自己喜欢的生存方式，但是在自然面前也是弱小的，面对死亡仍旧显示出无力。

[①] 陈艳萍：《永恒的歌唱：云南民族民间歌谣与民族死亡观研究》，云南大学出版社2010年版，第3页。

[②] （战国）庄周：《庄子》，岳麓书社2021年版，第168页。

[③] 冯友兰：《中国哲学简史》，文化发展出版社2018年版，第279页。

[④] 方勇、盛敏慧：《荀子鉴赏辞典》，上海辞书出版社2017年版，第297页。

所以人们不断强调面对死亡，应当采取更为乐观积极的态度，儒家将人的生死看作一种自然现象，应以超然的态度对待生死。同时，针对生死问题，孟子认为既然人都会死亡，那就要为信念而死，为道德而死，"尽其道而死者，正命也；桎梏而死者，非正命也"，在生的时候做有意义、有价值的事情。

儒家对待生死的观点是非常清晰的，孔子注重对于生的思考，"未知生，焉知死"，强调了在理解生死时，应当先去探寻生的意义，死后的世界并非我们所能认识的，只有先把生弄清楚了，才能理解死亡。孟子则在孔子的基础上思考如何注重生，如何在生的时候对自己的德行进行培养，如何实现自己的人生价值等。从生死这对关系来看，儒家学说只是针对生进行了思考，回答了如何看待死亡，但是没有回答为何要以这样的态度来对待死亡的问题。儒家对待生死的态度为人们在世上生存和生活提供了支撑，让人们知道应该如何正确对待人生，却无法在内心形成一种强大的力量实现良性的自我发展。庄子的道法自然，将自然的运行归结为道，认为万物的生存和发展都必须遵循道。人从生到死需要经历一个漫长的过程，而这一过程本来也是处于道的运行之中，所以人应当顺应自然，不必因为死亡而过度哀伤。虽然道家解决了如何对待死亡的问题，但是人们对于未知的死亡仍怀有恐惧和焦虑，看淡死亡在一定程度上能缓解死亡所带来的压迫感和恐惧感，但是万物均有生死也显示了自然的公平。①

西方的生死哲学始于前苏格拉底时期的四位代表性人物，即泰勒斯、赫拉克利特、毕达哥拉斯、德谟克利特。泰勒斯是希腊米利都学派的创始人，对于生死，泰勒斯以水喻万物，认为万物如水不断流转，因其运行不停，而具有生命特征。生死也在万物流转的过程中不断转换，所以不必恐惧死亡。泰勒斯的主要功绩在于用自然本身来解释自然，开创了自然哲学。赫拉克利特继承了泰勒斯的唯物主义，但是并不认为万物的始源是水，而是火，是不会熄灭的火。而人在这个永恒的状态下，完成了其生与死的转换。他提出了逻各斯的观念，认为万物具有在变中不变

---

① 戴一峰：《宗教"共性精神"中的生死观念和伦理、"信仰"意识研究》，硕士学位论文，广西师范学院，2018年。

的必然性，或者是在变化中不变的原则。人必有生死正是这种必然性，"生与死、醒与梦、少与老，始终都是同一的东西。后者变化了，就成为前者；前者再变化，又成为后者"①。他不赞同有独立于身体之外的灵魂，反而认为灵魂必须依附于身体而存在。毕达哥拉斯与前两人不同，他从唯心主义出发解释了死亡的本质是灵魂的暂时解脱。从死亡的现象来看，人一旦死亡，身体就只是一具没有温度的尸体，所以将身体看作灵魂的牢笼，人死亡后灵魂从身体中脱离出来，会经过一段时间的转世进入另一个新的身体里面。德谟克利特将死亡看作人的自然身体的解体，这一观点涉及他对宇宙本原的认识，德谟克利特认为宇宙的本质就是"原子"，万物由原子组成，人也是如此，至死亡时，身体解体为原子，并不存在灵魂之说。

当然原始先民们对人类生死问题的思考始终未能摆脱灵魂的观念，英国文化人类学家爱德华·泰勒认为早期的人类对自身的思考主要体现在两个方面，一方面是对于生死的思考，以及清醒状态和睡梦状态中的意识追寻；另一方面就是睡梦中所出现的景象是由什么引起的。针对这种现象，先民们将人的构成分为肉体与灵魂，肉体是可见可感的，而灵魂是不可触摸的，赋予了人以生命和思想。泰勒认为人死后，灵魂会继续存在，它能进入死后人的肉体中，也能进入别人的肉体，甚至能进入动物、植物和其他物体中去，对其产生影响。这是关于万物有灵观念的较早论述，表明了先民们对死亡的一种普遍认识。泰勒对于灵魂的思考，人类学家詹姆斯·弗雷泽也有共鸣，他认为原始先民对周边事物的认识都是统一的，它们与人一样，都拥有灵魂。而灵魂一旦短时间地离开，人或者其他的生物就会进入睡眠状态，如果是永久离开，则会导致人与生物的死亡。除此之外，灵魂还有转移的特性，它可以进入另一个人的身体，也能附着在其他生物上。

泰勒与弗雷泽关于死亡和灵魂的观念，都是在原始土著居民的相关研究上所形成的，原始先民的灵魂观念所具有的广泛性和普遍性，使灵魂这一概念扩大到了自然界。因为动植物与人一样具有生死，植物也有枯荣，四季亦有更替，所以将灵魂观念扩展至它们身上，于是一切周边

---

① 段德智：《死亡哲学》，湖北人民出版社1996年版，第50页。

的事物都具有了生命，日月、山川、树木等都具有了能与人交流的本事。奥古斯特·孔德将这种现象称作纯粹的物神崇拜，其特点就是自然生物能自由地运用人类的天赋。①

（二）史诗文化生死观

在尚未阐述"万物生死"前，有必要阐释人类及万物不同的认识论。滇南彝族历史文献《采药炼丹经》中详细记载，天上地上东西南北四方神灵和人类祖先喝了天君神策格兹不死药和地王神黑夺芳的不病药后，可以永生不会死。如"格兹不死药，朔芳不病药，撒播天山上，策格兹来喝，策格兹不死；黑夺芳来喝，黑夺芳不死"。"索什斗"、"尼俄姥"、"沙妞祖"、"俄夺边"、"勒能妣"、"斗机勒"、"侬模巴"、"尼拾搓"（毕摩、文字神）、"尼则模"（巫术、巫婆神）、"东方绿天官"、"西方黑天官"、"南方红天官"、"北方白天官"、"中央黄天官"以及中原汉皇帝、彝族君、臣、师、匠、艺、黎民百姓等不会死，可以长生。但是，"族增不会死，村内住不下；人多不会死，大地容不下"，"人满为患"，后来人类及万物产生了有生有死的思想认识。

西南史诗中大多存在虎生人、龙生人、竹生人、葫芦传人，抑或雪生人、泥巴塑人等叙事。这些观点反映着彝族先民对人类及其人类"生"及万物"生"认识的一个方面。从某种意义上说，它是一种原始信仰的"生"观念，其中包含着原始古典自然哲学思想，也包含着原始宗教元素。

彝族史诗《阿黑西尼摩》记载，世间万事万物是由一个叫阿黑西尼摩的动物所生，这个动物全身上下怀孕，生下世间的万事万物。"西尼万物母，肚中的万物，绿红黄黑白，各色各物种，全部生下来。苍天和大地，日月和星星，白云和浓雾，还有那彩霞，还有风和光，所有这些物，样样生下来。生下奢俄木，生下奢则黑，生下斯俄木。俄木的妻子，西尼也生下。生下彻埂兹，生下黑得坊，生下额阿麻，生下额阿妣。东神尼木则，南神讷木发，西神尼木革，北神吐木铁，西尼也生下。雷神和电神，年神和月神，云神和风神，奢彻和奢古，吉得和多得，比古和盘

---

① 陈艳萍：《永恒的歌唱：云南民族民间歌谣与民族死亡观研究》，云南大学出版社2010年版，第27页。

古,还有俄达得,还有俄作阻,叽依和沙额,都是西尼生。"① 西尼摩生下天地万物之后,大海与湖泊一个连一个,大海阴沉沉,昼夜静悄悄,天神额阿麻住在天宫,他从天上撒下万物种子,白、红、黑、绿各种鱼便慢慢演化,变成了猴子,然后经过若干万年后,猴子又演化成原始人类。史诗中的"生",暗含着马克思主义中"劳动创造了人类"的观点,也表明了达尔文的进化论思想。

傣族史诗《巴塔麻嘎捧尚罗》记载,"父生子,子生孙,子子孙孙,从不间断,等到一万年,大地间,就住满了人。男人和女人,大人和小孩,像蚂蚁,像树叶,密密麻麻,叽叽喳喳,遍及罗宗补,十万年不死,千万年活着,贡曼神后代,寿命无止境"。人类越来越多,年老了蜕皮后就变年轻,长此以往,人比蛇多,人吃不饱就开始吃蛇,引起了绿蛇帝娃达的愤怒,"绿蛇帝娃达,后悔它当初,不该教人吃仙果,不该让人寿命长"。于是诱骗人类吃下疾病果,从此人类有了死亡,有了疾病。死亡成为必然,恶者寿短,德者寿长。生寿长短由前世修行决定,生由天,亡由天,生是天魂落地的结果,死亡是灵魂升天归祖的必然。

彝族史诗《梅葛》记载:万物谁无死,万物皆有死。若说太阳不死也不真,太阳落山入夜便算死;说月亮不死也不真,月亮由圆变缺便算死;说蛇不死也不真,每年蜕皮一次便算死;说汉地庙里菩萨不死也不真,每年一次更换衣裳便算死……鸟王也要死,如孔雀之类;兽王也要死,如犀牛之类;人王也要死,如皇帝之类。聪明能干的也要死,愚蠢糊涂的也要死,多才多艺的也要死,一无所有的也要死,成千上万的人都要死。

哈尼族史诗《万物的诞生与衰亡》开篇将事物两极——生与死提出,论述了万物有生必有死的规律。"很古的时候,上边没有天,下边没有地。哈尼古经说,世间万物不是不产生,时辰一到万物都降临。事物有着千万万,生灵有着万万千,样样都要先孕育,孕育成熟才诞生……万物在繁殖,万物在衰老,有生必有死,天地日月星,也要死一回。"② 生死枯荣相依随,有生必有死,有死必有生,这种对立统一、互相转化的

---

① 施文科、李亮文:《阿黑西尼摩》,中国国际广播出版社2016年版,第8—9页。
② 史军超:《哈尼族文学史》,云南民族出版社1998年版,第615—617页。

哲学观念，是指导整个哈尼族人生全程的中心思想，当然这是一种唯心观念，却给哈尼人沉重、痛苦的人生带来虽然渺茫但灿烂的亮色。黎巴嫩诗人哈里尔·纪伯伦说，"生活的茶太苦了，我们要往里面放一点糖"。这种达观长乐、视死如归、依循自然规律的哲理，正是哈尼人在自己的人生苦茶中投放的蜜糖。

正因如此，哈尼人的丧礼总是哀而不伤、悲而不痛，丧场往往变成人们欢乐歌舞的场所。往者往矣，生者长歌当哭、长舞当祭，让死者在后人的歌舞声中快乐地走上最后的归途，这就是哈尼族对待死亡的态度。但是，哈尼族并不因重视死亡而对生命本身予以轻视，在他们看来，生命不但是重要的，而且是快乐的，尤其是神圣的，这就是说，人的死亡是一个客观的、自然的、不以人的意识为转移的过程。生死是一种矛盾与统一辩证的关系，一个对立与统一辩证的过程。这一古典自然哲学思想要求人按自然规律正确对待生与死，不去追求不死。与其他宗教思想相比，这是充满智慧的关于人类看待生与死的指导。①

（三）生命意识的价值

纳西族的"崇人抛鼎寻不死药"、哈尼族的"起死回生药"等民间传说，都表现了对死亡的思考和抗拒。这种追求永生的强烈愿望，在傈僳族民间歌谣《生存与死亡》中得到了淋漓尽致的表现。歌谣里有这样的话："创造倒是最伟大，发明倒是很巧妙，可是还不会创造不死，但是还不会发明不老。起死回生心才甘，返老还童眼才顺；假如能有回生药，死者都能复活啊！假如发明不老药，老者都能还童啊！死了复活心痛快，老了还童肝舒服，该造长生不死药，该创返老还童药。"②

在这里，对人类的伟大创造的讴歌似乎在对死亡的焦虑中变得如此渺小，而对死亡的焦虑又化作了对永生的渴望。纳西族的一首情歌用平实朴素的语言，表达了对青春会逝去，人终有一死这一客观现实的无尽遗憾，"春天的花，希望冬天还会开放，但是冬天雨大霜大雪也大，所以这个花，是不会开放了。年轻的朋友啊，希望你永远年轻漂亮，可知青

---

① 杨甫旺：《楚雄民族文化论坛》第7辑，云南大学出版社2013年版，第67—68页。
② 中国歌谣集成编委会：《中国歌谣集成·云南卷·下》，中国ISBN中心2003年版，第889页。

春有限，人会苍老死亡。"

如果说这些民间传说和歌谣主要充满了对永生的向往和思考的话，那么中国古代的炼丹行为则是对永生追求的具体实践。然而，作为人的内在本质规律性，死亡又时时刻刻都在发生，人必有一死这一事实，是不以人的意志为转移的客观规律。死亡的阴影始终笼罩着人类，破灭了人类生命超越个体有限达到无限的内心渴望，与人类心灵深处那一个向往永生的强烈愿望形成巨大矛盾。于是，超越死亡的信仰，可以缓解人类死亡的恐惧。费尔巴哈曾说，世上若没有死亡这回事，也就没有信仰。各种各样信仰产生的最主要动因就是帮助人类实现超越死亡，信仰成为人类超越死亡的途径。在人类对永生的渴望与死亡这一客观现实之间呈现的反差中，信仰成为缓解人类对死亡恐惧的安慰剂，隐藏着对个体永生的许诺，为人们逃避现实苦难，逃离死亡剧痛，追求永世生存带来了一种虚幻缥缈的臆想。其出发点都在于超越死亡，解决死后灵魂归宿的终极问题。人在知道了死后仍有另一个永恒世界存在时，对死亡的恐惧与焦虑就会得到些许缓解，渴望永生的愿望在信仰世界中就会获得不同程度的满足。如彝族《指路经》与苗族史诗《亚鲁王》等，都有为生者讲述亡者去向的叙事，亡者在毕摩和东郎的指引下，随着先祖的迁徙路线，返回先祖故地，与先祖生活。且麻山苗族人民相信在先祖故地，可以享食鱼虾，不再历经征战迁徙的艰苦。所以，面对死亡时，麻山苗族人民并不具有悲切的情绪。

死亡既有超验性的一面，同时也有经验性的一面。除宗教与死亡问题直接相关外，文化世界诸学科也从形而上或形而下层面对此进行观照。形而上层面如哲学，由于死亡所具有的超验性，任何人都无法亲身真正地体验死亡，因而对它的解释首先得诉诸哲学。关于生死的讨论无异于对有无的讨论一般，让人在不断思辨中推动哲学思维的发展。哲学起源于对世界原初的思考，所以本身就承担着对生死问题的探讨，包括了死亡是偶然还是必然，死亡与永生的追寻，人性的自由、生死的排拒与融合等诸多形而上问题。在柏拉图看来，哲学就是死亡的练习。到了现代，死亡问题更是某些哲学流派的热门话题。死亡同时还具有经验性的一面。作为经验实证对象，死亡是日常生活中时刻都在发生的自然现象，即肌体全部生命功能的彻底中止。随着人类思维能力的提高与科技的进步，以及由肉体死亡现象所引发的诸如临终关怀、遗嘱安排以及社会影响等问题的出现和讨论，使死亡问题成了除宗教、哲学以外的文学、艺术、生物学、医学、心理学、政治学、法律学、伦理学、社会学等诸多学科的研究对象，也就是说，死亡问题在由哲学和宗教处理形而上层面的同时，还需其他学科对其进行形而下的观照。"人类所有高级的思想，正是起源于对死亡所做的沉思、冥索，每一种宗教、每一种哲学与每一种科学，都是从此处出发的。"20世纪，在西方世界还形成了一门以死亡原因及与死亡相关的各种现象作为研究对象的新兴边缘学科——死亡学（Thanatology）。西方文学、艺术、人类学、社会学、哲学等多种学科，都以各自不同的方式表达着对死亡的看法，死亡问题成为人类文化世界倾心关注的核心内容。正是由于人的死亡所具有的社会意义，死亡才被提到了如此高度。

"人之死不仅内在地关乎人之生，而且在人的文化本性上，人之死甚至先于人之生。正是因为人性化了的人先有了死亡的生命意识，才使得人采取了不同于其他自然物类的生的姿态和生的方式，确立了人不同的生存信念，将生命的'生'转化为人类文化创造的'活'与'动'，此谓之人的'生''活'。"[1] 也就是说，人的死亡意识的产生是先于生的意识的，正是因为有了死亡的意识，人们才有了生的动力。塞涅尔也非常赞同死亡意识是生存的动力这一观点，他认为一个人必须不断地想到死，没有死的意志就没有生的意志，只有在死的条件下，我们才能够得到生。这是因为只有充分意识到生命的脆弱性，才能从容、有序地度过自己的一生。在古希腊、罗马哲学中就已论述了生和死这一辩证关系，在人的身上存在许多对立统一的概念，如人的生与死、老与少、清醒与睡梦一样，是不断循环往复的，前者在历经了一段过程之后，就会成为后者。人的生死问题是推动人类哲学思辨的源头，柏拉图甚至将死亡的往复过程视作哲学，死亡成为哲学探讨的初级也是终极问题。在海德格尔那里，人的自由也就是"向死的自由"，即"向死而在"。这是因为只有"向死而在"，我们才能意识到此在之存在的有限性，从而在烦畏的情绪中积极

---

[1] 靳凤林：《死，而后生：死亡现象学视阈中的生存伦理》，人民出版社2005年版，第10页。

选择人生并筹划人生。

　　生和死是对立统一的关系,有生就有死,有死就有生,所以在讨论生的时候,实际是对死的思考。死亡是人生哲学中的核心问题,人在对死亡有了深入的思考之后,必然会对如何生,以及生的意义产生更浓厚的兴趣。因为人只有对死亡有了具体的认识,也就是说具有了死亡意识,才会对人有一个整体性的概念,认识到人生的有限性,克服惰性,积极乐观生活,知死而后生正是死亡哲学的一种深化,知死为人们建立全面的人生观和价值观提供了重要基础,因此,死亡观是一个同人生观、价值观紧密相关的问题。正是由于人意识到死亡的客观存在,才会倍感生之价值与可贵,从而更加珍惜生之美好。这一死亡意识能够激发人的潜力以创造生命的辉煌。从这个意义上说,死亡观在一定程度上决定着人生观、价值观和世界观。因此,死亡问题是一个人类终极关怀问题,是全人类共同面临的永恒主题,也因此成为人类文化世界倾心关注的核心内容。①

　　生与死、生命的诞生与躯体的消亡、永生的渴望与死后的归宿、生者与死者之间的精神联系,这一切都深化并增强了人们的哲学思考、价值选择、信仰追求和文学艺术的表露,影响了社会生活的许多方面。如生育丧葬习俗的演化、家族主义的巩固、"老年文化"的强化,以及对祖宗神灵的终极关怀与至上的心理依托等,一言以蔽之,影响了文化发展的轨迹。因此,对各民族生死观进行研究,既有学术价值,又有现实意义。②

　　从整体看,56个民族的文化有着共同的文化传统,共同的价值系统,当然也具有大体相似的生死观。但由于中国地域辽阔,自然条件差异甚大,民族族源、语系不同,历史发展情况各异,因而又存在明显的区域特点和民族特点,形成了各具特色的区域文化和民族文化。西南民族文化是中华民族文化的一部分,其文化传统和价值系统既受中华民族文化传统和价值系统的制约和影响,又具有区域文化特色,与东北、西北、华北、中南、东南等地区的文化迥然相异;西南地区自然条件复杂,既

---

① 寇邦平:《纳西族民间歌曲集成》,云南民族出版社1995年版,第260页。
② 杨智勇:《西南民族生死观》,云南教育出版社1992年版,第19页。

有寒冷的高原草地，又有湿热的亚热带台地，既有横断山脉，又有盆地，且与印度、缅甸、老挝、越南等国家毗邻。中华人民共和国成立以前，西南地区各民族的社会发展程度差异很大，这使得西南民族文化既有中华民族文化的共性，又有区域文化和民族文化的特殊性。共性包含特殊性，特殊性丰富和充实共性。不认识共性就难于把握特殊性，反之，不认识特殊性，就会抽空共性，不可能真正认识共性。这就是研究西南民族文化的重要意义。

西南民族生死观是西南民族文化的重要组成部分，认识西南民族生死观，对于认识西南民族文化和中华民族文化具有重要意义。生死观形成的原因是多样的，决定性因素就是价值取向，也就是说人们的价值取向决定着其生死观。价值是一种信念，是人们对周边事物的态度总和，价值随人类社会的变化而产生变化，并以不同的形态出现，如社会价值、经济价值、审美价值等。价值代表着价值主体与客体之间各方面的适应情况。价值无处不在而又处处不在。在文化领域中，没有什么能脱离价值标准，因为没有什么有意识的行为（包括社会、集体、个人的行为）能与目的性脱节，能与人的基本需要分开；没有什么事实无须你评价或期待。价值就存在于因有目的行为而产生的对于事实的评价和期待之中。一个国家的富强与贫困，社会发展的加速或延缓，受许多因素影响，如政治体制和经济结构。

生死问题存在于彝族古典自然哲学中，从本体论到辩证法都肯定世间万物包括人类有生死，认为自然界生命乃至人的存在，是一个生生死死、死死生生、生死相依而又对立的统一体，并且生与死观念是蒙昧、野蛮、文明三个时代人类社会历史进程的生活写照和生活缩影，反映和再现了人类社会由低级形态向高级形态的发展过程；个体的生与死是灵魂崇拜和祖先崇拜的具体体现，反映和说明了"生是死的前奏，死是生的转折"的生死轮回观念。彝族的生死观不是只有唯心主义的人类生存观，同时也含有唯物主义的认识因素，二者相互并存，也相互矛盾，死亡问题是哲学思想的一个重要问题，但在古代圣哲口中也往往是不可闻的。子路"敢问死"，子曰，"未知生，焉知死？"实际上，这是一个普通的社会现象。美国学者斯蒂芬说："我们生活在一个受着心理制约、否定死亡的社会。正因如此，许多人在临终之际凄惶不安。死亡跟性行为一样，是一个关上房门悄声谈论的问题。"①

恩格斯指出，"生就是意味着死""生命的否定实质上包含在生命自身之中""生命总是和它必然结果即死亡相联系而被思考的"。人类对人类自身生死现象和规律的认识，是古典自然哲学起源和发展的一个重要主题，亦是西南史诗回应万物与死生的文化意识，即自然界生命乃至人的存在，是一个生生死死、死死生生、生死相依又对立的统一体。

二 求实与坚韧：史诗文化与英雄意识

英雄史诗一般产生于奴隶社会时期，反映人类与自然灾难、原始部落之间的争斗。北方英雄史诗中英雄的业绩主要围绕"争夺女性""争夺财产"展开，而西南英雄史诗中的英雄业绩主要围绕"责任"来展开，尤显尚德和天下为公的精神。西南史诗对于个人的情感并不重视，英雄的行为也并非为了满足自己的利益。重视族群利益是西南史诗的价值取向，可以说史诗英雄是责任担当的典范。集体利益高于个体利益是中华优秀传统文化的精髓，西南史诗中的英雄重视责任，强调奉献，所有美好的品格都集中于英雄身上，他们承担着维护社会秩序稳定的责任，有着为族群牺牲的崇高精神。他们肩负族群使命，统领群众团结友爱，互帮互助，将道德伦理集于一身，身体力行传播传承。而在北方史诗和国外大部分史诗中，英雄多是利己的，他们常常是为了自己的荣誉和利益去斗争，强调个人中心，关注自我，强调自我欲望的满足和实现。追求自我价值的实现，喜欢个性和自由成为他们人生的最高理想。

在民族文化土壤中形成的各民族史诗，更鲜明地显现了民族文化特质，体现了民族文化精神。首先，农耕民族"顺应自然、征服自然"的生活主题和历史主线，已成为大部分史诗的主题和题材；其次，尤其突出的是，史诗里强烈地体现出作为西南少数民族山地农耕文化特质重要组成部分的那种朴素、求实的民族品质、民族特点，那种坚韧不拔的民族性格、民族文化精神。②

---

① ［美］斯蒂芬·雷文：《生死之歌》，汪芳、于而彦译，东方出版社1998年版，第2页。
② 刘洋、肖远平：《文化价值与整合策略：苗族史诗〈亚鲁王〉的文化调适》，《文化遗产》2020年第4期。

（一）顽强坚韧的民族精神

在各民族原始性史诗里，最震撼人心的是各种形象在创世迁徙和其他活动中所表现出来的那种毅力，那种"韧"性。《密洛陀》里的卡亨、罗班在治山治水的斗争中就显示出那种精神。《密洛陀》里的卡亨为了治山，经历了千辛万苦。史诗描述他：淌过千条河，爬过万重山，直到鼻梁生草头长树，才回到密洛陀身边。面对着"石山千万座，锋利如刀剑，土岭密麻麻，横直把路挡"，他不是没有动摇过，但在密洛陀的鼓励下，他最终发出"只要密多出主意""就是断了十根骨"也要治好山的誓言。他"用手打石山，打了三天三夜"，"拳头肿似球，鲜血遍地不忍看"；他"用脚踢土岭，踢了三天三夜"，"脚甲全踢落，遍地是鲜血"，但仍坚持打山踢岭，直到千座山倒万座岭翻。罗班为了治水，也克服了重重困难。史诗描述他：淌过千条水，涉过万重山，直到脚趾长青苔，直到肚脐长水茵，才回到密洛陀身边。在"天无涯""地无边""洪水茫茫深万丈"的情况下，他也动摇过，也在密洛陀的鼓励下发誓"就是脱了九层皮"，"也要把水排干"。他"用耳朵作戽斗"戽水，"戽了三天三晚"，"直到耳冻僵，直到鼻出血，直到眼发花"；他用"十张指甲当戽斗，戽了九天又九夜，直到指甲僵如铁，直到指甲流鲜血"，还是坚持干，直干到"漫天洪水顺向流"。

在土家族史诗《摆手歌》中，人们的迁徙活动也体现了顽强坚韧的民族精神。他们长途跋涉，风餐露宿，艰难前行。史诗描述道：天上月亮未落，穿起草鞋动身。软不得腿，松不得劲。像老鹰飞，像麂子跑。草鞋穿烂一双双，拐杖拄断一根根。背晒成壳，胛板变厚。脸上长牛角（形容瘦），胡子成鼠窝……他们千折百回，矢志不渝，终于找到理想的住处。还有《巴塔麻嘎捧尚罗》里的帕雅桑木底，他不怕失败，多次摸索，终于造出了凤凰房。

在英雄史诗里，这种韧性表现于英雄人物在前进中的连续作战、在失败后的百折不挠，甚至死后仍继续奋斗。《厘俸》里的海罕大将冈晓，奉命率领8万大军作先锋，一连经历十几场恶战，每场都"杀得黄烟滚滚，天昏地暗"，即使在"他的身边战士全部阵亡被围困在敌阵中央"时他也"像闪电一样挥着宝刀，骑在象背上大声笑"，直到死了，"还把牙关紧紧咬,脸色不变,怒气未消"①。《莫一大王》里的莫一,为了"与皇帝打仗",先赶群山堵寨;堵寨不成,又种金竹育兵;育兵不成,又扎草人造兵……一而再、再而三地失败,又一而再、再而三地重来。直到被砍下头颅,仍化成三只地龙蜂飞进皇宫,蜇朝臣、蜇皇帝、蜇官兵。②

中国西南少数民族这种带山地农耕文化特征的坚韧不拔的民族精神形成于实践中,显现在史诗里。

(二)勇于担当的英雄精神

社会的统一、族群的和谐、人民生活的幸福成为西南民族文化的普遍主旨,带有原始农村公社模式的影子。虽然具有民主性,但是也存在具有无比权威性的各种有形无形的规约。在侗族社会中,以一个寨子为范围,寨中的每个族姓都有相关的组织模式和律法规定,人们通常会自由选举出一位德高望重的人,成为处理本族姓事务的领导者。每一个族姓或者每一个村寨,都有属于自己的鼓楼,鼓楼是这些组织举行大会的重要场所,主要用来议事、集会、选举等,同时族姓中还有对日常行为的规范和约定,它们或形成条文,刻于石碑,立于寨边和公共场所,或编成"念词",流传于群众之中,但也要立一巨石为据。其内容包括有家庭、婚姻、土地、房屋、财产、森林、治安以及青年男女社交等条规,在侗族地区还有以地域为纽带的村与村、寨与寨的联盟组织——"款"。苗族有农村公社组织"椰款",小的包括一个或几个毗邻村寨,大的以大寨为中心集若干小椰款而成。有选举产生的椰头、款首和军事首领,有自然形成的"理老""行头"和祭司。③ 在椰款内部,人人平等,主持人"理老"也不例外。

正是重视平等,重视个体协同,各部族才形成了在生产生活中相互帮助、团结协作、尊老爱幼的道德品质,这是构成群体文化的重要基础,促使族群凝聚和团结,形成中心、形成秩序。因而西南史诗重视群体作用,提倡乐于奉献的精神。《苗族古歌》里分别由剖帕、往吾、把公、府方等斧砍、锅煮、拍捏、顶踩天地,分别由养优、修狃、粑公、秋婆、

---

① 刘亚虎:《南方史诗论》,内蒙古大学出版社 1999 年版,第 244 页。
② 罗健民整理:《莫一大王:壮族英雄史诗》,中国国际广播出版社 2016 年版。
③ 马国伟:《彝、纳西创世史诗比较研究》,硕士学位论文,中央民族大学,2003 年。

绍公、绍婆等造山、造河、整山、修河、填地、砌坡，最终完成开天辟地大业；又分别由宝公、雄公、且公、当公、月优、月黛、雄天、冷王等浇铸、剪刨、挑送日月，才最后把日月造好安好。纳西族《崇搬图》里"所有的人""都来造神山"，"有的带来好土，有的带来白石，有的带来金和银，有的带来宝石和珍珠，有的带来海螺和珊瑚"，群策群力把"四面玲珑的若倮山"建成了。《勒俄特依》《布洛陀》等史诗里，也都是各种形式的群体的力量合作造成了天地。

为群体而献身的精神更体现在一些具体行为中，《遮帕麻和遮米麻》里的遮帕麻为了安月安日，扯下右乳房变成太阴山，扯下左乳房变成太阳山；遮米麻摘下喉头当梭子，拔下脸毛织大地，"遮米麻拔下右腮的毛，织出了东边的大地。东边的地像清水一样清清吉吉，东边的地像泉水一样清澄见底"。"遮米麻的右腮流下了鲜血，淹没了东边的大地。东边现出一片汪洋，化成东海无边无际。"这种舍己为群的集体主义精神，透过史诗的字里行间，放射出熠熠的光芒，"它们注重整体，单个构成整体的力量；它们注重单个，整体使单个更加昂扬"。"智州的山太愚蠢，挡人去路使人贫；七分石头三分土，十分耕种三分收成。""肩上压的米袋过百斤，脚下踩的石头尖如棱；脚步撕不开密藤野草，手板推不开带刺荆榛。一年辛苦耕耘，有了收获更难回运；要扛回一袋谷子，汗水先要流掉几斤。"① 英雄莫一为了方便人民耕种，决心在山地上开路，之后又拦河养甲鳞，赶山下海，将西部的山岭变成了平地，从此贡瓦人收成变多，不再担心肚扁挨饿。

中国西南少数民族文化的特质，反映在原始性史诗的艺术形式上，但因此史诗中的不少形象具有较多的共性而缺乏鲜明的个性。这形成了原始性史诗在艺术表现方面的一个重要特点，西南民族群体文化的特质还决定了西南地区一些民族更大规模的群体性文学作品英雄史诗的产生。人们对祖先的缅怀、对故人的留念、对英雄业绩的骄傲、对民族历史的自豪，是民族英雄史诗得以创编的动力，而民族群体性的生产生活方式包括各种具有神秘色彩或娱乐性质的活动，以及由这些活动所产生和形成的群体意识。这些都是史诗作品产生和流传的重要文化土壤。

---

① 罗健民整理：《莫一大王：壮族英雄史诗》，中国国际广播出版社2016年版，第22页。

（三）至死不渝的忠诚精神

忠诚作为人类精神的重要组成部分，广泛存在于各种体系中。它对促进人与人、人与社会、人与国家、国家与国家之间的关系具有良好的调节作用，有利于社会秩序的稳定和发展。忠诚作为一种精神文化，是建立在人们的归属意识上的，人们对于文化、民族、家庭、团体的归属感是建立忠诚的重要依据。作为忠诚文化的核心精神，忠诚精神是一个国家和民族发展壮大十分重要的精神动力。

忠诚不仅涉及伦理学领域，还是关系到人类生活各个方面的现实问题。对于忠诚，每一时期都有每一时期的内容，其价值内涵、形式特征都有差异，但是作为调节人与人、人与社会之间的道德规范，不管社会如何变化，它都会对这一时期的社会、文化、经济、政治产生不同程度的影响。忠诚始终是中国历史上维系社会稳定、规范人们行为方式的道德支柱，并形成了忠诚、忠信、忠恕、诚信等一系列相互关联的范畴，忠诚作为一种内在的品质至今仍影响着人们的观念和行为。①

作为传统文化精神的史诗，西南史诗中几乎没有背叛这一要素，民众对英雄的忠诚，英雄对民众的尽责始终贯穿史诗全部，内化为西南民族的民族精神，影响至今。在史诗《莫一大王》中，官差来捉拿莫一，乡邻众里誓死保卫莫一，"有的叫莫一快隐入竹林，天塌下来由乡亲们顶；谅我们村百多号人，也不会被砍绝杀尽。有的主张各家为营，拿起棍棒和他们拼；杀得一个就是保本，杀得一双就是赌赢"。② 周边的大王纷纷相助，"一支兵冲出山沟，为首的就是蒙王；个个拈弓搭箭，好比一队凶猛的貔貅。""第二支兵闪出山冲，一面大纛半红半青；一色的长枪寒光闪闪，为首的是那地州'罗将军'。""第三支兵马冲出山谷，个个手持雪亮的大斧；那是文兰州韦家的大力士，好比一队砍山的樵夫。"③ 但是莫一为了让贡瓦的人民获得永远的安宁，决定献出自己的生命。

在拉祜族史诗《扎弩扎别》中，扎弩扎别不满天神厄沙对百姓的抢

---

① 虞新胜：《军人忠诚精神论》，国防大学出版社2013年版，第5—6页。
② 罗健民整理：《莫一大王：壮族英雄史诗》，中国国际广播出版社2016年版，第172页。
③ 罗健民整理：《莫一大王：壮族英雄史诗》，中国国际广播出版社2016年版，第173—174页。

夺，带领部族反抗厄沙，"是谁给我们恩典？是我们的劳动收获。幸福由谁给我们？全靠我们自己创造……你不是我们的俄爸，你不是我们的俄耶。要吃好穿好靠自己找，芝麻大的贡品也不给你！"百姓听了扎弩扎别的话，跟着一起反抗，招来了厄沙的报复，扎弩扎别帮助百姓想方设法赢过厄沙，"七天七夜不见光明，七天七夜没有笑声。人们就去找扎弩扎别，请他快把痛苦战胜。扎弩扎别的办法实在多，他把松明绑在水牛角上，又把蜂蜡绑在黄牛角上，点着火把去犁地薅秧"①。人们跟着扎弩扎别反抗并未感到害怕，直到扎弩扎别被厄沙毒死，扎弩扎别仍在保护着拉祜人民。

三 转化与发展：价值重构与价值更新

理解西南史诗价值重构与价值更新的意义，不仅要理解世界格局加速演变与全球治理体系重塑的现实，还要理解中国共产党治国理政理论与实践的百年奋斗史，更要理解中国近现代历经"文化弱势—文化自证—文化自信"的变化轨辙。

（一）史诗精神与百年未有之大变局

习近平总书记高屋建瓴，指出世界正处于百年未有之大变局。史诗研究显然见证了中华民族的百年奋斗史，史诗精神显然伴随着中华民族的百年奋斗史。

公元前5世纪，世界范围的诸种文明进入轴心时代，创造性思维集体迸发，孔子、老子、庄子、孟子、苏格拉底、柏拉图、亚里士多德等先贤几乎同时出现在诸种文化的历史舞台，以孔子删定六经计算，至今已2000多年，中华优秀传统文化在数度革新中得以承继。直至近代，鸦片战争后的中国沦为半殖民地半封建社会，各界仁人志士求解破局，西学东渐，中西文化在碰撞交流中激荡，"中国走向何方"和"中国文化走向何方"成为时代命题，直至中华人民共和国成立，中国人民才在中国共产党的领导下，伴随站起来、富起来、强起来的历程，实现文化自证与文化自信。

---

① 云南省少数民族古籍整理出版规划办公室编：《云南少数民族古典史诗全集》（下册），云南教育出版社2009年版，第199页。

我党历来重视在时代变革中对中华优秀传统文化进行创造性转化。一方面，如毛泽东主席指出，"然东方文明可以说是中国文明"，强调传统文化的重要意义；另一方面，强调传统文化的继承发展，毛泽东同志说，"我们必须继承一切优秀的文学艺术遗产，批判地吸收一切有益的东西"①。改革开放后，传统文化的创造性转化再次进入顶层蓝图。邓小平反复强调，必须大胆地吸收和借鉴人类社会创造的一切文明成果，文化发展要在注重优秀传统文化作用的基础上，面向世界、面向未来，在吸收、借鉴过程中创造性推进文化建设发展。思想家钱穆将文化视作一切，认为："一切问题，由文化问题产生；一切问题，由文化问题解决。"② 社会学家费孝通先生更为务实，强调"文化本来就是人群的生活方式，在什么环境里得到的生活，就会形成什么方式，决定了这人群文化的性质"③，实践验证了其观点。事实上，"文化回归"和"坚守传统"难以实现现代化的"自主性适应"，只有"文化自信"和"文化自觉"才能回应"文化主体性"的诉求。

　　进入新时代，习近平总书记强调，"中华民族伟大复兴需要以中华文化发展繁荣为条件""有鉴别地加以对待，有扬弃地予以继承"。党的十九大报告指出，深入挖掘中华优秀传统文化蕴含的思想观念、人文精神、道德规范，结合时代要求继承创新，让中华文化展现出永久魅力和时代风采。④ 党的二十大报告指出，我们必须坚定历史自信、文化自信，坚持古为今用、推陈出新，把马克思主义思想精髓同中华优秀传统文化精华贯通起来、同人民群众日用而不觉的共同价值观念融通起来，不断赋予科学理论鲜明的中国特色，不断夯实马克思主义中国化时代化的历史基础和群众基础，让马克思主义在中国牢牢扎根。⑤ 中华优秀传统文化再次走入世界舞台中央，中国人民的文化自信已然确立，并且绝不是跃然于

---

① 毛泽东：《毛泽东早期文稿》，湖南人民出版社2008年版，第474页。
② 钱穆：《文化学大义》，载《钱宾四先生全集》第三十七卷，台北联经出版事业公司1998年版，第3页。
③ 费孝通：《文化的生与死》，上海人民出版社2013年版，第12页。
④ 习近平：《决胜全面建成小康社会　夺取新时代中国特色社会主义伟大胜利：在中国共产党第十九次全国代表大会上的报告》，人民出版社2017年版。
⑤ 习近平：《高举中国特色社会主义伟大旗帜　为全面建设社会主义现代化国家而团结奋斗——在中国共产党第二十次全国代表大会上的报告》，《求是》2022年第21期。

纸间心头的标识性符号，而是成为中国共产党领导中国人民建设社会主义中国的经验事实和成功范型。

在世界百年未有之大变局中，中国自身也处在历史发展的关键时期。文化自信应对百年未有之大变局，解决国内问题的生动实践，为世界提供了中国方案。正如习近平总书记强调的，传统文化是治国理政极其重要的智慧来源，这种智慧来源显然体现于西南史诗中何以安身、为谁立命的社会理想，教之于理、化之于情的道德观念，和实生物、同则不继的民族性格。

从群体认知和个体认知的角度来看，对本土认知、习俗、制度等文化符号进行地方性知识的再阐释，深刻反映出生态文化、民俗文化、道德文化、经济文化、宗法文化的原生性，可见中华优秀传统文化重视人、自然及社会的两两互动关系，不仅呈现出中华民族多元一体共享的价值追求与行为模式，亦是人类命运共同体生存样态和生活方式的重要实践参照。

2020年是我国全面建成小康社会之年，中国共产党向全世界宣布，中国共产党领导中国人民经过百年奋斗，全面进入小康社会。在脱贫攻坚的战场上，各级政府部门同心协力，落实主体责任，明确帮扶责任，通过发扬史诗中的团结精神、开创精神，以人带人，激发劳动人民的创造力。在扶贫的道路上，以干部带头为首，将最好的干部放在最需要的地方，无疑是对史诗精神的继承。在各民族的英雄史诗中，民族英雄肩负族群生存和发展的责任，带头对抗自然、抵御恶魔、发展生产，扶贫干部正是承继了史诗英雄的责任，在史诗英雄勇于斗争、顽强拼搏、忠于人民等思想的引领下，实干苦干，加快了人民群众脱贫致富的进程。授人以鱼不如授人以渔，在扶贫的过程中，干部们巧做扶贫与扶智、扶志的文章，以激发人民群众自身的创造力，当地党员带头，以先富村民为典型，从精神上鼓励他们积极向上，不畏困难。甩掉曾经等政府帮扶的落后思想，将"等靠要"转变为"积极干""要创造""要自强"。顽强坚韧、勇敢担当、忠诚不渝的史诗精神，在脱贫攻坚工作中发挥了重要作用，同时随着消灭绝对贫困，史诗精神在消灭相对贫困的"后贫困"时代将继续发挥作用。

(二) 史诗文化在当下的转化与发展

中华民族在五千年的发展史中，创造了具有伟大生命力的中华文化，并成为中华民族特有的精神标识，传统文化是民族的根脉、是历史的积淀，当下要实现对中华优秀传统文化的转化和发展，必须要加强对其的挖掘和阐释，通过凝练将中华民族的文化因子与当下的文化相结合，与现代社会相适应，贯通古今，激活文化活力，为推进人类社会的发展和人类命运共同体的建构提供精神指引。

一是史诗文化与中国特色社会主义核心价值观的自洽。中华优秀传统文化是社会主义核心价值观的源头，它强调实事求是，也重视与时俱进，更关注继往开来，对任何一方的忽略都不能说是对其精神的客观理解。文化是一个国家的立国之本、强国之基、发展之源，是人民生存、生活、发展所依托的精神支柱，因而对自身文化的信仰是最基本的、最深刻的、最持久的力量。

爱国是一个民族最核心的精神文化，基于爱国传统，中华文化才能在漫长的历史中不断演进和发展。没有强大的国家就没有个人的幸福和安宁，个人是融于集体的，只有将个人的价值与国家的发展相结合，才能发挥个人的能力和优势，为祖国的发展添砖加瓦。史诗英雄，是人民对国家统一愿望的集合体，史诗《羌戈大战》《黑白之战》《厘俸》就充分表现了在面临外族的侵略时，团结抵御是唯一正途，"远古岷山多草原，草原一片连一片；牛群羊群多兴旺，羌族儿女乐无边。忽然魔兵从北来，烧杀抢掠逞凶焰；羌人集众往西行，找寻幸福新草原。前面荆棘难行路，后面魔兵紧追赶；重重艰难重重险，人间苦难说不完"①。在《莫一大王》中，莫一在面对族群的生死存亡时，毅然将儿女私情抛之脑后，"莫一赶山起自炎热的盛夏，到如今天高气爽秋风肃杀；智州的山丛开了一个大口子，群山之间的距离渐渐拉大。母亲在做冬衣，把线缝得密密麻麻；父亲在织草鞋，把竹壳搓得紧紧扎扎。小伙们包着五色糯米饭去找，姑娘们带着三角粽子去查；莫一莫一你应一声，到底你在哪个

---

① 罗世泽、时逢春：《木姐珠与斗安珠羌戈大战：羌族民间叙事诗》，中国国际广播出版社2016年版，第90页。

山旮旯？走的那天六月六，今天已是九月八。"① 在集体利益前，英雄牺牲个体利益和局部利益，以必胜信念贡献自身力量。

敬业爱岗是中华民族的传统职业伦理，勤劳勇敢是中华民族的传统行动准则，踏实肯干、勤奋自勉是中国文化的传统美德，在职业中体现的是敬业的美德。敬业是每一个从业人的责任和使命意识，是对工作的认真负责，是对人民的奉献精神，只有不断在自己的领域奋进探索、精益求精、努力拼搏才能将工作做得更好，才能推动社会的进步。无论是创世史诗中的创世神，还是英雄史诗中的英雄，都具有强烈的社会责任感和奉献精神。在创世史诗中，天神、巨人等以自己的身躯化生宇宙万物，创世天神为人类的繁衍和发展以及维护秩序殚精竭虑，他们在自己的岗位上尽心尽力，不计较个人得失，甚至失去生命，换取了社会的稳定与繁荣，因此，只有发挥敬业精神，才能推动社会的进步，托起强大的国家。

诚实守信是做人的根本，也是企业和民族立足、发展的根本。"人无信则不立"，道法如此。不管是人类世界还是自然宇宙，都有诚信的规矩。如果宇宙不依诚信，则会再次陷入混沌，如果时间不诚信，则会四季混乱，植物作物无法生存，人类也会因为没有充饥之食而殁于荒野。所以，正是自然有了诚信而产生了宇宙，宇宙有了诚信而产生万物，四季更替，万物轮回。于人类社会也是如此，诚信是真实无欺，讲求信用。如果人与人之间的交往不以诚信为原则，那么社会将会无法运行。有了诚信，人们才会有信任感，才利于团结。有了诚信就有了道德，人与人之间、人与社会之间才能实现良性的互动。

二是史诗文化与文化产业的自洽。史诗是多元复杂的统一体。一方面，宇宙观与世界观、价值观与人生观、仪礼观与信仰观、社会观与经济观统一于此，且嵌合地域的活形态仍在持续异变，指涉生产生活诸环节；另一方面，地域文化持有人文化权益的均等化和观念形态的物质化②，不仅聚合为地域共性文化积淀，亦成为理解地域文化及其延伸的重

---

① 罗健民整理：《莫一大王：壮族英雄史诗》，中国国际广播出版社2016年版，第43—44页。
② 刘洋、肖远平：《数字文旅产业的逻辑与转型——来自贵州的经验与启示》，《理论月刊》2020年第4期。

要线索。沿时空序列理解史诗文本内蕴的经济事项和史诗文化隐含的供需效应，追寻时空变动下文化异变和实现内外冲击下的文化调适，无疑是符号层累与技术变革下史诗文化驱动经济发展的重要理论概括。①

史诗经济功能涵括史诗文本隐含的经济事项和史诗文化内蕴的供需效应。一方面，史诗经济功能的发生学特征源于时空演进下多产业、原生态的地域经济活动，达致以乡土文化产品为点，以地域文化景观为轴的点轴效应；另一方面，史诗经济功能的动力学特征源于变化秩序下经济活动激励和约束的强弱变化，达致技术变革下文化赓续的范式转换和地域社会组织结构的控制性规范。传统认知中，较少关注史诗文化的经济驱动力，且多认为史诗文化对区域经济发展影响较小，甚至强调史诗文化对区域经济发展的反作用，此种观点显然忽视了史诗文化对区域经济发展的积极作用。随后文化与经济的互动关系得到更多关注，"一定的文化（当作观念形态的文化）是一定社会的政治和经济的反映，又给予伟大影响和作用于一定的政治和经济"②。直至当下，国家话语主导的非物质文化遗产保护运动在建构具有一致性意义的国家话语场域之余，也带了无限向后端拓展的史诗文化研究和本土遗产产业化的试错，事实上，回应人类命运共同体建构的竞合共生，需要全产业链研究中诸节点的紧密衔接，如此，无限向前端延伸的史诗文本研究于文化深度拓展而言便极具落地性。

史诗是各族人民共同创作的文学，是各民族文化积淀的成果。在当下强调传统文化转化与发展的背景下，如何对史诗资源进行挖掘，使其完成这一时代使命，是亟须思考的问题。史诗的产业化发展是文化持有人正努力探索的。以苗族史诗《亚鲁王》为例，亚鲁王文化研究中心结合麻山苗族传统文化与史诗内容，以民族性、审美性、真实性为主要原则对史诗进行改编创作，打造出了适宜舞台展演的舞台剧，在节庆假日表演。同时，还提取史诗中的文化元素，凝练成亚鲁王品牌视觉形象，设计生产相关的刺绣、蜡染产品，这是史诗文化现代性转化的一次重要

---

① 刘洋、肖远平：《南方史诗的经济叙事与文化资源创造性转化——基于史诗〈亚鲁王〉的考察》，《湖北民族大学学报》（哲学社会科学版）2022年第1期。

② 毛泽东：《毛泽东选集》，人民出版社1991年版，第663—664页。

尝试，也是实践优秀传统文化传承与创新的重要突破。①

三是在人类命运共同体中发挥作用。史诗唱诵不仅是对历史的追忆、谱系的把脉和生活的向往，更影响着人们的思想观念和行为导向。史诗的"活"形态决定了史诗文本、传承群体、仪式场域及文化符号等，均能立体、生动、活态地还原史诗本真。史诗展演不仅是对祖先生活轨迹的反映，亦是连接传统与现代的媒介。传唱史诗是为了回忆历史，其复杂串联的社会功能实质上是建构和表达认同。史诗在原始社会具有权威的历史话语权。不管是创世史诗还是英雄史诗，都是记录和保存民族历史的重要载体。史诗涵括特定时空下的价值观念，是对彼时社会与政治的反映。史诗演唱者通过讲述辉煌历史，以达到威慑民众和加强认同的效果。无论在何种仪式场域，史诗均以规范约束行为和承载历史文化向外传达它内嵌的历史话语信息。作为连接古今的关键，演唱者帮助人们了解民族历史，获得历代先祖的生产生活经验，在回忆过去的同时，找寻自己的社会关系，获得现实与心理意义上的归属。毕摩的每次唱诵，都是对先祖一次全新的情感表达，族人在其中获得民族认同与文化认同。

文化认同和民族认同是个体归属感的重要体现，文化认同与民族认同之间并非独立存在的，从文化认同角度来说，个体从中得到身份的确认，并以此传承共同的文化，形成共同理念，是这一文化共同体的黏合剂。个体的认同表现为内在的心理认同和外在的行为认同，族群通过史诗仪式场域传承史诗文化。就民族认同而言，民族的归属感是个体对民族群体的一种依恋感，个体将自身命运与民族命运联系在一起，增强民族团结和民族凝聚力。传统文化的创造性转化、创新性发展，要求文化立足传统、着眼未来，伴随多重话语体系的进入，吸收新的学术思维、新的发展理念和新的民族自信依据，演化出多中心的文化碰撞与互动。②

---

① 刘洋、杨兰：《技艺生产与生产记忆：苗族史诗〈亚鲁王〉的文化记忆》，《贵州民族研究》2020年第2期。

② 杨兰：《苗族英雄史诗〈亚鲁王〉的社会功能与当代价值》，《中国民族报》2019年1月11日第11版。

构建人类命运共同体的全球化思维和地方性作为，要求史诗学学科回归实践传统。一方面，全球化凸显带来了地方性文化的"非地方化"，多文化的协同意义成为中国史诗为全球治理贡献的中国智慧和中国价值；另一方面，人类命运共同体是人类历史经验与生存智慧的结晶，史诗则是人类历史经验与生存智慧的重要组成部分，史诗的创造性转化和创新性发展可以为提升哲学社会科学的国际话语能力贡献实践经验和创新思维。①

小结　重构与更新：西南史诗的民族精神与认同表达

本部分以条块视阈动态审视西南史诗，以整合互动律、因子同位借入律、牵连借入律、消化吸收律考察西南史诗文化演绎规律，发现西南史诗的文化演绎具有"相对稳定"性、"协调演进"性及"定向适应"性。以万物与死生、求实与坚韧、转化与发展观测西南史诗的文化价值，我们发现西南史诗不仅呈现出先祖的生活轨辙，亦是连接传统与现代的媒介，其文化价值在于价值重构与价值更新。

毋庸置疑，民族精神是一种特殊的文化意识，是一个民族在长期的生产生活实践中形成的被本民族成员所认同和接受的民族意识、心理、气质、品格的综合体。在民族精神框定的场域中，文化生境、文化累积和群体存在共同建构民族精神，并培育文化共同体，这些文化共同体的外在特征和心理素质构成了民族精神的表象世界。所以，它并非一个固定的意识，而是变化的，是动态的。西南民族精神的形成得益于礼仪的、伦理道德的聚合力。这些都在史诗中得到了变形的折射和朦胧的暗示，至今仍显示出异乎寻常的特色和顽强的生命力。可以说，史诗与民族精神紧密嵌合，深刻影响着诸民族的思维理念和行动模式，进而影响诸民族的文化传统与社会形态。在古代中国的社会意识里，值得崇拜的不是

---

① 杨兰：《苗族英雄史诗〈亚鲁王〉的社会功能与当代价值》，《中国民族报》2019 年 1 月 11 日第 11 版。

"力",而是"力"所体现出来的道德性质①,是力所拥有的伦理装饰。"知识就是力量""道德就是力量",西南史诗作为中国精神的原始象征,也被伦理色彩所浸染,史诗中关于伦理道德的系统讲述,导致了人的精神的实用倾向、经验化以及创造性。当然,实用化不等于庸俗化,注重应用价值的实用倾向不等于实用主义。它既不排斥原始信仰的知识,也不排斥科学的因素,而是使信仰内容实用化,使科学的知识应用化、局部化。注重当时性的应用价值,也是西南史诗的历史化的重要因素。

史诗历史教化系统的基础是伦理的,它并不同于现代历史研究的科学系统。从科学的历史研究的角度看,这种以古史传说揭开第一面的巨大历史系统和其他系统相比,在人类精神的研究历程中固然有其精妙之处,为后代保留了丰富的史料或传闻,但距离现代式的历史研究还很遥远。支配着中国历史系列的根本精神是对"德"的尊崇,因此,活跃在这种崇德气氛中的是一些富于伦理色彩、对文明历史和人民生活有重大贡献的史诗英雄。史诗传承不仅是对历史的追忆、谱系的把脉和生活的向往,更影响着人们的思想观念和行为导向。史诗的"活"形态决定了史诗文本、传承群体、仪式场域及文化符号等,均能立体、生动、活态地还原史诗本真。史诗展演不仅是对先祖生活轨迹的反映,亦是连接传统与现代的媒介。史诗传唱不仅是为了回忆历史,其复杂串联的社会功能实质上是建构和表达认同。

精神是一个民族的精气神,中华民族精神更是中华民族生存发展的内在动力,它集一个民族的生命力、创造力、凝聚力于一体,是一个民族赖以生存、共同生活、共同发展的核心和灵魂。西南史诗中的"顽强坚韧""忠贞不渝""自强开创""务实平等"等精神,历经锤炼和洗涤,为新时代民族精神的形成提供了丰厚滋养。与中国特色社会主义核心价值观自洽、与文化产业自洽、与人类命运共同体自洽的西南史诗精神在当下发挥着重要作用,在未来也将继续发挥作用。

---

① 孙正国:《非遗保护的文化力量》,《中国社会科学报》2020年3月25日第7版。

总结与展望

西南史诗的文化精神

史诗研究见证了中国学人从"中国为什么没有史诗"的文化弱势心态到"建构中国哲学社会科学话语体系"的文化自信历程。西南史诗 70 余年的研究轨辙伴随本土文化遗产话语体系和理论建构始终，历经"资料取向"到"资料取向与学科取向并重"的范式转换，实现了"为国证明"的文化自省到"文化建构"的文化自觉，成为在辩论中生长出来的中国学问。史诗文化精神有巨大的包容性，它将民族历史、道德观念和价值取向融为一体，成为中华民族多元一体格局的重要组成部分。①

一 何以安身，为谁立命的社会理想

史诗起源母题将天地的开辟作为对混沌分割的想象，原初的混沌与无序在生产生活实践中渐次蜕变为有序且稳固的世界，产生了诸神与人的社会系统。伴随诸神与人类社会空间的分割，世界秩序得到了相对彻底理顺，神从人的世界消退，人的世界成为史诗叙事的主体。

仓廪实而知礼节，衣食足而知荣辱。自混沌初开、乾坤始基，到生命源起、万物生长，至人类诞生，果腹温体成为人类生存的第一考验。如何在自然世界中取食，如何实现取食的可持续性，成为早期人类面临的生存挑战。在西南史诗中，多有违反某种禁忌招致天神发怒、洪水灭世的叙述，诸如元人类时代，因饕餮盛宴，浪费粮食，人类遭到天神惩罚，唯有懂得珍惜、感恩的人才能获得生存。事实上，以采集狩猎为生的先民，取食艰辛繁复，食物供不应求，直至农耕与畜牧的创造，方才

---

① 刘洋、肖远平：《南方史诗的文化精神》，《中国社会科学报》2021 年 4 月 27 日。

实现了自主扩大种植和养殖数量的愿景，农耕畜牧因此成为人类社会进步的重要标志，"甘其食，美其服，安其居，乐其俗""身也者，天地万物之本也。天地万物，末也""格物，知本也；立本，安身也"，人民吃饱穿暖便可"安身"，反之则必"失本"，在人人皆可安身的社会里，生存权利与尊严维护才可得到满足。对祖源的追寻，是基于自然界中动植物生长事实而产生的联想，优胜劣汰成为人类繁衍的筛选机制，而在残酷的自然选择中，也蕴藏了对人格的教化，善良勤劳的人才能继续生存繁衍。发展到英雄史诗时代，英雄的诞生、成长、婚姻和英雄业绩等均成为史诗叙事的重要内容，人物从创世神转向英雄或领袖，其带领部族发展生产、丰富技能、战胜自然、击败敌人的辉煌武功，凸显出西南史诗中英雄对立足与立族的深刻理解。

　　通天文而晓历法，知时节而勤劳作。农耕效能对天文历法的依赖远大于狩猎采集，因以农耕为主要生产方式，西南民族积累了丰富的生产生活经验，创造了地域内的族群历法，并在史诗中反复强调必须勤劳耕作。诸如哈尼族《伙及拉及》诵唱一年四季都要劳动生产，"勤劳的人，冬天是备耕的好时节；不要怕冷风像针戳，不要怕冰水裂开手脚，上山砍荞地，下地开梯田"①，他们根据聚居地哀牢山的气候特征指导农事生产，将全年分为三季，即冷季、暖季、雨季，每季为四个月，冷季相当于夏历的秋末与冬季，暖季相当于夏历的春季与初夏，雨季相当于夏季和初秋，多以某种树木发芽、花开或者候鸟的到来判断季节变化，而每日的时间变化则观察太阳变化而定。傈僳族《创世纪》诵唱，"不干活的不得吃，不劳动就没酒喝"②。苗族古歌唱诵原本没有粮食，只能生食不会熟炊，要去东球③外国的地方寻稻种和粟种，"回到中球的平川，回到中球的旷野；得了稻种啊，神农非常高兴；得了粟种啊，神农非常欢喜。才来运算季节，才来选择时令"④，得了稻种之后按照时令节气耕作，"二月花蕾缀满了树枝，大地正开着鲜花；神农叫猫和狗啊，把谷种播在广

---

①　黄慧：《哈尼族民间史诗：十二奴局》，云南人民出版社1989年版，第170页。
②　怒江傈僳族自治州文化局编：《创世纪牧羊歌》，怒江傈僳族自治州文化局1980年版，第4页。
③　据翻译整理者考证，苗族将自己居住的地方称为中球，东球指古代东夷地区。
④　石宗仁：《中国苗族古歌》，天津古籍出版社1991年版，第20—21页。

阔的平地,把栗种撒在平地的边缘……四月稻苗一片翠绿,五月栗苗一片青青。六月稻栗出穗,七月八月稻栗遍地黄澄"①。彝族的历法十分先进,告诫族人要搞好农事生产,要知晓时节,"人类盘庄稼,要按节令盘,把年月日分出来,把四季分出来,才好盘庄稼"②,早期的时候,"一年十个月,一月四十天"③,时节分错了,"年月分错了,五谷不成熟"④,后来在生产实践中,更正为十二月,并特别强调每个月都要生产,"一年十二个月,月月要生产"⑤,"坎上种苞谷,坎下种荞子……三月二十日,开地撒荞子……到了九月土黄天,庄稼盘好了"⑥。

二 教之于理,化之于情的道德观念

人们将西南创世史诗视作是最早的口头文学之一,可见它是古代先民对伦理和道德观念的一种朴素和抽象的文学艺术表达,其中关于宇宙起源、天地起源、人类起源、神人世界中的各种矛盾和冲突等内容,均带有伦理和道德色彩。沿想象与教化感悟西南史诗伦理的生态意向,人们所追求的人与自然、社会之间的和谐均属民族伦理范畴,其由社会伦理与生态伦理构成,是西南民族群体的行为方式和道德观念的总和,构成民族信仰体系中的部分内容。伦理道德是人们普遍的生活方式和生存状态,在生活实践中形成了强劲的整合力,教化人民以理性处事,教之表现于外,化之活动于内。

西南史诗在强调"道德感动"的同时,亦重视硬性规范,是一种情感与理性并重的教化哲学。孔子的"心安"之为仁的理念,将儒家最高

---

① 石宗仁:《中国苗族古歌》,天津古籍出版社1991年版,第21页。
② 云南省民族民间文学楚雄调查队搜集翻译整理:《梅葛:彝族民间史诗》,云南人民出版社1978年版,第76页。
③ 云南省民族民间文学楚雄调查队搜集翻译整理:《梅葛:彝族民间史诗》,云南人民出版社1978年版,第77页。
④ 云南省民族民间文学楚雄调查队搜集翻译整理:《梅葛:彝族民间史诗》,云南人民出版社1978年版,第77页。
⑤ 云南省民族民间文学楚雄调查队搜集翻译整理:《梅葛:彝族民间史诗》,云南人民出版社1978年版,第79页。
⑥ 云南省民族民间文学楚雄调查队搜集翻译整理:《梅葛:彝族民间史诗》,云南人民出版社1978年版,第70—76页。

德性与心灵感觉联系起来,孟子的"四端"之说则更突出地将人的道德情感作为道德的发源起端。表面上看,似乎情与理相反,其实,它们都弥漫着思想的活动,蕴藏着理智的成分。情与理是相互依存、相互统一的,一方面,情要向自觉化、理性化靠拢;另一方面,理又必须依靠情转化成力量,离开情,则理必将陷于空疏枯燥,永不会成为现实的力量。教化不只是一种逻辑推论,还是一种情绪状态。也就是说,道德教化是一个非逻辑、非对象化的过程,是一种感应、感染和传递的过程。教化过程,牵涉自我和他者之间、我与你之间的一个对应性或对话性的行为交往过程。此外,教化还具有一种"亲身性"的体验。教化一定要身临其境,才会有感化。这种亲身介入,虽然并不必然要求自我主体的当下事实在场,但至少要求人们设想自己当下在场,要有自身的觉悟和自得。张载说:"道以德者,远于物外使自化也。"中国传统哲学讲"自化""独化",就是强调启其自得。①

西南史诗享有相同母题极为常见,天下一家的观念也普遍存在,诸如黄帝、蚩尤等中华远祖的事迹在各民族中多有流传,他们也被普遍认为是汉族和众多少数民族的华夏共祖②。事实上,西南史诗的唱诵内容与民族兴亡密切相关,承载着民族的价值取向和道德观念。道德观念是历史演进中世代积淀的文化现象,个体的社会道德与伦理观念共同构建出民族的整体意识形态,是文化精神的重要组成部分。社会道德和伦理观念作为人类社会实现发展的内驱力,在社会秩序的演化中发挥着重要作用。诸如在家庭本位与个人本位的抉择上,中华传统文化重视家庭本位,强调集体主义,主张奉献精神,其实质是一种关系本位。进入现代社会之前,这种关系本位被解释为仁、义、礼、智、信、忠、孝、悌、节、恕、勇、让十二项社会交往的规则,递次对应为天、地、君、亲、师五天伦,君臣、父子、夫妻、长幼、朋友五人伦。进入现代社会之后,这种关系被消解超越,成为个体、集体与国家的关系。无论是何种关系本

---

① 杨生枝:《走进哲学世界(上)》,陕西人民出版社2015年版,第36页。
② 《山海经·大荒北经》载:"黄帝生苗龙,苗龙生融吾,融吾生弄明,弄明生白犬,白犬生牡牡,是为犬戎";《大荒西经》载:"黄帝之孙曰始均,始均生北狄",这表明我国西部和北部各民族的先祖可溯源于黄帝。《大荒东经》又载:"黄帝生禺号,禺号生禺京。禺京处北海,禺号处东海,是惟海神",可见黄帝与我国上古东夷各族也有血缘联系。

位,协调处理社会交往的伦理原则,实质上建构出稳定的文化体系和道德规范,也创造了中华民族多元一体格局的文化精神。这种文化精神重视血缘、地缘和业缘的有机统一,强调个体成员肩负的责任和义务,鼓励个体成员在集体中的相互支持和依赖,群体中的众人有强烈的幸福感、安全感和归属感。

史诗中的各种原初审美意象均具有潜美学的特质,史诗文本中从以人体为宇宙本体发展为以人格化的神之活动为宇宙秩序变化之根源至最后发展到以人之活动为社会秩序的主体,充分显示了西南史诗审美文化中从朴素浪漫转向现实理性的态度,以及最终所导向的"恢宏正义、磅礴昂扬"的文化精神。西南民族精神的形成得益于礼仪的、伦理道德的聚合力。这些都在史诗中得到了变形的折射和朦胧的暗示,至今仍显示出异乎寻常的特色和顽强的生命力。可以说,史诗表达与民族精神深度嵌合,影响着各民族的日常生活与审美意识,成为民族传统文化赓续和区域经济社会发展的显著影响因子。

三 和实生物,同则不继的民族性格

西南史诗重"和"。"和"生发于中国古代哲学之辩,古之"大同"以"和"为基础,"和实生物,同则不继","和"成了创新和发展的源泉,是万物生长的基础,因此"和"不是相同和一致,而是统一体中相互对立方面整合的结果。在经济社会急剧变迁、国际局势风云变幻的当下,西南史诗的文化精神也依然有着一以贯之的善治价值要求,无论是在理论层面、实践层面,还是在心理层面,都有着任何其他因素都不可取代的地位,随着历史的发展、实践的深入,这些价值观念逐步内化为人们的共同心理。

西南史诗展现了中华民族不畏艰难、自强不息的生命意志。无论是洪水神话母题,还是射日神话母题,抑或是创世神话母题,都有一种强大的生命力量,并且在每个民族的神话中都会发现这种不畏艰难、积极进取、战天斗地、自强不息的精神。这种牺牲换回了人类的进步与和平,这种牺牲精神弘扬了民族的骄傲与自尊。这种牺牲精神还深深地渗透在各民族的其他文学形式之中。苗族中流传的《苗家铜鼓的来历》,也是这类神话母题内涵的演化。神话中关于献身的母题往往凝聚着强烈的民族

自豪感，体现出不畏艰难的积极进取精神。在射日母题中他们克服困难，失败之后继续战斗，充满乐观与坚韧，以坚强之躯负载万物，共同铸造了中华民族的传统美德。

西南史诗展现了中华民族追求卓越、敢为人先的创新精神。西南史诗蕴藏着丰富的善治内容，在亚鲁王文化中，"对方非外敌，原是两兄长。对方非外姓，确是两哥哥。不便用武力，只好来退让"①，"黄牛懂规矩，不食水牛盐。奴仆懂规则，不占主人妻。黄牛懂规矩，不食水牛草。奴仆懂规矩，不占主人妾。黄牛从不让，水牛来配对。奴仆从不同，主人贤妻眠"②，均是麻山苗族的生活经验与情感体验，与社会主义核心价值观有着惊人的同质性。作为少数民族的精神成果，在历史的演进过程中，相互构成了中华文化的大传统，以人为本、互助团结、勤俭节约、刚健有为的积极力量促进了文化认同，增强了民族凝聚力，是一种可跨越族群和地域的民族共性，又在自身的地域范围内保留着自己的特性，并不断丰满，逐渐形成新的文化传统。在拉祜族史诗《扎弩扎别》中，扎弩扎别面对天神厄莎刁难，计谋层出，如用箬叶叠七层做成帽子抵挡火辣的日头。太阳被厄莎遮挡后，扎弩扎别又去山上找来蜂蜡和松明子粘在黄牛角上，点燃蜂蜡和松明子，天地又见光明。厄莎发大水，扎弩扎别就用竹子做成竹筏，将人和牲畜放在竹筏上安全渡过了洪水期。这些充分展现了先民们不服输、不气馁、善创造的探索精神。

本书对西南史诗文化精神的研究仅仅是一种尝试性的探索，西南史诗千年来在祖国大地根脉延绵，其深厚的文化意蕴远不能是本书能够涵括的，期待在未来的学习和生活中能够继续深入。

---

① 陈兴华：《亚鲁王：五言体》，吴晓东仪式记录，重庆出版社2018年版，第248页。
② 陈兴华：《亚鲁王：五言体》，吴晓东仪式记录，重庆出版社2018年版，第414页。

附录1　西南创世史诗概览与流布范围

序号	民族	史诗	内容	流传地
1	彝族	梅葛	史诗用"梅葛"调进行吟唱，由创世、造物、婚事、恋歌、丧葬五部分组成。讲述天神格兹派五个儿子造天，四个女儿造地，天地造好后就开始造人。人类造好后开始创造工具，并利用工具狩猎和畜牧等。至婚事部分讲述的是男女青年从恋爱至结婚的过程，以及婚恋过程中所要遵循的仪式程序。丧葬部分则是讲述了死亡的缘起，怀亲则是对逝去亲人的缅怀，亦是丧葬仪式上的重要组成部分	云南省楚雄彝族自治州姚安县、大姚县、永仁县
		查姆	史诗由天地起源、独眼睛时代、直眼睛时代、横眼睛时代、麻和棉、绸和缎、金银铜铁锡、纸和笔、书、长生不老药等部分组成。主要讲述了远古时候没有天地和日月，只有雾露一团团。天神涅侬倮佐颇派撒赛萨若埃在高空中种了一棵娑罗树，树上开出四朵花，在白天开的就被称为太阳，在晚上开的，就被称为月亮。之后又派出其他天神在空中播撒星星，派众神造天地，派龙王罗阿玛用雨水冲出山沟谷山川。天地日月都造出后，儿依得罗娃来造人，造出了独眼的"拉爹人"，但是"拉爹人"心地不好，天神用太阳将这类人晒死。心地好的人与仙女撒赛歇结成夫妻生下了直眼"拉拖人"，但是"拉拖人"道德败坏被洪水淹死，只有心善的阿朴独姆兄妹存活了下来，两人结为夫妻，传下了横眼"拉文人"，也就是现在的人类。人类创造完成后，史诗继续讲述了麻和棉、绸和缎、金银铜铁锡等事物的发现过程，并创造了一系列的神	云南省楚雄自治州双柏县，云南省玉溪市新平彝族傣族自治县、峨山彝族自治县

续表

序号	民族	史诗	内容	流传地
1	彝族	阿细的先基	史诗讲述古时没有天地，先有两层云彩，苍穹里的阿底神用金、银、铜、铁四根柱子把轻云顶起来变成天，又把重云铺在三条鱼身上，变成地。然后由阿洛安太阳，纳巴安月亮，阿耐安星星，涅姐安云彩，忒别厄小伙子和尼别厄小姑娘从天神那里要回了树种和草种。阿热和阿咪两人开始用泥土造人，黄泥造男人，白泥造女人，造男人的黄泥用九钱，造女人的白泥少一钱。于是，有了蚂蚁瞎眼人，这一代人被天上的七个太阳晒死，只留下了迟多阿力列和迟多阿力勒，两人繁衍出了蚂蚱直眼人，又因山羊与水牛打架引发山火，将蚂蚱直眼人烧死了，后进入蟋蟀横眼人时代。经历洪水泛滥之后，蟋蟀横眼人时代剩下两兄妹，两人从燕子处得到瓜种，栽种之后从中繁衍出筷子横眼人和各种动物	云南省红河哈尼族彝族自治州弥勒市
		勒俄特依	包括"开天辟地""雪子十二支""阿妞举日""支格阿龙""石尔俄特""洪水泛滥""兹住地"和"涅侯赛变"等十个篇目。内容包括天降三场红雪演化出人和各种动物的神话；阿妞举子之前九代人过着猴子般蒙昧生活的情景；支格阿龙射日月的细节；雪的子孙吾哲施南生子不见父，延续八代到石尔俄特仍不见父，从而执意寻父的故事，以及居木三子因得罪天神，招来一场洪水，小儿居木武吾幸存，最后与女神兹俄尼施婚配繁衍人类等故事。另外，还记载有彝族部落酋长选址迁徙和古侯曲涅比赛变化及斗争的内容	云南省楚雄自治州宁蒗彝族自治县，四川省凉山州西昌市、德昌县、盐源县、越西县、会东县、会理县、冕宁县、美姑县、甘洛县、雷波县、宁南县、普格县、布拖县、金阳县、昭觉县、喜德县

续表

序号	民族	史诗	内容	流传地
1	彝族	阿黑西尼摩	史诗由序歌、阿黑西尼摩生万物、人类的起源、天地开始分、叽依定历法、旱灾、洪水泛滥、天地的生日、长寿和死亡、婚嫁的起源和演变、祭祀的兴起等部分组成。史诗开篇讲述天地万物未有之时，阿黑西尼摩是最早产生的，她是万物的始祖，体形庞大，背生龙鳞，六目七对耳，十四对乳。她沉睡在奢彻海里，腹中孕育了天地日月、山川河流、各类动植物以及众天神，随着孕期结束，西尼摩首先生下天地、日月、星辰、风云等，并接着生下了彻埂兹、黑得坊等所有的天神、地神，接着又生下了大象、老虎、豹子、老鹰、牛、羊、马等一系列兽类、牲畜、鸟类和虫类，阿黑西尼摩用二十八只奶精心喂养它们，终把万物养成。史诗在讲述人类起源部分，将人类的起源归结为水，水中的生物演变成猴，猴又演变成为人，进而继续讲述人从竖眼人到横眼人的演变历史，以及婚嫁和祭祀的兴起等	云南省红河哈尼彝族自治州元阳县
		尼苏夺节	史诗包含开天辟地、人类起源、洪水泛滥、栽种谷种、婚姻恋爱、音乐舞蹈、医药卫生、金属采炼、伦理道德和文字来源等篇章。史诗讲述天地还未形成之前，宇宙分辨不出天地，一切都是茫茫海水。是一条名叫俄谷的神龙创造了天地，随后日月星辰和世间万物均被创造出来，兄妹成婚繁衍人类。在创造文字部分，讲述的是彝族青年从小拥有超常智慧，渴望学习更多的知识，他在一位老牧人那里得知彝族原本有自己的文字且形成过书籍，只是后来失传了，于是青年立志要找回古老彝文，最终找到并造福人类	云南省红河哈尼族彝族自治州弥勒市

续表

序号	民族	史诗	内容	流传地
1	彝族	天地祖先歌	史诗由二十七个部分组成，分别是天的形成；风的产生；雾的产生；万物生长；野人根源；种粮；季节；女权；医药；农耕；权利；笃慕支系；君制；冶炼；养蚕；结亲；管天地；君臣分工；连天；大山和平地；繁衍；传知识；收妖；人的生死；战争、庆功；祭祀；祭祀后。天是由混沌之中产生的清浊二气相交形成了白天和黑夜。鄂莫肚和鄂莫府用金丝银丝编织宇宙四角，于是天地产生。神仙聚会变成了白云、星星、月亮、太阳。风的祖先横俄苏与雨君相依存，清浊二气相汇形成雨，雨下万物生，雾产生于风雨。清浊二气相交变成红绿两层，生育男和女，又繁衍后代，世间万物亦分阴阳，两两相配。后野人生出，代代繁衍。人类生出后，史诗继续讲述了粮食的起源、四季的划分、母系氏族社会、医药、农耕生活、各种礼俗仪式等	贵州省威宁彝族回族苗族自治县
2	哈尼族	十二奴局	指十二条唱歌的路子，主要用于古老的叙事歌"哈吧"的演唱。史诗由《目的密地》（开天辟地）、《目坡谜爬》（天翻地覆）、《炯然若然》（飞禽走兽）、《阿撒息思》（杀鱼取种）、《阿兹兹德》（砍树计日）、《阿培徐阿》（三个能人）、《然学徐阿》（三个弟兄）、《阿然然德》（穷苦的人）、《咪布旭布》（男女相爱）、《目思味拔》（生儿育女）、《搓摸把堵》（安葬老人）、《伙结拉借》（四季生产）十二部组成，每个"奴局"之内包含若干有联系而又可独立存在和演唱的内容。史诗演唱内容涉及哈尼族先民对宇宙自然、人类发展、族群历史、历法计算、四时节令、农事活动等方面的认识和理解	云南省玉溪市新平彝族傣族自治县金平县，红河哈尼彝族自治州元阳县

续表

序号	民族	史诗	内容	流传地
2	哈尼族	哈尼阿培聪坡坡	史诗从哈尼族始祖的诞生开始讲述。"虎尼虎那"的高山是天神用牛骨所造，山梁两边流淌两条大河，分别是"厄地西耶"和"艾地戈耶"，七十七万年后，"虎尼虎那"水中种出人种。最早的人种是布觉和腊勒父子，第二对人种是母女，第三对人种是阿虎和腊尼。到第23代祖先塔婆开始生养"世人"，哈尼出生在肚脐眼。"虎尼虎那"的食物逐渐稀少，他们往"什虽湖"迁移。发展了原始农业，由于用火不慎，烧了山林，哈尼族又迁往一个叫"嘎鲁嘎则"的地方。哈尼族人与"阿撮人"和谐相处，两代人后因矛盾又继续向南迁徙到"惹罗普楚"，在这里形成了哈尼族的社会制度，因瘟疫降临，哈尼继续南迁到"诺马阿美"，也是在这时将"字书"丢失，至此哈尼族没有了自己的文字。在"诺马阿美"这个地方哈尼族开始经商贸易，生活越过越好，腊伯这个小伙子来到"诺马阿美"后使用奸计分得田土和财富，在老乌木去世后，开始侵占哈尼人土地，最终哈尼族不得不继续迁徙。之后哈尼族到过"色厄作娘""谷哈密查"，哈尼族在"谷哈密查"这个地方发生了一次大的战役，这次迁徙也是哈尼族的一次历史大转折，形成了哈尼族在滇南各地的广泛分布。迁出"谷哈密查"后，经"那妥""石七"南渡红河，深入哀牢腹地，兴建家园	云南省普洱市墨江县、宁洱县；红河哈尼族彝族自治州蒙自市、个旧市、开远市、弥勒市、建水县、石屏县、绿春县、泸西县、元阳县、红河县
		奥色密色	史诗共六章。史诗唱诵天地万物是神牛的身躯变成的，"牛腿做撑地的柱子""牛皮拿来绷天""牛骨拿来做地梁地椽""左眼做太阳""右眼做月亮""牛牙做星星""肋骨造梯田""牛肉做土地""牛血做河川"。史诗唱诵时间和历法的观念起源于生活，"不会分年看树节""不会分月看树杈""不会分日看叶子""数起日子三百六十天，说起来只有十二日"，十二日分别用虎、兔、龙、蛇、马、羊、猴、鸡、狗、猪、鼠、牛十二种动物来代表。从此有了历法、历书，"有了历书好耕地播种"，认为各民族都是同一祖先的后代，是远古壮水泛滥后，兄妹成婚传下的人种	云南省普洱市墨江县、宁洱县；红河哈尼族彝族自治州蒙自市、个旧市、开远市、弥勒市、建水县、石屏县、绿春县、泸西县、元阳县、红河县

续表

序号	民族	史诗	内容	流传地
2	哈尼族	窝果策尼果	《窝果策尼果》追溯开天辟地、万物起源及风俗礼仪，涵盖了哈尼族生产生活、宗教祭典、伦理道德、文学艺术、行为规范等内容。史诗分为上下两篇，上篇"烟本霍本"（神的古今）分十二章："烟本霍本"（神的诞生）、"俄色密色"（造天造地）、"查牛色"（杀查牛补天地）、"毕蝶、凯蝶、则蝶"（人、庄稼、牲畜的来源）、"俄妥奴祖"（雷神降火）、"雪紫查勒"（采集狩猎）、"湘窝本"（开田种谷）、"普祖代祖"（安寨定居）、"厄朵朵"（洪水泛滥）、"塔婆罗牛"（塔婆编牛）、"嵯祝俄都玛佐"（遮天大树王）、"虎玛达作"（年轮树）；下篇"窝本霍本"（人间的古今）分八章："直瑟爵"（头人、贝玛、工匠）、"艾玛突"（祭寨神）、"奇虎窝玛策尼窝"（十二月风俗歌）、"然密克玛色"（嫁姑娘讨媳妇）、"诗窝纳窝本"（丧葬的起源）、"苏雪本"（说唱歌舞的起源）、"虎珀拉珀卜"（翻年歌）、"砸罗多罗"（祝福歌）	云南省普洱市墨江县、宁洱县；红河哈尼族彝族自治州蒙自市、个旧市、开远市、弥勒市、建水县、石屏县、绿春县、泸西县、元阳县、红河县
3	拉祜族	牡帕密帕	史诗讲述天神厄莎创造万物和人类生存繁衍等内容，是拉祜族口头文学的经典。史诗从宇宙混沌开始叙述，天神厄莎用自己身上的汗泥变成了撑天柱，将天地分开，用自己的骨头做成天地的骨头，用自己的眼睛变成太阳和月亮，并种下孕育人类的葫芦，扎笛和娜笛从葫芦中诞生后，通过自己的劳动过着采集狩猎的生活，后两人婚配，繁衍人类，形成了拉祜族、佤族、哈尼族、布朗族等民族，拉祜族从原有的采集狩猎逐步发展到农耕生活	云南省普洱市澜沧拉祜族自治县

续表

序号	民族	史诗	内容	流传地
4	傈僳族	创世纪	史诗共有31个部分，即《调序》《生与死》《不干活的人没有饭吃》《采来野菜吃野菜》《生火》《下雪下霜来》《语言和文字》《创造的人也会死》《埋葬》《人类的繁衍》《劳动生产》《洪水涨到天》《葫芦里面人种留》《一把梳子劈两半》《射麻团心》《射针眼》《滚磨盘》《生儿育女》《民族产生了》《曲舍扒》《就是木必不答应》《正直羊角》《木必变法》《取出一块羊毛毡》《取出一块绸子来》《取出一块棕毛来》《院子里栓骝马》《桌子上面摆食物》《拿出橘子》《还叫木必杀老虎》《空中鹰也射下来》	云南省怒江傈僳族自治州泸水市
5	纳西族	崇搬图	史诗由两部分组成。前半部是创世过程，后半部为洪水灭世。创世过程包括：天摇晃，地震荡，阴阳混杂，树木走路，石头说话的混沌神话；天地、日月、星辰、山谷、木石还没有出现，就先出现天和地、日和月、星和辰、山和谷、木和石的三样影子神话；三生九、九生母体神话；白蛋变出善神神话、黑蛋变出鬼怪神话；九兄弟和七姊妹开天辟地神话；牛头怪物出世神话；建造神山神话；黑和白的诞生神话，声和气变出白露、白露变出大海，大海变出人类祖先神话。洪水灭世唱诵，人类祖先从忍利恩有五个兄弟和六个姊妹。由于兄妹成婚，引起洪水。洪水泛滥时，从忍利恩得到神的指点，乘草囊逃生。他在人间找不到生儿育女的配偶，来到黑白交界地遇到天神女儿衬红褒白，两人相爱，衬红将利恩带到天上。天神子劳阿普觉发觉后磨刀霍霍，经衬红相劝利恩才未被害。可是天神不愿将女儿许给利恩，想尽一切办法为难利恩还企图加害于他。利恩在衬红的帮助下，克服了种种困难，子劳阿普只好将衬红嫁给利恩，并给了粮种、畜种。夫妻俩离开天庭转回人间，生了三个儿子，老大是藏族，老二是纳西族，老三是白族，从此过上了幸福生活	云南省丽江市玉龙纳西族自治县

续表

序号	民族	史诗	内容	流传地
6	白族	创世纪	史诗分为洪荒时代及天地、人类起源三部分。描述了先民战胜龙旺，再创天地万物、兄妹成婚和繁衍人类的故事。	云南省丽江市宁蒗彝族自治县
7	阿昌族	遮帕麻与遮米麻	遮帕麻、遮米麻是世界一片混沌之际的一对英雄男女，主要内容为他们造天织地、创造人类、补天治水、降魔除妖、重整山河等，充分体现了阿昌族人民丰富的想象与美好的理想	云南省瑞丽市陇川县、梁河县，德宏州芒市，保山市腾冲市、龙陵县，大理州云龙县
8	景颇族	勒包斋娃（穆瑙斋瓦）	史诗描述了在云团神宁旺和雾露神宁斑以前，宇宙是精灵的世界，是一片昏暗与朦胧、一片杂乱与无序的混乱状态。后来产生了丝光线，才形成了云团与雾露，开始了宇宙的创始。作为人类创造精神与智慧的化身，潘宁桑、捷宁章便是从云团与雾露神的结合中诞生的。潘宁桑、捷宁章即创造神、智慧神，他无所不知、无所不晓。创世祖彭干吉嫩与造物母木占威纯是史诗《勒包斋娃》描写的一对创世英雄神。他俩由白昼神和黑夜神所孕育，四次返老还童，生命长久无比。他俩共同孕育了天地、神鬼和人类万物，死后还尸体化生，变成人间世上的各种财富。宁贯娃是创世英雄，他由彭干吉嫩和木占威纯所孕育，与众天神、众地神是兄弟。他既是创世神，治天理地、美化苍天大地等；又是保护神，被请到人间治理地方、管理政务。从他开始，人类有了自己的首领，是一位父系氏族公社或家长家庭公社时期的首领式的部落神。他娶龙女，繁衍了人类各民族	云南省瑞丽市陇川县、梁河县、盈江县
9	独龙族	创世纪	史诗从人类起源开始讲述，共六部分内容，分别是人类的起源，人与恶魔、鬼、洪水灾难的斗争，以及人类的婚姻、祭祀等。史诗以"创世"过程为线索，不仅把短篇的、各自独立的神话贯穿起来，而且融神话、传说、歌谣、记事于一体，曲折地反映了人类早期社会的发展过程。由于独龙族生产力水平滞后，社会发展缓慢，史诗中尚未出现一个统一的、贯穿"创世"过程的天神	云南省傈僳族自治州贡山独龙族自治县

续表

序号	民族	史诗	内容	流传地
10	普米族	帕米查哩	全诗由"采金光""洪水朝天""青蛙舅舅""寻找仙女""勇杀魔王""英雄选亲""天神的考验""种子的由来"八个章节组成。史诗唱述在遥远的古代，天上没有日月星辰，地上没有花木鸟兽，天地黑茫茫。在离海边很远的地方，居住着一户普米族人家，有四个哥哥和一个妹妹。为照亮天地，四哥和妹妹去东方采金光，遇上了一个白发奶奶。老奶奶给妹妹一把火把，要她白天出去照明；又给哥哥一朵白花，要他晚上出去照亮大地。从此，天上就有了太阳和月亮。后来洪水泛滥，只剩下老三，又被女妖吞食，幸亏有青蛙相助，才捡回性命。为繁衍后代，老三去找天神木多丁巴，娶天神的三女儿为妻。三女儿从天上带来了动植物的种，人们才学会了种庄稼、养牲畜	云南省丽江市宁蒗彝族自治县
		捉马鹿	讲述了天神给巨人简剑祖一只红狗、一只白狗、一只金狗、一只银狗、一只铜狗、一只铁狗。六只狗帮他找到马鹿，简剑祖射死马鹿，马鹿的头变成天，双眼变成太阳和月亮，牙齿变成星星，血变成海子，皮变成大地，毛变成树木，心变成山，肺和肝变成湖泊，大肠变成江河，小肠变成道路	云南省丽江市宁蒗彝族自治县
		金锦祖	篇幅不大，却精练而生动地记叙了普米族狩猎时代的英雄金锦祖的成长过程以及他拯救苍穹日月、人间万物的丰功伟绩。史诗描述了天地人类所面临的灾难，一只凶恶的马鹿让生灵颤抖，让星辰无光，让大地倾斜，人间变成了"黑森森的地狱"。唱诵了英雄金锦祖的诞生、成长及以威力无比的本领战胜了恶鹿	云南省兰坪白族普米族自治县普米族聚居区

续表

序号	民族	史诗	内容	流传地
11	傣族	巴塔麻嘎捧尚罗	史诗内容包罗万象，从开天辟地到万物起源，从洪水泛滥到制定季节，从谷物起源到饲养家畜，从大迁徙到大定居，不仅讲述了众神的故事，还谈到某些历史人物的传说。史诗共分十四章，第一章讲述了创世神英叭的来历。第二章则讲述英叭开创天地的历程。第三章讲述英叭开创天地后创造众神来帮助他管理天地。第四章讲述人类的诞生，是源于守神果园的神吃了人果树的果实。第五章讲述有了人类和万物，大地上的死物充满了恶臭，于是英叭神发怒用天火燃烧大地，烧过之后又用雨水淹没大地。第六到第九章讲述英叭再次创造万物。第十章讲述谷种的来历。第十一、十二章讲述定制年历。第十三章讲述人类如何婚配以及饲养、造物等。第十四章讲述人类的迁徙和定居	云南省西双版纳傣族自治州景洪市、勐海县、勐腊县
12	德昂族	达古达楞格莱标	史诗讲述了德昂族对人类起源问题的思考，在大地还处于一片混沌状态的时候，天上生长着许多茶树，茶树是精灵，因看见地上没有生气，一片荒凉，于是对天神帕达然说要到大地上生长。天神告诉茶树，下到大地上去会历经无数磨难，即使如此，不管是老茶树还是小茶树都愿意下到凡间装点大地，于是帕达然吹起一阵狂风，将小茶树撕碎成一百零八片叶子飘落凡间。茶叶在飘落的过程中变成了青年男女。后来，大地上出现了妖魔，茶叶们与妖魔进行了长达九万年的战争，最终妖魔战败，茶叶们为了装点大地，不惜用自己的皮肉变成了树木和花草，而茶叶们自己繁衍出了人类	云南省德宏傣族景颇族自治州芒市；瑞丽市梁河县、盈江县

续表

序号	民族	史诗	内容	流传地
13	布朗族	顾米亚	远古的时候没有天地，没有人类，到处都是黑沉沉的。神巨人顾米亚和他的十二个孩子开始开天辟地，创造万物。他们用犀牛皮做天，犀牛眼做星星，犀牛骨变成石头、犀牛血变成水，犀牛毛变成花草树木，犀牛脑浆变成水，犀牛腿变成撑天地的柱子。虽然天地万物都建造好了，但是与顾米亚敌对的太阳九姊妹和月亮十弟兄将一切都晒死了，于是顾米亚将太阳和月亮分别射死八个，还剩一个太阳和一个月亮害怕得躲了起来，天地变得黑暗，顾米亚派大家去将太阳和月亮请出来，在公鸡的劝说下，二人同意出来，大地恢复生机	云南省红河哈尼彝族自治州金平县
14	基诺族	大鼓和葫芦	创世主阿嫫肖贝用蟾蜍创造了天地，所造的动物、植物都能说话。人类、植物、动物之间矛盾不断，纷纷向阿嫫肖贝诉苦。阿嫫肖贝造七个太阳，把地上生物全部晒死，为了让动物残余灭绝，阿嫫肖贝要用水来淹灭，但是又不能让人类灭绝，所以将人种放进鼓里，同时也将食物一同放进去，大水退后，人种从大鼓里出来，继续繁衍。后来又要定阴阳、定年月、打铁、造新鼓。杰卓寨进来坏人偷了钱财，放火烧了杰卓寨。后来基诺族人中分出的巴亚人，迁到巴亚寨过着幸福的生活	云南省西双版纳傣族自治州景洪市
		阿嫫尧白	史诗包括创造天地万物、给人类带来光明、分天分地分工具、造文字、遇难五段。传说远古时，阿嫫尧白第一个来到世上，造就了天地、日月星辰、山川、河流、人和其他动植物。人类和它们常常发生矛盾，生存受到威胁。阿嫫尧白给人以智慧，帮助人类制服灾害；又帮助基诺族造文字、教他们使用工具和栽种茶叶。人类的生活安定以后，她在澜沧江边挑土造田，基诺山外面的田都造好后，她又挑着两座山进基诺山造田，仇人在她的扁担里挖了一个洞，暗藏了一把刀，在基诺山西边的小勐养扁担突然断裂，她的肩膀被尖刀刺伤，因流血过多而殉难	云南省西双版纳傣族自治州景洪市

续表

序号	民族	史诗	内容	流传地
15	怒族	创世歌	远古洪水泛滥后，世上只剩两兄妹，他们随金银葫芦漂到了里帝巴瓦和巴里五库。兄妹俩得到了天地赐给的金银刀，钻出了葫芦。后兄妹经打银针、理麻团、滚石磨验证后成亲，生下九个男子、七个女人，繁衍了汉族、白族、傈僳族、怒族、藏族、纳西族、白人、黑人、俅人等各种民族、族群和一对鬼神。此歌表现了怒族特有的生活环境以及由此形成的思维方式，反映了怒族先民对天地形成、万物起源、人类繁衍的认识和想象	云南省怒江傈僳族自治州贡山独龙族怒族自治县
16	布依族	赛胡细妹造人烟	宇宙初始，只有清浊二气，一片混沌。后来，两种气体间相互碰撞，形成了一个葫芦的形状，布杰公将混杂在一起的清气和浊气分开，清气轻就飘向上方形成了天，浊气重就下降成为地。布杰公又用自己的牙齿变成了日月和星辰，用自己的汗毛变成植物，身上的虱子变成动物。雷公生性懒惰，不去布云施雨，造成地上干旱。布杰公上天将其捉下凡间，拴在小寨门。布杰公的儿女赛胡和细妹怜悯雷公，将拴雷公的绳索砍断，雷公趁机逃回天上。为了报复布杰公，雷公准备降下大雨，淹没大地。但是为了报答两兄妹的恩情，送给了赛胡和细妹一颗葫芦籽。布杰上天怒斥雷公，众神为雷公求情。太白星君拿出龙头拄路棍，令众神退洪水。众神畏缩不前。布杰公奋勇前往退水，于是用棍子将大地戳了四十九个坑，洪水消退了，布杰公在这次退水中丧生。赛胡、细妹两兄妹钻进了葫芦里得救，洪水退去后，兄妹作为世上仅存的人类，继续生存。作为兄妹，他们不愿意婚配，但是通过滚磨盘、穿针眼等方式，他们最终结合在一起，结果诞下一团肉球，肉球被砍碎成很多片丢向四面八方，变成了不同姓氏的人，人类也因此得以繁衍	贵州省黔西南州册亨县、望谟县

续表

序号	民族	史诗	内容	流传地
17	仡佬族	十二段经	包括《铁牛精那约》《巨人由禄》《阿仰姊妹制人烟》《阿利捉风》《打虎擒獐射羊》《砍树造房》《挖矿炼铁》《找野果》等。长诗中的那约是像牛一样打天造地的英雄，巨人由禄化作人类生存的大地，阿仰兄妹繁衍了人类，许多部分反映了仡佬族先民的狩猎、采集和农耕生活，具有历史学、民族学、民俗学研究价值	贵州省毕节市黔西市
18	壮族	布洛陀	史诗共19章（礼赞问答、石蛋、造天地、造人、造日月、造火、造谷米、造牛、再造天地、分姓、分家、分土地山林等），述说宇宙最初是由三股黑、黄、白三色气体凝成像石蛋模样硕大而硬的气团，布洛陀和他的神兄弟雷王和龙王孕在其中。后"石蛋"爆开成三片：一片上升成天，一片下沉成地，一片不动成世间。三位神兄弟出世后，雷王升天，龙王下海，布洛陀留下，各司其界。天地形成后布洛陀便开始创造人类和千种万物，并制定和安排自然界各种物事之间的秩序，排解（特别是为人兽）各种困扰和纷争，使万物各得其所，人类得以安身生活	广西壮族自治区河池市巴马县、东兰县
		姆六甲	姆六甲是壮族神话谱系中的第一代始祖神（女性），相传她是由99朵（又说12朵）鲜花聚合而变成的。那时宇宙一片混沌，无天无地，是她吹口气成了天。天小地大盖不住，是她用手把大地抓起，把天边和地角缝起来。结果地却起了皱褶，凸起的地方成了山岭高原，凹下的地方成了江河湖海。她见了大地无生气，想造人，便赤身裸体跑到山顶去感风受孕，从腋下生出了孩子来。她还和泥捏成各种动物。从此，大地就逐渐热闹起来。姆六甲创造天地，创造人类和万物，是自然界的母亲，她被后世尊为生育神	广西壮族自治区百色市凌云县、六甲镇

续表

序号	民族	史诗	内容	流传地
19	侗族	侗族祖先哪里来	史诗包括"侗族祖先哪里来""祖源歌""祭祖歌""祖公上河""侗族祖先迁徙歌""古邦祖先落寨歌""岩洞祖宗迁徙歌""九洞祖宗迁徙歌""四十八寨祖宗来源歌""天府侗迁徙歌""祖公沿河走上来""摆共侗族祖先落寨歌""走在祖先走过的路上""我们祖先怎样落在这个寨子上""茅贡忆祖来源歌""丈良丈美歌""祖公落寨歌""我们的祖先江西来"等20个章节。史诗讲述四个龟婆孵蛋，先孵出一个叫松恩的男孩，后孵出一个叫松桑的女孩，松恩和松桑结合在一起繁衍人类，洪水过后姜良和姜妹两兄妹成为世上仅存的两个人，于是两人婚配，生下了一个肉团，肉团被砍碎，砍碎的骨头被丢在山坡上，成为苗族；砍碎的肝肺被丢进深山，成了瑶族；砍碎的肉被丢进山谷，成了侗族；脑髓被丢向平原，成了汉族。各族团结友好，相互往来，相互依靠。史诗的后五个章节主要讲述了侗族祖先从江西迁徙而来，而其他几个章节主要讲述了侗族从广西迁徙而来	贵州省黔东南州从江县、黎平县
		嘎茫莽道时嘉	又名《侗族远祖歌》，包括了"开天辟地""洪水滔天""姜良姜妹""王素族长""万亮战魔""甫刚雅常""生死决战""跋山涉水""历尽艰辛""冠共萨央"十个篇章。史诗内容分为创世和英雄两部分，创世部分内容主要讲述的是天神萨天巴利用自身之物创造万物和人类，如用汗毛化成植物，用虱子化成动物，用肉痣交给猿婆孵化成人类，以及人类后代历经各种艰难创制工具，后来遭遇洪水，姜良与姜妹重新繁衍人类。英雄内容部分，讲述的是王素率领族人往南迁徙的艰苦历程，以及抗击敌人的顽强奋斗历程	贵州省黔东南州从江县、黎平县；广西壮族自治区三江侗族自治县

续表

序号	民族	史诗	内容	流传地
19	侗族	祖公之歌	侗语称"嘎邓登",简称"嘎登"。"邓"意为"创造、开创";"登"意为"开始、根源","邓登"有开创基业之意。也译作《根源之歌》或《创世歌》。有广义和狭义两种含义,广义的《起源之歌》主要由《开天辟地》《侗族祖公》和《款》三部分组成,民间称之为古代侗族三本书。有的地方取其部分内容为名,如《开天辟地》,也称《人类起源》《章良章妹》《洪水滔天》;《侗族祖公》,也称《祖公上》《破姓开亲》等	贵州省黔东南州从江县、黎平县
20	水族	开天立地	史诗包括开天立地、制造日月、造山造树、战胜野兽、创造发明、治理洪水等章节。史诗塑造了一个伟大的女性创世英雄"牙巫","牙"为婆婆的意思,"巫"意为娲,"牙巫"即为女娲。牙巫造天地、造日月,她同时造了十个太阳和月亮,想不到天地被太阳烤焦,她只好将多余的太阳和月亮射掉,留下一个太阳和一个月亮。天上安排好了,就将种子撒向大地。春天来临,生机盎然	贵州省都匀市荔波县、三都县
21	苗族	苗族古歌	《苗族古歌》共分5部分——《金银歌》《古枫歌》《蝴蝶歌》《洪水滔天》《溯河西迁》。主要讲述了苗族祖先如何开天辟地,以及冶天炼地的过程。人们从自然中寻找到金银等金属,并将这些金属物造就日月,日月造成后,由于太阳月亮太多,12个太阳轮流照射,大地被晒焦,于是苗族英雄将多余的11个日月射下。人们犁耙大地播种,种植枫树,因纠纷,枫树被砍变成了各种物。蝴蝶从枫树中生,与水泡谈恋爱,生下了12个蛋,孕育了雷公、姜央、龙、蛇等物。兄弟们分家后,各自发展,姜央勤劳能干,为祭祀祖先寻找木鼓等物,后洪水泛滥,姜央兄妹躲进葫芦中避过洪水,并在外力的促使下,婚配繁衍。由于人口数量的增加,苗族祖先们为生存繁衍开始往西迁徙	贵州省黔东南州台江县、黄平县等

续表

序号	民族	史诗	内容	流传地
21	苗族	傩巴傩玛	苗语译为"分支分系"。全诗分三大部分,共五千多行。第一部分是创世纪,讲述天地的形成和人类的起源,还讲述了太阳、月亮的来历以及射杀日月的传说。第二部分是大迁徙,讲述苗族祖先跋山涉水,历经千辛万苦的迁徙历程。第三部分是定居生活,讲述苗族先民找到家园、建村立寨、重建家园的故事	湖南省湘西土家族苗族自治州龙山县、永顺县、保靖县、花垣县、凤凰县、泸溪县、古丈县、吉首市
22	瑶族	密洛陀	《密洛陀》主要讲述了创世女神密洛陀开天辟地、创造万物的伟大事迹。开篇交代风和气流育出密洛陀,她头向上顶,成了天,脚向下踩,成了地。她找风和气流帮忙,造了太阳和月亮,又造云伴日、造星伴月。她受风而孕,生下12女儿,接着又生了12个儿子。命令儿子们创造世界万物,长子阿亨阿独造山,二子波防密龙开江河通沟井,三子洛班炯公铺路架桥造房屋,四子雅友雅耶到草木女神那里买树种竹秧,五子阿坡阿难打鼓聚云下雨,杀虎精,六子怀波松巡视千山万岭竹木生长情况向母亲报信,七子格防则依造鸟兽鱼虾,八子勒则勒郎造田种庄稼,九子邮友郁夺给万物安名字,十子桑勒也和十一子桑勒尼射掉太阳月亮暗恋而生出的11日、11月,十二子桑勒山到天上找两个射日哥哥回来,自己射死兽妖。密洛陀叫十二子、十二女婚配,却养不下孩子,于是用蜂蜡作模,叫大女怀孕,造出人类,成为瑶、苗、汉、壮各族人	广西壮族自治区百色市凌云县、平果县、田东县;河池市东兰县、都安县
		盘王大歌	盘王大歌按照内容和结构可划分为12段词、24段词和36段词。叙述了人类、民族、天地万物的形成和发展过程,描述了祖先创业的艰难。序歌部分重点颂扬盘王、唐王、鲁班、彭祖、桃源洞神外,正歌部分还有《歌二娘》《围愿歌》《游愿歌》《拜神歌》《十二姓瑶人看郡歌》《女子诗曲》《药福酒歌》《葫芦晓》《歌果歌》《过山径》《源流歌》等	湖南省永州市江华县;广西壮族自治区河池市巴马县;广东省韶关市乳源县,清远市连南县;广西壮族自治区来宾市金秀瑶族自治县,河池市大化瑶族自治县、都安县,贺州市富川瑶族自治县,桂林市恭城瑶族自治县

续表

序号	民族	史诗	内容	流传地
23	畲族	盘瓠歌	也称《高皇歌》。叙述盘瓠的出生成长，拆榜平番，变身完婚，生儿育女，高辛封姓，出朝耕山以及子孙转徙拓荒，繁衍生息的民族发展历史，这个盘瓠传说还被载入畲族各姓族谱，可以说，这个传说和《高皇歌》在畲族家喻户晓，代代相传已成事实，对于这个事实，畲族人民不能回避，也无法回避	福建省宁德市蕉城区；浙江省丽水市景宁县
24	毛南族	创世歌	史诗以盘古兄妹为中心人物唱叙了五代神创世的过程。其中第四代神良吉和良漂，开创了行歌坐夜风俗。第五代神环英与行加，开创了男婚女嫁之俗	广西壮族自治区河池市环江毛南族自治县
25	苦聪人	创世歌	《创世歌》共有五部，第一部讲述了从前天地混沌一片。阿娜用石头造天，阿罗用瓦泥造地。天留了漏雨的缝，地留了透气的洞。天造好了最先活起来的是星星，地造好了最先活起来的是茅草。天太低把竹子压低下头，地太平到处都是水。人们请来巨人其比阿罗把天顶高了，把地抓出山沟。第二部讲述九个哥哥有一个妹妹，妹妹为九个哥哥背水没有时间吃饭饿死了。三天后，她的拐棍长成参天大树，遮住了整个天空，大地一片黑暗，最会打弩的苦聪人，打落一片叶子，一线阳光透过叶子照进来，人们才知道太阳被大树遮住了。人们聚在一起砍大树，头天砍了，第二天树又长好。苦聪人正在一筹莫展，听大树说用鸡屎抹刀，才能砍倒大树，最终将大树砍倒了。人们许给松鼠机灵，让它数出大树有十二杈，从此一年有十二个月；人们许给竹鼠坚硬的红牙齿，让它数出大树有三十条根。从此一月有三十天；人们许给蜜蜂甜蜜的生活，让它数出大树有三百六十五片叶子，从此一年有三百六十五天。蚂蚁什么也没有得到，就把树根吃光了，一股大水冲出来将大地淹没，人也死光了。第三部讲述洪水滔天，哥哥单梭和妹妹单罗躲在葫芦里直到水落。大地被水冲光了，两兄妹成了亲。结婚一年后，单罗全身到处生娃娃，苦聪生在头顶上，从此苦聪住高	

续表

序号	民族	史诗	内容	流传地
25	苦聪人	创世歌	山；瑶家生在胸口上，从此瑶家住半山；哈尼生在肚子上，从此哈尼住矮山；傣家生在脚背上，从此傣家住河坝；汉人生在双手上，从此汉人住远方。第四部讲述了洪水过后，地上光光的，天神派老妖来撒树，派仙姑来撒粮。山上长出了大树，树上有安都兰鸟做窝，林中有野牛、大象和花脸獐。人们要安身就去找寨子，向天神要了三颗石头，第一颗在龙树下，保全寨平安；第二颗在寨子中，保护牲畜不生病；第三颗在寨脚门口，不阻人路阻鬼路。人们扔鸡蛋找屋基，找来最好的树和茅草盖新房。人们修了一条种庄稼的路，一条找柴火的路，一条背水的路。没有头人、比莫、铁匠不行。人们上山打虎，下水找龙鳞，用弩箭射鹰，用虎毛、鹰羽、龙鳞做成窝，请天鸡下了三个蛋，白的是头人，花的是比莫，红的是铁匠。天鸡孵出三个蛋，头人住在高山上，打到野物献前腿；比莫住在山腰间，打到野物分后腿；铁匠住在山脚下，打出刀斧换粮食。第五部讲述了洪水过后，安好寨子的苦聪人要上山找地，矮山坡太阳太辣，要找高山背阴处。向哈尼大哥借来火镰烧山地，一块地点三处火，一块地要烧三天。包谷撒下去了，别让老鼠来偷吃。六月下雨，要给庄稼地拔草，八月朵咪雀叫了庄稼就成熟了。庄稼收回寨子了，请来阿波杀大猪。第一碗新米饭献天神，第二碗新米饭献祖先，保佑人丁兴旺，保佑来年丰收	云南省红河哈尼族彝族自治州金平苗族瑶族傣族自治县、普洱市墨江县、玉溪市新平县
26	佤族	司岗里	又称《西岗里》或《葫芦的传说》。史诗讲述了连姆娅和么迫将天地破开，俚负责磨天，伦负责堆地，列舐出平坝，哎勒捏出山；阳光、水土相继生出，世上开始有了生命；妈侬与达能生下安木拐，安木拐生下了岗和里，岗和里生下了佤和万，于是就有了阿佤的名称；人们不断繁衍发展，从司岗里走出，开始建寨分水，开始纺织种植、战胜猛兽等创业事迹	云南省临沧市沧源佤族自治县，普洱市西盟佤族自治县

附录 2　西南英雄史诗概览及流布范围

序号	族群	史诗	内容	流传地
1	彝族	支格阿鲁	史诗讲述英雄阿鲁驱散魔雾、测量天地、划分天地方位、制定历法、射日射月、制服雷神、打造江山、移山填水、捉妖灭怪、抑强扶弱、抗击恶敌、统一部落、治理国家等伟大业绩	四川省凉山彝族自治州西昌市、盐源县、德昌县、会理县、会东县、宁南县、普格县、布拖县、金阳县、昭觉县、喜德县、冕宁县、越西县、甘洛县、美姑县、雷波县；云南省丽江市宁蒗县彝族自治区；贵州省毕节市威宁县，六盘水市水城区、六枝特区、盘州市
		阿鲁举热	史诗讲述卜莫乃日妮因老鹰滴下的三滴水落在身上怀孕生下了翅骨阿鲁，阿鲁因无父亲，由鹰抚养，于是被叫阿鲁举热，意为鹰的儿子。阿鲁举热长大后寻找母亲，在寻母途中除妖魔、射日月，经历了重重磨难。在一次往返于大海两岸的途中，他被日姆小老婆偷偷剪掉了飞马的三层翅膀，于是阿鲁连人带马一起坠海淹死了	云南小凉山彝族地区
		支嘎阿鲁王	史诗讲述天郎恒扎祝和地女窨阿媚相恋九万九千年，生下了阿鲁，恒扎祝化作雄鹰，窨阿媚化作马桑树，阿鲁成为孤儿，由马桑树喂养长大。长大后的阿鲁测量天地、移山填海、射日射月、智斗妖魔、治理洪水、驱除浓雾、平息战事、率众南迁、统一历法、规范文字	贵州彝族聚居区

续表

序号	族群	史诗	内容	流传地
1	彝族	戈阿娄	史诗讲述在姬骨沱，诺苏的祖先过着"有吃大家吃，有穿大家穿，有住大家住，有玩大家玩"的生活。英雄戈阿娄有男女两员大将，一个叫"金凤凰"妮比额阿玛，一个叫"叫天雷"哥摩倒阿西。戈阿娄带领大家开荒挖得一块无价之宝，想要把这块宝石代代往下传。因此举行了盛大的赛马活动，戈阿娄和他的两员大将在赛马会上展现了无比高超的武艺。皇帝得知戈阿娄们得到了宝石，就出兵前来"夺宝占宝地"。经过三次争夺之战，戈阿娄获得了胜利，戈阿娄的一生都在为族人的未来忧虑，最终因疾病和焦虑离世	贵州省六盘水市盘州
		哈依迭古	史诗讲述哈依迭古幼年时因父亲被人杀害，立志要复仇。他自小"玩弓习弩箭，射天上的黑雕"，练就了一身好武艺，并为父亲报了仇。后投奔舅舅兹米阿吉家，帮助舅舅打败冤家仇敌阿格家，收复被占领的土地。哈依迭古离开舅舅家，到兹兹地做了一名将领，收服作乱的阿格楚尔家，后因看到战争惨状，过于哀伤而自杀	云南省楚雄彝族自治州永仁县、元谋县，大小凉山
		铜鼓王	史诗讲述南诏国时期，彝族先民昆明人与彝族蒙舍诏、滇人及外族因争夺铜鼓发生战争，被迫大迁徙	云南省文山市富宁县，广西百色市那坡县
		俄索折怒王	史诗又名《祖摩阿纪》，以乌撒部由衰到盛与折怒的成长的经历为题材，讲述了折怒王在逆境之中不甘屈辱，最终成为叱咤风云的英雄的故事	贵州省毕节市威宁县、赫章县
2	羌族	羌戈大战	史诗讲述羌人在岷江上游遭遇到了一支名为"戈基人"的部落，与这支"身强力壮、凶悍威猛"的戈基人频频发生争战，但屡战屡败。最后在天神的帮助下，以脖子上贴羊毛为标记，用坚硬锋利的白石英石作为武器战胜了"戈基人"的故事	四川省阿坝藏族羌族自治州汶川县

续表

序号	族群	史诗	内容	流传地
3	拉祜族	扎弩扎别	史诗讲述天神厄莎成为恶神向人间施威,英雄扎弩扎别号召人们坚决抵抗,遭到厄莎的报复,厄莎与扎弩扎别之间展开了各种争斗,但是聪明正直的扎弩扎别被厄莎下毒害死,他的血肉肥沃了土地,骨灰变成江河里的鱼虾,继续造福后代子孙	云南省普洱市澜沧拉祜族自治县
4	傈僳族	古战歌	"古战歌"傈僳语叫"得图木瓜",即打仗开辟田土的调子。记述了400多年前滇西北一带的战争和傈僳族被迫迁徙的史实。它以傈僳古代英雄木必扒率领傈僳人开辟怒江河谷的历史为题材,生动描述了残酷的阶级压迫与民族压迫带给傈僳族人民带来的深重苦难,他们被迫迁徙他乡,在迁徙途中遇到种种艰险,是唱着"葬歌"走出原始森林、碧罗雪山和深山幽谷的	云南省迪庆藏族自治州维西傈僳族自治县,怒江傈僳族自治州兰坪白族普米族自治县、福贡县、丽江市永胜县
5	纳西族	黑白之战	史诗叙述神蛋孵出东主与术主和分别属于他们的黑、白天地,神山神海。为争夺神树,东主与术主的部落发生战争	云南省丽江市玉龙纳西族自治县
		哈斯争战	史诗讲述哈族与斯族原本是同山不同海的两兄弟,但善良与丑恶泾渭分明。哈族善良做好事,斯族心恶做坏事	云南省丽江市玉龙纳西族自治县
6	白族	白子王	史诗唱述从乌鸦巢里玉白蛋中生出的一对孪生兄弟(白子王)武艺超群、心地善良,为讨伐残暴的日迁王,招兵买马,最终推翻了暴君,为民造福的故事	云南省怒江傈僳族自治州兰坪白族普米族自治县
7	普米族	支萨·甲布	以支萨和甲布两代人为主人公,讲述了支萨、甲布深入魔穴杀死魔王、救出母亲、为父报仇、为民除害的经历	云南省丽江市宁蒗彝族自治县和四川凉山彝族自治州木里藏族自治县

续表

序号	族群	史诗	内容	流传地
8	傣族	厘俸	又称《俸改》。叙述傣族古代英雄俸改和海罕之间的战争，反映了原始部落向私有制过渡时期的情景。原本海罕和俸改都为天神，因俸改调戏了海罕和桑洛妻子，三人发生争吵被罚至人间。三人在人间也因争夺妻子产生矛盾发生战争，海罕和桑洛最终在天神的帮助下赢得了胜利	云南省普洱市景谷傣族彝族自治县
		相勐	莽莽的森林里，有一个强大的国家叫勐荷傣，王子是沙瓦里，他企图征服一百零一个勐的人民。他利用妹妹楠西里总布来比武招亲，希望跟勐瓦蒂王子貌舒莱结盟，以换取他的十万大军来实现自己称霸的野心。然而，妹妹却不愿意。正在这时，魔鬼刮起一阵飓风把楠西里总布劫走了。在森林里游猎的勐维扎的王子相勐杀死了魔鬼，救出了楠西里总布，他们彼此相爱，订下了婚约。他们回到勐荷傣，沙瓦里看不起相勐是小国的王子，就反过来诬陷相勐是劫走他妹妹的魔鬼，要把相勐处死。在天神的帮助下，相勐被救，并被送回勐维扎。沙瓦里没有杀死相勐，就写信给貌舒莱，要他联合出兵攻打勐维扎。相勐回到勐维扎，把经历告诉父王和大臣们，人们听了都很愤怒。但为了避免战祸，相勐提出先派人带着礼物去勐荷傣求婚。蛮横的沙瓦里不仅不答应这门亲事，反而当面侮辱来使，并听信巫师的话而发动了战争。最后，相勐杀死了貌舒莱，又杀死了沙瓦里，战争方告结束。后来，相勐做了勐荷傣的国王，并统一了一百零一个勐，人民安居乐业。相勐和楠西里总布也重新获得了幸福的爱情	云南省德宏傣族景颇族自治州芒市、瑞丽市、梁河县、盈江县、陇川县

续表

序号	族群	史诗	内容	流传地
8	傣族	粘响	有一个美丽的地方叫勐粘响，这里的公主是天神转世而生。因有一名天神下凡与公主幽会而使其怀孕。父王认为给自己丢了捡，便将王后和公主放逐江中。母女俩乘竹筏而下，在河边遇到野和尚帕拉西并被收留。后来，公主生下了苏令达。孩子长大后，帕拉西把各种本领和法术教给他。不幸的是，苏令达的母亲被魔王劫走，母子失散。苏令达在寻找母亲的过程中被龙王招为女婿。但是苏令达因为想念母亲，就与龙女分别，回去寻找母亲，在返回的路途中，遇到了能力超强的捧玛兄弟，而后回到帕拉，苏令达的母亲也辗转回到了勐粘响。此时，国王受天神惩罚后已醒悟，调集人马迎接公主和苏令达回宫，并让苏令达继承王位。大臣们要苏令达在一百零一个勐里选择妻子，苏令达看上了勐西丙的景达楠西公主，公主也看上了他。但公主的哥哥桑哈嫌勐粘响是个小国而故意刁难，并要求比武。苏令达派去求婚的大将丢娥和捧玛就用木头刻成许多猴子，念诵咒语让它们把景达楠西公主抢了出来。桑哈大为恼怒，于是调集人马去攻打勐粘响。战争打了十年，由于苏令达有天神、龙王送给的宝物，桑哈终于败在苏令达手下。战争结束后，苏令达带上很多礼物去慰劳赏赐勐西丙，从此两个勐结为友好邻邦。苏令达又把龙女接到勐粘响，从此全勐百姓平安富足。苏令达年老去世后，灵魂返回天上去了	云南省西双版纳傣族自治州景洪市、勐海县、勐腊县
		兰嘎西贺	史诗讲述勐兰嘎国王和王后万年向天神祈祷生得公主古蒂提拉。父王想让她继承王位，但公主不从。天神英叭担心王位没有继承人，于是派天神玛哈捧下凡与公主幽会。公主生下三个儿子，大儿子捧玛加继承王位，但因专横跋扈，到处作恶，因与召朗玛抢夺南西拉而被生命之箭射死	云南省西双版纳傣族自治州景洪市、勐海县、勐腊县；德宏傣族景颇族自治州芒市、瑞丽市、梁河县、盈江县、陇川县；普洱市思茅区；临沧市云县、凤庆县、永德县、镇康县、耿马县

续表

序号	族群	史诗	内容	流传地
9	土家族	摆手歌	《摆手歌》分为四个部分：天地、人类来源歌；民族迁徙歌；农事劳动歌；英雄故事歌。其中民族迁徙歌和英雄故事歌最为珍贵，在英雄故事歌中，《洛蒙挫托》记录了土家族先人"八部大王"的故事	湖南省湘西土家族苗族自治州龙山县、永顺县、保靖县、花垣县、凤凰县、泸溪县、古丈县、吉首市；湖北省恩施土家族苗族自治州利川市、建始县、巴东县、咸丰县、来凤县、鹤峰县、长阳土家族自治县；重庆市秀山、酉阳、黔江、彭水；贵州省铜仁市印江、沿河
10	壮族	莫一大王	莫一大王的父亲本是个头人，因为不愿意献祭人皮被丢进深潭里，莫一大王为了寻找父亲的尸体跳进深潭，得到了父亲的神珠，变得力大无比。皇帝召他进宫做官，遭到国师的刁难，莫一大王为躲避皇帝追杀，不断躲避，但是仍然没有逃过国师的迫害。期待复活的莫一大王两次被母亲中断，最终死亡	广西壮族自治区河池市金城江区
		布伯	壮族人民中有一位名叫布伯的英雄，为了反抗雷王和龙王对人民的统治，与之展开斗争。布伯得到仙人帮助，勒令雷王施雨，雷王假意执行，待布伯返回人家后，便带兵攻打布伯，布伯生擒雷王，却因子女的疏忽让雷王逃脱。雷王逃脱后发大水淹没了人间，布伯不得不与雷王进行决斗，因布伯体力不支被雷王杀害，留下子女伏依和且咪，后两人结成夫妻，繁衍人类	广西壮族自治区河池市天峨县、东兰县；百色平果市、田阳区

续表

序号	族群	史诗	内容	流传地
11	侗族	萨岁之歌	侗族姑娘仰香因无父无母，寄住在伯父家，后投靠六甲寨舅舅九库，因九库被害逃走，仰香被当地财主李从庆收为家奴，与李家一位长工堵囊相恋，李从庆对仰香心生歹意，想要仰香为妾，于是堵囊与仰香逃到螺蛳寨生活，生下女儿婢奔。因堵囊家挖到一块神铁，李从庆想收入囊中，于是两家展开了斗争，堵囊与婢奔（萨岁）父女反抗财主为妻报仇，为母雪恨。在一场场争斗中，婢奔宝刀被骗，神扇也失去神力，婢奔与两个女儿寡不敌众，牺牲于弄塘凯。婢奔死后化作神女，率领乡亲继续与李家战斗，赢得胜利。从此，婢奔就成为侗族人民的护佑女神	贵州省黔东南州从江县、黎平县
12	苗族	亚鲁王	英雄亚鲁从小就英勇过人，成年后意外获得宝物"龙心"，也因此招来兄长赛阳和赛霸的嫉妒和争抢，亚鲁不愿与兄长开战，带领族人不断迁徙。后又获得盐井，部族得到发展，赛阳与赛霸再起歹心，于是亚鲁继续往深山峻岭处迁徙。为族人能安定生活，亚鲁与荷布朵展开了智斗，占领了荷布朵疆域，待族人定居后，亚鲁派王子们开疆拓土，不断发展壮大	贵州省安顺市紫云苗族布依族自治县，黔南州长顺县、罗甸县、惠水县，黔西南州望谟县等地
13	布依族	安王与祖王	《安王与祖王》又称《罕温与索温》《岸王与梭王》，是用于布依族凶死丧事中的经文，具有慰藉亡者灵魂的作用。史诗讲述安王的父亲为盘果王，盘果王为天上雷公的儿子，他一个人居住在草编成的巢穴里，下河打鱼为食，与龙王女儿相遇结合。两人生下了安王，安王快速成长，到收麻的时候，安王用麻网打到了一条紫鳞绿鳍的鱼。龙女告诉安王，这条鱼是安王的外公外婆不可煮来吃，安王不听劝告，将鱼下了锅，于是龙女跳江不再回来。盘果王又娶了一位妻子，这位妻子生下了祖王，祖王在母亲的唆使之下，与安王结仇，处处设计陷害安王。安王愤怒离去，盘果王病重，安王返回家中，又和祖王陷入战斗，安王与祖王两人诅咒念经，祖王不肯屈服，于是安王发起大雨，又引发大旱，祖王请罪认输，向安王交租进贡	贵州黔西南布依族苗族自治州

参考文献

中文著作

阿地里·居玛吐尔地：《口头传统与英雄史诗》，中央民族大学出版社2009年版。

阿地里·居玛吐尔地：《〈玛纳斯〉史诗歌手研究》，民族出版社2006年版。

阿洛兴德整理翻译：《支嘎阿鲁王·彝族史诗》，贵州民族出版社1994年版。

傲东白力格：《史诗演唱与史诗理论：从亚里士多德到洛德的史诗学简史》，甘肃人民美术出版社2012年版。

毕登程搜集整理：《司岗里史诗原始资料选辑》，隋嘎等说唱、赵秀兰翻译，民族出版社2010年版。

毕登程、隋嘎编著：《司岗里·佤族创世史诗》，云南人民出版社2009年版。

洛边木果、肖远平主编译：《支格阿鲁》，民族出版社2018年版。

洛边木果：《中国彝族支格阿鲁文化研究》，中国戏剧出版社2008年版。

博特乐图、哈斯巴特尔：《蒙古族英雄史诗音乐研究》，中国社会科学出版社2012年版。

才文扎西：《史诗研究方法》，四川民族出版社2019年版。

曹娅丽：《史诗、戏剧与表演〈格萨尔〉口头叙事表演的民族志研究》，上海大学出版社2015年版。

马昌仪：《中国灵魂信仰》，上海文艺出版社1998年版。

朝戈金：《口传史诗诗学：冉皮勒〈江格尔〉程式句法研究》，广西人民出版社 2000 年版。

朝戈金：《史诗学论集》，中国社会科学出版社 2016 年版。

陈建宪：《口头文学与集体记忆陈建宪自选集》，华中师范大学出版社 2012 年版。

陈建宪：《神话解读母题分析方法探索》，湖北教育出版社 1997 年版。

陈建宪：《神祇与英雄：中国古代神话的母题》，生活·读书·新知三联书店 1994 年版。

陈来生：《史诗·叙事诗与民族精神》，上海社会科学院出版社 1990 年版。

陈兴华：《亚鲁王（五言体）》，吴晓东仪式记录，重庆出版社 2018 年版。

陈永香：《彝族史诗的诗学研究以〈梅葛〉、〈查姆〉为中心》，暨南大学出版社 2018 年版。

陈中梅：《神圣的荷马——荷马史诗研究》，北京大学出版社 2008 年版。

陈中梅：《荷马史诗研究》，译林出版社 2010 年版。

陈中梅：《宙斯的天空〈荷马史诗〉里的宙斯、雅典娜和阿波罗研究》，北京大学出版社 2011 年版。

单世联：《文化大转型：批判与解释——西方文化产业理论研究》，中国社会科学出版社 2017 年版。

段宝林：《非物质文化遗产精要》，中国社会出版社 2008 年版。

额鲁特·珊丹：《郭尔罗斯英雄史诗及叙事民歌》，吉林人民出版社 2011 年版。

范钦林：《文学与文化产业关系研究——以当代文学创作形态转型为视角》，人民出版社 2017 年版。

范学勇、杨世宏编著：《卓尼藏族创世史诗·舍巴》，民族出版社 2017 年版。

冯文开：《中国史诗史论 1840—2010》，中国社会科学出版社 2016 年版。

傅修延：《先秦叙事研究：关于中国叙事传统的形成》，东方出版社 1999 年版。

高丙中：《社会领域的公民互信与组织构成：提升合法性和应责力的过程》，社会科学文献出版社 2016 年版。

高小康：《市民、士人与故事：中国近古社会文化中的叙事》，人民出版社2001年版。

广西壮族自治区少数民族古籍整理出版规划领导小组办公室整理：《布洛陀经诗·壮族创世史诗》，中国国际广播出版社2016年版。

贵州民间文学集成办公室主编、燕宝编：《贵州苗族民间故事选》，西南交通大学出版社1994年版。

贵州省文联编：《民间文学资料第2集》，中中印刷厂1957年版。

贵州省苗学会编：《苗学研究8·苗族文化保护与利用研究》，中国言实出版社2011年版。

贵州省少数民族古籍整理出版规划小组办公室编：《苗族古歌·苗族史诗》，中国国际广播出版社2016年版。

贵州省非物质文化遗产保护中心、黔南布依族苗族自治州苗学会编：《黔南苗族民间传说故事》，重庆出版社2015年版。

郭齐勇：《文化学概论》，武汉大学出版社2014年版。

郭思九、陶学良：《查姆·彝族史诗》，云南人民出版社1981年版。

郭思九、陶学良整理：《查姆·彝族创世史诗》，中国国际广播出版社2016年版。

过竹：《苗族神话研究》，广西人民出版社1988年版。

哈布日图娅：《史诗〈祖乐阿拉达尔罕〉研究》，民族出版社2016年版。

赫章县民间文学集成编委会编：《中国民间文学三套集成：贵州毕节地区赫章县卷（苗族）》，1988年版。

胡崇峻搜集整理：《黑暗传·汉民族首部神话史诗》，长江文艺出版社2002年版。

胡良桂：《史诗类型与当代形态》，湖南教育出版社2002年版。

胡良桂：《史诗特性与审美观照》，湖南教育出版社1994年版。

胡亚敏：《比较文学》，高等教育出版社2016年版。

胡亚敏：《西方文论关键词与当代中国》，中国社会科学出版社2015年版。

胡铁强、陈敬胜：《族群记忆与文化认同：瑶族史诗〈盘王大歌〉的文化学解读》，湘潭大学出版社2012年版。

户晓辉：《民间文学的自由叙事》，社会科学文献出版社2014年版。

黄伦生：《布洛陀与民间叙事研究》，广东人民出版社2017年版。

黄松毅：《仪式与歌诗：〈诗经·大雅〉研究》，中国传媒大学出版社 2010 年版。

黄永林：《20 世纪中国大众文学的现代转型及其品格》，华中师范大学出版社 2013 年版。

黄永林：《从资源到产业的文化创意中国文化产业发展现状评述》，华中师范大学出版社 2012 年版。

黄永林：《大众视野与民间立场》，新华出版社 2005 年版。

黄永林、胡惠林、詹一虹：《中国文化国情报告》，湖北教育出版社 2018 年版。

黄永林：《文化传承与文化创新探析：黄永林自选集》，华中师范大学出版社 2013 年版。

黄永林：《民间文化与荆楚民间文学》，华中师范大学出版社 2005 年版。

黄永林：《郑振铎与民间文艺》，南京大学出版社 1996 年版。

黄永林：《中国民间文化与新时期小说》，人民出版社 2007 年版。

黄永林：《中西通俗小说叙事比较与阐释》，华中师范大学出版社 2009 年版。

黄中祥：《哈萨克英雄史诗与草原文化》，中央编译出版社 2007 年版。

季剑青：《重写旧京：民国北京书写中的历史与记忆》，生活·读书·新知三联书店 2017 年版。

季羡林、刘安武编：《印度两大史诗评论汇编》，中国社会科学出版社 1984 年版。

罗健民整理：《莫一大王：壮族英雄史诗》，中国国际广播出版社 2016 年版。

靳凤林：《死，而后生·死亡现象学视域中的生存伦理》，人民出版社 2005 年版。

蓝怀昌等搜集整理翻译：《密洛陀·布努瑶创世史诗》，中国民间文艺出版社 1988 年版。

郎樱：《玛纳斯论》，内蒙古大学出版社 1999 年版。

郎樱：《中国少数民族英雄史诗〈玛纳斯〉》，浙江教育出版社 1990 年版。

李八一昆、白祖文搜集整理：《〈尼苏夺节〉：彝族创世史诗·汉文》，白刊宁译，云南民族出版社 1985 年版。

李贵恩、刘德荣等搜集整理：《铜鼓王·彝族英雄史诗》，黄汉国等译，云南人民出版社1991年版。

李丽丹：《18—20世纪中国异类婚恋故事研究》，光明日报出版社2013年版。

李泽厚：《美的历程》，生活·读书·新知三联书店2014年版。

李子贤：《多元文化与民族文学中国西南少数民族文学的比较研究》，云南教育出版社2001年版。

梁远新主编：《昌洞山地区苗族史诗》，湖南人民出版社2016年版。

林继富：《汉藏民间叙事传统比较研究：基于民间故事类型的视角》，人民文学出版社2016年版。

刘安武：《印度两大史诗研究》，北京大学出版社2001年版。

刘亚湖：《原始叙事性艺术的结晶：原始性史诗研究》，内蒙古大学出版社1991年版。

刘亚虎：《西南史诗论》，内蒙古大学出版社1999年版。

刘辉豪整理：《牡帕密帕·拉祜族民间史诗》，云南人民出版社1979年版。

刘守华：《比较故事学论考》，黑龙江人民出版社2003年版。

刘守华：《故事学纲要》，华中师范大学出版社2006年版。

刘守华、黄永林：《民间叙事文学研究》，华中师范大学出版社2005年版。

刘守华：《口头文学与民间文化》，中国文联出版公司1989年版。

刘守华：《民间故事的比较研究》，中国民间文艺出版社1986年版。

刘守华：《非物质文化遗产保护与民间文学》，华中师范大学出版社2014年版。

刘守华：《中国民间故事类型研究》，华中师范大学出版社2002年版。

刘守华：《中国民间故事史》，商务印书馆2017年版。

刘玉堂：《楚国经济史》，湖北教育出版社1996年版。

刘玉堂、张正明：《湖北通史·先秦卷》，华中师范大学出版社1999年版。

蒙冠雄、蒙海清、蒙松毅搜集翻译整理：《密洛陀·瑶族创世史诗》，广西民族出版社1999年版。

纳雍民间文学集成编委会编：《贵州省毕节地区：纳雍民间故事（中国民间文学集成资料）》，贵州省地矿局113队印刷厂印刷1988年版。

潘定智等编：《苗族古歌》，贵州人民出版社1997年版。

潘定智、朱吉成等编：《贵州神话史诗论文集》，贵州民族出版社1988年版。

裴树海：《史诗小说初探》，中山大学出版社1991年版。

普梅笑、李芸：《红河彝族创世史诗选编》，云南民族出版社2016年版。

钱穆：《晚学盲言（上下）》，冯金红编，生活·读书·新知三联书店2014年版。

钱小柏编：《顾颉刚民俗学论集》，上海文艺出版社1998年版。

潜明兹编：《史诗探幽》，中国民间文艺出版社1986年版。

斯钦巴图：《蒙古史诗从程式到隐喻》，民族出版社2006年版。

仁钦道尔吉、郎樱：《中国史诗》，江苏凤凰文艺出版社2017年版。

仁钦道尔吉：《蒙古英雄史诗源流》，内蒙古大学出版社2001年版。

仁钦道吉：《中国少数民族英雄史诗：江格尔》，浙江教育出版社1995年版。

萨仁格日勒：《蒙古史诗生成论》，中央民族大学出版社2001年版。

色道尔吉：《江格尔：蒙古族英雄史诗》，中国国际广播出版社2016年版。

文山壮族苗族自治州民族宗教事务所委员会编：《文山苗族迁徙史诗》，云南民族出版社2016年版。

施文科、李亮文唱述：《阿黑西尼摩彝族创世史诗》，普学旺、罗希吾戈翻译整理，中国国际广播出版社2016年版。

西双版纳州傣族自治州少数民族研究所主编：《乌莎巴罗·傣族英雄史诗（第1卷、第2卷、第3卷、第4卷、第5卷、第6卷）》，海天出版社2011年版。

西双版纳州民委编：《傣族创世史诗·巴塔麻嘎捧尚罗》，岩温扁译，云南人民出版社1989年版。

司马云杰：《文化社会学》，华夏出版社2011年版。

孙有康、李和弟搜集整理：《五指山传·黎族创世史诗》，中国国际广播出版社2016年版。

孙有康、李和弟：《五指山传·黎族创世史诗》，暨南大学出版社1990年版。

孙正国：《文化的力量》，重庆出版社2019年版。

孙正国：《文学的媒介遭遇：〈白蛇传〉的叙事研究》，华中师范大学出版社2015年版。

孙正国：《文学的生活遭遇：民间文学本体批评引论》，黑龙江人民出版社2004年版。

孙正国：《中国民间歌谣经典》，华中师范大学出版社2014年版。

童辰、汪华、李智萍：《〈诗经〉与〈荷马史诗〉比较研究》，《江西人民出版社2014年版。

童庆炳：《美学与当代文化讲演录》，广西师范大学出版社2007年版。

汪立珍：《满通古斯诸民族民间文学研究》，中央民族大学出版社2006年版。

王国明：《土族〈格萨尔〉语言研究》，甘肃民族出版社2004年版。

王抒凡：《唐代诗学研究"兴寄"说》，云南大学出版社2015年版。

王卫华：《〈江格尔〉与〈荷马史诗〉比较研究》，昆仑出版社2007年版。

王宪昭、李鹏：《文学的测量：比较视野中的文学母题研究》，中国社会科学出版社2015年版。

王一川：《文学理论讲演录》，广西师范大学出版社2004年版。

王沂暖、华甲译：《格萨尔王传：藏族英雄史诗》，中国国际广播出版社2016年版。

乌日古木勒：《蒙古突厥史诗人生仪礼原型》，民族出版社2007年版。

罗希吾戈、杨自荣翻译：《夷僰榷濮》，云南民族出版社1986年版。

吴诗池：《中国原始艺术》，紫禁城出版社1996年版。

吴一文、今旦：《苗族史诗通解》，贵州人民出版社2014年版。

向零主编：《民族志资料汇编》，贵州省志民族志编委会1987年版。

项飙：《跨越边界的社区：北京"浙江村"的生活史》，生活·读书·新知三联书店2018年版。

萧家成：《勒包斋娃研究：景颇族创世史诗的综合性文化形态》，社会科学文献出版社2008年版。

萧家成译著：《勒包斋娃·景颇族创世史诗》，民族出版社1992年版。

苏晓星：《苗族习俗风情与口头文学》，贵州民族事务委员会，中国作家协会贵州分会民族文学委员会，1987年版。

肖远平、杨兰、刘洋：《苗族史诗〈亚鲁王〉形象与母题研究》，中国社会科学出版社2017年版。

肖远平：《彝族"支嘎阿鲁"史诗研究》，人民出版社2015年版。

邢莉：《民间信仰与民俗生活》，中央民族大学出版社2008年版。

熊坤新、李建军：《新疆诸民族伦理思想研究》，中央民族大学出版社2008年版。

徐国琼：《〈格萨尔〉史诗求索》，云南民族出版社2007年版。

马学良、今旦译注：《金银歌·苗族史诗》，中国国际广播出版社2016年版。

马学良、今旦译注：《苗族史诗》，中国民间文艺出版社1983年版。

晏绍祥：《荷马社会研究》，上海三联书店2006年版。

杨恩洪：《中国少数民族英雄史诗〈格萨尔〉》，浙江教育出版社1990年版。

杨甫旺：《活态史诗的传承与利用 第二届中国彝族支格阿鲁文化学术研讨会论文集》，云南人民出版社2015年版。

杨权、郑国乔整理译注：《侗族史诗〈起源之歌〉》，辽宁人民出版社1988年版。

杨万选、杨汉先、凌纯声等：《贵州苗族考》，贵州大学出版社2009年版。

杨砚寓、潘其旭、农冠品、韩家权、张增业、许晓明译著：《布洛陀史诗：壮汉印尼对照》，广西人民出版社2018年版。

杨义：《中国叙事学》，人民出版社2009年版。

杨正保、潘光华编：《苗族起义史诗》，贵州人民出版社1987年版。

兰克、杨智辉整理：《遮帕麻和遮米麻·阿昌族民间史诗》，赵安贤唱、杨叶生译，云南人民出版社1983年版。

姚伟钧：《从文化资源到文化产业：历史文化资源的保护与开发》，华中师范大学出版社2012年版。

姚伟钧、彭长征：《世界主要文化传统概论》，华中师范大学出版社2004

年版。

叶春生主编:《典藏民俗学丛书》(上册、中册、下册),黑龙江人民出版社 2003 年版。

叶舒宪:《英雄与太阳:中国上古史诗的原型重构》,陕西人民出版社 2005 年版。

叶舒宪、章米力、柳倩月编:《文化符号学:大小传统新视野》,陕西师范大学出版社 2013 年版。

于静、王景迁:《〈格萨尔〉史诗当代传播研究》,人民出版社 2015 年版。

于乃昌、夏敏:《初民的宗教与审美迷狂》,青海人民出版社 1994 年版。

喻锋平:《畲族史诗〈高皇歌〉英译研究》,浙江工商大学出版社 2018 年版。

苑利主编:《二十世纪中国民俗学经典史诗歌谣卷》,社会科学文献出版社 2002 年版。

云南省民族民间文学楚雄调查队整理:《梅葛·彝族民间史诗》,云南人民出版社 2009 年版。

云南省民族民间文学红河调查队整理:《阿细的先基·阿细族史诗》,云南人民出版社 1959 年版。

云南省民族民间文学丽江调查队整理:《纳西族民间史诗·创世纪》,云南人民出版社 1960 年版。

云南省曲靖地区少数民族古籍办公室编:《彝族创世史诗·尼迷诗》,昂智灵、李红昌、美雨翻译,云南民族出版社 1989 年版。

云南省少数民族古籍整理出版规划办公室编:《云南民族口传非物质文化遗产总目提要·史诗歌谣卷·上》,云南教育出版社 2008 年版。

云南省少数民族古籍整理出版规划办公室编:《云南少数民族古典史诗全集》(上册、中册、下册),云南教育出版社 2009 年版。

曾大兴:《文学地理学概论》,社会科学文献出版社 2017 年版。

曾静:《云南少数民族史诗歌谣中女性形象的认同构建》,中国社会科学出版社 2014 年版。

翟学伟:《人情、面子与权力的再生产》,北京大学出版社 2013 年版。

翟学伟:《中国人行动的逻辑》,生活·读书·新知三联书店 2017 年版。

詹一虹:《文化产业管理概论》,中华书局 2017 年版。

张朝柯：《论东方古代六大史诗》，人民出版社2015年版。

张恒：《以文观文：畲族史诗〈高皇歌〉的文化内涵研究》，浙江工商大学出版社2014年版。

张开焱：《文化与叙事》，中国三峡出版社1994年版。

张维迎：《博弈与社会》，北京大学出版社2013年版。

赵世瑜：《小历史与大历史区域社会史的理念、方法与实践》，北京大学出版社2017年版。

《中国苗族文学丛书》编辑委员会编：《西部民间文学作品选1·苗文汉文对照》，贵州民族出版社2003年版。

《中国苗族文学丛书》编辑委员会编：《西部民间文学作品选2》，贵州民族出版社1998年版。

中国民间文艺家协会主编：《苗族英雄史诗〈亚鲁王〉》，中华书局2011年版。

中国民间文艺家协会主编：《〈亚鲁王〉文论集：口述史·田野报告·本书》，中国文史出版社2011年版。

《中国少数民族社会历史调查资料丛刊》修订编辑委员会编：《傈僳族社会历史调查》（修订本），民族出版社2009年版。

《中国史诗研究》编委会编：《中国史诗研究》，新疆人民出版社1991年版。

中央民族学院彝文文献编译室编：《彝文文献研究》，中央民族学院出版社1993年版。

周惠泉：《满族说部口头传统研究》，长春出版社2016年版。

周星：《境界与象征桥和民俗》，上海文艺出版社1998年版。

朱立元主编：《艺术美学辞典》，上海辞书出版社2012年版。

朱小和演唱：《哈尼阿培聪坡坡·哈尼族迁徙史诗》，史军超、芦朝贵、段贶乐、杨叔孔译，中国国际广播出版社2016年版。

紫云苗族布依族自治县《亚鲁王》工作室编：《苗族英雄史诗〈亚鲁王〉》，贵州省文化厅、贵州非物质文化遗产保护中心内部资料，2011年版。

中文论文

阿地里·居玛吐尔地：《口头史诗的文本与语境——以〈玛纳斯〉史诗的演述传统为例》，《民族艺术》2018 年第 5 期。

巴莫曲布嫫：《以口头传统作为方法：中国史诗学七十年及其实践进路》，《民族艺术》2019 年第 6 期。

阿地里·居玛吐尔地：《"一带一路"与口头史诗的流布和传播——论中国—吉尔吉斯斯坦玛纳斯史诗传统及其互动交流》，《西北民族研究》2017 年第 3 期。

阿地里·居玛吐尔地：《柯尔克孜族史诗〈玛纳斯〉》，《民族艺术》2018 年第 5 期。

阿地里·居玛吐尔地：《口头史诗的文本与语境——以〈玛纳斯〉史诗的演述传统为例》，《民族艺术》2018 年第 5 期。

巴莫曲布嫫：《口头传统与书写传统》，《读书》2003 年第 10 期。

巴莫曲布嫫：《以口头传统作为方法：中国史诗学七十年及其实践进路》，《民族艺术》2019 年第 6 期。

巴莫曲布嫫：《英雄观、英雄叙事及其故事范型：传统指涉性的阐释向度》，《民族艺术》2014 年第 3 期。

白芳：《史诗色彩与人性深度——读丹尼斯·勒翰的〈夜色人生〉》，《出版广角》2017 年第 21 期。

白鸽：《〈六合丛谈〉与西方文学在我国的译介及比较研究——以"西学说"栏目为例》，《西安外国语大学学报》2019 年第 1 期。

曹茹、郭小旭：《论史诗纪录片的观念与史诗性表达》，《现代传播》（中国传媒大学学报）2019 年第 2 期。

陈岗龙：《诗心与哲思——论巴·布林贝赫〈蒙古英雄史诗诗学〉的汉译问题》，《西北民族研究》2018 年第 4 期。

陈斯一：《论荷马史诗与"口头诗学"》，《浙江学刊》2018 年第 2 期。

次央、德吉央宗：《史诗〈格萨尔〉专家系列访谈（一）：降边嘉措与他的〈格萨尔〉事业》，《西藏研究》2019 年第 1 期。

丹珍草：《〈格萨尔〉史诗的当代传承及其文化表现形式的多样性》，《西北民族研究》2017 年第 3 期。

丹珍草：《〈格萨尔〉史诗说唱与藏族文化传承方式》，《中国藏学》2018年第3期。

杜鹏举：《消费语境下史诗级长篇小说电影化改编论》，《电影评介》2017年第15期。

多布旦、仁欠卓玛：《环喜马拉雅史诗比较研究现状与问题分析——以〈格萨尔〉、〈罗摩衍那〉、〈摩诃婆罗多〉为中心》，《西藏大学学报》（社会科学版）2018年第4期。

范子烨：《易代前夜的心曲：陶渊明〈赠羊长史〉诗发覆》，《文学遗产》2019年第2期。

方晓秋：《梦在〈吉尔伽美什史诗〉中的特殊价值》，《古代文明》2019年第2期。

费伊·比彻姆、陆慧玲、李扬：《灰姑娘的亚洲起源——广西壮族的故事讲述者》，《民族文学研究》2019年第3期。

冯文开：《史诗研究中国学派构建的现状、理据及路径》，《民族文学研究》2019年第5期。

高艳芳、黄永林：《论村规民约的德治功能及其当代价值——以建立"三治结合"的乡村治理体系为视角》，《社会主义研究》2019年第2期。

古丽多来提·库尔班：《柯尔克孜族史诗〈库尔曼别克〉与〈玛纳斯〉的关系研究》，《中华文化论坛》2018年第2期。

谷因：《布依族神话史诗〈安王和祖王〉与舜、象故事》，《贵州民族学院学报》（哲学社会科学版）2001年第2期。

谷颖：《满族说部〈天宫大战〉创世史诗性辨析》，《古籍整理研究学刊》2018年第2期。

韩颖：《一部颠覆史诗的笑谑式经典作品——评尤利西斯》，《出版广角》2018年第2期。

何正金：《彝族史诗〈阿鲁举热〉与白族传说〈杜朝选〉比较研究》，《大理学院学报》2015年第9期。

胡惠林：《关于文化产业发展若干问题的思考》，《华中师范大学学报》（人文社会科学版）2016年第6期。

黄静华：《拉祜族史诗的生长与延展：书写文本的意义阐释》，《民族文学研究》2018年第2期。

黄永林：《地域作家群研究的新样本——关于〈桂西北作家群的文化诗学研究〉》，《南方文坛》2016 年第 4 期。

黄永林：《非物质文化遗产传承人保护模式研究——以湖北宜昌民间故事讲述家孙家香、刘德培和刘德方为例》，《中国地质大学学报》（社会科学版）2013 年第 2 期。

黄永林：《非物质文化遗产特征的文化经济学阐释》，《文化遗产》2018 年第 1 期。

黄永林：《论新农村文化建设中的现代与传统》，《民俗研究》2008 年第 4 期。

黄永林：《民俗文化发展理论与生态规律阐释及其实践运用》，《民俗研究》2015 年第 2 期。

黄永林：《数字化背景下非物质文化遗产的保护与利用》，《文化遗产》2015 年第 1 期。

黄永林：《中国文化产业发展战略的历史选择及其特征与经验》，《同济大学学报》（社会科学版）2015 年第 5 期。

黄永林：《追踪民间故事建构故事学体系——刘守华民间故事研究评述》，《民族文学研究》2019 年第 2 期。

惠雁冰：《英雄经典，民族精神的文化史诗》，《红旗文稿》2017 年第 14 期。

蹇莉：《少数民族文化资源产业化的路径探析——以"格萨尔"史诗产业化发展为例》，《西南民族大学学报》（人文社科版）2018 年第 7 期。

江雪奇：《〈尼伯龙根之歌〉是德意志人的民族史诗吗？——作为现代政治迷思的中世纪文学》，《德国研究》2018 年第 4 期。

李丽、孙正国：《论媒介建构故事的时间维度》，《文化遗产》2012 年第 2 期。

李连荣：《百年"格萨尔学"的发展历程》，《西北民族研究》2017 年第 3 期。

李连荣：《试论〈格萨尔·英雄诞生篇〉情节结构的演变特点》，《西藏研究》2018 年第 1 期。

李世武：《从地方知识到史诗学术语：彝族史诗"梅葛"的内涵和外延》，《民族艺术》2019 年第 1 期。

李世武:《视觉文本与史诗口头文本的互文性——以彝族毕摩身体装饰及祖师坛神像为中心》,《民族艺术》2018年第3期。

李松睿:《新时代呼唤着中华民族的新史诗——习近平文艺思想学习心得》,《民族文学研究》2018年第2期。

李韦豫、张凌坤:《从古代到现代希腊不朽精神的象征——拜占庭史诗〈狄吉尼斯·阿克里特〉英雄形象探魅》,《文艺争鸣》2019年第3期。

李卫红、吴一文、欧阳廷勇:《〈蝴蝶歌〉与苗族鼓社祭制度》,《贵州民族学院学报》(哲学社会科学版)2006年第4期。

李扬、陆慧玲:《近年西方学界南方民间文学研究举隅》,《贵州民族大学学报》(哲学社会科学版)2019年第3期。

李扬、张建军:《都市传说分类方法述论》,《文化遗产》2016年第3期。

栗军:《英雄形象在当代文本中的现代性阐释——以藏族史诗〈格萨尔王传〉为例》,《西藏民族大学学报》(哲学社会科学版)2018年第6期。

梁真惠、陈卫国:《"活态"史诗〈玛纳斯〉的翻译与传播》,《中国翻译》2018年第5期。

廖明君、巴莫曲布嫫:《田野研究的"五个在场"——巴莫曲布嫫访谈录》,《民族艺术》2004年第3期。

林蔚轩、闫月珍:《〈荷马史诗〉中的器物叙述》,《暨南学报》(哲学社会科学版)2019年第2期。

凌嘉穗:《从"歌唱互动"到"口唱史诗"——当代语境下台湾泰雅族Lmuhuw的转型》,《中国音乐》2019年第1期。

刘超:《〈贝奥武甫〉:史诗中的同构叙事》,《江西社会科学》2019年第2期。

刘先福:《从英雄传说到民族史诗——爱沙尼亚〈卡列维波埃格〉简论》,《民族学刊》2017年第6期。

刘祥友、郭志禹:《英雄史诗:少数民族武术文化研究的重要载体》,《上海体育学院学报》2018年第3期。

刘小波、王丹:《〈摩诃婆罗多〉、〈罗摩衍那〉与荷马史诗中的爱情母题比较》,《郑州大学学报》(哲学社会科学版)2017年第4期。

刘晓春:《布尔迪厄的"生活风格"论》,《民俗研究》2017年第4期。

刘晓春:《非物质文化遗产传承人的若干理论与实践问题》,《思想战线》

2012年第6期。

刘晓春：《探究日常生活的"民俗性"——后传承时代民俗学"日常生活"转向的一种路径》，《民俗研究》2019年第3期。

刘晓春：《资料、阐释与实践——从学术史看当前中国民俗学的危机》，《民俗研究》2011年第4期。

刘亚虎：《〈珠郎娘美〉被忽视的价值与地位》，《三峡论坛》（三峡文学·理论版）2018年第2期。

刘亚虎：《布洛陀文化的当代价值》，《广西民族师范学院学报》2016年第6期。

刘亚虎：《从族源神话到平民传说——从南诏文学的发展看"族群记忆"的嬗变》，《中南民族大学学报》（人文社会科学版）2010年第1期。

刘亚虎：《伏羲女娲、楚帛书与南方民族洪水神话》，《百色学院学报》2010年第6期。

刘亚虎：《盘瓠神话的历史价值及其在武陵的源起与流传》，《三峡论坛》（三峡文学·理论版）2014年第6期。

刘亚虎：《我读〈中国诗歌通史·少数民族卷〉》，《民族文学研究》2013年第5期。

刘亚虎：《娅王形象的内涵及"唱娅王"仪式的巫术原理》，《长江大学学报》（社科版）2016年第12期。

刘亚虎：《彝族史诗在南方民族文学史上的地位与价值》，《楚雄师范学院学报》2018年第1期。

刘亚虎：《支配与和谐——南方民族与自然关系神话中的深层意识》，《中南民族大学学报》（人文社会科学版）2008年第2期。

刘亚虎：《中国"姓"、"种"、"精"、"魂"话语体系与族源神话》，《广西师范大学学报》（哲学社会科学版）2017年第4期。

刘亚虎：《中国神话的创世模式及其"神圣叙述"》，《世界宗教文化》2016年第6期。

刘亚虎：《中华民族创世神话的典型型式及人文精神》，《长江大学学报》（社会科学版）2008年第4期。

刘亚虎：《壮族文学史最闪耀光辉的一条贯串线》，《广西民族师范学院学报》2016年第4期。

刘洋、杨兰:《〈亚鲁王〉英雄征战母题探析》,《遵义师范学院学报》2014年第5期。

刘洋、杨兰:《苗族史诗〈亚鲁王〉心脾禁忌母题探析》,《原生态民族文化学刊》2015年第1期。

刘洋、杨兰:《苗族史诗〈亚鲁王〉英雄对手母题探析》,《凯里学院学报》2014年第5期。

刘洋:《苗族理词:苗族地区基层社会治理的调适规范》,《贵州社会科学》2018年第9期。

刘玉堂、陈绍辉、陈文华:《关于实施湖北文化产业"互联网+"行动计划的若干思考》,《湖北社会科学》2015年第10期。

伦珠旺姆:《史诗叙事与当下转向——以藏族史诗〈格萨尔〉人物阿达拉姆为例》,《西北民族大学学报》(哲学社会科学版)2019年第5期。

马克·阿兰·芬雷森、张瑞娇、李扬:《从语义标注文本中推定普罗普的功能项》,《民俗研究》2019年第4期。

马昕:《赵翼的史学修养与咏史诗创作》,《安徽大学学报》(哲学社会科学版)2018年第3期。

孟令法:《人生仪礼的口头演述和图像描绘——以浙南畲族盘瓠神话、史诗〈高皇歌〉及祖图长联为例》,《民族艺术》2019年第3期。

孟令法:《图像、叙事及演述——"第七届'IEL国际史诗学与口头传统讲习班'"综述》,《民族文学研究》2018年第2期。

孟令法:《文化空间的概念与边界——以浙南畲族史诗〈高皇歌〉的演述场域为例》,《民俗研究》2017年第5期。

苗延秀:《为侗族神话史诗〈嘎茫莽道时嘉〉辨析》,《民族艺术》1989年第3期。

诺布旺丹:《〈格萨尔〉史诗的集体记忆及其现代性阐释》,《西北民族研究》2017年第3期。

庞国庆:《拜占廷时期〈荷马史诗〉的文化特征》,《历史教学(下半月刊)》2019年第2期。

彭林祥:《"京派""海派"论争后的论争——以茅盾和罗念生关于〈荷马史诗〉的论争为中心的考察》,《中国现代文学研究丛刊》2018年第6期。

秦家华：《简论傣族英雄史诗》，《思想战线》1985年第5期。

屈永仙：《傣族创世史诗的特点与传承》，《民间文化论坛》2014年第6期。

屈永仙：《傣族史诗的演述人与演述语境》，《民族艺术》2018年第5期。

荣四华：《比较视野下的〈玛纳斯〉研究与口头诗学》，《民族文学研究》2018年第5期。

沈文慧：《史诗时代的史诗书写——论何建明报告文学的思想价值与美学品格》，《当代作家评论》2018年第4期。

斯钦巴图：《从诗歌美学到史诗诗学——巴·布林贝赫对蒙古史诗研究的理论贡献》，《民族文学研究》2018年第4期。

斯钦巴图：《史诗歌手记忆和演唱的提示系统》，《民族文学研究》2017年第4期。

苏永旭：《〈摩诃婆罗多〉〈罗摩衍那〉与荷马史诗中的诅咒间性问题》，《河南大学学报》（社会科学版）2017年第6期。

粟定先：《论史诗〈侗族远祖歌〉的文化价值》，《中南民族学院学报》（哲学社会科学版）1990年第5期。

孙敏：《〈厘俸〉——傣族的英雄史诗》，《民族文学研究》1984年第1期。

孙少华：《从"史诗"到"史实"——试论中国早期文本的两种书写思维及其演进》，《北京大学学报》（哲学社会科学版）2018年第5期。

孙正国、熊浚：《乡贤文化视角下非遗传承人的多维谱系论》，《湖北民族学院学报》（哲学社会科学版）2019年第2期。

孙正国：《"神话细胞"论与神话学方法论的拓新——陈建宪教授的母题分析理论述评》，《广西民族大学学报》（哲学社会科学版）2016年第3期。

孙正国：《多民族叙事语境下中国龙母传说的"双重谱系"》，《民族文学研究》2019年第2期。

田兆元：《流动的虬龙——琉球探索记》，《民族艺术》2015年第2期。

田兆元：《论北朝时期民族融合过程中的神话认同》，《上海大学学报》（社会科学版）2000年第3期。

田兆元：《论中华民族神话系统的构成及其来源》，《史林》1996年第

2 期。

田兆元:《论主流神话与神话史的要素》,《文艺理论研究》1995 年第 5 期。

田兆元:《民俗本质的重估与民俗学家的责任——一种立足于文化精华立场的表述》,《山东社会科学》2011 年第 5 期。

田兆元:《民俗学的学科属性与当代转型》,《文化遗产》2014 年第 6 期。

田兆元:《民俗研究的谱系观念与研究实践——以东海海岛信仰为例》,《华东师范大学学报》(哲学社会科学版)2017 年第 3 期。

王倩、肖伟华:《〈玛纳斯〉英雄史诗的艺术再现》,《戏剧文学》2017 年第 11 期。

王倩:《活态史诗翻译出版的新拓展与再思考——从集体记忆的千年传唱:〈格萨尔〉翻译与传播研究出版谈起》,《出版广角》2018 年第 12 期。

王清涛:《断裂与弥合的百年史诗——中国现代性精神的艰难出场及其当代启示》,《晋阳学刊》2017 年第 6 期。

王伟杰:《彝族史诗"支嘎阿鲁"中次要人物的箭垛效应研究》,《民俗研究》2018 年第 1 期。

王艳、张诺增尕玛:《探寻〈格萨尔〉史诗中的"霍尔国"——四重证据法的多重视野》,《西北民族大学学报》(哲学社会科学版)2019 年第 2 期。

王艳凤:《论古代东方史诗文学发生的同质性——以蒙古史诗与印度史诗为例》,《内蒙古社会科学》(汉文版)2019 年第 2 期。

王治国:《〈格萨尔〉史诗艺术改编与跨媒介传播探赜》,《民族艺术》2017 年第 5 期。

王治国:《少数民族活态史诗翻译的三重维度》,《内蒙古社会科学》(汉文版)2019 年第 2 期。

王治国:《少数民族活态史诗翻译谱系与转换机制探赜》,《外国语》(上海外国语大学学报)2018 年第 2 期。

乌·纳钦:《史诗演述的常态与非常态:作为语境的前事件及其阐析》,《民族艺术》2018 年第 5 期。

乌·纳钦:《传说情节植入史诗母题现象研究——以巴林〈格斯尔〉史诗

文本为例》,《西北民族研究》2017 年第 4 期。

乌·纳钦:《国际视野下的巴·布林贝赫史诗学与诗学思想研究述评》,《民族文学研究》2019 年第 1 期。

乌·纳钦:《蒙古族史诗〈格斯尔〉》,《民族艺术》2018 年第 5 期。

乌·纳钦:《史诗演述的常态与非常态:作为语境的前事件及其阐析》,《民族艺术》2018 年第 5 期。

吴迪:《从叙事技巧简析电影〈罗曼蒂克消亡史〉的史诗气质》,《四川戏剧》2017 年第 9 期。

吴笛:《〈论果戈理死魂灵〉的史诗结构模式》,《外国文学研究》2018 年第 1 期。

吴晓东:《〈莫一大王〉与日月神话原型》,《广西民族师范学院学报》2019 年第 4 期。

吴晓东:《〈亚鲁王〉名称与形成时间考》,《民间文化论坛》2012 年第 4 期。

吴晓东:《1940 年代的中国诗论图景》,《北京大学学报》(哲学社会科学版) 2019 年第 1 期。

吴晓东:《阿昌族史诗〈遮帕麻和遮米麻〉的中原神话元素》,《西北民族研究》2017 年第 1 期。

吴晓东:《对偶与对唱的叙事:苗族的迁徙与英雄史诗》,《国际博物馆》(中文版) 2010 年第 1 期。

吴晓东:《狗与蛙:盘瓠神话分化与演变的语音分析》,《民间文化论坛》2018 年第 3 期。

吴晓东:《论蚕神话与日月神话的融合》,《贵州民族大学学报》(哲学社会科学版) 2018 年第 3 期。

吴晓东:《民间文学搜集的学术史回顾与思考》,《百色学院学报》2019 年第 6 期。

吴晓东:《女娲补天、后羿射日与夸父逐日:闰月补天的神话呈现》,《民族艺术》2019 年第 2 期。

吴晓东:《神话:作为中华文明探源的切入点》,《长江大学学报》(社会科学版) 2019 年第 1 期。

吴晓东:《史诗范畴与南方史诗的非典型性》,《民间文化论坛》2014 年第 6 期。

吴晓东：《文本译注的学理性思考——兼评〈壮族麽经布洛陀遗本影印译注〉》，《百色学院学报》2018 年第 1 期。

吴晓东：《一个将回到民间的史诗文本——陈兴华〈亚鲁王〉译本与仪式的关系》，《贵州民族大学学报》（哲学社会科学版）2016 年第 6 期。

吴正彪：《〈亚鲁王〉史诗中的生肖类动物名物词考释》，《原生态民族文化学刊》2017 年第 3 期。

向云驹：《史诗时代与当前文艺的史诗问题》，《中国文艺评论》2020 年第 1 期。

肖燕姣：《美学视域下的〈荷马史诗〉与〈格萨尔〉的文化解读》，《贵州民族研究》2018 年第 2 期。

徐鹏、尹虎彬：《从范式看芬兰民俗研究的现行走向》，《北方民族大学学报》（哲学社会科学版）2011 年第 4 期。

岩温扁：《关于傣族创世史诗〈巴塔麻嘎捧尚罗〉的几个问题》，《思想战线》1988 年第 2 期。

央吉卓玛：《藏族文献结集传统与格萨尔史诗目录本的生成与赓续》，《民族文学研究》2019 年第 2 期。

央吉卓玛：《取法民间：口传史诗的搜集、整理及抄写机制——以"玉树抄本世家"为例》，《西北民族研究》2017 年第 3 期。

杨杰宏：《多元化的西南史诗类型思考——基于创世史诗〈布洛陀〉与〈崇般突〉比较研究》，《中央民族大学学报》（哲学社会科学版）2018 年第 4 期。

杨杰宏：《音像记录者在场对史诗演述语境影响》，《民族艺术》2018 年第 5 期。

杨兰、刘洋：《记忆与认同：苗族史诗〈亚鲁王〉历史记忆功能研究》，《贵州大学学报》（社会科学版）2018 年第 4 期。

杨兰：《苗族英雄史诗〈亚鲁王〉的社会功能与当代价值》，《中国民族报》2019 年第 11 期。

杨绍涛：《民族史诗初探——兼评侗族远祖歌〈嘎茫莽道时嘉〉》，《民族艺术》1988 年第 4 期。

姚慧：《重建丝绸之路在东西方学术交流中的话语意义——〈美国民俗学

刊〉"中国和内亚活形态史诗"专号述评》,《西北民族研究》2018 年第 1 期。

姚伟钧:《武汉历史文化资源向旅游文化产业转化之思考——兼论武汉知音文化的开发利用》,《文化发展论丛》2015 年第 2 期。

姚伟钧:《长江经济带城市文化产业发展方略——以武汉、杭州动漫产业为例》,《文化发展论丛》2016 年第 2 期。

姚伟钧:《中国饮食文化传播与"走出去"的路径》,《文化发展论丛》2016 年第 1 期。

弋睿仙、李萌:《〈格萨尔〉史诗 1927 年英译本的描述性翻译研究》,《西藏研究》2017 年第 6 期。

意娜:《论当代〈格萨尔〉研究的局限与超越》,《西北民族研究》2017 年第 3 期。

尹鸿、杨慧:《时代碑铭与民族史诗——改革开放四十年的中国电视剧》,《中国电视》2018 年第 12 期。

尹虎彬:《从"科学的民俗研究"到"实践的民俗学"》,《中央民族大学学报》(哲学社会科学版)2017 年第 3 期。

尹虎彬:《多神崇拜与一神独尊——河北民间后土地祇庙祭考》,《民族艺术》2014 年第 1 期。

尹虎彬:《回归实践主体的今日民俗学》,《民族文学研究》2019 年第 5 期。

尹虎彬:《口头传统史诗的内涵和特征》,《河南教育学院学报》(哲学社会科学版)2009 年第 3 期。

尹虎彬:《论复兴传统过程中的社会价值观重建》,《内蒙古社会科学》(汉文版)2016 年第 2 期。

尹虎彬:《生活世界和自然秩序中的传统文化价值》,《民族文学研究》2015 年第 6 期。

尹虎彬:《作为体裁的史诗以及史诗传统存在的先决条件》,《民族文学研究》2018 年第 2 期。

于敏:《创世史诗〈牡帕密帕〉与拉祜族信仰体系的建构》,《大理大学学报》2017 年第 1 期。

玉兰:《史诗文本化过程与功能型诗部的形成:基于蒙古文〈格斯尔〉

"勇士复活之部"的文本分析》,《民族文学研究》2020 年第 2 期。

袁珂:《孔子与神话及民间传说塑造的孔子形象》,《文学遗产》1995 年第 1 期。

约翰·迈尔斯·弗里、朝戈金:《口头程试理论:口头传统研究概述》,《民族文学研究》1997 年第 1 期。

臧学运:《活形态史诗对外翻译传播的新拓展——集体记忆的千年传唱:〈格萨尔〉翻译与传播研究评介》,《西藏研究》2018 年第 3 期。

增宝当周:《审美视阈下藏族当代小说中的格萨尔史诗元素》,《青海社会科学》2019 年第 1 期。

张璐:《〈芳华〉:一代人的青春史诗》,《电影评介》2018 年第 1 期。

张晓松、李根:《拉祜族神话史诗〈牡帕密帕〉的文化特点》,《云南民族学院学报》(哲学社会科学版)2001 年第 5 期。

张煜:《印度史诗〈摩诃婆罗多〉与佛教、中国文学之关系》,《复旦学报》(社会科学版)2018 年第 5 期。

赵海燕:《中国少数民族三大英雄史诗中的英雄历险模式》,《西藏研究》2019 年第 1 期。

赵海燕:《中国少数民族三大英雄史诗中马原型研究》,《海南大学学报》(人文社会科学版)2018 年第 2 期。

赵海燕:《中国少数民族三大英雄史诗中身体叙事的文化维度》,《内蒙古社会科学》(汉文版)2019 年第 2 期。

郑敏芳、李萌:《史诗〈格萨尔〉国内英译研究十年》,《西藏民族大学学报》(哲学社会科学版)2018 年第 3 期。

钟敬文、巴莫曲布嫫:《西南史诗传统与中国史诗学建设——钟敬文先生访谈录(节选)》,《民族艺术》2002 年第 4 期。

周国茂:《布依族〈射日与洪水泛滥〉版本的形成与摩教仪式》,《广西民族师范学院学报》2016 年第 6 期。

周莉莉、赖大仁:《讲故事的伦理:从史诗到小说》,《江汉论坛》2018 年第 6 期。

朱刚:《哈佛大学燕京学社与中国口头传统研究的滥觞——以中国社会科学院民族文学研究所为例》,《民族文学研究》2018 年第 6 期。

朝戈金、冯文开:《史诗认同功能论析》,《民俗研究》2012 年第 5 期。

朝戈金、斯钦巴图、呼日勒沙：《"仁钦道尔吉史诗研究"笔谈》，《民族文学研究》2015年第6期。

朝戈金：《"多长算是长"：论史诗的长度问题》，《中央民族大学学报》（哲学社会科学版）2015年第5期。

朝戈金：《"回到声音"的口头诗学：以口传史诗的文本研究为起点》，《西北民族研究》2014年第2期。

朝戈金：《"一带一路"话语体系建设与文化遗产保护》，《西北民族研究》2017年第3期。

朝戈金：《从三个故事看文化遗产保护与"民心相通"》，《中国民族报》2018年2月9日。

朝戈金：《非物质文化遗产：从学理到实践》，《西北民族大学学报》（哲学社会科学版）2015年第2期。

朝戈金：《国际史诗学若干热点问题评析》，《民族艺术》2013年第1期。

朝戈金：《口传史诗诗学的几个基本概念》，《民族艺术》2000年第4期。

朝戈金：《口传史诗文本的类型——以蒙古史诗为例》，《民族文学研究》2000年第4期。

朝戈金：《口头传统概说》，《民族艺术》2013年第6期。

朝戈金：《联合国教科文组织〈保护非物质文化遗产伦理原则〉：绎读与评骘》，《内蒙古社会科学》（汉文版）2016年第5期。

朝戈金：《文学的民族性：五个阐释维度》，《民族文学研究》2014年第4期。

朝戈金：《约翰·弗里与晚近国际口头传统研究的走势》，《西北民族研究》2013年第2期。

朝戈金：《钟敬文"多民族的一国民俗学"思想的再认识》，《民族文学研究》2012年第3期。

朝戈金：《作为认识论和方法论的口头传统》，《内蒙古社会科学》（汉文版）2019年第2期。

报纸文章

黄永林：《聚焦问题重质求效 加快湖北文化产业高质量发展——〈关于加快全省文化产业高质量发展的意见〉解读》，《湖北日报》2019年3

月30日。

黄永林:《推动新时代文化产业高质量发展》,《中国社会科学报》2019年5月21日。

尹虎彬:《寻求中国史诗学的可持续发展途径》,《中国社会科学报》2015年11月6日。

詹一虹:《用新技术唤醒沉睡的传统文化》,《中国教育报》2019年5月27日。

朝戈金:《口头传统在文明互鉴中的作用》,《中国民族报》2019年5月25日。

朝戈金:《如何看待少数民族文学的价值》,《光明日报》2017年4月10日。

朝戈金:《新时代少数民族文学研究的机遇和生长点》,《人民政协报》2018年12月3日。

学位论文

包玉琼:《蒙古英雄史诗生命观研究》,博士学位论文,中央民族大学,2010年。

陈爱丽:《独龙族生态伦理研究》,硕士学位论文,云南民族大学,2012年。

陈日红:《广西苗族歌谣研究——以融水苗族歌谣为中心》,博士学位论文,暨南大学,2014年。

陈鹏程:《先秦与古希腊神话价值观比较研究》,博士学位论文,天津师范大学,2006年。

额尔敦:《〈江格尔〉美学研究》,博士学位论文,中央民族大学,2007年。

高健:《表述神话——佤族司岗里研究》,博士学位论文,云南大学,2015年。

高森远:《麻山苗族英雄史诗〈亚鲁王〉东郎(传承人)研究》,博士学位论文,华中师范大学,2014年。

顾尔伙:《博弈中的心智发展——"克智"能手养成研究》,博士学位论文,西南大学,2014年。

马国伟：《纳西族神话史诗〈创世纪〉研究》，博士学位论文，中央民族大学，2012年。

韩成艳：《从表达认同到认同表达》，博士学位论文，华中师范大学，2011年。

何圣伦：《苗族审美意识研究》，博士学位论文，西南大学，2011年。

九月：《蒙古英雄史诗考验婚研究》，博士学位论文，中国社会科学院研究生院，2001年。

李连荣：《中国〈格萨尔〉史诗学的形成与发展（1959—1996）》，博士学位论文，中国社会科学院研究生院，2000年。

李玫兵：《云南少数民族民间文学中的自然观研究》，博士学位论文，云南大学，2016年。

李琦：《认知实践视野中的地方性知识——基于哈尼族的研究》，博士学位论文，南京农业大学，2012年。

梁鹏：《亚里士多德悲剧概念研究——以〈诗学〉古希腊文文本为中心》，博士学位论文，北京外国语大学，2016年。

林容宇：《一曲谱写祖先艰苦创世的赞歌——黎族创世史诗〈五指山传〉的文化解读》，硕士学位论文，陕西师范大学，2013年。

刘振伟：《丝绸之路神话研究》，博士学位论文，苏州大学，2006年。

彭清：《瑶族典籍〈盘王大歌〉翻译与研究》，博士学位论文，湖南师范大学，2015年。

唐娜：《苗族史诗〈亚鲁王〉及文化空间研究》，博士学位论文，天津大学，2017年。

王春雨：《英雄史诗〈贝奥武甫〉与英国文化传统研究》，博士学位论文，东北师范大学，2014年。

王宪昭：《中国民族神话母题研究》，博士学位论文，中央民族大学，2006年。

乌力吉仓：《冉皮勒〈江格尔〉口头诗学研究》，博士学位论文，内蒙古大学，2016年。

吴一文：《苗族古歌叙事传统研究》，博士学位论文，武汉大学，2015年。

杨浩来：《白族民俗语境下的"打歌"研究》，博士学位论文，云南大学，2013年。

叶尔扎提·阿地里：《新疆少数民族典型英雄史诗身世母题研究》，博士学位论文，中央民族大学，2019年。

元旦：《藏族神话与〈格萨尔〉史诗比较研究》，博士学位论文，西北民族大学，2010年。

曾静：《云南少数民族史诗歌谣中女性形象的认同研究》，博士学位论文，云南大学，2012年。

张岩：《英雄·异化·文学——西方文学中的英雄母题及其流变研究》，博士学位论文，华东师范大学，2008年。

赵海燕：《〈格萨尔〉身体叙事研究》，博士学位论文，西北大学，2019年。

赵秀兰：《司岗里：佤族的生态和谐审美理想》，博士学位论文，云南大学，2014年。

子志月：《云南少数民族口述档案开发利用研究》，博士学位论文，云南大学，2013年。

中译著作

[荷] A. F. G. 汉肯：《控制论与社会》，黎鸣译，商务印书馆1984年版。

[英] E. E. 埃文思-普里查德：《努尔人：对一个尼罗特人群生活方式和政治制度的描述（修订译本）》，褚建芳译，商务印书馆2014年版。

[俄] E. M. 梅列金斯基：《英雄史诗的起源》，王亚明、张淑明、刘玉琴译，商务印书馆2007年版。

[美] J. 希利斯·米勒：《解读叙事》，申丹译，北京大学出版社2002年版。

[美] R. M. 基辛：《文化·社会·个人》，甘华鸣、陈芳、甘黎明译，辽宁人民出版社1988年版。

[奥] 阿尔弗雷德·许茨：《社会世界的意义建构》，霍桂桓译，北京师范大学出版社2017年版。

[美] 阿伦特：《过去与未来之间》，王寅丽、张立立译，译林出版社2011年版。

[美] 爱德华·W. 萨义德：《东方学》，王宇根译，生活·读书·新知三联书店1999年版。

[美]爱德华·萨丕尔:《语言论——言语研究导论》,陆卓元译,陆志韦校,商务印书馆1985年版。

[法]罗兰·巴特:《神话——大众文化诠释》,许蔷蔷、许绮玲译,上海人民出版社1999年版。

[美]保罗·H.弗莱:《文学理论》,吕黎译,北京联合出版公司2017年版。

[美]保罗·拉比诺:《摩洛哥田野作业反思》,高丙中、康敏译,商务印书馆2008年版。

[美]保罗·麦钱特:《史诗论》,金惠敏、张颖译,北岳文艺出版社1989年版。

[美]彼得·布劳:《社会生活中的交换与权力》,孙非、张黎勤译,华夏出版社1988年版。

[美]彼特·布劳:《不平等和异质性》,王春光、谢圣赞译,中国社会科学出版社1991年版。

[英]勃洛尼斯拉夫·马林诺夫斯基:《一本严格意义上的日记》,卞思梅等译,余昕校,广西师范大学出版社2015年版。

[法]布尔迪厄:《区分:判断力的社会批判(上下册)》,刘晖译,商务印书馆2015年版。

[美]戴维·斯沃茨:《文化与权力——布尔迪厄的社会学》,陶东风译,上海文艺出版社2012年版。

[美]戴卫·赫尔曼:《新叙事学》,马海良译,北京大学出版社2002年版。

[美]鲁道夫·阿恩海姆:《视觉思维》,滕守尧译,四川人民出版社2019年版。

[法]迪迪耶·埃里邦:《神话与史诗》,孟华译,北京大学出版社2003年版。

[美]杜赞奇:《全球现代性的危机:亚洲传统和可持续的未来》,黄彦杰译,商务印书馆2017年版。

[伊朗]菲尔多西:《列王纪——勇士鲁斯塔姆波斯史诗》,张鸿年、宋丕方译,译林出版社2000年版。

[德]弗里德里希·席勒:《审美教育书简》,冯至、范大灿译,上海人民

出版社2021年版。

[法] 马克·弗罗芒·沫里斯：《海德格尔诗学》，冯尚译，李峻校，上海世纪出版集团2005年版。

[日] 福田亚细男：《日本民俗学方法序说：柳田国男与民俗学》，於芳、王京、彭伟文译，学苑出版社2010年版。

[法] 高宣扬：《存在主义》，上海交通大学出版社2016年版。

[美] 哈罗德·布鲁姆：《史诗》，翁海贞译，译林出版社2016年版。

[英] 哈维·弗格林：《现象学社会学》，刘聪慧等译，北京大学出版社2010年版。

[英] 赫伯特·斯宾塞：《群学肄言》，严复译，北京时代华文书局2014年版。

[德] 赫尔曼·鲍辛格：《技术世界中的民间文化》，户晓辉译，广西师范大学出版社2014年版。

[法] 霍尔巴赫：《健全的思想：或和超自然观念对立的自然观念》，王荫庭译，商务印书馆2011年版。

[加] 诺斯洛普·弗莱：《批评的剖析》，陈慧、袁宪军、吴伟仁译，百花文艺出版社1998年版。

[加] 马歇尔·麦克卢汉：《理解媒介——论人的延伸》，何道宽译，商务印书馆2000年版。

[美] 贾雷德·戴蒙德：《崩溃——社会如何选择成败兴亡》，叶臻、江滢译，上海译文出版社2011年版。

[德] 卡尔·赖希尔：《突厥语民族口头史诗传统、形式和诗歌结构》，阿地里·居玛吐尔地译，中国社会科学出版社2011年版。

[英] 马克·柯里：《后现代叙事理论》，宁一中译，北京大学出版社2003年版。

[捷克] 亚罗斯拉夫·普实克：《抒情与史诗：现代中国文学论集》，上海三联书店2010年版。

[美] 劳伦斯·格罗斯伯格：《文化研究的未来》，中国人民大学出版社2017年版。

[美] 勒内·韦勒克：《文学理论》，刘象愚、邢培明、陈圣生、李哲明译，浙江人民出版社2017年版。

［古希腊］亚里士多德：《诗学》，罗念生译，上海人民出版社2006年版。

［美］克利福德·格尔兹：《论著与生活：作为作者的人类学家》，方静文、黄剑波译，中国人民大学出版社2010年版。

［法］克洛德·列维-斯特劳斯：《神话学——从蜂蜜到烟灰》，周昌忠译，中国人民大学出版社2007年版。

［英］马林诺夫斯基：《西太平洋上的航海者》，弓秀英译，商务印书馆2016年版。

［匈］卢卡奇：《小说理论：试从历史哲学论伟大史诗的诸形式》，商务印书馆2018年版。

［法］卢梭：《论人类不平等的起源》，高修娟译，生活·读书·新知三联书店2009年版。

［美］玛格丽特·米德：《萨摩亚人的成年：为西方文明所作的原始人类的青年心理研究》，周晓虹、李姚军译，商务印书馆2008年版。

［荷］米尼克·希珀、尹虎彬：《中国少数民族文化中的史诗与英雄中英文对照》，广西师范大学出版社2004年版。

［法］米歇尔·福柯：《不正常的人——法兰西学院演讲系列（1974—1975）》，钱翰译，上海人民出版社2003年版。

［法］米歇尔·福柯：《词与物——人文科学考古学》，莫伟民译，上海三联书店2001年版。

［法］米歇尔·福柯：《疯癫与文明——理性时代的疯癫史》，刘北成、杨远婴译，生活·读书·新知三联书店1999年版。

［法］米歇尔·福柯：《规训与惩罚——监狱的诞生》，刘北成、杨远婴译，生活·读书·新知三联书店1999年版。

［法］皮埃尔·布迪厄：《实践感》，刘东编，蒋梓骅译，译林出版社2012年版。

［法］皮埃尔·布尔迪厄：《自我分析纲要》，刘晖译，中国人民大学出版社2017年版。

［法］皮埃尔·勒鲁：《论平等》，王允道译，肖厚德校，商务印书馆1988年版。

［印度］毗耶娑：《摩诃婆罗多毗湿摩篇·印度史诗》，黄宝生译，译林出版社1999年版。

［荷兰］希珀：《史诗与英雄》，尹虎彬译，广西师范大学出版社 2004
年版。

［法］马塞尔·莫斯：《礼物》，汲喆译，商务印书馆 2016 年版。

［美］苏珊·S. 兰瑟：《虚构的权威——女性作家与叙述声音》，黄必康
译，北京大学出版社 2002 年版。

［古罗马］圣奥古斯丁：《忏悔录》（全 2 册），徐蕾译，中国社会科学出
版社 2008 年版。

［法］石泰安：《西藏史诗与说唱艺人的研究》，耿升译，西藏人民出版社
1993 年版。

［古希腊］荷马：《荷马史诗伊利亚特》，罗念生、王焕生译，人民文学出
版社 2002 年版。

［格鲁吉亚］鲁斯塔维里：《虎皮武士》，严永兴译，译林出版社 2019
年版。

［英］托尼·本尼特：《文学之外》，强东江等译，人民出版社 2016 年版。

［法］威廉·狄德罗：《体验与诗——莱辛·歌德·诺瓦利斯·荷尔德
林》，胡其鼎译，生活·读书·新知三联书店 2003 年版。

［古罗马］维吉尔：《埃涅阿斯纪》，杨周翰译，译林出版社 2018 年版。

［德］乌尔里希·贝克：《风险社会：新的现代性之路》，张文杰、何博闻
译，译林出版社 2018 年版。

［法］夏尔·皮埃尔·波德莱尔：《波德莱尔美学论文选》，郭宏安译，人
民文学出版社 1987 年版。

［苏］谢·尤·涅克留多夫：《蒙古人民的英雄史诗》，徐昌汉等译，内蒙
古大学出版社 1991 年版。

［美］阎云翔：《礼物的流动：一个中国村庄中的互惠原则与社会网络》，
李放春、刘瑜译，上海人民出版社 2017 年版。

［德］佚名：《尼伯龙根之歌：德国民间史诗》，曹乃云译，华东师范大学
出版社 2005 年版。

［古苏美尔］佚名：《吉尔伽美什》，李永彩译，译林出版社 2019 年版。

［俄］佚名：《伊戈尔出征记》，李锡胤译，译林出版社 2018 年版。

［西非］佚名：《松迪亚塔》，赵乐甡译，译林出版社 2019 年版。

［美］詹姆斯·费伦：《作为修辞的叙事：技巧、读者、伦理、意识形

态》，陈永国译，北京大学出版社 2002 年版。

外文著作

Darner, A. S. , Thompson, *The Types of the Folktale: A Classification and Bibliography*, Helsinki: FF Communications, 1964.

Greene, T. M. , *The Descent from Heaven: A Study in Epic Continuity*, New Haven: CT, 1963.

Hardie, P. R. , *The Epic Successors of Virgil: A Study in the Dynamics of a Tradition*, Roman Literature and Its Contexts: Cambridge, 1993.

Lord, A. B. , *Epic Singers and Oral Tradition*, Ithaca: NY, 1991.

Newman, J. K. , *The Classical Epic Tradition*, Madison: WI, 1986.

Reynolds, D. F. , *Heroic Poets, Poetic Heroes: The Ethnography of Performance in an Arabic Oral Epic Tradition*, Ithaca: NY, 1995.

West, M. L. , *The Making of the Iliad: Disquisition and Analytical Commentary*, Oxford and New York, 2011.